Du même auteur, aux éditions Bragelonne, en grand format :

Dragon déchu

L'Étoile de Pandore :
L'Étoile de Pandore – 1
L'Étoile de Pandore – 2
L'Étoile de Pandore – 3 : Judas déchaîné
L'Étoile de Pandore – 4 : Judas démasqué

La Trilogie du Vide :
1. *Vide qui songe*
2. *Vide temporel*
3. *Vide en évolution*

Manhattan à l'envers
(recueil de nouvelles)

La Grande Route du Nord – tome 1

Chez Milady, en poche :

L'Étoile de Pandore :
1. *Pandore abusée*
2. *Pandore menacée*
3. *Judas déchaîné*
4. *Judas démasqué*

Greg Mandel :
1. *Mindstar*
2. *Quantum*
3. *Nano*

La Trilogie du Vide :
1. *Vide qui songe*
2. *Vide temporel*
3. *Vide en évolution*

Aux éditions Robert Laffont, collection « Ailleurs & Demain » :

L'Aube de la nuit :
Rupture dans le réel – 1 : Émergence
Rupture dans le réel – 2 : Expansion
L'Alchimiste du neutronium – 1 : Consolidation
L'Alchimiste du neutronium – 2 : Conflit
Le Dieu nu – 1 : Résistance
Le Dieu nu – 2 : Révélation

www.bragelonne.fr

Peter F. Hamilton

La Grande Route du Nord

Tome 1

Traduit de l'anglais (Grande-Bretagne) par Nenad Savic

Bragelonne SF

Collection Bragelonne SF dirigée par Tom Clegg

Titre original : *Great North Road*

Originellement publié par Macmillan, une maison d'édition de Pan Macmillan,
une division du groupe Macmillan Publishers Limited.

Carte :
d'après la carte de l'édition originale

ISBN : 978-2-35294-678-6

Bragelonne
60-62, rue d'Hauteville – 75010 Paris

E-mail : info@bragelonne.fr
Site Internet : www.bragelonne.fr

Celui-ci est dédié à Lizzie, Tim, Judith et Alan.
Pour votre soutien durant toutes ces années.

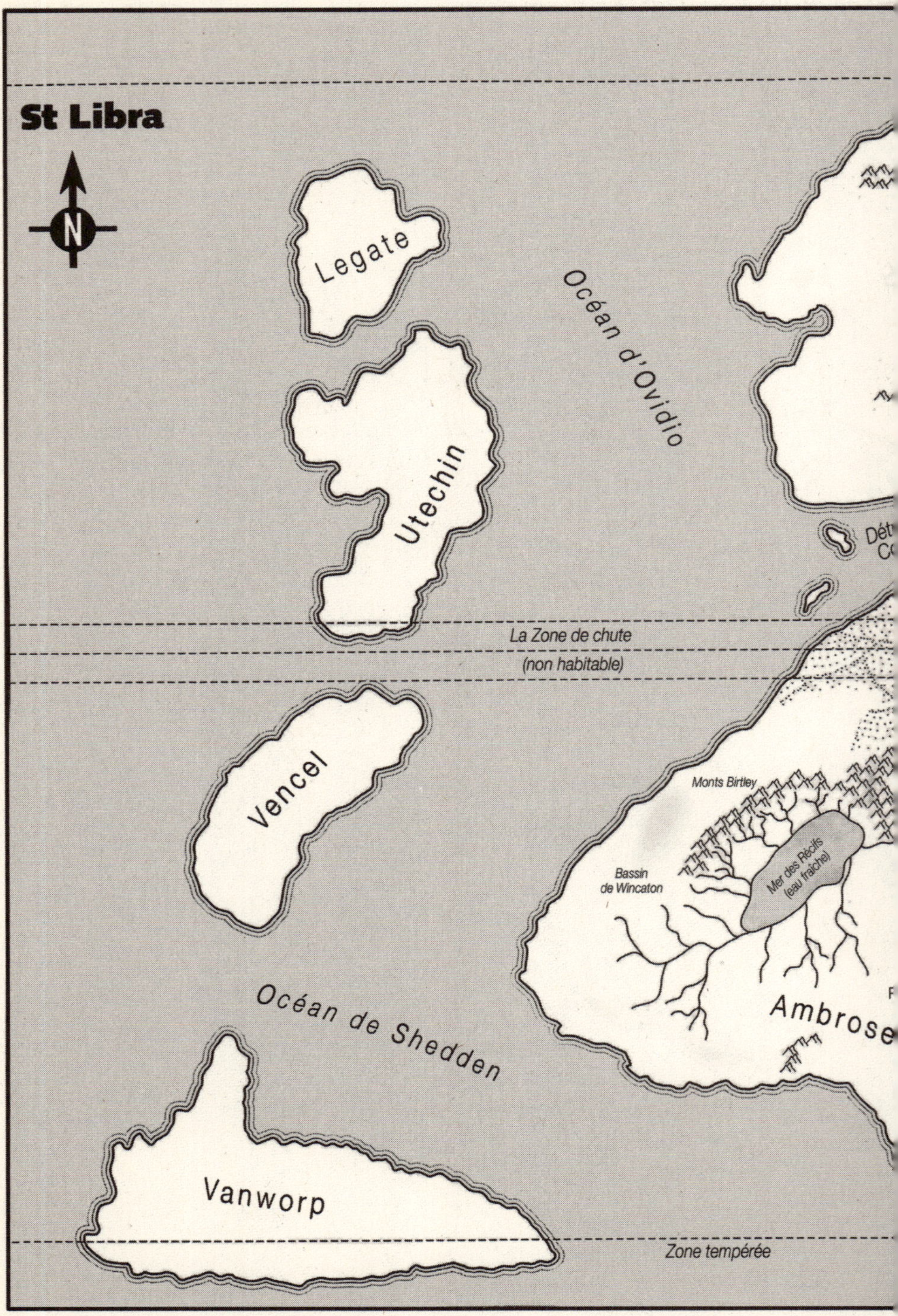
St Libra
N
Legate
Océan d'Ovidio
Utechin
La Zone de chute
(non habitable)
Vencel
Monts Birtley
Bassin
de Wincaton
Mer des Récifs
(eau fraîche)
Océan de Shedden
Ambrose
Vanworp
Zone tempérée

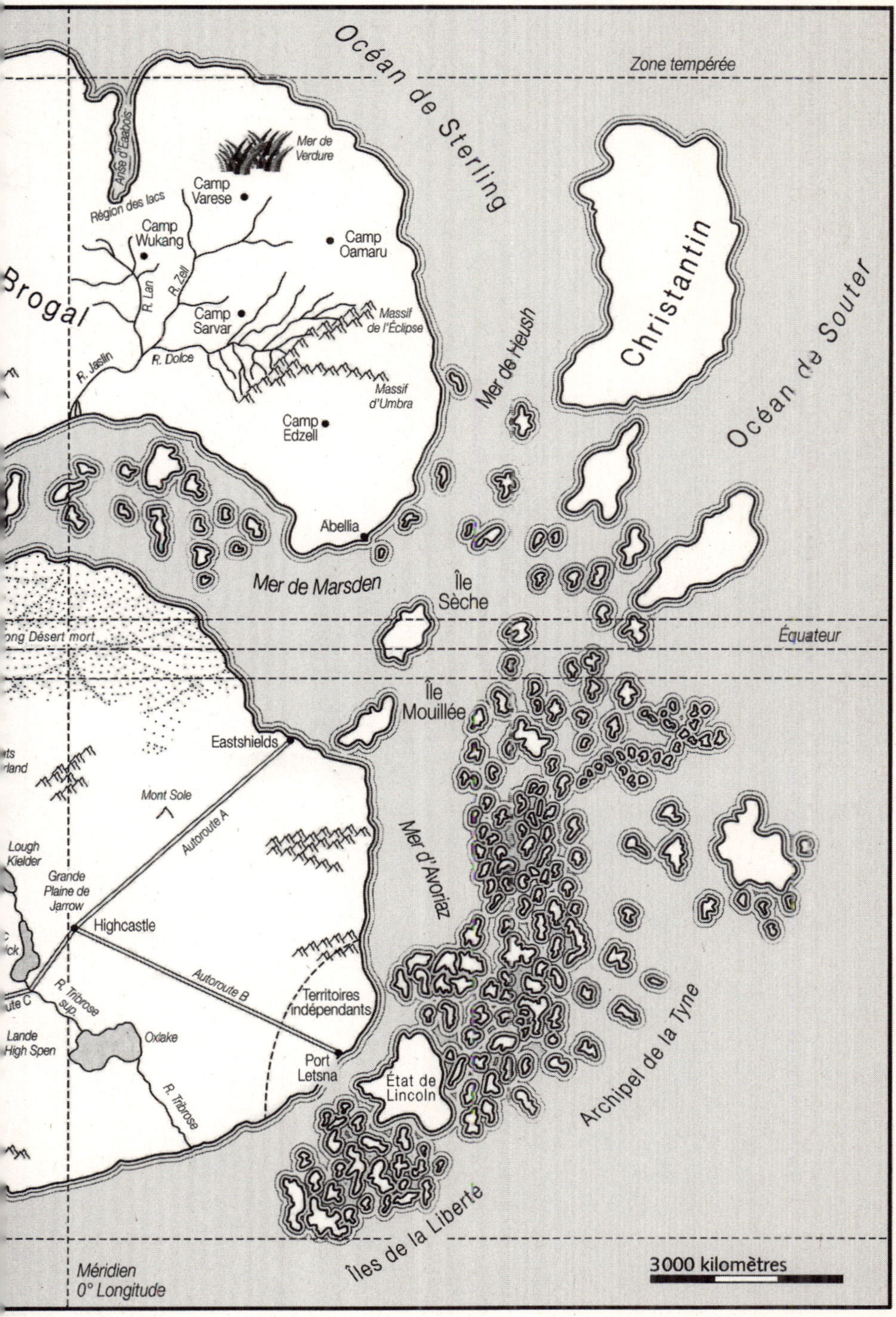
Océan de Sterling
Zone tempérée
Anse d'Eaabois
Mer de Verdure
Camp Varese
Région des lacs
Camp Wukang
Camp Oamaru
Brogal
R. Lan
R. Zell
Camp Sarvar
Massif de l'Éclipse
R. Jaslin
R. Dolce
Massif d'Umbra
Camp Edzell
Christantin
Mer de Heush
Océan de Souter
Abellia
Mer de Marsden
Île Sèche
ong Désert mort
Équateur
Île Mouillée
Eastshields
Mont Sole
Autoroute A
Lough Kielder
Grande Plaine de Jarrow
Highcastle
Mer d'Avoriaz
Autoroute B
Territoires indépendants
R. Tribrose sup.
Lande High Spen
Oxlake
Port Letsna
État de Lincoln
R. Tribrose
Archipel de la Tyne
Îles de la Liberté
Méridien 0° Longitude
3000 kilomètres

Chronologie

2003 Kane North est blessé par un EEI en Afghanistan.

2004 Kane reçoit son ordre de démobilisation de l'armée américaine. Il s'installe à Édimbourg et se sert des avoirs de sa famille pour engager des généticiens. Début du programme de clonage.

2007 Naissance de Brant North, premier clone de Kane North. Nombreuses tares physiques et mentales. Vit trois ans.

2009 Naissance de Cicero North. Grandes difficultés d'apprentissage, déficiences métaboliques. Meurt en 2022.

2010 Naissance de Forrest North. Autisme de haut niveau. Meurt en 2065.

2012 Naissance d'Augustine, Bartram et Constantine North.

2027 Wan Hi Chan dévoile sa théorie des connexions transspatiales.

2029 Première « connexion » réussie à Princeton. Huit cents mètres parcourus dans le campus. Les États-Unis créent l'Agence interstellaire nationale (AIN).

2030 L'Europe crée le Bureau transspatial européen (BTE). La Chine, la Société nationale de transport interstellaire (SNTI). La Russie, l'Inde, Israël, le Brésil, l'Arabie saoudite, l'Alliance pacifique, la Coalition nord-africaine et la Fédération asiatique mettent en œuvre des programmes d'exploration interstellaire.

2031	L'AIN ouvre une connexion avec la Lune.
2032-2038	Divers programmes nationaux établissent des connexions dans tout le système solaire. Perfectionnement de la technologie du portail.
2034	Augustine, Bartram et Constantine fondent Northumberland Interstellar Corp., utilisant les ressources familiales pour financer le développement de systèmes pour les portails.
2039	La SNTI établit une connexion avec Proxima du Centaure. Début de l'Âge de l'exploration interstellaire.
2041	L'AIN ouvre New Washington à la colonisation.
2044	L'AIN établit une connexion avec Orléans.
2044	Le BTE ouvre la Nouvelle Bruxelles aux citoyens de l'UE.
2045	L'Inde établit une connexion avec Kolhapur.
2045	La SNTI établit des connexions avec Taiyuan et Wuchow.
2047	La Russie établit une connexion avec Nova Petersburg.
2047	Israël établit une connexion avec Ramla.
2047	Le Sénat américain accueille dix nouveaux États. Vote de la loi fédérale concernant les propriétaires terriens indépendants. Émigration forcée vers les nouvelles colonies de tous les chômeurs de longue durée.
2048	Le Japon établit une connexion avec New Tokyo.
2048	La France établit une connexion avec Rouen, colonie réservée aux citoyens français.
2048	Ralentissement de l'économie terrienne du fait de l'augmentation des investissements dans les nouvelles colonies.
2049	L'Allemagne ouvre Odessa à la colonisation par les citoyens allemands.
2049	Les États-Unis promulguent une loi visant à expulser vers leurs nouvelles planètes tous leurs immigrés clandestins.
2049	L'Arabie saoudite ouvre Riyadh à la colonisation pour les musulmans.

2050 Le BTE ouvre Minisa à la colonisation pour les citoyens de la Grande Europe. Début de l'émigration subventionnée pour les chômeurs, prémices de la politique d'émigration « positive » visant à déplacer tous les pauvres et les sans-emploi des États de la GE.

2051 Northumberland Interstellar ouvre un portail dans le système de Sirius et découvre une planète géante jumelle de la Terre : St Libra. Début de sa colonisation.

2052 Le Brésil établit une connexion avec Sao Jeroni.

2052 Portails nord-africains sur Accra.

2053 Création des premiers champs d'algues sur St Libra. Exportation du biocarburant vers la Terre. Investissements colossaux dans la production de biocarburant, création des huit Grandes Compagnies du biocarburant, en plus de NI.

2055 Création des Territoires indépendants sur St Libra. Flot constant de dissidents de la GE et de réfugiés politiques venus d'autres pays.

2055-2070 Création de sept nouveaux mondes humains. Population terrienne en déclin ; contraction de l'économie. Déplacement forcé des chômeurs appliqué par presque tous les pays.

2063 Mort de Kane North à l'âge de quatre-vingt-trois ans.

2083 Rumeurs concernant l'existence de la Vraie Jérusalem, planète reliée à Ramla par un portail secret.

2087 Constantine North et Bartram North démissionnent de leurs postes à la tête de Northumberland Interstellar. Redistribution des ressources de la société, qui reste entre les mains d'Augustine.

2088 Constantine North lance la création d'un habitat autour de Jupiter. Huit mille tonnes d'équipements cybernétiques et trois mille tonnes de systèmes de raffinage chimique et minéral livrées sur un astéroïde en orbite autour de Jupiter via le portail de Newcastle. Construction d'un habitat de vingt-cinq mille tonnes. Plusieurs centaines de personnes soutenant Constantine ainsi que l'ensemble des C North s'y installent.

2089 Inauguration d'Abellia sur St Libra par Bartram. Bartram fonde l'Institut biogénétique North. Début des recherches sur la régénération et le rajeunissement humains.

2092 Arrivée d'un essaim zanth sur Accra.

2093 Évacuation d'Accra, fermeture du portail. Estimation des pertes humaines : 8,2 millions.

2093 Formation de l'Alliance pour la défense de l'humanité (ADH) afin de protéger l'espèce humaine contre le Zanth.

2094 Naissance de Brinkelle North.

2095 Importante instabilité financière à l'échelle transstellaire après l'annonce de l'approbation du budget de l'ADH. Augmentation du prix du biocarburant, baisse de la consommation. Écroulement des marchés.

2096-2111 Récession transstellaire. Tous les mondes sont touchés.

2111 Un cartel dirigé par Northumberland Interstellar inonde le marché de grandes quantités de biocarburant, provoquant la ruine de nombreux spéculateurs. Le marché du biocarburant se stabilise. Les Bourses transstellaires remontent.

2119 Un essaim zanth attaque New Florida. L'évacuation est « un succès ». Pertes estimées : 108 000.

2119 Repli économique transstellaire qui dure jusqu'en 2123 – les autorités refusent de parler de « récession ».

2121 Bartram North et toute sa maisonnée sont massacrés. Angela Tramelo est jugée coupable de crime de masse et condamnée à perpétuité.

Personnages principaux

Expédition géogénétique dans le nord de St Libra – 2143

Charmonique Passam *Commissaire du Bureau d'évaluation des menaces extraterrestres de la Grande Europe*
Griffin Toyne *Major, ADH, chef de la sécurité de l'expédition*

Camp de Wukang

Vance Elston *Colonel, Agence de renseignement extraterrestre (ARE), chef du camp*
Antrinell Viana *Capitaine, ARE, commandant en second*

Administration
Jaysukhlal (Jay) Chomik
Norman Sliwinska
Forster Wardele
Bastian North *Observateur*

Légionnaires de la GE
Pablo Botin *lieutenant*
Raddon *Sergent*
Paresh Evitts *Caporal*
Hiron *Caporal*
Soldats
Mohammed Anwar
Atyeo
Ramon Beaken

DiRito
Leora Fawkes
Dave Guzman
Hanrahan
Gillian Kowalski
Omar Mihambo
Marty O'Riley
Peace-Davis
Audrie Sleath
Josh Justic

Xénobiologistes
Angela Tramelo *Conseillère civile*
Marvin Trambi
Roarke Kulwinder
Tamisha Smith
Miya
Smara Jacka
Iyel
Esther Coombes
Camm Montoto
Zhao

Pilotes d'hélicoptère
Lorelei
Garrick
Juan-Fernando
Ravi Hendrik *Ex-pilote de Thunderthorn SF-100*

Équipe VAA
Ken Schmitt *Chef*
Davinia Beirne *Technicien*
Chris Fiadeiro *Technicien*
Mackay *Technicien*

Équipe médicale
Docteur Tamika Coniff
Mark Chitty *Infirmier*
Juanitar Sakur *Infirmier*

Ingénierie

Hélicoptères

Tork Ericson

Erius

Systèmes du camp

Oleg Dorchev

Dean Creshaun

Lance

Véhicules terrestres

Leif Davdia

Darwin Sworowski

Microfactures

Karizma Wadhai

Ophelia Troy

Soutien général

Luther Katzen *Superviseur*

Madeleine Hoque

Fuller Owusu

Lulu MacNamara

Winn Melia

Police de Newcastle

Sidney Hurst *Inspecteur*

Royce O'Rouke *Commissaire en chef*

Ian Lanagin *Inspecteur, spécialiste de la surveillance*

Eva Sealand *Agent spécialiste de l'interprétation visuelle*

Ralph Stevens *Enquêteur spécial, ARE*

Abner North *Inspecteur, police scientifique*

Ari North *Agent spécialiste du traitement de données*

Aldred North *Directeur de la sécurité de Northumberland Interstellar, agent de liaison*

Hayfa Fullerton *Inspecteur, brigade antigang*

Kaneesha Saeed *Inspecteur à la retraite, ancienne directrice de l'Office de lutte contre le crime organisé*

Tilly Lewis *Northern Forensics Corp., chef d'équipe de classe A*

Chloe Healy *Responsable de la communication d'O'Rouke*

Saul Howard *Surfeur et propriétaire de magasin, St Libra*

Dimanche 13 janvier 2143

Comme minuit approchait, les folles couleurs fluorescentes de l'aurore boréale chatoyaient derrière la neige cotonneuse qui tombait sur Newcastle-upon-Tyne. C'était un peu comme si la nature faisait la fête avec la ville, générant un spectacle jade et carmin bien plus élégant que les feux d'artifice qui illuminaient sporadiquement les toits depuis le vendredi.

L'inspecteur de classe trois Sidney Hurst regardait les groupes de noceurs qui titubaient sur les trottoirs gelés, qui se saluaient ou se prenaient à partie, selon leur degré d'intoxication. La glace, la neige, fondue ou non, brouillaient les particules intelligentes incrustées dans l'asphalte, aveuglant des portions entières du métamaillage qui contrôlait les routes de la ville, rendant très dangereux l'usage de la conduite automatique. Sid pilotait son véhicule de fonction banalisé manuellement, mais avec une aide électronique à la conduite sur route glissante. Les pneus neige offraient une capacité de traction suffisante et une stabilité correcte, lui permettant de rouler à cinquante kilomètres par heure comme il remontait Collingwood Street et passait devant la cathédrale. Le radar jetait des symboles d'alerte sur le pare-brise pour le mettre en garde contre les montagnes de neige sale formées de part et d'autre de la chaussée par les chasse-neige de la municipalité.

Il neigeait depuis deux jours et, la température maximale à midi ne dépassant jamais moins douze degrés, il n'y avait pas eu de dégel, si bien que les élégantes bâtisses géorgiennes du centre-ville étaient plongées dans une ambiance de fêtes de fin d'année qui rappelait immanquablement Dickens. Une autre alarme se déclencha, montrant la silhouette d'un homme qui traversait la rue en courant juste devant la voiture, riant et se moquant de Sid, qui parvint néanmoins à le contourner au dernier moment. Après un dernier geste obscène, le type disparut dans la neige tourbillonnante.

— Il ne survivra pas jusqu'à l'aube, affirma Ian Lanagin, assis à la place du passager.

Sid lança un coup d'œil à son partenaire.

— Un deux-zéro-un de plus pour fêter mon retour. Bienvenue chez toi, Sid, dit-il.

— Ouais, on a droit à un dimanche soir digne de ce nom pour nos retrouvailles.

C'était fou de voir tant de gens dehors par ce temps, même si l'uniforme standard des fêtards, à savoir tee-shirt pour les garçons, jupe courte et talons aiguilles pour les filles, avait cédé la place à la mode du manteau long. Le froid était intense. Sid avait même aperçu quelques bonnets – une première en quinze années de service dans la police de Newcastle. Officier menant une carrière certes moins dynamique que prévu, il était un peu surpris d'être toujours à Newcastle. Pour suivre une fille, il avait quitté Londres où, comme beaucoup de diplômés en droit de vingt ans et des poussières, il avait réussi à s'engager sur la voie d'une progression rapide et brillante, alternant jobs dans la police et dans les sociétés de sécurité privées tel un électron rebondissant à chaque jonction-grille. Afin de valider son geste romantique, il s'était engagé dans la police locale, où il avait enchaîné les promotions pendant les deux premières années. Et où il avait pu passer toutes ses nuits avec Jacinta. Quinze années d'hivers sibériens et d'étés sahariens plus tard, il était toujours là, marié à Jacinta – au moins, il ne s'était pas trompé sur ce point –, père de deux enfants, à mener le genre de parcours professionnel qu'il tournait en ridicule à l'époque lointaine où il était à l'université, au temps où il était passionné, convaincu d'avoir raison et plein de mépris pour ce monde qui tournait si mal à cause de la génération au pouvoir et de la menace omniprésente et malfaisante du Zanth. L'expérience et son corollaire, la sagesse, lui avaient fait emprunter une voie rationnelle où l'ancienneté et ses contacts lui permettraient de changer d'emploi une dernière fois. Alors, plus que vingt ans à tirer et il pourrait prendre sa retraite. Quinze années de dur labeur lui avaient appris que la vie faisait cela aux hommes.

— Ils auront dessoûlé d'ici demain matin, dit Sid en se concentrant sur la route.

— On parle des habitants de Newcastle...

— Ils vont tous avoir du boulot, maintenant.

Comme tout le monde, Sid avait été très surpris lorsque Northumberland Interstellar avait annoncé le vendredi matin vouloir faire construire cinq nouvelles centrales à fusion dans le centre énergétique d'Ellington, au nord de la ville. Elles auraient dû être construites il y avait des années de cela, mais il en était ainsi des grands projets ; il s'écoulait souvent des décennies entre la prise de décision et leur mise en œuvre. Et puis, il fallait également compter sur les interventions inutiles des politiciens et des hauts fonctionnaires désireux de prouver qu'ils servaient à quelque chose. Cela signifiait que les tokamaks d'Ellington qui produisaient à l'heure actuelle l'énergie du portail relié à St Libra devraient rester en service bien plus longtemps que prévu. Pour le moment, toutefois, personne ne s'en souciait, et les Geordies euphoriques avaient passé la fin de semaine à se réjouir de la nouvelle. Celle-ci annonçait le déferlement d'une nouvelle vague d'argent sur la ville, qui en brassait déjà beaucoup, avant de l'envoyer vers St Libra et de recevoir en échange le précieux biocarburant. Celui-ci permettait aux voitures et camions de parcourir les artères commerciales encore puissantes de la Grande Europe, et ses dérivés aux avions de voler et aux bateaux de naviguer. Ce contrat n'était qu'une vaguelette de plus, mais qui augurait des revenus supplémentaires pour les industries et les services de l'ancienne ville houillère, laquelle engloutirait cet argent virtuel avec avidité et ferait monter en flèche les cours de la Bourse locale. Les occasions d'avancement professionnel se multiplieraient à tous les échelons. L'avenir s'annonçait radieux.

Personne n'en était plus conscient que les patrons de l'économie souterraine de Newcastle, avec ses salons privés, ses pubs, ses clubs, ses maquereaux et ses dealers, qui en salivaient d'avance. Comme le reste de la ville, ils attendaient avec impatience une nouvelle décennie de loisirs à fournir à l'armée de sous-traitants « salaire fixe plus primes » qui déferlerait sur eux. Pour fêter cette nouvelle époque de prospérité, le premier verre avait été gratuit tout le week-end, et le deuxième à moitié prix.

La promotion avait très bien fonctionné.

— On y est, annonça Ian Lanagin en montrant Mosley Street à travers les symboles qui défilaient sur le pare-brise.

Droit devant, au croisement de Mosley et de Grey Street, les gyrophares bleu et vert de l'ambulance éclairaient la glace brisée, projetant des ombres étranges sur les murs et concurrençant les lumières qui se déversaient par les portes ouvertes des clubs et les vitrines des magasins. Le gros véhicule était arrêté en travers de la route, bloquant la moitié de la chaussée. Sid serra à gauche avec l'intention de se garer derrière l'ambulance. Le radar de proximité afficha des parenthèses rouges sur le pare-brise comme le pare-chocs s'immobilisait à quelques centimètres seulement d'un tas de neige. Il baissa son bonnet en laine sur ses oreilles, remonta au maximum la glissière de son blouson en cuir molletonné et sortit dans l'atmosphère mordante.

Le froid était tel que ses yeux se mirent aussitôt à couler, mais il chassa ses larmes pour se concentrer sur la scène. La température n'affectait pas l'anneau de cellules intelligentes qui entouraient son iris et envoyaient des impulsions laser le long de son nerf optique, superposant des graphiques à la route, mémorisant mesures et coordonnées précises pour étayer son journal visuel.

Comme le voulait le protocole, le maillage corporel de Sid, soit le réseau constitué par l'ensemble de ses cellules intelligentes, entra en liaison avec celui de Ian, s'assurant qu'ils resteraient toujours en contact. Ian était représenté par un petit icone violet dans un coin de son champ de vision. Son maillage corporel transmettait également le visuel de la scène à la voiture, connectée en permanence au réseau de la police.

Un agent de NorthernMetroServices avait répondu au message de détresse. Sid ne le connaissait pas personnellement, mais il était familier des types dans son genre. Son Identité électronique (i-e) effectua une capture de l'homme âgé d'à peine plus de vingt ans et caractérisé par une démarche caricaturale et déprimante à base de torse bombé et de roulements d'épaules. Donnez-lui un uniforme et un soupçon d'autorité, et il croit que la ville lui appartient…

L'agent se nommait Kraemer, à en croire son i-e. Celle-ci interrogea aussitôt celle de Sid, qui lui confirma son rang et fit briller d'une subtile lueur ambrée le badge tissé sur sa veste.

— C'est vous qui êtes arrivé le premier sur les lieux ? demanda Sid.

— Oui, monsieur. Je suis arrivé cinquante secondes après l'appel.

Soit largement dans les temps annoncés par l'agence dans ses publicités, ce qui aurait son importance quand viendrait le temps de renouveler son contrat. En réalité, comme NorthernMetroServices gérait également le centre d'appels d'urgence de Newcastle, on ne pouvait être sûr de rien. Il était de notoriété publique que l'agence prévenait parfois ses hommes une minute ou deux avant de les appeler officiellement pour s'assurer qu'ils seraient sur les lieux dans les temps.

— Il s'agit d'un treize-cinq aggravé. Les coupables se sont enfuis avant mon arrivée.

— Des rapides, marmonna Sid. Je veux dire : vu que vous êtes arrivé très vite…

— On cogne, on pique et on se taille – que du très classique, expliqua Kraemer.

— Le nom de la victime ?

— D'après son i-e, il s'appelle Kenny Ansetal. Il était à peine conscient quand je suis arrivé ; ces enfoirés l'ont bien amoché. Les infirmiers s'occupent de lui.

— D'accord.

Sid contourna l'ambulance et rejoignit les infirmiers et la victime de l'agression, assise sur la plate-forme ouverte du véhicule. L'homme avait la trentaine et semblait avoir du sang asiatique et sud-méditerranéen. Sid appréhendait déjà le moment où il allait devoir préciser le type ethnique de la victime dans son rapport. D'autant que les balafres de son front et de ses joues ne lui faciliteraient pas la tâche. Sid estima qu'elles avaient été causées par des lames-anneaux. Il y avait beaucoup de sang, et cela ne l'aidait pas à distinguer clairement les traits de la personne.

— Bonsoir, monsieur, commença-t-il. Nous sommes de la police. Pouvez-vous me raconter ce qui s'est passé ?

Kenny Ansetal releva la tête et vomit aussitôt. Sid grimaça. Ce n'était pas passé loin de ses chaussures.

— Euh… je vais interroger les témoins, bafouilla Ian en reculant.

— Enfoiré, grogna Sid.

Ian sourit, cligna de l'œil et tourna les talons. Malgré le froid mordant, l'agression avait attiré une foule nombreuse qui tardait à se disperser. Sid n'avait jamais compris ce phénomène. Après toutes ces années dans la police, cet aspect de la psychologie humaine persistait à lui échapper ; les gens ne pouvaient pas résister au spectacle du malheur des autres.

Il attendit une minute que les infirmiers vaporisent de la mousse cicatrisante sur le front de l'homme, puis l'un d'entre eux s'occupa de ses joues, tandis que l'autre examinait rapidement le reste de son corps, se fiant aux informations fournies par le maillage corporel d'Ansetal avant de palper directement les parties concernées. À en juger par les réactions de la victime, celle-ci avait reçu des coups aux côtes et à un genou. On lui avait donné des coups de pied tandis qu'elle était à terre, décida Sid. Cela arrivait souvent dans les treize-cinq.

— Monsieur, pouvez-vous me raconter ce qui s'est passé ?

Cette fois, Kenny Ansetal parvint à se concentrer.

— Les petits cons, siffla-t-il.

— Essayez de ne pas trop bouger la mâchoire, lui conseilla l'infirmier qui lui soignait la joue.

Comme l'homme était très en colère, Sid murmura à son i-e d'interrompre l'enregistrement grâce à un patch non officiel, programme qu'il gardait au cas où dans une mémoire cache…

— Avez-vous reconnu vos assaillants ?

Ansetal secoua la tête.

— Combien étaient-ils ?

L'homme leva la main et deux doigts.

— Des hommes ?

Un hochement de tête.

— Des putains de Chinois. Des gosses.

Sid secoua imperceptiblement la tête, heureux d'avoir prévu les réponses d'Ansetal. Elles n'étaient certes pas très originales. Ansetal l'ignorait, mais l'usage d'un juron à caractère ethnique dans la description d'un agresseur était considéré comme un délit raciste. En cas de procès, et si cette partie de leur conversation avait été enregistrée, il se serait retrouvé dans de beaux draps.

— Ils vous ont pris quelque chose, monsieur ?

L'homme frissonna comme l'infirmier lui appliquait un peu de cicatrisant sur la joue.

— Mon Apple. Un i-3800.

Le dernier cri en matière de cellule transnet, se rappela Sid. Le top du top. Se balader dans le centre à cette heure de la nuit avec un appareil de ce genre était suicidaire. Heureusement, l'idiotie n'était pas un crime.

— Je vais récupérer vos enregistrements visuels, monsieur.

— Si vous voulez.

Sid rapprocha sa main du front d'Ansetal et demanda à son i-e de charger l'enregistrement visuel. Sa paume était dotée de plusieurs cellules intelligentes configurées pour la réception et capables de supporter la plupart des formats. La mémoire courte des cellules intelligentes des iris d'Ansetal se transféra dans le réseau de la police. Sid ferma les yeux pour étudier dans sa grille ce que la victime avait vu. L'enregistrement était un fouillis d'images floues et saccadées. Deux silhouettes sombres et encapuchonnées apparaissaient subitement, puis on ne comprenait plus rien, à part qu'Ansetal se faisait passer à tabac.

Son i-e effectua une capture et lui montra les visages identiques des deux assaillants. Sid lâcha un grognement en reconnaissant les traits familiers : Lork Zai, la star du quartier chinois, mais aussi des tabloïdes depuis quelque temps.

— D'accord. Kenny, permettez-moi de vous donner un conseil officieux : ne dites plus rien.

Ansetal le regarda d'un air étonné. Derrière son visage maculé de sang, son cerveau de jeune cadre dynamique tournait à plein régime. *Merde, c'est moi la victime ! Pourquoi la police me met-elle en garde ?* La réponse était simple, quoique, apparemment, difficile à assimiler : ne jamais rien dire qui puisse être utilisé contre vous lors d'un procès. Mieux valait donc ne pas parler du tout.

— Êtes-vous assuré contre tous les types de crimes ?

À en juger par ses vêtements de qualité, c'était une question rhétorique.

Un hochement de tête circonspect.

— Bien. Mettez votre assurance à profit. Appelez leur plateforme d'urgence. Ils vous enverront un avocat à l'hôpital. L'agent de sécurité va vous y accompagner pour prendre votre déposition. Refusez de répondre à ses questions tant que votre avocat ne sera pas là. Vous en avez le droit. Vous avez également le droit de refuser qu'on vous prélève un échantillon de sang. Compris ?

— Euh… oui.

Sid posa un doigt ganté sur ses lèvres.

L'air inquiet, Ansetal hocha la tête. Sid entendit une femme glousser derrière l'ambulance et se retint de froncer les sourcils.

— Vous vous débrouillerez très bien, Kenny. Attendez l'arrivée de votre avocat et répondez honnêtement aux questions. Il faut que tout soit officiel. Faites-moi confiance.

— Merci, articula Ansetal à voix basse.

Sid murmura des instructions à son i-e, autorisa l'équipe paramédicale à quitter la scène de crime et retourna auprès de Kraemer.

— J'en ai terminé avec Ansetal. Ils vont l'emmener à l'hôpital. Accompagnez-le et prenez sa déposition.

— Ça marche.

— Laissez-lui un peu de temps pour se remettre et se faire soigner. Il a bien morflé. Ça vous dispensera de passer la nuit dans la rue, ajouta Sid avec un sourire amical.

— Merci, c'est cool.

— Demain je vous demanderai de récupérer les mémoires de tous les maillages du quartier.

Sid désigna les immeubles environnants. Les briques et le béton étaient couverts de particules intelligentes, dont une partie n'avait peut-être pas été dégradée par la neige.

— Vous mettrez tout ça dans le dossier, poursuivit-il. Avec un peu de chance, son assurance acceptera de financer l'enquête.

— Ouais, j'espère.

Sid faillit sourire. L'accent du jeune homme était presque aussi épais que celui de Ian. Les infirmiers fermèrent les portières de l'ambulance, et la voiture s'éloigna, toutes sirènes hurlantes. Ian interrogeait les derniers témoins. Deux jeunes femmes, comme par hasard. Les deux hommes faisaient équipe depuis deux ans et se connaissaient mieux que des frères. Pour Ian, le métier de flic était l'alibi parfait pour rencontrer des filles en toute légitimité. Combattre le crime n'était qu'accessoire. Et Sid était forcé d'admettre que Ian faisait très bien son boulot de séducteur. Il avait vingt-huit ans, s'entretenait régulièrement dans une salle de musculation et dépensait son salaire tout entier en vêtements de qualité et produits de beauté. Et il avait la langue bien pendue et exercée.

Les deux « témoins » buvaient littéralement ses paroles. Contrairement aux autres badauds qui s'étaient dispersés, elles n'avaient pas fermé leurs manteaux, révélant des robes de soirée pour le moins minimalistes. Sid comprit qu'il était vieux quand il se surprit à plaindre ces jeunes filles frigorifiées.

— Ces témoignages nous seront-ils utiles, inspecteur ? demanda-t-il à voix haute.

Ian se retourna et le regarda d'un air moqueur.

— Ah ! désolé, mesdemoiselles, mon patron est une vraie plaie, mais faut faire avec…

Elles gloussèrent toutes les deux et le trouvèrent tellement courageux d'oser ainsi se moquer de son supérieur hiérarchique. Comme il était fort et sûr de lui. Sid leva les yeux au ciel.

— Allez, on se tire, on n'a plus rien à faire ici.

La voix de Ian baissa d'une octave ou deux.

— Je vous rappellerai toutes les deux ; j'ai besoin d'informations vitales vous concernant. Votre club favori, par exemple, et la prochaine fois que vous comptez vous y rendre.

Sid se boucha les oreilles pour se protéger d'une nouvelle salve de gloussements absurdes.

Il faisait délicieusement chaud dans la voiture. La cellule au biocarburant produisait un surplus de chaleur, que la climatisation pouvait redistribuer généreusement dans l'habitacle. Sid ouvrit son blouson et demanda à son i-e de créer un dossier sur cette affaire d'agression. Un affichage secondaire, en bas de la grille de son iris, lui montrait le processus en temps réel.

— Ouais ! lança un Ian aux anges en s'affalant sur le siège du passager. C'est dans la poche ! Vous avez vu ces deux poules ? Putain, elles en veulent ! Toutes les deux !

— Vous êtes assuré, mais les stocks de pénicilline de ce pays ne sont pas inépuisables.

Ian éclata de rire.

— Vous connaissez le plus gros oxymore du monde ?

— Un « mariage heureux » ? répondit Sid avec lassitude.

— Exactement, mon vieux. Exactement !

— Cette enquête est foutue d'avance. Il a été agressé par Lork Zai. Enfin, ils étaient deux.

— Merde. Ma parole, on ne parle que de lui. Son masque est décidément le plus populaire, en ce moment.

Sid jeta un coup d'œil à l'horloge : 11 h 38. Ils terminaient le service à minuit.

— On fait une dernière ronde, puis on range la bagnole.

Le commissariat central de Newcastle, sur Market Street, n'était qu'à quatre cents mètres de là ; toutefois, rentrer au bercail juste après une intervention, alors qu'il leur restait vingt bonnes minutes de service, ne serait pas bien vu. Les comptables de la mairie ne manqueraient pas de les sanctionner.

— Qu'est-ce qu'ils ont pris ? demanda Ian.

— Un i-3800.

— Belle machine. Avant midi, elle aura trouvé un nouvel acquéreur sur le Dernier Mile.

— Ça se peut, admit Sid.

La plupart des délits mineurs étaient commis par des réfugiés pauvres et désespérés en partance pour St Libra, qui s'empressaient d'aller refourguer ce qu'ils avaient volé sur le Dernier Mile. Dans ce grand marché clandestin qui occupait la dernière ligne droite menant au portail, on pouvait acheter tout ce qui était nécessaire pour commencer une nouvelle vie sur un monde nouveau. Ce portail ouvert sur un autre monde expliquait les très mauvaises statistiques de la police de Newcastle ; il était trop facile de disparaître sans laisser de traces.

Sid démarra et s'inséra dans le trafic. Les cellules intelligentes de ses iris affichèrent un message vert sur sa grille, message qui apparut également sur le pare-brise. Ses cellules auriculaires lui rapportèrent aussi l'incident.

— Un deux-zéro-cinq ! lâcha Ian, incrédule. Merde, ils ne peuvent pas nous faire ça, on a terminé dans vingt minutes !

Sid ferma les yeux pendant quelques secondes, ce qui ne fit pas disparaître les caractères verts. Jusque-là, la soirée s'était trop bien passée, et ils n'avaient eu à déplorer que quelques problèmes mineurs en six heures de service. Un 205 : une mort suspecte. La seule chose suspecte, pour le moment, c'était le timing, et peut-être le lieu du crime : les quais, près du pont du Millénaire de Gateshead, à sept cents mètres. D'après le message d'alerte, la police fluviale venait tout juste de confirmer que ce qu'elle avait sorti de l'eau était bien un cadavre. Quelqu'un, quelque part, s'était dépêché de déclarer cette découverte, et Sid était l'officier supérieur le plus proche des lieux.

— Les salauds, grogna-t-il.

— C'est pour vous souhaiter la bienvenue parmi les vôtres.

Sid alluma les gyrophares et la sirène, puis demanda à son i-e de s'arranger avec l'IA de la gestion du trafic routier pour leur ouvrir la route. Il y avait très peu de véhicules dans les rues, seulement des taxis conduisant chez eux des fêtards intoxiqués.

Les quais n'étaient pas loin, mais ils durent emprunter Dean Street, artère abrupte passant sous de vieux viaducs et ponts de chemin de fer flanquée de murs de pierre sombre constellés de fenêtres condamnées. La voiture eut beaucoup de mal à ne pas glisser sur la glace traîtresse. Par deux fois, ils faillirent partir en tête-à-queue, mais le véhicule contre-braqua et les pneus neige s'accrochèrent à la route. Tout en bas, les hauts immeubles cédaient la place à un large croisement au-delà duquel s'élevait la fameuse arche du pont de la Tyne. Les projecteurs multiples qui éclairaient sa structure en fer se voyaient à peine derrière le voile tourbillonnant de neige, si bien que le pont apparaissait sous la forme étrange d'un croissant iridescent suspendu dans les airs. Sid contourna avec précaution un des larges piliers en pierre de l'ouvrage et s'engagea sur le quai.

— C'est du foutage de gueule, non ? demanda Ian, tandis qu'ils passaient devant la façade tout en colonnes et en verre de la Cour de justice. Dans ce quartier, en plus…

— Une mort suspecte n'est pas forcément synonyme de crime. Et puis, c'est une nuit de merde, ajouta Sid en désignant du doigt le fleuve, de l'autre côté de la vitre. Une chute dans l'eau, et c'est la mort assurée.

Ils bifurquèrent à droite du bâtiment officiel. La rue étant piétonne, aucun chasse-neige n'était passé par là depuis le milieu de l'après-midi. Le radar lui confirma qu'il y avait plus de dix centimètres de neige sous les roues, sans compter la couche de glace qui recouvrait la chaussée. Sid ralentit drastiquement. Devant eux, les arches jumelles du pont du Millénaire dessinaient des courbes élégantes au-dessus du fleuve. On aurait dit des cous de cygnes. La surface blanc perle de l'arche supérieure chatoyait dans la lumière changeante des projecteurs. Les gyrophares de deux voitures de patrouille et d'un véhicule de la morgue tournaient dans la neige. Sid se gara derrière eux.

Dès qu'il sortit de la voiture, il fut frappé par le silence. Malgré la présence d'un pub à une quarantaine de mètres, on n'entendait que les murmures des trois agents de sécurité qui, accoudés au garde-corps, regardaient manœuvrer la vedette de la police fluviale le long du wharf entouré de verre – lequel abritait le pivot axial du pont et le système hydraulique qui faisait pivoter la structure tout entière pour laisser passer les plus gros bateaux. Un autre agent interrogeait un jeune couple dans une voiture.

Sid attendit que son maillage se connecte au réseau local sécurisé déjà établi par les agents et vérifia que tout était bien enregistré. On ne plaisantait pas avec un 205. Son i-e identifia et marqua les agents, ainsi que le légiste qui sortait justement de la camionnette.

—Alors, de quoi s'agit-il ? commença-t-il.

Un homme que l'i-e identifia comme étant l'agent Saltz rattrapa une sacoche jetée par un des membres d'équipage du bateau, en contrebas.

—Des fêtards traversaient le pont quand ils ont vu quelque chose qui ressemblait à un corps accroché à une bouée. C'étaient des mômes ordinaires.

Sid s'approcha du garde-corps. Il s'était promené ici des centaines de fois. Les immeubles qui bordaient le fleuve étaient anciens ou récents, mais tous très luxueux et prestigieux, conférant au quartier une aura de richesse comme le nord de l'Angleterre n'en avait pas connu depuis l'époque victorienne. La municipalité ne pouvait pas se permettre de laisser se décrépir les quartiers qui bordaient le fleuve. Celui-ci était le cœur de la ville, le joyau de la cinquième ville la plus riche d'Europe – par tête –, avec ses célèbres ponts et sa pièce maîtresse tout en verre incurvé vieille de plus d'un siècle, l'immeuble Sage à Gateshead.

Ce soir-là, cependant, Sid ne voyait même pas la ville de Gateshead, sur la rive opposée. Il ne distinguait que la vedette de la police sur les eaux noires du fleuve. De part et d'autre du bateau, à peine visible au milieu de l'eau, se dressaient deux rangées de piliers, auxquelles étaient accrochées les bouées qui guidaient les bateaux les plus grands au centre des arches du pont du Millénaire lorsque celles-ci étaient relevées.

— Où était le corps ? demanda Sid.

— De ce côté-ci, répondit l'agent Mardine en adressant aux inspecteurs un sourire sinistre. Comme la mer se retire, on ne sait pas sur quelle distance le corps a dérivé avant de s'accrocher là.

Saltz termina d'amarrer la vedette. Sid enjamba le garde-corps et entreprit de descendre avec précaution les barreaux métalliques fixés à la paroi verticale du quai, accompagné par la neige qui ne cessait pas de tomber en silence. Deux agents plongeurs l'aidèrent à se stabiliser sur le pont glissant. Ils portaient tous les deux des combinaisons chauffées dernier cri dotées de casques organiques. Grâce à elles, ils n'avaient pas eu froid lorsqu'ils avaient nagé dans l'eau glacée, sale et salée pour attacher un harnais autour du cadavre à moitié immergé. Leurs casques étaient ouverts, révélant des visages étonnamment joyeux vu les circonstances et la météo, preuve supplémentaire de l'efficacité des combinaisons.

Au moins le capitaine appartenait-il à la police de la ville. Il s'agissait de l'inspecteur Darian Foy. Sid le connaissait de longue date.

— Je demande la permission de monter à bord, commença Sid.

Darian eut un sourire entendu.

— Bonsoir, inspecteur. La pêche n'a pas été très bonne, je le crains.

— Ah ?

La réponse de Foy l'avait surpris par son côté formel. Sid comprit qu'il s'agissait d'une affaire sérieuse, mais pas pour les bonnes raisons. Il regretta aussitôt de ne pas bénéficier d'une protection juridique comparable à celle de Kenny Ansetal, de ne pas avoir à ses côtés un petit malin d'avocat pour l'empêcher de dire ou de faire des choses juridiquement incorrectes. Au lieu de quoi il dut se concentrer sur la procédure. Le fait de reprendre le travail après trois mois d'interruption ne l'aida pas.

— Montrez-moi, dit-il.

Pendant que Darian le précédait vers l'arrière de la petite cabine, les plongeurs aidèrent Ian à descendre sur l'embarcation. Le cadavre était étendu sur un brancard hissé et posé sur le pont par la grue du bateau. Il était recouvert d'un film en plastique. Deux projecteurs fixés sur la cabine étaient braqués sur lui, le baignant dans une lumière puissante et blanche qui produisait un drôle d'effet dans la nuit noire.

Darian lui lança un dernier regard de mise en garde et souleva la couverture en plastique.

Putain, pensa Sid en espérant ne pas avoir prononcé le mot à voix haute. En tout cas, celui-ci se réverbéra longuement dans son crâne.

— Ouais, j'allais le dire, murmura Ian juste derrière lui.

Il ne s'était donc pas contenté de penser très fort.

Le corps blanc et gelé de l'homme était totalement nu, et il présentait une plaie très profonde juste au-dessus du cœur. Pas le genre de truc à vous ruiner une carrière. En revanche, il en allait autrement de l'identité de la victime.

C'était un North.

Il y aurait donc un procès. Et un condamné, dont la culpabilité ne devrait faire aucun doute pour la justice et les médias. Et cela devrait aller très vite.

Il était une fois, il y avait de cela précisément cent trente et un ans, trois frères. Des triplés nés de mères différentes. Les clones parfaits d'un père incroyablement riche : Kane North. Des enfants baptisés Augustine, Bartram et Constantine.

Copies identiques de leur frère-père – qui possédait l'énergie, l'appétit pour l'argent et les capacités intellectuelles hérités par tous les North –, ils avaient cependant un défaut. Les manipulations génétiques dont ils étaient le fruit n'en étaient qu'à leurs balbutiements. L'ADN de Kane avait été modifié grâce à des techniques germinales rudimentaires alors qu'ils en étaient au stade embryonnaire. Cela signifiait que l'identité biologique de Kane était figée et dominante dans toutes les cellules de leur corps, y compris dans les spermatozoïdes. Toute femme fécondée par l'un des trois frères donnait donc naissance à une réplique de l'original. Ce fut le début d'une dynastie de type nouveau. Toutefois, à force de copier et de recopier, les erreurs se multipliaient, car l'ADN se détériorait à force de se reproduire. Les North2, comme on appela la deuxième génération, étaient presque aussi bons que leur père, malgré quelques différences subtiles. La qualité des North3 était moindre. Les North4 présentaient des problèmes physiologiques et psychologiques. Les North5 ne vivaient pas très vieux. La rumeur disait qu'après l'apparition des premiers North5 les North4 furent discrètement et diplomatiquement stérilisés par la famille.

Néanmoins, les triplés étaient des hommes extraordinaires. On pouvait mettre à leur crédit le développement de la connexion transspatiale, véritable pari technologique, à l'époque. Ils avaient pris le risque de créer Northumberland Interstellar et de construire le portail relié à St Libra, d'exploiter les champs d'algues qui, désormais, alimentaient en biocarburant la majeure partie de la Grande Europe. Tous les trois avaient dirigé la puissante compagnie pendant cinquante ans, jusqu'à ce que Bartram et Constantine décident de poursuivre des objectifs différents, laissant Augustine gérer seul le géant du biocarburant.

Les North2 avaient fourni les bataillons de managers dévoués dont la compagnie avait besoin, des cadres qui avaient noué des liens très serrés avec l'édifice politique et commercial qu'était la Grande Europe, des héritiers qui considéraient Newcastle comme leur fief et qui exigeraient une enquête rapide et efficace. Il leur faudrait un coupable très, très vite.

Réfléchis, merde ! se répéta Sid en fermant les yeux pour ne plus voir son briseur de carrière dans la lumière blanche. *La procédure. Suivre la procédure. Toujours.*

Il inspira profondément et essaya de considérer la situation de manière rationnelle, en enquêteur imperturbable, fruit imaginaire d'un millier d'heures de cours de management, en flic stéréotypé des médias.

Il ouvrit les yeux.

Le clone mort regardait sans les voir les couleurs mouvantes du ciel agité par une aurore boréale. Il avait les yeux crevés. Les poissons ? Possible, mais il préférait ne pas y penser. Perplexe, Sid examina sa blessure bizarre à la poitrine. Comme si la mort ne suffisait pas. Il avait du mal à imaginer ce qui avait pu causer ces perforations, au-dessus du cœur. Au moins n'avait-il pas eu mal longtemps. Le karma préférait manifestement répartir sa souffrance entre ceux qui avaient survécu.

Sid tendit la main au-dessus du visage du mort et ordonna à son i-e de se connecter à son maillage corporel. Le fait que la chair gelée ne vive plus ne gênait en rien les cellules intelligentes, qui continuaient d'être alimentées par les molécules d'adénosine triphosphate (ATP) modifiées à la base du système de transfert d'énergie, processus oxydatif qui continuerait à utiliser les graisses et les glucides environnants comme d'authentiques cellules jusqu'à ce que la chair humaine commence à se putréfier.

Il n'y eut aucune réponse. Les icones, dans la grille de Sid, restèrent tous inertes. Le North n'avait pas de maillage actif.

— On lui a arraché son maillage, annonça-t-il.

Revivre les derniers moments de la vie du North, voir le tueur lui enfoncer un couteau dans le cœur, aurait certainement résolu le mystère de sa mort. Sid savait que ce n'était jamais si facile mais la procédure… Il se pencha pour examiner de plus près ce qui restait des yeux de la victime. Ce n'était pas évident dans la lumière crue des projecteurs du bateau, mais il repéra de minuscules entailles dans le cristallin, comme des morsures d'insecte.

— Pire que ça, apparemment, poursuivit-il. On dirait qu'ils ont extrait ses cellules intelligentes.

— Ouais, acquiesça Ian. Un travail de professionnel.

— En effet. Vous pourriez lui retourner les mains ? demanda-t-il aux plongeurs équipés de gants.

Il n'avait plus de peau au bout des doigts. Quelqu'un avait voulu compliquer son identification. Dans le cas d'un crime normal, ç'aurait été compréhensible, mais pour un North ?…

— Bien, reprit sèchement Sid. Faites descendre le légiste ; qu'il examine et récupère le corps. Je requalifie officiellement cette affaire en code un-zéro-un. Tous les rapports devront être ajoutés à mon dossier. (Il se tourna vers le duo de plongeurs.) Avez-vous noté autre chose à l'endroit où vous avez repêché le corps ?

— Non, monsieur.

— Capitaine, une fois le corps à quai, vous retournerez là-bas et passerez le secteur au peigne fin.

— Bien sûr, répondit Darian.

— Un examen au sonar vous semble-t-il utile ?

— La résolution n'est pas terrible, mais on peut essayer.

Ils se retournèrent tous les deux vers la plaie étrange à la poitrine.

— Oui, s'il vous plaît.

Sid demanda à son i-e d'ouvrir une nouvelle affaire classée 101. Dans la grille de son iris, l'icone sphérique se déplia. Les données qu'il avait recueillies jusque-là ainsi que celles rassemblées par la vedette de la police fluviale commencèrent à affluer.

— Je veux que le couple qui a repéré le cadavre soit convoqué au commissariat pour y être interrogé, dit-il à Ian.

— Pas de problème, patron, répondit promptement son collègue.

— Parfait.

Sid retourna à l'échelle et attendit que le légiste de garde finisse de descendre sur le pont. L'homme paraissait nerveux.

— Je veux que la procédure soit respectée à la lettre, le mit en garde Sid.

Tandis qu'il escaladait les barreaux métalliques, il dit à son i-e de lui trouver le code d'accès transnet du commissaire en chef de la police. L'icone apparut aussitôt, petite étoile rouge qui brillait, accusatrice, devant lui. Il attendit d'être de retour sur la promenade et de s'accrocher au garde-corps pour ne pas glisser avant d'appeler.

Royce O'Rouke mit une minute entière à répondre, ce qui, étant donné l'heure tardive, était un délai raisonnable. L'icone devint bleu, signifiant qu'il s'agissait d'une liaison audio uniquement, ce qui était raisonnable aussi. Sid l'imaginait parfaitement dans son lit à côté d'une Mme O'Rouke clignant des yeux dans la lumière trop vive.

— Qu'est-ce qui se passe, Hurst ? éructa Royce O'Rouke. Ça fait seulement six heures que vous êtes de retour. Putain, vous n'êtes même pas capable de pisser correctement sans quelqu'un pour vous tenir la... ?

— Monsieur ! l'interrompit aussitôt Sid, habitué au langage fleuri de son supérieur. Je viens tout juste de découvrir un code un-zéro-un.

O'Rouke se tut le temps d'assimiler cette information. Tout ce qu'il dirait serait enregistré dans le dossier.

— Je vous écoute, inspecteur.

— Un cadavre a été repêché dans le fleuve. Il a une vilaine plaie ouverte à la poitrine, et je suspecte une extraction de cellules intelligentes.

— Je vois.

— Monsieur, d'après nos premières observations, il s'agit d'un North.

Cette fois, le silence s'étira encore plus longtemps, pendant que les flocons de neige embrassaient le nez et les joues de Sid.

— Vous pouvez répéter ?

— C'est un clone de North, monsieur. Nous sommes au pied du pont du Millénaire. Le légiste va rapporter le corps sur le quai. J'ajoute que quatre agents de sécurité sont ici avec moi, de même que deux plongeurs, ainsi que le capitaine Foy. Deux témoins civils sont en train de faire leur déposition.

— Bouclez tout de suite le quartier. Toutes les personnes présentes sur la scène de crime sont attendues immédiatement au commissariat de Market Street. Et pas de communication externe, compris ?

— Oui, monsieur. J'ai demandé au capitaine Foy de fouiller une dernière fois cette partie du fleuve dès que le corps serait dans la camionnette du légiste.

— Bonne initiative.

— Je suis déjà à peu près certain qu'il n'est pas tombé du pont. Mon hypothèse de départ est qu'il a été jeté à l'eau en amont. Le corps a l'air d'avoir passé pas mal de temps dans l'eau, mais le légiste pourra nous en dire plus. Je comptais demander à l'inspecteur Lanagin d'accompagner le cadavre à la morgue. Il s'assurera que la procédure soit bien respectée.

— Bien, c'est un bon début. Hurst, nous ne devons pas attirer l'attention des médias sur cette affaire. Nous avons besoin d'enquêter dans la sérénité et de mettre tous les éléments de preuve sous scellés.

— Oui, monsieur. Euh… chef ?

— Oui ?

— Il va falloir prévenir les proches…

Une nouvelle pause, plus courte, cette fois.

— Je m'en occupe. Contentez-vous de sécuriser les lieux et de commencer l'enquête dans les règles.

— Oui, monsieur. J'aimerais demander l'autorisation de coordonner notre travail avec les gardes-côtes. Je propose d'identifier et de fouiller tous les bateaux qui naviguent sur la Tyne cette nuit.

— Bonne idée. Votre autorisation sera prête quand vous arriverez à Market Street.

— Merci, monsieur.

L'icone redevint violet, puis disparut.

Ian finit d'escalader l'échelle et rejoignit son partenaire sur la poudreuse qui tapissait la promenade.

— Alors ? lui demanda Sid.

— Le légiste ne veut pas trop se prononcer, évidemment. Tout ce qu'il peut dire, après avoir pris la température de l'eau, c'est que le corps est resté immergé plus d'une heure.

— Il n'est pas tombé du pont.

— Non. La mer se retire et le courant est assez fort.

— Notre légiste irait-il jusqu'à tenter d'estimer l'heure de la mort ?

— Non, répondit Ian avec un sourire en coin. Il faudra attendre l'autopsie.

— Bien. J'ai parlé au chef. Vous accompagnerez le légiste à la morgue. Assurez-vous que tout se passe dans les règles, que la procédure soit respectée à la lettre. Sans exception.

— Ça marche.

— Je retourne à Market Street. La permanence des réseaux se chargera d'extraire les enregistrements des maillages de surveillance de toute cette section du fleuve. Je vais également passer au crible les bateaux qui naviguent dans les parages cette nuit.

— Euh… il n'y aura aucun bateau sur le fleuve, cette nuit, remarqua Ian, hésitant. Il fait trop mauvais.

— La visibilité est réduite à moins de cent mètres. On ne voit même pas le bâtiment du Baltic Exchange, sur l'autre rive. Si ça se trouve, nous avons un supertanker sous le nez et nous ne le voyons même pas.

— On le saurait, quand même…

— Inspecteur, nous ne devons rien laisser au hasard.

Ian se rappela que de très nombreuses personnes, parfois de haut rang, consulteraient ce dossier cette nuit et se reprit :

— Euh… oui, vous avez raison. (Il rejoignit les agents de sécurité, qui attendaient à côté.) Bien, les gars, nous devons remonter le corps. J'espère que vous avez réussi vos évaluations physiques, parce qu'il pèse une tonne.

Sid regarda le légiste et les plongeurs nouer des cordes autour du brancard afin de hisser le corps sur la promenade. Il prit le temps de réfléchir, de se demander s'il n'avait pas commis d'erreur jusque-là. Il avait respecté toutes les règles de base, assurément. *Commencer l'enquête dans les règles de l'art.* O'Rouke avait été on ne peut plus clair. Le matin venu, des officiers de haut rang prendraient les rênes des opérations. Avec l'aide d'une bonne dizaine de conseillers spéciaux de la sécurité de Northumberland Interstellar envoyés par Aldred North. Avant midi, l'affaire lui serait retirée, et il n'aurait plus de souci à se faire.

Lundi 14 janvier 2143

L'alarme criarde de son réveil arracha Sid à son sommeil. Il grogna et chercha le bouton «*snooze*» pour différer l'heure du lever.

— Oh ! non, sûrement pas, lança Jacinta en lui attrapant la main.

Il lâcha un nouveau grognement de frustration. L'alarme continua à sonner.

— D'accord, d'accord, ma puce.

Il bascula ses jambes hors du lit. Alors seulement, elle accepta de lui libérer la main, et il put l'abattre avec agacement sur le réveil, mettant un terme à l'horrible sonnerie. Il bâilla. Sa vision était trouble et il avait l'impression de n'avoir dormi qu'une dizaine de minutes. Il faisait froid dans la chambre malgré la climatisation réversible qui bourdonnait derrière les aérations du plafond.

Jacinta se leva aussi. Sid attrapa le réveil et le rapprocha de ses yeux, seul moyen pour lui de voir clairement les chiffres verts.

6 h 57.

— Merde.

Il n'arrivait pas à cesser de bâiller. Son maillage avait détecté sa position verticale et attendait que la minute qu'il avait programmée se soit écoulée pour activer ses affichages et son audio. Les cellules intelligentes de ses iris générèrent alors un véritable panthéon de fantômes à travers son champ de vision, soit sa grille d'icones de base.

— Tu es rentré à quelle heure ? lui demanda Jacinta, l'air étonnée.

Il réussit à sourire faiblement, car il était heureux de la voir. Jacinta était sa cadette de seulement trois ans, mais elle vieillissait infiniment mieux que lui. Ses cheveux étaient plus courts que lorsqu'ils s'étaient rencontrés à Londres, mais ils étaient toujours aussi épais. Et tout fous à cette heure de la journée. Sa silhouette n'avait quasiment pas changé, alors qu'elle avait porté deux enfants. C'était une question de volonté, de détermination, qualité qu'elle possédait en abondance. Elle avait banni les matières grasses de son alimentation et entretenait sa musculature en faisant de l'exercice – exercice dont elle affirmait être sûre qu'il pourrait facilement enrayer *sa* prise de poids régulière *à lui*. Elle était toujours aussi sexy, et sa peau trahissait encore moins son âge que le reste ; elle était claire et pure, quasi dépourvue de rides. Pas étonnant, remarqua-t-il, sachant qu'elle dépensait la moitié de son salaire d'infirmière en bloc opératoire en crèmes, lotions, gels pharmaceutiques et autres produits achetés dans ces rayons des grands magasins où les hommes craignaient de mettre les pieds.

Elle le considéra de son regard vert et affûté en mettant une première barrette dans ses cheveux.

— Alors ?

— Vers trois heures et demie.

— Oh ! mon chou. Mais pourquoi ? Que s'est-il passé ? s'enquit-elle, soudain compatissante.

— On a eu droit à un un-zéro-un.

— Non ! Pour ta première nuit ? C'est vraiment pas de chance.

— C'est le moins qu'on puisse dire. C'était un North. Surtout, tu ne dis rien à tes collègues, d'accord ?

— Merde, c'est vrai ? lâcha-t-elle, stupéfaite.

— Eh ouais ! confirma-t-il dans un haussement d'épaules. O'Rouke me retirera l'affaire dès que l'équipe du matin sera arrivée.

— Tu es sûr ?

— Absolument. L'enquête se doit d'être parfaite, tu comprends.

— Tu pourrais très bien t'en charger ! protesta-t-elle.

— Oui.

Et c'était la vérité. Il se savait parfaitement capable de mener cette enquête à bien et de faire du bon boulot. À vrai dire, il adorerait s'en occuper, ayant passé la moitié de la nuit à élaborer une stratégie et un protocole à remettre clé en main à la nouvelle équipe. Ce genre d'affaire pouvait certes ruiner une carrière, mais, traitée correctement, elle pouvait aussi lui faire prendre son envol.

— Le problème, poursuivit-il, c'est que j'ai repris le boulot hier.

— D'accord, mon chou, concéda-t-elle en posant sur lui un regard appuyé, mais il ne faut pas oublier pourquoi. Les North voudront confier l'affaire à quelqu'un qui a fait ses preuves.

— Ouais, peut-être…

Des pas qui martèlent le palier suivis par des cris de colère marquèrent le début de la guerre qui, tous les matins, opposait William à Zara. Il s'agissait de décider qui aurait droit de se servir le premier de la salle de bains. Will cognait brutalement à la porte en hurlant à sa petite sœur de le laisser entrer.

— Je suis pressé, espèce de grosse vache !

La réponse méprisante de Zara fut étouffée.

— Tu vas devoir les conduire à l'école à ma place, annonça Sid l'air de rien en espérant que cela passerait inaperçu dans le chaos matinal.

— Sûrement pas ! s'exclama Jacinta. On s'était mis d'accord ! J'ai une transplantation cardiaque, ce matin ! Un cœur de premier choix élevé en cuve avec dépistage génétique intégral ; ça coûte un max, ces trucs-là. L'assurance de la cliente va verser une prime à tout le personnel du bloc.

— Oui, mais moi, je me tape un un-zéro-un, et j'ai un North sur les bras.

— Tu viens de me dire qu'on allait te retirer l'enquête.

— Oh ! chérie, m'emmerde pas avec ça, s'il te plaît ! lâcha-t-il en imitant piteusement l'accent de la région.

Jacinta éclata d'un rire méprisant.

— Cette opération est notée dans mon agenda depuis avant Noël.

— Mais…

Il y eut un nouvel échange d'insultes sur le palier, tandis que Zara sortait de la salle de bains et y laissait entrer son frère.

— Ils vont reprendre les cours, et toi, tu les laisserais aller à l'école tout seuls ? l'accusa Jacinta. Avec le temps qu'il fait ? Quel genre de père es-tu ?

— Ce n'est pas comme s'ils mettaient les pieds dans cette école pour la première fois.

Sid savait que tout allait se jouer très vite, et elle le savait aussi. Restait à voir qui craquerait le premier.

Lui, bien sûr.

— Tu ne peux pas demander à Debra ? proposa-t-il.

— Elle va finir par nous faire payer, protesta-t-elle en écartant les bras. Ces derniers temps, elle n'arrête pas de faire le taxi pour nos gamins.

— On en fait autant pour les siens.

— Bien sûr, mais uniquement les années trissextiles.

Il lui lança un regard ferme et à la limite de l'exaspération – le genre de regard qu'on maîtrisait après onze ans de mariage.

— D'accord, je l'appelle, acquiesça Jacinta. Je ne te demande pas de le faire, vu qu'elle te fiche la trouille.

— N'importe quoi.

— Mais on devra les inviter à dîner. Pour les remercier et tout.

— Tu veux que je fasse la causette à John pendant toute une soirée ? Putain, s'il y avait un championnat intergalactique des emmerdeurs, il serait certainement leader.

— Alors, tu les emmènes à l'école ou tu préfères que j'appelle ?

Sid grogna et secoua furieusement la tête.

— Appelle !

* * *

Will avait huit ans et Zara six, mais Sid n'était toujours pas habitué à les voir en uniforme. Pour lui, ils étaient encore des bébés ; en tout cas, bien trop jeunes pour être contraints de se lever tous les matins pour aller à l'école. Et pourtant, ils étaient bien là, attablés devant leur petit déjeuner, et ils étaient incroyablement élégants dans leurs pulls rouge foncé et leurs chemises bleues. Des adultes miniatures.

Sid s'occupa de préparer le porridge, vérifiant les certificats sur les emballages avant de les ouvrir. Au commissariat, on parlait des pratiques de certaines compagnies qui utilisaient dans leurs usines des lots non vérifiés, importés de mondes colonisés où l'agriculture biologique n'était pas régulée et où l'argent était roi. Autant d'informations dont on ne parlait jamais dans les médias officiels.

— Pourquoi est-ce qu'on va à l'école avec Debra, ce matin ? demanda Zara pendant que sa mère s'efforçait de brosser ses longs cheveux indisciplinés.

— On est tous les deux très occupés, ma puce, répondit Sid. Désolé.

L'eau bouillonnait trop fort sur la plaque à induction. Sid baissa la température et régla le minuteur sur sept minutes.

— Tu retournes au travail, papa ? demanda William, soudain tout sérieux.

— Oui, je retourne au travail.

— Alors, on va avoir les moyens de déménager ?

Sid et Jacinta échangèrent un regard.

— Oui, on songe à déménager.

Cela faisait cinq ans qu'ils habitaient cette maison de Walkergate. La vieille bâtisse était agréable, quoique trop petite – trois chambres seulement – et, surtout, très mal isolée. Chaque hiver, elle leur coûtait une véritable fortune en chauffage. Par ailleurs, ils n'avaient qu'une salle de bains, ce qui posait souvent problème, et la salle à manger faisait également office de salle de zone. Et puis il y avait les voisins qui n'appréciaient pas spécialement de voir un policier habiter la rue.

— Comment on va faire pour l'école ? protesta Zara. Je n'ai pas envie de quitter mes copines.

— Vous ne changerez pas d'école, la rassura Sid.

Il s'agissait d'un établissement privé. Les frais de scolarité étaient très élevés, raison pour laquelle, malgré les risques, il s'était toujours débrouillé pour avoir d'autres sources de revenus que son emploi principal. Plus personne n'envoyait ses enfants dans les écoles publiques, à moins de ne pas pouvoir faire autrement.

— En fait, j'ai trouvé une maison intéressante hier soir, annonça Jacinta. J'ai passé pas mal de temps à compulser les annonces.

— Ah bon ? s'étonna Sid.

Il n'était pas au courant. Il sirota un peu de café. Les cellules intelligentes de sa bouche détectèrent la caféine et affichèrent un message de mise en garde diététique. Cette année, il avait pris la résolution de manger mieux et de faire plus de sport. Sauf qu'il avait à peine dormi… Il fallait parfois faire preuve de réalisme. Il demanda à son i-e d'effacer le message et, comble de la rébellion, ajouta une cuillerée de sucre dans son mug.

— C'est à Jesmond.

— Jesmond, c'est cool, commenta Will, admiratif. Sun Tu et Hinny vivent là-bas.

— Oui, mais c'est cher, fit remarquer Sid.

— Il faut savoir ce qu'on veut, rétorqua Jacinta.

Sid souleva la casserole de la plaque de cuisson et versa le porridge dans les assiettes.

— C'est bien vrai, acquiesça-t-il.

— Alors ? reprit Jacinta. J'appelle l'agent ?

— Bien sûr, pourquoi pas ?

Il pourrait se le permettre. Il avait accumulé pas mal d'argent sur son compte secondaire, ces dernières années. Il leur faudrait seulement trouver un moyen d'acheter sans attirer l'attention du fisc. Il n'avait pas déménagé avant Noël pour ne pas se faire remarquer, justement. Acheter une maison alors qu'il touchait un salaire réduit du fait de sa suspension aurait alerté tous les programmes de surveillance du service des impôts.

— Maman ? commença Will d'un ton suppliant. Il y a une vraie salle de zone, au moins ?

— Oui.

— Génial !

— Et les salles de bains ? s'enthousiasma Zara.

— Il y a cinq chambres, dont deux avec une salle de bains attenante, plus une salle de bains familiale.

Zara eut un sourire satisfait et entreprit de mélanger de la confiture de fraises à son porridge. Pendant un bref moment, la famille fut heureuse et silencieuse ; Sid eut envie d'entourer cette date mémorable dans un calendrier. La lumière grise et terne de l'aube se déversait par la fenêtre embuée de la cuisine. Il ne neigeait plus. Finalement, la journée ne s'annonçait pas si mal.

— Puisque la maison sera plus grande, reprit Will, on pourra enfin avoir un chiot ?

* * *

Le commissariat central de Newcastle était un gros cube de verre et de pierre bâti en 2068, structure impressionnante censée refléter la prospérité nouvelle de la ville garantie par le biocarburant qui arrivait en quantités chaque jour plus importantes par le portail. Il avait remplacé l'ancien commissariat qui se dressait au coin de Market Street et de Pilgrim Street, offrant aux forces de police tout le confort et le matériel moderne dont elle avait besoin. À condition d'avoir les moyens financiers de le faire fonctionner.

Sur quatre niveaux, le parking souterrain accueillait les voitures du personnel, plus cent cinquante véhicules officiels, de la salle de commandement mobile aux voitures de patrouille, en passant par les fourgons sécurisés, les voitures de poursuite et les camions distributeurs de particules intelligentes. Une victoire des concepteurs sur les nécessités de la vraie vie... En quinze années passées à Newcastle, Sid n'avait jamais vu personne utiliser le dernier niveau du parking, la police de la ville n'ayant tout simplement pas une flotte de véhicules assez grande.

Chaque hiver, un conseiller quelconque émettait l'idée de chauffer les routes à la mode scandinave pour se débarrasser de la glace et de la neige – au moins dans le centre-ville – et, chaque année, la décision était reportée par un comité d'experts. On préférait favoriser des projets à long terme. Des équipes de déneigeurs mal payés et des chasse-neige investissaient les rues et les trottoirs le lundi matin afin de nettoyer la neige accumulée durant le week-end et de permettre à une armée d'employés de bureau de retourner travailler. Le chemin jusqu'à la rampe du commissariat avait été correctement dégagé, et Sid guida sa Toyota Dayon vieille de quatre ans dans le parking de Market Street sans craindre de glisser. En chemin, il n'avait croisé que deux accidents, et son trajet n'avait duré que quinze minutes, ce qui était très raisonnable.

Il était presque 8 h 20 lorsqu'il montra le bout de son nez au troisième étage, où on s'occupait des crimes graves. L'enquête concernant le meurtre du North2 serait conduite depuis le Bureau n° 3, l'un des plus grands, avec ses deux rangées de consoles pouvant accueillir une dizaine d'opérateurs réseau, ses deux cabines de zone, ses cinq écrans géants haute résolution et ses quatre boxes privatifs. Les grilles de l'échangeur de chaleur cliquetaient tandis que le système peinait à réchauffer les lieux, atteignant une température de trois degrés inférieure à ce qui aurait été confortable. La moquette bleue était usée et tachée, et les meubles avaient au moins dix ans. En revanche, les systèmes informatiques avaient été mis à jour l'année passée, et Sid savait que c'était le plus important. O'Rouke aussi, d'ailleurs. Seuls cinq bureaux du troisième étage avaient été modernisés au cours des quatre années passées.

L'inspectrice Dobson dirigeait l'équipe de nuit qui consistait en trois agents. Ceux-ci avaient mis en œuvre les procédures dictées par Sid avant la relève. Dobson le salua d'un hochement de tête et lui fit signe de la rejoindre dans un des boxes privatifs vitrés.

— La collecte de données va bon train, commença-t-elle. Nous avons commencé à charger les mémoires des maillages des rues qui bordent le fleuve à 5 heures ce matin. Je suis remontée en amont jusqu'au pont de l'A1, et on a ratissé les deux rives sur deux pâtés de maisons.

— Merci. Quelle distance jusqu'au pont ?

— Pas loin de sept kilomètres et demi. J'ai également inclus les données du macromaillage des rues afin que vous puissiez observer le trafic. Ça fait vraiment beaucoup de données.

Elle hésita avant de reprendre à voix basse :

— Il y a quelques brèches dans le quadrillage.

— Avec la neige qui est tombée, ça n'a rien d'étonnant.

— Oui, peut-être. Vous vous ferez un avis en y jetant un coup d'œil.

— Bien... Au fait, vous l'avez identifié ?

Elle lui lança un regard consterné.

— Je crois qu'il pourrait s'agir d'un North.

— Très drôle. Lequel ? Savons-nous au moins combien ils sont ?

— Difficile à dire. Northumberland Interstellar ne communique pas beaucoup sur les enfants de papa Augustine.

— La plupart des 2 ont été élevés par des mères de substitution, n'est-ce pas ? Pour NI, il s'agissait surtout de produire un nombre suffisant de managers.

— Les chiffres varient selon le site non autorisé auquel on se connecte. Les ragots dégueulasses ne manquent pas. Mais bon, apparemment, ils seraient un peu moins de cent. Les 3 sont plus nombreux. Les North sont des garçons vigoureux, si vous voyez ce que je veux dire. Heureusement, la courbe n'est pas exponentielle. Les 2 n'ont pas fait énormément de gamins. Pas étonnant, avec cette histoire de dégénérescence. Les 3 se sont posé moins de questions, semble-t-il. Sans compter qu'un paquet de filles rêvent de ferrer un 3 et de lui soutirer une pension alimentaire. En conclusion, on ne sait pas combien de 4 sont en liberté dans la nature.

— Une estimation, peut-être ?

— Jusqu'à trois cent cinquante, mais je ne garantis rien.

— Et personne n'a déclaré de disparition ?

— Il est mort depuis onze heures ou un peu plus. Il est encore tôt. Je pense qu'on nous appellera avant le déjeuner.

Sid se tourna vers le bureau où Ian, qui venait d'arriver, discutait avec l'équipe de nuit.

— Les médias sont-ils au courant ?

— Non. O'Rouke a demandé à deux techniciens d'installer des programmes de surveillance sur le réseau du commissariat. Et puis il a parlé à chacun d'entre nous en insistant sur ce qui risquait de nous arriver si jamais l'info filtrait. Je crois qu'il n'y aura pas de problème pour l'instant.

— Ça ne va pas durer. En tout cas, merci d'être restée discrète.

— Pas de problème. Je vous passe le relais ?

— Bien sûr.

Sid posa la main sur le capteur biométrique d'une console de zone et demanda à son i-e de se connecter. Le réseau du commissariat prit note de sa présence. Les systèmes du bureau affichèrent ses programmes personnalisés, les disposant de la manière qui lui convenait le mieux.

— Un pool a-t-il été mis en place ? demanda-t-il l'air de rien.

— Sûrement pas, répondit Dobson avec un sourire en coin. Ce serait déshonorant pour le service. Mais si vous êtes toujours dans ce bureau après l'heure du déjeuner, vous me devrez 100 eurofrancs.

— Quel optimisme ! Heureux de voir que vous avez confiance en moi.

— Sérieusement, Sid, qui peut vouloir d'un dossier pareil, franchement ? reprit-elle avec sérieux. Laissons les lèche-culs d'O'Rouke se démerder tout seuls, qu'en pensez-vous ?

— Ouais, vous avez peut-être raison.

Ils retournèrent dans le bureau principal. Eva Sealand venait d'arriver. Officier spécialisé dans les interprétations visuelles, elle avait été mutée de Leicester dix mois plus tôt. Sid collaborait avec elle régulièrement depuis qu'elle était à Newcastle. Rouquine islandaise au tempérament joyeux, elle avait trois enfants et un mari qui travaillait dans la gestion de réseaux, avait cru comprendre Sid.

— J'ai du boulot pour vous, aujourd'hui, commença-t-il. Vous n'allez pas être déçue.

Elle sourit, s'entortilla les cheveux et les attacha avec un élastique.

— On vient de me mettre au courant. Alors, c'est vrai ? Un North ?

— J'étais là quand ils l'ont sorti de la Tyne, cette nuit.

— Qui d'autre est avec nous ?

— Lorelle devrait arriver bientôt. J'ai demandé des renforts, et je pense que l'équipe va grossir durant la journée.

— Vous restez ? demanda Eva en se penchant vers lui.

— Dobson a pris des paris sur mes chances, marmonna-t-il. (En réalité, il s'inquiétait surtout de savoir s'il lui resterait quelqu'un avec qui travailler sur les affaires courantes quand O'Rouke aurait repris les clés de ce dossier.) Mais je vous préviens, ma belle, vous allez crouler sous le boulot. N'imaginez pas… (Il s'interrompit et fixa son regard sur deux officiers qui venaient d'entrer dans le bureau.) Euh… salut.

Northumberland Interstellar n'était pas la seule société à employer des North2. La détermination était le trait de caractère chéri de Kane, la raison pour laquelle il avait tant voulu dupliquer sa personnalité. Quand vous possédiez cette fameuse qualité en quantités industrielles, deux possibilités s'offraient à vous : œuvrer pour la société familiale en essayant de la faire avancer sur les fronts financier, industriel, politique et légal – il y avait un North à la tête de chaque département chez NI, avec des versions plus jeunes dans les coulisses qui attendaient leur tour ; ou bien travailler en solo, mettre à profit cette même détermination pour montrer à tout le monde que vous pouviez vous passer de votre famille. Ces derniers cas étaient minoritaires et avaient tendance à créer des entreprises qui collaboraient avec Northumberland Interstellar. Encore moins nombreux étaient ceux qui s'engageaient auprès des services publics. Sid n'avait entendu parler que de deux exemples de ce type : Abner North2 et Ari North2, qui se tenaient dans l'entrée du Bureau n° 3 et regardaient partout avec curiosité.

Abner était le plus âgé des deux ; proche de la cinquantaine, il était inspecteur de classe deux spécialisé dans l'expertise médicolégale. Sid avait travaillé avec lui à plusieurs reprises durant la décennie écoulée, et il l'avait toujours trouvé très efficace, et ce quel que soit le type d'affaire traitée. Le fait qu'Abner n'ait pas atteint un grade plus élevé ne laissait pas d'étonner ses collègues, qui en faisaient un sujet de conversation récurrent. En dehors de l'aspect politique de la chose, personne ne comprenait ce que des North faisaient dans la police. Sid ne se tracassait pas avec ces questions ; pour lui, seuls les résultats comptaient, et Abner avait toujours eu d'excellents résultats. Ari était son cadet d'une bonne dizaine d'années ; toujours simple inspecteur, il s'était spécialisé dans l'étude de données et était tout aussi capable. Il était très difficile de les distinguer l'un de l'autre. La longueur de cheveux aidait parfois. Les North avaient des cheveux châtain foncé et ondulés – aucun produit cosmétique ne pouvait venir à bout de leurs bouclettes – qui ne grisonnaient qu'à partir de la cinquantaine bien tassée. Toutefois, ils les portaient souvent très courts, ce qui n'aidait pas à les identifier individuellement. Leurs traits étaient quasi identiques : un nez plutôt plat, un menton arrondi, des yeux gris-bleu, des sourcils touffus. Ils avaient la même taille et de toute évidence ne tendaient pas à prendre du poids en vieillissant. Ils avaient tous la voix grave, rocailleuse et toujours légèrement trop forte. La manière la plus rapide de deviner leur âge, et donc de les différencier, était de comparer leurs cous. Le cou s'épaississait quand on prenait de l'âge, processus que Sid comparait volontiers à la croissance des arbres. On ne pouvait pas se tromper. Certains des North les plus vieux qu'il avait vus avaient le cou aussi gros que la tête.

— Messieurs, dit doucement Sid.

Abner eut un sourire pincé.

— Bonjour, patron. Heureux de voir que vous avez pris les rênes de ce dossier.

— Merci. J'imagine que vous avez compris qui était notre victime ?

— Ouais, répondit Ari.

— Ça ne vous pose pas de problème ?

— Pas du tout.

— Ne vous en faites pas, poursuivit Abner en lui mettant la main sur l'épaule. Cela ne change rien pour nous. La procédure sera respectée à la lettre.

— Absolument, confirma Ari.

Leur parler lui fit un drôle d'effet, car ils avaient tous les deux le visage du corps gelé et vidé de son sang qu'il avait vu huit heures plus tôt. Il y avait de quoi être retourné. Quant à l'identité de la personne qui avait eu la brillante idée de les mettre sur cette affaire, elle ne faisait aucun doute : O'Rouke, évidemment.

— Parfait. Nous ne l'avons toujours pas identifié, et il faut absolument commencer par là. Quand on aura un nom, le reste suivra tranquillement. Faites ça pour moi. Employez tous les moyens possibles.

— On n'a pas encore de nom ? s'étonna Abner.

— Il est encore tôt.

Il avait un peu honte de sa réponse. Il ne savait même pas s'il devait leur présenter ses condoléances. Après tout, la victime était un parent. Lorelle Burdett, qui collaborait souvent avec Sid, arriva à son tour, précédant O'Rouke de quelques pas. Les problèmes d'étiquette et les questionnements existentiels de Sid passèrent à la trappe. Le patron de la police de Newcastle portait son uniforme ce matin, tunique sombre ornée d'un nombre impressionnant de décorations colorées et de broderies dorées. Âgé de soixante-sept ans, O'Rouke s'était hissé au sommet de la hiérarchie grâce à un taux d'élucidation respectable et à une maîtrise peu courante des rouages de la politique. Soit on jouait dans son équipe et on faisait occasionnellement office de bouc émissaire, soit on passait sa carrière à élucider des affaires minables de déchets toxiques abandonnés.

Deux aides en costume sombre et élégant apparurent derrière O'Rouke : Chloe Healy, responsable de la communication, et Jenson San, représentant des officiers supérieurs. Sid fit de son mieux pour ne pas les regarder d'un air froid et haineux. Il avait le plus grand mépris pour ces exécutants des basses œuvres du système. Jamais il ne pourrait égaler et encore moins dépasser leur mauvaise foi et leur capacité à mentir pour le compte de leur sinistre suzerain.

Sid se prépara. Dans quelques instants, on lui retirerait cette affaire pour lui confier des missions de moindre importance. Dommage. Il se serait accommodé des heures supplémentaires.

O'Rouke lui serra la main.

— Alors, où en est-on, inspecteur ?

— L'équipe de nuit est en train de nous remettre les clés de la boutique, monsieur. Les données préliminaires que j'ai demandées ont été chargées. J'étais sur le point de définir la procédure à suivre et de distribuer les tâches.

Tout en parlant, il essayait de ne pas regarder par-dessus l'épaule du chef, sachant avec certitude qu'un des sbires d'O'Rouke attendait dans le couloir qu'on lui confie le dossier. Mais Jenson San ferma la porte, et une lumière bleutée apparut autour de l'encadrement, confirmant que la salle était sécurisée.

— Bien, commença O'Rouke en leur faisant face. Nous savons tous que l'identité de la victime va créer une tempête dans les médias. J'insiste sur le fait que vous ne devez en aucun cas faire des déclarations non autorisées à la presse. Me suis-je bien fait comprendre ? Pas un traître mot ! Le moindre contact avec ces pourritures de journalistes ou avec des représentants de sites non officiels devra être signalé à Chloe, expliqua-t-il en désignant la jeune femme. Faites passer cette consigne le long de la chaîne de commandement, ainsi qu'aux agents de sécurité avec qui vous ne manquerez pas de travailler. Pour ce qui est de vos exigences budgétaires, ne vous faites pas de souci. En contrepartie, nous attendons évidemment des résultats rapides. Nous devons faire passer un message fort : personne n'est au-dessus des lois. Personne ne peut se pointer chez nous et s'en prendre à une de nos familles les plus distinguées sans en payer le prix. Compris ?

— Oui, monsieur, lui répondit l'équipe d'une voix étouffée.

O'Rouke hocha la tête d'un air bourru.

— Parfait. J'espère pouvoir bientôt être fier de votre travail. Inspecteur, ajouta-t-il en inclinant la tête vers Sid, j'aimerais m'entretenir avec vous en privé.

Nous y voilà. Sid entra dans le petit bureau, tandis que le patron serrait la main aux North2 en leur marmonnant ses condoléances.

Enfoiré.

Bizarrement, le chef le rejoignit dans le bureau sans ses aides.

— Vous avez bien fait de m'appeler tout de suite, commença-t-il.

— Franchement, je ne savais pas quoi faire. S'il s'était agi d'un meurtre ordinaire, je ne vous aurais pas dérangé, mais là… Merde, un North, quand même !

— Ouais. Je ne vous dirai pas combien d'averses de merde j'ai déjà essuyées ce matin. Le maire en chie des coucous suisses, et le procureur général a déjà désigné le cabinet londonien qui se chargera de l'accusation le moment venu. Il vous appellera d'ailleurs dans une demi-heure pour discuter stratégie et vous préciser le niveau de preuves dont il aura besoin.

Sid se pencha légèrement en arrière et considéra l'imposant chef de la police en plissant les yeux.

— Moi ?

— Oui, vous, Hurst.

— Vous êtes sûr ?

— Aucun autre bouffon du deuxième ne s'est porté volontaire pour tremper sa nouille dans cette affaire. Ce sera vous.

— Putain… D'accord !

— Il vous arrive de faire des conneries, mais qui n'en fait pas ? Chloe et Jensen se sont penchés sur vos états de service cette nuit. À ce propos, ils vous détestent parce que je les ai réveillés à 1 heure du matin, ha ! Ils disent que vous êtes un bon inspecteur, que vous connaissez la procédure et le système de fond en comble. En plus, dans ce dossier-ci, vos désirs seront des ordres. Il vous suffira de claquer des doigts pour réquisitionner les ressources du CERN s'il le faut, pour les aspects scientifiques de l'enquête. Le porte-monnaie de Northumberland Interstellar vous est grand ouvert. Toutes les agences avec lesquelles nous avons collaboré dans le passé vont vouloir vous rencontrer pour vous cirer les pompes et offrir à vos gamins dix ans d'abonnement pour les matchs de Newcastle United à St James Park.

— Eh bien !…

Malgré la pression, Sid était heureux de se voir confier tant de responsabilités. Les autres avaient tellement peur pour leur carrière qu'ils se chiaient dessus quand O'Rouke arrivait. Quelle ironie. Au deuxième étage, tout le monde était persuadé qu'il était sur le départ, et c'était vrai, mais pas comme ils le pensaient. Et puis, un budget vraiment illimité, c'était un peu comme regarder les Gunners d'Arsenal mettre une raclée à Manchester United.

— Où en est-on ? s'enquit O'Rouke.

— Nulle part, je le crains. Je n'ai même pas l'identité de la victime, mais j'ai mis nos North sur le coup. Ça me semblait plus sûr.

— Bien. Attention ! Ils ne sont pas là pour faire de la figuration. Faites-les bosser, n'ayez pas peur. Comme ça, ils pourront expliquer à Augustine qu'on a travaillé dur et qu'on a mis en œuvre tous les moyens imaginables pour arrêter ce fils de pute.

— D'accord…, répondit Sid avec circonspection.

— Quoi, qu'est-ce qu'il y a ?

— Je pensais à la victime. Elle était nue, et sa blessure était vraiment très bizarre. Je ne crois pas à une simple agression qui aurait mal tourné.

— Précisez votre pensée.

— Je crains que la vérité soit plus craignos que ça.

— C'est-à-dire ? Je vous écoute, Monsieur le Génie.

— Et si je découvre des trucs que les North cachent au grand public ?

— Ils risquent de vous en vouloir.

Sid examina longuement le visage d'O'Rouke. Un visage rougeaud à cause de la tension sanguine, anguleux, déformé par une grimace vicieuse et agressive. Il le provoquait. Le poussait dans ses retranchements. Il essayait de l'énerver, comme d'habitude.

— Je mérite une promotion, lâcha Sid.

— Vous revenez tout juste d'une suspension.

— Ouais, mais je couvre vos arrières, sur ce coup. Ce n'est pas le genre de truc qu'on fait gratuitement. Je veux passer au cinquième échelon ou je me casse.

— Alors, cassez-vous.

Sid tourna les talons et se dirigea vers la porte. C'était un risque calculé.

— Arrêtez-vous tout de suite, petit merdeux ! aboya O'Rouke.

Sid sourit avant de se retourner.

— Si vous ne bouclez pas cette affaire, si vous ne faites pas condamner l'enculé qui a fait ça, je vous fais personnellement griller les couilles et je les donne à bouffer aux North.

— Marché conclu.

— Mettons-nous bien d'accord, tonna O'Rouke en lui brandissant un doigt courtaud sous le nez. Je ne veux pas d'histoires bizarres, de cul ou de drogue, rien qui risque de salir la réputation des North. Notre victime était un type bien assassiné par une pourriture.

— C'est ce que je pense. C'est ce que nous allons tenter de prouver.

— Bien, nous sommes sur la même longueur d'onde. Tenez-moi au courant toutes les deux heures.

O'Rouke lui lança un dernier regard menaçant avant d'ouvrir la porte. Chloe Healy et Jenson San lui emboîtèrent le pas comme il quittait le Bureau n° 3 sans un mot de plus.

Les autres se tournèrent de conserve vers Sid, l'air curieux ou fascinés. Celui-ci referma avec soin la porte et attendit que la lumière bleue se rallume.

— Bien, commença-t-il. Voici ce que nous savons : la nuit dernière, un North a été repêché dans le fleuve. Il était nu et présentait une blessure au thorax, d'où la classification en un-zéro-un. Ce matin, nous allons tenter de découvrir son identité et de déterminer à quel endroit il a été jeté à l'eau. Inspecteur Dobson, que savons-nous du trafic fluvial, cette nuit ?

— Nous avons identifié trois bateaux suspects. La police fluviale les a interceptés et fouillés.

— Excellent travail.

— Merci. Le premier était le *Menthanine*, un navire privé parfaitement en règle loué par des hommes d'affaires amateurs de pêche en route pour les îles écossaises. À en croire le capitaine, ses passagers ont entrepris de se soûler dans l'après-midi, l'objectif étant de cuver pendant la traversée et d'arriver à destination frais et dispos.

— Peut-être une bagarre d'ivrognes qui se serait mal terminée ? proposa Ian.

— Le voyage était prévu depuis cinq semaines, poursuivit Dobson. Il n'y avait personne d'autre sur la liste des passagers, et l'équipage nous a confirmé que seuls les passagers prévus étaient montés à bord. Le *Menthanine* a levé l'ancre à la marina de Dunston ; j'ai récupéré la mémoire du maillage du quai pour vérifier qu'aucun North n'était à bord. À vrai dire, cela m'étonnerait. Leur histoire a également convaincu la police fluviale. Néanmoins, on a ordonné au capitaine de jeter l'ancre au large de Tynemouth, histoire de pouvoir faire toutes les analyses nécessaires. *Idem* pour le *Bay Spirit*. Il s'agit d'un yacht privé, propriété d'un couple marié, Tammie et Mark Haiah. Il vient d'être restauré et doit partir pour un tour du monde. On peut le louer pour des croisières d'une semaine pour naviguer de marina en yacht-club. Il faisait un voyage d'essai, histoire de vérifier que tout fonctionne correctement, avant d'embarquer ses premiers clients en Normandie dans quatre jours. L'équipage est composé de deux personnes : le capitaine et une hôtesse, qui est aussi sa petite amie.

— Et le troisième bateau ? demanda Sid.

— Un autre yacht, décidément… Il s'agit du *Dancer's Moon*, un palace flottant qui emploie sept membres d'équipage. Son propriétaire est un certain Corran Fiele, directeur de plusieurs sociétés de services et d'ingénierie. Sa femme, leurs trois enfants et lui doivent passer le restant de l'hiver en Méditerranée. Encore une fois, rien de suspect *a priori*, mais nous leur avons demandé de jeter l'ancre avec les autres.

— Parfait, merci. Excellent travail. Je m'occupe de leur envoyer des équipes scientifiques le plus vite possible. Nous manquent donc toujours nos deux informations de base : l'identité de la victime et le lieu de sa mort. Quand on aura tout ça, on pourra commencer les choses sérieuses et reconstituer son emploi du temps. Je pense que sa famille, ses amis ou ses collègues de travail ne vont pas tarder à nous appeler, mais nous devons quand même continuer nos recherches. Abner et Ari, je vous mets sur le coup. Les autres devront récupérer les mémoires des maillages des rues qui bordent le fleuve, les vérifier et les indexer sur une carte afin que nous puissions clairement voir le théâtre des opérations. La marée était haute à 21 h 42, hier soir. Commencez là, car le corps a été emporté par la marée descendante. Nous attendons les résultats de l'autopsie pour réduire le champ d'investigation, mais je veux que vous mettiez en évidence les trous dans le maillage. Il ne s'agit pas d'un crime gratuit. La personne qui l'a commis aura fait le nécessaire pour ne pas être repérée par les particules intelligentes.

Sid était satisfait par la manière dont les choses s'engageaient. Son équipe était compétente. L'équipe de nuit leur remit les codes, et tout le monde se mit au travail sans râler et sans se plaindre de ne s'être pas vu confier la tâche désirée. Chacun prit une portion du fleuve et entreprit d'indexer la mémoire des maillages.

Après s'être assuré que les yachts étaient toujours là et surveillés par la police fluviale, Sid appela Osborne chez Northern Forensics pour lui demander d'inspecter les bateaux. C'était sa compagnie de police scientifique préférée ; compétente, bien équipée, et elle ne manquait jamais de verser un petit quelque chose sur son compte secondaire quand il faisait appel à elle. Comme il s'agissait d'un appel officiel enregistré par le réseau du commissariat, Osborne s'en tint aux politesses d'usage et, après avoir vu le budget alloué à l'affaire, se hâta de lui donner la priorité. Il promit à Sid qu'une équipe scientifique attendrait à Tynemouth d'ici une heure.

— Trois équipes, rétorqua Sid. Une pour chaque bateau.

Osborne prit quelques secondes pour absorber l'information.

— Vous oubliez qu'on est lundi matin.

— Si vous ne pouvez pas me donner ce dont j'ai besoin, j'irai voir une autre compagnie, qui saura se montrer rapide et efficace.

— Bien, je m'en occupe personnellement. Trois équipes…

— Au cas où vous trouveriez du sang, chacune de vos équipes sera accompagnée d'un officier et de trois agents de sécurité. Ils seront à Tynemouth dans trente minutes. Faites en sorte que vos hommes soient à l'heure.

Il n'aurait pas dû sourire à l'écran après la disparition du visage peiné d'Osborne, mais c'était le moment ou jamais de jouer son rôle à fond.

Quand les premières analyses furent terminées, Sid aida son équipe à dépouiller les maillages de surveillance. Il s'installa devant une console inoccupée et laissa le moniteur rectangulaire s'incurver autour de son visage avec une fluidité aquatique. Le projecteur se connecta avec les cellules intelligentes de ses iris, l'immergeant dans un affichage holographique parfait, pareil à une zone miniature. Quand il les regarda, ses mains planaient au-dessus du clavier de contrôle virtuel, cube d'air situé juste au-dessus du vrai clavier. Sa topographie de contrôle personnelle se matérialisa, ensemble d'icones-engrenages qu'il pouvait tourner dans un sens ou dans l'autre du bout des doigts.

Il choisit une section de la rive nord, entre les ponts de la Tyne et de Redheugh. La ville avait vaporisé des particules intelligentes grosses comme des têtes d'épingle sur les murs des vieux immeubles qui bordaient les quais, et ce jusqu'à une hauteur de trois mètres. L'angle de vue sur les rues et la promenade était très bon. Une fois leurs mémoires mises en commun, les particules offraient une couverture complète, montrant voitures et piétons. Dobson avait téléchargé les mémoires entre dimanche midi et lundi, 2 heures du matin. Il y avait quelques trous, là où des particules avaient mal fonctionné, mais aussi là où elles étaient couvertes de déjections de pigeons, de neige ou de glace. Toutefois, le résultat obtenu était suffisamment cohérent pour être formaté en 3D et projeté dans une zone. Restaient le macromaillage des rues et la gestion du trafic, qui devraient être agrégés à la projection 3D afin de produire une image parfaite des quais.

Sid passa en revue les images prises dimanche à midi comme s'il planait au-dessus de la chaussée, se tournant régulièrement vers la rivière, améliorant la résolution.

— Ah ! fait chier ! (Il stoppa la projection quand il était juste à l'est du vénérable Pont tournant, d'où la vue était parfaite sur les boîtes de nuit amarrées au ponton de bois du pilier sud.) Quelqu'un sait combien il y a de bateaux-clubs en ville, en ce moment ?

Ian leva la tête de sa console – il était en train d'examiner les alentours du pont de chemin de fer King Edward.

— Cinq ou six, je pense.

— On va devoir charger leurs maillages de surveillance.

— Dobson s'en est déjà occupée, répondit Eva.

— Décidément, elle est forte.

Il était 10 heures, et ni Abner ni Ari n'avaient encore identifié leur victime. Cela commença à tracasser Sid.

— La plupart des North nous ont confirmé qu'ils étaient en vie, se défendit Abner.

Sid leur demanda de persévérer. Il mettait tous ses espoirs dans les résultats de l'autopsie, à présent. Une fois découvertes les raisons de la mort et l'heure approximative de l'immersion, ils auraient un bon point de départ. Évidemment, il n'aurait pas été contre avoir le nom de la victime…

Jenson San réapparut juste avant 11 heures.

— La famille North a envoyé un médecin légiste à la morgue, histoire de voir si tout se passe bien. C'est le légiste en chef qui s'occupe de l'autopsie.

— Merci.

— On n'a toujours pas identifié la victime ?

Sid secoua la tête, furieux de n'avoir pas encore récupéré cette donnée cruciale. Étant donné la stature sociale de la victime, ce ne serait pas très bon pour sa réputation ni celle de son équipe, pourtant excellente.

— Il nous faut son nom de toute urgence, murmura Jenson à voix basse.

— Ouais, j'en étais arrivé à la même conclusion que vous, merci.

Un quart d'heure plus tard, Sid partit pour la morgue, sise dans une annexe moderne, tout en verre et en acier, de l'infirmerie Royal Victoria appartenant à la société Arevalo Medical.

Comme il se garait, Sid vit des panneaux indiquant que le parking céderait bientôt la place aux fondations d'une nouvelle clinique d'oncologie.

— Et je me gare où, moi, après ? marmonna-t-il en piétinant la neige en direction du hall confortable et chaud.

Malgré ses lignes modernes et son intérieur bien entretenu, la morgue le déprimait toujours. Depuis des années, il avait perdu le compte des parents, conjoints et autres amis qu'il avait vus pleurer en venant identifier un défunt. Pas de cela aujourd'hui, heureusement. Toutefois, un groupe presque aussi déstabilisant se tenait près de la réception.

Chloe Healy tourna le dos aux deux hommes avec qui elle discutait.

— Inspecteur Hurst, je vous présente Aldred North.

Aldred lui serra la main et le gratifia d'un sourire professionnel.

— Je dirige la sécurité chez Northumberland Interstellar.

Proche de la cinquantaine, vêtu d'un costume et d'un manteau qui devaient coûter dans les 8 000 eurofrancs, il jouissait manifestement d'une position importante au sein de l'entreprise. Un North2, conclut Sid.

— Désolé, mais je serai le représentant officiel de votre assureur pour cette affaire. J'espère que cela ne vous dérange pas, poursuivit-il. Je tâcherai de me faire aussi discret que possible.

Sid lui lança un regard neutre dont il ne fut pas peu fier. *Chloe doit être au courant. Elle est la créature d'O'Rouke, elle ne peut pas ne pas savoir.*

— Pas de souci, monsieur. Toutes mes condoléances.

— Merci. Je vous présente le docteur Fransun, l'officier médical supérieur de notre compagnie.

— Docteur…

Sid lui serra la main et remarqua que l'homme semblait particulièrement nerveux. C'était compréhensible ; après tout, le frère-fils de son patron avait été assassiné la veille.

— Savons-nous de qui il s'agit ? demanda Aldred.

Du coin de l'œil, Sid vit Chloe grimacer.

— Non, pas encore, ce qui est intéressant en soi.

— Que voulez-vous dire ?

— L'auteur de ce crime savait ce qu'il faisait. L'absence d'indice prouve que nous avons affaire à un professionnel qui sait brouiller les pistes et nous compliquer la tâche.

— Vous insinuez que c'était un contrat ?

— Tant que nous ne connaîtrons pas son identité et que nous n'en saurons pas davantage sur lui, je ne spéculerai pas sur les mobiles de l'assassin. Certains membres de votre famille ont-ils fait l'objet de menaces ?

— Non, pas spécialement. Enfin, il y a toujours des marginaux…

— Si jamais vous entendez parler de quelque chose…

— Je vous tiens au courant.

— S'il vous plaît.

Le médecin légiste en chef vint les saluer.

— Je suis à vous, messieurs, annonça-t-il solennellement.

— Dans ce cas, je retourne au bureau, dit Chloe. Inspecteur, j'attends de vos nouvelles.

— Bien sûr, acquiesça Sid avec un grand et feint sourire.

— Qu'en pense O'Rouke ? demanda Aldred, tandis qu'ils s'enfonçaient dans le couloir qui conduisait à la salle d'examen.

— J'ai cru comprendre qu'il exigeait des résultats dans les plus brefs délais.

Aldred renifla d'un air faussement amusé.

— Ma famille a besoin de certitudes, dans cette affaire, inspecteur. Et nous sommes disposés à attendre pour les obtenir. Pour ce qui nous concerne, vous pouvez prendre votre temps.

— L'argent que vous avez mis à notre disposition nous permet en effet de mener cette enquête dans les règles de l'art.

Le corps reposait sur un genre de table chirurgicale au centre de la salle. Au-dessus, de longs bras segmentés fixés au plafond autour d'un disque lumineux agrippaient une panoplie de capteurs en tous genres. Autour d'eux étaient disposées les caméras holographiques qui filmeraient la procédure. Des moniteurs occupaient un mur tout entier, tandis que des postes d'analyse d'échantillons étaient alignés le long d'un autre, chacun doté de son équipement particulier.

Sid et les autres enfilèrent des pantalons et des blouses bleus, ainsi que des gants pour empêcher toute contamination. Deux assistants se joignirent au légiste.

Sous la lumière crue, le corps paraissait en encore plus mauvais état que la nuit passée, sur le bateau. La peau sèche avait pris une teinte blanche plus classique, à côté de laquelle la large plaie à la poitrine semblait presque noire.

Le légiste activa les caméras et commença son commentaire officiel. Ses assistants poussèrent des dessertes chargées d'instruments jusqu'à la table.

Il commença par une analyse spectroscopique, balayant le corps avec un des bras articulés.

— Je cherche des traces éventuelles de contamination, expliqua-t-il.

Sid trouvait cela un peu exagéré ; le corps du North avait passé des heures dans la Tyne, et tout le monde savait que le fleuve était pollué à l'extrême. Toutefois, il préféra ne rien dire. On préleva des échantillons sous les ongles de la victime. On récupéra quelques cheveux à l'aide d'une brosse. On effectua des prélèvements dans sa bouche, son nez et ses oreilles. Puis vint l'inspection visuelle complète.

— Notez les griffures sur les talons, remarqua le légiste. Elles vont toutes dans la même direction.

— Il a été traîné, conclut Sid.

— Exact. *Post mortem.*

— Il était mort quand on l'a jeté à l'eau, expliqua Sid à Aldred.

— Il est trop tôt pour le dire, inspecteur, le contra le légiste. (Il tourna la jambe gauche et montra une entaille de trois centimètres.) *Post mortem*, elle aussi. La blessure est plus profonde en haut, ce qui indique qu'on a tiré sur l'objet après l'avoir enfoncé dans la chair. (L'homme prit un autre capteur muni d'une microcaméra. Une image apparut sur un écran géant.) Pas de résidus, j'en ai peur. Le fleuve a tout nettoyé.

On retourna le corps, et l'examen put reprendre. Sid fit son possible pour ne pas tressaillir quand un des assistants effectua un prélèvement dans l'anus de la victime. Il n'osait même pas imaginer ce que pouvait ressentir Aldred.

Le légiste souleva le cadavre et lui examina de près les deux bras.

— Il y a de petites entailles un peu partout. Les cellules intelligentes ont été extraites *post mortem*.

— Combien de temps cela a-t-il pris ? s'enquit Sid.

— Je les compterai plus tard, mais, si vous voulez faire les choses correctement, il faut compter une trentaine de secondes par cellule. La plupart des gens en ont entre dix et cinquante, selon le degré de connectivité transnet désiré et la manière dont on souhaite surveiller sa santé. Elles sont assez faciles à retirer, les cellules disponibles sur le marché mesurant moins d'un demi-millimètre. Celles que l'on implante dans les iris sont beaucoup plus petites, bien sûr. Il faut commencer par les localiser, évidemment. Vu la façon dont les globes oculaires de la victime ont été traités, les personnes qui lui ont fait cela ne devaient pas être obsédées par la précision.

— Tous les membres de la famille North sont équipés de cellules secrètes, annonça le docteur Fransun. Il faut un code pour les activer et pour que la liaison se fasse. Elles servent en cas de rapt.

Sid lança un regard vif à Aldred.

— Et ?

— Pas de réponse. J'ai essayé le code général dès que nous sommes arrivés, et rien.

— Donc, soit il ne s'agit pas vraiment d'un North, soit ces cellules secrètes ont été extraites elles aussi.

— En effet.

— Inactives, elles sont impossibles à repérer, non ?

— À moins d'un scan sophistiqué ou d'une séance de torture pour faire avouer les codes à la victime.

— Je ne vois aucun signe de torture, intervint le légiste avant de montrer les mains du défunt. Je ne vois même pas de blessures défensives. Quoi qu'il lui soit arrivé, c'est arrivé très vite. (Il souleva la main droite et désigna la peau manquante au bout des doigts.) Encore une fois, cela a été fait après la mort.

— Êtes-vous certain de vouloir rester jusqu'au bout ? demanda Sid à Aldred comme les spécialistes remettaient le corps sur le dos.

— Oui.

Un large capteur en forme de C accroché à deux bras balaya lentement le cadavre sur toute sa longueur. Ils regardèrent tous l'image en 3D se former sur l'écran géant. Certaines parties furent agrandies davantage et affichées sur les moniteurs périphériques.

— Aucun matériau étranger visible, annonça le légiste.

Le docteur Fransun se rapprocha du mur d'écrans et fixa son regard sur un moniteur en particulier.

— C'est inhabituel.

Le légiste le rejoignit devant l'image blanc et bleu. On aurait dit des feuilles translucides pliées les unes autour des autres dans un genre d'origami complexe.

— Je vois ce que vous voulez dire, acquiesça le légiste.

— Qu'y a-t-il ? demanda Sid.

— On dirait qu'il y a beaucoup de dégâts à l'intérieur de la cage thoracique ; dégâts qui ne correspondent pas vraiment à la blessure extérieure.

Ils retournèrent près du corps et braquèrent une microcaméra sur la blessure. Des images haute résolution de cinq points d'entrée furent enregistrées, et les dimensions exactes de la blessure furent prises. Quatre trous étaient proches les uns des autres et dessinaient une courbe, tandis que le cinquième était un peu plus bas, à deux centimètres des autres.

— J'étais parti du principe qu'ils avaient été pratiqués successivement avec une même lame, mais les perforations ont toutes une taille différente, nota le légiste. Intéressant. L'arme était donc dotée de cinq lames. Un objet pareil ne doit pas être facile à manier.

— Que voulez-vous dire ? demanda Aldred.

— Transpercer la peau et les os n'est déjà pas facile pour une seule lame. Les muscles humains en sont capables, évidemment, mais il faut exercer une force considérable, car le corps offre une grande résistance. Dans le cas qui nous intéresse, l'assaillant a dû faire pénétrer cinq objets simultanément, ce qui est d'autant plus difficile.

— Un homme de grande taille, conclut Sid.

Quelque chose le tracassait avec ces plaies.

— Ou un homme très, très en colère, objecta le légiste, mais vous avez sans doute raison. Jetons un œil à l'angle de pénétration. (Il marmonna quelque chose à son i-e, et cinq lignes vertes se matérialisèrent sur un des écrans.) Oh ! c'est intéressant. À en juger par cet angle, je dirai que la victime et son assaillant avaient environ la même taille.

Sid contourna la table, se pencha vers le corps et mit sa main au-dessus de sa poitrine, doigts écartés. Les extrémités de ses doigts se superposaient exactement aux plaies. Il lança un regard inquisiteur au légiste.

— C'est étrange, remarqua lentement celui-ci. Une arme à cinq doigts conçue pour imiter la main humaine.

— C'est le genre d'arme qui ne passe pas inaperçue dans une base de données, dit Sid en s'éloignant de la table et en demandant à son i-e d'effectuer une recherche.

— Nous allons l'ouvrir pour prélever des échantillons afin d'examiner leur structure cellulaire, annonça le légiste. Le niveau de décomposition nous permettra de déterminer l'heure de la mort avec précision.

— Je pense que vous devriez vraiment sortir, maintenant, conseilla Sid à Aldred.

— Non, j'ai besoin de rester jusqu'au bout.

Avec son scalpel, le légiste traça un Y reliant les épaules à la base du pénis en passant par le sternum et l'abdomen. Sid regarda ailleurs pendant que le médecin écorchait la victime ; il avait assisté à ce spectacle suffisamment de fois. Une caméra filma les entailles et les trous dans les côtes, au-dessus du cœur, puis une lame électrique trancha net les clavicules et les côtes, permettant au légiste et à ses assistants de retirer le sternum, exposant les organes en dessous.

Le légiste et le docteur Fransun examinèrent les dégâts sans rien dire. Sid regardait par-dessus leurs épaules.

— Qu'est-ce que c'est que ce truc ? demanda-t-il, incredule.

Le cœur du North était en lambeaux, réduit à l'état de bouillie rouge-violet entourée d'une gelée de sang coagulée.

— Les lames ont bougé une fois à l'intérieur, s'exclama le légiste, choqué. Par Allah ! des lames en forme de doigts ont plongé dans son thorax et se sont refermées sur son cœur, l'écrabouillant complètement.

* * *

Le globe transparent était fait d'un alliage de silicium et de carbone, dont la structure moléculaire extrêmement résistante ne pouvait être produite qu'en apesanteur. Il mesurait trois mètres de diamètre et était équipé d'un minisas qui le reliait à l'axe de l'habitat spatial de la taille d'une montagne. Malgré ses qualités hors du commun, le matériau mesurait huit centimètres d'épaisseur pour assurer l'intégrité physique de la personne qui se trouverait à l'intérieur. L'orbite de Jupiter était bombardée de radiations.

Mais c'était tellement beau, pensa Constantine North en regardant l'ombre de Ganymède traverser le ruban de tempêtes éternelles de la géante gazeuse. Voilà pourquoi il avait construit la bulle d'observation : pour pouvoir admirer sa maison si bizarre et si merveilleuse assis en tailleur tel un bouddha gyroscopique. Certains jours, il passait des heures à observer la course folle de nuages de Jupiter et de ses lunes tournoyantes.

Comme d'habitude, il regarda les tourbillons blancs, brun pastel et bleus s'entortiller les uns autour des autres sans aucune amplification, se satisfaisant de ce que ses yeux seuls lui montraient. Depuis son poste d'observation privilégié, à un demi-million de kilomètres des nuages frénétiques, le croissant de la géante gazeuse le baignait de sa lumière spectrale. Mais froide. Il n'y avait aucune chaleur dans la radiance perlée qui éclairait son visage nouvellement juvénile, aucune substance. Dehors, si loin du soleil, la luminosité était trop faible pour permettre la vie planétaire.

Dans ces ténèbres, de minuscules flammes bleues s'allumaient brièvement autour d'une fleur argentée aveuglante. Le *Minantha* était de retour et terminait sa manœuvre d'approche afin de s'arrimer à l'habitat amalgamé. Mince cylindre mesurant cent trente mètres de longueur, il était équipé d'un moteur ionique haute densité alimenté par un réacteur à fusion, et comportait une section habitable ainsi qu'une soute contenant des centaines de tonnes de matériel. Le tout était entouré par les énormes pétales miroitants des dissipateurs de chaleur. Jupiter possédait trois de ces navires-cargos, dont les allers et retours entre la géante gazeuse et la Terre duraient vingt-sept mois.

En 2088, Constantine avait programmé le portail de Newcastle pour qu'il s'ouvre sur Jupiter. L'opération n'avait jamais été répétée. À l'époque, il s'était agi de livrer sur place les machines industrielles et l'habitat en forme de roue nécessaires à la création de son magnifique empire isolé. Il avait fallu une journée et demie pour tout faire passer de l'autre côté. À la fin, les modules tournoyaient librement dans l'espace de la géante gazeuse. Sans mécanisme d'ancrage pour en faire un portail stable, le point de sortie d'une connexion transspatiale oscillait dans l'espace-temps autour des coordonnées programmées comme la cime d'un arbre dans une tempête. Constantine, ses fils et leur équipe avaient mis un mois pour rassembler les modules, usines, réservoirs et générateurs en une constellation stable autour de l'astéroïde de chondrite carbonée riche en minerais qu'ils avaient choisi d'exploiter. Alors seulement avait pu commencer la construction de leur nouvelle demeure.

Seul lien connu entre Constantine et la Terre, ses ferries ralliaient régulièrement Gibraltar, où on les remplissait de graines et d'échantillons destinés à enrichir la banque de gènes de l'habitat, mais aussi de systèmes de microfacture spécifiques. Il arrivait également que quelques personnes soient recrutées pour venir grossir leur modeste population indigène.

Une sonnerie familière retentit, arrachant Constantine à ses pensées. Cela l'étonnait plus que jamais, mais ce souvenir vieux de cent dix ans d'un téléphone sonnant dans un couloir dallé de marbre continuait d'attirer son attention. Chaque fois que cette sonnerie retentissait, Kane North avait l'habitude de se précipiter pour répondre comme si rien d'autre ne comptait, et ce même s'il était en train de passer un moment trop rare avec ses trois frères-fils.

Constantine ferma les yeux pour ne plus voir ni la splendeur glacée de ce paysage de tempête, ni la constellation scintillante et beaucoup plus proche des systèmes industriels qu'il avait créés. Le téléphone sonnait, impulsion qui s'immisçait dans son cerveau bien plus profondément que n'importe quel nerf auditif. Sa conscience traversa les multiples niveaux de pensée autonome qui formaient les strates de son cerveau reséquencé et atteignit la strate artificielle, celle qui s'étirait au-delà des limites de son crâne. Une myriade de connexions plus loin, son attention trouva la jonction nerveuse simple qui gérait ses communications avec l'IA de l'habitat. Celle-ci s'ouvrit tel un troisième œil, révélant une topologie qui ne pourrait jamais exister dans un univers newtonien. La sonnerie de téléphone éthérée se tut.

— Oui ?

— Papa, c'est Coby. Tu as reçu un message.

— De qui ?

Il ne demanda pas pourquoi on l'avait dérangé. Coby et tous les habitants de Jupiter n'avaient pas l'habitude de l'interrompre quand il admirait l'univers. Il était donc forcément arrivé quelque chose d'extrêmement important. L'IA seule n'avait pas le pouvoir de l'arracher à ses ruminations, sauf en cas de catastrophe majeure, une collision avec un astéroïde par exemple. Très peu de personnes pouvaient lui envoyer un message et espérer que celui-ci remonte la chaîne de commandement jusqu'à son altitude exaltée. Très, très peu. Deux. Deux personnes dans l'humanité tout entière. Et il croyait savoir de qui il s'agissait.

— Augustine, répondit Coby.

Bingo. Constantine inspira profondément, sentant l'odeur légèrement piquante des filtres atmosphériques ; cet air était vraiment trop pur pour les humains. À l'heure qu'il était, les émissions en provenance de la Terre mettaient quarante minutes pour atteindre Jupiter ; il ne s'agirait donc pas d'une conversation. Les trois frères s'étaient déjà presque tout dit, alors il tenta de deviner la raison de cet appel et, cette fois-ci, il espéra se tromper. Après tout, la technologie génétique et médicale d'Augustine n'était pas aussi avancée que celle dont il disposait sur Jupiter.

— Que veut-il ?

— Le message est crypté. Lourdement. Je suppose que tu as la clé.

— Espérons. Envoie-le-moi.

Le message débuta. Constantine ouvrit les yeux. Sous le choc, sa conscience voyait les images de l'autopsie superposées à des cyclones supersoniques aussi gros que des océans – des cyclones qui fonçaient sur des rubans de tempêtes et percutaient d'autres cyclones qui tournaient dans le sens opposé, provoquant des explosions d'ammoniac glacé et des nuages sales chargés de rayons ultraviolets. C'était une toile de fond étrange pour des graphiques fonctionnels détaillant la décomposition cellulaire, la composition chimique du sang et la photo aux contours parfaitement nets du triste cœur massacré d'un neveu-frère décédé.

Comme le message se terminait, il cligna des yeux pour faire sortir des larmes rendues paresseuses par l'apesanteur. Il s'était complètement trompé sur le contenu du message. Comme il avait été arrogant. Il n'était pas forcément déçu de s'être fourvoyé, mais la peur qu'il ressentait était vive. Aussi vive que s'il avait vu sa propre tombe s'ouvrir sous ses pieds. Son rythme cardiaque s'accélérait, son sang se chargeait d'adrénaline ; il rougissait, émettait le surplus de chaleur ainsi créé vers la majestueuse et solitaire géante gazeuse située derrière son hublot. *Non*, se dit-il. *Ce n'est pas de la peur, mais de l'excitation. L'heure du challenge est enfin venue. Cela n'avait que trop duré.*

— Papa ? Veux-tu envoyer une réponse ? demanda Coby.

— Non. Juste un accusé de réception. J'enverrai un message de condoléances plus tard.

— D'accord.

— Je redescends. S'il te plaît, demande à Clayton et Rebka de m'attendre à la maison. Et fais appareiller un vaisseau à ondes lumineuses. Il part pour la Terre.

— C'est vrai ?

— Oui.

* * *

Les résultats préliminaires de l'autopsie s'affichèrent sur la grille des iris de Sid. Des tableaux résumant la décomposition cellulaire du corps et le contenu de son estomac se superposèrent à l'assiette de pâtes qu'il était en train de manger. Autour de lui, la cantine du commissariat était très animée. Il fit fi de cette agitation et arrangea les informations en une liste facile à utiliser. Le corps était resté immergé pendant deux heures, ce qui donna aux enquêteurs une indication sur la distance qu'il avait parcourue dans la Tyne. Toutefois, cette donnée perdit de son importance lorsqu'il avisa l'heure estimée de la mort : dans la matinée du vendredi 11, trois jours plus tôt. Un North avait disparu pendant trois jours, et personne ne s'en était inquiété. C'était bizarre, quasi impossible et, donc, effrayant.

Il commençait à penser que le meurtrier vivait avec la victime. C'était le scénario le plus simple. Une pauvre fille avait découvert que le North la trompait – tout le monde savait qu'ils étaient incapables de la garder dans leur pantalon – et lui avait planté une œuvre d'art en bronze dans la poitrine avec la férocité qui caractérisait les crimes passionnels. Expliquer comment le corps avait été jeté dans le fleuve était un peu plus difficile, mais pas impossible, surtout si la famille de la fille avait des liens avec le milieu. Des frères et des cousins débarquant chez elle pour récupérer le cadavre. Et il ne fallait pas oublier l'extraction des cellules intelligentes. Elle devait avoir quitté la ville ; elle devait être partie en week-end prolongé avec des amis témoins et l'aide d'un pote geek capable de créer des preuves de sa présence un peu partout sauf à Newcastle au moment des faits. Quand elle rentrerait chez elle à la fin de la semaine, ô surprise, son petit copain North ne serait plus là. Alors, elle appellerait la police et signalerait sa disparition d'une voix chevrotante. *Oui, monsieur l'agent, j'avais trouvé surprenant qu'il ne réponde pas à mes appels, mais il était tellement occupé, ces derniers temps...*

Sid mâcha un peu de pain à l'ail en réfléchissant à son hypothèse. Non, il avait beau se donner du mal, cela ne collait pas. D'éventuels liens avec le milieu n'expliquaient pas la disparition des cellules intelligentes secrètes. Et puis, il y avait l'énigme de l'arme du crime... Les dommages causés faisaient voler en éclats l'hypothèse d'un objet d'art attrapé dans un moment de rage. Mais alors?... Des lames digitales capables de transpercer la protection de la cage thoracique pour écraser le cœur? Jusque-là, on n'avait rien trouvé dans les bases de données qui corresponde à ce descriptif. Rien du tout. Ni dans les dossiers des armuriers ni dans l'Histoire. Son i-e continuait à chercher.

—Il a besoin de vous au sixième.

—Hein? (Sid releva la tête et découvrit que Jenson San se tenait devant sa table.) Salut. Évitez de vous approcher des gens si furtivement. Ça fiche la trouille.

—Je ne me suis pas approché furtivement, mais vous étiez dans un autre univers, semble-t-il.

—Les résultats de l'autopsie, expliqua Sid en désignant ses yeux. C'était bizarre, comme autopsie, vous savez.

—Non, je ne sais pas. Ces informations sont classées, et faites en sorte qu'elles le restent.

Sid se demanda s'il s'agissait d'une pique vicieuse ou non.

—Je sais ce que j'ai à faire, mon vieux.

—Dépêchez-vous, il vous attend.

—Je suis en pause déjeuner.

—Votre pause est terminée.

—Il connaît mon code, s'il veut m'appeler.

Jenson San resta impassible. Ou alors prit-il un air légèrement méprisant.

—Si le chef avait voulu vous appeler, il l'aurait fait. Au lieu de quoi il vous a trouvé et m'a envoyé vous chercher. M'avez-vous bien compris, inspecteur?

Frapper le représentant des officiers supérieurs au milieu de la cantine juste après son retour de suspension ne serait pas une idée très intelligente, mais cela lui ferait tellement de bien.

Sid prit une bouchée de pain à l'ail et souffla son haleine au visage de San.

—Je vous suis.

O'Rouke occupait un bureau dans un coin du sixième étage. Évidemment. Sid n'y avait pas souvent mis les pieds, mais il aurait juré que l'endroit était chaque fois plus grand.

Le chef était assis à sa large table de travail derrière un véritable mur de moniteurs qui entreprirent de s'escamoter lorsque Sid fit son apparition.

— Dehors, aboya O'Rouke à Jenson San.

La porte se referma et le sceau bleu s'alluma tout autour. Les deux baies vitrées devinrent opaques.

— Quoi ? s'étonna Sid comme O'Rouke le regardait fixement.

— Ce n'est pas vous. Je viens tout juste de recevoir un message de Bruxelles. Du commissaire à la sécurité en personne. Notre affaire vient de se compliquer d'un seul coup. L'accès aux données est désormais restreint à ceux qui travaillent déjà sur le dossier. Personne d'autre ne devra en prendre connaissance, aucune agence externe ne devra intervenir jusqu'à nouvel ordre. L'affaire a été reclassifiée : restriction globale.

— Merde alors. Pourquoi ?

— Ils n'ont pas pris la peine de me le dire. Tout ce que je sais, c'est qu'un superviseur, un spécialiste arrive de Londres cet après-midi pour prendre les choses en main. Ces connards de Bruxelles ! Prendre les choses en main ! C'est ma ville, merde ! Ce n'est pas un trou du cul du gouvernement qui va venir m'emmerder et me dire ce qui se passe dans mes rues !

— Augustine a dû leur toucher un mot. C'est bizarre parce que Aldred a dit qu'ils n'interviendraient pas.

— Les North ne sont pas intervenus. Il s'agit d'autre chose.

O'Rouke n'en savait pas plus que lui, et Sid voyait bien que cela le mettait en rogne.

— Ils veulent que je rende les clés de la bagnole ?

— Non, et c'est ce qui m'étonne le plus. Vous continuez de bosser sur l'affaire.

— Je fais comment pour avancer dans mes investigations si je n'ai pas le droit de recourir à des experts ?

— Écoutez, Hurst, vous avez recueilli un sacré paquet de données ce matin. Tâchez de les traiter pour pouvoir filer vos résultats à ce superviseur de mes deux. C'est lui qui décidera de la direction que devra prendre cette enquête. Votre priorité est de briefer votre équipe afin de vous assurer que personne ne sortira des clous. Je vous envoie quelques binoclards pour vous aider à améliorer la sécurité de votre réseau.

— D'accord. Je m'en occupe tout de suite.

— Est-ce que vous auriez un suspect, par hasard ?

— Chef, nous ne savons même pas qui a été tué. Pour un North, ce n'est pas normal.

— Vous n'avez pas d'idée ? Rien ?

— Non, mais…

— Quoi ? Allez, crachez le morceau, mon vieux.

— D'après l'autopsie, il a été assassiné vendredi.

— Et alors ? lui demanda O'Rouke, le regard éteint.

— C'est le jour où ils ont annoncé la signature des contrats pour les centrales à fusion.

— Une histoire de rivalité industrielle ?

— Je ne sais pas. En tout cas, ça fait beaucoup de pognon, même pour Northumberland Interstellar. Au-dessus d'un certain montant, l'argent devient forcément politique. Et je vois que Bruxelles commence à nous emmerder. Ce n'est peut-être pas un hasard.

— Merde. Bon, si j'ai bien compris, ce connard devrait être là en fin d'après-midi. Faites bosser votre équipe jusqu'à son arrivée. Hurst…

— Oui ?

— Faites votre possible pour avoir un prénom à donner à ce North, comme ça, on pourra montrer à ce connard qu'on n'a pas besoin de ses services.

— Ça marche.

Sid redescendit au troisième et trouva son équipe affairée, chacun occupant une console.

— J'ai des nouvelles, commença-t-il une fois la porte scellée. L'affaire est plus importante que prévu. Tellement importante que Bruxelles a décidé d'emmerder O'Rouke en envoyant un genre d'expert superviser notre travail.

— Ils ont quoi de plus que nous ? s'indigna Eva. Les North nous ont déjà donné un budget illimité. D'ici demain, on aura peut-être bouclé cette affaire.

— Mouais, fit Sid. Ari, Abner, vous avez un prénom à nous soumettre ?

Penaud, Abner secoua la tête.

— Non, patron. Désolé.

— D'après les résultats préliminaires de l'autopsie, la victime a été tuée vendredi matin, leur révéla Sid. En d'autres mots, un North a disparu depuis trois jours, et personne ne s'en est inquiété. Ne nous voilons pas la face : cette affaire est spéciale depuis le début.

Et maintenant, voilà que Bruxelles s'en mêle. Donc on continue de mettre nos données en corrélation et on ouvre de nouvelles pistes à montrer à notre superdétective. Allez, tout le monde s'y met ! (Sid rejoignit Ari et Abner à leurs consoles.) Alors c'est vrai ? Rien de rien ? demanda-t-il à voix basse. Pas même un frère qui n'aurait pas été vu depuis un bout de temps ?

Les deux hommes échangèrent un regard troublé. C'était déstabilisant de voir ces visages quasi identiques arborer la même expression.

— Non, pas le moindre début de piste, admit Ari.

— Où en êtes-vous dans votre liste ? J'imagine que vous avez une liste complète de tous les North, que vous savez combien vous êtes…

— Nous savons. Nous sommes trois cent trente-deux A. Nous en avons appelé personnellement environ soixante pour cent.

— Des « A » ? répéta Sid avec inquiétude.

— Vous savez que les trois frères originaux se sont séparés en 2087 ? commença Abner. Les 2, les 3 et même les 4 sont restés à proximité de leur père tribal, comme disent certains. Tous les A – les descendants d'Augustine – sont à Newcastle ou Highcastle, sur St Libra. Ils travaillent pour Northumberland Interstellar ou, comme Ari et moi, ont construit leur vie en périphérie de la société familiale. Les B et les C ont suivi leurs pères respectifs sur Jupiter et à Abellia. L'un d'entre eux était peut-être de passage à Newcastle vendredi dernier. Pour l'instant, nous n'en savons rien. Ce n'est pas comme s'ils n'avaient pas le droit de revenir. La séparation n'a pas été un divorce, et nous avons des contacts fréquents avec la famille d'Abellia. De temps à autre, on reçoit même la visite d'un cousin de Jupiter, qui vient avec le ferry.

— Mon Dieu, marmonna Sid. Combien, au total ?

— Nous n'en sommes pas sûrs, admit Abner. J'ai passé des coups de fil toute la matinée. Les gens de Brinkelle m'ont pas mal aidé. Mais Jupiter… Augustine en personne devra leur poser la question pour nous.

— Fait chier !

Sid n'avait pas envisagé qu'il puisse s'agir d'un descendant des deux autres frères. Pas étonnant que la Commission de sécurité soit intéressée.

— Le légiste a prélevé des échantillons pour effectuer un scan génétique, reprit-il. C'est Aldred qui a eu l'idée. Il pense qu'ils pourront déterminer s'il s'agit d'un 2, d'un 3 ou d'un 4.

— Grâce aux défauts dans la duplication du génome, en effet, acquiesça Ari. Oui, c'est une bonne idée. Surtout s'il s'agit d'un 2. Nos liens sont plus évidents que ceux de nos descendants.

— La lecture génétique pourra-t-elle nous dire s'il s'agit d'un A, d'un B ou d'un C ? demanda Sid.

— Non. Nous saurons seulement combien de générations le séparent de Kane, pas à quelle branche de la famille il appartient.

— D'accord. L'Institut de génomique de Pékin planche sur la question en ce moment même. Nous aurons les résultats du séquençage en milieu d'après-midi.

— Ça nous aidera vraiment à cibler nos recherches, confirma Abner. Dès qu'on saura, cela ira beaucoup plus vite.

— Et si c'était un C ?

— À ma connaissance, il n'y a aucun C sur Terre en ce moment.

— Dès que vous en saurez plus…

— Bien sûr, patron.

Sid s'installa à côté de la console de Ian.

— Du neuf ?

— Salut. J'ai compulsé moi-même les mémoires des boîtes de nuit flottantes. Les logiciels de reconnaissance faciale ont déterminé que trois North s'y étaient rendus la semaine dernière. Et en étaient sortis, d'ailleurs. Notre homme n'a pas été jeté à l'eau d'un de ces bateaux.

— Vous avez vérifié toute la semaine ? C'est ce que j'appelle le sens du devoir. Bien joué.

— Ouais, aucun d'entre nous ne peut plus se permettre de traîner la patte, pas vrai ?

— Joliment dit, acquiesça Sid. Bien, cherchons les endroits d'où ce pauvre type a pu être jeté dans la Tyne. Montrons à ce spécialiste à la noix qu'on peut se passer de lui.

Deux techniciens arrivèrent et entreprirent d'installer une mémoire dédiée au réseau du Bureau n° 3.

— Elle est toute neuve, annonça le technicien en chef en branchant l'objet gros comme un ballon de football sur les cellules du bureau. On a dû vous allouer un sacré budget pour cette affaire, les gars.

Toutes les données qu'ils avaient recueillies jusque-là furent extraites du réseau du commissariat et transférées dans le globe, après quoi les techniciens éliminèrent toutes les copies fantômes qui traînaient encore dans les caches. Des programmes filtres à diodes furent chargés afin d'empêcher les données de quitter les consoles du Bureau n° 3.

— C'est ce qu'on a de mieux, expliqua-t-on à Sid. Impossible de piquer ces données autrement qu'en embarquant la mémoire physique.

Une heure plus tard, Sid se tenait dans la cabine de zone la plus grande de la salle, cylindre transparent de trois mètres de diamètre équipé d'anneaux projecteurs au sol et au plafond. Eva était à l'extérieur, qui contrôlait la lecture des images synchronisées. L'hologramme qui se matérialisa autour de Sid était d'une piètre qualité comparé aux programmes professionnels dans lesquels il avait l'habitude de s'immerger à la maison, mais ce n'était pas surprenant. Il s'agissait d'un assemblage composite, d'un collage de mémoires collectées le long du fleuve et issues de maillages différents, de marques diverses, plus ou moins récents, aux niveaux de résolution multiples et dans tous les formats imaginables. Malgré les étranges parasites colorés qui sautaient autour de lui comme de la pluie iridescente, et en dépit des contours flous de tout ce qui bougeait, il se tenait sur la rive sud, sous la façade en verre incurvée du Sage. Les dimensions étaient réelles.

— Eva, vous pourriez me débarrasser de cette neige ?

Étrangement, l'image se dégrada à mesure que les parasites disparaissaient, faisant perdre de sa transparence à l'atmosphère.

— Je ne peux pas faire mieux, annonça Eva.

— Ça ira. C'est ce qu'il me faut, lui assura-t-il.

À présent, il distinguait la Cour de justice, sur l'autre rive. Une horloge numérique flottant dans les airs lui apprit qu'on était dimanche et qu'il était 15 heures.

— Avancez jusqu'à 21 heures et mettez l'image en pause.

La zone se vida de sa couleur, comme l'heure tournait en accéléré, si bien que les bâtiments habillés de neige ne furent bientôt plus éclairés que par des lampadaires à la faible lumière verdâtre. Sur les axes principaux, les voitures étaient immobiles, les faisceaux des phares figés.

Sid se tourna lentement vers le sud. Droit devant lui, l'éclairage public produisait un chapelet de mares de lumière qui s'étirait au loin. Il leva les bras et, les doigts repliés, fit défiler la projection. Immédiatement, l'image se déroula autour de lui, et il avança vers le pont de la Tyne. Au pied de celui-ci, il repéra ce qui ressemblait à un triangle d'espace interplanétaire tombé en travers de la route. Il tendit les bras, paume vers l'avant. L'image s'arrêta. Il leva le doigt, décrivit un cercle dans les airs, et tout se mit à tourner autour de lui.

— Note : brèche n° 1. Environ un mètre cinquante de large. Couvre la route jusqu'au mur du quai.

Il leva les yeux vers le quai et sa promenade protégée par un garde-corps, puis, plus haut, vers le talus aux terrasses couvertes d'herbe et d'arbustes ornementaux mal entretenus.

— Il aurait fallu être sacrément précis pour traîner le North sur cet étroit ruban, lança Ian.

— Les particules intelligentes du pilier sont défaillantes, annonça Eva. Sans doute à cause des crottes de pigeons ; ces bestioles adorent nos ponts. Il n'y a aucun maillage ici depuis l'hiver dernier. La ville n'a envoyé personne changer les particules. Cette brèche n'a pas été créée pour ce meurtre.

— Il aurait déjà fallu apporter le corps jusqu'ici, reprit Ian. Si on part du principe que le corps a été jeté vers 22 heures… Seules huit voitures ont emprunté cette route entre 21 h 30 et 22 h 10. Et aucune ne s'est arrêtée.

— Montrez-moi, leur ordonna Sid.

Eva avança la simulation d'une demi-heure. Les voitures défilèrent à côté et à travers lui. Elles se déplaçaient toutes lentement, la couche de neige compactée mesurant huit centimètres d'épaisseur, mais pas assez lentement pour laisser tomber un corps dans la brèche.

— Bien, reprit-il. Revenons à 21 heures et tâchons de trouver la prochaine brèche.

* * *

La gestion du trafic lui assigna un statut de véhicule d'urgence prioritaire, et les voitures et camions s'écartèrent aussitôt pour permettre au colonel Vance Elston de l'Agence de renseignement extraterrestre de l'ADH de s'engager sur la voie centrale réservée. Si près du portail, le trafic commercial et privé ralentissait de toute façon, formant une queue ordonnée sur les trois files qui conduisaient à la Terre. À présent que la voie était dégagée, il appuya sur l'accélérateur et stabilisa sa vitesse autour de cent soixante kilomètres par heure. À côté des autres voitures quasi stationnaires, la sensation de vitesse était exagérée ; c'était très excitant, le genre de sensation que cherchait un jeune conducteur au volant d'un bolide. Cela fit sourire Vance. Âgé de quarante-sept ans, il était loin de ces comportements. Néanmoins, malgré sa discipline militaire et le conditionnement doctrinal imposé par sa foi, la vitesse pure faisait systématiquement de l'effet à la psyché mâle.

Il traversa le portail, laissant derrière lui le monde allemand d'Odessa, et émergea dans un après-midi berlinois glacial. Il freina aussitôt et s'engagea sur la rampe de service. Au sommet d'un talus, un hélicoptère de l'agence était prêt à décoller. Il monta à bord et survola rapidement la capitale enneigée pour se rendre à l'aéroport de Schonefeld, où il prit un jet privé. De là, il vola directement vers l'aéroport de Docklands, à Londres. Une limousine se gara au pied de l'escalier pour le récupérer. Le major Vermekia était assis à l'arrière, vêtu de son uniforme d'apparat, comme c'était l'usage chez tous les officiers de l'Alliance pour la défense de l'humanité.

— Vous êtes impressionnant, comme ça, lui dit Vance en prenant place sur la banquette épaisse et confortable.

Parmi les rangées de décorations exposées sur sa tunique tels des codes-barres colorés était accrochée une épingle en bronze et diamant ornée d'un minuscule crucifix violet. Vance avait le même sur le col de sa veste. Cela faisait bien longtemps qu'il ne portait plus son uniforme au quotidien, préférant les costumes sombres et luxueux comme tous les agents de renseignement depuis des siècles.

— Ça fait partie de mon job, répondit simplement Vermekia. Comment allez-vous ?

— Je suis très occupé, comme d'habitude. J'aimerais bien travailler un peu moins, mais la nature humaine… Vous saviez que cinq sectes d'adorateurs du Zanth étaient apparues sur Odessa ces trois dernières années ? Les gourous affirment être en communication avec l'ennemi.

— Les imbéciles.

— Je ne vous le fais pas dire. Dans tous les cas, il faut enquêter. L'un d'entre eux était en train de fabriquer un genre d'émetteur censé appeler le Zanth.

— Pour de vrai ? s'étonna Vermekia en haussant les sourcils.

— J'en ai peur. Les techniciens de Frontline sont en train d'examiner son gadget. Ç'a un rapport avec la génération d'oscillations dans une connexion transspatiale.

— Ah ! rien de nouveau sous le soleil. Tout le monde semble croire que le Zanth est attiré par nos portails.

— Plus les théories sont anciennes, plus elles paraissent crédibles et plus on y croit. Ces types ont un paquet d'adeptes.

Vermekia secoua la tête, incrédule.

— C'est incroyable.

— Ouais, presque aussi incroyable que ce qui m'amène ici.

— Dites-moi tout. Je n'avais jamais vu une alerte comme celle-ci. Un flic entre la description d'une arme dans la base de données du gouvernement pour identification, et c'est la panique ; des alarmes se mettent à hurler de partout. Je m'attendais presque à ce que les forces spéciales défoncent le mur du bureau et nous emmènent en lieu sûr.

Même le commandant suprême semble intéressé. (Il regarda Vance par-dessus ses lunettes d'un air entendu.) J'ai vu mentionnés pas mal de fichiers associés – des fichiers auxquels je n'avais pas accès. Et votre nom apparaissait partout…

— Pas étonnant.

Vance essaya de ne pas raviver trop de mauvais souvenirs. Vingt ans plus tard, ses cris et ses sanglots résonnaient toujours dans ses rêves. *Ce qui est fait est fait. Pas de regrets. Le Seigneur sait que le prix de l'échec et des défauts de vigilance est bien trop élevé.*

— J'ai joué un rôle dans l'affaire initiale, ajouta-t-il.

— Je vous offrirai une bière, un de ces soirs, et vous me raconterez tous les détails macabres.

— D'accord.

La voiture fonçait vers l'ouest de Londres, le pilote automatique les conduisant sur l'A13 en direction du Barbican et du début de l'A1. Comme sur Odessa, l'IA de la gestion du trafic de la ville avait conféré à la voiture de Vance le statut de véhicule prioritaire, lui permettant de rouler à tombeau ouvert. Une neige fine tombait du ciel de plomb, mais les routes avaient été dégagées par les équipes spéciales de la ville.

Quand ils atteignirent Commercial Road, une autre berline noire apparut derrière eux.

— Il y aura qui, dans l'équipe visiteuse ? demanda Vance.

— Un vrai petit comité d'accueil. Il y aura vous et moi, deux experts de la Commission interstellaire de Bruxelles, trois commandants des troupes terrestres de l'ADH, un juriste du cabinet du Premier ministre et un représentant du ministère de la Justice – lequel semble très inquiet. Après tout, elle est restée enfermée pendant vingt ans.

Vance secoua la tête, incrédule. La clique bureaucratique qui entravait le travail de l'ADH était tellement boursouflée.

Combien de bureaucrates du XXIIe siècle faut-il pour changer une ampoule ?

Nous allons organiser une réunion de notre sous-comité et vous rappellerons pour vous donner une estimation…

— Faites-moi voir leurs dossiers, dit-il tandis qu'ils s'engageaient sur l'A1 au niveau d'Aldersgate Street, empruntant la fameuse Grande Route du Nord tracée par les Romains deux mille ans plus tôt afin de permettre à leurs légions d'atteindre les limites de leur empire, situées à cinq cents kilomètres de là.

Il s'agissait à l'époque de renforcer le mur d'Hadrien, d'empêcher les ténèbres extérieures de pénétrer les limites de l'empire. Deux millénaires plus tard, il s'apprêtait à prendre le même chemin pour accomplir une mission similaire.

Deux autres voitures noires du gouvernement roulaient désormais dans leur sillage.

— Ce sont des gens bien, le rassura Vermekia. Nous avons passé les deux dernières heures à réfléchir aux protocoles. Tous ceux qui viennent avec nous ont l'autorité nécessaire pour prendre des décisions.

Comme son i-e recevait les dossiers et les ouvrait dans sa grille, Vance commença à les survoler. L'alerte n'avait été donnée que trois heures plus tôt, et une organisation voyait déjà le jour.

— Le général Shaikh en a déjà pris une, n'est-ce pas ?

— Oui. Son équipe est en train de créer des ponts de commandement entre le Bureau d'évaluation des menaces extraterrestres de la Grande Europe et le Pentagone. À moins que l'on détermine dans les vingt-quatre heures que ce meurtre est un crime tout à fait ordinaire, je vous suggère de préparer quelques vêtements tropicaux.

Vance s'enfonça plus profondément dans la banquette de la voiture.

— Bien, donnez-moi son dossier à elle, à présent. Quel genre de prisonnière a-t-elle été ?

— Disons qu'elle s'est raisonnablement bien conduite, pour une condamnée à perpétuité.

L'i-e de Vance aligna plusieurs rapports de l'administration pénitentiaire dans sa grille, d'où des microlasers les envoyèrent directement dans son cerveau. Vingt ans de la vie d'Angela Tramelo résumés en quelques rapports et évaluations officiels. Ses bagarres avec des codétenues – inévitables, vu la durée de son incarcération –, ses séjours en isolement, que les psychologues de la prison semblaient croire ne l'avoir pas dérangée autant qu'ils auraient dû. Aucune consommation de produits stupéfiants, ce qui était intéressant, mais pas étonnant, compte tenu de son effrayante détermination. Elle avait étudié les sciences économiques et suivi les développements des réseaux informatiques. Au travail, elle s'était montrée compétente. Son état de santé était resté excellent.

— Pause, ordonna-t-il à son i-e en fermant les yeux.

L'image d'Angela se stabilisa devant lui. Il l'examina avec une pointe d'exaspération. Cinquante bureaucrates sur le coup, et il n'y avait pas moyen d'avoir des données récentes.

— Vous pourriez m'envoyer une photo plus récente ? demanda-t-il. Celle-ci doit avoir vingt ans.

Vermekia sourit avec une pointe de malice.

— Vous vous trompez.

— J'ai rencontré Angela il y a vingt ans. Faites-moi confiance, cette photo date de cette époque.

— Cette photo a six semaines. Regardez le code-date de la prison ; il est authentique.

— C'est impossible.

Vance ferma de nouveau les yeux pour contempler ce visage magnifique au regard dur et agressif. Ses cheveux plus courts, sa coiffure différente, sans style. Mais ses traits... Son joli petit nez rond, ses pommettes assez saillantes pour tailler des diamants, son menton parfaitement plat, ses lèvres larges et pulpeuses, ses yeux verts et furieux. Au fond du trou, au bout du rouleau, elle s'accrochait à cette colère. La résolution de l'image était correcte ; sa peau était claire et brillante comme celle d'une jeune femme. Ce visage l'accompagnerait jusqu'à sa tombe, étant donné ce qu'il l'avait vue endurer. Elle avait dix-huit ans, et c'était en 2121. Lui n'en avait que vingt-sept. Il était aussi jeune et aussi vigoureux qu'elle, bien bâti ; il avait travaillé dur pour être pris dans l'équipe de football de son université. Un mètre quatre-vingt-six, ou six pieds un pouce, comme on disait encore au Texas, où il avait grandi, la peau noire marquée par quelques cicatrices gagnées en jouant ou lors de quelques bagarres adolescentes oubliées. Il était si diamétralement différent d'elle, avec sa peau parfaite couleur de miel, son corps à la tonicité entretenue, ses cheveux blond platine. Leurs différences étaient profondes : couleur, richesse, classe sociale, éducation et culture. Ils s'étaient très brièvement observés et ils avaient compris que leur inimitié serait éternelle. Et c'était avant tout ce qu'elle avait subi à Frontline. Sa peau à lui était ridée, fripée, et ce malgré son régime alimentaire étudié et son obsession – caractéristique des hommes de son âge – pour l'exercice. Musculation, jogging, squash... Ses joues s'arrondissaient, ses réflexes n'étaient plus rapides comme l'éclair, comme du temps heureux où il jouait au football. Et il avait beau se donner du mal et user de gel avec un art certain, ses cheveux ne cessaient de perdre du terrain. Angela, elle, faisait à peine vingt ans.

— Et pourtant non, s'amusa Vermekia.

— Mais... ça voudrait dire que c'est une un-sur-dix.

— En effet.

— Nous l'ignorions.

Le traitement génétique dit « 1/10 »... La manipulation de l'ADN d'un ovule fertilisé afin de vieillir biologiquement d'un an tous les dix ans était toujours très rare, alors en 2103, année officielle de la naissance d'Angela... Cette date, ils n'avaient jamais eu l'idée de la vérifier, parce que cela n'avait pas d'importance et qu'elle avait effectivement l'air d'avoir dix-huit ans. Vance regarda Vermekia avec stupéfaction.

— Comment avons-nous pu passer à côté de ça ?

— Est-ce si important ?

— Bien sûr. Pour le calibrage, par exemple.

— Vous parlez de l'interrogatoire ?

— Son dossier disait qu'elle avait dix-huit ans, et elle nous a confirmé cet âge. Nous lui avons demandé de confirmer tout ce que nous pensions savoir de sa vie !

— Et vous n'avez pas vérifié ces informations ?

— Elles provenaient directement du ministère de la Justice britannique. Nous sommes partis du principe qu'elles étaient exactes.

— Ah ! erreur fatale. Ne jamais se fier à un vulgaire dossier gouvernemental. Eux-mêmes reconnaissent que vingt-cinq pour cent des informations de cette base de données sont fausses. Personnellement, je pense que c'est beaucoup plus.

— Merde ! Elle a pu mentir sur n'importe quoi. Enfin, non, pas dans l'entretien final. Celui-là reste valable. Ou alors délirait-elle complètement...

— Oui, je pense que nous pouvons nous fier à la dernière technique que vous avez employée. Mais pourquoi avoir menti sur son âge et son passé ?

— Aucune idée. En tout cas, les conséquences... Mon Dieu, à côté de quoi d'autre sommes-nous passés ?

Vermekia écarta les bras d'une manière expressive.

— À côté du plus évident, apparemment.

* * *

Le convoi de cinq voitures tourna dans Parkhurst Road. La prison de Holloway, ensemble de bâtiments en béton fonctionnels entourés d'un mur, se trouvait sur leur droite. La grande porte métallique s'ouvrit pour les laisser entrer dans le parking. Cette nouvelle version de la maison d'arrêt avait été bâtie en 2099 ou plutôt assemblée par de grandes grues et des automates méthodiques, avec un minimum d'interventions humaines. Les cellules et couloirs avaient été peints, carrelés, équipés et câblés en amont, dans l'usine cybernétique qui les produisait à la chaîne, en répondant aux standards du gouvernement. Pour terminer l'intégration, il avait suffi de connecter les câbles et les conduits. Du moins en théorie, car, en pratique, le budget avait été dépassé de 8 millions d'eurofrancs, et la réouverture reportée de sept ans.

Depuis que le Bureau transspatial européen (BTE) avait inauguré un portail s'ouvrant sur Minisa en 2050, d'abord pour installer des colonies subventionnées, puis pour appliquer la politique émigrationniste de la Grande Europe et transporter vers de nouvelles terres les chômeurs de longue durée et les auteurs de délits mineurs, on avait réfléchi à la nécessité de garder ou non des prisons sur la planète mère. Enfermer les condamnés était passé de mode depuis longtemps, progrès social accéléré par la possibilité d'abandonner les détenus à des années-lumière du lieu où ils avaient sévi, éliminant ainsi les risques de récidive. De fait, les condamnés se retrouvaient au milieu d'un environnement inconnu et propriétaires d'un hectare de terrain… On leur jetait une tente, un sac de grain et une boîte à outils, après quoi le bus du Service de colonisation disparaissait dans un nuage de poussière pour s'arrêter sept cents mètres plus loin et laisser descendre un autre condamné sur son carré de terre peu fertile.

Malgré les psychiatres, les médicaments, les travailleurs sociaux, les éducateurs spécialisés et les matons brutaux à l'ancienne, on ne pouvait pas lâcher tout le monde dans la nature, même à plusieurs années-lumière du contribuable. Pour les condamnés véritablement dangereux, les psychotiques, les tueurs en série, les pédophiles, les fanatiques prêts à mourir et à tuer pour leur cause et les adeptes du Mal, la prison demeurait l'unique solution. Dans tous ces cas, il s'agissait de prison à vie. Et, en 2143, « à vie » signifiait vraiment « à vie ».

La prison de Holloway, austère et couverte de particules intelligentes, était l'une des deux maisons d'arrêt pour femmes de la région Royaume-Uni de la Grande Europe. Celles qui y étaient incarcérées n'en sortaient que sous la forme de cendres dans une urne. L'établissement avait son propre crématorium, attenant à l'aile médicale.

À l'intérieur, la vie était très réglementée. Toutes les activités étaient minutées, et le maître mot était la routine. Cela aidait les gardiens à canaliser des détenus qui jouissaient de la souffrance d'autrui et, bien souvent, de la leur, et à rendre plus tranquille la vie derrière ces murs.

Tout le monde connaissait cette routine. Intimement. Les prisonnières lui obéissaient d'une manière obsessionnelle. Elles étaient profondément en phase avec elle. Cette routine était comme un courant électrique qui parcourait toute la structure de la prison, leur donnant l'énergie de continuer chaque jour. Le moindre changement se propageait telle une vibration subliminale dans les couloirs vert pastel, les cellules tapissées de posters et les ateliers dignes du XIXe siècle.

À 14 heures, la directrice s'enferma dans la relative intimité de son bureau pour recevoir un appel inhabituel. Lorsqu'elle convoqua trois cadres du personnel pénitentiaire pour les briefer, l'ambiance, à l'extérieur du bloc administratif, changea brusquement. On aurait dit qu'une meute de loups pointait le museau vers la pleine lune et humait l'odeur d'une proie blessée.

Il se passait quelque chose. Quelque chose de nouveau. De différent. La sensation se propagea dans les blocs interconnectés, provoquant des pics et des baisses de tension dans le courant de la routine. Les agressions, inévitables dans les quartiers de haute sécurité, se multiplièrent. Il y eut des échauffourées, des disputes, des tentatives d'intimidation du personnel. Dans la cour, le match de handball fut interrompu après le second nez cassé.

À 15 heures, la directrice ordonna que chacune retourne dans sa cellule pour détendre l'atmosphère. La routine était bel et bien brisée. Les différentes ailes résonnèrent de chants obscènes et de menaces de mort. La directrice en personne descendit dans l'aile J avec cinq hommes, où elle reçut divers projectiles lancés entre les barreaux des hublots percés dans les portes. Quant aux obscénités, elle ne les remarquait même plus. Elles participaient du rituel. En fait, tout le monde voulait savoir ce qui se passait. Les détenues se pressaient derrière leur hublot et la regardaient avec curiosité.

La directrice s'arrêta devant la cellule n° 13 et posa sa main sur le lecteur de la serrure. Deux gardes dégainèrent leurs Taser, aux cas où ; toutefois, l'occupante de la cellule était calme et silencieuse.

Angela Tramelo se tourna vers le couloir avec un air serein déstabilisant. En la voyant assise dans sa cellule, les gardes se dirent tous la même chose : c'était comme si elle avait attendu ce moment pendant vingt ans, comme si elle avait toujours su qu'il arriverait.

— Angela, veuillez nous accompagner, s'il vous plaît.

Il y eut un bref silence, durant lequel les gardes agrippèrent un peu plus fort leurs matraques Taser. Puis Angela hocha la tête.

— Bien sûr.

Elle émergea dans une cacophonie de railleries et sous une averse de rouleaux de papier-toilette couverts de merde et enflammés jetés par les filles de l'étage supérieur. Elle ne fit pas attention à tout cela.

Les gardes se déployèrent autour d'elle et de la directrice, les escortant hors de l'aile J. Ils gardèrent leurs distances et se tinrent prêts à intervenir. En vingt ans d'incarcération, Angela n'avait jamais attaqué un employé de la prison, mais ils ne lui faisaient toujours pas confiance. N'avait-elle pas massacré quatorze personnes en une nuit ?

Ils l'escortèrent jusqu'à une salle de conférence du bloc administratif. On y trouvait des chaises de bureau en cuir, une table, des moniteurs muraux, un grand tableau holographique et de la moquette au sol. Il y faisait bon, les ventilateurs des radiateurs fixés aux murs vrombissant continuellement. Il y avait même une fenêtre doublée d'un grillage épais qui donnait sur la rue. Angela jeta un coup d'œil légèrement inquiet à la salle. Cette vision du monde extérieur appartenait à des souvenirs si lointains qu'ils auraient pu être fictifs. Son étrangeté, le caractère irréel de ce qui avait été sa vie, menaçait de venir à bout de sa détermination, après tout ce temps. *Quelle ironie…*, pensa-t-elle avec amertume.

— Asseyez-vous, je vous prie, lui dit la directrice.

Angela obtempéra, s'installant au bout de la table. La directrice prit place à côté d'elle. Elle semblait mal à l'aise. Cela fit plaisir à Angela. Le retournement débutait enfin. Quelque part, au loin, on entendait des engrenages géants s'animer, des engrenages assez gros pour ébranler l'univers tout entier.

— Angela, commença la directrice, il s'est passé quelque chose d'inattendu en relation avec votre affaire.

— Faites-les entrer.

— Pardon ? demanda la directrice d'un air authentiquement stupéfait.

— Je n'attaquerai personne. Je ne vous créerai pas d'ennuis. Qu'ils entrent et qu'ils me présentent les termes du marché. Ils sont venus pour ça, non ?

— Je suis de votre côté, Angela. J'essaie de vous préparer à ce qui risque d'être un choc important.

— Bien sûr. C'est tellement progressiste, tellement *vous*. C'est vrai qu'après vingt piges passées ici, je reste une fleur délicate. Allez, qu'on en finisse.

La directrice prit une profonde inspiration.

— Comme vous voudrez.

Huit personnes entrèrent : trois femmes et cinq hommes. Les civils en costume, les quatre officiers de l'ADH en uniforme élégant. Des officiels au sommet de leur art, des types qui ne devaient rien à leurs concitoyens. Des gens peu habitués à être si nerveux. Leurs nerfs tendus et leur langage corporel si peu naturel n'étaient pas à mettre au crédit de la seule présence dans la salle d'une tueuse particulièrement vicieuse. Ce qui les effrayait par-dessus tout, c'était la nature de l'ombre noire qui se tapissait peut-être derrière elle.

Angela se concentra aussitôt sur l'un d'entre eux. *Il* était là, comme elle l'avait toujours su. Il avait vieilli, évidemment, contrairement à elle. Cela le rendrait furieux, jubila-t-elle. À l'époque, il n'était qu'un lèche-cul parmi d'autres, mais elle savait qu'il ferait une belle carrière, car il était de ces types repoussants qui ne savent qu'avancer, qui ne peuvent que monter dans la hiérarchie.

Elle le regarda fixement, étudia ses réactions, tentant de lire dans son regard brun et froid de tueur quelles émotions conflictuelles provoquait en lui leur nouvelle proximité. Avec une lenteur délibérée, elle entrouvrit la bouche en un sourire sans joie. Elle se moquait de lui, et il ne manquerait pas de le comprendre. Elle aperçut un bref éclair de colère dans son regard, mais il parvint à se contenir. Son sourire s'élargit.

Un des civils, un genre de juriste à la con bossant pour le gouvernement, entreprit de lui expliquer que sa situation avait peut-être changé. Sa voix bourdonnait, aussi irritante qu'une mouche persistant à foncer sur une vitre.

— … sans porter préjudice à votre statut légal…

Elle ne l'écoutait même pas.

— … votre entière collaboration dans une enquête en cours serait vue comme…

Celui qui l'intéressait, c'était Vance Elston. C'était lui qu'elle voulait voir se tordre et se débattre dans l'incertitude et le remords.

— … nous ne pouvons malheureusement vous offrir aucune garantie…

Ce qu'elle rêvait de contempler, c'était le visage suffisant et satisfait de Vance Elston lorsqu'il pleurerait de terreur à l'idée de devoir affronter le monstre hideux dont il avait essayé si fort de nier l'existence.

Angela leva la main, et l'avocat se tut. Ils étaient tous nerveux, dans l'expectative. Elle ne lâchait pas Vance Elston du regard. Avec un délicieux goût de victoire dans la bouche, elle lui demanda :

— Il est revenu, n'est-ce pas ?

* * *

Ian et Sid se relayèrent dans la cabine de zone tout l'après-midi. À 18 h 30, ils avaient couvert la rive nord de la Tyne jusqu'à South Benwell, et sur la rive sud, jusqu'au viaduc qui enjambait la rivière Derwent au niveau du confluent. Le courant n'aurait pas pu faire parcourir tout ce chemin au corps en seulement deux heures, mais Sid préférait prendre ses précautions. Au total, ils trouvèrent onze brèches dans le maillage de surveillance, dont la plupart beaucoup plus larges que la première, au pied du pilier du pont de la Tyne. Après avoir examiné la marina de Dunston, Sid décida que c'était l'endroit idéal pour se débarrasser d'un cadavre ; il y avait tellement de bateaux amarrés dans tous les sens, que le maillage ne pouvait pas tous les couvrir correctement.

— Onze ? demanda Eva lorsque Ian en eut terminé avec la dernière section. Ça fait beaucoup de terrain à couvrir. Sans compter qu'on a perdu une journée tout entière et qu'il ne restera pas des masses d'indices à récupérer.

Sid s'étira et bâilla. Devant lui, les emplacements des onze brèches apparaissaient sur une carte toute simple.

— Ce n'est pas mon problème.

Ian émergea de la cabine et en referma la porte.

— Est-ce qu'on est autorisés à sécuriser ces lieux, au moins ? demanda-t-il.

— Je ne sais pas, admit Sid. Il faut que je pose la question à O'Rouke. (Chose qu'il n'avait pas vraiment envie de faire. Il pivota sur sa chaise.) Abner ?

Les deux North échangèrent un regard.

— Non, patron. Désolé, répondit Abner.

— Sérieusement ? Vous n'avez aucun nom ?

— Les échantillons génétiques ont confirmé qu'il s'agissait d'un 2, dit Ari. Nous avons appelé personnellement tous nos frères, et ils ont tous répondu.

— Alors, c'est un B ou un C, conclut Sid.

— Forcément, acquiesça Ari. Mais l'organisation de Brinkelle affirme qu'aucun de ses 2 ne manque à l'appel.

— Et Jupiter ?

— Aldred a parlé à Augustine. Un message a été envoyé à Constantine. Il affirme qu'il n'y a pas de C2 sur Terre.

— C'est des conneries ! aboya Ian. Je suis sûr que vous nous cachez quelque chose.

Abner se leva et s'avança jusqu'à Ian, qui ne recula pas d'un millimètre.

— Un de nos frères a été assassiné, espèce de petite salope suceuse de queue !

— Ça suffit ! intervint Sid.

Ian et Abner se dévisageaient d'un regard noir. Les coups de poing risquaient de se mettre à pleuvoir d'une seconde à l'autre. La tension était telle qu'ils se moqueraient tous les deux d'être filmés sous tous les angles. Et de finir dans le dossier de l'affaire, ce qui contraindrait Sid à le faire « nettoyer » avant de le remettre au bureau du procureur. Un geek du deuxième pourrait lui arranger cela.

— Abner, commença Sid, dites-moi ce qui a pu se passer à votre avis.

Avec un dernier sourire en coin méprisant pour Ian, Abner se retourna.

— Je ne vois que deux possibilités : soit il s'agit d'un 2 dont nous ignorons l'existence, ce qui est peu probable mais pas impossible, soit Constantine et Brinkelle ne sont pas tout à fait honnêtes avec nous.

— Mais pourquoi ? demanda Ian.

Abner haussa les épaules.

— Je n'en sais rien. (Il lança un regard noir à Ian.) En tout cas, ce n'est sûrement pas pour une histoire de pognon.

— D'accord, acquiesça Sid.

— Il y a une troisième possibilité, ajouta Ari.

Abner le regarda avec étonnement.

— On vous écoute, l'encouragea Sid.

— Dans le passé, certains ont essayé de nous imiter.

— Vous avez dit que vous aviez parlé à tous les 2 ? demanda Eva.

— En effet, confirma Ari. Mais bon, on ne leur a parlé qu'une trentaine de secondes, le temps de leur demander s'ils étaient en vie.

— Convoquons-les, proposa Ian. Interrogeons-les. Prenons-leur de l'ADN. C'est la seule façon de trouver un imposteur.

— Vous pouvez toujours essayer, lâcha Abner.

— Il nous faudrait la permission d'Augustine, réfléchit tout haut Sid.

Il préférait ne pas penser à la réaction d'O'Rouke s'il lui demandait un truc pareil. Mieux vaudrait sonder Aldred d'abord.

— Sa coopération, le corrigea Ari.

Sid s'apprêtait à répondre lorsqu'ils entendirent le rotor d'un hélicoptère. Lorelle donna une poussée sur sa console et roula jusqu'à la fenêtre la plus proche pour scruter le ciel nocturne. La neige s'était remise à tomber.

— Kamov 130, dit-elle, admirative. Rotor anticouple auxiliaire. Ces bébés sont rapides. À ma connaissance, aucune agence de sécurité n'a les moyens de se payer un joujou de ce genre.

Tous les regards convergèrent vers Sid.

— Notre nouveau patron ? suggéra Eva.

— Ne me regardez pas comme ça, protesta Sid. On ne m'a prévenu de rien.

— Et maintenant ? demanda Ian.

Sid se frotta le visage. Tout ce qu'il voulait, c'était rentrer chez lui, mais ce ne serait pas pour tout de suite.

— Inutile qu'on reste tous ici. Sauvegardez et fermez vos dossiers, et rentrez chez vous. Je vais formuler les conclusions de nos investigations d'aujourd'hui et faire mon rapport au petit nouveau.

* * *

Il était 19 h 30 et il rédigeait toujours ses demandes officielles de passage au peigne fin scientifique des brèches repérées le long du fleuve lorsque O'Rouke lui demanda de monter au sixième. Quand il entra dans le vaste bureau, il ne fut pas vraiment étonné d'y trouver un grand Afro-Américain en costume sombre. Le type lui serra fermement la main et le jaugea du regard. Vance Elston était un agent de renseignement ; c'était presque tatoué sur son front. La présence d'Aldred dans le bureau était, elle, plus suspecte et plus inattendue.

Et puis il y avait la femme qui, assise dans son bureau de Bruxelles, apparaissait sur le moniteur mural accroché en face de la baie vitrée. O'Rouke la leur présenta : il s'agissait de Charmonique Passam, commissaire du Bureau d'évaluation des menaces extraterrestres de la Grande Europe. Sid n'avait jamais entendu parler d'elle, ni de ce Bureau, mais il comprit immédiatement à qui il avait affaire : une politicienne. De la pire espèce. La cinquantaine, pomponnée et vêtue de façon à donner une pâle et inadéquate illusion de richesse. Un tailleur acheté chez un quelconque couturier parisien. Des cheveux noirs impeccablement tirés, avec des mèches plus claires. Une peau d'Indienne, avec du maquillage rose et bleu sur les joues et les yeux. L'ensemble la vieillissait, ce qui, se dit Sid, était peut-être le but. Maturité était synonyme de sérieux, devaient lui avoir dit ses conseillers. Comment pouvait-on dépenser tant d'argent et de matière grise pour un résultat si comique et si pitoyable ? Cela le dépassait complètement. Et pourquoi cette visioconférence sécurisée ? On ne lui laissa pas le temps de poser la question.

— Des progrès ? demanda O'Rouke après avoir fait les présentations.

On ne pouvait pas mieux commencer, pensa Sid.

— Nous avons mis en évidence les sites d'où le corps a pu être jeté à l'eau, mais l'aspect le plus intéressant reste l'identité de la victime.

— Qui est-ce ? s'enquit Vance Elston.

— Nous ne le savons pas.

— Et vous trouvez cela intéressant ?

— Très. À en croire les tests génétiques, il s'agirait d'un North2 ; pourtant, aucun d'entre eux ne manque à l'appel. Nous pensons qu'un imposteur s'est glissé dans cette liste, sans doute pour monter une arnaque quelconque. Quand nous aurons identifié avec certitude l'endroit d'où le corps a été jeté dans le fleuve, nous remonterons facilement la piste de l'assassin, expliqua Sid d'une voix neutre. J'ai tout préparé. Reste à obtenir les autorisations.

— Quelles autorisations ? demanda Charmonique Passam.

— Il faut que j'en parle d'abord au commissaire en chef, répondit Sid avec circonspection.

Était-ce une question piège ? Passam s'était adressée à lui d'un ton subtilement condescendant semblable à celui qu'utilisaient les membres de la famille royale au siècle dernier. Se rendant compte qu'il aimait de moins en moins cette femme, Sid se fit violence pour contenir son cynisme. Si la réunion durait trop longtemps, il risquait de devenir sarcastique, ce qui ne serait pas une bonne chose.

— En fait, ce qui m'intéresse, ce n'est pas l'agence que vous comptez engager pour cette recherche, mais la composition de votre équipe.

— Je vous prie de m'excuser ?

Du coin de l'œil, Sid vit les traits d'O'Rouke se figer et sa peau virer à l'écarlate. Ce problème de tension sanguine aurait bientôt raison de lui. Elston, en revanche, resta impassible tel un papa attendant stoïquement que son gamin pique une colère. C'était impressionnant.

— Ce que je veux dire, reprit Passam, c'est qu'il n'y a presque que des hommes. Je suis étonnée de devoir encore vous faire cette remarque à l'époque où nous vivons. Au siècle dernier, le Parlement a voté dix-huit lois pour garantir la parité dans nos administrations. Des lois salutaires.

Qu'est-ce que vous savez de notre tableau de service et du mal qu'on a à attirer qui que ce soit, surtout des femmes, dans une profession si mal payée ? Surtout que votre gouvernement de merde ne fait que nous compliquer la tâche.

— Si vous n'êtes pas satisfaite de mon équipe…, s'emporta Sid.

— Je n'exprime aucune insatisfaction. C'était juste une remarque.

— J'en parlerai aux RH dans la matinée.

— Les RH ?

— Les Ressources humaines.

— À Bruxelles, nous appelons cela un Bureau d'activation du potentiel humain. Les ressources, c'est ce qu'on trouve en creusant le sol. C'est un terme offensant pour beaucoup de personnes, surtout après les conflits qui ont secoué notre planète autour des ressources minières rares telles que les lanthanides.

— D'accord.

Au secours, mais qu'est-ce que c'est que cette folle ?

— Vous semblez disposé à combler vos lacunes, et je vous en félicite.

— Bien, intervint O'Rouke, voici où nous en sommes : à partir de maintenant, c'est l'ADH qui prend les rênes de cette affaire.

— L'Alliance pour la défense de l'humanité ? s'étonna Sid.

Il s'attendait davantage à une intervention d'Interpol appuyée par Bruxelles.

— Oui, inspecteur, confirma Elston. Ralph Stevens, notre officier de liaison, arrivera demain. Votre budget reste illimité mais, à partir de maintenant, nous serons vos banquiers. Nous souhaitons vraiment que vous trouviez l'endroit où ce North a été assassiné.

Sid regarda son interlocuteur avec effarement.

— Vous voulez que je continue mon enquête ? Moi ?

Pour la première fois, Elston eut un léger sourire.

— Oui, Sid, vous. Nous avons examiné vos états de service. Vous êtes très compétent. Votre taux d'élucidation est exceptionnellement élevé, surtout en matière de crimes graves. Je n'ai pas la moindre idée de la manière dont on mène une enquête criminelle. Ne vous méprenez pas : Ralph et moi serons constamment sur votre dos, mais nous avons confiance dans le professionnel que vous êtes.

— Merci. (Il n'osa pas croiser le regard d'O'Rouke et Aldred.) Que se passe-t-il exactement ? Quel est l'intérêt de l'ADH ?

— L'ADH intervient dans votre enquête pour une seule raison, expliqua Elston. La méthode du meurtre. Ou plutôt l'instrument utilisé pour déchiqueter le cœur de la victime.

— Mais… nous ne savons même pas de quoi il s'agit ! protesta Sid.

— C'est justement ce qui le rend si spécial. En vérité, cette arme a déjà été utilisée une fois dans le passé.

* * *

Situé au nord-est du centre de Newcastle, Town Moor était un vaste parc traversé en son centre par l'A189. À l'ouest de l'incongru ruban de tarmac s'étirait un golf très prisé ; quand on connaissait les bonnes personnes, on attendait huit ans pour avoir le droit de fouler son green, et ce malgré les 19 000 eurofrancs dont il fallait s'acquitter annuellement pour être admis dans le club. À l'est, le parc était un genre de jungle non entretenue entourée d'un paysage urbain très animé. Les citadins y venaient en nombre l'été pour échapper un peu à leur vie trépidante : les familles y passaient la journée à pique-niquer, les sportifs y couraient dans l'herbe ondoyante, les adolescents y jouaient au football et les plus petits y faisaient voler leurs minibêtes, leurs avions et leurs hélicoptères, harcelant les promeneurs innocents et tentant d'éviter les gardiens. En hiver, on n'y croisait presque personne. Après plusieurs semaines de neige et de températures négatives, même les plus acharnés des promeneurs de chiens et des joggeurs avaient renoncé à s'y aventurer, préférant attendre le redoux.

Le vaisseau à ondes lumineuses se posa au milieu de Town Moor à une centaine de mètres à peine de l'A189. N'importe où ailleurs, à n'importe quel autre moment, il aurait été impossible de poser un vaisseau interplanétaire au cœur d'une ville humaine sans attirer l'attention. Et pourtant, il était bien là, cône noir mat de trente mètres de hauteur, entouré en son milieu de cinq anneaux pareils à des ailes enroulées sur elles-mêmes contenant les sections de propulseurs à ondes lumineuses qui lui avaient permis de descendre en silence dans le ciel nocturne au milieu d'une dense averse de neige.

Ses trois pieds hémisphériques s'étaient enfoncés dans la neige, si bien que son ventre effleurait la couche blanche et poudreuse. Une section de coque sembla se dissoudre, laissant apparaître une porte rectangulaire, et un escalier en aluminium se déplia. La tête couverte d'une capuche fourrée bien resserrée autour, vêtu d'une parka matelassée, Clayton North2 émergea du vaisseau. Suivit Rebka, qui portait un élégant manteau en faux daim orné de grands boutons blancs et encerclée à la taille d'une large ceinture rouge. Tous les deux avaient des bottes épaisses. Rebka s'arrêta, pencha la tête en arrière et ouvrit la bouche, tandis que la neige lui tombait sur le visage. Elle lécha avidement les flocons glacés et éclata de rire.

— C'est fantastique, s'exclama-t-elle. Je n'aurais jamais imaginé quelque chose de pareil.

Clayton lui lança un regard tolérant et demanda à son i-e de sceller le vaisseau. L'escalier se rétracta et la porte réapparut en chatoyant. À contrecœur, Rebka fit deux tours autour de son cou avec son écharpe en laine, coiffa un béret violet clair et se mit à marcher en direction de la route. Il neigeait tellement que, quand elle regarda par-dessus son épaule, cinquante mètres plus loin, le vaisseau était devenu invisible. Rebka gloussa.

— Quoi ? demanda Clayton.

— Toi et tes frères, vous vous plaigniez de l'impossibilité de trouver une place de parking à Newcastle !

Il ne put s'empêcher de sourire.

— Espérons que les gardiens n'auront pas l'idée de faire une ronde ce soir. La contravention, pour ce bébé, risquerait de nous coûter bonbon.

Ils eurent un peu de mal à repérer la route, car cela faisait trois heures que les chasse-neige n'avaient pas traversé Town Moor. Deux minutes plus tard, deux taxis de la ville apparurent sur le bitume verglacé. Clayton avait demandé à la division locale de leur sécurité privée de les envoyer lorsque le cerveau du vaisseau s'était connecté au réseau de la ville. Il fit signe aux véhicules en riant intérieurement, car il n'y avait personne d'autre qu'eux dans les environs. Son i-e envoya une demande de confirmation, et les voitures s'arrêtèrent à leur niveau.

Les deux chauffeurs sortirent de leurs véhicules et avisèrent ces visiteurs d'un autre monde avec intérêt et respect.

— Prends soin de toi, dit Clayton à Rebka, qui lui serra affectueusement le bras.

— Toi aussi. Et sois bon, surtout.

— Aussi bon que possible. (Son i-e envoya une demande de connexion et testa le lien sécurisé établi entre eux.) Ne coupe pas le cordon.

— J'attendrai d'arriver sur place.

Il y eut un moment maladroit. Elle lui donna un furtif baiser platonique et monta dans son taxi en remerciant d'un sourire le chauffeur qui lui avait ouvert la portière.

Clayton s'installa sur la banquette arrière de son véhicule. Soudain, une nostalgie désagréable s'empara de lui. La banquette en cuir de synthèse bon marché, l'odeur de l'air mal filtré, les tapis en caoutchouc. Cinquante-cinq ans qu'il avait quitté la Terre – où il revenait épisodiquement – et rien n'avait changé.

— Je m'appelle Ivan, monsieur, commença le chauffeur. Où allons-nous ?

— Là, répondit Clayton en transmettant une adresse à l'ordinateur de la voiture.

— Cela ne devrait pas prendre plus de quinze minutes, monsieur.

— J'imagine que la maison sera dotée d'un genre de système d'alarme.

— Rien d'insurmontable, monsieur. Nous pouvons venir à bout de tous les systèmes de protection domestique.

— Excellente nouvelle.

La voiture démarra. Clayton vit le taxi de Rebka faire demi-tour derrière le sien et s'éloigner rapidement. Ses feux de position disparurent.

Mardi 15 janvier 2143

6 h 56. La sonnerie électronique de l'alarme retentit, impitoyable. Sid grogna et tendit la main pour…

— Non, le mit en garde Jacinta.

— Fait chier.

Il bascula ses jambes hors du lit, sortit de sous la couette et s'assit sur le bord. L'atmosphère, dans la chambre, était très froide – un degré, environ. Il sentit l'air glacial lui brûler la cavité nasale et toussa à s'en déchirer les poumons. Alors seulement il donna un bon coup au réveil, stoppant l'alarme pour de bon. Il bâilla très longuement, à s'en décrocher la mâchoire.

— Qu'est-ce qui s'est passé, hier soir ? demanda Jacinta en cherchant sur sa table de nuit divers élastiques et barrettes.

Progressivement, elle dompta sa crinière, révélant un visage à la fois inquiet et curieux.

— L'affaire North.

Il soupira, tandis que les cellules intelligentes de ses iris se réveillaient et affichaient sa grille. Il était rentré chez lui bien après minuit. Après la réunion dans le bureau d'O'Rouke, il avait passé des heures avec Elston, compulsant des dossiers de l'ADH et rendant la pareille à l'agent, partageant les résultats du travail de son équipe, proposant de nouvelles pistes de recherche.

— C'est vachement bien, chéri, non ? Je veux dire : qu'on ne t'ait pas retiré l'affaire.

— En théorie, oui. Mais je dois bosser avec un superviseur de… (il hésita)… Bruxelles.

Il détestait lui mentir, mais même O'Rouke s'était montré fébrile. Il suffirait d'une parole de trop dans le réfectoire de l'hôpital, et sa carrière serait ruinée pour de bon.

— Oh..., fit-elle en réfléchissant. Vous avez fait des progrès, hier ?

— Pas tellement, ce qui signifie que c'est un professionnel qui a fait le coup.

D'où l'aspect follement paradoxal de ce qu'on lui avait montré la veille.

— Mais on a un budget illimité, ajouta-t-il, ce qui va pas mal nous aider.

— C'est cool.

Elle l'embrassa et se hâta de s'enfermer dans la salle de bains avant que les enfants arrivent.

Sid entreprit de trouver une chemise et des chaussettes propres.

* * *

Encore du porridge pour le petit déjeuner. La neige avait cessé de tomber durant la nuit, mais il n'y avait aucun signe de dégel, même si la couche nuageuse semblait plus fine. Sid minuta la durée de la cuisson de la bouillie épaisse, puis la versa dans des bols. Zara voulait du miel avec le sien. Will de la confiture, évidemment.

Sid trouva enfin tous les pots, posa une brique de jus de fruit au centre de la table et attrapa quelques cuillères propres dans le lave-vaisselle. Jacinta arriva avec la cafetière et s'attabla.

— J'ai besoin d'une nouvelle veste pour l'école, annonça Will.

— Qu'est-ce qui ne va pas avec celle-là ? demanda Sid.

Le garçon tendit le bras. La manche lui arrivait presque au milieu de l'avant-bras.

— En effet. On s'occupera de ça ce week-end.

Son maillage corporel l'informa que sa consommation de caféine, ces vingt-quatre dernières heures, avait dépassé les recommandations de la GE. Il demanda à son i-e de désactiver la surveillance médicale.

Will leva les yeux au ciel et lâcha un soupir de souffrance.

— Je pourrais y aller ce soir. Tout seul. Je n'ai pas besoin de vous.

— Désolé, mais, vois-tu, j'ai envie de t'accompagner et de te faire honte. C'est ce que les pères font de mieux. On ira tous ensemble.

— On va tous faire du shopping ? demanda Zara en se réveillant d'un seul coup.

— Uniquement pour acheter ce dont on a besoin, précisa Sid, qui savait que ce ne serait pas si facile.

Zara baissa la tête, mais ne parvint pas à dissimuler totalement son sourire de satisfaction.

— Est-ce qu'on déménage ? s'enquit Will.

Sid avait complètement oublié cette maison de Jesmond.

— Ah ! oui, au fait, où en est-on ?

— J'ai visité la maison virtuellement dans la zone, hier soir, et elle remplit pas mal de nos critères, répondit Jacinta.

— Génial ! s'exclama Sid, en pilote automatique.

— Maintenant, il va falloir y aller, ajouta-t-elle.

— Mais pourquoi ? protesta Will en fronçant les sourcils. Tu as déjà tout vu virtuellement.

— Parce qu'une maison, ce n'est pas seulement beaucoup d'argent, intervint Sid. C'est tout l'argent que nous avons. On ne peut pas se fier à un simple catalogue virtuel. Au commissariat, j'ai vu des cas où la maison n'existait même pas. Les gens ne s'en rendaient compte qu'en arrivant avec le camion de déménagement.

— Je ne te crois pas ! s'exclama Will.

— En tout cas, on voit très souvent des agences surévaluer la surface habitable, voire ajouter une chambre qui n'existe pas. Non, il faut vraiment aller sur place. Le transnet, ce n'est pas si génial, tu sais. La plupart des données ne sont pas vérifiées.

— D'accord, d'accord, admit Will en bougonnant.

Sid sourit. Si on découvrait un jour un moyen de charger une personne tout entière sur le transnet, Will plongerait tête baissée dans la fibre optique et sans poser la moindre question.

— J'arrange ça pour le week-end, dit Jacinta.

— Ça marche.

— Tu seras là, n'est-ce pas ? demanda-t-elle, soupçonneuse.

— Bien sûr. (Il sourit aux enfants.) Et je vous conduis à l'école, ce matin.

* * *

Vance Elston attendait dans le Bureau n° 3 quand Sid arriva à huit heures et quart, bien avant le reste de l'équipe. Il lui présenta Ralph Stevens qui, en dehors de sa peau pâle de Nordique et de ses cheveux blonds plus fins, ressemblait à une version plus jeune d'Elston lui-même. Sid commençait à se demander combien d'années il devrait côtoyer ces types pour les voir sourire une fois.

Leurs manières sinistres ne tardèrent pas à déteindre sur l'équipe. Tout le monde arriva en souriant, en discutant, en spéculant sur les développements de l'enquête et sur les exigences du nouveau superviseur. La plupart agrippaient des tasses en carton emplies de thé ou de café, ou, dans le cas d'Eva, de chocolat à la crème et au *marshmallow*. Alors les hommes avisèrent Elston et Stevens et leurs mines de tortionnaires, et les sourires s'évanouirent, tandis que les conversations s'arrêtaient.

Sid ne fut pas vraiment surpris de voir Aldred débarquer avec Ari et Abner ; il était compréhensible que les North prennent cette affaire très au sérieux. Il attendit que tout le monde soit entré et que le sceau bleu de la porte se soit allumé avant de reprendre son briefing. L'équipe comportait deux nouvelles recrues, sélectionnées avec le concours des Ressources humaines après la réunion de la veille : les agents Dedra Foyster et Reannha Hall, spécialistes en analyse de données habilitées à travailler sur les dossiers les plus secrets. L'ADH avait vérifié et approuvé ces habilitations. Ralph le lui avait dit. C'était d'ailleurs la seule chose qu'il lui ait dite jusque-là.

— Bonjour, commença Vance, formel. Désolé pour la confusion et l'attente d'hier, et merci de votre tolérance. Ce briefing va nous permettre d'éclaircir tout ça.

Il s'avança vers une console de zone et, ostensiblement, entra une puce dans le lecteur. Des icones que Sid n'avait jamais vus apparurent sur le grand moniteur mural. Les dossiers ne s'ouvrirent pas.

Sid vit Ian et Eva échanger un regard espiègle d'écoliers.

— Pourriez-vous... ? demanda Vance à Abner.

— Bien sûr, répondit celui-ci en s'avançant vers la console.

L'écran s'incurva autour de lui, et ses mains voletèrent au-dessus du clavier virtuel, manipulant des icones qu'il était le seul à voir.

Il ne se passa pas grand-chose. Les dossiers contenus dans la puce refusèrent de s'ouvrir.

Sid attendit avec un embarras grandissant. Abner semblait avoir du mal même avec la topographie de sa propre interface, alors résoudre ce problème de format... Ce ne serait pas très bon pour la réputation de Sid.

— Euh... qu'est-ce que c'est, comme programme ? demanda Abner, penaud.

Sid fit discrètement signe à Reannha de s'activer.

— Il a été sauvegardé il y a vingt ans, expliqua Vance, tandis que Reannha prenait place devant la console voisine de celle d'Abner, ses doigts manucurés et virtuoses sélectionnant et activant des icones.

— Nous y voilà, dit-elle, tandis que, sur le moniteur mural, les icones prenaient des contours familiers et modernes. C'était juste un souci de format.

Livide, Abner la gratifia d'un sourire pincé.

— Bien, lâcha Vance en reprenant le cours de sa réflexion. Cette affaire est devenue l'enquête la plus importante du monde à cause de la technique utilisée par le meurtrier – une technique déjà observée une fois. Vous n'êtes pas au courant parce que l'affaire a été classée et qu'elle n'a jamais été révélée au grand public. Quelqu'un parmi vous a-t-il déjà entendu parler d'Angela Tramelo ?

Ayant déjà entendu cette question la veille, Sid observa Abner et Ari. Les deux hommes faillirent s'étouffer avec leur café. Cela ne le surprit pas, car ce nom avait embrasé tout un tas de connexions neurales dans son cerveau, lui envoyant une pluie d'étincelles glacées le long de la colonne vertébrale.

Ian ne réagit pas, et Eva prit un air pensif.

— N'est-ce pas la fille qui a... ? Oh !

Elle s'interrompit et lança un regard coupable aux deux North.

— Angela Tramelo a été condamnée pour l'assassinat de Bartram North et de treize membres de sa maisonnée, poursuivit Vance. Cette atrocité a été commise en une nuit, il y a de cela vingt et un ans, dans le manoir de Bartram, sur St Libra.

Un icone migra sur un des moniteurs muraux et se décompressa en une matrice de photos miniatures. Vance agrandit la première. Sid s'efforça de ne pas grimacer à la vue du carnage exposé sous leurs yeux. Le corps était celui d'un North assez âgé étendu sur le sol dallé de marbre de quelque salle grandiose, baignant dans une mare de sang, les vêtements également imbibés de liquide vital. Un autre corps était visible, rejeté sur le canapé, en arrière-plan. Une autre photo apparut, montrant un gros plan de la blessure : cinq orifices à l'écartement rappelant les doigts d'une main au niveau du cœur. D'autres blessures : de longues et profondes lacérations sur les bras et le dos. Toujours parallèles. Elles prouvaient que les victimes s'étaient défendues, pensa Sid.

— En plus de Bartram et de six de ses fils, trois de ses petites amies et quatre membres de son personnel ont été massacrés.

Les corps défilèrent à l'écran.

— Bartram North vivait constamment avec trois à cinq filles. Elles étaient principalement recrutées sur Terre. Angela Tramelo était l'une d'elles. Elle a été arrêtée deux jours plus tard à la sortie du portail de Newcastle comme elle tentait de s'enfuir. Trois mois plus tard, elle a été jugée à Londres, déclarée coupable et condamnée à la prison à vie. Sans possibilité de remise de peine.

— Je ne comprends pas, intervint Ian. Elle s'est échappée ?

Vance secoua la tête.

— J'aurais préféré. Non, elle était enfermée dans sa cellule de la prison de Holloway quand notre victime a été tuée. Elle y était depuis vingt ans. On ne lui a jamais permis de mettre le pied dehors.

— Dans ce cas, pourquoi toute cette organisation ? Pourquoi l'ADH ?

— Sa défense, répondit Vance.

Un nouveau fichier s'ouvrit sur le moniteur mural. Il s'agissait de la première image figée d'une vidéo d'Angela Tramelo à la barre, flanquée de deux gardes.

— Voici sa réaction à l'annonce du verdict. Elle explique pas mal de choses...

L'enregistrement démarra. Angela hurlait comme une folle et se débattait entre les bras des deux gardes. La caméra zooma sur son magnifique visage déformé par la colère.

— Non ! hurlait-elle. Non, non, non ! Je n'ai tué personne ! Le monstre ! Vous ne comprenez pas ? Il les a découpés en morceaux. Je le jure...

L'image se figea, montrant une Angela la bouche ouverte et écumante.

— Elle répète la même chose pendant cinq minutes tandis que les agents la conduisent en cellule, expliqua Vance. D'ailleurs, elle n'a jamais cessé de répéter la même chose.

— Un monstre extraterrestre ? s'étonna Ian.

— C'est ce qu'elle a dit, et c'était sa seule ligne de défense. Évidemment, nous savons tous qu'il n'y a pas de monstres sur St Libra, ni même d'animaux ; sur cette planète, l'évolution n'a suivi que la voie de la botanique. Et comme nous n'avons rien rencontré de semblable à ce qu'elle décrit depuis un siècle et la première liaison transspatiale avec Proxima du Centaure, nous avons conclu qu'il s'agissait d'une histoire ridicule concoctée dans un moment de désespoir pour échapper à la prison. Enfin, c'est ce que nous avons pensé à l'époque.

— Mais alors, pourquoi l'ADH a-t-elle classé secret défense cette arme à cinq lames ? demanda Eva.

— Parce que nous ne l'avons jamais retrouvée et qu'elle était trop… bizarre. Je pense que vous serez d'accord avec moi. Dans un accès de rage, Angela aurait sans doute eu la force nécessaire pour enfoncer ces cinq lames, mais le mouvement de contraction, le fait que le cœur ait été écrabouillé… Une main griffue pourrait en théorie causer ce genre de dégâts, mais quelle créature a une patte pareille ? Nous n'étions pas certains à cent pour cent qu'elle mentait, et l'humanité ne pouvait pas se permettre d'avoir une autre espèce hostile en liberté en son sein. Alors nous avons mené une enquête aussi poussée que possible, à l'époque. Comme cela n'a rien donné, l'ADH en a conclu qu'elle était coupable, complètement folle, et qu'elle avait eu juste ce qu'il fallait de bon sens pour se débarrasser de son arme en la jetant par-dessus une falaise avant d'être arrêtée.

Ian était assis contre une console et, les yeux plissés, observait le visage dément d'Angela.

— De quel genre de monstre s'agissait-il ? L'a-t-elle dit ? L'a-t-elle décrit ?

— Oui, d'où notre incrédulité totale. Selon elle, il était humanoïde, ce qui est ridicule, car l'évolution ne fonctionne pas de cette manière. En tout cas, elle n'aurait pas produit deux fois une créature de la taille d'un homme à deux bras, deux jambes et une tête, comme elle l'a décrite. La seule différence avec nous était la peau, pareille à du « cuir changé en pierre ».

— Un homme dans une armure de combat ? proposa Eva. Cela expliquerait la puissance de l'arme.

— Certes, lui concéda Vance. Ce serait une explication convaincante, sauf qu'il nous manquerait toujours le mobile. Pourquoi quelqu'un ferait-il une chose pareille ?

— Vous avez pourtant facilement admis qu'elle l'avait faite, cette chose, intervint Ian, en désignant Angela d'un geste irrité de la main.

— Plusieurs psychiatres ont expertisé Angela Tramelo, et tous sont arrivés à la même conclusion : c'est une psychopathe. Il ne peut y avoir d'autre explication à pareille barbarie.

— Et si le psychopathe, c'était le type en armure de combat ?

— Nous n'avons jamais trouvé aucune preuve de son existence. Et puis, notez qu'elle a survécu. Sur toutes les personnes présentes au septième étage ce soir-là, elle est la seule à avoir survécu.

— Elle s'est enfuie, remarqua Eva. C'est ce que j'aurais fait. D'ailleurs, vous l'avez rattrapée alors qu'elle fuyait.

— Ça ne colle pas, rétorqua Vance d'une voix neutre. Elle a affirmé s'être battue avec le monstre avant de prendre la fuite. Elle n'a jamais changé ces détails de son récit ; elle n'a cessé de les répéter. Une jeune femme de dix-huit ans se battant à mains nues contre une combinaison hydraulique ? Qui plus est armée de lames à chaque doigt ? Et pendant qu'on y est, vous m'expliquez pourquoi elle s'est enfuie jusque sur Terre ?

— Elle a eu très peur, répondit Ian sans conviction.

— Elle n'a même pas appelé la police locale, ajouta Vance.

— Elle s'est battue avec le monstre ? répéta Sid, qui ignorait ce détail. Présentait-elle des blessures ? Comme vous l'avez fait remarquer, c'était une adolescente, à l'époque.

Vance lui lança un regard noir, mécontent d'être questionné par quelqu'un qu'il pensait être de son côté.

— Elle ne présentait aucune blessure. En tout cas, rien de comparable à ça ; pas de coupures ni de plaies profondes. Vérifiez dans le rapport établi après son arrestation. Il a été rédigé ici même, d'ailleurs, à Newcastle, par les forces de police.

Comme garantie de sérieux, il y avait beaucoup mieux, mais Sid préféra garder sa remarque pour lui.

— Donc vous pensez que nous avons un monstre en liberté ? demanda Ian avec un scepticisme extrême. Une créature extraterrestre ?

— Disons que certains détails sont un peu dérangeants. Le meurtre identique d'un autre North, ici, vendredi dernier, remet en question la culpabilité de Tramelo, car si – et c'est un *si* colossal –, si elle n'a pas commis ces premiers meurtres, alors qui les a commis ? Ou quoi ? De deux choses l'une : soit un psychopathe avec une dent contre les North s'est fabriqué une armure de combat équipée de griffes métalliques comme dans les programmes horrifiques et est revenu frapper une seconde fois, soit…

— Soit il s'agit d'un monstre extraterrestre, termina Sid.

— Un monstre extraterrestre qui adore se balader dans Newcastle le vendredi soir, lâcha Ian d'un ton moqueur. Vous croyez qu'il s'est arrêté pour manger un burger, avant ? Histoire de faire le plein d'énergie avant de réitérer son exploit d'il y a vingt ans ? Ridicule !

— Ridicule ou pas, rétorqua Vance d'une voix glaciale et menaçante, vous allez prendre cette affaire très au sérieux. L'ADH a besoin de savoir ce qui s'est passé dans ce patelin de merde le week-end dernier. Nous avons besoin de savoir si une espèce intelligente et hostile se balade chez nous. Donc, inspecteur de classe deux Lanagin, vous allez mettre à profit vos piètres aptitudes, vous allez découvrir ce qui s'est passé sous votre nez incompétent, et vous allez déterminer si cette affaire marque ou non le début de l'extinction de notre espèce. Échouez dans votre mission, ne vous donnez pas à cent pour cent, et je vous accuse officiellement de complicité de tentative de génocide et de collaboration avec des ennemis de l'humanité. Au cas où vous l'ignoreriez, ces deux crimes sont toujours punis de mort, même dans votre si libérale Grande Europe de merde. Sommes-nous bien sur la même longueur d'onde ?

Ian lança un regard assassin à l'agent de l'ADH. Sid leva le doigt pour mettre en garde son jeune collègue et le dissuader d'en venir aux mains avec Vance.

— D'où pensez-vous qu'il soit venu ? demanda Lorelle Burdett.

Vance ne lâcha pas Ian du regard.

— Je vous prie de m'excuser ?

— Si cette chose est extraterrestre, alors, je suis désolée, mais Ian a raison. Comment est-elle arrivée ici ? Pas par le portail en tout cas. Le Directoire européen des frontières vérifie avec un grand soin les passagers et le fret. Il est facile pour un réfugié de se rendre sur St Libra, mais il est presque impossible d'en revenir. Je ne vois pas comment un extraterrestre, même humanoïde, pourrait débarquer sur Terre sans se faire remarquer.

— Nous allons vérifier la nature des marchandises importées dans le cadre d'une enquête élargie, expliqua Sid.

L'hostilité et le scepticisme ambiants lui déplaisaient grandement. L'équipe s'était préparée à subir les coups de gueule d'un représentant politique lunatique envoyé par les North, pas à se farcir un agent de renseignement paranoïaque persuadé que l'humanité risquait l'extermination.

— Vous aurez accès à tous les enregistrements de sécurité du portail, intervint Aldred. Un protocole très rigoureux est respecté pour prévenir toute infiltration clandestine. La Grande Europe ne fait pas les choses à moitié quand il s'agit de St Libra. Comme les autres nations de la Terre, d'ailleurs, la GE est parvenue à envoyer dans les Territoires indépendants de St Libra un paquet de gens indésirables politiquement. Des gens qu'elle n'a vraiment pas envie de voir revenir au bercail. Northumberland Interstellar scanne toutes les boîtes et toutes les caisses au moins aussi grosses qu'un cercueil. Et puis, nous effectuons également des fouilles physiques au hasard. C'est très efficace. Nous avons des scanners électromagnétiques, des rayons X, des dépisteurs de particules chimiques atmosphériques et de bons vieux chiens renifleurs, à l'ancienne. Nous sommes très rigoureux, car nous risquons de lourdes amendes si quiconque passe entre les mailles de notre filet. Je parle de plus de 10 millions d'eurofrancs par incident. Mais il faut avouer que nous n'avons pas énormément de chargements à vérifier. On importe surtout du biocarburant de St Libra. À cause de sa taille, la planète n'a pas de gisements de métaux lourds, et son industrie est inexistante. Toutes ces précautions sont parfaites pour attraper des passagers clandestins, pas pour débusquer un extraterrestre planqué dans une caisse.

— On est forcés de se fier à la description d'Angela, admit Vance. Une créature de taille humaine... Cela me fait mal de l'avouer, mais elle n'avait aucune raison de nous mentir. Si cette chose existe vraiment, elle a dû arriver avec du fret.

— Bien, intervint Sid en se plantant devant la toile de fond du visage enragé d'Angela. Malgré tous ces éléments bizarres, nous avons toujours un meurtre à élucider. Pour commencer, j'aimerais vraiment que nous identifiions notre victime. Ari, Abner, continuez vos recherches, je vous prie. L'agent Elston a promis de faire pression sur l'entourage de Brinkelle pour qu'elle fasse le compte de leurs North2. Cela nous permettra peut-être d'avancer.

— Je pense malheureusement que c'est peu probable, rétorqua Aldred. Les descendants de Bartram, je parle des 2, sont assez âgés aujourd'hui. Aucun n'est né après Brinkelle. Le plus jeune a cinquante et un ans, me semble-t-il. Cela signifie qu'il n'y a pas de North2 sur St Libra qui corresponde à notre victime et à ses quarante-cinq ans.

— Du moins c'est ce que la famille de Bartram prétend, le coupa Vance. La commissaire Passam vole aujourd'hui vers Abellia pour parler à Brinkelle de vive voix. Nous obtiendrons peut-être des résultats de ce côté. Après tout, jusqu'au jour de sa mort, Bartram était accompagné de jeunes femmes.

— Tant que nous n'aurons pas d'autre piste, continuons de vérifier si tous les North2 que nous connaissons sont bien en vie, dit Sid. Ari, continuez à chercher un éventuel imposteur.

— D'accord, patron.

— Dedra et Reannha, vous allez vous occuper des importations. Il y a beaucoup de données à mettre en corrélation, mais ce boulot est dans vos cordes. Vérifiez tous les emballages assez gros pour contenir ce que vous savez, et concentrez-vous en priorité sur ceux qui étaient adressés dans le coin. Pour chaque colis, appelez la compagnie pour vérifier s'il était intact à la livraison. Je veux que vous parliez à des humains, pas de réponses électroniques, s'il vous plaît.

— Oui, chef.

— Les autres devront travailler sur l'aspect le plus important de cette affaire, à savoir l'identification de l'endroit où le corps a été jeté à l'eau. Je dirigerai cette opération personnellement. Hier, nous avons repéré onze sites possibles ; il faudra aller sur place pour vérifier. Hier soir, j'ai fait sécuriser chacun de ces sites par des agents. Ces gars ne doivent pas être informés de la véritable nature de notre enquête, alors je compte sur votre discrétion. Ian, Eva, Lorelle et moi-même partons ce matin avec des équipes scientifiques pour passer ces brèches au peigne fin. Je me répète, mais cette partie de notre travail est extrêmement importante : nous devons absolument trouver l'endroit d'où le corps a été jeté à l'eau. Quand ce sera fait, nous pourrons travailler sur des données concrètes.

Tandis que chacun se mettait au travail, Sid se rendit dans son bureau avec Vance et Ralph. À travers la vitre, il voyait Ian secouer la tête avec incrédulité en marmonnant quelque chose à Eva. Aldred aidait Dedra et Reannha à s'installer, franchissant pour elles les barrières de sécurité virtuelles de Northumberland Interstellar.

— Si vous le souhaitez, commença Vance, je peux vous débarrasser d'Abner. Un coup de fil à O'Rouke et…

— Pourquoi voudrais-je une chose pareille ? demanda Sid.

— Ce type est incapable d'ouvrir un fichier informatique. C'est lui votre analyste scientifique en chef ? C'est une plaisanterie !

— N'oubliez pas que son frère vient de se faire assassiner. Laissez-lui un peu de temps.

— Je ne peux prendre aucun risque, Sid. Dans cette affaire, personne n'a le droit à l'erreur.

— Il n'y aura pas d'erreur. S'il ne se reprend pas, je le foutrai dehors moi-même.

— Je compte sur vous.

— Nous aurons trouvé l'endroit d'où l'assassin s'est débarrassé du corps dans l'après-midi. Après, ce sera beaucoup plus facile.

— C'est-à-dire ?

— La brèche en elle-même ne nous fournira aucune information, mais nous pourrons voir qui y est entré et qui en est sorti. Nous identifierons ces personnes et les suivrons grâce aux maillages de sécurité de la ville. Ian a raison : s'il y avait un extraterrestre en liberté dans notre ville, il ne serait pas passé inaperçu. Nous vivons une époque de numérisation. Tout est en ligne de nos jours. Toujours.

— Évidemment. Et c'est pour cela que nos politiciens sont si purs et si propres, et que le monde tourne si bien, n'est-ce pas ? Parce que tout le monde sait tout et qu'on ne peut plus se cacher ?

— Je n'ai pas…

— Il se passe des choses, inspecteur. Des choses que vous ne soupçonnez même pas, heureux homme. À partir de maintenant, concentrez-vous sur votre boulot et trouvez-moi des preuves. Soit de l'existence d'un malade qui s'en prend aux North avec une combinaison de combat bricolée dans sa cave, soit de l'imminence d'une crise transstellaire grave.

— D'accord.

Vance le dévisagea pendant un long moment, étudiant sa réaction.

— Je m'installe dans la base locale de l'ADH. Nous ne nous reverrons plus, du moins pas ici. À partir de maintenant, Ralph sera votre contact, compris ?

— Tout à fait.

— À vous de jouer, conclut Vance à Ralph en lui serrant la main.

Sid lâcha un long soupir tandis que Vance quittait le bureau sans le moindre regard pour les membres de l'équipe.

— Désolé, s'excusa Ralph.

Sid découvrit avec étonnement un sourire en coin sur le visage de l'homme.

— Eh bien…

— Il joue au dur, mais c'est un genre qu'il se donne. Il croit que ça montre sa force, ce qui n'est pas faux. C'est pour ça qu'il a humilié votre gars, tout à l'heure. C'était histoire de montrer à tout le monde que c'était lui le boss.

— Ça ne va pas l'aider à se faire des amis.

— Il ne cherche pas à se faire d'amis. Moi non plus d'ailleurs. Les consignes viennent du général Shaikh lui-même. Vous avez entendu parler du général Shaikh, n'est-ce pas ?

— Oui, j'en ai entendu parler.

— Bien. Vous comprenez donc que la situation est critique.

— Je crois comprendre.

* * *

L'ADH possédait une base de grande taille à proximité de tous les portails de la planète afin de pouvoir réagir rapidement à l'arrivée éventuelle d'essaims de Zanth. Newcastle ne faisait pas exception. Les bureaux, baraquements et zones de rassemblement se situaient dans le quartier de Shipcote, au sud du fleuve. Le style de l'ensemble aurait gêné les architectes de l'ère soviétique eux-mêmes. Juchés sur une colline, d'épais murs en béton percés de fenêtres étroites et surplombés de capteurs dominaient l'étendue chaotique du Dernier Mile tel un château médiéval impassible dominant des taudis.

Évidemment, comme le savaient tous les Geordies dès la naissance, la base était là pour le spectacle, car si un essaim apparaissait dans le ciel de St Libra, l'ADH et la Grande Europe n'hésiteraient pas à fermer le portail. Personne n'avait l'intention d'envoyer les meilleures troupes de l'humanité défendre un monde qui n'abritait que des drones industriels et quelques mécontents politiques.

Une fois installé dans son nouveau bureau militaire standard, Vance contempla par la vitre armée la file de véhicules et de piétons qui serpentait sur le Dernier Mile en direction de l'énorme butte rectangulaire en béton qui accueillait le portail. Celui-ci ressemblait à un bassin de brume vertical parcouru de phosphorescences argentées. De là où il se trouvait, Vance ne voyait que le tiers supérieur du dispositif, où une rampe en métal s'élevait de la chaussée et s'enfonçait dans la connexion transspatiale, offrant un libre accès à St Libra. Dissimulée sous la route surélevée se trouvait l'étroite voie du retour qui conduisait directement au terminal du Directoire des frontières. Encore plus bas, occupant une bonne moitié du portail, passaient douze pipelines pleins de biocarburant qui disparaissaient rapidement sous terre, se déroulant vers les zones de stockage disséminées sur la côte est et alimentant la grille de distribution intereuropéenne. Des milliards d'eurofrancs d'hydrocarbure transitaient par ce portail chaque jour, contribuant à satisfaire les besoins énergétiques de la Grande Europe et de ses planètes colonisées.

À la vue de cette énorme entreprise, Vance se rendit finalement compte de ses colossales responsabilités. Protéger quelque chose de si grand et de si important contre une menace extraterrestre diffuse mais persistante était une mission à laquelle il ne voulait ni ne pouvait se soustraire. Il effleura l'épinglette piquée dans le col de son uniforme, suivit ses contours familiers de ses doigts rugueux.

— J'ai contemplé le Zanth et j'ai vu le visage du diable, murmura-t-il.

C'était le Seigneur qui les avait réunis, Angela et lui, vingt ans plus tôt. Il le savait, à présent. Cette rencontre n'avait pas été le fruit du hasard. Aujourd'hui, tout était beaucoup plus clair. Voilà pourquoi il avait vu le jour. Telle était la mission que le Seigneur lui avait confiée.

— Mon Dieu, je m'en montrerai digne.

Ses cellules auriculaires sonnèrent, et des icones de communication apparurent dans sa grille. Il demanda à son i-e d'établir la connexion. Le moniteur situé en face du bureau afficha le symbole des appels ultrasecrets de l'ADH, puis le visage du général Khurram Shaikh. Âgé de soixante-deux ans, il avait le visage rond, les rides profondes et les cheveux roux grisonnant coupés court. Son uniforme était immaculé, comme d'habitude, et il ne semblait pas du tout secoué par les événements de Newcastle. Vance fit de son mieux pour ne pas calculer quelle heure il était à Alice Springs. Une part de l'aura mystique qui entourait Shaikh s'expliquait par sa disponibilité sans limites. Certains prétendaient qu'il ne dormait jamais ; d'autres pensaient qu'il avait des clones qui se succédaient à son poste.

— Bonjour, colonel, commença Shaikh.

— Mon général.

— Apparemment, il se passe beaucoup de choses dans votre partie du monde.

— Oui, mon général.

— De toute façon, nous avions l'intention de renforcer la couverture des capteurs à champ quantique de Newcastle. À cause du portail. Évidemment, nous allons devoir bousculer notre calendrier.

— Mon général, cela ne ressemble pas du tout à un coup du Zanth.

— C'est vrai, mais nous ne comprenons pas vraiment le Zanth, aussi convient-il de prendre quelques précautions. En tout cas, si la créature dont vous parlez existe, elle vient de St Libra. C'est ce que pensent mes experts.

— Il s'agit peut-être d'un humain, d'un psychopathe isolé obsédé par les North. Au moins cette fois-ci pouvons-nous mener une enquête digne de ce nom.

— Oui, mais beaucoup de choses dépendent de la police de Newcastle et de son efficacité. Vous devrez exercer une pression constante sur eux.

— C'est ce que je fais, mon général.

— Parfait. Il se pourrait fort que les North aient dissimulé l'existence d'une espèce intelligente sur St Libra. Northumberland

Interstellar avait besoin d'avoir les coudées franches pour exploiter ses champs d'algues. Sans eux, le coût de la construction du portail aurait eu raison de la société.

— Oui, je suis d'accord. St Libra est une très grande planète, dont nous n'avons exploré qu'un seul continent, Ambrose, et encore, pas la partie ouest. Qui sait quelles créatures se baladent sur le reste de la planète ?

— Exactement. Le meurtre de Newcastle nous a-t-il appris quelque chose ?

— Rien du tout. L'officier qui dirige l'enquête est convaincu qu'il y a quelque chose de louche derrière tout ça. Le fait qu ils n'aient pas réussi à identifier la victime est très inhabituel. En dehors de cela et de la méthode, je ne suis pas sûr…

— Nous n'étions pas sûrs non plus après le premier massacre. Et ce malgré ce que l'Agence de renseignement extraterrestre a fait subir à cette pauvre fille. Une coïncidence de plus à considérer, peut-être.

— Le fait qu'il n'y ait pas de preuve constituerait une preuve en soi ? Disons que ce n'est pas plus illogique que le reste de cette affaire. Mais je détesterais devoir me contenter de cette explication.

— Je sais. Beaucoup de facteurs me poussent à suspecter l'existence de quelque chose de mystérieux sur St Libra. Nous devons absolument en avoir le cœur net, colonel. Nous ne pouvons pas faire face à deux ennemis différents dans l'espace interstellaire. Et celui-ci est malin et subtil. Il se cache et je ne puis l'accepter.

— Oui, mon général.

— À moins que la police de Newcastle découvre rapidement un meurtrier ordinaire, un tueur inspiré par le massacre de Bartram, l'expédition partira. St Libra et ses mystères m'ont toujours mis mal à l'aise.

— J'aimerais m'y rendre, mon général.

— Bien sûr. Les blocs gouvernementaux majeurs sont déjà en train de négocier la composition de l'équipe ; chacun a envie d'être représenté, évidemment. Comme il s'agit de St Libra, cette maudite Charmonique Passam sera la patronne de l'expédition afin de faire plaisir à la Grande Europe. Vous serez le représentant de l'ARE. Et le mien.

— Merci, mon général.

— Si j'étais vous, je ne me remercierais pas, car votre responsabilité sera énorme. Qu'une menace se manifeste, et vous aurez à décider si elle peut être tolérée ou non. Concernant le Zanth, nous ne pouvons rien faire. Pour l'instant. Cette menace-là semble plus physique, plus animale. C'est une forme d'intelligence que nous sommes capables d'appréhender, qui fonctionne un peu comme la nôtre.

—Le noble sauvage.

—Son équivalent contemporain, peut-être, mais c'est une chose que nous ne pouvons pas accepter. Des précautions ont été prises contre un éventuel développement de ce type. Détestables, dégoûtantes et moralement condamnables, mais essentielles.

—Je comprends, mon général. Je ne vous décevrai pas.

* * *

Désormais, on l'appelait Monde Zanth 3, mais cela n'avait pas toujours été le cas. Les humains y avaient vécu, autrefois. Dix-huit millions d'entre eux. À l'époque, on nommait cette planète New Florida. Un monde étrangement semblable à la Terre, avec ses vastes continents verdoyants et ses côtes dentelées. Trois petites lunes orbitaient autour de lui, produisant des taches de lumière colorées et enchanteresses, et provoquant d'intenses marées qui rongeaient les falaises. À marcher au milieu de ses arbres et à effleurer ses immenses marais, les premiers colons avaient vraiment pu se croire sur Terre pendant cette époque paisible qui avait suivi la dernière ère glaciaire et précédé l'ascension de la société humaine mécanisée. Un temps où régnait une forme de tranquillité pure.

D'une certaine manière, cette tranquillité perdura après que les colons se furent déversés par centaines de milliers dans ce paysage. Ses nouveaux habitants étaient fiers de la majesté de ce monde, et ils firent leur possible pour ne pas répéter les erreurs commises sur la vieille planète mère. Bien sûr, il ne pouvait y avoir économie viable sans développement industriel, car il s'agissait de mettre la colonie sur un pied d'égalité avec les autres États transstellaires des États-Unis d'Amérique, qui incorporaient déjà trois nouvelles planètes en plus du continent originel, sur Terre. Néanmoins, on se contenta du minimum, la richesse évidente de cette planète étant sa terre. Son avenir serait donc agricole.

Le capitaine Antrinell Viana apercevait encore ici et là quelques bâtiments agricoles à travers les trois épaisseurs du pare-brise de son véhicule tandis qu'il avançait en vrombissant dans les paysages étranges de Zanth 3. Son engin mesurait dix mètres de longueur et était équipé d'une cabine qui servait aussi bien de quartier habitable que de laboratoire d'analyse. Un laboratoire ultraperfectionné. À l'arrière, on trouvait une chambre de décontamination, où les chercheurs de l'ADH s'équipaient avant de s'aventurer à l'extérieur. L'énergie était fournie par cinq piles qui alimentaient les moteurs électriques de cinq essieux dotés de deux fois trois roues aussi hautes qu'un homme. Les pneus anticrevaison ajoutés à des amortisseurs à gaz permettaient au véhicule de progresser avec une fluidité relative sur des surfaces étranges. Tous les systèmes mécaniques et électriques étaient doublés ou triplés, si bien que même en cas d'avaries majeures, l'engin aurait été capable de rentrer au bercail.

Sachant tout cela, Antrinell ne craignait pas d'escalader des pentes abruptes et de serpenter sur des crêtes. Il avait perdu le compte des missions qu'il avait accomplies sur des mondes conquis par le Zanth depuis qu'il était sorti de l'académie de l'ADH, douze ans plus tôt. Une bonne centaine, au moins. Nombre de membres des équipes de recherche abandonnaient le terrain après vingt ou trente missions. La plupart du temps, ils prétextaient une dépression. Affronter quelque chose de si incroyablement massif, une force si irrésistible, si matérialisée et si directe finissait par user les nerfs. Antrinell, lui, avait la chance d'avoir la foi ; comme tous ceux qui avaient répondu à l'appel des Guerriers de l'Évangile, il croyait que Jésus les protégeait, que Dieu finirait par montrer à l'humanité le chemin du salut, que le Zanth serait vaincu. Il n'était donc ni effrayé ni découragé par le Zanth. Au contraire, il le voyait pour ce qu'il était : une arrogance malfaisante, un cancer dans ce glorieux univers créé par Dieu pour accueillir la vie. En faisant ce travail, en testant et expérimentant, en tentant de découvrir les secrets du Zanth, il accomplissait l'œuvre authentique de Dieu.

— On capte le signal, annonça Marvin Trambi, assis à côté de lui. Il n'a pas beaucoup bougé.

Antrinell demanda à son i-e de faire apparaître l'origine du signal sur l'image 3D du radar projetée sur le pare-brise. Elle brillait telle une étoile rose à deux kilomètres et demi de là, sur un contrefort raisonnablement plat.

Le Zanth n'intimidait pas Antrinell, mais chaque fois qu'il s'aventurait sur un monde zanth, il ne pouvait s'empêcher d'être impressionné par son étrangeté. Trois heures plus tôt, ils avaient émergé du portail dans une région côtière, un des derniers coins intacts de ce monde pourtant si proche des conditions offertes par la Terre, avec son herbe et ses arbres-fougères encore vivants malgré le ciel vert et brumeux. Nerveux, quelques animaux tremblaient de peur derrière des buissons et détalaient dans des ravines, leurs yeux à triples segments fixant l'énorme véhicule qui passait lourdement devant eux. Dominant l'horizon, le Zanth, dont les limites avançaient inexorablement vers la mer.

Ils se rapprochèrent de la merveille pervertie qu'était devenu le sol et grimpèrent sur le bord lisse et bleu-vert du Zanth comme s'ils roulaient sur un écoulement de lave durcie. Toutefois, cette impression ne dura qu'une minute. Il ne s'agissait plus du tout d'un paysage géologique modelé par la poussée continue des glaciers ou par des millions d'années de mouvements tectoniques. Le Zanth était tombé sur cette terre, pervertissant sa qualité originelle, la subvertissant, tordant et modifiant son profil solide et sa structure atomique interne, conquête réalisée à l'échelle de l'infiniment petit et au plan général. C'était un procédé étranger à la nature, et que la nature ne pouvait combattre.

Le véhicule roulait à présent sur une topologie bizarre, sur une surface en nid-d'abeilles sécrétée, aurait-on dit, par des insectes dopés gros comme des montagnes. Le Zanth consumait le sol, la roche, l'eau et la végétation, infusant les masses dans un dessein mystérieux. Des gouffres s'ouvraient, profonds et larges de plusieurs kilomètres, les matériaux consumés s'écoulant à travers de vastes colonnes translucides semblables à du cristal, mais en beaucoup moins statique et primitif. L'écheveau complexe qu'il tissait dans le ciel était un labyrinthe erratique et asymétrique, avec des vrilles qui décrivaient des arches longues de dizaines de kilomètres dans l'atmosphère raréfiée. Ce qui aurait été impossible avec de la matière ordinaire. Des piliers aussi larges que des montagnes et des centaines de fois plus hauts : la gravitation en aurait aussitôt eu raison. Sauf que la gravitation fondamentale n'avait aucun effet sur le Zanth en formation. Son imbrication avec les champs quantiques défiait les sciences rationnelles.

Antrinell conduisait dans ce traître labyrinthe en trois dimensions, avançant péniblement sur des pentes incurvées et creuses, s'enfonçant dans des cratères et des canyons dont le fond, s'ils en avaient un, était invisible sous des rivières épaisses de brume iridescente, s'engageant sur des ponts courbes aux ramifications noueuses et rarement horizontales. Il arrivait que, sous les roues, la surface soit aussi transparente que du verre, avant de prendre toutes les couleurs de l'atmosphère, tel un prisme. Il arrivait également qu'elle manque autant de substance que l'air en pleine mutation autour d'eux.

À deux kilomètres de l'origine du signal, Antrinell repéra une ferme incrustée dans une colonne violacée large de mille deux cents mètres, flanquée d'arcs-boutants vert chromé qui s'incurvaient vers l'extérieur avant de converger vers le sommet, à plusieurs centaines de mètres du sol, et de s'y croiser en formant un genre de nid, mise en abyme de la gigantesque composition qui les entourait. La maison d'un étage parfaitement ordinaire reposait toujours sur un carré de terre, comme si elle avait été arrachée par une folle tempête. À présent, elle était suspendue cent cinquante mètres au-dessus du véhicule, penchant vers l'avant à cinquante degrés. Ses murs symétriques en matériau composite et les panneaux solaires de son toit contrastaient pour le moins avec le chaos irrationnel du Zanth qui l'avait emprisonnée. Quand ils furent plus près, Antrinell vit que la structure dans laquelle la ferme était prise ressemblait à une bruine en expansion ; mais ses particules étaient figées, comme sur la vidéo arrêtée d'une explosion. Les enregistrements et l'expérience montraient que le Zanth finissait toujours par tout absorber en décomposant et en déformant méthodiquement les molécules originelles.

La vue de ce triste spectacle ne pouvait que renforcer son amère conviction, partagée désormais par l'ensemble de l'humanité : rien ne pouvait échapper au Zanth. Rien n'y survivait. À la fin, tout serait amené à devenir Zanth.

Antrinell s'engagea sur une pente abrupte. Le pack qui contenait l'émetteur se trouvait juste au-dessus d'une intersection, où douze rubans s'incurvaient de conserve au milieu d'une forêt de protubérances fongiques et de cuvettes ondulantes.

— Je fais d'abord demi-tour. On sortira après, annonça Antrinell.

Marvin désigna une paire de bulbes gonflés hauts d'une trentaine de mètres et émettant des scintillements gris et violet derrière le voile de brume.

— Il y a de la place entre ces deux-là.

— D'accord.

Antrinell tourna légèrement le volant. L'engin s'engagea sur une pente raide. Le radar à ondes millimétriques mesura l'espace qui séparait les deux bulbes. Marvin ne s'était pas trompé ; il était assez large. Pas question de rester coincés entre deux de ces machins ; le portail était bien trop éloigné. Tous les membres de la division de recherche de l'ADH avaient vu des images de scaphandriers pris dans le matériau du Zanth, morts depuis longtemps, leurs contours en voie de dissolution, leurs fragments étirés, juste avant de disparaître pour de bon.

Des sectes humaines, constituées d'adeptes pervertis et de gourous manipulateurs, considéraient cette transmutation comme l'unique manière d'accéder à l'immortalité. Selon eux, être absorbé par le Zanth, ne faire qu'un avec lui, était une garantie de vie éternelle. Car le Zanth embrassait notre essence. Ces gens-là pensaient que la vie continuait dans cette matrice de molécules étranges et cette composition quantique différente, que le Zanth vous récompensait de vous être donné à lui, qu'il vous transporterait à travers les âges, éternellement. Il n'y avait pas de paradis, affirmaient-ils, et les anciens livres saints n'étaient que des ramassis de mensonges. Le Zanth apportait une vie nouvelle, pour toujours.

Antrinell, lui, savait que le Zanth ne faisait rien de tout cela. Il en avait vu assez pour savoir que le Zanth se moquait pas mal des hommes, qu'il ne les remarquait même pas, ni eux ni aucune autre forme de vie biologique. Il savait que le Zanth était un véritable fléau, et il ne s'écartait jamais de cette conviction.

Le véhicule s'engouffra dans la cuvette et descendit une pente inclinée à trente degrés. Ils étaient proches du rebord de la jonction, à présent, à cinq mètres à peine, et la surface lisse réfléchissait des formes géométriques dorées et rouges. Par souci de sécurité, Antrinell s'éloigna un peu du rebord et s'arrêta.

Le règlement était très clair : il devait toujours y avoir au moins deux personnes à bord du véhicule. Antrinell et Marvin enfilèrent leurs combinaisons, laissant leurs trois camarades à bord pour les guider par réseau local. Les scaphandres conçus pour évoluer dans le Zanth étaient loin d'être aussi encombrants que les combinaisons spatiales. On passait d'abord une première combinaison moulante en néoprène, comparable à une combinaison de plongée dotée d'un col auquel venait se fixer la bulle du casque. Venaient ensuite un filtre atmosphérique et une bouteille d'oxygène de secours, que l'on portait dans le dos, puis ce qui ressemblait à un bleu de travail avec des bottes intégrées. Le revêtement extérieur était un tissu blanc en métallocéramique antiadhésive, constamment parcouru par un courant de faible intensité. L'électricité semblait être la seule chose capable de tenir le Zanth à distance, même si on avait observé que le processus d'absorption-transformation ne commençait que quelques heures après que la matière ordinaire était entrée en contact avec le Zanth. Vêtue d'une combinaison de ce genre, une personne étendue sur le Zanth ne courrait aucun danger immédiat. Cependant, on se sentait beaucoup plus en sécurité derrière une barrière électrique, et l'ADH ne lésinait pas sur la protection de ses hommes.

Le sas était une salle cylindrique d'un blanc clinique équipée d'un anneau d'aération en titane en son centre et d'une porte circulaire à chaque extrémité. Antrinell et Marvin attendirent à l'intérieur pendant que leurs i-e effectuaient une dernière série de vérifications. Les aérations sifflèrent, pressurisant le sas. À l'intérieur des véhicules d'exploration, la pression était toujours légèrement supérieure à la pression externe, qui diminuait doucement à mesure que le Zanth digérait la planète. Le Zanth pouvait manifestement se passer d'atmosphère, car il absorbait et convertissait les gaz comme le reste. La porte extérieure du sas se déverrouilla, et Antrinell fut le premier à descendre sur l'échelle. Il testa le sol avec circonspection, s'assurant que les semelles de ses bottes y adhéraient suffisamment. Parfois, la surface du Zanth était aussi glissante qu'une patinoire. Cette fois-ci, cependant, elle était correcte, aussi fit-il signe à Marvin de le suivre.

Ensemble, ils marchèrent jusqu'au pack contenant l'émetteur. À l'âge des particules intelligentes et des processeurs à nanojonctions, il leur parut étrangement daté. Toutefois, ils savaient d'expérience que les gadgets les plus petits étaient ceux qui succombaient le plus rapidement au Zanth. Les équipes scientifiques de l'ADH avaient vite abandonné les maillages de capteurs couramment utilisés sur leurs mondes d'origine au profit d'équipements électroniques démodés et massifs.

La dernière mission avait juché ce pack sur un trépied télescopique haut de deux mètres et parcouru par un courant électrique assez fort. Antrinell fut content de constater que l'absorption n'avait pas commencé et que les trois pieds en Inox brillaient comme au premier jour. Puis il examina les capteurs empilés sur le dessus sous une couverture thermique également parcourue par un courant électrique.

— Merde.

— Qu'y a-t-il ? demanda Marvin.

Antrinell se pencha vers le dispositif, mettant à profit les capteurs montés sur son casque pour l'observer avec attention. Au total, il y avait six carrés mesurant chacun vingt-cinq centimètres de côté et dix centimètres d'épaisseur. Dans le mince interstice qui séparait les deux du milieu s'accrochait une excroissance violette, de minces frondes terminées par de fins champignons qui poussaient en étoile. Plus délicats encore étaient les filaments qui colonisaient la couverture thermique à la base de l'excroissance. Leur ressemblance avec la moisissure était troublante.

— Oh ! lâcha Marvin. Ce n'est pas bon signe. Vous croyez qu'il s'habitue à l'électricité ?

— Qui sait ? (Antrinell agita un bâton capteur au-dessus du pack.) Aucun courant défensif ne circule plus dans les deux éléments centraux, mais certains de leurs circuits internes sont toujours fonctionnels.

— Bien, je vais télécharger les fichiers. Peut-être que les gars de Frontline en tireront quelque chose.

Sachant ce qu'il allait découvrir, Antrinell se rapprocha de la spire sur laquelle l'équipement était braqué. Deux mois plus tôt, ils étaient venus jusqu'ici pour appliquer un virus moléculaire sur la surface du Zanth. Cette chose terrifiait la plupart des gens, et Antrinell ne faisait pas exception à la règle. En dehors de l'ADH, personne ne connaissait son existence. Les précautions prises pour la manipuler dépassaient de très loin celles qui entouraient les armes atomiques. En répandre sur de la matière ordinaire aurait sans aucun doute provoqué la fin du monde. Frontline avait ouvert un portail dans un système sans nom, sur un astéroïde qui n'était plus qu'une masse bouillonnante de mousse fractale. La métamorphose moléculaire avait diminué drastiquement son niveau énergétique de base. Toutefois, le Zanth n'était pas de la « matière ordinaire ».

Antrinell comprit rapidement que le virus était mort. Il avait rongé le Zanth, s'était propagé vers l'intérieur jusqu'à former un ulcère roussâtre de deux mètres de diamètre. Et puis, le Zanth était devenu résistant, ses molécules transformées s'altérant de nouveau, durcissant de façon à n'être plus vulnérables au virus. Incapable de se nourrir et de croître, celui-ci était tout simplement mort.

Antrinell détacha son bâton capteur de sa ceinture et l'enfonça avec précaution dans le virus à la texture de meringue légère. L'appareil à semi-conducteurs brisa d'abord une croûte très mince avant de plonger lentement. Les résultats de l'analyse s'affichèrent dans sa grille. Le virus était bien mort, réduit à l'état de poussière extrêmement fine sans presque aucune cohésion. Le capteur préleva des échantillons de Zanth infecté.

— C'est bon, dit-il.

— J'ai récupéré les données des capteurs, annonça Marvin en examinant la cavité profonde laissée par le virus. Génial... On en a détruit une dizaine de kilos. (Puis il embrassa du regard les structures opalescentes qui les dominaient.) Plus que quelques milliards de milliards de tonnes et ce sera bon.

Antrinell eut un sourire si large que Marvin vit ses dents à travers le verre fumé de son casque.

— On s'en sortira grâce à votre optimisme.

— Combien de gars nous quittent chaque jour parce qu'ils sont complètement désespérés ?

— Vous n'êtes pas un déserteur. Par ailleurs, poursuivit Antrinell en extirpant son bâton du virus et en le brandissant comme une coupe, nous avons fait des progrès aujourd'hui.

— Des progrès ? Comment cela ?

— On procède par élimination. Cette configuration ne fonctionne pas ? Eh bien, essayons-en une autre. Puis une autre. Puis une autre.

— Mouais.

Ils retournèrent au véhicule. Dès qu'ils furent dans le sas de décontamination, la porte se referma. Les parois émirent une lumière violette, et une vapeur épaisse et huileuse jaillit des aérations. Ils restèrent tous les deux immobiles, les bras levés, telles des ballerines figées au milieu d'une pirouette. L'huile forma une pellicule fine sur les combinaisons, avant de goutter par terre. Alors, des arcs électriques parcoururent la salle en tous sens, produisant un grondement étouffé. Antrinell tressaillit comme il le faisait chaque fois. En cas de déchirure dans sa combinaison, il ne survivrait pas à une telle débauche d'énergie.

Le courant d'air s'inversa, et les aérations aspirèrent l'atmosphère. Antrinell sentit sa combinaison interne se durcir pour le protéger du vide. L'opération fut renouvelée trois fois afin d'éliminer toute trace du Zanth dans le véhicule. Personne n'avait jamais vu le Zanth se développer à partir d'un fragment microscopique, mais plutôt à partir de morceaux pesant au moins deux cents tonnes, mais l'ADH préférait ne pas courir le risque.

Précaution finale, Antrinell et Marvin retirèrent leurs combinaisons externes, les jetèrent à l'extérieur par une trappe spéciale et se soumirent à un dernier nettoyage. Alors seulement, ils purent retirer leurs combinaisons internes et les jeter également à l'extérieur.

De nouveau vêtu d'un treillis, Antrinell s'installa derrière les commandes et alimenta en énergie les moteurs des essieux. C'était toujours un moment un peu inquiétant, car le Zanth pouvait très bien avoir commencé à absorber les pneus. Fort heureusement, si cela arrivait, ils avaient la possibilité de peler comme une mue de serpent la couche externe en silicone métallisé.

L'engin se remit lentement en route, et l'ambiance à bord se détendit. Ils roulèrent encore une heure sur les vrilles entremêlées pour atteindre l'extrémité du Zanth. Ils arrivèrent lorsque le crépuscule s'installa dans le ciel déjà de plomb ; toutefois, ils avaient encore deux heures de jour devant eux. Autrefois, une journée durait vingt-trois heures et quarante minutes, sur Zanth 3. Le Zanth affectant la gravitation, la vitesse de rotation de la planète diminuait, et la journée durait déjà trente-sept heures. Le processus était toujours en cours. Le crépuscule et l'aube s'étiraient à n'en plus finir.

Les roues du véhicule retrouvèrent enfin le sol naturel, au grand soulagement d'Antrinell. La plaie ouverte dans le magma de la planète avait fait naître en lui une désagréable sensation de défaite ; le Zanth avait avancé, une fois de plus. Il savait que le gouffre dans lequel ils s'étaient aventurés n'était qu'une blessure parmi des centaines taillées dans les profondeurs de ce monde. Très bientôt, dans quelques années, tout au plus, maintenir un portail en fonctionnement au milieu de ce paysage deviendrait trop dangereux.

Cinq kilomètres plus loin, le portail chatoyait comme une lune à moitié enterrée. Antrinell roula en ligne droite, pressé de rentrer chez lui, de laisser derrière lui la victoire du Zanth. Une averse s'abattit sur le véhicule. À l'extérieur, il ne devait pas faire plus de deux degrés. Les plantes avaient abandonné la bataille, il le voyait à présent. Leurs feuilles bleu-vert devenaient molles et viraient au vert citron, leurs extrémités se recroquevillant et devenant cassantes. Les jeunes pousses manquaient de vigueur, et les bractées difformes se multipliaient. L'herbe locale poussait de façon sporadique.

— Est-ce que c'est Okeechobee ? demanda Marvin, penché en avant, le cou tordu vers le ciel gris.

Antrinell suivit son regard. Les fins nuages s'étaient écartés, emportant la pluie avec eux et révélant un large pan de ciel dégagé. Juste au-dessus d'eux, les empêchant de voir les premières étoiles de la soirée, était suspendu un étrange globe vert et violet. Il s'agissait d'une quasi-sphère arachnéenne, hérissée de centaines de minces pics pareils à des éclaboussures, dont certains aussi longs que le diamètre de l'astre.

— Ouais, c'est bien Okeechobee, grogna-t-il.

La plus petite des trois lunes originelles de la planète. Le Zanth avait terminé de transformer la boule couverte de régolites, et la structure avait commencé à croître, tandis que les vrilles de Zanth se réalignaient. D'ici à quelques décennies, quand Zanth 3 aurait définitivement cessé de tourner sur elle-même et qu'elle montrerait toujours le même visage à son étoile, Okeechobee et les deux autres lunes changeraient d'orbite et deviendraient stationnaires les unes par rapport aux autres. Une fois cette configuration atteinte, les lunes s'amalgameraient, avant de s'étendre vers l'extérieur jusqu'à ce que cette région entière de l'espace soit colonisée par le Zanth, écheveau diaphane de matériau extraterrestre.

Personne ne savait exactement ce qu'il adviendrait ensuite ; et personne, ni les théologiens ni les théoriciens de la cosmologie, ne pouvait expliquer les origines et objectifs du Zanth. Tout ce qu'ils pouvaient faire, c'était crier leurs questions en regardant le ciel, tels des prêtres préhistoriques, en espérant qu'un dieu quelconque leur répondrait et les aiderait à comprendre le monde dans lequel ils vivaient.

Le Zanth était-il limité à cette seule galaxie ? Était-il une arme de fin du monde devenue folle ? Ou bien était-il quelque chose de plus important, une force d'invasion venue d'un autre univers cherchant à convertir le nôtre – croisade qui pourrait durer des milliards d'années ? Avait-il un but ? Ou, pis, était-il le fruit d'un accident ? Et le plus grand de tous les espoirs : une autre espèce intelligente se joindrait-elle à l'humanité dans son combat contre ce fléau ?

Le véhicule d'exploration traversa le portail et émergea sur la piste en béton de Frontline, à vingt-sept années-lumière de Zanth 3, ce qui était une distance rassurante. Frontline était une planète rocheuse tournant autour d'une naine rouge choisie parce que les stratèges pensaient – ou espéraient – qu'elle ne constituait pas une cible assez attrayante pour le Zanth. Pour sa part, Antrinell se demandait pourquoi on n'avait pas plutôt opté pour un monde tropical paradisiaque. Pour le Zanth, cela n'aurait fait aucune différence. Et puis, si celui-ci était attiré par les portails, alors Frontline était condamnée. Dire que son personnel aurait pu profiter d'une plage tranquille où se reposer après le travail…

Mais personne ne lui avait demandé son avis.

Il se dirigea vers le premier des dômes géodésiques ancrés à la roche. Il y en avait plus de vingt, désormais, constitués d'une épaisse base métallique surmontée d'une coiffe en verre renforcé abritant des disques de végétation, qui avaient besoin de beaucoup d'éclairage artificiel pour pousser correctement. Cette lumière blanche et agressive illuminait chaque dôme, produisant des halos discrets dans la fine et glaciale atmosphère d'argon.

Ils passèrent sous trois arches truffées de capteurs avant d'atteindre la porte externe du sas. À l'intérieur, les bras robots du système de décontamination les aspergèrent de divers produits chimiques. Des épandeurs de particules intelligentes recouvrirent le moindre centimètre carré de carrosserie pour le scanner. Des analyseurs de molécules équipant les conduits d'évacuation passèrent au crible les effluents à la recherche d'éventuelles molécules exotiques. La procédure dura une bonne heure.

À la fin, on leur permit de sortir du sas. Une équipe du labo monta à bord pour récupérer les échantillons prélevés par Antrinell. Des ingénieurs entreprirent de vérifier le bon fonctionnement du véhicule.

Antrinell et Marvin laissèrent tout derrière eux et prirent un train tubulaire pour se rendre au dôme n° 8, où se trouvait un bar correct. C'était devenu un rituel après chaque mission. Dès le lendemain, il faudrait faire un rapport complet, mais, pour le moment, ils pouvaient se détendre.

L'intérieur du dôme, avec ses compartiments en métal dépourvus de fenêtres et son labyrinthe de coursives encombrées de tuyaux et de câbles, ressemblait à l'idée que se faisait Antrinell des navires de guerre et des sous-marins de l'ancien temps. Sa crise de claustrophobie naissante ne disparut que lorsqu'ils émergèrent dans le parc supérieur. Et pourtant, les plantes n'y étaient pas vraiment vigoureuses ; dans cet étrange environnement, elles survivaient plus qu'elles ne prospéraient. D'ailleurs, ce n'était pas tant un parc qu'un jardin de taille respectable.

Néanmoins, on y trouvait de la végétation terrienne, de l'humidité, des fleurs odorantes et même quelques perroquets un peu perdus volant d'un arbre à l'autre. Le bar était un vaste patio accueillant des tables surmontées de parasols tropicaux en paille. L'ensemble n'était pas très convaincant, mais Antrinell s'en moquait, car tout était mieux que le Zanth, même Frontline. Il avait juste envie de s'asseoir, de boire une bière et de se plaindre de la mission, des ordres et du labo qui avait concocté ce virus moléculaire inutile.

Lorsqu'il émergea de la cage d'escalier et qu'il vit qui était accoudé au bar, ses épaules s'affaissèrent.

— Fait chier.

Le major Vermekia sourit de toutes ses dents et leva son cocktail de fruits en guise de salut.

— En quoi consistera la mission ? demanda Antrinell une fois que Marvin et lui eurent récupéré leurs bières et accepté que Vermekia les guide vers une table située en bordure du patio.

— Vous allez partir en quête d'un extraterrestre. Intelligent. Et probablement hostile.

— Où ? s'enquit Marvin. Cela doit bien faire cinq ans que je n'ai pas entendu parler de la construction d'un portail.

Le sourire désagréablement satisfait de Vermekia s'élargit encore.

— Sur St Libra.

— Vous rigolez ? s'exclama Antrinell.

— Pas du tout. Malheureusement, des preuves s'accumulent de l'existence d'une population intelligente cachée en Brogal, le continent nord.

Antrinell sirota sa bière en écoutant le major parler du meurtre de Newcastle et de son lien supposé avec le massacre de Bartram North. Si Vermekia n'avait pas été vêtu de son uniforme impeccable, rappelant qu'il était un subalterne du général Khurram Shaikh lui-même, il n'aurait donné aucun crédit à cette histoire. Même s'il devait bien admettre qu'elle était étrange. Il savait comment fonctionnaient l'ADH et les bureaucrates du gouvernement, et il n'ignorait pas que lorsqu'un projet de ce genre était lancé, il était presque impossible de l'arrêter. Étaient impliqués Shaikh, les présidents de la GE, des États-Unis et des Mondes chinois unifiés, ce qui signifiait qu'on était loin de l'exercice virtuel destiné à être classé et oublié dans dix jours. Il s'agirait d'une énorme opération. La plus vaste conduite par l'ADH depuis dix ans, en dehors de ses interventions contre les essaims de Zanth, ce qui en disait long. Malgré sa courte carrière, il avait remarqué l'évolution de l'ADH, les lourdeurs, le recours de plus en plus fréquent à des consultants civils, le report de projets technologiques essentiels et la manière dont les budgets alloués étaient dépassés. Selon les résultats produits par la mission sur St Libra, certaines personnes sortiraient du lot et bénéficieraient de promotions et de belles perspectives de carrière. D'autres brûleraient en vol. Celles-ci seraient très nombreuses si les choses ne se déroulaient pas comme prévu, ce qui, craignait-il, était probable. Shaikh avait manifestement l'intention de démontrer que l'ADH avait un rôle à jouer dans les affaires humaines en dehors du combat contre le Zanth, ce qui convaincrait les gouvernements récalcitrants de mettre la main à la poche.

— Quel sera notre rôle ? demanda Marvin.

— Vous ferez de l'analyse génétique, répondit Vermekia. À mesure que l'expédition progressera vers le nord, nous aurons besoin de savoir si l'évolution s'éloigne de la norme de St Libra. Vous analyserez toutes les feuilles qui vous sembleront bizarres afin de déterminer leur degré de bizarrerie et de vérifier s'il y a bien progression.

— Vous cherchez l'équivalent local des schistes de Burgess, commenta Antrinell.

Vermekia fronça les sourcils.

— Les quoi ?

— Les schistes de Burgess. C'est un site, au Canada, où ont été retrouvés de nombreux fossiles datant du Cambrien moyen, soit de cinq cents millions d'années environ. Une époque de diversité biologique incroyable. La plus riche de l'histoire de notre planète. C'est à ce moment de l'évolution que les organismes monocellulaires ont évolué en plantes et en animaux complexes tels que nous. Les fossiles découverts sur ce site ont ouvert aux paléontologistes une fenêtre incroyable sur cette époque, leur permettant d'observer les ancêtres de presque toutes les espèces vivant de nos jours. Sans compter les créatures qui n'ont pas laissé de descendants. Les schistes étaient délimités par une frontière naturelle, une falaise, appelée la Cathédrale. Beaucoup d'espèces inconnues n'ont jamais réussi à franchir cette barrière et à se répandre dans le reste du monde. C'est sans doute à cela qu'ont pensé Shaikh et ses conseillers. Brogal est plus grand que les cinq continents de la Terre réunis ; il doit y avoir bien des zones isolées au-delà d'Abellia.

— Je suis heureux de constater que vous êtes réceptif à cette idée, dit Vermekia. Vous avez raison ; l'ADH parle d'« évolution enclavée ».

— Il n'en demeure pas moins que nous n'avons encore trouvé aucune trace de vie animale sur St Libra, pas même des insectes.

— Alors imaginer que la planète puisse accueillir une espèce intelligente…, remarqua Marvin.

— Vous aurez justement pour mission de répondre à nos interrogations. Qui sait ? vos découvertes porteront peut-être votre nom, un jour.

— Génial, je veux que l'humanité se souvienne de moi pour ça : un monstre de deux mètres de haut avec des couteaux à la place des doigts qui se balade en massacrant les gens.

— Ah ! fit Vermekia en s'assurant que personne ne les écoutait. Ça, ce sera la seconde partie de votre mission.

* * *

Le caporal Paresh Evitts, de la Légion, le régiment d'élite de l'Agence pour la défense interstellaire de la Grande Europe, était désagréablement surpris par la mission qu'on lui avait confiée. Âgé de vingt-cinq ans, il s'était rendu sur plusieurs planètes pour y effectuer des exercices d'évacuation, dont Wuchow, dans les Mondes chinois unifiés, et il pensait avoir raisonnablement bien compris la manière dont ces colonies fonctionnaient. Il se targuait également de savoir bien juger les caractères.

Angela Tramelo était assise en face de lui dans le minibus quatorze places noir de l'ADH, premier d'un convoi de dix véhicules identiques qui filaient sur l'A1. Cette fille lui demeurait complètement hermétique. Elle était jolie, avec ses cheveux blonds crépus et ses traits délicats d'Elfe. Elle était vêtue d'un treillis standard de l'ADH : une combinaison une pièce gris-noir. Celui-ci était trop grand pour elle, mais pas au point de dissimuler un corps dont il admirait discrètement les courbes quand il pensait qu'elle ne le voyait pas. Elle avait vingt ans, peut-être vingt et un, mais pas plus, et elle était svelte, évidemment. Cela ne collait pas. D'après son dossier tout fin – à peine plus qu'un certificat d'identification, histoire de ne pas se tromper de personne –, elle avait quarante-deux ans. C'était impossible.

Et puis il y avait une deuxième énigme : pourquoi son unité tout entière avait-elle été réquisitionnée pour aller la chercher à la prison de Holloway à 7 heures du matin ? Officiellement, elle n'avait pas le statut de prisonnière, ce qui était étrange, car le lieutenant Pablo Botin leur avait dit de la traiter comme telle ; ils avaient pour mission de l'escorter jusqu'à Newcastle « sans incident ». Toutefois, elle n'était pas dangereuse. Pas assez, en tout cas, pour qu'on leur permette de s'équiper d'armes de poing. Mais alors, pourquoi Botin leur avait-il dit d'« avoir cette salope à l'œil » ? « Elle peut être sacrément dangereuse quand elle le décide », avait-il ajouté.

Il avait beau l'observer discrètement, Paresh ne voyait vraiment pas d'où pouvait venir le danger. Elle était peut-être en forme, mais n'importe lequel des gars de son unité serait capable de la casser en deux si elle commettait l'erreur ridicule de s'en prendre à eux *physiquement*. Même Audrie Sleath, qui était pourtant beaucoup plus petite qu'elle. En parlant de physique… Paresh la détailla plus ostensiblement. Elle regardait défiler par la fenêtre la banlieue enneigée de Londres. Il imaginait bien ces jambes autour de son cou. *Oh ! oui.*

— Quoi ? demanda Angela, sans se tourner vers lui.

Paresh se rendit compte trop tard que son reflet dans la vitre l'avait trahi.

— Je me demandais ce que vous valiez. Je vous évaluais, quoi.

Le reste de l'équipe sembla se réveiller, partageant sourires en coin et coups de coude. Les paris étaient ouverts : le caporal allait-il se la faire ? Les cyniques comme les supporters s'installèrent confortablement pour assister au spectacle.

Angela se retourna et le gratifia d'un sourire probablement faux, mais qui la rendit néanmoins encore plus belle. Elle était vraiment canon ; dans un bar, il l'aurait suppliée d'accepter de boire un verre avec lui. Cependant, sa voix la trahissait : elle était dure comme de l'acier. Il l'avait tout de suite remarqué, à la prison. Il avait remarqué cet aspect de sa personnalité dès le premier coup d'œil. Lui faire quitter la prison s'était avéré plus difficile que prévu.

Ils étaient censés l'embarquer à 7 heures pile. Tu parles ! Quand ses deux collègues et lui étaient arrivés dans le bloc administratif ce matin-là, elle était en train de se disputer avec la directrice et deux gardes. Elle hurlait, même. Merde, elle était encore plus entêtée qu'un chat. Le verbe posé et méprisant, le langage corporel d'un objet indéplaçable. Même un aveugle l'aurait vu…

— J'ai travaillé trois jours par semaine, avait-elle assené, et je n'ai pas dépensé plus de dix pour cent de mes revenus dans votre pitoyable boutique de « bonne conduite ». Cette institution me doit donc quatre-vingt-dix pour cent de mes heures. D'après la législation de la GE, le salaire minimal est de 58 eurofrancs par heure.

— Oui, mais vous ne pouvez dépenser cet argent qu'entre nos murs, avait protesté la directrice, agacée.

— Ma place n'est pas ici, n'est-ce pas ? C'est pour ça que nous avons eu cette petite réunion, hier. C'est pour ça que vous venez de m'extraire mes cellules de matricule.

La directrice s'était retournée vers son assistante, mais celle-ci regardait ailleurs.

— J'en référerai dès que possible au ministère de la Justice, je vous en donne ma parole.

— Merci.

La directrice avait souri, soulagée, avant de faire signe à Paresh.

— Je vais attendre, avait alors ajouté Angela en feignant de s'intéresser au décor.

Paresh s'était retenu de rire en voyant la stupéfaction ronger le visage de la directrice.

— Mais, leurs bureaux n'ouvriront que dans trois heures !

— Et alors ?

— Est-ce que vous voulez sortir d'ici, oui ou non ?

— De toute façon, je sors, nous le savons toutes les deux. La question est de savoir comment. Dois-je partir dans le calme, comme convenu hier ? Ou bien faisons-nous une croix sur notre accord et attendons-nous que l'expédition prouve mon innocence ? J'imagine qu'ils ne vont pas garder pour eux les résultats de leurs recherches ; c'est une affaire bien trop grosse. Des réputations bien plus importantes que la vôtre sont en jeu. Croyez-vous que le ministère de la Justice vous remerciera quand, dans un mois, je sortirai de votre établissement au milieu d'une nuée de journalistes ? Quel sera le montant des indemnités que je percevrai pour avoir subi les conséquences d'une erreur judiciaire ? Dire que vous auriez pu m'acheter en me donnant simplement ce qui me revient de droit… Vous aurez l'air de quoi après tout cela ?

Les deux femmes s'étaient toisées devant un Paresh admiratif. Moins d'une minute plus tard, la directrice avait cédé.

— D'accord ! J'autorise le paiement !

— Et puis ouvrez-moi un compte à la Banque sociale européenne. C'est la procédure standard pour les prisonniers libérés sur parole. Votre bureau en a le pouvoir. Eh oui ! j'en ai appris des choses pendant mon incarcération.

— Faites le nécessaire, avait ordonné la directrice à son assistante.

— Mais…

— Faites-le !

Trente minutes plus tard, c'était terminé. Pendant ce temps, Angela n'avait pas bougé d'un millimètre. À deux reprises, Paresh avait demandé à la directrice furieuse de faire accélérer les choses.

— Mêlez-vous de ce qui vous regarde, était intervenue Angela. Soit je retourne dans ma cellule, soit je pars avec mon argent.

Paresh ne savait pas comment sortir de cette impasse ; ordonner à son détachement de l'embarquer sans ménagement semblait être la seule option. Toutefois, cette perspective le rendait nerveux, car ses galons de caporal n'étaient cousus à son uniforme que depuis deux mois. Si seulement ce con de lieutenant lui avait donné des consignes plus claires…

Alors l'assistante était réapparue avec une carte biométrique pour Angela. La jeune femme l'avait examinée, y avait appliqué son pouce, puis toutes les deux s'étaient installées à une console de zone pour activer le compte et lui assigner des codes.

— On peut y aller, maintenant ? avait demandé Paresh avec mépris.

— Évidemment, avait répondu Angela avec un sourire joyeux. Je ne vais quand même pas rester dans ce trou à rats.

Paresh avait cru entendre la directrice grincer des dents. Par terre gisait un sac qu'Angela semblait avoir oublié.

— Votre sac…

— Mon valet se chargera de me faire livrer mes robes haute couture.

Paresh et ses hommes avaient dû presser le pas pour la rattraper tandis que les sirènes hurlaient et que les lourdes portes de la prison s'ouvraient.

* * *

— Rassurez-vous, il n'y a pas de mystère, dit-elle comme ils roulaient dans la campagne sauvage du Middlesex. J'ai été emprisonnée à tort, mais je me porte volontaire pour vous aider. Je vous accompagne dans votre expédition.

— Quelle expédition ? demanda DiRito, assis deux rangées derrière.

— On ne vous a rien dit ? On va chasser l'extraterrestre sur St Libra.

Les soldats échangèrent des regards stupéfaits.

— Nan, c'est vrai ? s'étonna Mohammed Anwar.

— Je suis sûre qu'on vous expliquera tout ça quand nous serons à Newcastle.

— Eh ! l'interpella Marty O'Riley. Pourquoi est-ce qu'on vous a enfermée ?

Angela se retourna pour faire face aux curieux et posa le bras sur son dossier.

— On m'a accusée d'avoir massacré quatorze personnes en une fois. Plus de monde que vous tous réunis.

Le silence soudain qui s'installa alors la fit sourire.

— Heureusement pour vous, je suis innocente. C'est pour ça que votre gouvernement, très embarrassé, m'a engagée comme consultante pour ce voyage.

— Consultante en quoi ?

— Je suis la seule à avoir survécu. J'ai vu l'extraterrestre. Je sais à quoi il ressemble, je sais quel bruit il fait, je connais son odeur. On n'oublie jamais les odeurs, même pas après vingt ans de prison. Son odeur, je la reconnaîtrais entre mille.

Paresh ne put résister.

— Ça sent quoi, un extraterrestre tueur d'hommes ?

— La menthe.

C'étaient des conneries, Paresh le savait. Elle s'amusait simplement à les manipuler. Il savait qui elle était à présent.

— Bartram North, dit-il doucement.

Son regard vert et dur se posa sur lui. Puis elle sourit de nouveau.

— Vous êtes malin.

— Je fais de mon mieux.

— Mais ça ne sera pas suffisant.

— Que voulez-vous dire ?

— Vous êtes sur le point d'enfoncer un bâton dans le nid d'un monstre. Et il vous tuera. (Elle haussa la voix.) Il vous tuera tous. Vous n'aurez aucune chance de vous en tirer.

— Vous ne savez pas de quoi on est capables, lui fit remarquer Ramon Beaken. Aucun extraterrestre de mes deux ne viendra jamais à bout de cette escouade, ma petite. Vous ne nous avez jamais vus à l'œuvre.

— Si vous le dites. En tout cas, je vous conseille de prendre très au sérieux ma mise en garde. Votre survie en dépend.

— Vous vous en êtes bien sortie vivante, la dernière fois, remarqua Paresh.

— C'est parce que je suis plus forte que vous.

Aucun doute là-dessus, c'était une mythomane de classe internationale. Ce qui la rendait d'autant plus intéressante. Il se demanda s'il avait ses chances, avec elle.

Angela ne parla pas beaucoup pendant que le convoi traversait les Midlands en direction du nord. Comme ils ne savaient pas quoi penser d'elle, les soldats se désintéressèrent d'elle, sauf Paresh, qui n'était pas du genre à abandonner si vite. Il remarqua la manière dont elle regardait la campagne, même s'il n'y avait rien d'autre à voir que des champs gelés, monotones, et des arbres nus, pris dans la glace. Elle semblait fascinée. Fascinée comme quelqu'un qui avait été privé de ces paysages pendant vingt ans. Enfin, si cette partie de son dossier était vraie.

Le convoi s'arrêta à Scotch Corner, au croisement de l'A1 et de l'A66, pour faire le plein de biocarburant. Tout le monde avait besoin de faire pipi, après quoi ils s'entassèrent dans le *Little Chef* pour avaler un café et un *donut*, obligeant les deux serveuses à sortir de leur léthargie.

Angela sortit du minibus de l'ADH et inspira profondément. Derrière la station-service, des berlines basses et des camions-citernes à vingt-quatre roues chargés de matériau brut pour microfacture défilaient avec fluidité sur les six voies de l'A1, leurs épais pneus neige éclaboussant les congères qui flanquaient la route d'une bouillie grisâtre.

Paresh remarqua l'air distant d'Angela, qui ne parvenait pas à détacher ses yeux du flot continuel de véhicules. Elle semblait à la fois vulnérable et heureuse, mélange qu'il trouva étrange.

— Vous n'allez pas essayer de vous enfuir ? demanda-t-il avec sérieux.

L'expression de la jeune femme se durcit, et son regard si déstabilisant se reposa sur lui.

— Non. Je sais exactement où je vais. Je retourne à Abellia.

— Où ?

— C'est une ville, sur St Libra. C'est là-bas que tout s'est passé. Je vais retrouver ce fils de pute, et quand je l'aurai retrouvé, il cramera. Mais pas en enfer. Je ne lui ferai pas ce plaisir.

— Il y a vraiment un monstre, alors ?

— Absolument. Si vous êtes vraiment malin, sergent…

— Caporal. Et mon nom, c'est Paresh.

— Paresh… Si vous êtes malin, vous prendrez vos jambes à votre cou.

— Je crois que je suis bête.

— Nous le sommes tous à notre façon.

Un peu flippant, comme conversation, mais c'était mieux que rien.

— Je sais que vous n'êtes pas sortie depuis longtemps, mais il pèle sacrément dehors. Vous ne préférez pas que je vous offre un café et un beignet ?

Angela se tourna vers la cafétéria située derrière l'épicerie de la station. Les légionnaires en occupaient toutes les tables et taquinaient les serveuses surmenées.

— Je parie que vous dites la même chose à toutes les filles.

— Toutes sans exception.

— Ce n'est pas le genre de repas que je m'étais promis de m'offrir à ma sortie de taule.

— On fait ce qu'on peut.

— Alors, j'accepte. Vous croyez qu'ils servent leur chocolat chaud avec des *marshmallows* ?

— Vérifions ça tout de suite.

* * *

Durant le restant du trajet, Angela fit son possible pour se comporter normalement. Ce n'était pas facile, car elle n'avait pour seules références que les souvenirs brumeux d'une vie qui n'avait rien eu de standard. S'acclimater à la liberté serait, semblait-il, plus difficile qu'elle l'avait imaginé. Cela avait été si soudain. Moins de vingt-quatre heures plus tôt, elle broyait encore du noir dans sa cellule – la même depuis le début –, accomplissant comme un robot les mêmes tâches, mangeant la même nourriture, évitant de penser à quoi que ce soit, car c'était la seule façon de survivre de jour en jour. Et elle était en route pour St Libra, le dernier endroit de la galaxie où elle avait envie de se rendre.

Le chocolat chaud du *Little Chef* était excellent, parce que différent de celui de la prison. De même, elle n'avait pas mangé meilleures viennoiseries depuis vingt ans. Et puis il y avait les rires. Des rires qui n'étaient ni cruels ni vicieux ni accompagnés de gémissements ou de cris étouffés. Des manifestations de joie authentique. S'habituer aux éclats de rire serait difficile, comme elle s'y attendait. Tous ces légionnaires jeunes et sûrs d'eux agglutinés dans la cafétéria, ces vitrines embuées par leurs plaisanteries tonitruantes. On aurait dit une équipe de football après un match victorieux. Leurs singeries d'écoliers la rendaient malade. Cette expédition ne serait un succès que s'ils mouraient tous.

Une fois les réservoirs des minibus remplis, les soldats retournèrent à leurs véhicules. Angela passa dans la boutique et demanda à la vendeuse de sortir de la vitrine sécurisée une interface virtuelle Spectrum. Il n'y avait pas beaucoup de marques disponibles. Angela n'avait bénéficié d'aucune connexion directe depuis plus de vingt ans, depuis qu'elle avait retiré ses cy-puces, avant son recrutement par Melyne Aslo. Les cellules intelligentes étaient infiniment plus efficaces que les vieilles cy-puces, lui avaient assuré ses codétenues récemment arrivées.

Elle paya avec sa carte de la Banque sociale et fut assez satisfaite de ne rencontrer aucun problème. L'absence de réaction de la part de la jeune vendeuse lorsqu'elle agita la carte au-dessus du lecteur de la caisse lui fit particulièrement plaisir. Pour la première fois, elle avait vraiment l'impression d'entendre la porte de la prison se refermer derrière elle. Elle était dehors. Elle était libre.

Le pilote automatique du minibus fit démarrer le véhicule et l'inséra dans le trafic. Angela regardait le paysage enneigé avec une attitude étonnamment neutre. Pendant des années, elle avait imaginé des millions de variantes de ce premier jour de liberté ; ce jour était venu, et elle allait devoir prendre des décisions difficiles. Elle retournerait sur

St Libra, évidemment, et elle reprendrait le cours de sa vie, interrompu vingt ans plus tôt. De toute façon, échapper à la surveillance de l'ADH dans l'immédiat serait extrêmement difficile. En attendant, elle avait des choses à faire, elle devait se préparer au mieux.

Angela ouvrit l'élégant emballage de son pack Spectrum. Elle avait acheté la formule la moins chère, et il n'y avait pas grand-chose dans la boîte. Le mode d'emploi était minimaliste, se résumant à quelques schémas monochromes, histoire de dire. Elle saisit le tube applicateur de style médical équipé d'une aiguille courtaude et y enfonça sans problème la cartouche de gaz comprimé. Puis elle prit le fin chargeur empli de quatorze billes de la taille de petits pois et le fixa à l'arrière du tube. La première bille contenait une cellule auriculaire. Elle glissa le guide en plastique en C derrière son oreille gauche afin d'aligner parfaitement le tube et appuya sur la détente.

—Aïe!

C'était comme se faire piquer par un bébé abeille. Le tube avait inséré la cellule près de son oreille interne; ses vibrations lui parviendraient sous la forme de bruits ordinaires. La piqûre devint froide, comme le tube libérait une goutte de gel antiseptique. Elle éjecta la bille vide et positionna le guide derrière son oreille droite. Suivirent ensuite les cellules vocales, glissées derrière les molaires inférieures, et celles des mains: une dans la paume, et une au bout de chaque doigt.

Enfin, elle sortit la boîte contenant les lentilles de contact. Le fait de briser le sceau les activa, aussi se hâta-t-elle de positionner les disques épais et transparents sur ses pupilles. Elle cligna plusieurs fois des paupières pour s'habituer à la sensation et vérifia qu'elles étaient correctement centrées grâce au miroir fourni avec le kit. Lorsqu'elle fut satisfaite, elle ordonna l'activation du code unique de son maillage corporel. Les lentilles de contact étaient les éléments les plus onéreux du kit; chacune contenait douze cellules intelligentes, les plus petites produites. Quand elles eurent reçu le code, les lentilles déroulèrent des nanofilaments dans ses globes oculaires et injectèrent les cellules autour de ses iris. Celles-ci formèrent un réseau, s'orientèrent et envoyèrent des impulsions dans ses nerfs optiques pour s'assurer que tout fonctionnait correctement.

La netteté des images la prit par surprise. Les cellules étaient si puissantes qu'elle craignit un instant qu'elles lui brûlent les rétines. Une mauvaise sensation de déjà-vu... Apparut alors une grille verte et basique qui la rassura. Elle ferma les yeux, comme le recommandait la notice, et son maillage entama sa séquence de calibrage intégral. Des bruits résonnèrent dans ses oreilles. Elle murmura les mots affichés dans sa grille afin que l'interface s'habitue à sa diction. Il fallut une minute au logiciel de son maillage corporel pour faire de sa configuration personnelle un début d'i-e. Une fois son empreinte vocale enregistrée, son identité électronique l'aida à définir les couleurs et le positionnement de sa grille, ainsi qu'à choisir des icones. À la fin, elle ouvrit les yeux et découvrit le cube aux arêtes rouges de son interface en face d'elle au-dessus d'une place vide. Des icones flottaient dedans. Elle déplaça ses mains à l'intérieur, et le maillage détecta leur position, lui permettant de faire tourner les icones en forme d'engrenages. Après deux minutes supplémentaires de calibrage et d'apprentissage, c'était terminé : elle était redevenue une citoyenne numérique. Les lentilles de contact vides se décollèrent, et elle les remit dans la boîte avec le tube applicateur et les billes usagées.

Elle demanda à son i-e de se connecter à l'interface réseau du minibus. Pour la première fois depuis vingt ans, Angela bénéficia d'une connexion au transnet non bridée et libre. La myriade de points d'accès multicolores qui apparut dans sa grille lui était familière grâce aux cours de rattrapage dispensés à Holloway, à la différence près que ceux-ci étaient actifs. L'argent déposé sur son compte de la BS lui permit d'acheter un code d'accès pour son i-e et de l'espace mémoire à une société allemande. Alors elle se lança dans cet univers virtuel.

Sa vieille i-e était toujours là, bien sûr, en veille dans une cache éternelle ; toutefois, Angela avait livré ses codes d'accès à l'ADH il y avait bien longtemps. Celle-ci devait avoir passé au crible de ses programmes d'analyse intelligents tout ce qu'elle y avait stocké. Avant d'y laisser des mouchards. Il n'y avait plus rien pour elle, là-bas. Virtuellement, elle pouvait faire bien peu de choses pour contacter la seule personne qui l'intéressait via l'interface d'un minibus de l'ADH. Elle devrait attendre d'avoir une connexion indépendante et non surveillée. Elle avait patienté vingt ans, alors pourquoi pas quelques jours de plus ?

Son i-e lança une dizaine de recherches différentes, glanant exactement le genre d'informations que l'ADH attendait qu'elle recueille : des infos sur d'autres femmes qui avaient vécu au manoir, un résumé de ce qui avait été dit sur elle dans les émissions et sur les sites transnet, une liste des magasins de vêtements et restaurants intéressants de Newcastle, un topo sur la base locale de l'ADH, des nouvelles récentes de St Libra et des opérations qu'y menait l'ADH, des rapports de police sur le meurtre du North et, bien sûr, les adresses transnet des meilleurs avocats spécialisés dans les droits civiques de la GE. Mais rien sur sa mère, à Nantes – pas de demandes pour vérifier si elle était encore en vie ou pour avoir son code d'accès dans l'annuaire. De toute façon, cette farce ne comptait plus ; désormais, Elston savait que son passé, tel qu'il était décrit dans son dossier, n'était que pure invention, qu'il avait merdé et raté son unique chance de l'interroger à ce sujet. Quoi qu'il arrive, elle ne remettrait plus les pieds sur Frontline. Ou alors morte.

— Vous savez quoi ? J'ai du mal à identifier votre accent, lui dit Paresh avec un sourire béat de mec soumis, tandis qu'elle écrabouillait la boîte de son kit et la jetait dans la corbeille, sous son siège.

— Vraiment ?

Amusant comme ce jeu restait le même malgré le défilé des décennies, en prison comme en liberté. Et personne n'avait eu besoin de lui apprendre comment y jouer à la perfection.

— Essayez de deviner.

— D'accord. J'y décèle quelque chose d'étranger aux îles Britanniques. Allez, je me lance ! Je dirais que vous avez vécu un peu aux États-Unis.

— À moins que j'aie grandi en Amérique et que j'aie passé vingt ans en taule à entendre parler avec un accent anglais.

— Euh… ouais… (Il parvint à ne pas s'empourprer.) Dans quelle partie des États-Unis ? Sur Terre ou dans un État transstellaire ?

— Je n'ai pas grandi aux États-Unis. Ma mère est française.

Il rit.

— Merde, vous êtes une énigme sur pattes.

— Vous croyez ?

— Votre dossier dit que vous avez quarante-deux ans.

— Ne mettez jamais en doute un dossier officiel. Ils sont tout ce qu'il y a de plus fiable.

— Si c'est vrai, ça signifie que vous êtes une un-sur-dix.

— Et ça vous dérange ?

— Non, pas du tout.

— Vous êtes progressiste, c'est bien.

Angela avisa un panneau sur le bord de l'autoroute. La bifurcation vers l'A167 était juste devant, ce qui signifiait qu'ils n'étaient plus qu'à quelques minutes de la base de l'ADH. Une fois sur place, elle serait confinée dans son périmètre. Elston s'en assurerait. Elle regarda en plissant les yeux à travers le pare-brise.

— Ce n'est pas le « Dernier Mile », là, devant ?

— Ouais, mais nous, on va directement à la base.

— J'aimerais faire un petit détour avant. Si ça ne vous dérange pas.

— Pardon ?

— Écoutez, dès qu'on sera à la base, on embarquera pour St Libra. Vous savez ce qu'on trouve sur ce Dernier Mile ?

— Bien sûr. On y trouve tout ce dont on a besoin pour vivre sur St Libra. Pourquoi, vous avez l'intention d'acheter une ferme là-bas ?

— Non, je n'ai pas l'intention de rester là-bas. Dès qu'on aura eu cet extraterrestre, je reviendrai à la civilisation.

— Alors pourquoi vous voulez passer par le Dernier Mile ?

Angela haussa la voix pour que tout le monde l'entende dans le minibus, semant une graine de révolte dans leurs esprits et leurs cœurs si précieux :

— Je suis déjà allée sur St Libra. Croyez-moi, poursuivit-elle en désignant son treillis gris et rugueux, je n'ai pas envie de débarquer là-bas vêtue d'une simple tenue standard gouvernementale.

— Vous voudriez faire du shopping ? s'exclama Paresh, incrédule.

— Vous avez jeté un coup d'œil dehors, depuis un quart d'heure ?

— Hein ?

— Vous avez vu tous ces véhicules ? La moitié des engins qui se dirigent vers le nord appartiennent à l'ADH. On ne plaisante plus, les gars. L'expédition va vraiment avoir lieu, même si on ne vous a pas mis au courant.

Elle les vit tous tourner la tête vers la route et détailler les voitures qui les entouraient.

— De toute façon, lança Paresh, je savais qu'on allait sur St Libra.

— Tant mieux. Si je veux m'arrêter sur le Dernier Mile, ce n'est pas pour faire ma *fashion victim* ni trouver de belles robes. J'ai envie de survivre au prochain mois, et pour ça, je vais avoir besoin de bottes qui ne vont pas pourrir dans l'humidité et la boue des marais. Et plus d'une paire. Êtes-vous sûrs que les vôtres résisteront à ce que la jungle de St Libra leur fera endurer ? Et, croyez-moi, où qu'on se trouve sur cette planète, on a besoin de chaussettes double épaisseur qui respirent. L'ADH vous en fournit peut-être… Vous avez déjà vu des pieds pourris par les champignons ? Moi oui, sur St Libra, et pas qu'une fois. Est-ce que les infirmeries de l'ADH fourniront assez de tissus de synthèse pour remplacer les morceaux qu'on vous enlèvera ? Et les chemises résistantes aux UV ? Et la protection solaire indice 80 ? Sans ces deux trucs combinés, votre peau va griller. Sirius est une étoile blanche de type A, vous vous rappelez ? Vingt-six fois plus lumineuse que notre soleil. Là-bas, pas besoin de four à micro-ondes pour faire chauffer votre repas ; tenez votre plat surgelé au-dessus de votre tête pendant trente secondes, et c'est prêt. Dressez la liste des fois où l'ADH vous a fourni le bon équipement pour vos exercices, et voyez combien de ces missions ont été organisées aussi rapidement que celle-ci. Vous croyez vraiment que ces connards de la logistique, bien peinards sur Terre, vont se décarcasser pour des pauvres cons comme nous sur une ligne de front éloignée de huit années-lumière et demie ? Je ne suis pas la seule à avoir besoin de passer par le Dernier Mile. Si vous vous souciiez vraiment de vos hommes, Paresh, vous leur permettriez d'acheter le matériel élémentaire nécessaire à leur survie sur St Libra. On trouve tout, sur le Dernier Mile, et pour pas cher. On y pratique les prix les plus intéressants des mondes transstellaires.

Paresh leva la main.

— D'accord. Merde, j'ai compris, dit-il en se retournant et en découvrant les regards suppliants de ses soldats silencieux. On n'est pas obligés de foncer tout de suite à la base ; il faut seulement qu'on soit arrivés pour le briefing de 15 heures. Ça nous laisse une petite heure, mais pas plus.

— Je n'aurai besoin que d'une demi-heure. Et je serai heureuse de vous conseiller et de pointer du doigt les arnaques.

— Atyeo, coupez le pilote auto et conduisez-nous au Dernier Mile.

À l'avant du minibus, le soldat Atyeo eut un sourire de soulagement.

— Oui, caporal.

— Vous êtes contente, maintenant ? demanda Paresh avec une exaspération feinte.

— Merci.

Ils empruntèrent une bretelle juste après l'Ange du Nord, cette énorme et solitaire statue en acier qui surplombait Tyneside. *Le type qui a fabriqué ce truc avait le nez creux*, pensa Angela. *S'il y a un endroit qui a besoin d'une protection divine, c'est bien cette ville et son portail ouvert sur St Libra*. Quoique… si Elston avait vu juste sur le meurtre du North, il était déjà trop tard. Le vieil ange majestueux et rouillé avait été surpris dans son sommeil.

Deux minutes plus tard, ils arrivèrent sur le Dernier Mile. Là, les élégantes résidences géorgiennes du centre de Newcastle semblaient bien loin. Les dieux du commerce régnaient sur cette vallée peu profonde qui, autrefois, accueillait ateliers, marchands en gros et entrepôts. Nombre de structures en acier érigées au XXIe siècle étaient toujours là, mais elles étaient recouvertes de panneaux en matériau composite semblables à des tumeurs mécaniques montées par des automates au cours des dernières décennies.

Kingsway, la large voie qui menait au portail, était géré par les principales compagnies transstellaires. Angela demanda à Atyeo de bifurquer dans une avenue transversale, où il se gara devant une concession Honda. Les modèles les plus récents étaient exposés en vitrine. Non pas des berlines élégantes ni des roadsters qui faisaient baver d'envie les écoliers des mondes entiers, mais des utilitaires, des camions et des véhicules d'exploration capables de résister aux pires conditions naturelles. La vitrine occupait moins d'un quart du bâtiment, le reste accueillant les réservoirs de brut qui alimentaient les imprimantes 3D et les cellules de microfacture fabriquant des composants personnalisés et des accessoires que les robots de montage vissaient, rivetaient, emboîtaient, soudaient au laser ou collaient sur des châssis et carrosseries standard produits dans des usines plus sophistiquées.

Angela les précéda de l'autre côté de l'avenue, dépassant des marchands de grain GM qui, grâce à un mélange de vigoureuses bactéries extraterrestres, était censé pousser sans problème sur St Libra. Ils arrivèrent bientôt devant l'énorme porte en verre du magasin *Birk-Unwin*.

— Cette boutique est la première à avoir vendu des fournitures aux émigrants, expliqua Angela tandis que les soldats entraient dans le magasin. Dans le temps, *Birk* avait un simple étal.

— Comment est-ce que vous savez tout ça ? demanda Gillian Kowalski en avisant les rayonnages hauts comme des falaises.

— J'y suis déjà allée, répondit Angela, ce qui, en plus ce n'être pas tout à fait vrai, était stupide, car elle en révélait trop sur elle. Enfin, dans leur magasin d'Abellia.

Birk-Unwin était un entrepôt vendant principalement des vêtements et de la quincaillerie, des produits parfaitement en phase avec la politique de la maison : des murailles de caisses dans lesquelles les clients se débrouillaient pour trouver ce qu'ils cherchaient. Une petite partie du magasin était réservée au matériel de camping. Enfin, c'était une façon de parler, compte tenu des dimensions de l'entrepôt. Il n'y avait pas d'assistants de vente, parce qu'ils coûtaient trop cher. Un maillage de particules intelligentes et des vigiles suffisaient à décourager les voleurs. Les clients sortaient un vêtement d'une caisse, l'essayaient, et s'il ne leur convenait pas, le jetaient puis essayaient une autre taille. Une petite équipe était chargée d'arpenter les rayonnages pour remettre un peu d'ordre dans les caisses et renouveler les stocks. Dans le rayon camping, Angela choisit deux paires d'excellentes chaussures de marche fabriquées par une célèbre marque autrichienne, quoique démodées depuis deux ou trois saisons, puis elle escalada un rayonnage pour trouver les fixe-chaussettes résistants à l'eau qui les complétaient. Après cela, elle dégotta huit paires de véritables chaussettes en laine – non synthétique –, des tee-shirts à manches longues, trois pantalons légers anti-UV, et de l'huile solaire vendue en bouteilles d'un litre. Elle s'intéressa ensuite à l'équipement pratique : un chargeur solaire, une petite torche à chargement manuel, un module de guidage inertiel, une mémoire cache solide capable de se connecter à son maillage corporel et, dans une tranche de prix plus élevée, deux paires de lunettes de soleil intégrales équipées de systèmes de vision nocturne, infrarouge et de grossissement électronique. Enfin, elle trouva un ceinturon doté de tout un arsenal d'outils de camping très pratiques. Tout cela lui prit plus de temps que prévu, les soldats ne cessant de l'interrompre pour lui poser des questions sur ce qu'elle achetait.

Elle conseillait Leora Fawkes sur une gourde autorafraîchissante quand elle vit du coin de l'œil Paresh se raidir. Ses lèvres bougeaient, mais elle ne l'entendait pas parler, signe qu'il répondait à un appel. Sachant ce qui se préparait, elle jeta deux chapeaux en coton dans le sac pliable et résistant aux intempéries ouvert dans son chariot. Sur la poignée, l'affichage additionna les prix transmis par les particules qui couvraient les produits, et elle appuya sur l'icone « Payer vos achats ». Son i-e l'informa qu'elle avait autorisé un paiement à *Birk-Unwin*. Tout ce qu'elle avait choisi était dans le sac, dont elle ferma la glissière d'un air décidé.

— Tout le monde m'écoute ! beugla Paresh. On s'en va. Tout de suite !

Angela mit les bretelles du sac sur ses épaules. Soudain, Paresh apparut à côté d'elle. Il ne paraissait pas vraiment en colère, plutôt ennuyé.

— Un souci ? demanda-t-elle.

— On doit y aller, répondit-il sèchement.

— D'accord.

Surtout, parler sur un ton léger. Faire comme si de rien n'était. Elle n'était pas censée savoir qu'Elston était entré en fusion en apprenant qu'ils avaient fait un détour de rien du tout.

Le minibus s'engagea sur Kingsway et prit la direction de la base de l'ADH, en contre-haut. Il n'y avait plus beaucoup de place dans le véhicule, l'allée centrale étant encombrée de sacs. L'appréhension des soldats monta d'un cran à l'approche du périmètre du camp. Angela remarqua les sphères noir mat apparemment inoffensives qui roulaient entre deux hauts grillages de fil-rasoir. Un grand anneau de capteurs surplombait la barrière rayée rouge et blanc. Des gardes vêtus de manteaux épais et armés de pistolets automatiques enveloppés dans des étuis censés les protéger du mauvais temps étaient prêts à réagir à la moindre alerte sonnée par l'IA qui scannait en profondeur tous les véhicules qui entraient. Elle fixa son regard sur le lion et l'aigle de l'emblème, comme hypnotisée. Sa température baissait de seconde en seconde comme les souvenirs lui revenaient à la mémoire. Elle était incapable de bouger. La dernière fois qu'elle avait passé une barrière de sécurité ornée de cet emblème malfaisant, c'était vingt ans plus tôt.

* * *

Ce jour-là, ce connard de Vance Elston était assis à côté d'elle dans la voiture. Un véhicule de transfert de prisonniers, lui avait-il dit. N'importe quoi… Depuis quand les prisons de la région Royaume-Uni utilisaient-elles des limousines noires à vitres teintées ? C'était le lendemain du jugement, le jour qui avait suivi sa condamnation à cette peine hallucinante. Elle était tellement stupéfaite d'avoir été déclarée coupable qu'elle était comme anesthésiée, incapable de réfléchir et de poser la moindre question. Cela n'aurait rien changé, au contraire, car elle n'était plus un être humain avec des droits, mais un vulgaire morceau de viande. Déjà qu'elle n'en avait pas eu beaucoup, des droits.

Dès qu'elle l'avait vu, elle avait cerné Elston.

Avec son air supérieur et son beau treillis gris, c'était un carriériste, un lèche-cul qui aurait fait n'importe quoi pour monter dans la hiérarchie de sa profession et dans l'estime de ses supérieurs. À cause du sentiment d'insécurité qui l'habitait du fait de sa couleur de peau et de ses origines, c'était un fasciste, un adorateur zélé des règles. Mais Angela avait été déclarée coupable, et elle se moquait de savoir quel connard la conduirait à Holloway. Il l'avait récupérée dans la cellule du tribunal. Elle n'avait rien dit. Puis elle avait vu l'incongrue limousine.

— On va où ?

— Dans un centre de détention.

Des alarmes auraient dû retentir immédiatement dans sa tête, sauf qu'elle était encore perturbée par les horreurs auxquelles elle avait assisté dans le manoir de Bartram. Elle avait eu tellement peur de se faire attraper en franchissant le portail, elle s'était tellement inquiétée que tout tourne mal. En tout cas, personne ne lui avait parlé de *lui*, surtout pas l'abruti qui l'avait interrogée. Tout devait s'être bien passé. Le transfert d'argent était passé. Cette conviction seule lui avait permis de traverser sans heurts la farce de son jugement.

Durant ce trajet entre le tribunal et la maison d'arrêt où le juge avait décidé qu'elle passerait le restant de sa vie, elle s'accrocha à cette menue certitude. *Ils ne savaient pas*. Tout se passerait bien. À l'époque déjà, elle savait qu'elle finirait par sortir parce que le monstre était réel. Elle était certaine que, tôt ou tard, les gens le rencontreraient de nouveau.

La voiture pénétra un périmètre sécurisé proche de la Tamise. Des logos de l'ADH dominaient la clôture. Un luxueux ADAV blanc cristal était posé sur une plate-forme de décollage. Cela ne la fit pas réagir, car elle n'était pas habituée à ce genre de chose. Elle attendit donc, passive, à l'arrière de la limousine, tandis qu'elle se dirigeait vers l'étonnante petite machine. À côté de l'escalier menant à l'aéronef, elle avisa des gardes en uniforme de la Légion de la GE. La voiture s'arrêta devant l'appareil, et Elston ouvrit la portière.

— Qu'est-ce que c'est ? demanda-t-elle.

Son cerveau se remettait à fonctionner, évaluant la situation et élaborant des scénarios. Dont aucun ne se terminait bien.

— Venez avec moi.

— Nous n'allons pas en prison. Qu'est-ce que c'est ? Que se passe-t-il ?

Il brandit un Taser grand comme la main.

— Montez dans cet avion ou je vous traîne par les cheveux après vous avoir tasé la tronche.

Elle se recroquevilla, et il le fit vraiment ; il lui enfonça la fourche du Taser dans l'épaule. Quand elle cessa de crier, les deux gardes extirpèrent son corps flasque et tremblotant de la voiture et le portèrent dans l'escalier.

Le vol dura trois heures. Elle se demanda quelle pouvait être la vitesse de croisière de cet appareil, dont elle ne reconnaissait pas le modèle. Avec ses ailes en delta étroites, il était probablement hypersonique. Il faisait nuit lorsqu'ils atterrirent, aussi n'avait-elle aucune idée de l'endroit où elle se trouvait. Cela n'aurait certes rien changé ; même si elle avait connu les coordonnées géographiques exactes de cet aéroport, elle n'aurait rien pu y faire. Personne n'aurait pu lui venir en aide.

Comme on la poussait sur le tarmac chaud de la piste, elle identifia un parfum d'océan dans l'atmosphère. Une camionnette sans vitres les attendait. Elle ne protesta pas quand Elston lui ordonna de monter à bord.

Cette fois-là, le trajet ne dura que dix minutes. Quand ils s'arrêtèrent, la pesanteur n'était plus la même ; elle se sentait plus légère. La zone d'arrivée était une énorme caverne de métal, aussi vaste qu'un hangar d'aéroport, avec des parois incurvées illuminées par de puissants projecteurs. Il y avait des poutrelles partout, arrangées en triangles, pour renforcer les murs.

On la pressa d'avancer dans un couloir qui semblait entièrement constitué de conduits, de tuyaux et de câbles, la seule surface dégagée étant le sol de béton. Il y avait des sas à tous les croisements, très nombreux. Elle se demanda si le but de cette balade n'était pas de la désorienter.

Elle déboucha enfin dans ce qui ressemblait à une clinique salle et misérable. Quelques meubles en métal, et pas grand-chose d'autre. Des postes de travail avec des modules électroniques minimalistes, peu soignés, aux fils et fibres dénudés. Pas de fenêtres. Des gardes qui avaient reçu l'ordre de ne pas lui adresser la parole.

En tout, elle vit trois pièces différentes. D'abord sa cellule, carré de quatre mètres de côté avec un lit étroit et escamotable, une chaise de bureau en plastique, une table sur laquelle elle mangerait ses repas servis sur des plateaux en plastique, des toilettes et un lavabo. La pièce n° 2, celle des interrogatoires, était attenante.

On l'y conduisit d'ailleurs tout de suite. Elle était presque identique à sa cellule. Carrée, avec une table en son centre et trois chaises : la sienne d'un côté, les deux autres de l'autre. Les gardes la firent asseoir et lui attachèrent les poignets et les chevilles. Puis vint un technicien qui lui colla divers capteurs et électrodes sur la peau. Il eut un sourire satisfait en ouvrant la fermeture à glissière de sa combinaison de détenue pour lui appliquer sous le soutien-gorge un capteur cardiaque et deux ronds froids censés mesurer sa température et sa transpiration. Elle lui lança un regard noir, mais au fond, elle était terrifiée.

Elle avait peur de mourir, mais elle était réaliste, et elle se rendait bien compte qu'elle était impuissante. Ils ne l'avaient pas conduite jusque-là uniquement pour la tuer. Les entraves, les capteurs, le lieu inconnu, le mal qu'ils s'étaient donné pour l'amener jusque-là ; tout cela ne pouvait signifier qu'une chose : ils voulaient la vérité, et elle allait la leur donner. Cette vérité qu'ils désiraient si désespérément n'était pas importante pour elle. C'était son seul espoir. Son talisman. La certitude qui lui permettait de ne pas perdre l'esprit et de rester rationnelle.

Une fois toutes ces choses collées à son corps, le technicien régla deux caméras juchées sur des trépieds articulés destinées à surveiller ses yeux, la dilatation de ses pupilles et le rythme de ses clignements de paupières. Puis il brancha un simple micro pour analyser son stress vocal.

— Voilà, tu es fin prête, dit-il en lui caressant la joue.

Angela ne sursauta pas, mais le gratifia d'un sourire sarcastique.

Elston et un type plus âgé l'interrogeraient pendant des heures et des heures. Le major Sung poserait encore et encore la plupart des questions.

— Nous allons commencer par le calibrage, annonça-t-il, tandis que le technicien sortait de la pièce et que la porte se refermait.

Angela le regarda d'un air misérable.

— Vous voulez que je vous parle du monstre ? Je ne vais rien vous cacher. Je ne comprends pas pourquoi vous ne vous êtes pas posé ces questions plus tôt.

— Nous n'avons pas cessé de chercher, rétorqua Sung d'une voix neutre. Rien ne prouve qu'il existe vraiment. Nous n'avons trouvé aucune trace de son passage. Personne n'a rien vu dans la nature sauvage autour d'Abellia. La police scientifique n'a rien trouvé. Rien. Nous avons dépensé une fortune dans cette affaire, et aujourd'hui, nous voulons vraiment savoir si tout cela est vrai ou si ce sont des conneries, si c'est un stratagème inventé par votre avocat.

— Je vous assure que non ! Je l'ai vu, ce truc ! Il existe !

— Nous allons y venir. Pour commencer, comment vous appelez-vous ?

— Angela Tramelo.

— Votre âge ?

— Dix-huit ans.

C'était ce qui était écrit sur son dossier, dossier qu'il avait sans doute entre les mains.

— En quelle matière étiez-vous inscrite à l'Imperial College ?

— Physiothérapie du sport.

Et cela continua. Pendant huit heures, évalua-t-elle. Ils la firent boire quand elle en exprima le besoin. Ils la détachèrent même deux fois pour qu'elle se rende aux toilettes, dans sa cellule. En dehors de cela, les questions se succédèrent. Qu'avez-vous vu ? Dans quelle pièce étiez-vous quand l'attaque a eu lieu ? À quoi ressemblait l'extraterrestre ? Qu'avez-vous fait ? Pourquoi avez-vous pris la fuite ? Décrivez l'extraterrestre avec plus de détails. L'avez-vous vu tuer les autres ?

Les avez-vous tués ?

Portiez-vous un gant fait de lames ?

Détestiez-vous Bartram North ?

Vous a-t-il fait souffrir ?

Les relations sexuelles que vous aviez avec lui vous dégoûtaient-elles ?

Pourquoi l'extraterrestre les a-t-il tous tués ?

* * *

Après avoir retiré les capteurs et électrodes, après l'avoir détachée, ils la conduisirent à sa cellule, lui apportèrent un plateau-repas et un sachet en plastique contenant un tee-shirt, des sous-vêtements, un pantalon, du savon, une brosse à dents, du dentifrice et une serviette. Puis ils verrouillèrent la porte. Elle ignorait combien de temps s'était écoulé lorsque la porte se rouvrit. Elle dormait. Le garde lui apporta un nouveau repas et dit :

— Vous avez une demi-heure.

Il n'avait pas menti. Une demi-heure plus tard, elle était de retour dans la salle d'interrogatoire, à se faire peloter par le technicien pervers. Sung et Elston arrivèrent à leur tour.

— J'aimerais revenir à votre témoignage d'hier, commença le major.

Angela grogna de résignation, et ses épaules s'affaissèrent.

Cela dura ainsi pendant cinq jours, sans interruption. On l'interrogea sur tous les détails dont elle se souvenait, on lui demanda d'éclaircir tous les points de son récit pour éliminer toute incertitude. On lui demanda de répéter encore et encore son histoire, on mit en évidence les plus insignifiantes variantes, on se moqua d'elle, on lui cria après, on compatit même à son sort.

Le sixième jour, on la conduisit dans la troisième salle, beaucoup plus grande que les autres. Angela y découvrit une machine de la taille d'une voiture trois portes qui ressemblait à un genre de scanner à résonance magnétique. Ce n'était pas tout à fait faux. Ils ne s'en servirent pas ce jour-là, ni les quelques autres qui suivirent. Au lieu de cela, on l'allongea sur le métal couvert d'une couverture d'un brancard, et on l'attacha. Le premier jour, elle résista et refusa de se soumettre. Trois gardes durent la tenir pendant que le technicien l'entravait.

— Qu'est-ce que vous faites, espèces d'enfoirés ? hurla-t-elle.

Les injures et les malédictions n'y changèrent rien. Ils n'y firent pas attention. On lui appliqua donc les mêmes capteurs sur le corps, le même brassard pour mesurer sa tension artérielle. Manquait uniquement la caméra qui filmait les mouvements de ses yeux.

Puis le technicien réapparut en poussant un goutte-à-goutte.

— Non ! Non, non, non ! Vous n'avez pas le droit de faire ça !

— J'ai bien peur que si, rétorqua le major Sung.

Il fit un signe de tête au technicien, qui lui enfonça une aiguille dans une veine de la main. La substance qu'ils utilisèrent mit longtemps à agir. La salle devint silencieuse, puis se réchauffa. Les murs commencèrent à bouger, à respirer. Les voix se mirent à sonner comme des orchestres. Se firent insistantes. Le technicien se pencha au-dessus d'elle – pour ajuster le débit, lui expliqua-t-il. Les voix se mirent à l'interroger, et elle parla. Elle exprima des idées profondes sur la marche de l'univers. Sur l'importance des couleurs. Elle expliqua à quel point Marj était importante pour elle quand elle était petite. Elle se rappelait bien Marj, donc cette partie de son récit était authentique. Marj était si gentille. Sa mère lui manquait tellement ; d'ailleurs, savaient-ils qu'elle était française ? Elle aimait tellement sa mère. Et elle détestait l'extraterrestre. L'extraterrestre était une ombre menaçante sur ses souvenirs, une ombre jaillissant des plus belles images de sa vie.

Le brancard tourna comme un manège. Elle vomit.

Angela ne sut jamais combien de temps cet épisode dura. Plusieurs jours, au moins. Elle était tellement droguée que les périodes entre deux interrogatoires étaient également floues dans sa mémoire. Souvent, ils durent lui faire avaler des boissons lactées enrichies de protéines, ou des soupes patiemment introduites à la cuillère entre ses lèvres molles. Sans son réflexe de déglutition, tout serait retombé sur sa chemise.

À un moment donné, elle tomba malade. Elle eut de la fièvre et trembla beaucoup. Des gens se disputèrent autour d'elle. Elle était presque guérie lorsqu'on l'attacha de nouveau à la table. L'aiguille était aussi grosse que son bras, et les narcotiques introduits dans son corps la plongèrent dans des bulles de champagne qui brillaient d'un éclat magique. Elle recommença à parler, tout en restant consciente de ce qu'elle disait. Ils ne s'attendaient pas à cela, la drogue étant supposée produire des effets plus importants.

Ils la laissèrent récupérer une journée entière. Après quoi on l'aida à retourner dans la salle n° 3 ; ses jambes avaient bien du mal à la porter. Une fois de plus, on l'attacha au brancard.

— Putain, je vous déteste tous, leur dit-elle. Quand je sortirai d'ici, je vous tuerai tous. Je conduirai l'extraterrestre jusqu'ici et je me marrerai bien en vous voyant hurler et mourir.

— Restez tranquille, lui conseilla le technicien.

Il y avait du changement cette fois. Les capteurs et les électrodes avaient disparu. On lui mit sur la tête un genre de couronne métallique entourée de vis. Le technicien serra ces dernières, les enfonça dans sa chair, avant d'emboîter la couronne dans le brancard avec un bruit sec et métallique.

De délicates araignées métalliques apparurent dans son champ de vision. Des araignées aux pattes terminées par des crochets en plastique. Elle cria de désespoir et gémit de façon pitoyable lorsque le technicien s'en servit pour lui attraper les paupières et maintenir ses yeux ouverts. Impossible de les fermer. Impossible de tourner la tête. Elle n'essaya pas de peur de s'arracher les paupières. Impossible de bouger les membres.

— Qu'est-ce que vous faites ? hurla-t-elle.

Comme d'habitude, on ne lui répondit pas.

On poussa le brancard dans la machine qu'elle supposait être un genre de scanner. Une lumière puissante s'engouffra dans ses nerfs optiques, changeant de couleur par flashs. Angela ne pouvait pas cligner des yeux. La machine bourdonnait et ronflait bruyamment comme si elle s'apprêtait à décoller.

— Sortez-moi de là !

Un flash : un univers blanc coupé en son centre par une ligne noire. Un flash : un univers noir coupé en son centre par une ligne blanche. Un flash : un cercle noir au milieu d'une toile de fond blanche.

Impossible de fermer les paupières. Impossible de ne pas voir la lumière.

— Putain ! mais qu'est-ce que c'est ?

Blanc. Noir. Blanc. Noir. Blanc. Noir. Chaque fois, une forme : un cercle, un triangle, un rectangle, un carré, un pentagone, un hexagone. D'autres formes encore. Dont elle ignorait le nom. Puis plus rien. Des images se succédèrent. Un arbre. Une maison. Un ballon. Une voiture. Un homme. Un chien. Un lac. Un verre de vin. Une table. Une chaise. Un clavier. Une assiette. Une montagne. La plage. Une rose. Une chaussure.

Ils lui montraient une véritable encyclopédie. Monochrome. Chromatique. C'était déconcertant. Elle avait l'impression que son cerveau ne résisterait pas à la quantité d'images qu'ils le forçaient à absorber, qu'il était sur le point d'exploser. Et elle ne pouvait même pas cligner des yeux. Des larmes lui coulaient sur les joues.

— Je vous tuerai, promit-elle dans un murmure.

La lumière la brûlait, mettait le feu à ses neurones. La douleur enflait. Elle pulsait entre ses tempes au rythme des battements de son cœur. Et les images qui continuaient à défiler et à forcer l'entrée de son cerveau.

Plus rien n'avait de sens. Avait-elle perdu connaissance ? Les images avaient changé. Elles n'étaient plus aussi lumineuses, et elles bougeaient désormais, défilant tels des nuages solides. La machine ne faisait plus de bruit. Angela entendait des gens parler.

Elle sentit de légers pincements, mais comme son esprit tournoyait, elle ne savait pas où. Puis les images s'évanouirent à leur tour, et elle put cligner des paupières. Elle avait terriblement mal aux yeux. Elle les ferma aussi fort qu'elle le put et plus fort encore. Des larmes parvinrent néanmoins à s'en échapper. Elle sanglotait de façon incontrôlable.

On la piquait au bras. Elle rouvrit les yeux et vit Elston extraire une seringue de sa chair.

— Je n'en peux plus, lui dit-elle d'une voix presque morte.

Il la regarda comme si elle venait de le gifler.

— C'est bientôt terminé, murmura-t-il d'un ton gêné.

Ses pensées perdaient leur cohésion. Cette fois-ci, les effets furent moins désagréables qu'avec le goutte-à-goutte. Elle était toujours en mesure de réfléchir, même si c'était difficile. Elle était somnolente ; elle avait l'impression de se réveiller d'une sieste.

Quelque chose lui couvrit le visage, et elle ne vit plus rien. On poussa de nouveau le brancard. L'air changea, et elle sut qu'elle était de retour dans la machine. Confirmant son intuition, les bourdonnements et les ronflements reprirent, lui faisant mal aux dents.

— Vous êtes de retour dans le manoir de Bartram, commença doucement Sung. C'est la nuit du massacre. Vous avez dit que vous étiez sur le palier du septième étage quand vous avez entendu du bruit.

— Oui, confirma-t-elle. C'est bien ça.

— Vous vous êtes rendue dans le salon pour voir pourquoi la lumière était éteinte. Et vous avez glissé sur quelque chose. Vous avez trouvé l'interrupteur. La lumière s'est allumée, avez-vous dit. Vous êtes dans le salon, Angela. Que voyez-vous ? Qu'y a-t-il devant vous ? Que s'est-il passé ?

— Je vous l'ai déjà dit, gémit-elle. Ils étaient par terre. Morts ! Tous ! Morts !

— Et après, que s'est-il passé ?

— La porte du bureau de Bartram s'est ouverte. Je l'ai vue s'ouvrir.

— Et là, qu'avez-vous vu ? Qu'est-ce qui est sorti du bureau ?

— L'extraterrestre. (Elle n'avait pas besoin de drogue pour s'en souvenir. Elle n'en avait jamais eu besoin.) L'extraterrestre était là. Le monstre. Toutes griffes dehors. Mariangela est derrière lui. Et Coi. Et Bartram. Leur sang. Leur sang, partout. Mon Dieu ! il les a réduits en morceaux. Oui, il ne reste que des morceaux. Des morceaux.

— Il s'approche de vous, Angela. Regardez-le. Que voyez-vous ?

— Un monstre ! cria-t-elle. Un monstre ! Un monstre ! Un monstre ! Un monstre ! Un monstre ! (Ses cris devinrent des sanglots.) Il les a tués. Tous.

Ce souvenir, elle le méprisait, à présent. Un souvenir qui était la cause de toutes les morts dont elle avait été témoin. Un souvenir dont elle était prisonnière et qui contrôlait sa vie. Un souvenir à cause duquel elle était enfermée ici avec ses tortionnaires. Elle aurait voulu arracher de force cette horrible chose de sa tête.

La machine s'éteignit, et le bruit mourut. Le brancard roula de nouveau sur le sol, et on lui retira les caches qui lui couvraient les yeux. Elston, Sung et le technicien la regardaient fixement. Ils ne paraissaient pas très contents, mais a-t-on déjà vu tortionnaire rendu heureux par son prisonnier ?

On lui retira sa couronne et libéra ses membres. Elle était trop épuisée pour bouger. Malgré son état de faiblesse, son corps tout entier tremblait. Elle avait mal aux yeux, une migraine affreuse et la nausée. Elle avait appris à connaître ces souffrances ; elles faisaient partie de sa vie.

— Qu'est-ce que c'est que ce truc ? gronda-t-elle en regardant la machine du coin de l'œil.

— Un lecteur d'esprit, répondit simplement Sung en l'aidant à s'asseoir sur son brancard. Il scanne la manière dont votre cerveau interprète les images. Une fois vos processus de pensée catalogués, nous pouvons vous forcer à vous rappeler.

Il désigna des moniteurs, sur le mur.

Angela plissa les yeux. Elle avait toujours mal, et elle n'arrivait pas à faire correctement le point. Une vidéo de piètre qualité tournait en boucle. Le décor lui était familier : c'était une version simplifiée du salon du septième étage, dans le manoir de Bartram North. Les meubles étaient bien disposés dans le large couloir, mais il leur manquait le côté luxueux et finement ouvragé des originaux. Sur les murs, les tableaux étaient réduits à d'étranges taches de couleurs. La porte de la chambre de Bartram était ouverte, encadrant une silhouette sombre qui paraissait vouloir jaillir de l'écran. Le monstre était au centre exact de l'écran. C'était un humanoïde à la peau sombre et dure. Ses contours étaient humains. Ses mains s'ouvraient. Les lames se déployaient, grandissant, emplissant tout le moniteur.

Angela en eut le souffle coupé. C'était son souvenir. Ils avaient arraché un morceau de sa mémoire avec leur machine diabolique et leurs maudites drogues.

— Oh ! mon Dieu.

— On dirait que vous ne nous avez pas menti, dit Elston.

— Ou que vous êtes persuadée de ne pas nous avoir menti, ajouta Sung.

— Il est bien réel ! siffla-t-elle.

— Peut-être, mais c'est au comité de contrôle d'en décider.

— Vous le voyez comme moi.

— Je vois ce que vous pensez avoir vu. Ce que votre esprit interprète comme étant la réalité. Mais nous n'avons aucune preuve empirique.

— Pourquoi m'avoir fait subir tout ça, alors ? cria-t-elle.

Cela lui demanda tant d'énergie qu'elle faillit basculer en arrière et dut se rattraper au brancard.

— Nous avons besoin de savoir.

— Pourrissez en enfer, espèces de fumiers !

— Et c'est une salope de petite menteuse qui nous dit ça ?

— Je ne suis pas une menteuse.

— Une salope, en revanche…, se moqua Sung avec un sourire en coin.

— Je vous retrouverai. Le ciel m'en est témoin, je vous retrouverai.

— Bien sûr… Elston, emmenez-la. Nous en avons terminé avec elle.

Elston et le technicien l'aidèrent à se lever, et elle retourna péniblement à sa cellule, où l'officier laissa le technicien l'aider à s'étendre sur son étroit lit escamotable. Elle leva de grands yeux suppliants. Son magnifique et jeune visage était maculé de larmes, déformé par la peur. L'homme la regarda d'un air incertain.

— J'ai besoin de ressentir de nouveau, murmura-t-elle d'une toute petite voix. J'ai besoin de me sentir vivre. Je vous en prie.

Il se lécha les lèvres et regarda la porte ouverte par-dessus son épaule.

Angela lui prit la main et la fit glisser sous son tee-shirt.

— S'il vous plaît. (Elle lui prit l'autre main.) J'en ai envie.

De sa main libre, elle lui caressa la joue. Il eut un sourire carnassier et se pencha vers elle. Angela lui enfonça l'index dans l'œil. La chair céda sous le bout de son doigt, et elle continua à pousser, à presser le globe mou. Il hurla de douleur et tenta de se dégager, mais son bras était coincé sous le tee-shirt de la jeune femme. Elle forma un crochet avec son doigt et tira avec sauvagerie, sentant les tissus se déchirer. Un flot de sang jaillit de l'orbite vide. Angela éclata d'un rire dément et fier.

— Vas-y, traite-moi comme de la merde, connard ! Vas-y, recommence !

Des gardes arrivèrent en courant. Les mines effarées et horrifiées fleurirent. Angela tenta de donner un coup de pied au premier. Trois d'entre eux lui sautèrent dessus, et ils se retrouvèrent tous par terre. Un voile de douleur rouge lui couvrit la vue, tandis que ses poumons se vidaient de leur air. Elle vit Elston arriver.

— Seigneur ! grogna-t-il. Elle est complètement folle !

— Tu es le prochain sur la liste, fils de pute ! (Angela se tortilla et se faufila sous la masse de corps.) Le prochain !

Quelque chose lui pinça l'épaule. Quelque chose d'extrêmement pointu. Le monde vacilla et disparut.

* * *

— Sortez de là !

— Hein ?

Angela se réveilla en clignant des yeux. Elle ne se sentait pas très bien. Elle avait mal partout : aux épaules, aux bras, à la poitrine. Elle était meurtrie de partout. Elle avait tellement mal au ventre qu'elle crut qu'elle allait vomir. La lumière qui se déversait par la portière ouverte de la camionnette de transfert de la prison était trop vive. Elle plissa les yeux et se mit une main devant le visage. Elle était assise sur un banc étroit, vêtue en prisonnière. Ses pieds et ses poignets étaient entravés.

Une gardienne de prison en uniforme bleu marine déverrouilla la goupille de sécurité, la libérant de ses chaînes.

— Vous n'allez pas nous causer des problèmes, hein, Tramelo ?

Angela éclata d'un rire gras et rocailleux pas loin de la démence.

— Alors ?

Le rire cessa aussi brusquement qu'il avait éclaté.

— Qui, moi ? Bien sûr que non.

— Bien sûr que non, *madame.*

— Oui, madame.

— C'est mieux. N'oubliez pas que vous et moi allons devoir cohabiter pendant un bon petit moment.

Pendant vingt ans, au fait.

* * *

Vance leva les yeux comme le capitaine Antrinell Viana entrait dans son bureau. Il le gratifia d'un sourire relativement sincère. Il avait servi avec Antrinell en de nombreuses occasions et le trouvait très compétent. Antrinell était né sur Matuskia, planète colonisée par une coalition de nations d'Asie et du Pacifique. Chrétien dévot, il n'avait pas trouvé son bonheur dans le capitalisme expansionniste de son monde natal, où on chérissait l'individualisme par-dessus tout et où la responsabilité sociale comptait infiniment moins que le succès personnel. Après avoir passé son diplôme de cosmologie quantique, il avait immédiatement frappé à la porte de l'ADH. L'agence souffrant d'une pénurie de personnel scientifique, son avancement avait été rapide. Et son adhésion à la philosophie des Guerriers de l'Évangile inévitable.

Antrinell sourit à son tour.

— Ça faisait un bout de temps, mon colonel.

Vance se leva et fit le tour de son bureau pour lui serrer la main.

— Oui, un sacré bout de temps. Comment va la famille ?

— Bien, merci. Artri vient d'entrer à l'école.

— Non ! Déjà ? Ça veut dire qu'il a… cinq ans ?

— Oui, et Simone trois.

— Le temps file.

— Oui, le Zanth le mange. Alors comme ça, il y aura vraiment une expédition ? demanda Antrinell en jetant un regard circulaire sur le bureau. Vermekia m'a dit que le projet était en attente.

— Ça, c'était hier. L'ADH est prête à donner son feu vert. La commissaire Passam est arrivée à Abellia il y a trois heures. Elle finalise les paramètres de l'opération avec Brinkelle North. (Il eut un sourire carnassier.) Ça, c'est une réunion à laquelle j'aurais bien aimé assister. Elles devraient s'être mises d'accord sur les grandes lignes d'ici ce soir. Enfin, si elles ne se sont pas entre-tuées.

— A-t-on vraiment besoin de la permission de Brinkelle ? St Libra fait partie de l'Alliance transstellaire, après tout.

— Légalement, non, bien sûr, répondit Vance. Mais Brogal est son fief, et Abellia la porte du continent. La seule porte. Nous avons besoin de la coopération de tous les North.

— Et ?

— Pour l'instant, ça se passe bien. Surtout avec Augustine.

— Heureux de l'entendre.

— Je vais prendre la tête d'une des équipes qui partiront en premier et j'aimerais que vous soyez mon second.

— J'en serais ravi.

— Plusieurs facteurs doivent être réunis pour cette mission. L'équipe de Jay est-elle avec vous ?

— Oui. Ils ont apporté leur matériel de surveillance des champs quantiques, mais je ne sais pas s'il fonctionne correctement. Nous sortons à peine de la phase de conception.

— Vous croyez qu'il va marcher, oui ou non ?

— Fondamentalement, je dirai oui. Nous sommes capables de détecter les remous provoqués par la présence du Zanth. En revanche, nous n'avons encore jamais tenté de détecter des anomalies si minimes.

— Je sais, mais nous avons besoin de savoir s'il y a eu une petite intrusion.

— Oui, on m'a autorisé à voir toutes les pièces du dossier. Un monstre à forme humaine ? Vraiment ?

— Il devait bien venir de quelque part, dit Vance d'un ton raisonnable.

— En tout cas, le Zanth n'a rien à voir là-dedans.

— Nous ne savons presque rien de ses capacités…

— D'accord, mais pourquoi le Zanth se serait-il donné cette peine ? Le jour où il voudra la Terre, il déferlera en essaim et il la prendra. Et on ne pourra rien y faire, en dépit des conneries que racontent nos politiciens et nos généraux.

— C'est vrai. Dans ce cas, démontrez-moi que ce n'est pas le Zanth. Apportez-m'en la preuve.

— Je ne peux pas prouver que quelque chose n'est pas.

— Peut-être, mais s'il y a plus d'activité ici et que les détecteurs ne décèlent rien du tout, cela renforcera ma conviction que cette chose est venue de St Libra.

— Et cela justifiera l'expédition. Je comprends. J'aimerais tout de même bien savoir comment elle aurait traversé le portail. Avec des marchandises ? C'est votre hypothèse ?

— Ce truc était sur St Libra, et maintenant, il est ici. J'ignore comment ça se fait, mais je sais qu'il y a un North à la morgue.

Antrinell leva les mains.

— D'accord. Je vois que cette affaire a pris trop d'importance pour que nous puissions la stopper par la simple logique. Je ne serai pas celui qui dira à l'empereur qu'il est nu.

— Merci. Combien de temps vous faudra-t-il pour installer vos détecteurs ?

— Il y a quinze unités en tout. On va devoir les répartir autour de la ville et les connecter au réseau sécurisé de l'ADH. Ça prendra une bonne partie de la journée.

— Bien. Ce sera plus rapide que prévu.

— Vance, êtes-vous bien sûr de vouloir vous lancer là-dedans ? Si cela ne se passe pas comme vous le voulez, vous serez le bouc émissaire tout trouvé.

— Croyez-moi, j'ai beaucoup réfléchi, répondit Vance en hochant la tête. Le problème, c'est que certains détails de cette affaire sont inexplicables. Je me suis entretenu avec le général. Je serai son représentant sur St Libra.

— Shaikh en personne ?

— Oui.

— Ah ! dans ce cas, espérons que Jésus nous sourira. Et plutôt deux fois qu'une.

— Oui, nous aurons besoin de l'aide de tout le monde.

Travailler avec un coreligionnaire ferait du bien à Vance. Cela arrivait si peu souvent. Trop de gens, au sein de l'ADH, méprisaient les Guerriers de l'Évangile. Des athées et des cyniques tournant en ridicule le concept même de foi. Vance avait appris depuis très longtemps à ne pas parler de son amour pour le Seigneur à ses collègues officiers.

Un icone s'ouvrit dans la grille de ses cellules oculaires.

— Connexion au maillage du bureau, ordonna-t-il à son i-e.

Le caporal Paresh Evitts attendait dans l'antichambre du bureau avec Angela Tramelo. Le visage doux et neutre de cette dernière apprit à Vance tout ce qu'il avait besoin de savoir sur elle.

— Restez, s'il vous plaît, dit-il à Antrinell en retournant s'asseoir.

Le caporal savait qu'il s'était mis dedans jusqu'au cou. Il s'avança jusqu'au bureau et gratifia Vance d'un salut militaire parfait.

— Mon colonel. Caporal Paresh Evitts au rapport, mon colonel.

— Repos, caporal.

Vance avait déjà travaillé avec la Légion. C'étaient de bons soldats, largement au niveau de n'importe quelle autre armée nationale, et il n'aurait pas hésité à mettre sa vie entre leurs mains en cas de coup dur. Toutefois, Angela Tramelo n'était pas un soldat ennemi ; en tout cas, pas le genre de soldat auquel les légionnaires étaient habitués.

— Caporal, vous et moi allons passer beaucoup de temps ensemble au cours des prochains mois. Je vais donc m'efforcer d'être très clair : quand vous recevrez un ordre direct, en particulier quand il s'agira de cette femme, vous le suivrez à la lettre. Vous n'écouterez pas ce qu'elle dira, vous ne ferez pas ce qu'elle vous demandera, vous exécuterez vos ordres. Des questions ?

— Non, mon colonel.

— Je suis désolée, dit Angela d'un ton incroyablement insolent en parfaite adéquation avec sa moue boudeuse.

— Qu'êtes-vous allés faire sur le Dernier Mile ? demanda Vance.

— Nous sommes allés nous équiper pour partir sur St Libra, mon colonel.

— C'était son idée, j'imagine ?

Paresh Evitts se lécha les lèvres.

— Oui, mon colonel. Mlle Tramelo nous a dit que nous devrions être mieux équipés pour aller sur St Libra, qu'elle y était déjà allée et que...

— Ça ne m'intéresse pas. Attendez dehors, je vous prie. Quand Mlle Tramelo sortira, votre bataillon et vous l'escorterez à son cantonnement et nulle part ailleurs. Compris ?

— Oui, mon colonel.

Encore un salut parfait. Le caporal tourna les talons et sortit du bureau.

Vance demanda à son i-e d'effacer sa grille afin de pouvoir regarder Angela sans superpositions d'images.

— Espèce de petite pourriture.

Elle sourit et s'affala sur une chaise en face de lui.

— Ce n'est pas si grave, je voulais juste leur rendre service. De toute façon, vos hommes y passeront tous quand on aura trouvé le nid, la ville ou le vaisseau-mère des monstres, bref, le machin dans lequel ils se cachent. Vous ne les priveriez tout de même pas d'un peu de confort supplémentaire pour les derniers jours de leurs misérables vies ? Et n'allez pas me dire que les kits fournis par le gouvernement sont adaptés à la jungle.

— N'essayez plus de subvertir mes hommes ou je vous renvoie directement à Holloway.

Angela se tourna vers Antrinell et haussa un sourcil curieux avant de répondre à Vance :

— Directement ? Vous voulez dire que vous n'allez pas m'envoyer je ne sais où pour me torturer pendant des mois, comme la dernière fois ?

— On ne vous a pas torturée.

— Ah bon ? Vous appelez ça comment, alors ? Je suis sûre que vous n'avez pas oublié la dernière chose que je vous ai dite, à l'époque. Vous vous rappelez ? Le jour où vos gardes m'ont passée à tabac et où je me suis retrouvée dans le coma ?

— Je me rappelle que vous avez énucléé un de mes hommes et qu'on a dû vous administrer un sédatif, rétorqua-t-il en serrant les dents.

Angela eut un sourire victorieux.

— Vous vous justifiez devant votre collègue. Les croyants ne peuvent pas s'empêcher de se sentir coupables. Et c'est encore pire pour les fondamentalistes comme vous.

Il regarda furtivement l'épinglette en diamant et en bronze qui ornait son col. Oui, elle devait savoir ce qu'elle signifiait.

— J'ai un problème avec vous, dit-il simplement.

— Heureuse que vous vous en soyez enfin rendu compte.

— Vous ne comprenez pas, Angela. Nous ignorions que vous étiez une un-sur-dix.

— Coupable et jaloux. Pauvre garçon.

— Votre dossier originel a apparemment été implanté dans les bases de données du transnet. Votre passé est une invention.

— Mon passé n'a pas d'importance. Ce qui compte, c'est ce que j'ai vu cette nuit-là. Et ça compte vraiment beaucoup. D'autant que ces monstres ont clairement trouvé un moyen d'utiliser le portail sans déclencher aucune alarme. Le major Sung n'était pas convaincu de ce qu'il a vu, et il a eu la sagesse de rester en dehors de cette affaire, mais ce n'est pas votre cas, Elston. Vous, vous savez que ce que j'ai vu est vrai. Vous avez tout fait pour vous en assurer, pas vrai ? Je n'ai pas menti. Je n'aurais pas pu mentir. Grâce à votre machine, vous avez vu ce que j'ai vu. Je parie que vous avez téléchargé le fichier dans votre mémoire privée. Est-ce que vous vous branlez en le regardant la nuit ?

— Que faisiez-vous dans le manoir de Bartram North ? Quelle était la vraie raison de votre présence là-bas ?

— Vous voulez la vérité ?

— Pour une fois, oui, cela nous changerait.

— Je me faisais baiser par Bartram North. Voilà ce que je faisais là-bas. Voilà pourquoi il nous payait, les autres filles et moi. Mais je ne l'ai pas tué. Je ne voulais pas finir en prison. On m'a envoyée en taule parce que personne ne voulait entendre la vérité. Et qu'avez-vous fait, vous le cul-bénit, après avoir vu la vérité dans mon esprit ? Avez-vous couru au tribunal réparer cette injustice ? Avez-vous demandé aux autorités de me rejuger ? Hein ? Non. Vous m'avez abandonnée à mon sort, tout simplement, comme ces connards corrompus du ministère de la Justice. (Angela abattit son poing sur le bureau, ce qui fit sursauter Vance.) Qu'il ne vous vienne plus à l'esprit de me faire passer pour la méchante, dans cette histoire. J'ai vu un monstre extraterrestre massacrer une maisonnée tout entière. Je me suis battue contre lui et je me suis enfuie. Et vous m'avez châtiée pour ça. Vous, le gouvernement et ce système de lèche-culs auquel vous appartenez. Je ne suis pas la méchante. Quant à vous, vous êtes un tortionnaire malfaisant, vous êtes un engrenage dans une mécanique politique corrompue, et vous avez perverti le cours de la justice. Quand vous aurez le temps, n'hésitez pas à m'expliquer ce que votre précieux Dieu pense de tout ça.

— Je trouverai ! aboya-t-il en espérant que ce ne soient pas des paroles en l'air. Je découvrirai qui vous êtes. Je découvrirai ce que vous êtes.

— Vous savez déjà ce que je suis, reprit Angela en se levant. Je suis votre deuxième pire cauchemar. Le premier, celui qui vous attend sur St Libra, votre Dieu l'a créé à Son image. Soit vous me nommez conseillère technique, soit vous me renvoyez à Holloway, ajouta-t-elle en désignant la porte du doigt. J'ai préparé un petit résumé de mes aventures qui, si je n'interviens pas régulièrement, sera envoyé automatiquement à tous les activistes des droits civiques du transnet. À vous de voir, Monsieur le Cul-bénit.

Vance ordonna à son i-e d'ouvrir la porte du bureau.

— Je vous conseille très vivement de vous tenir éloignée des ennuis.

— À plus, lança Angela en adressant un clin d'œil à Antrinell.

— Sainte Marie ! s'exclama celui-ci lorsqu'elle fut sortie. Elle vient avec nous ?

— Oui, nous l'aurons sur le dos chaque minute de chaque heure de chaque jour de cette expédition.

— Cela promet d'être amusant. Et… cette histoire de torture ?

— Un scan cérébral. (Il hésita.) Nous avons aussi utilisé des drogues. Sans doute moins sophistiquées que celles qui existent aujourd'hui. Cela n'a pas été très agréable pour elle, c'est sûr, mais nous avions besoin de savoir.

— Qu'a révélé ce scan ?

— Exactement ce qu'elle dit : un monstre extraterrestre massacrant le harem de Bartram North et le reste de la maisonnée. Je vous enverrai le fichier. Vous me direz ce que vous en pensez.

— Et vous, qu'en pensez-vous ?

— Je pense que je n'ai pas posé les bonnes questions à l'époque, mais je ne commettrai pas deux fois la même erreur.

* * *

La première brèche se trouvait sur Keelman's Way, un parc étroit et autrefois vert qui longeait la Tyne à l'ouest du pont de Redheugh. Sid l'avait rayée de sa liste, avant même d'arriver sur place à 10 heures. Pour commencer, l'accès en était difficile, la seule route qui coupait ce parc étant réservée aux piétons et cyclistes, et donc bloquée aux extrémités par des bornes afin d'empêcher d'éventuelles voitures de le traverser pour échapper aux embouteillages. Les bornes se rétractaient dans le sol pour permettre le passage des véhicules de maintenance, mais il fallait un code pour cela. Un code certes pas très difficile à trouver pour un accro au transnet ou en soudoyant un employé municipal mais, dans les deux cas, le type aurait laissé des empreintes de pneus dans la neige. Les maillages fonctionnels qui flanquaient la brèche n'avaient vu passer aucun véhicule dimanche soir avant et après l'heure estimée de la mort du North. Quant à descendre dans le parc depuis Rose Street, qui passait en contre-haut de Keelman's Way, c'était impossible. La pente était raide et plantée d'arbres épais. Sid aurait été bien incapable de trimballer un cadavre dans ces conditions. Avec un genre de traîneau, éventuellement, mais il n'y croyait pas.

Toutefois, la procédure était la procédure, et il ne pouvait pas se permettre d'échouer. Pas dans cette affaire.

De petits tourbillons de flocons tombaient du ciel gris et flou comme il descendait de la voiture et se dirigeait vers le cordon de sécurité. La température de l'air était toujours inférieure à zéro. À côté des barrières orange clair, il avisa un groupe d'agents de sécurité en manteau épais et passe-montagne. Les hommes tapaient des pieds et ne semblaient pas de très bonne humeur. La matinée avait été longue et ennuyeuse. Ils s'efforcèrent de ne pas trop lui montrer leur mécontentement en le saluant et lui expliquèrent qu'ils avaient refoulé un total de cinq passants, dont deux promenant des chiens, depuis 6 heures du matin. C'était une bonne nouvelle, pensa-t-il ; avec si peu de passage, le site ne devait pas avoir été très altéré la veille.

Deux camionnettes de Northern Forensics étaient garées de part et d'autre de la barrière, derrière les bornes. Six ASC – agents de scènes de crime – arpentaient le site en agitant divers capteurs. Deux autres étaient penchés par-dessus le garde-corps surplombant le fleuve, au milieu de la brèche. Les particules intelligentes qui recouvraient le garde-corps étaient tombées en panne ou avaient été arrachées. Les deux techniciens les récupéraient pour essayer de déterminer l'origine de la brèche.

Sid voulait parler au chef des ASC pour lui demander quelle était sa première impression. Toutefois, une autre voiture était garée à côté de la borne rétractable, une grosse Mercedes noire dont la présence ne le surprit guère. Il s'en approcha, et la vitre avant s'abaissa.

Aldred North était assis à l'intérieur. La portière s'ouvrit côté passager. Sid utilisa un programme pirate pour mettre son enregistrement sur pause avant de monter à bord du véhicule.

—J'imagine que vous ne vous attendiez pas à reprendre le boulot d'une façon si brutale, commença Aldred.

—C'est vrai. Écoutez, je suis désolé… c'était un de vos frères…

—Merci de vos condoléances. Si seulement nous savions lequel.

—Ouais, c'est plus que bizarre.

—Je ne vous le fais pas dire. Ari et Abner ne sont pas les seuls à travailler sur la liste. Je suis venu vous dire que mon bureau est sur le coup aussi. Si nous trouvons quelque chose, nous vous en informerons par l'intermédiaire d'Abner.

—D'accord. Merci.

— Ne me remerciez pas encore. Je suis à peu près certain que la famille de Brinkelle est honnête avec nous. Je connais Bailey... Cela les a pas mal secoués.

— Bailey ?

— Il occupe l'équivalent de mon poste chez les B.

— Ah !..., fit Sid en se frottant le front. Écoutez, j'apprécie beaucoup votre aide.

— C'est le moins que l'on puisse faire après votre suspension. À ce propos, j'apprécie votre discrétion. Nous vous avons réservé un poste dans notre sécurité.

— Merci.

Aldred désigna de la tête les ASC dont le travail était considérablement ralenti par la neige épaisse.

— Ce n'est pas ici, n'est-ce pas ? Ils ne trouveront rien.

— Sans doute. Écoutez, je sais que ce n'est pas très agréable pour vous, mais je préférerais me fonder sur des faits précis plutôt que sur des ragots colportés par le transnet.

— C'est-à-dire ?

— J'aimerais en savoir plus. Sur vos frères. Vos fils. Comment ça fonctionne ?

— Ah ! (Aldred se tourna vers le parc gelé et sourit légèrement.) Comment ça fonctionne ? Il n'y a pas de mystère. Nous, les 2, sommes les enfants des femmes d'Augustine. Sur le transnet, on raconte par exemple qu'il couche avec chacune d'elles. Des sottises, bien sûr. Peut-être mes frères aînés ont-ils été conçus comme ça, je n'en sais rien. En tout cas, tous ceux, dont je suis, qui ont été conçus ces soixante-dix dernières années, l'ont été par insémination artificielle. Il faut dire qu'il a cent trente et un ans, maintenant. Bon, c'est vrai qu'il a un corps de qualité, et Dieu sait que nous pouvons nous payer les meilleurs traitements antigériatriques qui soient, mais quand même... Peut-être y a-t-il eu quelques conceptions naturelles au cours des soixante-dix dernières années. En tout cas, la mienne ne s'est pas passée comme ça. Ma mère n'a rencontré mon père qu'à trois reprises avant d'être admise en clinique.

— Rencontré ?

Aldred soupira.

— Il les interroge pour s'assurer qu'elles feront des mères dignes de ce nom. Nous ne grandissons pas dans des crèches géantes. Nous ne sommes pas dans le « meilleur des mondes » d'Aldous Huxley. On nous élève dans de jolies et coquettes maisons.

— J'ignorais tout ça. Merci d'avoir éclairé ma lanterne.

— Voilà pour les 2. Nous sommes encore quatre-vingt-sept, sans compter le corps retrouvé dimanche. Cinq sont morts dans des accidents.

— Ont-ils pu… ?

— Non, aucun d'entre eux n'a pu survivre secrètement.

— Je me devais de poser la question.

— Oui, oui. De toute façon, leur âge ne correspondrait pas avec celui du mort Ils seraient beaucoup trop vieux. Le dernier avait cinquante ans quand il est mort il y a vingt-huit ans. Donc, non, ce n'est pas l'un d'entre eux.

— Peut-être qu'avec des traitements antigériatriques. . .

— Vous êtes vraiment parano, ma parole.

— J'essaie de trouver une solution.

— L'analyse biochimique n'a révélé aucune trace de médicaments antigériatriques dans les tissus. (Aldred lâcha un profond soupir et regarda à travers le pare-brise.) Les antigériatriques ne font pas reculer les aiguilles de la pendule ; ils les ralentissent un peu, c'est tout.

— Comme pour les un-sur-dix ?

— Le principe est le même, mais ça ne fonctionne pas aussi bien. Et puis, le résultat est principalement cosmétique. Pour rajeunir quelqu'un, il faut utiliser les techniques développées par Bartram, et elles sont incroyablement chères. Le corps humain contient cent mille milliards de cellules en moyenne. Par chance, nous, les North, ne sommes pas de gros bébés. Pour un véritable rajeunissement, on doit entrer une séquence de réparation dans chacune d'entre elles. Une séquence spécialement conçue pour chaque cellule. Un traitement de ce genre prend plus de dix ans. Même Northumberland Interstellar ne peut pas faire ce genre de cadeau à quatre-vingt-sept d'entre nous.

— Et ne parlons pas des gens comme moi.

— Certes. La conclusion, c'est que la victime est vraiment un North2.

Sid savait qu'il n'aurait pas dû poser cette question, mais comme Aldred semblait loquace, il ne put résister :

— À quoi bon ?

— Je vous demande pardon ?

— Pourquoi Augustine a-t-il fait tout ça ? Pareil pour ses deux frères. Pourquoi avoir tant de fils ?

— Vous savez pourquoi mon père et mes deux oncles sont nés, n'est-ce pas ?

— Kane North a perfectionné le clonage humain.

— Oui, mais pourquoi ?

— Aucune idée. C'est pour ça que je vous pose la question.

— Les North sont issus d'une vieille et riche famille de financiers, de banquiers et de propriétaires terriens. De bons WASP traditionalistes et conservateurs, élevés dans les meilleures universités de la côte Est. Chaque nouveau petit North était destiné à un grand avenir, le but étant de multiplier la richesse de la famille et de renforcer son pouvoir à Wall Street et Washington. C'est une des raisons pour lesquelles Kane est allé à West Point. Servir le pays était une tradition et un devoir. Beaucoup de North ont été soldats ; nous avons pris part à la guerre de Sécession et sans doute même à la révolution contre les Britanniques. Bref, mon grand-père Kane a servi en Afghanistan. C'est là qu'il a été touché par un EEI, un engin explosif improvisé. On l'a rapatrié aux États-Unis, où on lui a donné une honorable pension d'invalidité.

— Je vois.

— Non, vous ne voyez pas. Il a survécu, c'est sûr, mais cette saloperie lui a explosé les couilles.

— Merde !

— Je ne vous le fais pas dire. Plus moyen de faire des enfants ; c'était la fin de la lignée. La fortune de la famille serait répartie entre parents, avocats et managers. Toutefois, le vieux Kane ne voyait pas les choses de cette façon. Il n'avait peut-être plus le cerveau inondé de testostérone, mais il restait un North. Alors il a déménagé en Écosse et a commencé à recruter des membres de l'équipe Dolly, ceux qui ont, les premiers, cloné un mammifère, une brebis appelée Dolly. Les États-Unis étaient farouchement contre la manipulation des gènes humains, et ce depuis longtemps. Un vrai cauchemar législatif à mettre au crédit de la « droite religieuse » américaine ; les choses n'ont d'ailleurs pas beaucoup changé, depuis. Créer un labo et réunir une équipe de chercheurs était beaucoup plus facile là-bas, à Édimbourg. Ce qui ne signifie pas que tout ce qui s'y est fait à l'époque était légal. Bref, je résume : des triplés sont nés. Mon père et mes deux oncles. Évidemment, les manipulations génétiques en étaient à leurs balbutiements, à l'époque, et je suis le résultat de ces tâtonnements. Nous sommes une impasse, Sid. L'évolution a limité notre descendance à trois générations. Quand on ne peut pas faire profond, on fait large. Nous, les 2, avons créé Northumberland Interstellar. Nous étions presque deux cents avant la scission. Des directeurs et des managers animés par la même énergie, allant dans la même direction, possédant la même détermination. Le monde n'avait pas vu cette envie de bâtir depuis le temps où régnaient les rois de droit divin. À ce jour, St Libra est la seule planète à avoir été ouverte par une seule personne, même s'il y a de nombreux *moi*. New Monaco, à côté, c'est de la rigolade, un monde de financiers multiples. En plus, c'est un refuge, non pas une société.

— Mais vous avez des enfants, aussi.

— Ces enfants sont des erreurs. Et les 4 sont encore pires. Toutefois, on ne peut pas combattre la nature humaine. Nous avons tous des femmes ; nous en avons autant besoin que n'importe quel homme. Des femmes, des petites amies, des maîtresses, des coups d'un soir, et même ces bonnes vieilles profiteuses, Dieu les bénisse. Heureusement, il y a de moins en moins d'enfants, et bientôt, il n'y en aura plus.

— Qu'est-ce que vous en savez ? Je croyais qu'Augustine était en train de rajeunir. Ça fait des années qu'on en parle sur le transnet.

— C'est vrai, mais le processus n'est pas achevé. Cependant, ça n'a plus d'importance, car une nouvelle génération de 2 est en train d'émerger. Enfin, ce ne sont plus vraiment des 2. Brinkelle a été la première. Bartram et son institut ont fini par éradiquer le défaut qui contaminait son ADN, retrouvant un résultat plus normal. Elle est le premier véritable rejeton des triplés, même si elle a été conçue *in vitro* et qu'elle a été génétiquement modifiée jusqu'à l'os. Et elle a eu des enfants, de vrais enfants, pas des 3. Nous, les 2 originels, allons disparaître, Sid. Nous ne serons jamais dupliqués. Notre règne va s'arrêter. La famille de Brinkelle représente l'avenir. Et je ne parle même pas de ce que Constantine fabrique sur Jupiter. Après son rajeunissement, j'imagine que même Père se fera soigner pour avoir de vrais enfants.

Sid prit le temps de réfléchir. Un silence maladroit s'installa dans la voiture. Il ne s'attendait vraiment pas à en entendre tant d'un seul coup. Tout bien réfléchi, ce n'était pas si surprenant ; il avait vu un nombre incalculable de fois le deuil changer les gens. Le besoin de parler, d'expliquer, comme si cela pouvait réconforter le défunt.

— Alors c'est un C, décida-t-il.

— Oui, mais nous avons eu très peu de contacts avec Constantine depuis la scission. Augustine et lui échangent quelques messages par an, mais c'est tout. Et Jupiter affirme qu'aucun de ses ressortissants n'est sur Terre.

— Vous avez dit qu'il y avait presque deux cents 2, dans le temps. S'il ne s'agit pas de l'un de vos frères, et si vous faites confiance à Brinkelle, alors c'est forcément un C. S'il est venu sur Terre clandestinement, ils ne vous le diront pas. Il s'est peut-être fait tuer parce qu'il était mêlé à quelque chose de louche.

— Par un extraterrestre ?

Sid laissa échapper un grognement de frustration.

— Merde, je ne sais pas quoi en penser. Cette affaire est un vrai cauchemar, et c'est moi qui m'y colle.

— Vous permettez que je vous donne un conseil ?

— Mon Dieu, oui.

— Faites exactement ce qu'Elston vous demandera. Trouvez l'endroit d'où le corps a été jeté à l'eau et récoltez des indices solides. Rien d'autre ne compte.

— Oui, vous avez sans doute raison, mais… merde !

— Oui, je sais. Je me répète : une place de choix vous est réservée au sein de la sécurité de notre société, quelle que soit la conclusion de cette… affaire. Nous vous sommes redevables, et nous n'oublions jamais nos vieux amis.

— Vous voulez quand même que je mène cette enquête à son terme ?

— Bien sûr, parce que je sais que vous êtes réglo avec nous.

— D'accord. Eh bien ! je ferais mieux d'y retourner.

Il appuya sur le bouton de la portière, qui se releva en souplesse.

— Bonne chance.

Une fois sorti de la voiture, Sid remit en route l'enregistrement puis se connecta au réseau local de Northern Forensics. Les données de l'équipe d'ASC s'affichèrent dans sa grille : les noms, les grades, les affectations, l'équipement déployé, les résultats initiaux. Il demanda à son i-e d'appeler leur responsable, Tilly Lewis. Tilly était une de ces personnes avec qui il était extrêmement facile de travailler, ce qui devenait rare dans les forces de l'ordre. Elle était intelligente, expérimentée, compétente. Sid s'était arrangé avec Osborne pour l'avoir à ses côtés ce jour-là.

— Vous avez quelque chose pour moi ? commença-t-il.

— Je suis dans la poudreuse jusqu'aux genoux, et je suis tombée deux fois depuis ce matin. Alors, à votre avis ?

— C'est bien ce que je pensais.

Il scanna les alentours et n'eut aucun mal à la localiser. Les ASC portaient des combinaisons réglementaires vert clair ainsi que de nombreuses couches de vêtements thermaux, qui leur donnaient des airs de mannequins gonflables tandis qu'ils se déplaçaient péniblement sur l'épaisse couche de neige. Juste en dessous de la ligne des arbres, l'un d'entre eux portait un bonnet rose avec des rabats sur les oreilles. Sid lui fit un signe de la main.

— Je peux monter ?

Tilly agita également la main.

— Bien sûr. J'ai déjà vérifié la zone qui nous sépare : vous ne risquez pas d'abîmer quoi que ce soit.

Sid s'engagea sur le talus, ascension difficile. Par endroits, la neige dépassait soixante centimètres d'épaisseur, et c'était pis autour des arbres. Chaque pas qu'il faisait provoquait une mini-avalanche, laissant une traîne chiffonnée dans son dos.

Le temps de la rejoindre, il était écarlate et essoufflé.

— C'est complètement débile, grogna-t-il.

— C'est clair, acquiesça-t-elle avec un large sourire.

Elle avait un joli visage rond qu'il avait très rarement vu renfrogné. Sid était persuadé depuis longtemps qu'elle avait attrapé un genre de virus du bonheur, ce qui était aussi bien vu les horreurs qu'ils avaient découvertes tous les deux sur les scènes de crimes. Sa crinière auburn était coincée sous son bonnet et seules quelques bouclettes dépassaient au niveau des tempes. Elle les écartait d'ailleurs constamment des jumelles épaisses avec lesquelles elle examinait la neige.

— Comment vont les enfants ? demanda-t-il.

— Ils ont passé les vacances de Noël chez mes parents. Les vieux les ont pourris comme c'est pas permis. Je suis bien contente que l'école ait repris. Et les vôtres ?

— Pareil. Sinon, on songe à déménager.

— C'est vrai ? Où ?

— À Jesmond.

— Génial, on sera tout près.

— Bon, revenons au travail. Il n'y a rien, là-haut ?

— Non. Si le corps a été jeté à la flotte d'ici, alors le type l'a descendu de la route, expliqua-t-elle en désignant d'un geste du bras les arbres épais et leurs branches recouvertes d'un manteau de cristal et de neige.

— Je me disais la même chose, mais c'est quand même très peu plausible.

— Tout est plausible. Il faut éliminer les possibilités une par une.

— Ouais, et c'est mon travail.

— Nan, vous, vous ne faites que mettre en corrélation les données que nous, les vrais travailleurs, avons recueillies sur le terrain. C'est moi qui me gèle le cul en essayant de retrouver des traces dans la neige.

Sid posa un regard appuyé sur le gadget optique dont se servait Tilly.

— Bien sûr, vous m'en direz tant. C'est quoi ce truc ?

— Ça ? Un RCDM.

— Suis-je bête… La même chose en français, c'est possible ?

— Un radar comparateur de densités à micro-ondes. Le top du top. Ça va vous coûter un max. Dès que je sors ce truc de sa boîte, le compteur se met à tourner. Vu qu'on ne peut pas se contenter d'éparpiller des particules intelligentes à cause de cette satanée neige, je ne peux pas m'en passer.

— Ah ! d'accord.

Elle sourit et lui tendit l'appareil.

— Essayez-le. Regardez la neige.

Sid porta le gadget à ses yeux. L'image était bizarre, un montage tridimensionnel d'ondes vertes et bleues superposées.

— Très psychédélique.

— Il suffit d'interpréter l'image correctement.

— Corrigez-moi quand vous voulez.

— Un peu de tenue, je vous prie. Maintenant, regardez vers les arbres sans le RCDM.

Il s'exécuta.

— Il n'y a rien, n'est-ce pas ? poursuivit-elle. Si quelqu'un était passé par là en traînant un cadavre, il aurait laissé deux traînées dans la neige.

— Oui, mais il a beaucoup neigé, depuis. La neige tombée dimanche soir a pu faire disparaître ces traces.

— Oui, c'est un problème que nous rencontrons souvent. D'où… (Elle désigna l'appareil.) Maintenant, regardez avec ça.

Il obéit, braquant l'appareil sur un carré de neige situé juste en dessous de la ligne des arbres.

— Le RCDM vous permet de *voir* la densité de la neige en couleurs. Il y a de petits triangles, n'est-ce pas ?

Sid se concentra sur l'image. Il y avait bien quelques taches vertes, qui auraient pu être des triangles, juste sous la strate bleue.

— Ouais.

— Ce sont des empreintes de canards. À en juger par leur profondeur, je dirai qu'elles ont une journée.

— Impressionnant.

Il regarda le même carré de neige sans le RCDM : rien. Pas la moindre trace.

— Même un canard est assez lourd pour comprimer la neige sur laquelle il se tient, reprit Tilly. Ainsi, ses empreintes sont un tout petit peu plus denses que la neige qui les entoure. Donc, si quelqu'un avait traîné un cadavre par ici, cela se verrait comme une autoroute, même s'il a énormément neigé depuis.

— Il ne s'est rien passé ici ?

— Rien. En plus, mon collègue Noel vient de m'informer que les particules intelligentes ont été grillées il y a deux mois quand la foudre s'est abattue sur le garde-corps. La municipalité n'a pas encore eu le temps d'en saupoudrer d'autres.

— Bien, vous m'avez convaincu. Passons à la brèche suivante.

Sid précéda les deux camionnettes sur la rive nord jusqu'à Elswick Wharf. Le convoi quitta l'A695 et emprunta Penn Street, qui s'incurvait sur la gauche jusqu'à Water Street, où il passa sous une voie de chemin de fer désaffectée avant de longer une série de microfactures et d'entrepôts jusqu'à un rond-point d'où partaient Skinnerburn Road et Monarch Road, deux artères parallèles à la Tyne. Les quais mêmes faisaient partie des quartiers les plus prisés de Newcastle ; on y trouvait des immeubles luxueux, des palaces, des tours de bureaux de prestige, qu'une large promenade séparait de l'eau. Étant donné le statut de ses occupants, chaque bâtiment possédait son propre service de sécurité. La moindre paroi était couverte de particules intelligentes, aussi Sid pensait-il qu'ils allaient encore perdre leur temps.

Juste en face du rond-point se trouvait un immeuble en construction entouré par une clôture temporaire. Les automates accrochés aux échafaudages avaient terminé les trois premiers étages. Les agents de sécurité avaient scellé le site, où il n'y avait pas d'activité ce jour-là. Les portes étaient fermées et les automates éteints. La neige couvrait les machines, et des stalactites menaçantes s'accrochaient aux tuyaux épais enroulés autour des plates-formes hydrauliques.

À gauche du chantier se dressait un vieil immeuble de bureaux en briques aux fenêtres condamnées par des planches. Un grand panneau suspendu à la façade annonçait fièrement que Hargold Management s'apprêtait à réhabiliter le bâtiment et que les travaux seraient terminés pour l'été 2142. D'après Eva, les particules qui couvraient les murs de l'immeuble étaient inactives depuis au moins dix-neuf mois, à savoir depuis que Hargold Management l'avait racheté.

Sid et Tilly examinèrent la brèche, une mince allée séparant le chantier de l'immeuble inoccupé. Le chemin qui conduisait au fleuve n'apparaissait pas sur les cartes, car il était amené à disparaître. Pour le moment, toutefois, il permettait aux bateaux ravitailleurs d'alimenter les automates en brut.

Sid désigna l'étroit passage.

— Les particules de la promenade, au bout de ce chemin, ne fonctionnent pas. Leur maillage a disparu du réseau de la ville dimanche, vers midi. (Il se retourna vers le rond-point.) Coïncidence, les macromaillages de la rue, autour de ce carrefour, sont également hors d'usage.

— Quand le macromaillage de la rue est-il tombé en panne ? demanda Tilly.

— La rue n'a pas été réparée depuis des années, et les citernes de brut ont fini d'écrabouiller ce qui restait. Les particules ont été dégradées au point qu'il n'y en a plus assez pour constituer un maillage. La réparation de la route fait partie du projet d'aménagement, comme cela se pratique d'habitude. Quand l'immeuble sera terminé, le promoteur refera la route. (Il jeta un coup d'œil à Water Street.) En gros, ça signifie qu'on peut remonter Water Street sans être repéré par aucun capteur ni finir sur aucun enregistrement. Le maillage fonctionnel doté d'une perception visuelle le plus proche se situe plus haut, sur l'A695.

— Cette brèche est donc l'endroit idéal pour se débarrasser d'un corps.

— Ouais, acquiesça-t-il. Moi, je me serais garé à l'extrémité de cette allée et j'aurais juste eu à traverser la promenade pour jeter le cadavre à l'eau. Ça fait une quinzaine de mètres, pas plus.

Tilly s'avança vers la fine barrière en plastique déployée en travers de la rue, devant l'entrée de l'allée, par les agents de sécurité. Elle prit son RCDM et étudia la neige entre la clôture du chantier et l'immeuble en briques.

Quand elle se retourna vers Sid, elle souriait. Il lui prit le RCDM des mains et le braqua sur l'allée. Sous la strate supérieure de neige, il vit clairement deux lignes parallèles couleur cobalt qui s'arrêtaient peu avant l'extrémité de l'allée. Il baissa l'appareil et, avec un grand soulagement, regarda la surface immaculée à l'œil nu.

— Des pneus.

— Oui.

— Il y a beaucoup de compression, en dessous, des empreintes plus anciennes. À en juger par leur profondeur, je pense que ces traces-là datent de ce week-end.

— Bien. Mettons votre équipe sur le coup. Je vais appeler le bureau et demander à Dedra d'examiner le trafic à deux kilomètres à la ronde dans toutes les directions.

Ils laissèrent quatre membres de l'équipe de Tilly passer l'allée au peigne fin et se dirigèrent vers la promenade. Malgré la météo peu clémente, plusieurs personnes s'y baladaient. Au cours des semaines passées, la neige avait été compactée, puis gelée entre deux averses, produisant un revêtement extrêmement dangereux.

— Il y a beaucoup trop de traces pour qu'on distingue quoi que ce soit, annonça Tilly, qui étudiait la promenade avec le RCDM.

— M'étonne pas, acquiesça Sid, le regard tourné vers l'étendue d'eau noire.

La marée était descendante, découvrant de part et d'autre du fleuve de vastes bancs de boue qui luisaient dans la lumière hivernale. Rien que le fait de regarder s'écouler l'eau paresseuse et calme lui donna froid. Sur la rive sud, les somptueux immeubles blancs du club et les élégantes jetées de la marina de Dunston encerclaient l'ancien bassin de retenue. Il considéra d'un air soupçonneux les silhouettes scintillantes des yachts. Il était prêt à parier que le tueur avait trouvé sa victime dans cette marina.

— Je crois qu'on y est ! lança Tilly avec enthousiasme.

Sid se hâta de la rejoindre près du garde-corps en fer noir. En dessous, il y avait une pente en béton colonisée par des algues gluantes et des ronces emmaillotées dans de la neige et de la glace. La boue commençait deux mètres plus bas, strates chargées de ces détritus que l'on trouvait dans tous les cours d'eau. Emballages déchirés, morceaux de bois, objets métalliques ressemblant à des pièces de véhicules, bâtons en plastique 3D déformés, bouteilles…

— Là, regardez, poursuivit-elle. De l'herbe écrasée, des brindilles cassées. Quelque chose de lourd a glissé là.

Sid tourna sur ses talons. Ils se trouvaient dans l'alignement exact de l'allée temporaire.

— On l'a !

* * *

Sid n'avait encore jamais mis les pieds dans la base de l'ADH, mais il l'avait souvent vue de loin. L'intérieur était exactement comme il l'avait imaginé, parfait reflet de l'extérieur en béton strict. Le bureau de Vance Elston était encore moins confortable que ceux du commissariat de Market Street. Mieux valait être motivé pour avoir envie de bosser là tous les jours…

Vance l'accueillit avec un sourire légèrement étonné.

— Vous avez mon code transnet. Inutile de vous déplacer pour m'annoncer une bonne nouvelle.

— Vous partez du principe que c'est une bonne nouvelle ; ça m'étonne de vous.

— Me suis-je montré trop dur avec vous ?

— Nous avons tous une mission à accomplir.

— Heureux que vous le compreniez. (Vance se rassit dans son fauteuil.) Qu'avez-vous donc à m'annoncer ?

— Le corps a été jeté à l'eau à Elswick Wharf.

— Vous êtes sûr ?

— Les scientifiques ne l'ont pas encore officiellement confirmé, mais oui, j'en suis sûr. Les maillages de particules intelligentes, sur la promenade, ont été arrachés dimanche après-midi. Un vrai travail de pro. Ils ont envoyé une décharge dans le réseau afin d'endommager physiquement le système d'alimentation des particules de façon à rendre impossible une réactivation à distance. Et puis, on a trouvé un morceau de métal dépassant de la clôture qui borde l'allée. Nous pensons que c'est lui qui a laissé des marques *post mortem* sur la jambe gauche de la victime.

— Excellent.

— Oui et non. Nous avons une piste sérieuse, désormais, mais le légiste nous a aussi envoyé de nouveaux résultats.

— Et ?

— Notre mystérieux North a été tué vendredi, en milieu de journée, approximativement cinquante heures avant d'être jeté dans la Tyne.

— De toute façon, nous nous doutions qu'il n'avait pas été tué au bord de l'eau. Vous me l'avez dit vous-même. Les vêtements manquants et le reste…

— Oui, mais cinquante heures ! Où était le corps pendant tout ce temps ? Le tueur n'a pas eu besoin de deux jours pour extraire les cellules intelligentes, alors que s'est-il passé d'autre ? Je ne dis pas qu'on ne trouvera pas la solution, mais chaque découverte que nous faisons soulève de nouvelles questions.

— Pourquoi êtes-vous venu, Sid ? Vous voulez vous retirer du jeu ?

Sid considéra longuement l'agent de l'ADH. Elston était clairement plus futé que prévu.

— Non. Je sais que nous avons un budget illimité, mais j'ai besoin de savoir si vous me soutiendrez jusqu'au bout.

— Absolument.

— Vraiment ?

— Que voulez-vous, Sid ?

— Normalement, je commencerais par analyser le trafic autour d'Elswick Wharf. Ce serait le meilleur moyen de voir ce qui s'est passé dans le coin. Et puis, on pourrait suivre la piste de tous les véhicules. Malheureusement, le macromaillage des rues du quartier est souvent dégradé ou arraché ; il faut dire qu'on n'est pas dans le centre. Les défauts de quadrillage des particules intelligentes sont suspects, ce qui n'est pas forcément rédhibitoire. Il suffirait d'élargir le périmètre, mais ça ferait beaucoup de données à examiner dans les environnements virtuels.

— Je comprends. Faites ce que vous jugerez nécessaire Si vous avez besoin de plus d'analystes, pas de problème.

— Ce n'est pas seulement un problème de données. La manière de les utiliser et de les appliquer est aussi primordiale. Nous pourrons créer d'excellentes représentations du trafic dans les zones où le macromaillage est fonctionnel ; toutefois, nous rencontrerons des problèmes de perspective dans les cabines de zone.

Elston écarta les bras en signe d'impuissance.

— Vous avez une solution à nous proposer ?

— Nous avons, au commissariat de Market Street, une salle dédiée aux projections de ce type. Dommage qu'elle n'ait jamais fonctionné correctement, et qu'elle ne fonctionne plus du tout depuis trente mois...

— Vous l'avez dit vous-même : budget illimité.

— Oui, ce n'est qu'une question d'argent, sauf que le patron s'est engueulé avec la compagnie qui a équipé la salle et que l'affaire est entre les mains des avocats. O'Rouke en a fait une affaire personnelle ; c'est lui contre la compagnie, maintenant. Il ne laissera personne se mêler de ça.

— Laissez-moi m'occuper des négociations.

— Merci, répondit Sid en se levant pour partir.

— Comment diable réussissez-vous à boucler la moindre affaire dans ces conditions ?

— On se débrouille comme on peut.

* * *

Sid ne saurait jamais ce qu'Elston avait dit à O'Rouke. En tout cas, il avait un alibi en béton : il n'était même pas au commissariat, mais au volant de sa voiture. Il était en train de rentrer d'Elswick Wharf, où il avait briefé les équipes scientifiques. Il arriva à Market Street en milieu d'après-midi, et découvrit que tout le monde ne parlait que de l'humeur, encore plus mauvaise que d'habitude, du patron. Personne ne fut en mesure de lui donner des explications, pas même Chloe Healy.

Sid demanda à Eva et Ian d'interrompre leur travail et leur expliqua ce qu'il attendait d'eux. Ralph Stevens les rejoignit, et tous les quatre étudièrent un plan du quartier qui les intéressait sur un grand moniteur mural. La projection comprenait un nombre déprimant de brèches dans les macromaillages et de trous dans la couverture des particules intelligentes. Ils ne cessèrent d'élargir le périmètre des recherches jusqu'à ce que Sid s'emporte :

— Fait chier ! Travaillez dans un rayon d'un kilomètre autour de la scène de crime.

— Cela inclut Scotswood Road, protesta Eva. C'est la voie d'accès principale au macrobâtiment de Pinefield. De là, le chemin est direct jusqu'à Water Street.

— Je sais, mais une IA se chargera de la reconstitution virtuelle de base. Après, on procédera par élimination.

Eva secoua la tête, incrédule, en faisant voleter sa crinière rousse.

— J'installe ça tout de suite, mais je vais avoir besoin d'aide.

— Je vais voir si Ari et Abner ont terminé.

— Inutile, ils sont bredouilles, rétorqua Ralph.

— Il faut arrêter ce délire, merde ! Il est mort depuis vendredi. Vendredi ! Aucune disparition n'a encore été signalée ?

— C'est un C, intervint Ian en se penchant plus près de lui. Il n'y a pas d'autre explication, mais personne ne veut l'admettre.

— Ce n'est pas parce qu'on n'a pas identifié la victime qu'on ne trouvera pas l'assassin, le contra Sid.

— Vous êtes optimiste, fit Ralph.

Un quart d'heure plus tard, quatre techniciens de Felltech Zone, une société spécialisée dans les hologrammes haute résolution, furent escortés jusqu'au deuxième étage du commissariat, où se trouvait la salle de projection inusitée. Chacun d'entre eux poussait un chariot chargé de matériel.

Dix minutes plus tard, Ralph annonçait la nouvelle au Bureau n° 3.

— Je comprends mieux pourquoi O'Rouke était dans cet état, murmura Ian.

— Je suis très impressionnée, dit Eva. C'est exactement ce dont on a besoin pour étudier en virtuel le trafic d'Elswick Wharf. On dirait que vous savez ce que vous faites, hein les gars ?

Ralph lança à Sid un regard soupçonneux.

— Euh... ouais.

* * *

Les données préliminaires d'Elswick Wharf commencèrent à affluer à 19 heures. Sid fit appeler Dedra et Reannha pour les aider à tabuler les résultats.

— Je veux une base de données pour tout, les instruisit-il. Si on découvre une trace de pas, je veux que vous me trouviez la marque de la godasse, qui la fabrique, combien de paires ont été vendues et qui les a achetées. Pareil pour les fibres textiles, les éclats de peinture – enfin, pour tout ce qu'ils nous enverront.

Ce n'était pas la mine d'or qu'il avait espérée. Tilly le rappela une heure plus tard.

— Ces types étaient des professionnels. Ils savaient manifestement ce qu'ils faisaient. On a retrouvé très, très peu de traces.

— Ouais, j'ai compris ça dès que j'ai vu le cadavre, le premier soir.

— On a quand même une bonne nouvelle. On a retrouvé des traces de pneus dans la neige. Il y avait des couches plus récentes pardessus, mais on a utilisé une version plus sophistiquée du RCDM au labo. On aura des résultats plus complets dans la soirée.

— Putain, Tilly, vous êtes un ange.

— Et ce n'est pas tout.

— Je vous écoute.

— Je vous ai dit que c'étaient des pros, vous vous rappelez ? Je n'ai pas encore l'empreinte exacte de la bagnole, mais l'écartement des roues était facile à mesurer.

— Génial ! Laissez-moi deviner : un mètre soixante-dix-huit ?

— Un jour, vous deviendrez un grand commissaire en chef.

— Merci, Tilly. Envoyez-moi les empreintes dès que vous les aurez.

Il rassembla son équipe autour de lui.

— Je viens de recevoir une donnée intéressante. Le véhicule était un taxi de la ville. L'écartement des roues correspond exactement.

La réaction de ses hommes ne le surprit guère. Demi-sourires, échanges de regards entendus. Tout le monde se sentait plus léger. On était de retour en terrain connu.

— Qu'est-ce qu'il y a ? demanda Ralph.

— C'est la manière la plus fréquente de trimballer quelque chose d'illégal en ville, lui expliqua Ian. Il y en a tellement, qu'ils sont anonymes. C'est un peu comme un bonneteau à la puissance mille. Où qu'ils se trouvent, on ne se méfie jamais d'eux. Toutes les bandes de la ville en possèdent un ou ont accès à plusieurs taxis. En conclusion, c'était un boulot de pros. Rien à voir avec des extraterrestres.

Ralph fit la grimace.

— Bien, reprit Sid. Tout le monde se remet au boulot. Eva, je veux tous les rapports de police concernant un taxi depuis vendredi matin. Le moindre truc suspect m'intéresse : voiture volée ou autre.

Cela ne prit que huit minutes.

— J'ai trouvé ! annonça Eva, triomphante. Un taxi brûlé retrouvé en bordure de la ZSSP de Fawdon, lundi matin. C'est une patrouille régulière, et les agents de sécurité jurent que la voiture n'était pas là dimanche.

— Je veux la mémoire du macromaillage de la zone pour lundi matin.

— Déjà fait.

Tout le monde cessa de travailler pour regarder les données de la ZSSP s'afficher sur l'écran mural.

— Là, c'est la station de métro, expliqua Eva.

L'image montrait une vieille clôture qui longeait les rails du métro côté nord. Le grillage était rouillé, affaissé par endroits, colonisé par des mauvaises herbes, puis recouvert de neige. Au-delà, on voyait un paysage désolé fait d'immeubles délabrés pareils à des chicots pourris, entre lesquels on distinguait des monticules de gravats, soit tout ce qui restait des bâtiments que la ville avait fait démolir jusqu'à présent.

— Là, dit Eva en affinant l'image et en la centrant sur un véhicule calciné.

— Ouais, c'est bien lui, confirma Sid.

La carrosserie était reconnaissable, même si le carbone et l'aluminium avaient fondu et s'étaient affaissés. L'incendie avait dû être violent, pensa-t-il ; il ne restait plus rien des équipements intérieurs. Ceux qui avaient fait cela avaient probablement usé d'un accélérant. Et en grande quantité, à en juger par la quantité de neige qui avait fondu autour du véhicule.

— Je veux ce taxi.

* * *

Sid fit monter Ralph dans sa voiture et se mit dans la roue des BMW GroundKing de l'agence. Le convoi ainsi formé s'engagea sur l'A191 et prit la direction de l'ouest et de Fawdon.

— La voie est dégagée, leur annonça Eva.

Un plan s'afficha dans la grille de Sid. L'IA de la gestion du trafic avait interdit la circulation sur Jubilee Road, donnant la priorité absolue au convoi.

Les gyrophares s'embrasèrent et les sirènes se mirent à hurler tandis que le GroundKing de tête tournait dans Jubilee Road. Sid sourit et appuya sur le champignon. Des avertisseurs de défauts de traction ambrés s'allumèrent sur le tableau de bord comme la voiture glissait sur le goudron recouvert d'une couche de glace scintillante, puis le pilote automatique compensa, et la voiture fonça. C'était infantile, mais prendre la tête d'un convoi de ce type était un sentiment jouissif.

— On ne risque pas de les prévenir de notre venue, comme ça ? demanda Ralph en haussant la voix pour se faire entendre.

— La ville tout entière sait qu'on est là, répondit Sid. Les gangs surveillent le trafic à cause des sorties de ce genre. Et puis, de toute façon, ceux qui sont impliqués dans l'affaire qui nous intéresse ne se trouvent sûrement pas dans un rayon d'un kilomètre autour du taxi.

— Alors pourquoi ?

— Pour que les civils s'écartent de notre chemin. Je n'ai pas envie qu'il arrive un accident.

— C'est un peu excessif, non ?

— On a besoin de ce taxi, et c'est une ZSSP. Mes équipes scientifiques doivent pouvoir travailler en toute sécurité, ce qui implique de sécuriser le périmètre avec un nombre suffisant de policiers. Et comme nous avons un budget illimité…

Ils traversèrent la voie ferrée. Le GroundKing de tête, équipé d'un blindage antiémeute et de tampons de protection, ne se donna pas la peine de longer la barrière jusqu'à la prochaine passerelle officielle ; il écrasa la clôture fragile et fonça tout droit sur le taxi. Sid entra dans la ZSSP en prenant soin d'emprunter exactement le même chemin que les véhicules qui le précédaient. On ne savait jamais sur quoi on pouvait rouler dans un quartier jonché de détritus comme celui-ci.

Les Zones sans services publics étaient des quartiers vidés de leur population par les mouvements d'émigration et abandonnés par le gouvernement. Quand leurs habitants étaient devenus si peu nombreux qu'il n'était plus rentable pour la ville d'entretenir ces quartiers, ceux-ci s'étaient immanquablement paupérisés. Les quelques entreprises et propriétaires restants s'étaient vu racheter leurs biens, avant que les rues soient définitivement scellées. Le quartier attendait donc sa reconstruction future financée soit par des fonds publics, soit par des sociétés privées. En théorie, tout du moins. En pratique, tout le monde attendait une subvention de la GE, les institutions financières préférant investir sur les nouveaux mondes. Personne ne se souciait plus de ces zones mornes et abandonnées ; personne n'avait envie d'y investir de l'argent en pure perte. Dans les limites de ce périmètre, il n'y avait donc ni équipement fonctionnel ni connexion transnet ni services municipaux. Pas le moindre camion de pompiers en cas d'incendie, pas une seule ambulance ni aucune voiture de police. Les entreprises n'avaient pas le droit de travailler dans les ZSSP. Les entreprises légales, en tout cas. Pour les autres, les ZSSP étaient des paradis. Ce qui expliquait que les particules intelligentes qui ceignaient la zone subissent constamment les assauts d'ondes EM ou de sprays toxiques. La ville en renouvelait des sections entières toutes les semaines. La police ne se mêlait pas trop des incidents qui pouvaient se produire au milieu de ces ordures et de ces ruines. Seuls les meurtres et les explosions de violence entraînaient des opérations de maintien de l'ordre. Et alors, les troupes chargeaient et les coups de matraque pleuvaient. Les récidivistes se voyaient immanquablement offrir un aller simple pour Minisa.

Dans sa grille, Sid voyait les GroundKing qui entouraient le taxi. Des agents de sécurité en armure légère équipés d'armes automatiques sautèrent de l'arrière des véhicules et se déployèrent pour sécuriser la zone. Sid descendit avec précaution de sa voiture, le gilet pare-balles qu'il portait sous son blouson en cuir limitant sa capacité de mouvement. Pour une fois, il n'alluma pas son badge. Inutile d'offrir une cible trop voyante aux habitants du quartier.

Son i-e entra en liaison avec Tilly.

— OK. Zone sécurisée. Vous pouvez venir.

Deux camionnettes de Northern Forensics firent leur apparition, suivies par une dépanneuse. Des projecteurs télescopiques situés à l'avant des camionnettes baignèrent la carcasse noircie dans une lumière blanche et puissante.

— Bon bah, je crois qu'on peut faire une croix sur nos empreintes de pneus, se plaignit Tilly en examinant rapidement le taxi.

De fait, les pneus n'étaient plus que des rubans noirs informes serrés autour des jantes, leur structure grillagée dépassant du caoutchouc grillé.

— Je veux tout ce que vous pourrez tirer de cette carcasse, dit Sid. La totale.

— Le coffre est ouvert, remarqua Tilly. Le feu a probablement fait disparaître toutes les traces intéressantes.

— Ils sont bons, mais vous êtes encore meilleure.

— Ben voyons.

— J'ai confiance en vous, ma belle. Nous sommes toujours en manque d'informations solides.

Tilly tira la capuche de sa combinaison isolante verte par-dessus son bonnet rose.

— Je vais voir ce que je peux faire.

— Merci. Je lirai votre rapport demain matin.

— Demain matin ? Parce que vous voulez que le boulot soit fait dans la nuit ?

— Évidemment.

— Sid, je vais devoir rappeler les techniciens du labo. Les tarifs seront multipliés par cinq.

— Vous me remercierez demain matin.

— Vous partez ?

— Je n'ai plus rien à faire ici. J'attends avec impatience vos résultats. Ils seront vitaux. Le commandant des opérations assurera la sécurité de vos gars. Et mon lit m'appelle.

— Je vous déteste.

— N'oubliez pas : tarif de nuit.

Sur ce, il monta dans sa voiture et rentra chez lui.

Mercredi 16 janvier 2143

Après sa visite de la veille, Sid ne s'attendait pas à revoir Elston de sitôt. Et pourtant, il était bel et bien en route pour son bureau, alors qu'il n'était que neuf heures et demie et qu'il avait à peine eu le temps de se renseigner sur les résultats glanés durant la nuit. Ralph Stevens avait insisté pour se rendre à la base de l'ADH, aussi Sid avait-il traversé la Tyne dans l'obscurité d'une brume hivernale, brume qu'il détestait encore plus que la neige et le verglas. Le radar de la voiture projetait de fines lignes vertes sur le pare-brise, lui permettant de conduire avec une confiance relative. De la camionnette qui le précédait, il ne voyait que les feux de position flous et, entre ceux-ci, une lumière verte indiquant que son chauffeur conduisait en mode manuel. Les véhicules qui roulaient en sens inverse étaient un torrent blanc-bleu indistinct. Malgré les aides à la conduite et le pilotage automatique, Sid avait croisé plusieurs véhicules accidentés, dont certains gravement. Par trois fois, il dut ralentir pour contourner des voitures de patrouille de l'agence chargée de la circulation venues sur les lieux des collisions.

— Mettez votre enregistrement sur pause, lui avait demandé Ralph tandis qu'il pénétrait le secteur administratif où Elston avait son bureau.

Comme la fois précédente, Aldred était là aussi.

— Que vous a appris ce taxi ? demanda Elston sans préliminaires.

— L'incendie a été impitoyable, répondit Sid. Ils savaient ce qu'ils faisaient. Il ne reste rien des pneus ; impossible de comparer les empreintes. *Idem* pour l'intérieur ; nous n'avons retrouvé aucun cheveu, aucun débris de peau. Toutefois, il se peut qu'ils aient commis deux erreurs. Tout d'abord, on a trouvé une tenue masculine complète dans le coffre. Les vêtements étaient imbibés de biocarburant, mais comme ils étaient roulés en boule, tout n'a pas eu le temps de brûler. Il reste suffisamment de morceaux pour qu'on puisse déterminer la taille, par exemple, surtout celle des chaussures. L'ensemble correspond à la stature de notre victime.

— Pouvez-vous identifier ces vêtements ?

— Le labo est sur le coup. Il semblerait qu'il s'agisse d'un costume en soie assez luxueux.

— Ça va restreindre le champ des recherches, marmonna Aldred.

— Disons que c'est une piste possible, poursuivit Sid. Évidemment, les vêtements ne sont que des preuves indirectes, mais les tueurs n'ont sûrement pas voulu les détruire pour rien.

— Donc le corps était dans le coffre, et ils se sont servis de ce taxi pour le conduire jusqu'à la Tyne ? résuma Elston.

— Il semblerait bien. La majeure partie des systèmes électroniques du taxi a été détruite dans l'incendie, mais il en reste assez pour permettre de procéder à une reconstruction et à une analyse. Ça coûtera cher, ce ne sera pas rapide, mais Osborne pense qu'ils parviendront à récupérer les logiciels installés sur ce qui subsiste du réseau du véhicule.

— On va accéder à sa mémoire intégrale, alors ?

— Non, la puce-mémoire du réseau a été retirée. S'il s'agissait bien d'une équipe de professionnels, ils ont dû utiliser une fausse licence pour se connecter au macromaillage. Tous les gangs font ça, c'est une règle de base. Toutefois, ce genre de programme de subversion est écrit pour l'occasion, et s'il en reste des traces sur le réseau, nous pourrons peut-être en remonter la piste.

Elston fit la moue.

— Bien, c'est assez impressionnant, malgré tous ces « si » et ces « peut-être ».

— Je ne suis malheureusement pas de votre avis. Je ne pense pas que cette piste nous mènera où que ce soit, car le travail des labos prendra des semaines, et puis, comme vous l'avez fait remarquer, cela fait trop de « si » et de « peut-être ». Une enquête qui n'aboutit pas dans les cinq jours, ne serait-ce que sur l'identification d'un suspect sérieux, n'a que très peu de chances d'être menée à son terme – l'expérience le prouve. La bonne nouvelle, c'est que le taxi est marqué de partout. Des filaments nanoscopiques sont intégrés d'usine dans le châssis et la carrosserie. Il y en a des dizaines de milliers. On ne peut pas s'en débarrasser ; le moindre composant en est truffé. Nous avons donc appris qu'il avait été volé à son propriétaire il y a dix-huit mois, à Winlaton.

—Un taxi de plus à Newcastle, ça passe totalement inaperçu, remarqua Aldred.

Elston fit comme s'il ne l'avait pas entendu et fixa son regard sur Sid.

—Que comptez-vous faire, à présent ?

C'était le moment que Sid attendait. Une version tranquille et statique de la poursuite toutes sirènes hurlantes sur la file rapide.

—Remonter la piste du taxi. Nous savons où il a fini, à savoir dans la ZSSP, et nous savons qu'il est parti d'Elswick Wharf. Je veux donc savoir quel trajet il a emprunté.

—En quoi cela nous aidera-t-il ?

—Cela nous permettra de voir si quelqu'un y est monté ou en est descendu, et où il est passé. Mieux encore, si nous arrivons à le localiser dans le temps et l'espace, nous pourrons lire sa licence sur le réseau de la gestion du trafic. Je suppose qu'ils en ont changé régulièrement, que leur logiciel de subversion était fait pour ça. Le cas échéant, nous chercherons un véhicule dont le code est entré dans le quartier d'Elswick dimanche mais n'en est jamais sorti. Pour nous, il constituera une cible aussi facile que s'il avait gardé le même code. Après cela, on pourra le suivre visuellement jusqu'à l'endroit où le corps a été chargé dans le coffre. Et là, l'affaire sera quasiment résolue.

—Ce ne sera pas facile, semble-t-il. Vous pensez pouvoir y arriver ?

—Absolument. On est en train de reconstituer une version virtuelle de la ville tout entière telle qu'elle était dimanche soir. Chaque maillage, chaque macromaillage, tout y sera. Confiez tout ça à une IA, et voyez votre propre histoire défiler en haute résolution.

—Dans la salle de projection du commissariat, dit Elston. Impressionnant.

—Très onéreux, surtout, ajouta Sid en haussant les épaules.

—En effet.

—Mon équipe bosse déjà dessus. Je leur ai demandé de commencer ce matin.

—Mais nous ne connaissons toujours pas l'identité de notre pauvre victime, remarqua Ralph.

—Impossible de ne pas demander : Pourquoi ? intervint Elston en se tournant vers Aldred. Vous n'avez cessé de nous promettre une coopération intégrale.

— Bien sûr que nous coopérons ; c'est l'un des nôtres qui a été tué.

— Mais pas un A. Et probablement pas un B. Brinkelle et Augustine sont perplexes. Restent les fils de Constantine.

— Il affirme que non.

— Reposez-lui la question. Avec encore plus d'instance.

— Je demanderai à mon père de faire passer le message.

— Merci. Sid, qu'en est-il des importations de marchandises par le portail ?

Sid s'efforça de ne pas grimacer. Il se demandait si Elston savait déjà qu'il avait engueulé Ari, ce matin-là. Dans le contexte d'un bureau où tout se passait si bien, il n'avait pas supporté l'inefficacité d'Ari et avait sans doute réagi de façon excessive.

— Soixante-dix pour cent des compagnies qui ont reçu du fret dans la période qui nous intéresse ont répondu à notre demande. Leurs cargaisons étaient toutes complètes ; pas de caisses endommagées ou manquantes.

— Et les autres ?

— Ari est en train de finir de passer la liste en revue. Il aura terminé aujourd'hui.

— Nous ne savons donc toujours pas comment il est passé.

— Non, pas encore.

— Je ne pense pas que cette piste soit aussi sérieusement suivie que les autres, intervint Ralph.

Sid le regarda avec étonnement. Il s'en voulait d'avoir eu confiance dans l'officier de liaison. À ce niveau, la politique pouvait être mortelle, et il s'était laissé berner par une attitude agréable et un soutien de façade.

— Continuez, l'encouragea Elston.

— Sid a raison. L'usage de ce taxi tend à prouver que nos criminels étaient des gangsters familiers de la ville, pas des extraterrestres.

— La méthode est identique, insista Elston. Une main à cinq lames.

— Oui, mais c'est le seul lien avec l'affaire originelle. Il n'y a rien d'autre. On est loin de la preuve irréfutable.

À présent, Sid comprenait pourquoi ils avaient cette conversation officieuse dans le bureau d'Elston. L'expédition était lancée comme un train de marchandise, encouragée par les politiciens et les officiers de l'ADH. Quiconque tirerait le signal d'alarme maintenant serait écrabouillé sans aucune pitié et ne rencontrerait pas un DRH de sitôt.

— Quelque chose de mystérieux a pris les North pour cibles, reprit Elston, et l'ADH se doit de découvrir de quoi il s'agit.

— Je comprends, mais vous devez vous préparer à ce que nous découvrions qu'il n'y avait aucun extraterrestre dans ce taxi.

— Oui. J'en informerai mes supérieurs.

Tout ça pour ça. Chacun cherchait à couvrir ses arrières. Sid en aurait presque ri, s'il n'avait été occupé à évaluer sa propre situation. Démasquer le gang qui s'était débarrassé du cadavre du North serait une garantie suffisante, non ?

* * *

— Je vous raccompagne au commissariat, dit Aldred sur le parking de la base.

— Mais…, protesta Sid en désignant sa voiture d'un geste de la main.

— Un de mes hommes la ramènera à bon port.

Sous le regard incrédule de Sid, un type en costume sortit de la Mercedes noire et monta à bord du véhicule de police.

— Et maintenant ? demanda Sid tandis que la portière de la Mercedes se refermait et que le pilote automatique les conduisait hors de la base.

Comme la veille, beaucoup de véhicules arrivaient par le portail. Lui qui était persuadé d'être protégé par le succès de son enquête commençait à être intimidé par tous ces gens et ce matériel affluant pour l'expédition.

— Pas de panique, surtout, lui dit Aldred. Il veut vous voir, c'est tout.

— Qui ?

— Augustine.

— Merde.

La Merco les conduisit jusqu'à une grande tour de bureaux de Westgate, une des douze que possédait Northumberland Interstellar dans cette ville. Un hélicoptère les attendait sur le toit, ses pales contrarotatives tournant paresseusement.

— Je ne sais même pas où vit Augustine, se plaignit Sid en prenant place sur la banquette étonnamment confortable.

— Ce n'est pas loin, promit Aldred.

L'isolation phonique de la cabine était excellente, étouffant presque complètement le bruit des rotors. Ils décollèrent avec fluidité et virèrent immédiatement vers le nord. Après cela, Sid perdit la notion de son positionnement dans l'espace. Il essaya de regarder par la vitre, mais un brouillard épais recouvrait toujours la ville. Voler dans une brume impénétrable s'avéra dix fois plus désagréable que d'y rouler.

—J'ai une faveur à vous demander, reprit Aldred.

Sid était heureux d'avoir une excuse pour se concentrer sur l'intérieur de la cabine.

—Profitez-en, je fais des promos en ce moment.

—Ne vous en faites pas, vous vous débrouillez remarquablement bien. J'ai hâte de voir cette reconstruction virtuelle de la ville tout entière. Cela a-t-il déjà été fait ?

—Non. Il y a quatre ans, ils ont reconstitué le quartier de Byker pour l'affaire Eiricksson, mais on n'a jamais fait plus gros.

—Sinon, j'aimerais que vous lâchiez un peu Ari.

—Il a merdé. Il était supposé dresser une liste complète des sociétés importatrices.

—À la base, il travaillait sur l'identité de la victime. Les postes tournent si vite qu'on n'y comprend plus rien.

—Vous exagérez.

—Sid, Ari est un 3.

—Quoi !

—C'est un 3.

—Mais…

—Les gens ont beaucoup de préjugés sur nous. Surtout sur les 3.

—Je n'aime pas les préjugés non plus.

—Pourtant, vous êtes parti du principe qu'Ari était un 2. Pourquoi ? Parce que vous êtes convaincu que les 3 sont incapables d'accomplir la moindre tâche utile dans un commissariat. La ville tout entière est persuadée que les 3 ne sont pas très malins ; c'est une légende urbaine bien ancrée. En réalité, les erreurs de duplication ne sont jamais les mêmes. Ari est dans votre camp, Sid. Il fait le meilleur boulot possible tout en se protégeant des préjugés.

—C'est votre fils ?

—Non.

—Merde. Je tâcherai d'être un peu moins con avec lui.

—Ne le laissez pas non plus faire ce qu'il veut. Il ne doit pas être question de discrimination positive. Ce serait pis que tout. Montrez-vous juste un peu plus compréhensif. Il finira par y arriver.

L'hélicoptère émergea de la brume au nord de la ville. Sid aperçut Alnwick ; l'énorme et vieux château était facile à reconnaître en bordure de la ville. L'appareil avait déjà entamé sa descente.

La nature était plus sauvage, dans cette zone. Nombre de fermes avaient été vendues à des sociétés d'investissement pressées de faire de l'argent rapide en profitant du programme de revitalisation de la nature mis en place par la GE, permettant aux haies et aux prairies de retourner à l'état sauvage. Ils volèrent au-dessus de vallées profondes et de versants boisés. La mer était tout juste visible d'un côté tandis que les collines s'élevaient à l'ouest. Pas de doute quant à leur destination, un manoir sis au centre d'un vaste jardin traversé par les méandres d'un ruisseau et orné de deux bassins séparés par une chute d'eau. L'eau était gelée, évidemment. L'ensemble était entouré d'une épaisse barrière d'arbres qui garantissait l'intimité des occupants de la maison. Il était parfaitement possible de passer devant la propriété sans se douter une seconde de son existence.

La demeure pyramidale à la façade d'inspiration moderniste était constituée de plaques de verre rhombiformes serties dans une structure en acier noire. Sid trouvait qu'elle ressemblait au sommet d'un gratte-ciel new-yorkais posé au milieu de la campagne. Elle n'avait pas vraiment sa place dans ce paysage anglais, mais, comme tous les milliardaires, Augustine aimait faire parler de lui.

L'intérieur était tout aussi tape-à-l'œil. De massives portes en verre s'ouvraient sur un large couloir voûté conduisant tout droit à l'atrium central. Un éclairage artificiel venait compléter la lumière du jour déficiente qui pénétrait dans la maison par le sommet de la pyramide. Sid eut l'impression d'entrer dans une serre géante. D'énormes fougères et des arbres tropicaux poussaient dans ces genres de cuvettes, leurs feuilles épaisses et verdoyantes ondulant dans les courants d'air produits par les humidificateurs. Les branches de l'arbre le plus grand, au centre, étaient tressées en une dense spirale et poussaient à l'horizontale.

Il faisait si chaud que Sid se surprit à transpirer. Il retira son blouson et essaya de reconnaître quelques plantes, sans succès. Les veines sombres des feuilles l'intriguèrent.

— Quelles sont ces plantes ?

— Celles-ci ? demanda Aldred d'un ton amusé. Ce sont les fameuses plantes zébrées de St Libra.

— Les feuilles ne sont pourtant pas noir et blanc.

Aldred le regarda d'un bizarre.

—Vous savez qu'il n'y a pas de vie animale, sur St Libra, n'est-ce pas ?

—En théorie, oui, parce que le monstre…

—Oubliez le monstre. Sur Terre et sur les autres mondes transspatiaux, les plantes absorbent le dioxyde de carbone et produisent de l'oxygène. C'est ce qu'on appelle la photosynthèse.

—Je connais, merci.

—Sur St Libra, il n'y a pas d'animaux pour respirer l'oxygène et expirer du dioxyde de carbone, ce qui est l'autre moitié de l'équation. Alors l'évolution s'est débrouillée autrement. Environ la moitié des plantes de St Libra font ce à quoi nous sommes habitués, à savoir produire de l'oxygène, tandis que l'autre moitié fait l'inverse. En cas de déséquilibre, si par exemple celles qui exhalent de l'oxygène venaient à prendre le dessus, l'atmosphère enrichie en oxygène favoriserait rapidement l'autre type de plantes. C'est un cycle sans fin. Le « zébrée » de « flore zébrée » fait référence aux deux directions possibles et non à la couleur.

—D'accord, mais si la végétation a évolué de cette façon à cause de l'absence de vie animale, d'où sort notre monstre ?

—C'est la question à 1 000 milliards d'eurofrancs, répondit Aldred dans un haussement d'épaules élaboré.

—Inspecteur Hurst.

Sid fit volte-face. Un North arrivait vers lui assisté par une paire de jambes Rex, l'exosquelette le plus élégant qu'il ait jamais vu ; on aurait dit un accessoire de mode et non un appareillage médical. Il semblait jeune, environ la trentaine, même si ses cheveux bruns ondulés commençaient à se raréfier. Le cuir chevelu révélé par ce début de calvitie était toutefois un peu trop pâle et ses bras étonnamment maigres. Comme ses jambes dissimulées par son pantalon et les segments de son exosquelette.

Il était flanqué de deux filles, une blonde et une rousse, qui devaient avoir la vingtaine au grand maximum. Elles portaient toutes les deux une robe d'été très courte, exposant une peau hâlée.

—Augustine North, dit Sid.

Augustine North s'avança dans un vrombissement de servomoteurs et lui tendit la main.

—Est-ce si évident que cela ?

Sid se retint de lâcher un commentaire sur les filles. Qui d'autre, en effet, se promènerait en compagnie d'une escorte si attentive ? Toutes les deux étaient d'une beauté stupéfiante, mais il ne put s'empêcher de ressentir de la pitié pour elles, animaux de compagnie humains placides et obéissants qui auraient dû s'amuser à l'extérieur et vivre librement au lieu d'être enfermés ici. C'était sans doute le point de vue du père de famille qu'il était. En tout cas, il ferait tout pour que Zara ne se retrouve jamais dans une situation comme celle-ci.

— Aldred m'a dit que le rajeunissement était un long processus, monsieur.

— Génial, le chef de ma sécurité est une commère. (Augustine marcha jusqu'à un banc en marbre situé au centre de l'atrium et s'y assit avec précaution.) Vous voulez boire quelque chose ? J'ai entendu dire que vous étiez adepte du café.

— Non merci, monsieur.

Sid se demanda comment cette information était parvenue jusqu'à un personnage aussi important qu'Augustine. Les filles s'écartèrent et attendirent patiemment à une distance respectueuse.

— J'ai deux questions principales à vous poser, reprit Augustine. Vous me pardonnerez, mais, vu mon âge, je préfère les réponses directes.

— Bien sûr, monsieur, je comprends.

— Franchement, croyez-vous pouvoir mettre la main sur le tueur ? Que pensez-vous de l'hypothèse « extraterrestre » ?

— Notre traque a énormément progressé. Cependant, nous ne connaissons ni le mobile ni l'identité de la victime. Quant à l'extraterrestre, tout ce que je peux vous dire, c'est que, selon moi, ce crime ressemble beaucoup à un contrat classique, à un boulot de professionnels. Mais il est vrai que certains détails sont troublants. Le mystère de l'identité de la victime m'ennuie beaucoup. S'il s'agit d'un genre d'opération clandestine à laquelle sont mêlés Brinkelle ou Constantine, je ne pourrai sans doute jamais répondre à vos questions.

— Oui, bien sûr, acquiesça Augustine avec un sourire sinistre. Je crois que je suis d'accord avec l'autre cul-bénit.

— Monsieur ?

— Vance Elston appartient à l'Église des Guerriers de l'Évangile. L'ADH est truffée de gens comme lui. Bien sûr, cela n'a rien d'illégal, mais je suppose que cela colore leur point de vue.

— Je l'ignorais.

— J'admets cependant que le corps pourrait être celui d'un des fils de Constantine. Contrairement à ce que raconte la version officielle, notre scission ne s'est pas très bien passée. Bartram et moi, nous nous comprenions. Mais Constantine… Constantine était un rêveur. Et insaisissable, en plus. Je recontacterai Jupiter et le presserai de me dire la vérité.

Sid étudia Aldred en se demandant quelle était sa marge de manœuvre, mais le North2 ne réagissait pas. Autant se lancer ; après tout, Augustine lui-même le traitait comme un égal, alors...

— Monsieur, je m'excuse par avance, mais cela ferait considérablement avancer notre enquête... Se peut-il que vous ayez eu un fils sans le savoir ?

Sans le vouloir, il regarda furtivement les deux filles. Augustine le remarqua et gloussa.

— Je comprends que vous posiez la question. Il est vrai que ma réputation ne me vaut pas vraiment l'admiration du pape. Malheureusement, je dois vous répondre « non ». Notre mort n'était pas loin de la cinquantaine, n'est-ce pas ? J'avais donc un peu moins ou un peu plus de quatre-vingts ans à sa naissance. Physiquement parlant, ce n'était pas une très bonne période pour moi, et je n'avais pas encore commencé le traitement développé par Bartram. Tous les North2 conçus à cette époque l'ont été dans la clinique de la société. Désolé, mais il n'y a aucun prince caché dans mon royaume.

— Dans ce cas, que serait venu faire un C North2 sur Terre ? Quel genre de mission clandestine serait-il en train d'accomplir pour Constantine ?

Il savait qu'il n'obtiendrait aucune réponse ; si la victime avait fait les frais d'une opération secrète de haut vol, il n'en connaîtrait jamais la véritable nature. Même les blogs d'informations alternatives ne parlaient jamais de ces conneries. Rumeurs et murmures entoureraient l'affaire pendant des décennies, constituant des sujets de conversation pour les jeunes flics.

— Je ne vois vraiment pas pourquoi il se soucierait de nous, répondit Augustine. Avec son idéologie techno-marxiste, il considère avec le plus grand mépris mon commerce traditionnel de marché. Les activités industrielles et financières ne l'intéressent plus du tout. J'apprécie votre franchise, inspecteur. Aldred m'a parlé de vous ; il m'a dit que vous compreniez les rouages de ce monde. Quoi qu'il arrive, je vous donne ma parole que cette affaire ne plombera pas votre carrière.

— Merci, monsieur.

Deux des North les plus puissants d'Europe avaient donné à Sid les mêmes garanties deux fois en deux jours, ce qui était incroyablement rassurant. Presque crédible, en réalité.

— Que comptez-vous faire, maintenant ? demanda-t-il.

— Moi ? s'étonna Augustine. Tant que cette affaire ne sera pas résolue, je coopérerai avec l'ADH par nécessité politique et je lui permettrai d'organiser sa ridicule partie de chasse sur St Libra. Brinkelle, qui a encore moins le choix que moi, leur a permis d'utiliser Abellia comme base arrière.

Jeudi 17 janvier 2143

Les capsules résidentielles remplaçaient progressivement les domiciles statiques anciens dans les sections les plus grandes et les plus récentes de l'amalgame d'habitats de Jupiter. Constantine avait été le premier à en adopter une, abandonnant la pyramide tronquée qu'il avait construite dans le premier habitat toroïdal des C. Passer de l'un à l'autre avait été une décision hautement symbolique. Abandonner tout ce à quoi il était habitué mentalement et physiquement. À présent, il vivait dans une pièce unique, dans un cylindre massif, version moderne du van VW de l'ancien temps. La capsule était constituée d'un mélange de métamolécules, matériau de construction le plus avancé à être sorti des extracteurs nucléaires en apesanteur de la constellation. Ses limites étaient définies par des lignes faiblement lumineuses qui se tordaient, s'étiraient ou se contractaient à sa guise. Les murs qu'elles soulignaient pouvaient être noir mat ou totalement transparents. Les meubles aussi étaient temporaires, éphémères, noir mat, avec des arêtes luminescentes orange et violettes.

Allongé sur un matelas incroyablement confortable, il attendait que Reisa sorte de la salle de bains, hernie temporaire formée à l'extérieur de la salle principale. Les femmes, comme ces objets qu'il avait apportés de la Terre et gardait dans un compartiment sous l'habitat, faisaient partie des avantages de son ancienne vie dont il refusait de se priver. Il n'en avait d'ailleurs jamais eu l'intention. Cependant, ses relations étaient plus mûres, à présent, fondées sur le respect, l'admiration et peut-être même l'amour. Oublié l'attitude méprisante qui avait été sa marque de fabrique, et celle de ses frères, pendant ses huit premières décennies. Reisa était avec lui depuis onze ans, et c'était un record dont il n'était pas peu fier.

Son i-e l'informa que Coby cherchait à le joindre. Il accepta l'appel, et la tête de son fils, en apparence solide, se matérialisa au pied du lit.

— Tu as reçu un message de la Terre, lui annonça Coby.

— Encore ! Que me veut Augustine, cette fois ?

— Ce n'est pas Augustine, rétorqua Coby avec un sourire narquois. C'est le général Khurram Shaikh. Cryptage diplomatique standard.

— Ah ! c'était inévitable, j'imagine. Tu as lu le message ?

— Oui. C'est très formel, très poli et très insistant.

— Évidemment. Bon, montre-moi ça.

La tête de Khurram Shaikh remplaça celle de Coby. Elle s'inclina légèrement.

« Constantine North. Merci d'avoir pris le temps d'ouvrir ce message. Je crois savoir que vous avez été informé de l'assassinat d'un North à Newcastle. On a également dû vous dire que le tueur avait employé la même méthode que celle utilisée contre votre frère Bartram et ses femmes il y a de cela vingt ans. Tout d'abord, permettez-moi de vous présenter mes condoléances. Nous mettons tout en œuvre pour retrouver le coupable, qu'il soit extraterrestre ou humain. Quelques détails nous échappent encore, et je sollicite respectueusement votre aide. L'enquête a pris des proportions considérables, et nous ne pouvons pas nous permettre de la compromettre. Tout ce que vous direz sera bien sûr classé secret défense. Nous avons besoin de savoir si les North ont découvert une espèce extraterrestre sur St Libra et si c'est elle qui est responsable de ces crimes. Les conflits éventuels que vous auriez avec Augustine ou Brinkelle ne nous regardent pas, mais l'existence d'une nouvelle espèce intelligente est extrêmement importante pour l'humanité tout entière. Je prends très au sérieux ma mission qui est de nous protéger tous. Si une nouvelle menace est apparue, je dois absolument être mis au courant. Constantine, nous avons besoin de votre aide. Nous devons travailler main dans la main pour que l'espèce humaine survive. Ne nous abandonnez pas. Nous, nous ne vous abandonnerons jamais. J'attends votre réponse avec impatience. »

— « Et si vous ne me la donnez pas, je viendrai la chercher avec les dents », lâcha Reisa d'un ton cinglant. (Elle était sortie de la salle de bains en entendant le début du message.) Ils ne changeront donc jamais.

Constantine sourit et lui tendit la main.

— Ils sont contrariés. Tout comme moi. Après tout, un de mes neveux a été tué. Ce n'est pas la fin de partie que j'espérais.

— Ils pensent que tu es impliqué. Tu es différent, tu as tourné le dos à leur civilisation, ce qui fait de toi quelqu'un de différent, et la différence fait peur. La peur et l'envie font un cocktail détonant aux effets dévastateurs pour les humains restés sur la planète mère

— Leur réaction était totalement prévisible. S'il te plaît, arrête un peu avec ce « nous contre eux ». Tu oublies trop facilement que notre séjour sur Jupiter se terminera forcément un jour.

— Constantine, tu sais que je t'aime, mais si tu crois qu'ils finiront par adopter notre philosophie, tu te mets le doigt dans l'œil. Ils prendront nos armes, te diront merci, et continueront sur la voie psychotique qu'ils ont choisie.

— Le Zanth les a forcés à changer leur perception de l'univers.

— Il leur a donné une excuse pour créer l'ADH, la plus grande organisation militaire à ce jour, et un véritable gouffre à pognon. Tout ce que fait l'ADH, c'est donner de faux espoirs aux masses. C'est une arnaque monumentale ; la plus grande depuis que les religions ont été matées.

Il lui serra doucement la main.

— Tu n'es pas près de trouver un boulot dans la diplomatie, crois-moi.

— Constantine… c'est vrai qu'il y a une espèce intelligente sur St Libra ?

— Je ne sais pas. Cela fait vingt ans que je cherche la réponse à cette question. En deux décennies, j'ai admis seulement deux choses : St Libra est une très grosse planète, et quelque chose a tué Bartram. Quelque chose de bizarre. Oui, je veux bien l'admettre, aujourd'hui.

— C'est ce que tu vas dire à l'ADH ?

— Ah ! c'est la grande question. Je ne pourrais y répondre que quand je saurai à quoi nous avons affaire.

— Qu'est-ce que tu vas dire au général Shaikh, alors ?

Constantine fit disparaître la tête du général et ordonna à l'habitat d'opacifier totalement ses parois.

— La nuit porte conseil.

* * *

La nouvelle de la mort d'un North ne pouvait pas passer inaperçue très longtemps. On avait beau supplier les gens mêlés à l'enquête, les menacer, c'était tout simplement trop énorme. Par ailleurs, le budget alloué étant illimité, de très nombreux agents de sécurité intervenaient dans l'enquête. Une centaine, en tout, auxquels on pouvait ajouter les gens qui partageaient leurs bureaux et leurs laboratoires. Et puis, il y avait les femmes et les maîtresses, évidemment. Les reporters du transnet aussi avaient leurs contacts parmi les employés municipaux, auxquels ils payaient de temps en temps un coup à boire en échange d'informations exclusives.

Sid avait son idée sur l'origine des fuites. O'Rouke n'avait vraiment pas apprécié qu'on ne le consulte pas au sujet de la salle de projection. Il en voulait beaucoup à Felltech Zone. En partie, avait entendu murmurer Sid, parce que certaines promesses faites avant l'obtention du contrat n'avaient pas été tenues.

Peu importait l'origine de la fuite, finalement. L'info commença à filtrer le jeudi dans la matinée. Chloe Healy avait passé une heure à le briefer et à le préparer en vue de la conférence de presse officielle de 14 heures. Il n'y avait pas que des journalistes locaux dans la salle, mais des reporters des médias nationaux venus de tous les mondes transstellaires. La mort suspecte d'un North était une nouvelle très importante. Au point que Sid accepta même de passer au maquillage avant de sortir devant les caméras pour être mitraillé de questions.

L'air grave, il annonça qu'Albert North3 avait été la victime malheureuse d'un *car-jacking*. La police était à la recherche de la VW Ropolis volée. Sid diffusa sur le réseau du commissariat un flot de données concernant le véhicule. Le raid mené dans la ZSSP de Fawdon mardi soir était lié à cette affaire ; un taxi ayant servi aux malfaiteurs avait été retrouvé.

Beaucoup de collègues étaient venus le féliciter de sa prestation. Même O'Rouke l'avait brièvement appelé pour lui dire bravo. Malgré le succès de cette conférence de presse, malgré sa satisfaction d'avoir fait du bon boulot, il regrettait d'avoir perdu tout ce temps. Le Bureau n° 3 était une véritable ruche, et il ne voulait pas trop s'en éloigner. Tout le monde était excité par la reconstitution virtuelle de la ville. Et tout le monde, à part Lorelle et Ari, travaillait sur le projet, récupérant les mémoires des systèmes de surveillance, procédant quartier par quartier. Les policiers transféraient également les données de la gestion du trafic dans une IA dédiée, ce qui leur ferait gagner beaucoup de temps. Même Sid avait participé, mettant à profit ses capacités un peu rouillées de programmeur pour fournir des coordonnées géographiques à l'IA. Dedra et Reannha supervisaient l'afflux de données en provenance des services d'urbanisme, générant un squelette de Newcastle et de ses bâtiments, base sur laquelle l'IA superposerait les données des macromaillages et des journaux de bords des véhicules. Sauf problème inattendu, la reconstitution serait prête pour le lendemain midi.

Sid avait libéré tout le monde à 19 heures, sauf Reannha, qui devait garder un œil sur l'IA occupée à compiler les résultats. À minuit, elle pourrait enfin se reposer. Après avoir jeté un coup d'œil aux dernières données envoyées par l'équipe scientifique pour s'assurer qu'il n'y avait pas de révélation majeure, Sid lui dit au revoir et s'en fut. Même Ralph Stevens était rentré à son hôtel.

Sid tourna dans Falconar Street et se gara en bas de la rue. D'un côté, il y avait un chapelet de maisons d'un étage tout en briques marron foncé et meneaux peints. L'idéal de la réussite des classes moyennes, selon le commercial de base. Évidemment l'ensemble était parfaitement entretenu, avec de jolis jardinets recouverts de neige délimités par des murets. Les allées qui conduisaient aux portes d'entrée avaient toutes été dégagées. Sid ne se rappelait jamais dans laquelle de ces maisons vivait Ian, aussi marcha-t-il tranquillement en se laissant guider par son i-e. Des icones violets et jaunes clignotèrent dans sa grille. Ian louait l'étage d'une maison proche du centre. Une lumière verte clignota sur la serrure lorsque l'i-e de Sid transmit à la porte un message d'approche.

Il y avait trois pièces : un salon de taille respectable doté d'un coin cuisine, une chambre à coucher tout aussi grande donnant sur une salle de bains aux étagères et placards débordant de produits de beauté masculins. Ian louait cet endroit à cause de sa situation ; il était suffisamment proche du commissariat pour permettre de s'y rendre à pied en été, mais aussi des clubs et des pubs principaux de la ville. Il y habitait depuis deux ans et, depuis ce temps, n'avait acheté qu'un meuble : un lit. Comme il le répétait souvent : « Je ne me sers de rien d'autre. »

Eva était déjà là. Elle refusait de s'asseoir sur le lit, manière de protester contre le défilé incessant de filles qui s'y succédaient de semaine en semaine. Au lieu de quoi elle avait pris un oreiller et s'était installée par terre, le dos contre le mur. Ian, lui, avait pris place sur le comptoir en marbre du coin cuisine.

— Une bière ? demanda-t-il comme Sid faisait son apparition.

— Pourquoi pas.

Ian en prit une dans le petit réfrigérateur, qui, semblait-il, ne contenait que des bouteilles. Pas de nourriture, en tout cas, pensa Sid.

L'appartement n'était pas équipé de placards, aussi les vêtements de Ian étaient-ils suspendus à une longue penderie métallique rachetée à une boutique de vêtements. Sid s'assit par terre près de cette dernière et avala une gorgée de bière.

— Au pub, la définition du maillage serait assez bonne pour que les logiciels de lecture labiale retranscrivent notre conversation.

— Merde, patron, marmonna Eva. Contre qui on se bat dans cette affaire ?

— On essaie surtout de sauver nos carrières.

— Arrêtez ! protesta Ian. Vous croyez qu'on n'y arrivera pas ? On est en train de recréer la ville en numérique. La ville tout entière ! On a un budget illimité, pour une fois. Alors oui, des connards regardent par-dessus notre épaule, mais ils n'interfèrent pas. C'est l'occasion d'une vie, les enfants. On peut y arriver. Ça va être énorme.

L'enthousiasme de son adjoint étonna Sid. Depuis quand Ian était-il carriériste ?

— On peut y arriver ? Vraiment ? On est censés mettre la main sur un extraterrestre avec des couteaux à la place des doigts. C'est ce qu'attendent les politiques. Que ceux qui pensent qu'on va présenter le suspect numéro un devant la presse lèvent le doigt.

— Putain ! mais ils savent très bien que ça n'arrivera jamais, s'exclama Ian. Ralph le comprend très bien. C'est un con, mais pas un abruti. Il a étudié les rapports de la police scientifique sur le taxi et Elswick Wharf. Il sait que c'est une histoire de gros sous qui a mal fini.

— Vous ne m'écoutez pas. Le problème, ce n'est pas ce qui s'est passé, c'est ce qu'on attend de nous. Les gouvernements vont envoyer une expédition sur St Libra. L'ADH met vraiment le paquet. Laissez-moi vous montrer quelque chose.

Il ordonna à son i-e de se connecter au site.

L'écran mural de Ian commença à diffuser une vidéo de présentation des Guerriers de l'Évangile. Un film infantile, ridicule, simpliste. Les adeptes étaient persuadés que le Zanth était un agent de Lucifer. Et d'être bénis par Jésus, évidemment. Seuls les membres de l'ADH pouvaient devenir des Guerriers de l'Évangile. Il y avait des témoignages de la congrégation, un récit de la manière dont les croyants avaient survécu à l'arrivée de l'essaim zanth de New Florida. Les gens étaient sincères, honnêtes lorsqu'ils racontaient leur tragédie et comment le Zanth les avait manqués, eux ou leurs véhicules, de quelques centimètres, comment les bras de Jésus les avaient saisis pour les mettre hors de danger, comment les anges avaient altéré la trajectoire des amas de Zanth pour les sauver.

Sid interrompit la diffusion. Ian riait à gorge déployée, tandis qu'Eva semblait troublée.

— C'est le genre de mentalité contre laquelle nous devons lutter, expliqua Sid.

— Tu m'étonnes, s'esclaffa Ian. Quelle bande de fanatiques. Et alors ?

— Elston est l'un d'entre eux ? demanda Eva.

— Ouais. Et il n'est pas tout seul. J'ai jeté un coup d'œil à quelques blogs politiques non officiels. Les Guerriers de l'Évangile sont nombreux parmi les officiers de l'ADH. Les laïques craignent que le conflit zanth devienne un genre de croisade.

— C'en est une, rétorqua Ian.

— Oui, mais pas spirituelle. Écoutez, le souci c'est que ces gens attendent une issue particulière. Tout – notre affaire, l'expédition – est organisé autour de cet objectif. Si on ne répond pas à leurs attentes, on va se faire méchamment punir.

— On ne peut quand même pas pondre un extraterrestre, protesta Eva.

— Je sais. Le souci, c'est qu'on ne trouvera peut-être pas l'assassin non plus. Le coup a été très bien monté. Faire buter un North n'est pas un acte anodin. Je ne vois qu'une explication possible : la victime a trempé dans une affaire secrète et très louche. Un truc comme le cartel de 2111. Vous n'avez pas oublié, j'imagine ? Northumberland Interstellar et les huit autres géants du biocarburant ont déstabilisé le marché, balayant les spéculateurs. Ils ont été nombreux à morfler, et pas que des petits poissons. À mon avis, le 2 a été éliminé pour permettre à un 3 corrompu ou menacé de prendre sa place dans un *business* inavouable. Et surtout énorme, ce qui signifie que nos amis hommes d'affaires vont tout faire pour nous mettre des bâtons dans les roues. Des immeubles entiers de managers vont être brûlés sur l'autel d'un démenti plausible. Nous ne découvrirons jamais ce qui s'est passé ni qui était impliqué.

— Pourtant, ils veulent une réponse, insista Ian. Même ces grandes sociétés ne peuvent pas se dresser en travers du chemin de l'ADH. Les North ont déjà cédé ; ils laissent l'ADH envoyer une expédition sur St Libra. Je suis sûr qu'on trouvera l'assassin.

— Ils veulent *leur* réponse, persista Sid. Et notre enquête ne peut pas la leur apporter. Même si nous découvrons qui conduisait ce taxi, il y aura des coupe-circuit, des gens qui recevaient leurs ordres de contacts inconnus. Les gangs savent comment nous fonctionnons, et ils ne nous donneront personne. Cette enquête sera bientôt prise dans une tempête de questions sans réponse.

— C'est aussi ce que souhaite l'ADH, remarqua Eva. Notre incapacité à répondre à leurs questions justifiera davantage l'expédition.

— Oui, acquiesça Sid.

— Alors on est couverts ? demanda Ian.

— Par l'ADH, oui.

— Que demande le peuple ? s'exclama Ian en écartant les bras.

— Je m'inquiète de ce qui nous arrivera personnellement, après. Pas tout de suite, mais dans un an ou deux, quand l'expédition sera de l'histoire ancienne et que l'affaire sera dans une impasse. Comme je le disais tout à l'heure, je crains pour nos carrières, parce qu'il est une personne qui souhaite vraiment savoir qui a tué le North.

— Qui ? s'enquit Eva.

— Augustine. Je le sais parce qu'il me l'a dit quand je l'ai rencontré.

— Sans déconner ! s'étonna Ian. Quand ?

— Aldred m'a emmené au manoir mercredi dernier.

— Et il était comment ? voulut savoir Eva, curieuse.

— Un peu bizarre, c'est vrai. En revanche, il a été très sérieux au sujet de notre affaire. Et puis, il s'agit de sa ville. Longtemps après qu'Elston et l'ADH seront partis chasser un autre démon, il sera toujours là. Ce qui n'est pas sans nous poser un gros problème. J'ai une famille, et on m'a promis un boulot dans une agence. (Il se tourna vers Eva.) Je sais que ton mari Ragnar travaille dans l'industrie du biocarburant.

— Sa branche, c'est le développement des IA de management. Ils ne...

— Ouais, ils laisseront votre mari tranquille parce qu'ils sont arrivés là où ils sont en étant compatissants et compréhensifs. Écoutez, les North veulent que nous résolvions cette affaire. Vraiment, je veux dire, pas qu'on recrache les conneries pondues par l'ADH aux conférences de presse.

— Vous venez de le dire, intervint Ian. Ce meurtre est la conséquence d'une magouille qui a mal tourné. Nous ne trouverons jamais le responsable, car nous cherchons un individu. Si le tueur est un professionnel, il n'est sans doute plus sur Terre, et encore moins à Newcastle. Personne ne sera jamais jugé. Fait chier ! On est baisés.

— On ne mettra peut-être jamais la main sur le tueur, mais j'aimerais au moins pouvoir révéler à Aldred quelle société est derrière tout ça, ou quel gang a été payé pour faire le coup.

— Où est le problème ? Il passe ses journées dans le Bureau n° 3. Dès qu'on saura, il saura aussi.

— Non, rétorqua Eva en regardant Sid d'un air neutre. Même si on identifie le conducteur du taxi, il ne donnera jamais ses commanditaires. Enfin s'il est encore en vie. Dans les affaires d'une telle ampleur, les hommes de main ne pèsent pas très lourd. Oui, il est probablement déjà mort.

— Probablement, confirma Sid.

— Merde. Alors, on fait quoi ? demanda Ian.

— Comme vous l'avez dit, les gangs connaissent nos procédures. Il convient de changer notre angle d'attaque.

— C'est-à-dire ?

— Il faut revenir en arrière, trouver par nous-mêmes quel gang est impliqué et nous débrouiller pour orienter l'enquête *a posteriori*. Il faudra disséminer quelques indices en toute discrétion.

— Je ne sais pas…, dit Eva.

— Les indices, ce n'est pas un problème, lança Ian, mais comment on fait pour démasquer le bon gang ?

— J'ai un contact qui sait où poser ce genre de question, répondit Sid. Avant d'en arriver là, toutefois, j'ai besoin de savoir si je peux compter sur vous.

Ian sourit et avala une gorgée de bière.

— Bien sûr, mais il faudra faire comprendre à Aldred que c'est nous qui avons trouvé le pot aux roses et personne d'autre.

Sid se tourna vers Eva.

— On va devoir faire très attention, dit celle-ci. Personne ne devra jamais découvrir que nous avons orienté l'enquête.

— Nous ferons le nécessaire, promit Sid.

* * *

Constantine North souriait sur le grand moniteur qui dominait un mur entier du bureau de Khurram, dans les profondeurs rouges du désert australien. C'était un sourire de politicien, pensa le major Vermekia, un sourire rassurant, réconfortant, qui reflétait une maturité émotionnelle en décalage avec un visage si juvénile.

— Il s'est fait rajeunir, donc, murmura le général Shaikh.

— Oui, mon général, acquiesça Vermekia. S'il s'agit bien de lui. Après tout, il n'y a aucune façon de les différencier, et personne n'a vu Constantine North depuis 2088.

— On a déjà suffisamment de soucis sans perdre notre temps à essayer de confirmer l'identité d'un North vivant de l'autre côté du système solaire, merci.

— Désolé, mon général.

Le général plissa des yeux désapprobateurs en considérant l'image figée sur le moniteur.

— Si c'est lui, il a cent trente et un ans et n'en paraît pas plus de vingt-cinq, ce qui est intéressant en soi. J'ai entendu pas mal de rumeurs concernant les progrès de cette technique.

— Bartram North était un pionnier en la matière.

— Quelle ironie, tout de même. (Le général retourna à son bureau.) Bien, nous acceptons que cet homme parle au nom de l'habitat de Jupiter. Écoutons ce qu'il a à nous dire.

Il ordonna à son i-e d'entrer un code diplomatique pour démarrer la lecture.

Le sourire de Constantine s'anima.

« Général, je vous remercie de votre message. Je comprends parfaitement votre inquiétude et j'espère pouvoir vous éclairer un peu. Tout d'abord, je puis vous confirmer catégoriquement que mes frères et moi n'avons trouvé aucune trace d'intelligence sur St Libra. Cela ne signifie certes pas que cette planète n'est pas le berceau d'une espèce évoluée, surtout si on se fie au témoignage d'Angela Tramelo. Quelque chose tue des membres de ma famille, et il ne me viendrait pas à l'idée de retenir des informations susceptibles de vous aider à découvrir de quoi il s'agit. À ce propos, je soutiens votre projet d'expédition. Si Brogal abrite une espèce intelligente hostile, nous avons besoin de le confirmer aussi vite que possible. Je puis également vous affirmer que le North qui a été assassiné à Newcastle n'est pas un de mes fils. En dehors de nos voyages de ravitaillement sur Terre, qui, ces derniers temps, nous servent surtout à collecter des échantillons génétiques afin de les sauvegarder, je ne m'intéresse plus trop à votre société ni à ses activités commerciales. Je conclurai simplement en souhaitant bonne chance à vos hommes et à l'expédition. Si vous avez besoin de savoir autre chose, n'hésitez pas à me contacter. »

Le général Shaikh garda le silence pendant un long moment, le regard rivé sur le moniteur désormais vierge.

— Vous gobez un mot de ce qu'il vient de dire ?

— En tout cas, c'est plausible, tenta Vermekia.

— En effet. Pour ce qui concerne St Libra, je suis tenté de le croire. Ce qui justifie davantage l'expédition. Comment progresse l'enquête de la police de Newcastle ?

— Ils sont en train d'assembler une représentation virtuelle du trafic automobile de la journée qui nous intéresse afin de remonter la piste du véhicule impliqué dans le meurtre. Le colonel Elston est optimiste et pense obtenir des résultats très bientôt.

Vendredi 18 janvier 2143

De nuit, Newcastle était une orgie de pollution lumineuse. L'éclairage public et celui des maisons étaient comme un pied de nez au prix de l'énergie. Les étoiles aveuglantes des feux tricolores clignotaient selon une séquence prédéfinie qui ne s'arrêtait jamais. Des immeubles tout entiers étaient éclairés de l'intérieur, les rubans lumineux si efficaces de leurs plafonds exposant avec fierté des rangées et des rangées de bureaux et de boxes inoccupés. Le centre-ville était enveloppé dans une épaisse brume de couleurs, hologrammes et néons publicitaires y obstruant la vue dans une débauche de marques. Les véhicules participaient à la fête, phares et feux de position créant des rivières de photons qui se déversaient sur l'asphalte recouvert de neige.

Il y avait aussi des endroits sombres, des taches de chair nécrosée sur la peau exotique de la bête de lumière. Les parcs, les toits des bâtiments anciens éloignés du centre, les ZSSP. Ces coins-là, Sid les connaissait bien. Cependant, il était des endroits plus sombres encore, plus déstabilisants. Des rues qui émergeaient du néant avant d'y replonger, des passages où l'esprit remplissait les taches sombres entre les zones éclairées. Un nombre étonnant de croisements étaient devenus invisibles, se vautrant dans les ténèbres.

Néanmoins, la représentation virtuelle de la ville restait impressionnante. Sid et Ralph se tenaient dans un coin de la salle de projection, ils dominaient les étendues vallonnées de bâtiments tels les dinosaures d'un film asiatique se préparant à écrabouiller la métropole inconsciente du danger. Devant eux s'étirait la ville telle qu'elle était le dimanche soir à 21 heures, avec ses milliers de minuscules voitures qui se jouaient du verglas et ses bataillons de piétons pareils à des fourmis.

Sid ne put résister et pataugea dans le nuage de lumière. Bientôt, il se retrouva dans le quartier de Fenham jusqu'aux genoux. Il s'attendait presque à provoquer des tourbillons dans l'image scintillante, mais les projecteurs de la salle ne remarquèrent même pas sa présence, continuant à générer le modèle virtuel autour de lui. À ses pieds, il vit un bus longer Fenham Hall Drive. Le véhicule se dissipa à l'approche du carrefour de la B1305, dont on voyait juste les contours, lignes géométriques grises générées par la mémoire du département d'urbanisme pour pallier l'absence de maillage.

Le bus réapparut sur la B1305 et prit la direction du fleuve, au sud. Sid leva les yeux vers les longues et étroites fenêtres situées en contre-haut et ouvertes sur le centre de contrôle et de manipulation. Ari et Dedra étaient installés derrière la console, tandis que Ian, Eva et deux autres personnes se serraient derrière eux dans la salle faiblement éclairée.

— Zoomez sur le croisement, s'il vous plaît, demanda Sid en désignant la zone grise.

La ville grossit brutalement autour de lui, lui donnant momentanément la nausée. La zone de projection avait été conçue de façon à pouvoir recréer complètement et parfaitement des pièces entières à partir des premiers enregistrements de scènes de crimes, ce qui permettait aux enquêteurs d'examiner celles-ci pixel par pixel à la recherche d'indices qui risqueraient d'être déplacés ou oubliés par des légistes fatigués ou des agents de sécurité. Sid considérait les contours du croisement avec un agacement croissant.

— Combien de particules couvrent cette zone ? demanda-t-il.

— Ce n'est pas un problème de quantité, mais de maillage. Si les particules sont trop éloignées les unes des autres, elles ne parviennent pas à communiquer, expliqua Ari. Il y a eu de violentes tempêtes début décembre, et des strates entières de particules ont été déplacées. Et puis, il y a les missions de maintenance trop espacées, et je ne parle même pas des actes de vandalisme. Il suffit de couvrir une particule de peinture ou de pâte phosphorescente pour tuer ses capteurs et l'empêcher de se recharger grâce au soleil. Une particule obstruée est comme morte.

— Et s'il y avait eu sabotage ? proposa Ralph en s'approchant pour examiner le carrefour.

— C'est possible, admit Dedra. Nous avons découvert de nombreuses brèches ce week-end.

— Bien. Donc nous devrons nous contenter d'un maillage incomplet, reprit Sid. On pourrait demander à l'IA de la gestion du trafic de nous montrer le bus. Retournez quelques minutes en arrière. Je veux voir le bus traverser ce carrefour.

Les véhicules firent marche arrière en accéléré. Se matérialisèrent alors des symboles verts et violets contenant des chiffres en perpétuelle évolution, que la gestion du trafic utilisait pour marquer les voitures. Sid regarda le bus parcourir avec précaution les vingt derniers mètres de Fenham Hall Drive. Puis il disparut, tout comme les symboles violets.

— C'est un décrochage, confirma Dedra. Attendez, je vérifie.

Le bus et les symboles réapparurent sur la B1305.

— Oui, poursuivit-elle. Le métamaillage de la route est hors service à cet endroit.

— Revenez à l'échelle initiale, ordonna Sid.

Lorsque la projection eut repris sa taille originelle, Sid examina Elswick Wharf, puis la tache noire de la ZSSP de Fawdon. Le carrefour n'était pas tout à fait à mi-chemin entre les deux, mais presque.

— Quand cette partie du métamaillage a-t-elle cédé ?

Ari étudia le moniteur de la console.

— Dans la nuit de samedi à dimanche.

Sid et Ralph échangèrent un regard.

— Stoppez l'enregistrement, ordonna Sid. Mettez en évidence les sections du métamaillage qui ne fonctionnent pas.

Un essaim de marqueurs rouges apparut. Sid siffla doucement. Il y en avait des centaines dans toute la ville, mais la densité la plus importante se situait entre Elswick et Fawdon.

— Bien, maintenant, superposez à cette image les maillages de rues désactivés ou dont la mémoire est illisible.

Des points ambrés s'allumèrent. Dont une majorité entre Elswick et Fawdon, encore une fois.

— Gardez ceux qui correspondent et effacez les autres.

Plus de la moitié des marqueurs du reste de la ville disparurent.

— Il y en a cent dix-sept entre Elswick et Fawdon, patron, annonça Dedra.

— Le travail de planification a dû être colossal, décida Sid. Et je ne parle même pas de la mise en œuvre. Ian, je veux qu'on envoie des équipes scientifiques sur les sites des vingt et quelques carrefours où le maillage est défaillant. Il faut prélever des particules sur l'asphalte et les murs. Je veux savoir ce qui a fichu en l'air notre maillage, et quand. Si les particules ont été bousillées par une décharge électromagnétique au lieu d'être arrachées, nous pourrons peut-être démasquer les coupables grâce à une nouvelle modélisation.

— D'accord, boss, lança Ian. Je m'y mets tout de suite.

— Merci. Dedra, ce sera très fastidieux. Focalisez la modélisation sur le centre de Fawdon.

Il attendit, essayant de se rappeler le protocole de situation de crise qu'il avait élaboré en esprit.

— Nous savons que le corps a été jeté dans l'eau après 22 heures, donc j'ai besoin des enregistrements de bord de tous les taxis qui se sont approchés à moins de cinq cents mètres du quartier dans la nuit de dimanche et lundi entre 21 heures et 1 heure du matin. Pour commencer…

Sous leurs yeux, la modélisation avança jusqu'à 21 heures dans un déchaînement de lumières rouges et blanches. Puis elle ralentit et s'arrêta.

— Bien. Mettez en évidence les taxis.

Il attendit patiemment tandis que des marques vertes solitaires fleurissaient sur Kingston Park Road au nord de Fawdon. Orchestrer une modélisation d'une telle ampleur lui donnait un sentiment de puissance presque indécent. Si la police avait eu de telles ressources pour résoudre toutes les affaires, les bus pour Minisa auraient été pleins.

— Procédons par élimination, dit-il à Ralph.

— Que cherchons-nous d'autre ? demanda celui-ci.

— Un taxi qui ne serait pas référencé en tant que taxi. C'est un truc tout bête, mais ça marche très bien. Les gangs s'en servent souvent. Commençons par éviter de commettre les erreurs de base, d'accord ?

Il arpenta Fawdon, examinant chaque rue. Les images collectées par les maillages et projetées sur le plan de base avaient une faible résolution, mais les taxis de la ville avaient un profil très caractéristique et facile à suivre. Et puis, il pouvait toujours demander un agrandissement.

Après un moment de réticence, Ralph commença à avancer dans la direction opposée, arpentant les ténèbres de la ZSSP.

— Rien, finit-il par annoncer.

— Avancez de trente secondes, ordonna Sid.

Il scruta le nouvel amas de véhicules.

— Vraiment ? s'étonna Ralph. Trente secondes ?

— Ouais. C'est assez pour qu'on remarque des changements, mais pas suffisant pour rater une bagnole qui s'engouffrerait dans la ZSSP.

— Nous avons quelque chose comme quatre ou cinq heures à couvrir…

— Pourquoi ? Vous avez autre chose de prévu pour la soirée ?

Samedi 19 janvier 2143

Un soleil hivernal brillait dans un ciel bleu et dégagé, faisant scintiller le manteau neigeux de la ville, baignant chaque rue dans une puissante lumière blanche. Dans ce paysage flou et monochrome, le trafic était lent, ce matin-là ; toutes les artères de la ville étaient bouchées. Le périphérique de Newcastle avait été fermé à 5 heures pour permettre au corps logistique de l'ADH de remorquer vers le portail de St Libra le Boeing C-8000 Daedalus qui s'était posé sur l'aéroport local dans la nuit. L'appareil était passé une heure plus tôt, mais l'IA de régulation avait les plus grandes difficultés à faire revenir la situation à la normale.

Assise à l'arrière du bus de NECatering Services qui avançait péniblement sur une A167 congestionnée, Rebka dut chausser ses lunettes de soleil pour se protéger de la lumière blanche omniprésente. De nombreux officiels du gouvernement siégeaient au conseil d'administration de son nouvel employeur, ce qui expliquait que celui-ci ait obtenu le contrat pour répondre aux besoins alimentaires de l'expédition. NECatering Services n'existait que pour rapporter de l'argent à ses actionnaires, entité typiquement moderne qui sous-traitait la plupart de ses opérations et tenait ses fournisseurs par le portefeuille. Les employés de base changeaient tout le temps. La durée des contrats était très courte, les salaires aussi bas que possible, l'historique des embauches effacé au fur et à mesure et la comptabilité réduite au minimum. Toutefois, le Trésor public de la GE n'avait jamais eu l'idée de se plonger dans les livres de comptes de la société.

Il avait donc été très facile pour Rebka et son équipe d'insérer les informations nécessaires dans les bases de données officielles afin de créer le profil de « Madeleine Hoque ». Âgée de vingt ans, celle-ci avait eu divers petits boulots autour de Newcastle, ne restant jamais plus de deux mois dans la même entreprise. NECatering Services ne vérifierait jamais, de toute façon. Madeleine avait postulé en ligne et été embauchée moins de dix minutes plus tard. Il avait fallu à peine plus de temps aux génies de l'informatique de l'équipe pour la transférer dans le personnel de l'expédition, car NECatering n'avait pas un très gros budget pour la sécurité numérique. Après une formation de deux jours, nécessaire pour obtenir un brevet d'hygiène de classe cinq, et un stage dans la cuisine d'une école d'hôtellerie de Winlaton au cours desquels elle avait fait connaissance avec quelques futurs collègues, Rebka était fin prête. Comme elle connaissait déjà du monde en arrivant à la base de l'ADH, elle n'était pas la petite nouvelle qui faisait intrusion.

Le minibus de quinze places arriva devant l'entrée de la base le samedi matin à 10 h 30. Ses passagers en descendirent au pied d'un bâtiment en béton austère, devant lequel défilaient des transports de troupes et des camions de l'ADH. Pendant plusieurs jours, les semi-remorques n'avaient cessé d'affluer, emplissant très vite la zone de stockage adjacente à la base. La jeune Madeleine Hoque et ses nouveaux amis restèrent groupés et regardèrent passer les monstres de soixante-dix tonnes aux remorques chargées au maximum. Les véhicules quittaient la base et fonçaient vers le portail de St Libra, à l'autre bout du Dernier Mile.

— Mince ! grogna Lulu MacNamara comme un poids lourd faisait voleter son écharpe. C'est la première fois que je vois un truc pareil.

— Eh ! on participe à une mission historique, confirma Rebka.

— Pourquoi est-ce si urgent ? Des radicaux pissent dans les champs d'algues peut-être ?

— À mon avis, ç'a un rapport avec la mort du North3, murmura Fuller Owusu d'un ton secret.

— Mais non, c'est un *car-jacking* qui a mal tourné, rétorqua Lulu.

— C'est ce que dit la police, mais tu ne crois pas ces conneries, rassure-moi ?

— Je ne sais pas, lâcha Lulu en haussant les épaules.

Luther Katzen, le chef d'équipe, était en train de discuter avec les gardes. Il les remercia d'un geste de la main et rejoignit les employés de NECatering Services.

— Venez. On nous a assigné des quartiers. Le briefing aura lieu dans une heure, quand tout le monde sera là.

Marmonnant et échangeant des regards stupéfaits, la petite équipe ramassa ses affaires et emboîta le pas à Luther.

— On partage une chambre ? proposa Lulu à sa nouvelle copine, Madeleine.

— Pourquoi pas ? répondit Rebka. Mais je parie qu'on sera plus de deux par chambre. (Elle leva les yeux vers la façade morne percée de fenêtres étroites et sombres.) Ce n'est pas vraiment un hôtel trois étoiles, hein ?

Lulu gloussa.

— Oh ! j'ai connu pire. En plus, on va sur St Libra, tu te rends compte ? Et en hiver, en plus. C'est génial ! J'aurai l'impression d'être en congés payés. On aura chaud sous les tropiques pendant que tout le monde, ici, se les gèlera. J'ai apporté mon nouveau bikini, ajouta-t-elle en tapotant son sac cylindrique. Je compte rentrer avec un beau bronzage. Mes copines seront vertes de jalousie.

— Bonne idée, dit Rebka.

Il aurait été tentant de faire perdre ses illusions à la jeune femme – Lulu avait à peine plus de vingt ans et était toujours de bonne humeur –, mais cela n'aurait pas ressemblé à Madeleine, qui était tout aussi enthousiaste et écervelée. Alors Rebka se retint. Peut-être convaincrait-elle Lulu d'aller faire un peu de shopping sur le Dernier Mile avant leur départ, histoire de l'équiper un peu pour la survie.

De chambres, il ne fut pas question ; tous les employés de NECatering Services logeraient dans un seul et même dortoir.

Lulu donna un coup de coude à Rebka.

— On dort avec les garçons, murmura-t-elle avec un sourire satisfait. Ce sera l'occasion de faire notre marché…

Rebka rangea son sac dans son placard et attendit en papotant avec ses camarades qu'arrivent les deux autres bus qui transportaient le reste de l'équipe. Il était environ midi lorsqu'un lieutenant de l'ADH fit son apparition et frappa dans ses mains pour attirer leur attention.

— Bien. Tout le monde m'écoute ? Je suis venu vous confirmer la raison de votre présence ici. Vous allez prendre part à l'expédition que l'ADH va mener sur St Libra, et plus précisément sur le continent appelé Brogal, où il s'agira de mesurer la variance génétique. Nous essayons de déterminer si les rumeurs concernant l'existence d'une espèce intelligente inconnue dans la jungle profonde sont fondées. Pour ce faire, nous aurons besoin d'installer plusieurs bases avancées d'où se déploieront les équipes scientifiques. S'agissant d'une mission à la fois scientifique et militaire, vous travaillerez dans sa branche civile et vous occuperez des repas et de la logistique de base. Des vêtements adaptés à l'environnement local vous seront distribués à 16 heures. Vous traverserez le portail demain et serez immédiatement transférés à Abellia. Je vous prie de ne pas quitter la base afin de ne pas chambouler notre planning, ce qui serait synonyme de fortes amendes pour vous et votre employeur. Si vous avez des questions, utilisez votre i-e pour vous connecter à l'IA de la base ; une application FAQ sera opérationnelle d'ici une heure. Les chefs d'équipe recevront des instructions spéciales à 19 heures précises lors du briefing des sous-officiers, bloc D, salle 629. Ne soyez pas en retard. Merci.

Il sortit. Le silence se prolongea pendant quelques secondes. Puis tout le monde se mit à parler en même temps.

— Fait chier ! s'exclama Lulu. C'est quoi, Brogal ?

— C'est le continent nord de St Libra, expliqua Rebka.

— Mais oui ! Ce n'est pas là-bas qu'habite Brinkelle North ?

— Si. Enfin, je crois.

Couverture ou pas couverture, Rebka ne put s'empêcher de sourire d'un air satisfait.

* * *

La base grouillait d'activité, aussi Rebka put-elle s'y promener à sa guise à condition d'éviter les zones de haute sécurité. Les gens qu'elle croisait arboraient tous la même mine un peu perdue, comme si on venait de les tirer du lit pour leur demander d'accomplir une tâche inattendue et urgente. Il y avait des particules intelligentes partout, évidemment, et des maillages sécurisés reliés à des IA équipées de puissants logiciels de reconnaissance visuelle, qui prendraient note du moindre de ses mouvements. Mais elle s'en moquait, car elle n'avait rien de particulier à cacher ; quiconque s'intéresserait à elle à cet instant précis ne verrait qu'une jeune civile excitée, impressionnée par la base et soucieuse de ne pas gêner la circulation des hommes en uniforme et des camions.

Près de la vaste aire de maintenance où des ingénieurs procédaient à des vérifications sur plusieurs camions, elle demanda à son i-e d'appeler Clayton en passant par une de leurs adresses à usage unique, ainsi, personne ne pourrait identifier le destinataire de l'appel. Celui-ci était bien sûr crypté et recouvert d'une couche de fausses données, à savoir une conversation préenregistrée entre Madeleine et son petit ami.

— J'y suis, lui dit Rebka. On nous transfère sur St Libra demain.

— Bien joué. Les médias ne parlent plus que de l'expédition. C'est devenu une obsession.

— Pas étonnant. Des nouvelles de l'enquête ?

— On essaie toujours de reconstituer le trajet parcouru par le taxi sur la route de la ZSSP. Ça prend du temps parce que beaucoup de capteurs ont été endommagés dans toute la ville. De deux choses l'une : soit notre assassin avait une équipe autour de lui, soit il a beaucoup d'amis dans les bas-fonds de la ville. Le problème, c'est que personne ne veut de cette explication.

— Comment ça ?

— Hurst connaît la musique, et je pense que la majeure partie de son équipe originelle a envie de le suivre, mais l'ADH refuse de considérer toute idée qui irait à l'encontre de l'explication officielle.

— Quelle surprise...

— À ce propos, Elston a exigé que les North2 soient testés génétiquement pour confondre un éventuel imposteur.

— Et alors ?

— Reste à proximité de l'entrée du camp. Aldred est en route ; il doit rencontrer Elston.

Rebka gloussa.

— Ça peut être drôle.

— Quelqu'un d'autre va arriver dans huit minutes si le trafic reste si fluide.

— Qui ?

— Le livreur de pizzas.

— Mmh... mais encore ?

— C'est Angela qui a passé une commande. Je surveille son compte à la Banque sociale pour suivre un peu ses mouvements.

— Bonne idée.

— Ça veut dire que tu peux la voir si tu le veux.

— C'est peut-être un peu tôt. Je vais y réfléchir.

Elle mit un terme à la conversation et traîna un peu devant le garage, le temps de prendre une décision.

— Et puis merde, finit-elle par marmonner. Il faudra bien en passer par là un jour.

Le trafic était fluide, semblait-il. Presque exactement huit minutes plus tard, le livreur se présenta devant l'entrée principale au guidon d'un scooter à trois roues aux couleurs de la franchise de pizza. Suivant les consignes des gardes, le jeune homme se gara sur le côté, sortit une pile de grandes boîtes en carton de son coffre isotherme et entra par un portail secondaire.

Rebka le suivit discrètement tandis qu'il prenait la direction du bloc C. Comme il s'agissait d'une zone non sécurisée, elle demanda à son i-e de lui montrer un plan. Le livreur n'eut pas à marcher très longtemps ; il se dirigea vers la grande salle de gymnastique du rez-de-chaussée. Rebka le regarda pousser la porte coupe-feu sans hésiter, et s'arrêta devant celle-ci au moment où elle se refermait. Elle jeta un coup d'œil par la vitre en verre armé.

Une escouade de légionnaires de la GE était en train de s'entraîner, soulevant des poids et courant sur des tapis roulants. Deux d'entre eux frappaient comme des damnés dans des sacs de sable. Angela Tramelo était parmi eux, vêtue d'une veste et d'un ample bas de survêtement orange. Physiquement, elle paraissait aussi en forme que ses camarades. Le visage taillé à la serpe calme et déterminé, elle courait avec les autres. Incroyablement déterminée, pensa Madeleine. Angela était capable de se fixer des objectifs et de s'y tenir comme personne. Cela ne faisait que confirmer ce que Jupiter suspectait depuis déjà longtemps.

Rebka se surprit à agripper la minuscule fiole en verre suspendue à sa chaîne en argent. Histoire de se calmer un peu. Et cela fonctionna. La séance d'exercices se termina et les légionnaires fondirent sur le livreur de pizzas en sifflant et en lançant des cris de joie. Angela éteignit son tapis roulant, se joignit à eux et attrapa une part de pizza hawaïenne, étirant le fromage fondu. Elle discutait avec ses camarades avec décontraction, usant d'un brin de séduction avec deux d'entre eux. Leur camaraderie apparente était telle qu'on aurait pu croire qu'Angela était une légionnaire comme les autres. Et comment ne pas admirer sa stratégie ? Angela s'intégrait parfaitement. Lorsque le moment crucial viendrait, ses camarades rechigneraient à se retourner contre elle.

— Elle est maligne, chuchota Rebka avant de s'éloigner de la salle.

Alors qu'elle s'attendait à être submergée par un fouillis d'émotions, elle se surprit à ne ressentir qu'une admiration intense pour Angela.

Même en étant devenue la collègue et l'amie de Lulu, Rebka ne pourrait jamais se comporter avec autant d'aisance qu'Angela – qui venait pourtant de passer vingt ans dans une prison digne d'un trou à rats. Rebka était certaine que son incapacité à évoluer en société était la conséquence de sa prime enfance. Elle ne se rappelait pas du tout ses cinq premières années. Ses parents, Monique et Carvell, lui avaient dit que c'était parce qu'elle avait été très malade. Si elle avait survécu, c'était grâce aux excellents généticiens de Jupiter. Le traitement génétique qu'elle avait subi et qui avait fini par reséquencer son ADN avait duré des années.

Elle était sortie de l'hôpital la veille de son cinquième anniversaire, ce qui lui avait permis de rentrer chez elle à temps pour sa première fête. Ce jour-là, sa vie avait réellement commencé. C'était son premier souvenir.

* * *

Sid et son équipe découvrirent que vingt-neuf taxis avaient pénétré la ZSSP de Fawdon le dimanche soir. Le maillage, autour de cette zone, était parmi les moins denses de la ville ; seules les trois autres ZSSP étaient aussi mal loties. Lequel de ces vingt-neuf véhicules avait été brûlé ? Ils n'avaient aucun moyen de le dire. Ils étudièrent la simulation jusqu'au matin. Le lundi à midi, seuls deux des taxis qu'ils avaient suivis étaient ressortis de la zone. C'est-à-dire sans avoir changé de code…

Sid demanda une pause.

— La moitié de l'équipe du matin travaillera sur les fausses licences, annonça-t-il à Ralph Stevens. Le prix des courses est transféré automatiquement sur des comptes secondaires au Vietnam, à Dubaï ou en Tchétchénie pour ne pas attirer l'attention du fisc.

— Je croyais que les comptes secondaires se trouvaient surtout au Nigéria, s'étonna Ralph.

— Nos gangs n'aiment pas mettre tous leurs œufs dans un même panier.

— Ah… Et après ?

— On remontera la piste des vingt-sept taxis qui sont entrés dans Fawdon cette nuit-là et on trouvera celui qui est venu d'Elswick Wharf.

C'était un travail méticuleux qui, lorsqu'un taxi traversait un croisement particulièrement mal surveillé, nécessitait d'avancer la simulation de seulement deux secondes à la fois. À 18 h 30, ce soir-là, ils n'avaient suivi que huit voitures, les voyant prendre et déposer divers passagers aux quatre coins de la ville. Par deux fois, un taxi changea de code entre deux courses, leur compliquant encore la tâche. À la fin, cependant, ils purent rayer les huit véhicules de leur liste ; aucun d'entre eux ne s'était rapproché d'Elswick Wharf.

— On les dénonce au fisc ? demanda Ian.

Sid haussa les épaules. Tous les deux prenaient leur pause dans le centre de contrôle de la salle de projection, tandis qu'Ari et Reannha se demandaient en se grattant la tête de quel côté le neuvième taxi avait tourné après avoir disparu dans la zone morte.

— On a autre chose à faire pour le moment, répondit-il pour ne pas dire « non ».

On ne savait jamais, en cas de procès, les vidéos internes pouvaient être ajoutées au dossier... Et puis, qui n'avait pas de compte secondaire ? Le taux d'imposition de la Grande Europe était si élevé que c'en était ridicule. Son salaire de policier, par exemple, était taxé à plus de cinquante pour cent, à quoi il fallait ajouter les cotisations de retraite. Il était flic, oui, mais il appartenait aussi au peuple.

Ian hocha la tête.

Abner entra dans le centre de contrôle. On ne pouvait plus se passer de lui dans le Bureau n° 3, pensa Sid. Le meurtre de son frère l'avait affecté plus qu'il ne le montrait, semblait-il. Pour surmonter cette épreuve, il travaillait dur et bien.

— Je viens de parler à Tilly Lewis, chez Northern Forensics, commença Abner. Ils ont bientôt terminé l'étude du métamaillage de la route.

— Et ? demanda Ian en tournant le dos à la simulation.

Abner sourit.

— Il y a vingt pour cent de pannes ou de bugs naturels. Pour le reste, pour quatre-vingts pour cent des anomalies de fonctionnement entre la ZSSP et Elswick, il y a eu sabotage. Le gang a arraché la plupart des maillages muraux. Quant aux particules intelligentes de l'asphalte, elles ont été décimées par des décharges électromagnétiques. Elles sont bel et bien mortes ; impossible de les réactiver. Le massacre a été commis samedi soir. Ils ont commencé vers 17 heures et fini le travail à 1 h 37 du matin. On pense qu'ils ont fait le boulot avec trois à cinq voitures équipées de générateurs d'impulsions électromagnétiques sous le châssis.

— Bordel ! s'exclama joyeusement Ian. On va avoir besoin de plus de monde pour corréler tout ça.

— Ce qui reste du maillage a-t-il enregistré quelque chose d'intéressant ? s'enquit Sid.

— J'ai extrait les enregistrements des rues transversales sur dix croisements sabotés, expliqua Abner. J'ai cherché des corrélations, mais rien ne se recoupe. Après chaque attaque, ils ont changé les codes de toutes les voitures utilisées. (Il désigna la simulation d'un mouvement du menton.) Pour les identifier, vous allez devoir les suivre dans votre modèle virtuel.

— Impossible, on n'aura jamais le temps d'effectuer un travail si énorme, rétorqua Sid. Ça impliquerait de revenir sur nos pas et ce serait contre-productif. On a mis des jours à modéliser la soirée de dimanche ; on ne peut pas se permettre de perdre encore quarante-huit heures pour travailler sur le samedi.

— C'est ce que je pensais, acquiesça Abner, résigné.

— Et les brèches dans le maillage ? demanda Sid.

— Tout ce que je peux vous dire, c'est qu'ils ont des informaticiens de talent, répondit Abner à contrecœur. Je n'ai pas réussi à trouver les points d'entrée de leurs logiciels dans le réseau de surveillance et encore moins à en déterminer l'origine. En tout cas, ils se sont servis d'un truc très puissant pour arracher les maillages ; aussi puissant que pour Elswick. La ville ne va pas aimer, mais il va falloir prévoir des contre-mesures efficaces. Franchement, on peut s'estimer heureux qu'ils n'aient pas grillé jusqu'à la dernière particule intelligente de Newcastle. Parce qu'ils auraient pu, manifestement.

— Ces types sont plus précis, rétorqua Sid. Ils ne sont pas dans la frime, dans la démonstration. Ne nous voilons pas la face : jusqu'à présent, ils n'ont eu à déplorer que le fait que le cadavre soit resté coincé sous le pont du Millénaire.

— Je ne pars que dans une heure, dit Ian. Laissez-moi jeter encore un coup d'œil à ces carrefours. Corréler des coordonnées, j'ai fait ça toute ma vie.

— Merci. Je vais passer un coup de fil à Trose Secure. Ils sont très bons, mais trop chers pour la ville normalement. Je vais leur demander d'analyser le piratage des maillages. Abner, restez ici et aidez Dedra à poursuivre la simulation. Nous allons avoir besoin de toutes les personnes habituées à manipuler les modélisations de ce type. J'ai comme l'impression qu'on est partis pour la nuit.

— J'en ai l'impression aussi, patron.

* * *

En tant qu'adjoint de Sid, Ian Lanagin avait droit à son petit espace privatif adjacent au Bureau n° 3. Il salua les huit officiers et agents qui travaillaient sur leur console dans l'espace principal ; tous étudiaient de près les données scientifiques recueillies sur le taxi et là où le corps avait été jeté à l'eau. Ils vérifiaient aussi la nature des marchandises importées, tandis qu'un pauvre agent stagiaire appelait les restaurants locaux pour leur demander quels repas ils avaient servis le jeudi soir précédent, comparant les menus avec ce qui avait été trouvé dans l'estomac de la victime.

Une fois installé à son bureau, Ian ouvrit les résultats de l'enquête scientifique sur l'attaque électromagnétique subie par les particules intelligentes, avant de se connecter à l'IA de la gestion du trafic pour demander les enregistrements des rues transversales et de les télécharger sur le réseau sécurisé de la police. Après cela, il utilisa son autorisation personnelle pour ouvrir le dossier de l'affaire Kenny Ansetal sur sa console. Rien n'avait été fait, évidemment ; l'enquête était au point mort. Plus qu'une semaine, et l'IA du commissariat la classerait automatiquement.

Après que les résultats se furent matérialisés dans sa zone, il ouvrit les profils de Gail Stratton et Kayleen Edenson, les deux témoins auxquels il avait parlé. Il dut utiliser une nouvelle fois son code d'autorisation personnel, et une minute plus tard, leurs relevés de comptes en banque s'affichèrent devant lui. Il nota sur son journal de bord officiel qu'il était à la recherche d'un transfert de fonds prouvant que l'un des deux témoins avait revendu l'i-3800. Il demanda également à voir toute l'activité de leurs comptes durant le mois qui avait précédé l'incident, quadruplant le nombre des informations affichées sur les moniteurs. Paiements, achats et rentrées d'argent ; tout était là. Les lignes de chiffres commencèrent à défiler. Il les étudia méthodiquement, cherchant des données bien particulières. Connaissant tous les bars de la ville, il n'eut aucune difficulté à repérer leurs comptes. Grâce à sa formation et à ses années d'expérience, des cycles réguliers lui sautèrent aux yeux. De grosses dépenses en début de soirée, mais qui diminuaient rapidement. Les filles se payaient leurs premiers verres, mais cela s'arrêtait généralement en milieu de soirée, quand les garçons devenaient plus entreprenants. Elles n'avaient donc pas de copains réguliers. C.Q.F.D.

Il était également très doué pour reconnaître les données supplémentaires dont il avait besoin. Des comptes de magasins de vêtements s'affichèrent devant lui. Il survola rapidement les transactions et détermina ce qu'elles avaient acheté. Il trouva tout ce qui l'intéressait en cinq minutes, mais il laissa les données défiler pour que personne ne puisse déterminer ce qu'il cherchait. Dans leurs profils, il apprit également leur âge, ce qui termina de le convaincre.

Une fois les profils et relevés de comptes en banque refermés, il se servit d'un programme pirate pour localiser l'i-e de Gail sur le réseau de la ville. Il pista la jeune femme grâce à son logiciel et aux autorisations qui avaient été fournies à l'équipe pour résoudre le cas North. Il circulait une telle quantité de données sur le sous-réseau qu'il était peu probable qu'on remarque son activité, à moins de procéder à un audit en bonne et due forme. Et puis, de toute façon, la demande n'était pas enregistrée sous son nom, mais sous celui de ce bon vieil Ari, dont il avait piqué les codes la veille grâce à un astucieux *phishing*.

Lorsqu'il eut terminé, Ian passa les quarante minutes restantes à tenter de repérer un véhicule ayant éventuellement emprunté tous les carrefours dont les particules intelligentes avaient été endommagées. Abner avait raison, se rendit-il compte : ceux qui avaient fait le boulot étaient des professionnels, qui avaient pris soin de changer régulièrement de licence virtuelle.

Il quitta le commissariat à 19 h 30 et rentra vite chez lui pour prendre une douche et se changer. À 20 h 15, il était dehors et hélait un taxi, pressé de profiter de ce que la ville avait à proposer à un jeune homme célibataire un samedi soir.

— On va où ? demanda le chauffeur.

Ian vérifia où se trouvait l'icone qui représentait Gail dans la grille de ses iris.

— Au *Perroquet indigo*, répondit-il.

Il s'agissait d'une boîte correcte de Newgate Street.

Elle serait surprise de le voir. Elles l'étaient toujours, ce qui était une bonne façon pour Lanagin de commencer son numéro de charmeur habituel. L'information était la monnaie la plus précieuse de ce siècle, et Ian était particulièrement riche, parce qu'il avait accès à des données inaccessibles au commun des mortels. Il connaissait son âge, sa taille, celle de son soutien-gorge, son poids ; il savait qu'elle était libre et, surtout, que son dossier médical ne faisait mention d'aucune MST. Autant d'infos qu'il pourrait manipuler à son avantage.

Ian se déconnecta du réseau sécurisé du commissariat et se prépara à profiter de sa soirée.

Dimanche 20 janvier 2143

C'était une nouvelle matinée hivernale sans nuages. L'atmosphère pure et fraîche permettait aux rayons du soleil de frapper directement la ville prise dans la neige. Le ciel était lumineux, mais pas plus chaud pour autant, aussi les congères étaient-elles toujours aussi hautes. Tout juste quelques rus serpentaient-ils sur la chaussée et le trottoir.

Dans le centre de Newcastle, le trafic était très ralenti. Le périphérique était réservé aux véhicules de l'ADH pour la journée. Peu de temps après minuit, deux Airbus C-121T-FC SuperRoc s'étaient posés sur l'aéroport de la ville, les énormes moteurs Rolls-Royce Thames réveillant la moitié de ses habitants durant la phase d'approche à basse altitude. À dessein, décida Vance Elston. Il s'agissait d'informer tout le monde de leur présence, d'accentuer l'autorité de l'ADH. Les North possédaient peut-être la ville, mais ils devraient bien admettre que les vrais patrons étaient les dirigeants de l'ADH. L'expédition dominait les pensées de tout le monde, désormais, et le défilé incessant d'avions et de véhicules divers autour de la ville avait des allures de parade de carnaval. Des milliers d'habitants bravaient le froid et se massaient le long des grands axes pour voir de grosses machines à l'allure militaire rouler vers le portail. Sauf à voir le Zanth débarquer, le portail de St Libra ne connaîtrait jamais plus une telle animation. Il ne fallait surtout pas rater ce spectacle.

La limousine de Vance ralentit à l'approche de l'extrémité ouest de Mosley Street. Le pilote automatique négocia les amas de neige qui obstruaient le caniveau pour se rapprocher au maximum du trottoir. Il descendit de la voiture et leva les yeux vers le vieux clocher en pierre de la cathédrale Saint-Nicholas, fronçant les sourcils à la vue de l'étrange boîte en bois or et rouge qui accueillait l'horloge à mi-hauteur. Les cloches sonnaient joyeusement, et un nombre raisonnable de fidèles avait répondu à leur appel, se préparant à assister à l'office dominical – des gens âgés, pour la plupart, regretta Vance. Les jeunes n'avaient-ils donc plus de temps à consacrer au Seigneur ? Le major Vermekia et Antrinell Viana attendaient sous l'arche, devant la porte en bois sculpté patiné par le temps.

Vance salua Vermekia chaleureusement.

— Planning surchargé ? demanda-t-il.

— Je souffre tellement du décalage horaire que j'ai l'impression de me courir après et d'être sur le point de mordre mon propre cul, grommela Vermekia. Le général vous envoie ses salutations et vous souhaite bon voyage.

— Remerciez-le pour moi.

Les trois hommes firent quelques pas de côté pour ne pas attirer davantage l'attention des paroissiens curieux qui entraient dans la cathédrale.

— Jupiter a rappelé, annonça Vermekia. Constantine en personne a répondu aux questions du général. Il nie catégoriquement être mêlé de près ou de loin à cette affaire.

— Ce n'est pas vraiment une surprise, non ? intervint Antrinell.

— Je ne sais pas. En parlant de dénégation, Constantine a également réaffirmé qu'ils n'avaient jamais trouvé d'espèce intelligente sur St Libra, tout en avouant que cela ne voulait rien dire. C'est vrai que c'est une grande planète.

— Sait-on quand notre départ est programmé ? demanda Vance.

— Non, le général veut d'abord voir si l'enquête avance. Il va attendre quelques jours pour permettre à la logistique de s'organiser. En tout cas, il n'est plus possible de faire marche arrière.

— L'équipe de l'inspecteur Hurst travaille dur, admit Vance. Ils ont mis en place une impressionnante modélisation de la ville afin de reconstituer le parcours suivi par le meurtrier la semaine dernière.

— Est-ce un extraterrestre ? demanda Vermekia sans détours.

— Extraterrestre ou pas, il a bénéficié de complicités à Newcastle.

— Mouais... Le Zanth a bien ses adorateurs, alors pourquoi pas une espèce intelligente nouvellement découverte sur St Libra ?

— Le plus inquiétant, dans cette histoire, c'est le risque que des extraterrestres aient trouvé un moyen d'emprunter notre portail sans être détectés. Ce n'est pas une idée très agréable, mais elle expliquerait beaucoup de choses.

— En effet. Comment va Tramelo ?

— Le premier jour, elle était tout heureuse d'avoir recouvré sa liberté, expliqua Vance. Et puis, elle a abondamment testé les limites qui lui étaient imposées, ce qui était à prévoir. Pour le moment, elle se tient à carreau. En tout cas, elle est convaincue que l'extraterrestre existe.

— Vous souhaitez l'interroger de nouveau ?

— Ce ne sera pas nécessaire. Pas encore. Je suis troublé par son passé, quel qu'il soit, mais je vois bien que cette histoire d'extraterrestre la tracasse. Elle pense qu'il profitera de la première occasion pour nous tuer tous, ajouta-t-il en adressant à Vermekia un regard lourd de sens.

— Et vous ?

— Il y a trop de détails inexplicables pour qu'il puisse s'agir d'un meurtre ordinaire ou d'un contrat couvrant des magouilles financières, observa Vance en lançant un regard lourd de sens vers Vermekia.

— Notamment la manière dont la victime a été tuée, conclut Vermekia. Du nouveau du côté du système de détection de Jay Chomik ?

— Non, soupira Antrinell. La ville est complètement quadrillée, désormais. Si la moindre particule zanth éternuait, nous serions immédiatement alertés.

Vance sourit.

— J'aime la métaphore, mais il ne s'agit pas du Zanth. Ce n'est pas son style.

— Heureux que vous en sachiez tant sur lui, dit Vermekia. Quelque chose tue les North, et même s'ils ne sont qu'une bande de clones bizarres, ils sont précieux à notre civilisation transstellaire.

— J'ai jeté de nouveau un coup d'œil au témoignage de Tramelo et au rapport d'autopsie du North2, poursuivit Antrinell. À mon avis, on a affaire à un type équipé d'un genre de combinaison, d'un exosquelette ou d'implants cybernétiques.

— Pourquoi un psychopathe attendrait-il vingt ans entre deux crimes ? s'étonna Vermekia.

— Il faut poser la question à un psychologue ! Et nous allons lancer une expédition qui va coûter des milliards et des milliards à cause d'elle ! C'est une réponse beaucoup trop extrême.

— Cette expédition est la conséquence d'une incertitude. Nous ne pouvons pas nous permettre de ne pas savoir.

Antrinell soupira d'un air défait.

—Je sais, mais personne, parmi nos scientifiques, n'a fait remarquer qu'il était très peu probable qu'une forme de vie bipède ait évolué ailleurs ? Nous n'en avons rencontré sur aucune des planètes que nous avons visitées. Merde, la faune de Guanimaro n'a même pas de membres et elle ne s'en porte pas plus mal.

—Notre équipe scientifique nous a fait un exposé exhaustif sur la question. Sirius n'est pas si loin. Selon la théorie astrogénique, la vie a pu se propager d'étoile en étoile grâce à des microbes.

—Non, c'est ce qu'on appelait la panspermie, mais cette théorie a été réfutée il y a des siècles. Rien de suffisamment complexe pour se reproduire – pas même une bactérie monocellulaire transportée par une comète interstellaire –, rien ne peut maintenir son intégrité moléculaire dans le vide, à une température proche du zéro absolu et pendant si longtemps.

—Cette théorie n'a pas été réfutée, car on ne peut pas mener une expérience pour la vérifier. Les partisans d'une théorie rivale l'ont enterrée à coups de statistiques et de probabilités. En d'autres termes, on n'en sait rien.

—Peu importe, lâcha Antrinell en écartant les bras et en secouant la tête.

—Et puis, et c'est bien plus important, il y a la biosphère de St Libra, continua Vermekia. C'est une vraie anomalie. Cet environnement sans animaux ni insectes est unique et donc suspect. À notre connaissance, il n'y a pas d'autre monde exclusivement végétal. C'est vrai qu'on n'a jamais vraiment étudié les fossiles de St Libra, mais Highcastle n'a qu'une seule université, et on y forme surtout des ingénieurs capables d'extraire et de raffiner le biocarburant plutôt que des archéobotanistes. Néanmoins, deux ou trois équipes de chercheurs travaillent sur St Libra, et les résultats auxquels ils sont parvenus ces trente dernières années sont quelque peu inquiétants. Si l'on en croit leurs conclusions, la vie ne serait apparue sur cette planète qu'il y a un million et demi d'années.

—Je l'ignorais, s'étonna Vance en fronçant les sourcils.

—Ces infos n'ont été publiées que dans des revues universitaires obscures. Comme je l'ai dit, il n'y a pas eu énormément de fouilles, et on ne peut juger une planète de la taille de St Libra sur la base de huit pauvres prélèvements effectués trop près les uns des autres sur un même continent. L'absence de fossiles très anciens mise à part, la flore zébrée de St Libra est bien trop sophistiquée. N'oublions pas que la planète fait orbite autour d'une étoile jeune. Jamais des plantes si complexes n'auraient dû avoir le temps d'apparaître. Bref, tout cela conduit nos scientifiques à postuler que St Libra a été artificiellement bioformée, qu'elle n'a pas évolué naturellement. En d'autres termes, quelqu'un a fabriqué la biosphère de cette planète. Il y a deux millions d'années de cela, on a largué des bactéries et des graines sur St Libra, et on a laissé faire la nature.

— La Création de St Libra : une semaine de boulot il y a deux millions d'années, s'amusa Vance.

Les autres gloussèrent.

— On ne se lance dans pareille entreprise que quand on a besoin de place pour installer sa propre espèce, conclut Antrinell.

— Je n'y crois pas, dit Vance. Personne ne réfléchit à si long terme.

— Personne d'humain, le contra Vermekia.

— Une bioformation de ce type ne prend que quelques milliers d'années, après quoi il est déjà possible de s'installer.

— Peut-être. Personne ne se demande pourquoi ils n'ont pas encore montré le bout de leur nez, mais c'est un autre gros point d'interrogation suspendu au-dessus de St Libra. Imaginons qu'ils finissent par arriver et qu'ils découvrent nos champs d'algues et notre biomerde d'origine terrestre en train de contaminer leur paysage. Peut-être qu'il s'agit d'une œuvre d'art ! Une espèce qui possède la technologie nécessaire à une bioformation à l'échelle interstellaire n'a que faire des contingences économiques. À moins qu'il s'agisse du jardin d'un empereur. On ne sait pas, et c'est bien là le problème. Voilà pourquoi cette expédition doit être lancée.

— S'il y a une espèce intelligente sur St Libra, nous la trouverons, affirma Vance.

— Je n'en doute pas, acquiesça Vermekia en désignant l'entrée de la cathédrale tandis que les cloches cessaient de tinter. Messieurs… votre mission sera périlleuse et aucune bénédiction ne sera de trop. Et puis, vous n'aurez peut-être pas l'occasion de prier comme il se doit avant longtemps.

* * *

La foule était massée le long de la rocade ouest de Newcastle, soit cette portion de l'A1 située entre le croisement avec l'A696, route conduisant à l'aéroport, et le Dernier Mile. Les rives du fleuve, à proximité du pont de Lemington, étaient un excellent poste d'observation. De part et d'autre de la Tyne, tout le monde suivait avec des yeux ronds fascinés l'approche du premier SuperRoc à deux étages. La chaussée était tout juste assez large pour accueillir les énormes trains d'atterrissage, et les gens commençaient à se demander si le pont serait capable de résister à un tel poids. Un SuperRoc en pleine charge pouvait peser jusqu'à six cents tonnes, mais à vide, son poids était de trois cents tonnes, ce qui ne dépassait pas la capacité de la structure.

Une garde prétorienne de techniciens de l'ADH en uniforme gris-vert accompagnait l'appareil massif en trottant. Le pilote automatique du remorqueur était désactivé, et le chauffeur roulait au centre exact de la chaussée. Des personnages en parka vérifièrent que l'asphalte avait bien été nettoyé de toute trace de neige tandis que le train d'atterrissage du nez de l'appareil atteignait le pont ; il ne s'agissait pas de perdre de l'adhérence au plus mauvais moment. D'autres types en parka firent de même pour les trains principaux.

Le SuperRoc termina sa traversée vers 9 heures, et tout le monde applaudit comme il poursuivait sa route sur la rocade. Un autre SuperRoc et trois cargos Daedalus l'imitèrent lentement.

Sid, Jacinta et les enfants s'étaient postés à l'extrémité de l'ancien parking de l'hôpital Bensham en surplomb de la ligne de chemin de fer qui longeait le côté est du Dernier Mile. L'hôpital était à moitié démoli, et les promoteurs attendaient l'autorisation de la municipalité pour entamer la construction de trois luxueux immeubles de bureaux de trente étages. La proximité du site avec le portail, qui ne se trouvait qu'à quelques centaines de mètres, en faisait un des plus prisés de la ville. La manière dont ces terrains municipaux avaient été vendus à des promoteurs privés avait valu à cinq conseillers municipaux d'être mis en examen par le bureau régional de surveillance budgétaire.

Pressée contre la haute clôture galvanisée du parking, la famille Hurst profitait d'une vue splendide sur le portail et sur les panneaux solaires irréguliers des bâtiments qui flanquaient le Dernier Mile. La rampe métallique qui conduisait à la connexion transspatiale était vide. Elle avait été baissée, presque posée sur la route qu'elle surplombait afin de faire plus de place aux avions. Le transport habituel de marchandises et de passagers vers St Libra avait été suspendu, tout comme le flot constant de migrants à pied. Ce jour-là, les piétons étaient contraints d'attendre à l'entrée du Dernier Mile que l'ADH ait terminé son transfert.

— Pourquoi est-ce qu'ils vont tous sur St Libra ? demanda Zara comme un remorqueur émergeait de l'A1 au carrefour de Lobley et s'engageait lentement sur le Dernier Mile, décrivant une courbe pour s'aligner sur l'ovale gris scintillant du portail.

— C'est une expédition, abrutie, répondit Will à sa sœur.

— D'accord, mais pourquoi ?

— Ils vont explorer Brogal, expliqua Jacinta. On ne sait pas grand-chose de ce continent, et l'ADH veut vérifier qu'il n'est pas dangereux.

— Pourquoi est-ce qu'il serait dangereux ?

— Certaines personnes croient y avoir vu des extraterrestres, répondit Sid, répétant le discours officiel et se détestant pour cela.

— Le Zanth ? s'inquiéta Zara.

— Non, pas le Zanth, ma chérie. Autre chose, mais ils ne savent pas quoi, et c'est pour ça qu'ils partent en exploration. Ce n'est sans doute rien, mais ils doivent vérifier, c'est leur boulot.

Il croisa le regard de Jacinta, qui avait bien du mal à dissimuler son mépris.

— Il arrive sur la rampe, regardez ! lança Will, le doigt tendu à travers le grillage.

Droit devant eux, les épaisses roues avant du remorqueur s'engagèrent sur le plan légèrement incliné. Sid se demanda si l'engin serait capable de tirer l'avion géant sur la rampe, si peu inclinée soit-elle. Il passa un bras autour de Zara, la serrant avec affection contre lui.

— Tu crois que ça va passer, papa ? demanda-t-elle.

— Ça devrait.

Mais Sid n'en était pas sûr. Ce serait vraiment juste. Les ailes du SuperRoc étaient repliées contre le fuselage de l'appareil. Les ailes de tous les avions commandés par l'ADH devaient être escamotables pour passer par les portails et repositionnables très rapidement afin que les engins soient opérationnels dès leur arrivée de l'autre côté. Le double aileron de la queue était lui aussi replié vers le bas.

Will retint son souffle comme le remorqueur traversait la brume mouvante du portail. Alors, ce fut le tour du nez du SuperRoc. Les gens en parka qui grouillaient autour et en dessous de l'avion s'agitaient. Des éventails de lasers verts jaillirent du cadre du portail pour mesurer la position et la trajectoire de l'appareil. Qui se remit à avancer à la vitesse d'un escargot.

Sid grimaça lorsque les moteurs atteignirent le portail. À ce stade-ci, l'avion avançait encore plus lentement, et sa trajectoire était vérifiée en permanence. Des techniciens étaient agglutinés autour des moteurs et faisaient de grands gestes avec les bras. Sid aurait juré qu'il n'y avait que quelques centimètres de marge. Néanmoins, lentement mais sûrement, l'avion continua d'avancer.

La foule massée dans le parking applaudit et siffla avec enthousiasme lorsque les moteurs furent de l'autre côté. Ne restait plus que la queue effilée.

— Je reviens dans une minute, dit Sid à Jacinta, qui lui lança un regard désapprobateur, mais acquiesça.

— Tu vas où ? demanda Zara, incrédule. Les autres avions arrivent.

— J'ai aperçu un vieil ami, dit-il en se faufilant à travers l'épais cordon de spectateurs pressés contre la clôture.

Il ne fit pas attention aux regards agacés des gens qu'il bousculait et écartait de son chemin. Il émergea de la foule et se retrouva face à ce qui, à première vue, ressemblait à une boule de peau de chameau surplombée d'une autre boule, plus petite, de laine rouge et jaune. Sid distinguait à peine un visage entre le manteau et le chapeau. L'inspectrice – à la retraite – Kaneesha Saeed avait une peau hâlée d'Asiatique couverte de taches brunes, des boucles grasses dépassant d'un bonnet trop petit tricoté à la main, et des lunettes épaisses qui déformaient son regard couleur noisette. Cela faisait presque quatre ans que Sid ne l'avait pas vue, période durant laquelle elle avait au moins doublé son poids. Vu qu'elle lui arrivait à peine à l'épaule, le résultat était quasi sphérique.

— Merci d'avoir accepté de me rencontrer, commença-t-il.

Kaneesha avala une gorgée d'expresso Costa.

— Pas de problème. J'ai entendu dire que vous aviez été suspendu.

— J'ai réintégré mon poste.

— Cool pour vous.

Pour Kaneesha, supposa Sid, le fait d'avoir été suspendu était un gage de qualité. Elle qui était partie en préretraite six ans plus tôt, acceptant une baisse considérable de sa pension afin d'échapper à au moins trois audits internes. L'argent n'était certes pas un problème pour elle, puisqu'elle vivait dans un penthouse sur Quayside, à l'est d'Ouseburn. Et c'était sans compter sa résidence secondaire sur Sao Jeroni, le monde brésilien. Au commissariat de Market Street, on racontait qu'elle pouvait se permettre ce train de vie parce qu'elle recevait de l'argent des gangs ; c'était même l'idée la plus partagée. Sid avait même entendu des officiers supérieurs tels qu'O'Rouke se demander à haute voix si elle n'appartenait pas à un de ces gangs lorsqu'elle avait été recrutée et qu'elle avait commencé sa formation d'agent. D'où sa préretraite et sa disparition discrète. Car si la nouvelle d'une infiltration des services de police s'était propagée... Sid ne savait pas qui avait raison et il refusait de la juger. Ils avaient travaillé ensemble quelques fois, obtenant des résultats corrects.

— Sacré spectacle, hein ? poursuivit-il en désignant le deuxième SuperRoc en train de gravir la rampe du portail.

— Mais pourquoi, Sid ? Pourquoi se donnent-ils toute cette peine ?

— Aucune idée. J'ai déjà bien assez de soucis avec l'affaire qui m'occupe en ce moment.

Kaneesha sourit derrière le couvercle en plastique de sa tasse.

— On est débordé, hein ? Oui, je me souviens de ces affaires-là.

— Le *car-jacking* du North. D'ailleurs, il n'est pas impossible que le meurtre et ce que nous avons sous les yeux soient liés d'une façon ou d'une autre.

Il éveilla subitement l'intérêt de Kaneesha, dont les pupilles grossirent bizarrement derrière les verres de ses lunettes.

— Vous jouez dans la cour des grands, Sid ?

— Ouais.

— Je vous conseille de faire très attention. Les grands ne respectent pas toujours les règles.

— Merci du conseil.

— Comment va la famille ?

— Ça grandit vite. J'ai besoin de deux-trois informations qui ne sont pas dans les dossiers officiels, Kaneesha.

Elle détourna les yeux et sirota son café.

— Comme quoi, par exemple ?

— Quels sont les liens qui unissent les gangs au monde des finances ?

Kaneesha recracha son expresso.

— Merde, Sid, vous ne pouvez pas me demander ça.

Sid eut un sourire satisfait en voyant sa réaction familière.

— Et pourquoi pas ?

La deuxième affaire sur laquelle ils avaient travaillé ensemble ne s'était pas très bien passée. Tandis qu'elle filait un suspect, Kaneesha avait été prise à partie par une bande de voyous. Ce n'était pas une embuscade organisée ; elle s'était simplement retrouvée au mauvais endroit au mauvais moment, cauchemar typique de tout officier de police. Sid avait renoncé à la filature pour se jeter dans la mêlée, utilisant un Taser à tir multiple, ainsi qu'une bombe lacrymogène ultrapuissante non standard à longue portée.

—On n'a pas de secrets l'un pour l'autre, Kaneesha.

—Oh ! que si.

—Écoutez, j'ai un sérieux problème. On m'a confié l'enquête sur le meurtre du North, mais je suis à peu près certain de ne pas pouvoir la mener au bout avec des procédures standard. J'ai besoin d'un nouvel angle d'attaque, et il semblerait que ce North ait été mêlé à des saloperies financières pas très avouables.

—Cette histoire de *car-jacking* n'était pas très crédible, c'est sûr.

—Elle m'a permis de gagner un peu de temps.

Kaneesha considéra d'un air pensif l'avion massif qui disparaissait dans le portail.

—Et ceci est la conséquence de ce crime. Mais de quoi diable ont-ils peur, Sid ?

—Ce n'est pas la première fois qu'on tue un North. Vous vous rappelez Bartram ?

—Un peu. Faudrait que je demande à mon i-e de me ressortir le dossier pour être sûre.

—J'ignore pourquoi ce North a été tué la semaine dernière, mais le tueur a bénéficié de complicités pour se débarrasser du corps. Je suis à court de pistes. Allez, vous savez forcément des choses ; vous avez dirigé la brigade antigang de la ville. Je suis sûr que les gangs entretiennent des relations avec les grandes entreprises locales.

Il étudia ce qu'il voyait du visage de Kaneesha, remarquant que ses taches brunes étaient sèches et craquelées. Certaines saignaient et paraissaient même infectées. Comme elle portait des gants, il ne voyait pas ses mains.

—La réalité n'a rien à voir avec l'idée que vous ou les scénaristes du transnet vous en faites, rétorqua Kaneesha, sur la défensive. La sécurité des grosses boîtes a ses propres hommes de main capables d'accomplir le sale boulot. En toute discrétion, évidemment. Vous ne trouverez jamais de quoi les présenter devant le juge.

—Je sais, je sais, mais ne vous fichez pas de moi. J'ai besoin de votre aide. Si je ne montre pas rapidement des résultats à O'Rouke et aux North, on me jettera comme une vieille chaussette.

—Ces contacts existent, mais à très petite échelle, la plupart du temps. Parfois, il leur faut de jolies filles et des beaux garçons pour tenir compagnie aux cadres en déplacement, ou bien de la came de dernière génération, mais c'est à peu près tout.

— Vous rigolez ?

Elle se moquait de lui et, apparemment, prenait son pied.

— Bon, peut-être. Enfin, tout est possible. Je les imagine bien, par exemple, se servir de voyous, d'intermédiaires, pour mettre un terme à une entreprise de cassage.

— Une entreprise de quoi ?

Kaneesha lâcha un soupir.

— Ils ne vous enseignent donc plus rien à l'académie ? Les producteurs de St Libra, les gros, je veux dire, Northumberland Interstellar et leurs amis… eh bien, ils font tout pour empêcher la réapparition d'un marché à terme du biocarburant. Ils ne veulent pas que des petits malins débarquent et se fassent de l'oseille sur leur dos. Alors, ils cassent tout ce qui menace de modifier les prix qu'ils fixent, des prix suffisants pour faire des profits substantiels, mais pas élevés au point d'étrangler l'économie transstellaire. Vous savez, des immeubles entiers emplis d'économistes travaillent à fixer les prix. L'équilibre n'est pas facile à trouver entre la croissance et la récession. Personne n'a envie de revivre la dépression de 2092, quand le Zanth a attaqué. On a mis deux décennies à s'en remettre. Désormais, le prix du biocarburant ne dépend ni des coûts de production ni de la quantité disponible ; il est le résultat d'un calcul savant destiné à empêcher un effondrement des places financières transstellaires. En stabilisant le marché, en 2111, le cartel a gagné le contrôle d'une part énorme du gâteau, et il n'y renoncera pas sans se battre. Si quelqu'un essayait de remettre en cause son hégémonie, en réintroduisant subrepticement un marché à terme clandestin qui permettrait de spéculer sur les prix, on ne tarderait pas à le retrouver en train de flotter sur la Tyne.

— Pour quelle raison un North voudrait-il modifier la situation présente ?

— Justement, c'est peu probable, mais les types en face sont tout aussi durs. Pensez aux enjeux, poursuivit-elle en agitant sa tasse en direction du portail. Vous voyez ces pipelines, sous la rampe ? Ils sont énormes, hein ? Vous vous êtes déjà demandé quelle quantité de biocarburant ils transportaient par seconde ? Tout le monde ment sur la part du biocarburant fournie par St Libra à la GE et à ses planètes affiliées. Dix-huit pour cent ! Laissez-moi rire. En réalité, c'est beaucoup plus. Personne d'autre ne veut voir ces champs d'algues souiller ses mondes tout neufs et tout propres. Quant aux sols de la Terre, ils sont beaucoup trop précieux pour qu'on y cultive autre chose que de la nourriture ; cette bataille-là a été gagnée il y a un siècle. Mais personne ne voudra admettre à quel point nous sommes dépendants, parce que St Libra est une épine dans le pied de Bruxelles. C'est le seul portail dont le contrôle politique lui échappe. Il appartient aux North, et ils ne sont pas près d'en confier les rênes à une commission quelconque.

— Fait chier, murmura Sid. Je croyais que c'était quinze pour cent. Vous êtes sûre de ce que vous avancez ?

— Oh ! oui. Quiconque veut se dresser contre ce monopole monolithique, avec son financement illimité et ses soutiens politiques de haut vol, doit s'attendre à souffrir. Après, on peut s'attaquer à un des nombreux marchés auxiliaires : les obligations, les certificats d'échange-carbone, le recyclage, les pastilles vertes, les effets de levier sur livraisons postspot… Tout cela est manipulable, à condition d'avoir les couilles assez grosses. Un type assez fou pour trafiquer le marché de cette façon a intérêt à être blindé de pognon, à être pote avec des gens en mesure de corrompre les employés de ses rivaux et de régler très rapidement certains problèmes. Je parle de ces équipes occultes, de ces types qui ont des contacts avec la rue, avec ceux qui sont prêts à faire toutes les saloperies pour de l'argent. Jamais vous ne mettrez ce système au jour, Sid ; il est beaucoup trop secret et beaucoup trop costaud pour vous. Même si vous réussissez à en ferrer un, il préférera être exilé sur Minisa ou être condamné à vingt ans de prison plutôt que d'avouer et de collaborer. Ces gens-là ne sont pas stupides.

— Je n'en suis pas si sûr. Je suis soutenu par l'ADH, des types persuasifs.

— Ça ne fait pas peur aux gars dont nous parlons. En revanche, ça m'inquiète un peu. Je suis sortie du jeu, Sid, je suis *clean*. Je n'ai pas envie que mon nom circule de nouveau dans les cercles officiels.

— Merde, Kaneesha, je ne vous connais même pas ! J'ai besoin d'un nom, non pas pour eux, mais pour moi. Juste un nom ! Un gangster en relation avec les gros patrons ! S'il vous plaît…

Elle secoua la tête et versa ce qui restait de son expresso dans la neige tassée du parking. Le liquide brun fit fondre la croûte glacée.

— J'en connais des dizaines, mais ils sont tous morts depuis que j'ai interrompu ma carrière. Ça vous va comme réponse ?

— Kaneesha !

— Demandez à votre ami Aldred. Essayez de prendre le problème dans l'autre sens.

— Vous êtes toujours dans le coup, affirma-t-il en la regardant durement.

— Non. (Elle pointa son index sur son propre visage.) Dès que vous avez vu ma tronche, votre cerveau s'est mis à turbiner. Il faut que je m'occupe de cette merde, vous savez, mais pour ça, il faut que j'aille loin, très loin, Sid. Et le genre de thérapie génique dont j'ai besoin coûte très, très cher. Pas question que je prenne le moindre risque. J'ai déjà donné. Cette partie de ma vie est un lointain souvenir.

— Un putain de nom, Kaneesha. Un seul ! Vous me devez bien ça. Vous ne risquez rien.

— Je vais y réfléchir, lança-t-elle avant de tourner les talons et de se diriger vers la barrière rouillée du parking.

— Kaneesha !

— Ne me rappelez pas. Plus jamais. C'est moi qui vous rappellerai. Peut-être.

Les mâchoires serrées, Sid la regarda s'éloigner d'un pas incertain. Il avait envie de la rattraper, de la prendre par les épaules pour la faire pivoter sur ses talons, de lui crier au visage qu'il avait *vraiment* besoin de ce tuyau. Mais ce serait inutile, et il le savait. Et puis, elle avait dit « peut-être ». Dans le genre de monde où elle vivait, c'était une promesse en or massif.

* * *

Après que le second Daedalus eut traversé le portail, Sid ramena Jacinta et les enfants dans le centre-ville et se gara au commissariat de Market Street. C'était pratique pour faire les boutiques, et il ne payait pas le stationnement.

— Et je ne veux pas t'entendre me dire que tu vas « passer vite fait au bureau » pour voir où en est l'enquête, le menaça sa femme comme ils sortaient de la voiture.

— Je n'ai jamais fait un truc pareil, se défendit-il. Je t'ai promis qu'on passait la journée en famille, non ?

Il fit semblant de ne pas remarquer son regard. Il avait dû négocier longuement pour qu'elle accepte de le laisser s'éclipser quelques minutes dans le parking. De toute façon, il suivait les progrès de son équipe dans l'examen de la modélisation dans sa grille, et ce en temps réel. Jusque-là, ses hommes avaient remonté la piste de dix-huit taxis, mais celui d'Elswick Wharf persistait à leur échapper.

Ils s'assurèrent que Zara et Will étaient correctement couverts : manteaux boutonnés, écharpes serrées, gants enfilés. Alors, Jacinta guida la petite famille vers le monument de Charles Grey. Comme la moitié de la ville était en train d'assister au spectacle du transfert des avions vers St Libra, les boutiques n'étaient pas très fréquentées pour un dimanche midi. Sid se rendit chez *Stanatons*, le marchand d'uniformes scolaires de Central Arcade. Avec sa façade en carreaux bruns vernis et son entrée flanquée de palmiers, le magasin semblait sortir tout droit de l'époque où la galerie avait été construite, deux cent quarante ans plus tôt. Avec ses mannequins portant les uniformes d'une dizaine d'écoles privées différentes, il avait un charme désuet. Les tenues de sport, en revanche, étaient modernes. Sid n'avait jamais trop aimé l'idée que les enfants soient obligés de porter ces gros casques dotés de barres de protection sur le devant. Ajoutés aux rembourrages du reste de leurs tenues, ils étaient le symbole d'une culture paranoïaque, d'un culte du risque zéro et du principe de précaution qu'il méprisait tant. À son époque, le football était du vrai football et non pas cette version édulcorée pratiquée par les écoliers modernes. Si on se faisait mal, on se montrait plus prudent la fois suivante ; c'était la seule manière d'apprendre. Il avait renoncé à faire admettre cette réalité à Jacinta, qui ne supportait pas l'idée que ses petits puissent souffrir sans raison. Heureusement, le miroir de *Stanatons* appartenait bien au XXIIe siècle, et Will pouvait voir à quoi il ressemblerait dans son nouveau blazer, et ce sous toutes les coutures. Sauf que sa mère et lui n'avaient pas les mêmes goûts en matière de mode, de coupe et de taille. Sid et Zara restèrent à l'écart de leur dispute, préférant explorer le coin des filles à la recherche d'accessoires dont, affirmait Zara, elle ne pourrait pas se passer. Elle n'avait pas tout à fait tort ; ses gants étaient trop petits et son écharpe usée. Lorsqu'ils sortirent enfin de la boutique avec trois sacs pleins, le compte secondaire de Sid avait été délesté de 500 eurofrancs. La moitié de la population européenne possédait un compte secondaire alimenté par des petits boulots au noir et des bonus non déclarés.

Le salaire de policier de Sid passait par des canaux complètement légaux, mais son travail lui offrait de très nombreuses occasions d'arrondir ses fins de mois. Tout était dans l'équilibre entre ses différentes sources de revenus. Trop de policiers se comportaient comme des gamins dans un magasin de jeux vidéo, surestimant leurs forces dès qu'ils obtenaient leur titularisation. Ils devenaient alors des cibles faciles pour les gangs voulant les faire chanter et les inspecteurs du fisc. Sid s'était tenu à l'écart des ennuis les deux premières années, le temps d'être promu. Et depuis, il s'était efforcé de ne pas se faire remarquer par son ostentation afin d'éviter une enquête. Par ailleurs, il avait toujours refusé les propositions d'avocats de la défense lui demandant de saboter ou de faire disparaître des indices compromettants pour leurs clients, des propriétaires de boîtes de nuit, des dealers mêlés à des guerres territoriales, des petits entrepreneurs souhaitant opérer sans les autorisations nécessaires. Il vivait à Newcastle après tout, la ville où l'argent du biocarburant, un argent qui coulait à flots, affleurait un peu partout, arrosait toutes les sociétés, enrichissant tous ceux qu'il touchait.

Après six mois d'un comportement exemplaire en tant qu'inspecteur de classe un, il avait sorti un cadre moyen de Northumberland Interstellar d'une situation potentiellement mauvaise, dans un club. Il ne rédigea pas de rapport, ne demanda rien à personne, ce qui ne manqua pas d'attirer l'attention sur lui, comme il s'y attendait. Deux jours plus tard, Aldred en personne le rejoignait à une table du *Jamaica Blue* local pour le remercier.

Dès lors, il avait reçu chaque mois un virement sur son compte secondaire, opération intraçable effectuée depuis une banque de New Monaco. De temps à autre, Aldred le contactait pour lui poser quelques questions. Des questions auxquelles seule une personne ayant accès aux bases de données gouvernementales pouvait répondre. Ces gens-là auraient pu passer par bien d'autres canaux, mais celui-ci était utile, fiable ; et puis, Sid comprenait l'étiquette. Et cela avait duré jusqu'en septembre dernier, où il s'était fait pincer par le fisc en extirpant des données du Trésor public sur une société fichée pour ses activités. En dehors de cela, sa carrière s'était déroulée sans encombre, et les promotions s'étaient succédé régulièrement. Les virements étaient devenus de plus en plus importants, accompagnant ses changements de statut.

Après la galerie marchande, ils allèrent déjeuner chez *Livie*, sur Grey Street. La grande et vieille bâtisse de pierre était dotée d'une large vitrine qui permettait aux enfants de regarder les passants et le trafic en sirotant leur milk-shake à la banane.

— La maison vous a plu ? demanda Sid comme les plats arrivaient.

Ils avaient tous visité virtuellement la maison présentée par l'agent immobilier, entrant chacun leur tour dans la zone pour y voir ce qui les intéressait. Ou pas.

Zara sourit autour de sa paille.

— Ouais, et j'ai déjà choisi ma chambre.

— C'est vrai ?

— Celle du fond. Tu sais, en haut de l'escalier à gauche.

— Mais non, c'est à droite ! se moqua Will. Tu ne reconnais même pas ta gauche de ta droite !

Jacinta lança à son fils un regard d'avertissement.

— Elle donne sur le jardin, poursuivit Zara en faisant comme si elle n'avait pas entendu son frère. J'ai toujours vu la route par la fenêtre de ma chambre ; j'aimerais bien que ça change. Le jardin me plaît beaucoup, papa. J'en ai profité pour regarder à quoi il ressemble en été, et il y a des fleurs partout.

— On pourra y mettre un trampoline ? demanda Will, plein d'espoir. Un grand, comme celui d'Eric ?

— Pas aussi grand, répondit Sid en se rappelant l'énorme jeu qui dominait le jardin du copain de son fils. Mais un plus petit, oui.

— En tout cas, vous avez intérêt à être sages tous les deux si vous voulez que ça arrive un jour, les mit aussitôt en garde Jacinta.

— Absolument, confirma Sid. Et ce ne sera pas avant cet été, c'est sûr.

— Eh ! mais c'est de l'extorsion ! protesta Will.

— Attention…, menaça Sid, l'index levé.

Will fit une moue boudeuse typiquement adolescente et versa un peu de sauce sur son pudding du Yorkshire.

Ce n'est pas vrai, il s'est entraîné devant son miroir…, pensa Sid. *Qu'est-ce que ce sera quand il sera vraiment ado ? Ça ne va pas trop tarder, d'ailleurs…*

— Donc, la maison vous a plu ? demanda Jacinta.

— Ouais ! répondirent Will et Zara à l'unisson.

Elle posa sur Sid un regard appuyé en enroulant ses spaghettis autour de sa fourchette.

— Alors ?

Un icone prioritaire rouge apparut dans la grille de Sid. Il sourit de toutes ses dents et se retint de lever le poing en signe de victoire.

— Alors, on se lance. Prends rendez-vous pour une vraie visite.

— Ah !…, s'étonna-t-elle. Elle t'a plu tant que ça ?

— Ben oui, c'est une belle maison, et en plus, elle n'est pas trop chère.

L'icone se déplia avec une précision géométrique.

Le taxi n° 22 était celui qui s'était débarrassé du corps à Elswick Wharf.

Lundi 21 janvier 2143

La simulation était centrée sur Water Street, le dimanche soir, à 22 h 27. La salle de projection était bordée par la Tyne d'un côté et Scotswood Road de l'autre. Debout au milieu des structures décrépites situées à l'est de Water Street, Sid examinait le réseau de ruelles entourant les vieux bâtiments et entrepôts délabrés sur ces coteaux qui descendaient en pente douce vers le fleuve. Le quadrillage n'était pas très compliqué, et on ne pouvait pas parler de labyrinthe. Le quartier était coupé en son centre par le talus d'une ancienne voie ferrée, qui traversait Cuttings Garden Park, ruban de verdure au milieu des ténèbres urbaines, bouffée d'air pur pour les habitants du quartier. On y trouvait même un parc zoologique pour les enfants qui ne quittaient jamais la ville.

La zone où étaient enfoncées les jambes de Sid avait été massacrée par les pirates du gang. Aucun des maillages qui faisaient face à Water Street n'était actif. On les avait anéantis. Le macromaillage de particules intelligentes qui couvraient la chaussée avait lui aussi été détruit par des décharges électromagnétiques. L'IA qui faisait tourner la simulation avait récupéré les images manquantes dans les archives du service d'urbanisme de la ville, si bien que les façades des immeubles étaient un patchwork de saisons, jaune soleil ou gris automne, de surfaces humides ou de carreaux secs et brûlants, de neige fondue, de boue ou de glace. Du week-end qui les intéressait, il ne subsistait rien.

Les choses s'amélioraient un peu à mi-hauteur, au-delà de la ligne de démarcation de Scotswood Road et de l'A695. Toutefois, même là, les défauts de fonctionnement des capteurs empêchaient tout grossissement. Sid examina les deux fois trois voies de Scotswood Road. À ses pieds, l'IA avait reconstitué le carrefour de Dunn Street. La rue coupait l'alignement de concessions automobiles qui se succédaient sur le côté sud de l'axe majeur. Grâce aux particules dont était badigeonnée une concession Citroën, on voyait le taxi sur la route qui bifurquait vers l'ouest. Il était bleu foncé, presque noir, et en tout point identique aux autres taxis de la ville.

La nuit dernière, après avoir confirmé qu'il s'agissait bien du véhicule qu'ils recherchaient, Abner, Ralph, Reannha et Eva avaient passé les meilleures images dont ils disposaient à la moulinette d'un programme de reconnaissance. Il n'y avait rien sur le véhicule : ni éclaboussures ni bosses ni marques d'aucune sorte. L'équipe avait suivi son trajet à plusieurs reprises, figeant constamment l'image pour tenter de distinguer le conducteur ; toutefois, comme le leur confirma Tilly Lewis de Northern Forensics, le pare-brise et les vitres latérales étaient recouverts d'un film qui, de l'extérieur, était opaque. Et comme la portière était restée fermée…

— Combien de fois ont-ils changé de code de licence ? demanda Sid.

— Quatre fois, répondit Eva, qui se tenait à ses côtés et considérait le taxi d'un air pensif. Chaque fois à la faveur d'un carrefour dont le maillage avait été détruit.

— Ces carrefours, ils les connaissaient forcément.

— Absolument, patron. La plupart du temps, il attendait de ne pas être le seul taxi sur les lieux. Tout a été méticuleusement préparé. Là, continua-t-elle en désignant le véhicule du doigt, il va faire demi-tour au croisement de Park Road et retourner dans le centre. Tournants improbables, virages imprévisibles, croisements maladroits : ce fumier nous a tout fait. De là, il lui a fallu quarante-huit minutes pour disparaître dans la ZSSP.

— Ce n'est pas si mal, vu la circulation, remarqua Ian depuis la cabine de contrôle.

— Pas si mal, en effet, confirma Sid en souriant avant de baisser ses yeux une nouvelle fois vers les quais déclassés. Bien, poursuivit-il, conscient de la présence impassible de Ralph Stevens à côté de Ian. Nous n'avons pas droit à l'erreur. Il faut absolument découvrir d'où est venu ce taxi, car c'est sans doute là que la victime a été tuée. Ces connards ont arraché la moitié des maillages du quartier pour nous en empêcher, mais nous allons leur montrer qui est le plus fort. Voyons voir… (Il se retourna et avisa la ruelle située près du chantier où le taxi s'était garé pour se débarrasser du corps.) Pour arriver jusque-là, il a dû passer par Water Street, Monarch Road ou Skinnerburn Road. Le site se trouve pratiquement à l'intersection de ces trois rues. Mais d'où est-il venu ? Dedra, le taxi est entré dans notre périmètre par le pont de Redheugh, juste après Scotswood Road et le carrefour d'Armstrong Drive. Nous allons commencer avec les deux heures qui ont précédé ce moment.

— Oui, patron, murmura Dedra.

Sid désigna du doigt l'image du taxi.

— Je veux identifier tous les taxis qui sont entrés dans le périmètre. Je me moque de leur couleur ou de leur code de licence. Partez du principe que tout est faux. On n'en élimine aucun tant qu'on n'a pas le visuel et l'ensemble des données qui le concernent.

L'échelle de la projection rapetissa afin de faire entrer dans la salle les quartiers qu'il avait mentionnés. Tous les taxis officiels de la ville étaient marqués par des épingles bleues électriques.

— Ari, vous allez vous joindre à Eva et moi. Nous allons confirmer visuellement les observations numériques de Dedra. Ian, installez-vous dans le Bureau n° 2 ; je l'ai fait débarrasser ce matin. Je veux qu'on enquête sur tous les taxis que nous trouverons. Il nous faut tout : le nom du propriétaire, la société qui le loue, le conducteur et le prix de la course. Confirmez tout ce que nous voyons ici, même si c'est seulement un petit tour sur la 695.

— Ça fait un boulot énorme, patron.

— Je vais demander à O'Rouke de nous envoyer des renforts pour les deux-trois prochains jours.

Il avisa le sourire contenu de Ian de l'autre côté de la vitre et sut exactement ce que pensait son adjoint. *Bonne chance !*

Ian avait raison, évidemment. O'Rouke fulmina pendant plusieurs minutes avant d'accepter à contrecœur de transférer plus de ses effectifs dans l'équipe de Sid. Temporairement, bien sûr.

En milieu de journée, le Bureau n° 2 grouillait littéralement d'inspecteurs passant des coups de fil pour vérifier l'emploi du temps de tous les taxis repérés dans la simulation. Quinze nouveaux agents avaient pris possession des consoles de zone ; pour la plupart, il s'agissait de tire-au-flanc incompétents dont d'autres équipes avaient accepté de se délester sans aucune difficulté. Le travail que leur avait confié Sid n'était pas compliqué et, sous la houlette d'un Ian intransigeant, ils n'avaient qu'à passer quelques coups de fil pour vérifier les données enregistrées par leurs ordinateurs de bord.

Lorsque Vance Elston le joignit grâce à une ligne sécurisée cet après-midi-là, à 16 heures, Sid l'informa qu'ils avaient identifié deux cent sept taxis différents dans le périmètre entre 20 h 30 et 22 h 27.

— Et avant cela ? demanda immédiatement Elston.

Sid se tourna vers Ralph ; ils se trouvaient tous les deux dans un box privatif protégé électroniquement.

— Nous pensons que cette fenêtre de deux heures est suffisante. Quand on a un cadavre dans le coffre, on ne se balade pas en ville pendant des heures. À mon avis, le conducteur a filé aussi vite que possible entre le site du meurtre et celui où le cadavre a été jeté à l'eau. Et sans attirer l'attention.

— Et il n'est sans doute pas resté garé quelque part pour nous compliquer la tâche, intervint Ralph. Le risque aurait été grand d'être découvert par hasard.

Elston renifla de mépris.

— C'est ce que vous ont dit les officiers.

— C'est logique, et je suis d'accord avec cette analyse.

— Nous avons mis en place une nouvelle équipe qui se concentre sur l'emploi du temps de tous les taxis, expliqua Sid. Nous allons donc commencer par ceux dont la présence dans le quartier ne semble pas justifiée. Si nous ne l'avons toujours pas identifié après avoir vérifié visuellement les deux cent sept voitures de la simulation, nous recommencerons tout en partant de plus tôt dans la soirée.

— Combien de temps cela va-t-il prendre ? demanda Elston.

— En étant réaliste, on peut remonter la piste de quatre ou cinq véhicules par jour. Ils sillonnent tous la ville dans tous les sens. Il faut du temps pour faire les choses bien, et on ne peut pas se permettre de rater un arrêt.

— Cinquante jours ! s'exclama Elston. Je ne peux pas accepter un tel programme !

— Cela prendra cinquante jours si nous le trouvons en dernier, le contra Sid. Selon toute probabilité, on aura notre coupable en deux à trois semaines.

— Je me rappelle vous avoir entendu affirmer que si nous ne l'arrêtions pas en cinq jours, nous ne l'aurions jamais.

— Oui, dans le cas d'une enquête normale, acquiesça Sid. L'affaire qui nous intéresse n'est pas ordinaire.

— Merde ! j'espérais quelque chose de plus encourageant après l'identification du taxi.

— Il reste les indices glanés par les scientifiques. Ils n'ont pas fini d'examiner la carcasse de la voiture. En tout cas, ceux qui l'ont transformée en boule de feu savaient ce qu'ils faisaient. Vu la façon dont l'équipe qui s'est débarrassée du corps a bousillé le macromaillage des routes et désactivé les particules intelligentes des murs, je veux que la brigade antigang mette la pression sur ses informateurs. Si c'est votre extraterrestre qui a fait le coup, il a reçu un coup de main de voyous locaux.

— Nous devons absolument garder le secret sur cette enquête.

— Nous faisons tout pour. Le fait de mettre l'antigang sur le coup, de démarrer une enquête parallèle, rendra plus plausible cette histoire de *car-jacking*. C'est exactement le genre de crimes que commettent les gangsters de petite envergure.

— C'est logique, enchérit Ralph. Et ça pourrait produire des résultats intéressants. Suivre un maximum de pistes sera forcément bénéfique.

— Vous cautionnez la stratégie de la police ? demanda Elston.

— Il ne faut négliger aucun angle d'attaque.

— Bien. Vous avez ma bénédiction. J'ai même un nouvel angle d'attaque à vous proposer. Il a été décidé que tous les A North2 se soumettraient à un test génétique. Si l'un d'entre eux est un imposteur, nous le saurons très bientôt.

— Excellente nouvelle, feignit de s'enthousiasmer Sid.

En réalité, il connaissait au moins une dizaine de façons pour un imposteur de se sortir de ce genre de piège, surtout si une autre branche de la famille North était impliquée. Substituer des échantillons n'était pas très compliqué quand on était prévenu deux heures à l'avance.

— J'ai demandé à Trose Secure de travailler sur ceux qui ont arraché les maillages de particules, continua-t-il. Ce sont les meilleurs pour ce genre de boulot. Si j'arrive à faire parler quelques pirates, on pourra peut-être identifier le gang qui a fait le coup. Ils ont abattu un travail monstre samedi et dimanche ; il est impossible que personne ne soit confondu.

— D'accord.

— J'aimerais confier cette partie de l'enquête à certains des agents qui nous ont été envoyés aujourd'hui.

— C'est votre enquête, répondit Elston. Faites ce qui vous semble le plus judicieux. Je ne suis pas là pour vous tenir la main.

— Je vous préviens parce que j'aimerais pouvoir vous appeler à l'aide si O'Rouke venait à m'emmerder. J'ai monopolisé quinze agents supplémentaires, et il n'a presque plus personne pour s'occuper des agressions et encore moins des affaires plus sérieuses.

— Ralph, vous le couvrirez, dit Elston. Il vous fallait autre chose ?

— Pas pour l'instant. Nous en sommes à la phase de recherches sur le terrain. C'est une phase laborieuse, mais essentielle.

— Je sais comment on prépare une enquête digne de ce nom, merci. Tenez-nous au courant de vos progrès, et n'hésitez pas à m'appeler en cas de découverte majeure.

— Oui, monsieur, acquiesça Ralph, mais il parlait déjà à un écran vierge.

Sid secoua la tête, incrédule.

— Merci, dit-il à Ralph.

— Je ne vous soutiendrais pas si je n'étais pas persuadé que vous faisiez du bon boulot.

— Ouais...

Sid étira ses bras pour détendre les muscles de ses épaules. Passer la moitié de la journée penché sur la simulation n'était pas très bon pour son dos, mais repérer les taxis était indispensable, et c'était un travail qu'il n'était pas disposé à déléguer.

— Vous êtes conscient que nous n'avons pas cinquante jours devant nous ? demanda Ralph.

— Oui, j'en suis conscient.

Lundi 28 janvier 2143

L'alarme sonna à 7 heures, arrachant Sid à un rêve agréable. Il grogna d'épuisement et de frustration et réussit à appuyer sur le bouton «*snooze*» avant que Jacinta ait pu l'en empêcher. Lorsqu'il se laissa retomber sur le matelas, il ne restait plus rien de son rêve dans sa mémoire inconstante.

— Tu vas devoir les préparer tout seul, ce matin, gémit Jacinta.

Sa grille s'ouvrit, loyale, emplissant son champ de vision d'icones et de textes. Personne n'avait encore repéré le taxi qui avait transporté le cadavre du North. *Penser à espacer davantage l'alarme et l'ouverture de ma grille.*

— Je sais, je sais…

Elle avait été de service la veille. Travailler un dimanche rapportait plus, mais elle s'était couchée à 4 heures à cause d'une urgence.

Il ordonna à son i-e de fermer la grille et, immobile, attendit que sa femme se remette à ronfler pour sortir doucement du lit. Will et Zara étaient en train de se réveiller. Il réussit à les faire se lever et filer dans la salle de bains sans faire trop de bruit. Comme ils étaient habitués à ce que leur mère rentre tard et ait besoin de dormir, ils descendirent calmement au rez-de-chaussée en portant une pile de vêtements ramassés dans le placard-séchoir.

— Bravo, les félicita-t-il comme ils s'habillaient dans la cuisine devant la vieille cuisinière Rayburn.

C'était un modèle collecteur de chaleur relié à une épaisse plaque noire constituée d'un matériau à changement de phase. Fixée sur le pignon sud de la maison, celle-ci absorbait la chaleur du soleil pendant l'été avant de la restituer progressivement et continuellement dans le four et les plaques de cuisson, si bien que ceux-ci ne nécessitaient que très peu d'électricité pour cuisiner. Ce système faisait de la cuisine la pièce la plus chaude et donc la plus agréable les matins d'hiver.

Sid enclencha la fonction « chauffage rapide » de la cuisinière pour préparer des œufs pochés.

— Vous avez terminé vos devoirs, j'espère, commença-t-il tandis qu'ils s'asseyaient pour manger.

— Tu as déjà posé la question hier soir, se plaignit Will. Je t'ai déjà dit que j'ai tout envoyé vendredi soir. C'est confirmé et certifié par le réseau de l'école. Je suis réglo, papa.

— Ce n'est pas pour vous fliquer. Je m'intéresse, c'est tout.

— Moi, j'ai lu tout mon livre, répondit Zara avec sérieux. J'adore les histoires de la Princesse poney.

Will fit la grimace, mais ne se moqua pas.

— C'est bien, ma petite, dit Sid avec un sourire d'encouragement.

Zara était déjà une lectrice assidue, mais il avait hâte qu'elle s'intéresse à des ouvrages plus consistants. Les professeurs leur avaient dit qu'il était extrêmement important de la soutenir et de la pousser, car trop d'enfants se contentaient de la solution de facilité, se tournant vers les expériences de zone interactives une fois acquis les enseignements de base.

— Alors, on pourra avoir un chiot ? reprit Will en se coupant une tranche de pain. La maison sera largement assez grande.

— Un chiot, c'est beaucoup de travail, répondit Sid.

Il s'était absenté furtivement le vendredi après-midi pour visiter la maison de Jesmond. Ian et Eva l'avaient couvert, inondant Ralph de fichiers à compulser. Ce n'était pas difficile ; ils avaient amassé des tonnes de données. Son estimation initiale fondée sur une moyenne de trois ou quatre taxis pistés par jour s'était révélée optimiste. Jeudi, ils n'en avaient rayé que deux de la liste. L'un d'entre eux avait suivi un itinéraire alambiqué et absurde pour déposer son client à Morpeth, ce qui avait nécessité le décorticage de plusieurs autres maillages. Ralph avait suivi tout le processus depuis le bureau ou la salle de projection, et il comprenait. Elston, lui, était beaucoup moins indulgent.

— Je le promènerai, promit solennellement Zara. Tous les jours.

— On verra.

— On verra quoi ? intervint Jacinta, enveloppée dans une grande robe de chambre, les cheveux hirsutes.

Elle se plaqua une main sur la bouche et bâilla.

— Tu devrais être encore au lit, la gronda Sid.

— J'ai envie de dire au revoir à tout le monde, expliqua-t-elle en serrant Zara et Will dans ses bras avec amour. Alors, qu'est-ce qu'on verra ?

— Si on achète un chiot ou pas.

— Quand on sera dans la nouvelle maison, précisa Zara

— Oh !…, fit Jacinta en lançant à Sid un regard intéressé. Vraiment ?

— Je me suis dit qu'on pourrait faire une offre, expliqua Sid. J'ai encore une fois calculé notre budget hier soir. Je crois qu'elle est dans nos moyens. À condition qu'on revende celle-ci à un prix correct.

— Je ne sais pas, chéri. Tu es sûr ?

Jacinta s'assit lourdement et attrapa la théière.

— Elle nous a plu à tous les quatre, non ? demanda Sid en regardant successivement tous les membres de la famille.

— Oui ! s'exclamèrent les enfants.

— Mon Dieu…, murmura Jacinta en avalant une gorgée de thé et en se passant une main dans les cheveux.

— On ne peut pas rester éternellement ici, enchérit Sid en la prenant par la main. Lançons-nous. Appelle l'agence et fais-leur une offre.

— Combien ?

— Tente quinze pour cent en dessous du prix demandé.

— On sera sous le prix du marché.

— Tant mieux pour les vendeurs s'ils reçoivent une offre plus intéressante, mais en attendant, ils pourront réfléchir à la nôtre.

— Quinze pour cent ? répéta-t-elle d'une voix incertaine.

— Ils n'ont encore reçu aucune offre sérieuse, et ça fait six semaines que la maison est en vente.

— Parce que personne n'achète pendant les fêtes de fin d'année.

— Bon, tu veux qu'on essaie, oui ou non ?

— D'accord, d'accord, céda-t-elle en lui serrant la main. J'appellerai l'agence dans la matinée. Merde, on va devoir faire estimer notre maison. En tout cas, il est hors de question que quiconque la visite, même virtuellement, avant que le ménage soit fait. Et…

— Termine ton thé.

* * *

Sid entra dans le Bureau n° 3 à 8 h 30 pour découvrir que Tilly Lewis l'y attendait. Dès que les lumières bleues de la porte se furent allumées, elle lui tendit un classeur épais et trois puces-mémoires.

—Le rapport final sur le taxi calciné, expliqua-t-elle.

—Merci. (Sid la conduisit dans son box privatif et attendit que la porte soit scellée.) Alors ? s'enquit-il en chargeant une des puces sur le réseau sécurisé du Bureau n° 3 et en rangeant aussitôt les données dans le dossier idoine.

—Tout a été détruit dans l'incendie.

—Euh... ouais, et c'est tout ?

—Vous l'avez vu vous-même. Cette voiture a été transformée en boule de feu. Au moins dix litres de biocarburant ont été utilisés. On est bons, mais on n'accomplit pas de miracles.

—D'accord. Et le réseau du véhicule ? Êtes-vous parvenus à récupérer ses logiciels pirates ?

—C'est toujours en cours. On a dû envoyer les composants à Londres, à une société spécialisée. Ils lisent dans les circuits des processeurs grâce à une technique d'analyse quantique des électrons. Ils ont l'habitude de travailler pour l'aérospatiale, de récupérer des données après les crashs. Cela ne devrait pas leur poser de problème, mais ce sera long.

—Bien. Merci, Tilly.

—Il y a autre chose. Je ne parle pas du taxi lui-même, mais des vêtements retrouvés dans le coffre, vous vous rappelez ?

—Ouais.

—Quand vous voudrez brûler des vêtements, ne les mettez pas en boule. Le tissu fait un bon isolant ; le cœur de la boule était intact. (Elle feuilleta les pages du classeur.) Sur la chemise, nous avons trouvé cinq coupures correspondant à l'emplacement des plaies de la victime repêchée dans la Tyne. Tout autour, le tissu était imbibé de sang. Pareil pour la veste : coupures équivalentes et grande tache de sang.

—Elles appartenaient donc bien à la victime.

—Oui. Une analyse de l'ADN a confirmé qu'il s'agissait bien d'un North2. Ce sont les vêtements qu'il portait quand il a été tué, et il s'agit bien du taxi qui a transporté le cadavre. Ah ! voilà..., ajouta-t-elle en posant une feuille de papier sur le bureau.

Sid examina la photographie d'une paire de chaussettes posée sur une table d'examen blanche et brillante à côté d'une règle. Elles étaient gris foncé et brûlées par endroits. Il se tourna vers Tilly.

— Et ?

— Le costume vient de chez *Hatchar*. Pas donné, mais, malheureusement, c'est du prêt-à-porter. La société est présente dans toute la GE, ainsi que sur les planètes affiliées. Elle possède deux boutiques à Newcastle et des rayons dans trois grands magasins locaux. *Idem* pour la chemise : une BrollBross, marque portée par les cadres de tous les mondes transstellaires et vendue dans une dizaine de magasins rien qu'à Newcastle, sans compter une boutique en ligne qui expédie des milliers de chemises tous les jours. On a donc l'uniforme typique du cadre supérieur, soit le genre de connerie qu'on s'attend à voir sur un North2.

— Et ça ? demanda Sid en tapotant la photo de l'index.

— Elles sont faites en laine de *drensi*, annonça Tilly, triomphante.

— Pardonnez-moi, mais je ne suis pas du genre fashionista. Ces chaussettes ont-elles quelque chose d'inhabituel ?

— Le *drensi* n'est pas vraiment de la laine. Enfin, pas de la laine de mouton. C'est une fibre issue d'une plante qui ne pousse que sur… St Libra.

Sid examina le cliché avec plus d'attention.

— Vous vous fichez de moi ?

— Et ce n'est pas terminé. La laine de *drensi* est un excellent produit, agréable au toucher et durable, mais qui ne s'exporte pas. Les coûts de fabrication ajoutés à la concurrence et au protectionnisme de la GE empêchent le développement de son commerce. On l'utilise donc largement sur St Libra, où elle remplace la laine de mouton, mais il n'y en a nulle part ailleurs.

— Notre victime est allée sur St Libra.

— Oui. Elle n'a pas pu acheter ces chaussettes ailleurs.

— D'autres indices qui confirmeraient cette découverte ? des traces sur le costume ?

— Non. Son costume a été nettoyé peu de temps avant le meurtre. Nous avons trouvé des substances utilisées dans le nettoyage à sec dans la fibre. Apparemment, sa chemise était propre du matin, tout comme son caleçon et ses chaussettes. Pas de spores ni rien qui puisse être associé à St Libra, donc. À part les chaussettes elles-mêmes. Exactement le genre de truc qu'on achète quand on est en voyage.

— Mmh… ça ne pèserait pas très lourd devant un tribunal, même face à un avocat de la défense incompétent. De toute façon, pas question que je présente ça devant un jury. En tout cas, c'est une piste nouvelle, et je vous en remercie.

— Il n'y a pas de quoi. La facture ne devrait pas tarder à arriver. Asseyez-vous avant de l'ouvrir.

* * *

Après le départ de Tilly, Sid lut l'intégralité du rapport scientifique sur les vêtements retrouvés dans le coffre du taxi calciné. Tilly avait raison : le costume et la chemise étaient de qualité, mais n'avaient rien d'exceptionnel. Leur piste, ils la devaient uniquement aux chaussettes. Il fit venir Ian et Ralph dans son bureau et appela Aldred sur sa ligne sécurisée.

— Le costume et la chemise n'ont rien donné, leur expliqua-t-il. Néanmoins, je vais mettre un spécialiste de la collecte de données sur le coup. Je veux une liste de tous les North2 qui ont acheté à la fois ce modèle de costume et cette chemise. Quand on l'aura, on sera près du but.

— Johan pourrait travailler là-dessus, proposa Ian. C'est un bon. On aura sans doute besoin d'un mandat ; les sociétés aussi importantes que celles-là deviennent frileuses quand on leur demande la liste de leurs clients.

— Ouais, je vais en parler à notre service juridique, acquiesça Sid, mais il y a peu de chances qu'on en tire quoi que ce soit. Les chaussettes m'intéressent davantage. Aldred, pouvez-vous me fournir une liste de ceux de vos frères qui ont visité St Libra l'année dernière ?

— Pas de problème, mais je vous préviens : au moins la moitié d'entre nous ont fait ce voyage. Le personnel de direction de Northumberland Interstellar emprunte très souvent ce portail. Notre travail l'impose. Même moi, je ne peux y échapper.

— À ce stade de notre enquête, je me contenterais volontiers d'éliminer la moitié d'entre vous, dit Sid.

— Je comprends. Vous aurez votre liste cet après-midi.

— Merci.

* * *

Ce fut un appel sécurisé sans souci. À 13 heures, Sid était de retour dans son bureau avec Ralph. Une lumière bleue et froide brillait autour de la porte, et les vitres s'étaient opacifiées. Vance Elston n'était pas seul en ligne ; l'autre moitié du moniteur mural montrait la commissaire Charmonique Passam. Elle était assise sur un genre de terrasse entourée d'une balustrade au-delà de laquelle poussaient de grandes plantes tropicales qui luisaient d'un éclat émeraude dans la lumière intense de Sirius.

— Le colonel Elston m'a tenue informée des progrès de votre enquête, inspecteur, commença-t-elle d'une voix très mesurée, comme si Elston lui avait confié quelque matériau toxique.

« Votre enquête », avait-elle dit… Elle prenait donc clairement ses distances avec lui au cas où l'affaire tournerait mal.

— Mon équipe a fait de gros progrès, madame la commissaire, répondit Sid d'un ton tout aussi neutre. Nous avons identifié le véhicule qui a transporté le corps, et nous sommes en train de remonter sa piste afin de trouver le site du meurtre.

— Combien de pistes devez-vous remonter, au juste ?

— Deux cent sept.

— Et combien en avez-vous remonté jusqu'ici ?

— Vingt-sept.

— Ce n'est pas exactement le genre de progrès que nous escomptions.

— Le gang qui a assisté le meurtrier, qui l'a aidé à se débarrasser du cadavre, est très expérimenté. L'opération a été très bien préparée, mais nous finirons par le confondre.

— Vous êtes en train de nous dire que le tueur n'était pas un extraterrestre ?

— Je vous dis que le tueur a bénéficié de l'aide de gens qui connaissent très bien Newcastle.

— Cela ne veut rien dire, intervint Vance. Nous avons reçu les résultats des tests génétiques pratiqués sur les North2. Ils sont tous qui ils affirment être. Il n'y a pas d'imposteur à Northumberland Interstellar. Donc probablement pas de malversation ni de magouille, ce qui balaie la théorie alternative. Il se passe des choses bizarres.

— Excusez-moi, monsieur, se défendit Sid, mais je n'ai jamais dit le contraire. Toutefois, nous n'avons rayé de la liste que les A North2. La victime s'était rendue sur St Libra dans un passé récent ; cela nous a été confirmé par l'examen de ses vêtements. Il nous reste deux branches de la famille à passer en revue. Jusqu'à présent, il est vrai que nous n'avons rien de solide, seulement des présomptions.

— Inspecteur, intervint sèchement Passam. Je me trouve à Abellia où je dois mettre en place la plus importante mission transstellaire conduite par la GE depuis trente ans. J'ai dîné avec Brinkelle

North hier soir, et vous voulez toujours nous vendre cette histoire de magouille financière ? accusant notamment sa branche de la famille ? Je ne peux accepter votre théorie délirante. Vous n'avez aucune preuve solide, tout juste des spéculations. La vérité, c'est que votre enquête piétine et que vous faites tout pour trouver un bouc émissaire afin de masquer votre absence de résultats. Une paire de chaussettes ne peut suffire à accuser de meurtre une compagnie de cette envergure.

— Je n'ai jamais dit qu'ils…

— Je pense qu'il s'agit d'une simple différence de perspectives, madame la commissaire, l'interrompit Elston. L'inspecteur Hurst fait de son mieux dans des circonstances difficiles. Par nécessité, il s'est concentré sur un aspect du problème, à savoir l'enquête sur le meurtre lui-même. Nous nous devons de voir plus grand. La chose qui a tué Bartram et toute sa maisonnée il y a vingt ans a frappé de nouveau. Le lien entre cette affaire et St Libra n'est plus à démontrer ; même l'inspecteur Hurst le concède.

Mes couilles, oui…, fulmina Sid en silence.

— Ce qui s'est passé à Newcastle est terminé, poursuivit Elston. Nous devons nous concentrer sur l'origine du problème : Brogal.

— Je suis totalement d'accord, intervint aussitôt Passam. Notre expédition est totalement justifiée. Rien n'a été découvert à Newcastle qui puisse la remettre en cause.

— Puis-je au moins continuer à enquêter sur le meurtre du North ? lâcha Sid.

La commissaire Passam n'hésita pas une seconde.

— Bien sûr. Nous pouvons encore en attendre des résultats intéressants. Colonel Elston, je crois que vous allez bientôt nous rejoindre.

— Mon équipe et moi nous envolons jeudi prochain.

— Excellent. Inspecteur Hurst, à partir de maintenant, vous avez l'entière responsabilité de cette enquête. Faites-moi plaisir, trouvez le site du meurtre.

— Oui, madame.

Pour couvrir tes miches, salope !

Ralph eut un sourire sincère lorsque la commissaire et Elston disparurent de l'écran.

— Quoi ? s'étonna Sid.

— Vous vous débrouillez de mieux en mieux.

— Arrêtez de vous foutre de ma gueule.

— Non, sérieusement. Vous avez réussi à vous retenir de lui balancer un truc à la figure.

— C'est vrai. Elle nous abandonne au milieu du gué parce que notre enquête ne sert pas ses intérêts politiques. Il faut être complètement débile pour faire un truc pareil, non ?

— Comme une commissaire de la Grande Europe, en somme.

Sid s'affaissa dans son fauteuil et parvint à sourire un peu.

— Le jour où je prouverai que ce type a été tué à cause d'une magouille financière, je rirai à m'en faire péter la rate, puis j'organiserai une conférence de presse pour annoncer à tous les mondes transstellaires que sa précieuse expédition était parfaitement inutile

— Vous voyez, elle a réussi à vous motiver. Elle sait comment s'y prendre.

— Allez vous faire foutre.

— Pas par vous. Je vous laisse ; je retourne au bureau. Il me faudra un rapport tous les jours. Je vous couvrirai si O'Rouke vous emmerde, mais si vous avez besoin de plus de ressources – et vous en avez utilisé énormément, ces derniers temps –, vous allez devoir nous donner d'excellentes raisons.

— Je sais, je sais…

* * *

— Donc on continue de pister les taxis ? demanda Eva, ce soir-là, dans l'appartement de Ian.

Assise par terre sur un coussin confortable, elle sirotait le thé vert que lui avait préparé Ian.

— C'est tout ce qui nous reste, admit Sid. (Il ouvrit sa bouteille de bière et s'affaissa contre le mur du salon vide.) Oui, tout, et c'est un peu déprimant quand on y pense. Tout ce travail, la plus grosse enquête jamais menée à Market Street pour un seul crime, et je me retrouve à jouer à « où est le taxi ? » dans une simulation géante. Je devrais demander de l'aide à mes gosses ; ils sont forts à ces jeux.

Juché sur le comptoir de son coin cuisine, Ian balançait ses jambes en regardant ses collègues.

— O'Rouke a rappelé la plupart des agents du Bureau n° 2 dix minutes à peine après le départ de Ralph, leur dit-il. Ne restent plus que Johan et deux autres types.

— Ils ont eu le temps de rayer combien de taxis avant de se barrer ? demanda Eva.

— Environ soixante-quinze. Ce n'est pas si mal pour une bande de nazes. Mais ils en ont suivi cent vingt en tout. Il y en avait donc quarante-cinq de bidons : fausses licences, chauffeurs non déclarés… Et puis, il y a ceux qui, à en croire leurs patrons, n'étaient pas censés rouler ce soir-là.

Sid ne put s'empêcher de sourire.

— Un tiers de types bossant au noir ; ça confirme les légendes urbaines. Personne n'a envie de filer au fisc ce qu'il a gagné en faisant des heures sup le week-end.

— Toutes ces voitures ne sont pas conduites par des types obsédés par leurs comptes secondaires, intervint Eva. Les gangs en profitent aussi pour trimballer des trucs dans toute la ville.

— Ouais, ça va être notre plus gros problème, lui concéda Sid. Séparer le travail au noir ordinaire du transport de cadavre. Ça signifie simplement qu'on va devoir reconstituer le trajet de chaque taxi individuellement.

— Merde, je suis sûre que celui qui nous intéresse sera le dernier de la liste, gémit Eva en appuyant sa tête contre le mur et en fermant les yeux. C'est toujours comme ça. On n'a vraiment pas de veine.

— Quarante jours d'heures sup, moi, ça m'arrange, dit Ian.

— Ne vous emballez pas, on a des soucis d'argent, le mit en garde Sid.

— Hein ?

— Il paraît que l'ADH n'a encore rien payé à O'Rouke.

— Putain ! C'est vrai ?

— On a dépensé une fortune ; la moitié du budget annuel alloué aux enquêtes criminelles y est passée, et on n'est même pas en février.

— *Vous* avez dépensé une fortune, le corrigea Ian avec un sourire carnassier, en le saluant avec sa bouteille.

— Ce n'est pas drôle, remarqua Eva.

— Et pourtant, c'est vrai, avoua Sid. Et je ne compte même pas la remise en service de la salle de projection et les factures que vont nous envoyer les agences de sécurité à la fin du mois.

— On est bons pour faire la circulation devant les écoles pendant un siècle, marmonna Eva. Quand je vous disais qu'on n'avait pas de veine.

— L'ADH n'a pas payé ? insista Ian.

— Leur comptabilité ne fonctionne pas comme la nôtre, prétendent-ils. Ils ne paient jamais en plusieurs fois. Ils attendent que l'enquête soit terminée et qu'on leur envoie la facture totale.

— Mais… même si on identifie le bon taxi d'ici la fin de la semaine, l'enquête ne sera pas pour autant bouclée.

— Attendez, s'exclama Eva. Ils entendent quoi par « terminée » ?

Ils veulent qu'on déferre le meurtrier devant un tribunal qu'on confonde un extraterrestre ? Et si on n'y arrivait pas ? Si l'enquête stagnait et qu'on laisse tomber ?

Sid haussa ostensiblement les épaules.

— Aucune idée. En tout cas, Market Street va tout faire pour porter le cas devant les tribunaux. Et puis, les North ne vont pas relâcher la pression. Je parie que ça explique en partie l'attitude de ces connards de l'ADH. À part la commissaire, tout le monde veut qu'O'Rouke continue à me foutre des coups de pied au cul.

— Ça veut dire qu'on va vraiment devoir résoudre cette énigme ?

— Ouais.

— Dans ce cas, pourquoi perdre notre temps avec des conneries comme cette liste de costumes ? demanda Ian. Tout le monde achète ses habits avec son compte secondaire. Aucun North2 n'aura officiellement acheté ce costume et cette chemise.

— Je sais, acquiesça Sid, mais comme je l'ai déjà dit, il faut en finir avec les procédures officielles et communes si on veut se concentrer sur le vrai coupable. Le test génétique auquel ils ont soumis les North2 nous a pas mal aidés.

— Comment ça ? s'étonna Eva.

— Il a prouvé que tous les A North2 sont bien des North2.

— Ouais ! s'enthousiasma Ian en frappant dans ses mains. Je vous suis, patron. On a affaire à un imposteur.

— C'est probable. En tout cas, c'est bien un North qu'on a retrouvé dans la Tyne. D'une façon ou d'une autre, ils y sont jusqu'au cou. Le gars qui a été éliminé était soit un B soit un C pris en train de magouiller quelque chose. Comme Augustine et Aldred nous poussent au cul pour qu'on découvre ce qui s'est passé, je soupçonne Brinkelle ou Constantine d'être derrière tout ça. Selon moi, le corps est celui d'un des fils d'Augustine. Ce qui signifie que Ian a raison : un B ou un C l'a remplacé, a pris sa place.

— Dans ce cas, intervint lentement Eva, notre victime – un North2 – devait avoir une position très élevée à Northumberland Interstellar. Une position synonyme d'accès à des codes et à des données de haut niveau.

— C'est là qu'intervient notre paire de chaussettes, enchérit Sid. Aldred a dit que les cadres supérieurs de la société empruntaient souvent le portail de St Libra.

— C'est Brinkelle qui a commandité le meurtre, conclut Eva. Son père a été tué de la même façon.

— Ce n'est pas très logique, remarqua Ian. C'est Tramelo, la psychopathe, qui a massacré Bartram et sa maisonnée.

— C'est peut-être une fausse piste, leur concéda Sid, mais qui sait ? Concentrons-nous sur nos certitudes. Une malversation, une magouille quelconque a mal tourné – probablement à cause de leur vieux contentieux familial. Les disputes entre parents sont toujours les pires.

— Quel genre de magouille ? insista Ian.

— Peu importe, le contra Eva. Maintenant, on peut oublier cette histoire débile d'extraterrestre pour travailler sérieusement. Où en êtes-vous avec vos contacts dans les gangs ? demanda-t-elle à Sid, qui fit la grimace.

— J'ai posé la question. Reste à attendre une éventuelle réponse.

Jeudi 31 janvier 2143

— N'oubliez pas de lever les yeux quand vous traverserez, les gars.

C'était le meilleur conseil qu'Angela pouvait leur donner. Le plus sincère, aussi. Et ils l'écoutèrent, bien sûr, car elle avait tout fait pour devenir un membre à part entière de l'escouade de Paresh. Le grand jour était arrivé, et elle était vraiment l'une d'entre eux, à présent.

Sept heures du matin : issu de la Légion de la GE, le Corps expéditionnaire géogénétique de St Libra devait se tenir prêt à être transporté. Chacun avait son kit ET (pour « environnement tropical »). 7 h 25 : démarrage des véhicules et vérification des systèmes. Sept heures et demie : mise en branle du convoi et de son escorte. Passage par le portail de St Libra, direction : aéroport de Highcastle. Pont aérien prévu pour 17 heures, heure locale.

Avec l'ADH, tout était toujours planifié à la minute près. À sept heures et demie pile, Angela était assise dans le premier des dix vieux minibus noirs qui quittaient tranquillement la base pour rallier le portail. Le caporal Paresh Evitts était installé à côté d'elle, tandis que le soldat Atyeo conduisait. Ils descendirent la colline et s'engagèrent sur Kingsway, l'axe principal du Dernier Mile. Exactement comme la dernière fois, seize jours plus tôt. Pour Angela, c'était le bon vieux temps. À condition de faire abstraction de la berline noire qui roulait devant eux et dans laquelle était installé le colonel Vance Elston.

Ce matin-là, quand elle l'avait vu monter à bord de sa voiture, il portait un uniforme ET couleur crème. C'était la première fois qu'elle le voyait en uniforme depuis qu'elle avait quitté Holloway. Cela ne lui plut pas. Trop de mauvais souvenirs…

La voiture de police de l'ADH qui leur ouvrait la route se rangea sur le côté juste avant que le convoi atteigne la rampe semblable à un pont qui s'élevait jusqu'au portail. Angela donna un coup de coude à Paresh et lui montra quelque chose derrière la vitre. Il lui sourit et regarda en l'air, comme elle le lui avait conseillé.

Deux semaines d'amitié platonique, deux semaines passées à côté d'elle, à faire de la musculation, à descendre des bières, à se plaindre des officiers de l'ADH, de l'attente, des briefings qui ne leur apprenaient rien, des kits ET inappropriés (« Je te l'avais bien dit »), de l'interdiction de quitter la base le soir, de la nourriture infecte de la cantine, de l'exiguïté de leurs quartiers, des entraînements mal dirigés. Pour elle, la routine était similaire à celle de la prison, mais avec un meilleur accès au transnet. Cet étrange programme transforma Paresh, faisant de lui un mélange entre un grand frère ultraprotecteur et un soupirant victorien. Angela était devenue la mascotte de l'escouade ; elle était des leurs, désormais, même si elle n'avait pas le droit de porter une arme. Toute la bande s'entraînait ensemble, plaisantait, échangeait des blagues graveleuses. La confiance était la clé, et elle avait réussi à gagner la leur.

La voiture d'Elston traversa en glissant le mur de brume grise et iridescente qui faisait office de connexion transspatiale. Angela se raidit et se rappela son propre conseil. Ils traversèrent le portail à leur tour.

Une puissante lumière blanche inonda le minibus. Atyeo sursauta et faillit faire une embardée.

— Waouh ! lâcha Paresh en cherchant aussitôt ses lunettes dans sa poche. Je ne pensais pas que le soleil serait si fort.

Angela scrutait déjà le ciel.

— Là, dit-elle simplement.

Paresh suivit son regard. D'un turquoise pur et foncé, le ciel de St Libra semblait étrangement plus vaste que celui de la Terre. Mais il le remarqua à peine. Au nord, coupant le ciel en deux tel un voile magique, il avisa les anneaux extraordinaires de la planète. Entre l'anneau A en forme de tresse serrée qui frôlait les couches supérieures de l'atmosphère, et l'anneau T et ses huit petites lunes, le système s'étirait sur un demi-million de kilomètres. Les bandes principales étaient très denses et distinctes, constituées de morceaux de roche gros comme des gravillons. L'espace qui les séparait était saturé de granulés de glace et de poussière, formant un manteau scintillant qui traversait le ciel d'est en ouest.

— Jésus, Marie, Joseph…, murmura Paresh, stupéfait.

Angela contempla toute la gloire de St Libra et se sentit étrangement soulagée ; la beauté n'avait donc pas tout à fait déserté cet univers. Holloway l'avait privée de ces choses pendant si longtemps qu'elle en était venue à douter de leur réalité. Comme de celle de son existence antérieure.

Derrière elle, le reste de l'escouade était tout aussi impressionné par le spectacle.

— Vous n'avez pas menti, dit Paresh.

— À propos de St Libra, jamais. C'est impossible.

— Merci de me l'avoir dit. De nous l'avoir dit…

Elle sourit et chaussa ses lunettes-bandeau.

— En même temps, vous ne risquiez pas de les rater, pas vrai ?

— C'est sûr, confirma-t-il en contemplant le ciel pour s'assurer qu'il n'avait pas eu une hallucination.

— Attendez que la nuit tombe, ce sera encore plus beau. Sirius les fait briller deux fois plus que notre lune.

— Je vous crois.

— C'est très romantique.

Il lui lança un regard légèrement méfiant et hésitant. En deux semaines, elle ne lui avait jamais donné l'espoir que leur amitié pourrait évoluer en autre chose. Sachant qu'elle était sous sa responsabilité, ils ne pourraient être que de bons copains. Et puis, il y avait eu ce matin. Tandis que l'escouade s'habillait et rassemblait ses affaires, elle était restée en slip et soutien-gorge pour se badigeonner longuement le corps de crème solaire haute protection devant leurs lits superposés – elle dormait en haut et Paresh en bas. À la fin, son corps tout entier était luisant. Elle avait pris son temps, comme ces filles du transnet qui se trémoussaient devant les caméras. Pendant ce temps, Paresh s'était efforcé d'enfiler son uniforme ET couleur crème sans la dévorer des yeux. Les quelques fois où leurs regards s'étaient croisés, elle avait pris un air neutre, comme si elle n'était pas du tout consciente de la tempête de testostérone qu'elle avait déclenchée.

L'équilibre avait changé. Désormais, c'était lui qui était mal à l'aise, lui qui mettrait en danger sa dignité pour essayer de se rapprocher d'elle. Il n'en serait que plus facile à contrôler.

— Ces anneaux sont aussi un peu emmerdants, poursuivit-elle. À cause d'eux, St Libra ne pourra jamais avoir de satellites de télécommunication. De satellites tout court, d'ailleurs. Ils laissent filtrer la lumière des étoiles, mais ils sont bel et bien solides. Aucun satellite ne pourrait les traverser sans être endommagé.

— On a les e-Rays, rétorqua Paresh. Grâce à eux, on n'aura aucun mal à communiquer dans la jungle. Après nos entraînements, ce sera de la rigolade.

— Mouais, si vous le dites.

— Allez, il faut avoir confiance. Vous avez pu constater qu'on était au point, qu'on était capables de se débrouiller tout seuls et d'atteindre nos objectifs.

— Je l'espère.

Une autre rampe grillagée descendait de l'ovale du portail, image miroir de celle de Newcastle. Au pied de la structure, un demi-cercle d'immeubles de bureaux en verre et de sombres unités d'ingénierie couverts de logos colorés se déroulait sur la droite. Tout autour, le sol était tapissé d'une épaisse couche d'asphalte où étaient garés sans ordre aucun des centaines de voitures et de pick-up. À gauche de la rampe se dressaient des entrepôts et des hangars bien plus grands que ceux du Dernier Mile, où on triait les importations de St Libra. Plus près de la rampe se trouvait la gare routière, mais tous les quais étaient déserts. Depuis une quinzaine de jours, l'émigration vers St Libra était tombée à quelques centaines de personnes par jour, qui se groupaient pour faire la traversée en même temps lorsque l'ADH ne monopolisait pas le portail. Angela ne voyait pas âme qui vive dans les environs.

Un réseau d'allées desservait les bâtiments alentour. Droit devant, dans l'axe du portail, il y avait une large route à trois voies. Sur le bas-côté, un grand panneau disait : « L'autoroute A vous souhaite la bienvenue. » L'axe s'enfonçait dans le paysage industriel austère qui dominait les environs, avec ses cuves géantes enveloppées dans un matériau isolant argenté alignées à perte de vue sur le sol rouge rouille. Entre les cuves s'élevaient des raffineries, colonnes emmaillotées dans des entrelacs de tubes et de conduits, d'où jaillissaient des plumets de vapeur qui se dispersaient dans l'atmosphère chaude et sans nuages. Le sol lui-même disparaissait presque sous un écheveau d'épais tuyaux reliés à des pompes à turbines, cylindres courtauds protégés des éléments par de simples plaques de composite ondulé.

— Ça a changé depuis la dernière fois ? demanda Paresh.

— Pas vraiment. Les bâtiments sont plus gros, et il y a beaucoup plus de cuves, mais à part ça, tout est pareil.

— Où est la ville ?

— Highcastle ? Aucune idée. À une quinzaine de kilomètres, je crois. Je n'y suis jamais allée. À mon avis, c'est moche et sans intérêt. Une ville industrielle classique.

— Peut-être qu'elle a grandi aussi, qu'elle s'est bonifiée.

— Ça m'étonnerait, répondit Angela en embrassant du regard le panorama industriel dans toute sa laideur fonctionnelle.

Le convoi accéléra sur l'autoroute A. Les ventilateurs de la climatisation tournèrent à plein régime, s'efforçant de pallier l'impact soudain de l'atmosphère brûlante et humide de St Libra. Dans le minibus, l'air devint froid, moite et imprégné d'une légère odeur de biocarburant. Tous les deux cents mètres environ, des pistes étroites marquées par des panneaux énigmatiques débouchaient sur l'axe principal. À peine plus que des chemins de terre creusés d'ornières où stagnaient des flaques scintillantes, elles serpentaient entre les cuves. Au bout de huit kilomètres, lorsque les cuves cédèrent la place à l'herbe locale vert et violet, le convoi rencontra une fourche et tourna à gauche. Angela aperçut un panneau indiquant que l'aéroport se trouvait à trente kilomètres.

Lentement, la végétation reprit ses droits sur le sol nu. En revanche, l'odeur de biocarburant émise par les raffineries resta omniprésente. Une herbe foncée aux reflets subtils violets et bleu-vert flanquait le ruban d'asphalte, scintillant comme un diagramme de diffraction. Sa monotonie n'était brisée que par d'occasionnels buissons hérissés d'étranges branches blanches. Puis Angela avisa les arbres fil-de-fer, pareils à des sculptures argentées d'arbres terriens dépourvus de feuilles.

— Je croyais qu'il y avait de la jungle partout, se plaignit Leora Fawkes.

— On est dans la grande plaine de Jarrow, expliqua Angela. C'est en plein milieu du continent d'Ambrose, un territoire entièrement couvert de champs d'algues. Quand on aura traversé l'océan et qu'on sera sur Brogal, tu verras de la vraie jungle.

— Où sont les champs d'algues ?

— Attendez d'être dans l'avion, vous ne pourrez pas les rater.

L'aéroport de Highcastle occupait une soixantaine de kilomètres carrés. Il y avait de la place pour ce genre d'extravagance sur St Libra. La surface plane était principalement recouverte d'herbe tondue et parsemée de quelques bâtiments dispersés autour des deux longues pistes, d'un labyrinthe de taxiways et de routes destinées aux véhicules de maintenance. La tour de contrôle se dressait à une extrémité, spire de béton blanchi par le soleil surplombée d'un ruban de verre. Même après quatre-vingt-douze années de présence humaine, elle restait la construction la plus élevée de la planète. Comme les bâtiments étaient très éloignés les uns des autres, on avait du mal à évaluer leur taille. On ne se rendait compte de leur gigantisme qu'une fois tout près.

À l'aéroport, Angela vit enfin des signes d'activité humaine. La logistique de l'ADH travaillait dur pour équiper la base arrière n° 1 de l'aéroport d'Abellia, à sept mille cinq cents kilomètres de là. Tous les gros conteneurs pleins d'équipements, les palettes standard 350DL, les *pods* GL56 chargés de brut, la flotte de véhicules terrestres, les hélicoptères, les Qwik-Kabins pliantes que l'ADH avait envoyées à l'avance par le portail – tout était soigneusement disposé sur le tarmac ou dans des hangars ouverts, attendant d'être chargé dans des avions.

Tout comme les SuperRoc et les appareils de ravitaillement stratégique Daedalus, l'ADH avait réquisitionné sept avions appartenant à la seule compagnie aérienne de la planète : AirBrogal. Quatre d'entre eux étaient des Boeing 2757 commerciaux modifiés pour accueillir cent cinquante passagers dans une cabine de première classe au luxe contemporain, plus du fret en soute. Trois Antonov An-445 constituaient le reste de la flotte, des cargos long-courriers à la capacité proche de celle des Daedalus utilisés pour livrer des objets prioritaires de poids moyen aux consommateurs fortunés et sensibles à la mode d'Abellia. Le reste, les objets vraiment lourds, était transporté dans des trains de camions sur l'autoroute A, avant de prendre la mer.

Les seuls autres avions garés à l'ombre des hangars étaient les jets supersoniques des ultrariches qui possédaient des maisons à Abellia. De toute façon, c'était la seule destination accessible par avion sur St Libra.

Les North avaient créé un État souverain doté de sa propre Constitution au milieu du vaste continent ambrosien, État reconnu officiellement par tous les gouvernements terriens et transstellaires. Ses frontières formaient un quasi-cercle de deux mille kilomètres de diamètre abritant des champs d'algues et des fermes ; voilà à quoi se résumait leur domaine de compétence. Eastshields, la petite ville portuaire située sur la côte nord d'Ambrose, où se terminait l'autoroute A, était le seul autre endroit où s'appliquait la Constitution primaire, et cette ville n'existait que pour charger et entretenir les cinq cargos qui reliaient le port à Abellia.

Bien au-delà de la grande plaine de Jarrow, s'étirant sur trois mille kilomètres de côte au sud-est, les Territoires indépendants attiraient ce que la Terre et les mondes transstellaires comptaient de gens déçus par la politique. Ils abritaient une pléthore de minuscules États-nations fiers et jaloux de leurs Constitutions. Les plus anciens étaient sis côte à côte sur le littoral, tandis que les communautés les plus récentes occupaient une partie de l'archipel de la Tyne appelée « îles de la Liberté ». Les Territoires indépendants étaient des sanctuaires pour tous les types de dissidents, toutes les idéologies politiques et économiques conçues par l'homme, sans compter un certain nombre de théocraties.

Ceux qui se rendaient dans cette partie de St Libra, c'est-à-dire tous les émigrants depuis quatre-vingts ans, empruntaient l'autoroute B qui, sur la majeure partie de son parcours, n'était même pas goudronnée. Aucun des Territoires ne possédait de piste d'aviation ; ils chérissaient leur isolement, et rejetaient la société transstellaire.

* * *

Le minibus d'Angela se gara à côté d'un des grands hangars ouverts dont le toit incurvé en panneaux solaires aurait pu abriter deux SuperRoc en même temps. Un quart de la surface bétonnée était couvert de palettes 350DL et de *pods* GL56. Près d'une rangée de cabines de toilettes portables, des distributeurs d'eau fraîche et de snacks réfrigérés trônaient sur des tables montées sur tréteaux.

— On reste ici jusqu'à l'embarquement, annonça Paresh à l'escouade. D'ici là, vous êtes responsables de votre paquetage. Ne le perdez pas de vue une seconde.

Une bouffée d'air chaud s'engouffra dans le véhicule comme Atyeo ouvrait les portières. Angela mit son sac à dos sur ses épaules, se couvrit la tête d'un chapeau en coton et descendit pour récupérer son paquetage dans le coffre.

Plusieurs centaines de personnes allaient et venaient dans le hangar ; beaucoup de légionnaires, plus des scientifiques et des spécialistes du soutien technique de l'ADH. Il y avait peu de mélanges, chacun préférant rester avec ses semblables. Angela trouva amusant ce tribalisme instinctif.

Elle demanda une bouteille d'eau fraîche et un sandwich sous Cellophane à des types qui s'ennuyaient ferme, puis rejoignit son escouade, s'asseyant sur son sac, le regard rivé sur le paysage immobile.

La chaleur qui s'élevait du sol faisait onduler l'atmosphère et danser les bâtiments lointains. En dehors des camions de l'ADH et des semi-remorques qui se croisaient en une étrange chorégraphie entre les piles de conteneurs, rien ne bougeait.

Les équipes du corps des transports arrivèrent en bus et repartirent avec les minibus. Le lieutenant Pablo Botin leur annonça que le SuperRoc avait un « léger retard », nouvelle accueillie par les légionnaires avec leur mépris habituel.

Angela s'installa confortablement pour regarder le soleil glisser dans le ciel et ne jamais perdre des yeux les anneaux incroyables. L'atmosphère était somnolente et chargée d'une odeur de biocarburant, la lumière intense, le paysage plat. À l'infini. Pour la première fois depuis qu'elle était sortie de Holloway, elle se sentit libre. Si elle le désirait, elle pourrait s'éclipser, s'enfuir au-delà de l'horizon pour ne jamais revenir.

Pas encore, pensa-t-elle. Elle devait d'abord vérifier certains détails, et l'expédition allait lui permettre de s'attaquer au premier d'entre eux.

Environ une heure après leur arrivée, un convoi de six laboratoires biologiques mobiles arriva et se gara à l'ombre du hangar. Gros véhicules juchés sur six roues motrices, ils comprenaient un poste de pilotage surélevé, une petite section habitable et un laboratoire dépourvu de fenêtres occupant les deux tiers de sa longueur. À la vue de ses roues mesurant un mètre cinquante de diamètre et de ses suspensions impressionnantes, Angela se dit que l'engin devait être capable de passer à peu près n'importe où.

Vance Elston et deux autres officiers allèrent à la rencontre des xénobiologistes qui en émergèrent. Apparemment, tout ce monde se connaissait très bien. Angela en prit note et se demanda dans quelles circonstances un agent de renseignement tel qu'Elston avait pu fréquenter cette bande de scientifiques.

Un des Boeing C-8000 Daedalus apparut au loin et toucha le sol avec force couinements de freins et nuages de fumée sombre jaillissant des trains d'atterrissage. Il roula jusqu'à un terminal de marchandises et ouvrit sa rampe arrière. Son nez se souleva également, permettant aux gens de la logistique de charger des deux côtés les palettes que les semi-remorques ne cessaient de livrer. Des ingénieurs procédèrent aux vérifications d'usage, inspectant les hélices des turboréacteurs. Pendant ce temps, deux camions-citernes arrivèrent et entreprirent de remplir les réservoirs de biocarburant d'aviation JB5. L'équipage descendit de l'appareil et le confia à une nouvelle équipe.

Le chargement progressait, mais le ciel s'assombrissait rapidement. Angela assista à l'arrivée, par l'ouest, d'un front nuageux bouillonnant gris ardoise ; il paraissait incroyablement bas dans le ciel infini. Des rafales de vent frais s'engouffrèrent sous le hangar. Angela fouilla dans son sac, en sortit un gilet en peau de mouton et rangea ses lunettes. Presque tous les légionnaires s'étaient rassemblés devant le paysage pour voir approcher l'orage. Angela, elle, n'était pas si bête.

Le Daedalus fut prêt en à peine quarante-cinq minutes. Il roula tranquillement jusqu'à la piste et décolla, disparaissant juste avant l'orage. Le déluge qui s'ensuivit fut aussi dense et aussi lourd que dans ses souvenirs. Sur un monde où la plupart des terres émergées se trouvaient en zone tropicale ou subtropicale, ce n'était pas étonnant. Il pleuvait tous les jours, et souvent plus d'une fois. Le diamètre de St Libra était presque deux fois plus important que celui de la Terre, et ses pluies étaient presque deux fois plus intenses.

Les gouttes qui s'abattaient sur le toit du hangar produisaient un tel vacarme qu'il devint impossible de discuter. Ceux qui se tenaient en bordure du vaste garage reculèrent sagement tandis qu'une douche terrible éclaboussait le tarmac. Le barrage liquide était si dense que l'aéroport sembla rétrécir ; Angela distinguait à peine le hangar voisin. Au-delà, le paysage était réduit à des contours flous et monochromes. L'eau s'accumulait dans de petites dépressions du terrain qui, comprit-elle, n'avaient rien de naturel. Ce qu'elle avait pris pour des cuvettes naturelles était en réalité un ensemble de larges canaux de drainage servant à maintenir l'eau loin des pistes et des bâtiments.

— Quelle plaie ! grogna Gillian Kowalski.

Elle était assise avec Omar Mihambo sur un sac, tout près d'Angela.

— Ça ne va pas durer, leur promit celle-ci.

— Ils ne nous ont pas dit qu'on aurait besoin de putains de scaphandres ! enchérit Omar.

Un éclair zébra le ciel, faisant sursauter tout le monde.

DiRito souriait en admirant le mur liquide qui bloquait la sortie du hangar.

— Tout est plus grand et plus fort ici, hein ?

— Même les monstres, confirma Angela.

Paresh lui lança un regard désapprobateur auquel elle répondit par un sourire lugubre. Un violent coup de tonnerre résonna sous le hangar.

Au bout de quarante minutes, la pluie cessa aussi brusquement qu'elle avait commencé. Les nuages s'éloignèrent vers l'est, mais le ciel resta sombre. Une atmosphère pure arriva dans le sillage des nuages, emportant ce qui subsistait des vapeurs de biocarburant. À l'ouest, le point aveuglant qu'était Sirius disparut rapidement sous la ligne d'horizon, bientôt suivi par Sirius B, étoile de haute magnitude qui se trouvait presque en opposition dans son orbite par rapport à St Libra. L'étoile primaire semblait transpercer le bord du système annulaire, faisait scintiller joyeusement le linceul de particules incurvé.

— Eh ! regardez ça, s'écria Angela en désignant du doigt les anneaux. C'est un bon présage pour votre premier jour. Le point G est de sortie.

L'escouade se regroupa autour d'elle pour essayer de voir ce qu'elle montrait. En plein cœur du bouquet d'anneau, un petit tourbillon de ténèbres longeait une des bandes les plus épaisses.

— Qu'est-ce que c'est ? demanda Mohammed Anwar.

— Une des lunes. Elle est grosse comme un astéroïde et contribue à la stabilité des anneaux. Techniquement, elle se situe près de la limite externe de l'anneau F, mais... tout le monde l'appelle le point G.

— Pas facile à trouver, hein ? intervint Hanrahan, les yeux plissés et tournés vers le ciel.

— Uniquement pour les garçons, rétorqua Angela.

L'escouade rit de bon cœur tandis que le soleil finissait de disparaître derrière l'horizon et que le système annulaire s'embrasait dans le crépuscule.

Leur SuperRoc se posa un quart d'heure plus tard. L'escouade de Paresh se joignit à l'une des deux queues qui serpentaient vers les escaliers poussés jusqu'au fuselage par le personnel de l'aéroport. Angela estima le nombre de passagers à quatre cents, mais elle savait que l'appareil pouvait transporter jusqu'à huit cents personnes quand il était configuré pour cela. Dans ce cas précis, la configuration était mixte, et le pont inférieur devait accueillir du matériel.

Des camions déposèrent des palettes devant la soute avant, tandis que les portes arrière s'ouvraient en grand pour laisser glisser une rampe. Les biolabs grimpèrent doucement dans le ventre du SuperRoc. Angela vit Elston au pied de la rampe ; il assistait avec sérieux à l'embarquement des engins. Lorsque le quatrième fut à l'intérieur, un autre officier et lui se dirigèrent vers l'escalier situé à l'avant, se frayant un chemin dans la queue pour monter sans attendre.

Au moment où Angela atteignait l'escalier mobile, un An-445 se posa, attirant un essaim de personnels logistiques. Le chargement de l'appareil débuta alors que celui du SuperRoc n'était pas terminé. Si cet après-midi n'était pas différent des autres, cela signifiait qu'un avion plein de personnels et de matériel décollait pour Abellia toutes les deux ou trois heures. Elle siffla en silence, impressionnée ; l'expédition devait coûter des milliards. Apparemment, elle n'était pas la seule à avoir la ferme intention de trouver le monstre.

Malgré les appréhensions d'Angela, les sièges du SuperRoc se révélèrent corrects. Le rembourrage était assez ferme, et il y avait assez de place pour les jambes. Chaque rangée accueillait cinq passagers. Elle s'assit à côté de Leora Fawkes, à qui elle laissa la place près du hublot. À sa gauche se succédaient Paresh, Josh Justic et Audrie Sleath.

Son i-e entra en communication avec le réseau de l'avion, qui lui offrit une connexion limitée au transnet et lui proposa de télécharger et de stocker dans une cache personnelle tout ce dont elle pensait avoir besoin durant le vol, car ce ne serait plus possible après le décollage. Elle sélectionna les fichiers, dont la plupart provenaient de sites non homologués : l'histoire récente de la Grande Europe, et la politique du Moyen-Orient durant l'âge transstellaire. Elle avait commencé à rattraper son retard à Newcastle et décida de reprendre sans attendre là où elle s'était arrêtée. Les consignes de sécurité de l'appareil ne l'intéressaient pas.

Elle sortit brièvement de son isolement lorsque le SuperRoc accéléra sur la piste de décollage, la plaquant contre son siège en s'élevant vers le ciel. Le vol était censé durer neuf heures et demie, avec un transit en Zone de chute, qui les verrait voler à basse altitude et lentement sur mille kilomètres au-dessus de la mer de Marsden. Ils arriveraient à Abellia au petit matin, heure locale, soit en totale contradiction avec son horloge interne, qui lui disait que l'heure du déjeuner se rapprochait à grands pas. Au moins, cela lui laisserait le temps de compulser ses fichiers. Elle se répéta d'ailleurs de ne pas oublier de s'intéresser de façon égale aux deux sujets, sachant qu'Elston passerait en revue ses téléchargements.

Comme elle rouvrait les fichiers dans sa grille, elle se demanda ce qu'il savait de son passé, maintenant qu'il suspectait que l'histoire de sa vie n'était que pure invention. Pas autant qu'il aurait voulu, sans doute. La base de données qui contenait les points les plus cruciaux de sa biographie était inaccessible à l'Agence de renseignement extraterrestre qu'Elston chérissait tant. Cela l'ennuyait profondément, elle le savait. Lui qui pensait avoir le droit de savoir ; lui, petit homme, qui se sentait si supérieur. De façon ironique, cependant, ces informations secrètes n'avaient rien à voir avec l'expédition et le monstre extraterrestre. Tout juste pourraient-ils découvrir l'identité de sa vraie mère, mais uniquement s'ils étaient très forts en analyse d'ADN. Cela fit sourire Angela. *Eh bien ! ce serait une rencontre intéressante.*

Le SuperRoc prenait de l'altitude et virait doucement vers le nord-est. La lumière gris argenté des anneaux pénétrait par les hublots.

— Waouh ! regardez-moi ça, s'exclama Leora, le visage pressé contre la vitre.

Angela étira son cou pour regarder par-dessus l'épaule de la jeune femme. En dessous, les champs d'algues étaient illuminés par le système annulaire. Chaque champ était une cuvette parfaitement ronde de mille mètres de diamètre. Semblables à des cratères peu profonds, ils étaient entourés d'un talus érigé avec la terre excavée par des bulldozers. Une fois qu'ils étaient remplis par les pluies quotidiennes, on y implantait les algues génétiquement modifiées, qui pullulaient et prospéraient rapidement dans le climat idéalement chaud et humide de la planète, créant une pellicule de gelée épaisse et luisante à la surface des bassins. La production était moissonnée par un bras rotatif fixé à un pilier central, qui mettait deux jours à faire un tour complet, siphonnant la majeure partie de cette écume, tout en en laissant assez pour que l'algue se reconstitue avant le prochain passage du bras.

Des pompes envoyaient la récolte à des raffineries, où le matériau riche en hydrocarbures était déshydraté pour produire une demi-douzaine de produits essentiels à l'économie transstellaire. La demande était massive, qui augmentait de façon régulière suivant la courbe de l'économie des mondes humains. C'était la raison pour laquelle les cercles luisants se succédaient aussi loin que portait le regard de Leora qui, derrière son hublot, se trouvait déjà à six mille mètres d'altitude. Les champs formaient un réseau précis et dense, sauf là où se dressait une occasionnelle colline. Entre les bassins couraient des routes étroites et des conduits, ainsi que des canaux qui drainaient les excédents d'eau de pluie. Ce réseau d'affluents alimentait des cours d'eau larges comme des autoroutes qui se déversaient dans les rivières de la région, emportant les surplus d'algues et contaminant l'écologie et la biosphère locales jusqu'à la mer. La lumière des anneaux se reflétait aussi dans ces canaux, créant des motifs argentés en chevrons autour des champs d'algues.

— C'est sacrément impressionnant, murmura Paresh derrière Angela. On dirait que ça continue comme ça à l'infini.

Elle se tourna vers lui.

— Sur plusieurs centaines de kilomètres, en tout cas. Imaginez combien d'hommes, combien de mondes ces champs fournissent en biocarburant. La vie transstellaire telle que nous la connaissons dépend tellement de St Libra.

— Les North sont des malins, hein !

— Pour être plus honnête et plus précise, je dirais « impitoyables ».

— C'est une vision un peu noire des choses.

— Vous savez ce que je faisais dans le manoir de Bartram, n'est-ce pas ?

— Bien sûr…, répondit-il, maladroitement.

Angela sourit intérieurement.

— Les trois frères originaux… Mon Dieu, c'est à croire qu'on leur a retiré le cerveau pour le remplacer par du silicium. Ils n'ont rien d'humain. Ils comprennent les émotions, les sentiments, mais uniquement pour les manipuler. Leurs gosses, les North2, sont un peu plus humains, sans doute parce qu'ils ont des défauts. En tout cas, comparés aux trois mauvais pères. Enfin, ils contribuent toujours au collectif, qui n'existerait pas sans eux.

— Le collectif ?

— Northumberland Interstellar. St Libra, quoi.

— L'espèce humaine doit s'estimer heureuse de les avoir, non ?

— S'il n'y avait pas eu les North et St Libra, il y aurait eu quelqu'un d'autre, quelque chose d'autre. Comme des milliers avant eux, ils ont su saisir une occasion. Les gens intelligents et ambitieux savent faire ça, plier l'univers autour d'eux. C'est l'histoire de l'humanité. La plupart d'entre eux ressemblaient aux North.

— On dirait que vous haïssez les riches.

— Avec de l'argent, on vit mieux, c'est une évidence. La manière dont on gagne cet argent peut être problématique, mais ça dépend des croyances de chacun.

— Quelles sont les vôtres ?

— Je crois en ma survie, et je ferai tout ce qu'il faudra pour rester en vie.

— C'est lugubre, non ?

Angela lui sourit.

— Ça ne veut pas dire que je ne peux pas rigoler en même temps. C'est vrai que je ne me suis pas beaucoup amusée ces… vingt dernières années.

— Une vraie erreur judiciaire. Le plus gros scandale dont j'aie entendu parler.

— Ouais, mais quand on verra le monstre dans la jungle et qu'on chargera ses photos sur le transnet, je me ferai un sacré pognon. Une compensation financière, quoi. Au passage, si je pouvais ruiner la carrière de quelques huiles du gouvernement, ce serait cool.

— Alors, c'est ça ? Votre vengeance ?

— Écoutez, aujourd'hui, je ne suis plus enfermée dans une cellule et je mange à ma faim – il y aurait beaucoup à dire sur les rations de l'ADH, mais passons… J'ai des vêtements propres, des gens normaux et pas des psychopathes à qui parler, et plus de matons sadiques. Maintenant, je vois le monde par ma fenêtre et j'ai accès au transnet. Si je croyais aux fins à la Disney, je demanderais même où est mon prince charmant. Ma vie est sur de bons rails, et c'est tout ce qui compte.

— Mais vous pensez que nous allons tous mourir dans la jungle.

— Vous. Je crois que vous allez tous mourir. Parce que vous ne croyez pas ce que je vous raconte. Pour vous, c'est simplement un nouvel exercice militaire.

— Moi, j'y crois.

— J'espère, Paresh. Sincèrement.

— Quand ça chiera, je vous prouverai que vous nous avez sous-estimés.

— Ouais. Je ne voudrais pas faire ma salope, mais je suis habituée à ne m'occuper que de moi-même.

— Pas beaucoup d'ABG, pas vrai ?

— Pardon ?

Elle lui lança un regard soupçonneux, mais apprécia son expression joueuse et faussement innocente. Paresh était encore un gamin.

— Un acte de bonté gratuite, expliqua-t-il. Dans la vie, on a tous besoin de ce genre de trucs.

— Non, je n'ai pas commis beaucoup d'ABG, mais on est au XXIIe siècle, une époque où l'argent arrange tout.

Ils se sourirent.

— On en revient au pognon, reprit-il.

— Toujours. Si je comprends bien, pour vous, une fille se doit d'avoir un important capital ABG ?

— Pas forcément, j'ai mis de l'eau dans mon vin, répondit Paresh avec un sourire suffisant.

Elle sourit et retourna à son fichier sur la rébellion de la démocratie du Kama bleu, qui avait balayé les pays arabes au début du XXIe siècle.

* * *

Les passagers commençaient à s'assoupir lorsque le SuperRoc entama sa descente dans la Zone de chute. Ils se trouvaient désormais à mille bons kilomètres d'Eastshields et survolaient la mer de Marsden, à cinq cents kilomètres de l'équateur. Sous l'appareil, la mer était près d'entrer en ébullition. L'évaporation était constante, produisant une épaisse bande de brume chaude qui recouvrait la totalité de l'équateur océanique de St Libra, s'élevant jusqu'au sommet de la troposphère, où elle alimentait les orages incessants qui roulaient dans l'atmosphère de la planète.

Le radar du SuperRoc était actif, scannant le brouillard et les nuages qu'il fendait à la vitesse modeste de six cent cinquante kilomètres par heure. C'était une précaution inutile, car les pilotes n'auraient pas le temps de réagir si une grosse pierre leur tombait dessus. Ils volaient sept cents mètres au-dessus de la mer, à l'altitude la plus basse possible pour que les turboréacteurs à double flux maintiennent leur efficacité dans un environnement si humide.

— Je ne comprends pas pourquoi on est obligés de voler si bas, se plaignit Josh Justic.

Angela vit qu'il agrippait ses accoudoirs. Josh n'était pas fan de l'avion, et ce vol-ci était ce qui se faisait de pire sur tous les mondes transstellaires.

— On est mieux ici, lui promit-elle. On vole sous le système annulaire. Au-dessus de nos têtes, l'anneau A frôle l'atmosphère. Chaque jour, le phénomène de résistance ralentit un million de particules, qui entrent dans l'atmosphère. Il s'agit surtout de poussière, des trucs aussi petits que des grains de sable, mais il y a aussi quelques cailloux plus gros. En général, ils se désintègrent dans la mésosphère et tombent comme une cascade d'étoiles filantes. Ceux qui résistent à l'onde de choc qu'ils créent et atteignent la troposphère sont rapidement repérés par le radar de l'appareil à cause de leur traîne d'air ionisé. Les pilotes ont largement le temps de nous éloigner de leur trajectoire de chute.

En théorie, ajouta-t-elle intérieurement. En réalité, il s'agissait surtout de rassurer les passagers. Cinquante-quatre ans après l'installation de Bartram à Abellia, aucun avion n'avait encore été frappé par une particule tombée du système annulaire. Les pannes de moteurs dues à un excès d'humidité dans la chambre de combustion étaient fréquentes, en revanche.

Un vif éclair illumina le visage des passagers stupéfaits.

— Qu'est-ce que c'était ? demanda Josh.

— Des particules qui se désintègrent. Ne vous en faites pas, c'était à une bonne trentaine de kilomètres au-dessus de nous. En plus, c'étaient de petits morceaux, ce qui devrait vous rassurer ; ils brûlent beaucoup plus vite. En gros, si vous voyez un éclair, c'est qu'il ne reste rien de la particule. Ce qu'il faut craindre, ce sont les morceaux sombres, qui restent entiers.

Josh ne semblait pas convaincu. Angela haussa les épaules et poursuivit sa lecture. L'équipage de l'avion commença à servir le repas du « soir » : une boîte en plastique contenant une pomme de terre au four, du fromage et du thon. Il n'y avait que de l'eau à boire, et le dessert se résumait à une barre chocolatée Cadbury.

Angela suspectait l'équipage d'être apparu à ce moment précis pour détourner l'attention des passagers des éclairs violets et rouges incessants qui zébraient les ténèbres au-dessus d'eux.

* * *

Elle s'assoupit lorsqu'ils terminaient de survoler les mille kilomètres du couloir de la Zone de chute. L'énorme avion regagna de l'altitude pour parcourir les mille cinq cents kilomètres restants. À vingt minutes de la fin du vol, l'intensité de l'éclairage de la cabine augmenta.

— Bonjour ensommeillé…, dit Paresh.

Angela grimaça, se frotta les yeux et bâilla à s'en décrocher la mâchoire. L'appareil descendait déjà. Les hôtesses passaient dans les allées pour s'assurer que tout le monde avait bien attaché sa ceinture. La douce lumière de l'aube se déversait par les hublots.

— On est au milieu de la nuit, merde, protesta-t-elle. Je déteste le décalage horaire transplanétaire. Il me faut des jours pour m'en remettre.

— Nous les légionnaires, on peut tout encaisser, affirma Audrie.

Angela la gratifia d'un doigt d'honneur et redressa son dossier. Les trains d'atterrissage se déplièrent dans un concert de bruits métalliques. À ce moment-là, Angela regretta d'avoir cédé la place de choix à Leora, car la vue, en contrebas, était fascinante. Ils approchaient du littoral situé à l'ouest d'Abellia.

— Bordel, marmonna-t-elle.

— Quoi ? demanda Paresh. Je croyais que vous connaissiez la ville.

— Je la connaissais, répondit-elle en scrutant la cité côtière que Bartram North avait construite en s'inspirant manifestement du reality show *Idylle humaine 101*.

Abellia était bâtie sur une péninsule en forme de poire large de quarante-cinq kilomètres, éruption rocheuse sur la côte très découpée de Brogal. Le terrain était montagneux, avec des pentes raides qui plongeaient dans l'eau tout autour de la péninsule, créant une multitude de criques et de larges plages de sable. Bartram avait bâti le port industriel originel à l'extrémité sud du site, et les usines d'ingénierie civile dans les deux vallées les plus proches. Ces industries, cependant, avaient été démontées et déménagées depuis longtemps dans les terres, permettant à la ville de grossir autour du port, de développer des services publics, des théâtres, des salles de spectacle et des écoles. Même un campus universitaire coincé entre des centres commerciaux et des galeries marchandes. Au-delà des longues plages publiques et des marinas, les criques appartenaient à des particuliers ou accueillaient des résidences luxueuses en copropriété.

Des villas blanches de style hispano-californien colonisaient les montagnes, où des terrasses artificielles avaient stoppé l'érosion et permettaient à une végétation terrienne de tapisser les vallées, formant parcs et parcours de golf irrigués par les rivières bouillonnantes qui évacuaient la mousson quotidienne. Des routes étroites zigzaguaient sur les pentes abruptes et enjambaient les vallées grâce à des ponts arachnéens à l'architecture osée. Les autoroutes traçaient des lignes droites dans cette topographie si diverse, transperçant les montagnes qui avaient la malchance de se dresser sur leur chemin pour rendre le trafic aussi fluide que possible. La flore indigène, plus sombre, s'accrochait aux parois les plus inaccessibles, dominant les hauteurs de la ville. Pas de neige sur les sommets de St Libra, mais des clubs, des spas et de grands manoirs privés à foison. Les bulles bleues des piscines à débordement étaient omniprésentes.

Yachts et petits bateaux de plaisance dessinaient des sillages incurvés sur la mer claire. Il y avait même des docks flottants au large, avec des boutiques, des restaurants et des bars desservis par des taxis des mers.

— Ç'a beaucoup changé, dit Angela, impressionnée.

Elle aurait dû s'y attendre, mais tout de même…

— Cinq minutes avant l'atterrissage, annonça le pilote.

Elle prit une profonde inspiration tandis que son rythme cardiaque s'accélérait. Une vague d'adrénaline déferla dans son organisme, la faisant frissonner. Ses instincts primitifs se réveillèrent, protecteurs, en alerte, et elle eut soudain une conscience très aiguë de ce qui l'entourait.

— Ça va ? s'inquiéta Paresh.

— Oui, oui.

Simplement des souvenirs. La vue de la ville les avait fait sortir, menaçants, d'un long et profond sommeil. Des souvenirs en trop grand nombre.

Vendredi 1er février 2143

La plupart des pilotes de l'expédition étaient accros au HiMod, qui affûtait leurs sens sans pour autant chambouler leur cycle sommeil-veille, comme le faisaient les stimulants de la rue. Ravi Hendrik n'avait pas besoin d'analeptiques, et pourtant, il avait la cinquantaine. Il ne comprenait pas que ses collègues ne puissent se passer de ces saloperies.

Comment ne pas être motivé par cette mission ? Comment ne pas être concentré ? L'hélicoptère transporteur de charges lourdes de Ravi, un European Aircraft Corporation CT-606D Berlin, était le dernier modèle à être sorti des chaînes de montage ; il était rutilant et ridiculement cher, comme la majeure partie de l'équipement de l'expédition. Malgré les systèmes très perfectionnés de l'engin, Ravi se passait du pilote automatique, préférant voler en mode manuel, même lorsqu'il était ravitaillé en vol par un Daedalus citerne ; ce qui était arrivé deux fois au cours de ce vol de deux mille kilomètres. Il préférait la méthode ancienne à cause du compacteur JCB jaune vif suspendu à des câbles sous le Berlin qui, vision surréaliste, filait à près de deux cent cinquante kilomètres par heure au-dessus de la jungle de St Libra. Les charges de ce genre étaient sacrément dangereuses pour la stabilité de l'appareil.

Ces expériences étaient sa raison d'être. Un homme en phase avec sa machine, volant de concert.

Après huit heures de vol éprouvantes, les quatre Berlin n'étaient plus qu'à une cinquantaine de kilomètres d'Edzell, la première base avancée construite au cœur de la jungle, à deux mille soixante-dix kilomètres au nord d'Abellia. Plus qu'une dizaine de minutes, et Ravi pourrait poser le compacteur dans la clairière. Le lendemain matin, après avoir passé la nuit sur place, il rentrerait à Abellia pour chercher un autre engin poids lourd.

La priorité des ingénieurs de l'ADH basés à Edzell était de mettre à profit les bulldozers et compacteurs livrés par les Berlin pour tracer dans la nature sauvage la piste qui accueillerait les Daedalus, capables de se poser sur des surfaces assez accidentées. Dès que le terrain serait dégagé, les énormes appareils prendraient le relais et termineraient d'équiper la base et de la rendre opérationnelle. D'ici là, cependant, tout dépendrait des Berlin. Ravi et ses collègues étaient les pionniers sur les épaules desquels reposait le succès de la mission tout entière. L'expédition dans son ensemble, depuis la commissaire Passam jusqu'au personnel de la cantine, suivait le vol en temps réel, admirait leur cran et leurs aptitudes. À ce moment précis, ses neurones le faisaient planer comme aucune drogue n'aurait pu le faire. *Oh! oui.*

Le radar météo qui brillait sur la verrière montrait l'orage du jour sous la forme d'une vague rouge géante déferlant depuis le sud-ouest. Si tout se passait bien, ils arriveraient avant lui. Sur St Libra, disposer de prévisions météorologiques, quelle que soit leur nature, était une aubaine. En l'absence de satellites au-dessus de leurs têtes, Ravi avait presque l'impression de voler en aveugle. Heureusement, les e-Rays couvraient le couloir que les hélicos avaient emprunté, mais cette course dans l'inconnu participait de ce jeu si excitant.

— Le nuage arrive, cria Tork Ericson pour se faire entendre par-dessus le bourdonnement des turbines et le grondement de la transmission.

Les coucous militaires n'étaient pas très bien isolés contre le bruit. Tork était ingénieur en aéronautique, mais il était assis à la place du copilote à cause de la charge si lourde qu'ils transportaient.

— On sera arrivés avant, répondit Ravi. On a un beau joujou entre les mains.

— Beau, mais pas aussi cool que le Thunderthorn, rétorqua Tork.

— C'est vrai.

Dans sa glorieuse jeunesse, Ravi Hendrik avait piloté des SF-100 Thunderthorn, la première ligne de défense de l'ADH contre les essaims de Zanth. Ravi était sorti de l'académie depuis seulement dix-huit mois lorsque l'attaque avait débuté sur New Florida. Les missions s'étaient succédé à un rythme effréné sur ce monde maudit. Depuis, rien dans sa vie professionnelle ou privée n'avait égalé la terreur et l'excitation qu'il avait ressenties durant cette période beaucoup trop brève.

L'ADH lui avait retiré son cher SF-100 à l'approche de la quarantaine. Des pilotes plus jeunes sortaient de l'académie, des garçons et des filles pressés d'en découdre avec le Zanth, aux réflexes plus rapides et à la connaissance des systèmes dernier cri plus approfondie que celle de ce pauvre vieux Ravi Hendrik. Ils n'avaient pas l'expérience de la vraie vie, mais cela ne comptait pas dans ce monde où tout était virtuel. Ainsi, comme l'heure de la retraite approchait inexorablement, on confia à Ravi des missions d'assistance – des missions de première importance, avait insisté le commandant de l'escadron, un type encore plus vieux que lui parfaitement conscient de raconter des conneries à des ex-héros amers.

Ce n'était pas bien, Ravi le savait, mais il rêvait d'une attaque de Zanth quotidienne, afin de pouvoir niquer l'ennemi avec des bombes D qu'il larguerait et ferait exploser lui-même au milieu de ces terrifiantes brèches dans l'espace-temps. Ce serait le pied intégral.

Force lui était cependant d'admettre que cette folle expédition n'était pas mal non plus. Ce serait un chouette chant du cygne pour sa carrière.

La jungle extraterrestre s'étirait à l'infini dans toutes les directions, végétation glauque et touffue qui s'accrochait à toutes les collines et ravines, plantes qui possédaient une vitalité unique, étouffant les cours d'eau jusqu'à les transformer en marais, flanquant les rivières profondes et les rapides de véritables falaises vertes. Elle était implacable et toute-puissante. Des arbres géants semblables à des palmiers pointaient vers le ciel, s'élevant trente ou quarante mètres au-dessus de la canopée tels des pals attendant que les Berlin commettent la moindre erreur. Des plantes grimpantes couvraient les gorges de festons végétaux. Les buissons-bulles, arbustes rosés qui poussaient en bosquets autour des zones les plus humides, pullulaient dans les replis de terrain, où dégoulinaient des ruisseaux brumeux. Des chutes d'eau écumantes plongeaient dans des précipices rocheux pour alimenter de profonds bassins. Des lambeaux de nuages épais décrivaient des méandres dans les vallées et autour des sommets arrondis. Plus loin, à l'ouest, s'élevait un haut plateau à la topographie et à la flore encore plus hostiles. La plupart de ces endroits n'avaient même pas encore de nom. On n'avait pas le temps pour cela.

— Merde, c'est une sacrée brousse, ce monde, commenta Tork.

Ravi hocha la tête. C'était bien résumé. À voyager de la sorte, à basse altitude et à vitesse réduite au-dessus de terres où l'homme n'avait jamais mis les pieds – et où il ne retournerait sans doute jamais –, on se rendait compte à quel point la civilisation était loin. Sans parler des renforts et des secours, en cas de coup dur. Ils étaient venus avec quelques gros Sikorsky CV-47, dont un entièrement médicalisé et équipé pour les évacuations d'urgence. Toutefois, Ravi se demandait quelle était l'utilité d'un tel appareil dans une nature sauvage si dense. Comment feraient-ils pour en extraire leurs blessés ?

Les communications étaient transmises par les relais des six VAA (véhicules autonomes aéroportés), ou e-Rays, qui sillonnaient le ciel à très haute altitude entre Abellia et Edzell. Positionner les e-Rays avait pris quatre jours, après quoi on avait procédé aux scans préliminaires, à l'étude de la topographie de base et à la recherche des caractéristiques dont l'expédition avait besoin.

Une zone plane de deux kilomètres, proche de l'eau, couverte de buissons bas, avait été trouvée assez facilement. Deux Berlin s'y étaient rendus pour y déposer l'équipement de base ainsi qu'une équipe d'ingénieurs et une escouade de légionnaires chargée de leur protection. Aucun des vols d'évaluation n'avait détecté d'animaux endogènes, pas même des insectes, mais le major Griffin Toyne, qui était responsable de la sécurité de l'expédition, n'avait pas l'intention de prendre le moindre risque. Ils avaient pour mission de débusquer des extraterrestres dangereux et non de se faire surprendre par eux.

Après huit heures d'un vol au cours duquel il n'avait pu faire autrement que de se fier au système de guidage inertiel de l'appareil, Ravi repéra le lac. Celui-ci était situé à la base d'une vallée large et peu profonde dépourvue de jungle, tapissée d'une herbe améthyste éparse et parsemée de quelques arbres fouettards solitaires. Dans cette flore zébrée caractéristique, c'étaient sans doute ses arbres préférés. Des spores poussaient le long de leurs rouleaux, nodules sombres semblables à des noix. Quand ils étaient mûrs, les rouleaux se détendaient soudain comme des ressorts tout autour du tronc, projetant les spores au loin. C'était un des mécanismes développés par la planète pour pallier l'absence d'insectes et d'oiseaux. Un des plus intéressants, à son avis. Beaucoup de plantes tremblaient ou s'ébrouaient comme des chiens pour disperser leurs graines. Lors du briefing destiné à les familiariser avec la flore locale, on les avait mis en garde contre le buisson poivré, qui toussait littéralement un nuage de spores comparable à de la poussière de poivre. L'effet produit sur l'épiderme humain était des plus désagréables.

Le soleil se reflétait sur le plan d'eau allongé alimenté par une rivière. À six kilomètres de là, en contrebas, s'étendait un vaste marécage. En surplomb du lac, les Qwik-Kabins noir et argenté de l'expédition constituaient une vision pour le moins incongrue au milieu du camaïeu de la flore abondante de St Libra. Deux Berlin étaient posés à proximité des abris. Des légionnaires patrouillaient dans le périmètre du camp ainsi que sur la langue de quatre-vingts mètres de longueur nettoyée par l'unique bulldozer.

Les nuages défilaient déjà dans le ciel lorsque Ravi positionna son appareil en vol stationnaire au-dessus de l'extrémité de la piste naissante. Des ingénieurs de l'ADH s'éparpillèrent sous l'hélico en tenant leurs casquettes. L'officier chargé du déchargement le guida et, bientôt, le compacteur toucha le sol. Tork détacha les câbles, et les ingénieurs brandirent le pouce. Ravi s'éloigna aussitôt pour trouver un endroit où se poser.

Plus tard, quand il se serait reposé un peu, il aiderait les gars à décharger le reste de l'équipement et la nourriture fraîche empilés dans la soute du Berlin. Le soir même, ils feraient griller les hamburgers et les saucisses et profiteraient du coucher de soleil tropical sans craindre les attaques d'insectes si communes sur la plupart des mondes transstellaires. Comme il posait le gros hélicoptère, il vit les pales contrarotatives des engins garés à proximité se mettre à tourner, tandis qu'on mettait en route les turbines. Les équipages étaient pressés de décoller avant que le gros de l'orage atteigne Edzell. Il leur restait au mieux sept heures de jour, plus un rendez-vous en vol avec un Daedalus ravitailleur, aussi ne seraient-ils pas de retour à Abellia avant la nuit. Ravi sourit et hocha la tête, approbateur ; ces types étaient forcément d'excellents pilotes.

Il ralentit les turbines et initia le processus d'extinction de son appareil. Des gouttes d'eau commencèrent à marteler la verrière incurvée du cockpit. La masse bouillonnante des nuages commençait à obscurcir le soleil. Le lendemain, il attendrait là que d'autres Berlin arrivent pour pouvoir repartir. Il aurait plusieurs heures devant lui pour traîner un peu et goûter ce territoire. Peut-être les ingénieurs le laisseraient-ils conduire un des bulldozers. C'était tout de même une époque excitante à vivre.

Dimanche 3 février 2143

On disait qu'il y avait autant de criques autour d'Abellia que de jours dans l'année ; c'était vrai, à condition de s'entendre sur ce qu'était une « crique » et de choisir une planète avec une année pas trop longue.

Les bungalows de la plage de Camilo étaient des structures simples nichées au cœur des dunes entre la plage et la rue du Ranelagh[1], une voie express qui longeait le littoral. Tout en béton blanc et en portes-fenêtres, ils donnaient sur des patios proprets, la plage et la mer. C'était un joli quartier, désigné depuis le début pour accueillir la classe moyenne naissante d'Abellia constituée d'entrepreneurs indépendants ou d'employés de la compagnie dont les contrats étaient arrivés à échéance mais qui avaient choisi de rester.

Saul Howard fut réveillé par les rais de lumière qui se faufilaient sous les stores. Pendant quelque temps, il resta sans bouger, profitant du calme, somnolant, tandis que son esprit vagabondait d'une agréable notion à l'autre. Des profondeurs de la maison lui provenaient des bruits étouffés et des éclats de voix occasionnels, signifiant que les enfants étaient debout. Ils étaient sans doute en train d'essayer de se préparer un petit déjeuner, et le diable savait comment cela se terminerait. Isadora avait quatorze ans, désormais, et elle prendrait les petits en main. Il ne s'expliquait pas qu'une adolescente soit déjà réveillée à cette heure-là. Les ados étaient une espèce à part, supposée dormir jusqu'à midi et déambuler

1. En français dans le texte. (*NdT*)

dans la maison en bougonnant toute la journée. Isadora, elle, était complètement différente, tellement différente, même, qu'il ne pouvait que s'en féliciter.

Elle doit tenir de sa mère.

Il tourna la tête vers Emily. Des vagues auburn foncé couvraient l'oreiller, révélant à peine son visage fin, enchanteur, avec sa petite bouche et son long nez. Sur sa peau hâlée par une décennie et demie passée sous le soleil de St Libra, les taches de rousseur n'étaient presque plus visibles, mais il les distinguait tout de même dans la lumière.

Pendant un long moment, il fut tenté de lui caresser les cheveux. Il se pencherait vers elle pour l'embrasser, et elle répondrait paresseusement à son étreinte. Il tirerait doucement le drap, joueur. Pour dormir, Emily ne portait que son bas de pyjama, ce qu'il trouvait toujours aussi sexy, même après seize ans de mariage, car elle avait un corps à la mesure de son visage.

L'idée d'une matinée passée à faire tranquillement l'amour était excitante. Tandis que les battements de son cœur s'accéléraient et qu'il finissait de se réveiller, il soupira et roula hors du lit aussi discrètement que possible. La salle de bains de la suite parentale se trouvait à huit pas affreusement familiers de là. Malheureusement, à cinquante-huit ans, son corps n'était pas digne de celui de sa jeune épouse. Ses articulations étaient perpétuellement raides et douloureuses, ses cheveux courts et ondulés traîtreusement gris depuis bien longtemps. Et épars, de plus en plus épars. Quant à son ventre, en dépit de ses exercices quotidiens et d'un régime alimentaire sain scrupuleusement respecté, il s'affaissait. Une décrépitude galopante que son envie matinale et pressante d'uriner ne lui permettrait jamais d'oublier.

À son retour, Emily était réveillée et dressée sur un coude, le drap discrètement tiré sur les épaules. Il roula sur le matelas et se blottit contre elle. Elle eut un sourire entendu.

— Ils sont déjà réveillés.

— Ils n'entreront pas.

— J'ai dit couché !

— Mais c'est le week-end, se plaignit Saul en levant les yeux au ciel, faussement désespéré.

— On dirait que tu es en manque d'affection.

— J'ai toujours été en manque d'affection.

— C'est vrai, lui concéda-t-elle en haussant un sourcil dédaigneux.

— On pourrait installer un verrou sur la porte.

Emily avait toujours été contre, arguant que les enfants devaient pouvoir les rejoindre à n'importe quel moment en cas de souci.

— Pourquoi se contenter d'un verrou ? demanda-t-elle. On pourrait faire ça ailleurs.

— Comme tu es cruelle. Mais oui, pourquoi pas ? On aurait sans doute les moyens de louer un chouette petit pied-à-terre.

Elle sourit de sa bêtise et se pencha pour l'embrasser. Elle lâcha le drap, lui permettant de caresser sa peau soyeuse et chaude.

Des bruits de pas sourds résonnèrent dans le couloir. Saul eut à peine le temps de mettre un terme à leur étreinte pour donner le spectacle acceptable d'un câlin parental lorsque la porte s'ouvrit en grand. Jevon, leur fils de onze ans, entra dans la chambre, tout sourires.

— Il fait un temps idéal pour la glisse ! annonça-t-il en jubilant.

Saul refusa de penser au double sens de sa phrase.

— C'est vrai ?

Isadora apparut dans l'encadrement de la porte ; elle tenait la petite Clara, six ans, par la main.

— Je suis désolée, dit-elle en regardant sa mère d'un air coupable. Je n'ai pas pu l'arrêter.

— Ce n'est pas grave, chérie.

Emily tapota le lit à côté d'elle, et Jevon bondit sur le matelas, toujours aussi souriant et enthousiaste.

— On peut aller à la plage ? demanda-t-il sans prendre le temps de respirer. S'il vous plaît ! Je me suis brossé les dents et tout.

— On va d'abord prendre notre petit déjeuner, répondit Saul.

C'est alors qu'il aperçut l'antique horloge. Il serra les dents. 7 h 38. Un dimanche !

— Je vais le préparer ! se porta volontaire Jevon.

Saul retint un frisson en se rappelant le petit déjeuner que leur fils leur avait apporté au lit deux semaines plus tôt.

— On va s'en charger nous-mêmes. Prépare plutôt ta planche et vérifie ton sac.

— Déjà fait !

— Tu vas devoir attendre un peu, intervint Emily. Il est trop tôt. Mais on ira, ne t'inquiète pas. Je te le promets.

Jevon fit une tête de six pieds de long, mais se soumit à la volonté de sa mère, alors que cela finissait toujours en dispute quand les ordres venaient de son père. C'était sans doute normal entre un père et son fils, mais cela commençait à fatiguer Saul.

Il enfila un peignoir et se rendit dans la cuisine, où les restes d'un petit déjeuner d'enfants avalé à la hâte encombraient la table. Emily prépara le café et les croissants et mit la vaisselle sale dans le lave-vaisselle.

— Tu n'as pas besoin d'attendre mon retour, dit Saul comme ils sortaient par la porte coulissante de la cuisine pour prendre leur repas léger sous la pergola.

Emily posa le petit plateau sur la table, le dominant de sa taille. C'était une vue qu'il avait toujours trouvée un peu intimidante. Elle mesurait un bon mètre quatre-vingt-trois, alors que lui atteignait à peine un mètre soixante-dix-neuf.

— On est dimanche, râla-t-elle avec les mêmes inflexions qu'Isadora lorsqu'elle se plaignait de toutes les injustices de l'univers.

Clara commençait à parler comme cela aussi.

— Une grande journée pour nous, la contra-t-il, comme d'habitude.

— Je sais, soupira-t-elle en s'asseyant à côté de lui.

Prendre son petit déjeuner dehors avec sa magnifique et jeune épouse sous un ciel tropical sans nuages n'était pas la pire manière de commencer un dimanche, admit-il. Le patio était blotti dans un coin de la villa, piège idéal pour le soleil matinal avec ses deux murs de béton blanc chaulé. La plage n'était qu'à cinquante mètres. Les anneaux de St Libra s'étiraient dans le ciel au-dessus de la mer scintillante et agitée. Les poutres de la pergola étaient festonnées de chèvrefeuille terrien et d'aquelvigne locale – le premier pour le parfum de ses fleurs, le second pour l'ombre produite par ses feuilles sombres et grasses.

Comme il buvait son café, il entendait les vagues clapoter sur le sable fin et blanc derrière les dunes et leurs roseaux plumetés. En l'absence d'une unique lune massive, St Libra ne bénéficiait pas des marées qui agitaient les océans de la Terre, mais les petits satellites du système annulaire ajoutés aux vents marins produisaient des vagues acceptables. La plage autour de laquelle était construit le village de Camilo pouvait accueillir des surfeurs presque tous les jours. Isadora était déjà une bonne surfeuse, et Jevon était déterminé à devenir meilleur que sa sœur. Clara, elle, était experte en *bodyboard*. Saul adorait passer ses journées à la plage, jouer dans l'eau avec la famille, réussissant de temps en temps à attraper une bonne vague et à garder son équilibre, avant de préparer un barbecue. Clara appréciait toujours de faire des châteaux de sable ; alors qu'il prétendait être trop grand pour cela, Jevon ne rechignait jamais à se joindre à elle avec sa pelle.

— Ça va ?

Saul secoua la tête et sourit à sa femme.

— Oui.

— Tu étais ailleurs.

Il regarda d'un air coupable le ciel dominé par le système annulaire, mais aucun des avions massifs de l'ADH n'était en vue pour le moment.

— C'est cette expédition débile qui me tracasse, c'est tout.

— Qu'est-ce qui t'inquiète ? Tu ne crois pas qu'il existe vraiment une espèce intelligente dans la jungle, n'est-ce pas ?

— Non, bien sûr. C'est stupide. Mais cette intrusion m'exaspère. En plus, ils vont griller tellement de biocarburant que la ville va subir une pénurie. On n'a pas tant de champs d'algues que ça, et on ne risque pas d'en importer de Highcastle.

Emily lui lança un regard étonné.

— On a des panneaux photovoltaïques, rétorqua-t-elle en désignant le toit d'un geste vague. Et on produit plus d'électricité qu'on n'en consomme. Les voitures sont équipées de batteries auxiliaires qui sont largement suffisantes pour aller à l'école ou à la boutique. En cas de vraie pénurie de carburant, on peut recharger les batteries ici. Alors, où est le problème ?

— Je pense à notre économie, répondit-il en haussant les épaules. Elle pourrait stagner. Les fermes ont besoin de biocarburant, tu sais. Les tracteurs ne fonctionnent pas avec des batteries ; ils sont équipés de cellules à biocarburant de haute capacité, et certains d'entre eux consomment même du diesel.

— Attends, je crois que j'ai mal entendu ! C'est un discours tellement convenu. « Je m'inquiète beaucoup pour notre économie, pour le marché, vous savez. Vous pensez qu'il faut changer les taux d'intérêt, messieurs ? »

— Aïe !

— Désolée, mais… merde ! C'est superexcitant pour les enfants. Jevon veut aller à l'aéroport pour regarder les avions, surtout les gros SuperRoc.

— C'est vrai ?

— Il a onze ans ! De grosses machines scintillantes qui vrombissent au-dessus de nos têtes pour aller traquer des extraterrestres dans la jungle ! Évidemment, qu'il a envie de les voir ! Par quoi d'autre veux-tu qu'il soit intéressé ?

Par le surf, faillit répondre Saul, mais cela aurait aggravé la situation, les amenant tous les deux à camper sur leurs positions et à se disputer, ce qui n'aurait pas été très sage. Pas un dimanche matin.

— Je l'emmènerai peut-être ce soir, si des SuperRoc débarquent. J'imagine que l'aéroport publie un genre de programme de vols sur le transnet.

— Ce serait sympa pour vous deux. Je suis étonnée que tu n'y sois pas déjà allé ; c'est la plus grande collection de jouets pour garçons qu'on ait jamais vue dans le coin.

— Ces conneries militaires ne m'intéressent pas.

— Mmh..., fit-elle en le regardant d'un air soupçonneux.

Il sourit, comme pour admettre sa défaite, comme pour avouer qu'elle avait raison, comme d'habitude – c'était le secret d'un mariage réussi.

Quarante minutes plus tard, il était vêtu d'un jean et d'un sweat-shirt gris pour aller travailler. Emily avait enfilé un maillot de bain couleur lavande, prête pour les vagues et le soleil. Il était très moulant et lui allait à ravir. Elle sourit en le surprenant en train de la dévorer des yeux, et l'embrassa longuement.

— Dépêche-toi de rentrer, lui dit-elle, provocante.

— D'accord. (Il serra furtivement ses enfants dans ses bras.) Soyez gentils, obéissez à votre mère et, surtout, n'oubliez pas que les vagues ne sont pas vos amies.

— Je serai gentil, papa, promit solennellement Clara.

— Ouais, moi aussi, cria Jevon en arrivant, sa planche sous le bras.

— Salut, papa, lança Isadora en souriant.

— Salut.

Saul ne fit aucun commentaire sur son bikini bleu et rose. Aucun. Ne serait-ce que parce qu'il était trop petit pour qu'on en parle. La portière de la Ford Rohan s'ouvrit à son approche.

— Emmène-moi à la boutique, dit-il au pilote automatique une fois à bord.

Les cellules s'activèrent comme la porte du garage s'ouvrait, et la voiture recula dans le soleil intense. Isadora mettrait un tee-shirt pour aller surfer, il le savait, ce qui était bien. Et puis, elle n'oubliait jamais de se badigeonner de crème haute protection avant de passer des heures et des heures à bronzer. Il se dit que ce n'était pas grave, car peu de gens descendaient à la plage ; pour la plupart, il s'agissait de familles habitant les bungalows. Le groupe d'amis avec qui elle passait du temps après l'école et durant les week-ends comptait de plus en plus de garçons.

Saul soupira tandis que la Rohan quittait la route d'accès de Camilo et s'engageait sur la rue du Ranelagh pour filer droit vers la vieille ville. Il n'aurait pas dû s'en faire pour Isadora et les garçons, mais il n'avait jamais vraiment réussi à se débarrasser de l'éducation juive qu'il avait reçue durant son enfance bostonienne. Il était toujours capable de réciter la majeure partie des cours du rabbin Lavine sur le caractère sacré du mariage et sur l'interdiction d'avoir des relations sexuelles avant de s'unir à la synagogue. Il était arrivé à Saul de se demander si le vieil homme ne s'était pas trompé de livre saint, tant son discours ressemblait à celui d'un prêtre catholique, chose que personne n'avait jamais osé lui faire remarquer.

Saul aurait dû s'estimer heureux que sa fille ait beaucoup d'amis, qu'elle adore ses copains et que ceux-ci le lui rendent bien. Mais il y avait un autre type de garçons, ceux dont il verrait au premier coup d'œil qu'ils étaient mauvais, avant même qu'ils ouvrent la bouche. Il les détesterait, mais ne pourrait pas le dire. Malheureusement, St Libra n'était pas un endroit très riche en occasions – en bonnes occasions en tout cas. Bartram North en avait fait une communauté isolée au service de son cher Institut, loin des contraintes législatives imposées sur la plupart des mondes transstellaires. C'était un monde agréable, au climat stable, où on ne payait pas d'impôts ; toutefois, sans véritable industrie ni économie, les enfants n'y accompliraient rien d'intéressant. Ce dont Isadora avait vraiment besoin, c'était un endroit où elle pourrait s'épanouir au lieu de rester enlisée et de stagner dans un des nombreux pièges existentiels qui l'entouraient à Abellia…

Merde, pourquoi suis-je incapable d'être fier et d'avoir confiance au lieu de m'en faire tout le temps ? C'était le lot de tous les pères de l'univers, supposait-il.

La Rohan s'engouffra dans le tunnel Delacroix, accélérant dans la montée. De l'autre côté, la route s'incurvait sensiblement pour suivre la courbe de la vallée.

Droit devant se dressait le remarquable pont Lazare, ruban de marbre blanc posé sur deux supports toroïdaux massifs. L'extrémité nord était plus élevée que l'extrémité sud. D'énormes citernes pleines de brut y défilaient péniblement, les moteurs électriques de leurs essieux souffrant dans la montée. Il y avait beaucoup de chantiers en cours à Abellia. Les plages de la péninsule étant toutes occupées, les riches étaient contraints de faire bâtir leurs manoirs gigantesques et vulgaires dans les terres, sur des terrasses taillées dans la montagne ou sur des plateaux artificiels destinés à mettre leurs fondations à l'abri des rivières bouillonnantes qui coulaient dans le fond des vallées. Chaque nouveau chantier plein d'automates cliquetants et de superviseurs énervés s'accompagnait de la construction de nouvelles infrastructures, condition *sine qua non* imposée par Brinkelle à quiconque souhaitait vivre dans son fief. C'était une excellente manière de financer des équipements publics dont profiteraient ceux qui n'étaient pas nécessairement venus par choix, mais poussés par les impératifs économiques auxquels étaient soumis la plupart des humains.

Saul se demanda si l'expédition aurait un impact sur le marché de l'immobilier à Abellia. Les très riches n'habitaient pas là en permanence ; pour eux, Abellia n'était qu'une résidence secondaire parmi d'autres. Il était fréquent que les très grosses maisons restent inoccupées pendant douze ou dix-huit mois d'affilée, après quoi leurs propriétaires, ploutocrates blasés de tout, daignaient réapparaître dans l'espoir d'assister à un nouveau spectacle ou de vivre une expérience rafraîchissante. Le risque de se faire dépecer par un monstre extraterrestre en attirerait peut-être certains. Quoique, il risquait aussi de débarquer un contingent de chasseurs armés jusqu'aux dents et excités à l'idée de traquer une proie dangereuse dans une jungle inconnue.

Saul adorait la vie à Abellia, mais il la craignait aussi. Malgré la beauté des paysages et la douceur de vivre apparente, l'endroit ne ressemblait à aucune autre communauté humaine dans les mondes transstellaires. Ici, la civilisation n'était qu'une façade, un glacis certes riche mais très fin. Il était venu vingt ans plus tôt pour exploiter un peu de cette sauvagerie humaine dissimulée sous un masque de respectabilité, et à présent, il devait assumer ses choix. Évidemment, il n'imaginait pas se marier et avoir des enfants, mais Abellia l'avait rapidement convaincu que la vie, ici, pourrait être normale. Et il avait eu le malheur de la croire.

Il traversa le pont et se dirigea vers le sud. Le ciel matinal brillait d'un éclat doré. Un gros avion noir volait sur la toile de fond du système annulaire, descendant vers l'aéroport situé au nord-ouest de la ville.

Saul fronça les sourcils comme le grondement lointain des moteurs résonnait dans la voiture silencieuse. Il n'était pas dupe de lui-même et savait fort bien que cet engin était la véritable raison de son humeur maussade. Cela avait commencé dès l'annonce de cette expédition ridicule. Dès le départ, la raison officielle lui avait paru totalement absurde : le continent inexploré de Brogal abritait peut-être une espèce intelligente inconnue. Qu'est-ce qui permettait de l'affirmer ? L'information n'avait pas été rendue publique. L'ADH allait examiner la diversité génétique, disait-on. À en croire les travaux récents de certains universitaires, il n'y aurait pas que des plantes dans le coin.

Des mensonges. Pathétiques et néfastes. Personne n'étudiait la diversité génétique de St Libra, car la biochimie locale était trop différente de la terrestre pour être exploitée. Et il n'y avait jamais eu qu'une manifestation de vie non végétale en Brogal : le monstre qui avait massacré Bartram North et les siens. Les sites politiques n'avaient pas manqué de le faire remarquer, rappelant à tout le monde ces événements vieux de vingt ans et la jeune psychopathe qui avait été accusée de ces meurtres. Eux n'avaient pas hésité à établir un lien entre cette tragédie et l'expédition.

Saul craignait d'être du même avis. En revanche, il se demandait : Pourquoi maintenant ? Pourquoi, après vingt longues années, vingt années perdues, qui que ce soit aurait envie de relancer une enquête sur la base d'une simple rumeur ? Et pas une enquête de petite envergure. Le diable seul savait combien d'argent cette expédition coûterait.

Il ne savait pas ce qu'il craignait le plus : qu'ils trouvent quelque chose au cœur de cette jungle sauvage et infinie ou qu'ils reviennent bredouilles. Il avait une vie bien rangée, désormais, même s'il le regrettait un peu. Il avait consenti des sacrifices, fait son possible pour ceux qu'il chérissait plus que sa propre vie. Ils allaient de l'avant. Et il refusait que les choses changent. C'était ce qui l'ennuyait vraiment, la cause de ses nuits d'insomnie et de son irritabilité. Il commençait à se dire que des événements qui le dépassaient allaient une fois de plus le rattraper, le mâchouiller et le recracher. C'était injuste. Tellement injuste.

* * *

La plage de Velasco s'étirait sur quatre cents mètres, décrivant une courbe légère à l'ouest de la marina d'Alonso, autrefois le premier port de commerce d'Abellia. Son emplacement au cœur de la vieille ville ainsi que sa taille en faisaient une attraction populaire pour les habitants de la ville qui ne possédaient pas leur propre plage, un lieu où ils pouvaient se détendre loin des riches mal élevés et exigeants qu'ils servaient. *Hawaiian Moon*, une boutique spécialisée dans les sports nautiques, était située en plein milieu de la promenade qui bordait la plage, coincée entre *Rico's*, un snack-bar, et *Cornish*, le marchand de glaces. La Rohan déposa Saul dans le parking réservé au personnel du *Hawaiian Moon* à 8 h 50. Pelli et Natasha, les deux jeunes fous de surf qui travaillaient pour lui, étaient déjà là à l'attendre. Le maillage de particules intelligentes de la porte de derrière reconnut la signature biométrique du propriétaire ainsi que le code de son i-e, et les serrures se déverrouillèrent.

Saul possédait l'établissement depuis douze ans. Au début, Emily et lui avaient commencé avec un étal à l'extrémité de Velasco. En ce temps-là, une petite Isadora aux joues rondes enchantait les clients de ses sourires en se promenant parmi eux. Et puis le concept avait évolué, s'était développé, et ils étaient devenus propriétaires de ces lieux. Les deux tiers du long bâtiment de plain-pied en béton blanc étaient occupés par des articles de mode : des créations de jeunes designers, mais aussi des produits moins onéreux. Emily choisissait tout personnellement ; elle avait brièvement travaillé dans la mode sur New Washington et avait l'œil pour reconnaître les vêtements qui se vendraient bien. La partie « textile » de leur affaire commune générait de bons profits chaque année.

Le business de Saul occupait donc le tiers restant du magasin, ainsi que toute l'arrière-boutique. Le fait qu'il en sache tant sur le surf et les planches ne laissait pas de l'étonner, mais même s'il avait attrapé le virus sur le tard, il était devenu accro et il n'avait pas l'intention de se désintoxiquer. Il fournissait donc des planches à d'autres enthousiastes et dispensait des cours à ceux qui l'avaient vu glisser sans effort sur les vagues et s'imaginaient qu'ils pourraient en faire autant. Plusieurs types de planches étaient exposés dans la devanture. Les imprimantes 3D dernier cri se trouvaient dans l'arrière-boutique, avec les cinq cuves de matériau brut. Elles permettaient à Saul de fabriquer tous les types de planches visibles sur le transnet, et il y en avait des dizaines de milliers. Il en avait même dessiné quelques-unes lui-même, des modèles au profil plus adapté aux vagues modestes de St Libra. Elles avaient d'ailleurs eu beaucoup de succès.

Pelli entra et commença à examiner les décalcomanies holographiques collées la veille pour vérifier si elles avaient bien adhéré, pendant que Natasha déposait son sac dans la petite réserve qui servait également de vestiaire. Saul ordonna au réseau de la boutique d'ouvrir les rideaux de sécurité. Étant donné le taux de criminalité ridicule d'Abellia, il les avait toujours trouvés superflus, mais la compagnie d'assurances ne lui avait pas laissé le choix. Comme les rideaux se soulevaient, il embrassa du regard la promenade en grès vitrifié. Il n'y avait pas grand monde dehors, car les boutiques et les étals ouvraient à peine. Quelques nageurs matinaux étaient déjà dans l'eau, tandis que des familles avec des enfants en bas âge installaient leurs serviettes et leurs parasols.

Trois personnes s'arrêtèrent devant le magasin, regardèrent les mannequins vêtus de sarongs multicolores et de maillots de bain. Saul les reconnut soudain, et cela lui fit un choc. Enfin, la fille avec des *dreadlocks* jusqu'aux hanches ne lui disait rien, mais les deux autres… Cela faisait quinze ans qu'il n'avait pas vu Duren. L'homme était deux fois plus large que Saul, mais n'avait pas un gramme de graisse dans le corps. Ses cheveux noirs de jais étaient plus fins, noués en queue-de-cheval avec un ruban argenté, et il avait des yeux de démon tatoués autour des paupières, mais, en dehors de cela, il n'avait pas changé. L'autre homme était un North vêtu d'une simple chemise noire, d'un short vert et d'une paire de sandales en cuir usé. Il avait les pieds sales. Saul savait exactement de quel North il s'agissait. Un seul membre de cette équipe de clones avait une barbe grisonnante qui lui arrivait au nombril et une allure générale de prophète prêcheur, comparaison qu'il valait mieux ne pas faire à voix haute.

Les trois personnages le regardèrent sans bouger. Le but était de l'intimider, et c'était réussi.

— Pelli, Nat, allez vous chercher un café.

— Mais je viens juste de…, voulut protester Natasha.

— Pas de discussion, s'il vous plaît. Je vous appellerai quand j'aurai besoin de vous. C'est moi qui paie.

La jeune femme fronça les sourcils et se tourna vers les trois mystérieux personnages. La confusion aidant, elle se posait mille questions.

Saul fit signe à Pelli de déguerpir.

— Allez, viens, ma poule, lança Pelli à Natasha en l'entraînant vers la porte de derrière.

L'air soupçonneuse, la jeune femme se laissa néanmoins pousser dehors.

Saul demanda au réseau de la boutique d'ouvrir la porte principale. Les verrous se désengagèrent bruyamment. Pour la première fois depuis douze ans, il ouvrait son magasin sans enthousiasme aucun.

Duren entra en premier. Pour quelqu'un de si massif, il se déplaçait facilement. Saul se rappelait bien les heures qu'ils avaient passées ensemble dans une petite salle de musculation, il y avait bien longtemps. Alors que Saul voulait simplement rester mince pour surfer, lui était obsédé par sa force. Et quand il ne soulevait pas de la fonte, il prenait des cours de kung-fu ou de *kick-boxing* – ce qui comptait, c'était d'apprendre à dominer ses adversaires sans finir en prison. Il vivait pour casser des gueules. Et pour la politique. Quand il pouvait combiner les deux, il était au nirvana.

Quelques battements de cœur s'écoulèrent comme Saul dévisageait son presque ami, trop submergé par l'émotion et trop nerveux pour réagir. Alors le visage rond de Duren s'éclaira d'un large sourire, découvrant une paire de crocs implantés.

— Eh ! mec, t'as l'air d'un jeunot pour un vieux, commença Duren en enfermant les mains de Saul dans les siennes, chaudes et moites. Tu n'as pas pris un gramme en – combien ça fait ? – dix ans !

— Un peu plus longtemps que ça, le corrigea Saul avec un sourire qu'il espérait sincère.

— Toujours le roi de la glisse ?

— Quand j'ai le temps.

— Ouais..., acquiesça Duren dans un souffle. J'ai entendu dire que tu t'étais marié. Toi ! Et tu as trois gosses en plus !

Le rythme cardiaque de Saul s'emballa. *Merde, merde, merde !* Ce n'était pas une rencontre ordinaire, il ne s'agirait pas de parler du bon vieux temps.

— Oui, trois.

— C'est cool. J'aimerais te présenter quelques amis. Zulah...

La femme le salua de la tête d'un air maussade en faisant cliqueter les perles de ses *dreadlocks*. Saul ne se rappelait pas avoir jamais vu peau si noire. Il la soupçonnait d'avoir accentué artificiellement sa couleur. On aurait dit un revêtement furtif. En tout cas, elle ne passait pas inaperçue.

— Et voici..., commença fièrement Duren.

— Zebediah North, termina Saul. C'est un plaisir de vous rencontrer.

— Monsieur Howard. Frère Duren m'a beaucoup parlé de vous.

— Il ne faut surtout pas croire tout ce qu'il dit, protesta Saul comme si Duren et lui étaient de vieux copains qui n'arrêtaient pas de se mettre en boîte.

— Au contraire, ajouta Zebediah.

— Entrez, asseyez-vous. Nous avons du thé, derrière.

— C'est très aimable à vous, dit Zebediah.

— Verrouillez la porte, ordonna Zulah en passant devant lui pour être la première à entrer dans l'arrière-boutique.

Duren haussa ostensiblement les épaules. Saul demanda au réseau de fermer la boutique et rejoignit la femme en espérant que ce sentiment d'être sur le point d'assister à la fin du monde n'était dû qu'à son âge avancé et à sa paranoïa. Mais tout de même… Zebediah North !

Il était le seul à s'être jamais rebellé contre sa famille, à avoir rejeté ce qu'il était, ce que les North avaient accompli et tout le reste : la compagnie, son frère mort, ses frères, ses cousins, l'argent et même son nom. Saul ne se rappelait pas les détails, mais il lui semblait que Zebediah était un 2, un des fils de Bartram. La rupture avec sa famille datait du massacre. À l'époque, tout le monde en avait conclu que ces événements lui avaient fait perdre l'esprit. Alors il avait inondé le transnet de discours concernant les méfaits de « l'occupation » humaine de St Libra, expliquant qu'il avait décidé de porter la bonne parole, d'éduquer la population, de lui faire prendre conscience de ses erreurs. Durant les quelques années suivantes passées à voyager dans les Territoires indépendants et à jouer les oracles nomades, son message s'était infléchi, adouci, se concentrant sur le fait qu'on devait apprendre à vivre en harmonie avec son monde d'adoption. Cela impliquait de chasser Northumberland Interstellar de St Libra et de démanteler les champs d'algues.

Zulah examinait les imprimantes 3D. Cela énervait Saul, mais il préférait ne pas prendre le risque de déplaire au North en lui faisant une remarque.

— Alors, toujours actif ? lui demanda Duren dans un murmure.

— Non, et tu le sais très bien.

Pendant un temps, Saul s'était impliqué dans les partis d'opposition naissants d'Abellia. Des mouvements modestes, car Bartram avait été un dictateur plutôt bénin ; d'ailleurs, de ce point de vue-là, la situation ne s'était pas aggravée avec Brinkelle. Certaines décisions étaient soumises au vote, personne ne venait ici contre sa volonté, et l'on pouvait repartir quand on le voulait. En théorie. La situation économique n'était pas très favorable pour ceux qui n'avaient pas d'argent et se retrouvaient coincés là, mais si on était vraiment fauché, on avait toujours la possibilité d'embarquer gracieusement dans un cargo pour Eastshields. De là, on pouvait soit se diriger vers le portail, soit décider de s'installer dans un Territoire indépendant. Cela n'avait pas empêché Saul et quelques autres de militer en faveur d'une démocratie plus ouverte. Élire un conseil municipal aurait été une bonne chose ; au lieu de quoi la population devait se contenter de s'exprimer en ligne sur des sujets aussi peu importants que l'emplacement d'une nouvelle école, par exemple. Et puis, il y avait la question des droits de ceux qui étaient nés à Abellia. Ils n'étaient certes pas encore très nombreux, mais cela ne durerait pas. La cause qui l'intéressait le plus, celle pour laquelle il s'était engagé, était la sécurité sociale. Il y avait d'excellents hôpitaux à Abellia, dont l'Institut fondé par Bartram, à l'origine de la ville, et parmi les meilleurs équipements médicaux de tous les mondes transstellaires. Malheureusement, aucun travailleur indépendant n'avait les moyens de s'y faire soigner. Seuls ceux dont l'employeur payait l'assurance santé avaient accès à ces établissements, c'est-à-dire peu de monde, car aucune loi n'obligeait un patron à payer. Les militants qu'il avait rencontrés à ces réunions partageaient son point de vue sur la question, mais il y avait tant de sujets à débattre.

Le problème, avec le militantisme radical, c'était qu'il attirait toujours le même type de personnes. Après deux ans de réunions et de « comités populaires » nouvellement formés – où même le président de séance le plus dynamique était incapable d'obtenir un consensus sur le café qu'on servirait lors de la prochaine séance –, Saul était parti pour ne plus jamais revenir, complètement écœuré et découragé de n'avoir pas fait progresser la démocratie d'un iota en deux ans. Par ailleurs, Brinkelle avait pris quelques décisions dans le sens de l'instauration d'une couverture sociale universelle – non pas un système idéal, mais un filet de sécurité pour les plus démunis. Il était conscient d'être trop sévère, il savait que ses camarades militants voulaient bien faire, mais, pour sa part, il avait passé l'âge de se disputer sur des points de procédure, d'éviter les coups de couteau dans le dos, des schismes idéologiques et des règlements de comptes dans des bars. Duren, au contraire, s'était mis à militer parce qu'il aimait les débats qui menaçaient de se terminer en bagarres.

— Oui, Saul, intervint Zebediah North. Nous le savons.

— Dans ce cas, que faites-vous ici ?

C'était presque une question rhétorique, leur apparition ne pouvant pas être une coïncidence. Pendant un moment effrayant, il craignit que le North connaisse la vraie raison de son installation à Abellia, des années plus tôt. Après tout, la sécurité de Northumberland Interstellar n'avait plus à faire la preuve de son efficacité. Non. S'ils étaient au courant, il ne serait pas là aujourd'hui, il ne jouirait pas de la liberté qui était la sienne.

— C'est à cause de l'expédition, bien sûr.

— Oui, j'avais compris.

— C'est une nouvelle violation du caractère sacré de St Libra.

Saul ne put s'empêcher de regarder Duren du coin de l'œil. L'homme massif ne semblait pas du tout amusé. C'était donc un vrai croyant, désormais. Zebediah était le chef dont il avait toujours eu besoin ; un chef qui lui avait fourni une cause clé en main.

— Oui, reprit Saul avec lassitude. Dans le pire des cas, ils passeront six mois à sillonner la jungle du Nord avant de rentrer chez eux et d'expliquer tant bien que mal à leurs gouvernements respectifs pourquoi ils leur ont fait dépenser tant d'argent. À moins qu'il y ait vraiment un monstre dans le coin…, ajouta-t-il d'un ton incertain.

— Il n'y a aucun monstre sur St Libra, rétorqua Zebediah North. En dehors de l'homme, évidemment.

C'était étrange, mais Saul se sentait capable de croire ce qu'il venait d'entendre. La manière dont Zebediah exprimait son sentiment – sans crier, sans la sincérité surjouée des politiciens, avec une conviction absolue – transformait celle-ci en vérité universelle. Pas étonnant que Duren soit devenu un disciple dévoué. Il n'était pas facile de résister à un tel pouvoir de persuasion.

— Bien, dit Saul en refusant de se laisser hypnotiser. Et vous comptez faire quoi, au juste ?

— J'ai besoin de savoir ce qu'ils trafiquent exactement. J'ai besoin de voir de mes propres yeux l'ampleur de leur violation. Alors seulement les coupables pourront être punis.

— Je vois. Qu'attendez-vous de moi ?

— On a besoin d'informations, mon pote, répondit Duren. C'est tout.

— Quel genre d'informations ?

— Sur l'expédition.

— Ouais, j'ai compris, mais tout est public et publié sur le transnet. Pourquoi être venu me voir moi ?

— Il me faut la liste complète du personnel, lâcha brusquement Zulah.

Saul fit son possible pour ne pas glousser.

— Je ne peux rien faire pour vous.

— Trois années passées à bosser pour Abellia TeleNet, à créer le réseau de communications de troisième génération de la ville, le contra Duren.

— C'était il y a vingt ans, bredouilla Saul.

— Le réseau local repose sur les systèmes que vous avez participé à créer, poursuivit Zebediah. Il n'y a pas eu de révolution technologique depuis cette époque, juste une expansion. Le réseau s'est étendu en même temps que la ville, mais c'est tout.

— D'accord, mais ça ne fait pas de moi un superpirate.

— Non, sans doute, mais…

Jamais Saul ne s'était senti jugé à ce point. Le regard de Zebediah était impitoyable ; il semblait le transpercer, voir dans son âme. Exposant son sentiment de culpabilité.

— Vous êtes un homme curieux, remarqua Zebediah. Vous vivez dans une Abellia qui ne vous satisfait que moyennement, comme l'atteste votre engagement politique passé. Mais vous avez vieilli. Vous avez une famille, vous surfez, vous êtes indépendant. Cependant, TeleNet ne vous aurait pas engagé si vous n'aviez été un programmeur digne de ce nom, un *nerd*. J'ai passé beaucoup de temps avec ces gens-là, des décennies, et vous ne leur ressemblez pas vraiment. Vous n'êtes pas obsédé par les codes, les systèmes et les protocoles. Non, car vous êtes une âme libre, vous n'êtes heureux que quand vous ne faites qu'un avec la nature, que quand le vent de la liberté vous fouette le visage. Il suffit d'un demi-cerveau pour apprendre ces trucs ennuyeux, à condition d'en avoir vraiment besoin. Ce n'était pas vraiment votre truc, alors pourquoi ?

— J'étais jeune. Je suis allé là où il y avait de l'argent à gagner. Personne ne garde le même boulot toute sa vie, vous le savez mieux que personne.

— Un point pour vous. Sauf que vous n'étiez pas si jeune que ça, il y a vingt ans. Pourquoi êtes-vous venu ici, Saul ? Et surtout, pourquoi êtes-vous resté ?

— Une femme. Trois gosses. Le surf, tous les jours.

— Je ne vous crois pas.

— Je m'en fous.

— Je vois bien que je vous mets mal à l'aise, Saul, et j'en suis désolé. Je suis venu demander une faveur à quelqu'un que je pensais partager certains de mes idéaux. Vous voulez vraiment que cette expédition soit conduite sans aucun contrôle ? Si je ne la remets pas en question, qui le fera ?

Saul regarda Zebediah et Duren à tour de rôle. Tous les deux avaient le visage impassible. Ils attendaient patiemment, gentiment. Il préféra ne pas se tourner vers Zulah, car elle lui fichait bien plus la trouille que Duren.

— La liste du personnel ? finit-il par demander.

— Si vous pouviez, oui, répondit Zebediah. Je vous en serais très reconnaissant.

— Et rien d'autre ?

— Rien.

— Ça prendra un peu de temps. Je n'ai plus trop l'habitude.

— Merci, Saul. St Libra vous est reconnaissante de ce que vous faites pour elle.

— Pas de problème…

* * *

Vance Elston sortit de sa tente et se dirigea vers le centre d'observation à distance, nom pompeux désignant trois cabines préfabriquées reliées entre elles, équipées d'un climatiseur bourdonnant et d'une antenne dôme sur le toit. Un camion transportant deux groupes électrogènes de haute capacité était garé à côté, alimentant les cabines grâce à d'épais câbles et émettant des plumets de vapeur. Il commença à gravir les cinq marches de métal de la structure, puis s'arrêta pour voir un SuperRoc atterrir sur la piste. Après trois jours passés à l'aéroport d'Abellia, le défilé des énormes avions restait impressionnant. Les appareils se succédaient nuit et jour, livrant surtout du matériel. Dès leur arrivée à Abellia, les ingénieurs avaient converti les deux SuperRoc en avions exclusivement cargos. Le personnel de l'ADH qui n'avait pas encore été transféré le serait grâce aux 2757 d'AirBrogal.

La base d'Abellia était une ville temporaire faite de tentes et de préfabriqués installée dans le périmètre de l'aéroport et bordée d'un côté par une montagne de palettes et un parc de véhicules terrestres destinés à équiper les futures bases avancées. Plusieurs types d'hélicoptères étaient garés sur le tarmac à l'autre bout de l'aéroport, attendant leur tour de prendre les airs. Jusque-là, Vance avait été très impressionné par le talent des pilotes. Le montage des installations d'Edzell s'était déroulé bien plus facilement que prévu.

Vance jeta un coup d'œil au ciel avant de pousser la porte du centre d'observation à distance. C'était une nouvelle matinée sans nuages ; les anneaux brillaient d'un éclat argenté et pastel au-dessus des montagnes de la péninsule d'Abellia. L'atmosphère était humide, et le vent du sud commençait à se lever. Il pleuvrait dans trois heures environ. Vance avait rapidement appris à déchiffrer la météo locale. Ils avaient déjà subi cinq averses torrentielles, dont deux en pleine nuit, qui les avaient empêchés de dormir sous la tente.

Il entra dans l'antichambre et laissa à ses yeux le temps de s'adapter à la faible luminosité. Les trois cabines formaient un large espace central équipé d'une rangée de consoles de zone et de grands moniteurs sur le mur de devant. Deux pilotes surveillaient les six e-Rays déjà opérationnels, vérifiant le bon fonctionnement de la chaîne de relais suspendus au-dessus de la jungle. Les drones transmettaient de très nombreuses données aux grands moniteurs, notamment une image du radar météo de la moitié sud de Brogal. Vance fut satisfait de voir un important front nuageux se masser au-dessus de la mer. L'averse était prévue dans trois ou quatre heures. D'autres moniteurs montraient Edzell, tandis que l'écran central affichait une image prise par-dessus l'épaule du pilote d'un Daedalus approchant de la base avancée.

Le fond de la pièce grouillait de cadres de l'expédition, avec, à leur tête, Charmonique Passam elle-même, suivie de près par les journalistes accrédités par la GE, petite troupe de reporters accompagnés d'une seule équipe vidéo. Tout ce petit monde était dirigé d'une main de fer par Carole Furec, l'attachée de presse de l'expédition. L'une des filles de Brinkelle, Brice North, était également de la partie. C'était manifestement une un-sur-dix, car elle avait l'air d'avoir dix-sept ans, alors que, d'après les données affichées dans la grille des iris de Vance, elle en avait vingt-trois. Les cinq enfants de Brinkelle étaient tous différents et ne ressemblaient pas à leur mère. Celle-ci n'avait d'ailleurs porté qu'un seul de ses rejetons elle-même, Beatrice, l'aînée ; pour les autres, elle avait eu recours à des mères porteuses. Certaines traditions se perpétuaient chez les North, pensa-t-il.

Brice avait beaucoup de gènes japonais, semblait-il. Elle était plus petite que la plupart des personnes présentes dans la pièce, ses épaules larges étaient parfaitement droites, tandis que son visage long paraissait inexplicablement triste. Elle attirait le regard des hommes de l'assistance ; quelqu'un de si jeune, si beau et, en apparence, si vulnérable, agissait forcément comme un aimant et n'aidait pas à se concentrer sur la mission. Leurs sourires mélancoliques ne leur seraient d'aucune utilité, Vance le savait. Aucun soldat de l'ADH, quel que soit son rang, n'intéressait Brice. Elle ne se rabaisserait pas à ce point. L'intensité avec laquelle elle observait les moniteurs trahissait à la fois son âge et son intelligence héritée de sa famille. Même Passam était déstabilisée. Il se demanda ce que donnerait une rencontre avec Angela. Toutes les deux avaient la même force intérieure, la même détermination. Elles auraient l'impression de se regarder dans un miroir. Seule la couleur de leur peau les distinguerait l'une de l'autre.

Vance se rapprocha de Griffin Toyne qui, lui aussi, s'efforçait de ne pas se faire remarquer.

— Vous devriez arrêter de regarder les gens comme si vous vouliez vous battre contre eux. Surtout les femmes.

— J'ai été formé pour évaluer les situations qui se présentent devant moi, pour en étudier le potentiel.

— Peu de chances qu'elle ait l'intention de coucher avec vous. Pas même une fois, pour voir.

— Oui, j'étais arrivé à la même conclusion.

Toyne sourit.

— Les xénobiologistes ont-ils fait des progrès ?

— Oui mais, pour le moment, tous les résultats sont négatifs, répondit Vance. Antrinell et Marvin se sont enfoncés dans l'arrière-pays, mais pas très loin, à une centaine de kilomètres de l'aéroport. La route s'arrête là. Tous les échantillons qu'ils ont prélevés montrent un contenu génétique typiquement local. Rien d'anormal ne pousse dans le coin.

— C'est une bonne nouvelle.

— Pas pour le contribuable. Ça signifie qu'on va devoir continuer à installer des bases avancées.

— Je ne savais pas que vous vous souciiez de l'argent du contribuable, lui fit remarquer Toyne en lui lançant un regard soupçonneux.

— Je ne m'en soucie pas. En revanche, j'aime bien le travail rapide et efficace. Je veux qu'on ait notre réponse le plus vite possible.

— Je préfère vous prévenir que nous allons peut-être devoir ralentir la cadence. Nous sommes un peu inquiets concernant les stocks de JB5 pour nos appareils.

— Sur St Libra ? C'est une plaisanterie ?

— Nous ne sommes pas à Highcastle. La raffinerie locale a une capacité limitée. Elle n'est faite que pour fournir une dizaine d'avions commerciaux et quelques jets privés.

— Eh bien, faites produire plus de JB5. En tout cas, ils ne manquent pas de biocarburant pour faire rouler leurs Rolls-Royce et leurs Mercedes.

— Pour cela, nous avons besoin de la coopération de Brinkelle, et ce n'est pas gagné d'avance. L'échelle de notre expédition ne lui plaît pas beaucoup.

— À qui plaît-elle ?

Un des officiers du centre salua Passam d'un furtif hochement de tête. Sur le moniteur principal, un Daedalus décrivait une courbe pour se poser sur l'aéroport de fortune d'Edzell.

— Un vulgaire champ de patates, marmonna Vance en avisant la piste nouvellement tracée, striée de rubans d'eau scintillante.

— C'est bien suffisant, rétorqua Toyne. J'ai vu ces appareils se poser sur des pistes deux fois plus courtes. En plus, ils ont déjà installé un système de guidage. Si nécessaire, les Daedalus pourraient s'y poser de nuit et en pleine tempête.

Vance n'en croyait pas un mot, et pourtant, le pilote décrivait une trajectoire normale, apparemment satisfait du travail accompli par les équipes au sol.

Vance retint son souffle et récita une courte prière comme l'avion se posait enfin. Le pilote fit une manœuvre parfaite, même si l'appareil ne s'immobilisa qu'à une trentaine de mètres du bout de la piste. Dans le centre, tout le monde applaudit. Passam adressa quelques mots de félicitations au pilote, avant de se tourner vers sa cour de journalistes.

— C'est avec grand plaisir que j'annonce l'ouverture officielle de la base d'Edzell. Je profite de ce moment pour remercier chaleureusement le personnel de l'ADH qui a travaillé si dur pour rendre tout cela possible. Comme d'habitude, je suis impressionnée par leur professionnalisme et leur dévouement. C'est précisément cette attitude qui nous permettra de repousser les frontières de nos connaissances au milieu des zones inexplorées et inconnues de ce monde splendide.

Vance et Toyne échangèrent un regard, partageant un même mépris pour la politicienne.

— Allons manger un morceau, proposa Toyne.

— Amen.

* * *

Saul fut bizarrement satisfait de lui-même quand il obtint enfin un accès illimité au réseau sécurisé de l'expédition. Enfin, illimité, c'était une façon de parler, car les dossiers de niveau dix restaient introuvables. Un scan rapide du répertoire ne révéla la présence d'aucun fichier de niveau dix, mais dans ce cas, comment expliquer celle des protocoles de sécurité destinés à les protéger dans le réseau clos ? *Un paquet standard ?* Non, ce serait un peu trop malin. Rien d'étonnant à ce que quelqu'un d'aussi inexpérimenté que lui ne les trouve pas. Sans compter que, vu son retard en la matière, il risquait fort de déclencher toutes sortes d'alarmes en farfouillant partout. Il se contenta donc d'ouvrir les fichiers accessibles à un vulgaire stagiaire présent depuis un mois dans la société et de télécharger une copie de la liste du personnel de l'expédition en passant par un programme d'aiguillage aléatoire.

— Eh bien, merci beaucoup, Saul, dit Zebediah North. Ce sont des informations très intéressantes.

Saul s'appuya contre le dossier de son fauteuil tandis que le moniteur de sa console se repliait. Les icones allumés dans ses nerfs optiques disparurent – des icones désignant des programmes qu'il n'avait pas utilisés depuis bien longtemps. Ils étaient conservés dans une mémoire cache secrète de la console de l'arrière-boutique, celle qui était reliée aux imprimantes. Heureusement, les vieilles habitudes étaient tenaces.

Zebediah et ses deux disciples, car il s'agissait bien de cela, compulsaient déjà la liste affichée dans leurs grilles. Leurs lèvres bougeaient imperceptiblement comme ils communiquaient via leurs maillages corporels, l'excluant de la conversation. Leurs doigts voletaient sur des touches invisibles, manipulant des icones. L'i-e de Saul l'informa que le réseau local qui les maintenait connecté utilisait un cryptage moyen. Ils n'avaient donc pas du tout envie de lui faire des confidences.

Il fut tenté de lire la liste lui aussi, mais il ne voulait pas donner l'impression de se mêler de ce qui ne le regardait pas. Et puis, il n'avait pas envie de s'impliquer dans cette affaire. Il avait déjà été obligé d'appeler Emily pour lui dire qu'il rentrerait plus tard à la maison. Son épouse n'avait pas apprécié, mais ne s'était pas mise en colère. Restait à trouver une bonne excuse. De sa vie passée, Emily ne savait presque rien. Il lui avait dit la même chose qu'à Duren, qu'il avait travaillé pour Abellia TeleNet avant de se mettre à son compte et d'enchaîner les boulots de merde. Il lui avait dit qu'il avait quitté la Terre à cause d'un mariage raté et d'une tragédie personnelle, ce qui n'était pas tout à fait un mensonge ; toutefois, tout était dans le contexte, et il n'avait jamais corrigé son interprétation des événements. Pas une fois, en dix-sept années de mariage, elle n'avait demandé de détails, notamment parce que les raisons de sa propre présence à Abellia n'étaient pas plus avouables. Le temps avait fait son œuvre, et le sujet était clos. Une fois leur nouvelle vie sur de bons rails, ils n'avaient eu aucune raison de déterrer le passé, de mettre au jour toutes ces choses qui étaient bien mieux oubliées. Expliquer comment il avait connu Duren ne serait pas un problème, son implication dans les mouvements politiques ridicules d'Abellia étant une justification plausible. Son expérience chez TeleNet faisait de lui le choix idéal pour Duren. Cela suffirait à inquiéter son épouse, qui ne chercherait sans doute pas à approfondir le sujet, ce qui était vital.

— Nous avons quelqu'un d'intéressant ici, dit Zebediah.

— Vraiment ? demanda Saul, qui n'avait pas envie de savoir.

— Bastian North2, ajouta Zulah. Il est parfait.

Saul n'y comprenait rien, et cela ne lui plaisait pas du tout. Ses instincts s'étaient mis en branle, son cerveau tournait à plein régime, cherchant une porte de sortie. Il ne pouvait pas se permettre de se laisser impliquer davantage dans cette affaire. Cela finirait mal pour tout le monde, il en avait la certitude. Zebediah était drapé dans sa posture, imbu de sa personne, et il ne voyait rien au-delà d'une interprétation du monde dérivée d'une obsession. Il ne comprenait pas qu'on ne s'amusait pas avec l'ADH, surtout lorsque celle-ci conduisait une mission de cette ampleur.

— Pouvez-vous pêcher un profil pour nous ? demanda Zebediah.

— Vous plaisantez ? lâcha Saul. C'est votre frère !

Une part de lui-même avait envie de savoir pourquoi ce B North participait à l'expédition. Il devait avoir un rôle politique.

— Cela fait bien longtemps que je n'ai plus de contact avec ma famille, expliqua gentiment Zebediah. Je ne sais presque rien d'eux.

— Mais…

— Cela nous aiderait beaucoup. Par ailleurs, les recherches de ce genre ne sont même pas illégales.

Dans ce cas, pourquoi ne la fais-tu pas toi-même? pensa Saul, amer. La réponse était tellement évidente… Zebediah avait besoin qu'une marionnette fasse le boulot à sa place afin de pouvoir rester dans l'ombre. Saul n'osa pas regarder Zulah et Duren.

— D'accord, répondit-il d'un ton indigné. Après, je rentre chez moi. J'ai une famille, comme vous n'arrêtez pas de me le rappeler.

— Je comprends, dit Zebediah.

Ce ton placide et raisonnable commençait à lui taper sur les nerfs. Il demanda à son i-e de le replonger dans le réseau d'Abellia. Ils essayaient peut-être de se servir de lui, de lui faire jouer un rôle à son insu, mais Saul était encore suffisamment malin pour ne pas laisser de traces sur le réseau. Il commença par charger des relais à usage unique et des historiques factices en se servant de portes d'accès secrètes mises en place des années plus tôt, à l'époque où il travaillait chez Abellia TeleNet. Personne ne saurait jamais qu'il avait fait des recherches sur Bastian North2, légales ou non.

* * *

Les tentes qui avaient poussé comme des champignons sur l'aéroport d'Abellia étaient faites de toile photovoltaïque noir de jais, ce qui, étant donné l'ensoleillement intense de la région, pouvait être considéré comme une grave erreur de logistique. Néanmoins, l'électricité qu'elle produisait était plus que suffisante pour alimenter les systèmes auxiliaires inclus dans les modules de base des tentes, par exemple les cellules réseau, les W.-C. compacteurs, l'éclairage, les bouilloires et les fours à micro-ondes. Dommage qu'il n'y ait pas de climatisation. Incrédule, Angela était descendue du SuperRoc en secouant la tête à la vue de ce spectacle. La logistique avait installé un camp carré le long du périmètre sud de l'aéroport, bordé au nord, près de la piste, par une muraille de conteneurs et de palettes. La disposition, quoique logique, tendait à canaliser le trafic piétonnier entre les tentes sur un axe est-ouest. La pluie tombant au moins une fois par jour, le sol était piétiné et retourné par les lourdes bottes de l'ADH. De l'herbe locale, il ne restait rien, et chaque jour voyait la gadoue devenir plus profonde et gagner du terrain.

Angela en avait déjà assez. Jusque-là, la boue n'était pas entrée dans ses jambières, mais cette protection supplémentaire la faisait transpirer, d'autant qu'elle arpentait l'aéroport dans tous les sens.

— J'ai besoin de passer un peu de temps seule, dit-elle à Elston. Je suis restée enfermée pendant vingt ans, plus quinze jours à la base de Newcastle. Soyez humain, pour une fois. Ce n'est pas comme si je pouvais m'enfuir où que ce soit.

À contrecœur, il l'avait autorisée à passer une heure toute seule par jour, sans Paresh et les camarades de son escouade.

— Pas question que vous quittiez le périmètre de l'aéroport, la mit-il en garde en faisant équiper ses vêtements de particules intelligentes pour signifier son manque de confiance.

Angela s'éloigna des allées formées par les alignements de tentes et fit un tour complet de l'aéroport. Il y avait peu de bâtiments : le terminal principal, celui des marchandises, les hangars de maintenance, le dépôt de carburant. Elle traversa les rubans de tarmac, les voies de service et autres routes d'accès, regarda passer des véhicules lancés à des vitesses ridicules, s'immobilisant à l'atterrissage et au décollage de tous les avions. Elle en profita également pour parler aux gens de la logistique occupés à déplacer palettes et réservoirs aux quatre coins du camp.

Chaque jour, elle attendait qu'il ne pleuve plus ou scrutait le ciel pour s'assurer qu'il resterait clair et dégagé pendant assez longtemps. Le troisième jour, elle partit en milieu de matinée en emportant la mémoire solide achetée sur le Dernier Mile. Elle était deux fois moins large que sa paume et entrait facilement dans sa poche. Angela n'avait pas besoin de sa capacité de stockage, mais de sa cellule intégrée, à la portée beaucoup plus importante que son maillage corporel.

Comme elle longeait une voie de service, le petit appareil détecta le réseau de l'aéroport et se connecta via une cellule située dans le terminal principal. Elle n'avait pas eu accès au transnet pendant vingt ans, mais elle avait profité de son séjour à Holloway pour s'instruire sur la sécurité numérique. En dehors des cours prodigués aux prisonnières, évidemment. En matière de criminalité, ses codétenus en savaient au moins autant que n'importe quel spécialiste de la police.

Les mains d'Angela commencèrent à manipuler des icones, naviguant loin d'Abellia, puis de St Libra, se promenant dans le véritable transnet. La cache secrète était là, exactement là où l'avait dit Zarleene Autrass – condamnée pour avoir tué deux personnes ; malheureusement pour elle, des flics infiltrés –, se déplaçant entre différentes zones du transnet d'une manière en apparence aléatoire, sauf pour qui connaissait la clé. À l'intérieur, elle trouverait toute une collection d'outils de piratage et de systèmes de communication sécurisée. Zarleene avait été une programmatrice d'IA de haut vol avant de tomber amoureuse du mauvais garçon, un type charmant, persuasif et attentif. Et un très bon coup, en plus. Petite jeune femme de vingt-cinq ans un peu réservée, Zarleene n'aurait pas duré une semaine dans un environnement aussi brutal que Holloway. Pauvre fillette désespérée qui avait remercié Angela en pleurant de l'avoir protégée contre les prédatrices de la prison. Sans compter les moments de passion volés, contacts humains absolument vitaux.

Angela commença par upgrader son i-e, l'équipant d'un système de codage quantique de grande qualité. Lorsque la clé lui eut été renvoyée via un itinéraire multiple et aléatoire, elle y incorpora des programmes de prévision comportementale de niveau IA, construisant dans le transnet une vraie personnalité qu'elle autorisa à accéder à son compte en banque et à la surveiller en temps réel au cas où elle aurait besoin d'une aide très rapide. Une sorte de grande sœur électronique. Satisfaite d'être enfin en sécurité, elle survola le menu de la cache pour voir ce que Zarleene y avait encore dissimulé. Elle trouva principalement des logiciels permettant de naviguer furtivement, d'extraire des clés, de contourner des pare-feu et de vider des comptes – l'arsenal nécessaire aux raids financiers que l'avait incitée à commettre son joli cœur. Il y avait également des packs de programmes. Angela entreprit de se familiariser avec leurs fonctions. Peu de temps après, des bots furtifs se dispersèrent sur le transnet à la recherche de ce qu'Angela leur avait demandé. Elle se retira de la cache secrète et effaça les traces de son passage grâce aux logiciels qu'elle avait trouvés à l'intérieur. *Merci Zarleene.* Ce n'était pas de la trahison, enfin, pas vraiment ; elles avaient toutes les deux eu ce qu'elles voulaient. Et puis, elles avaient vécu des choses beaucoup plus difficiles à Holloway au fil des ans.

Elle rejoignit l'escouade de Paresh au moment où celle-ci se dirigeait vers la grande tente qui accueillait la cantine, en bordure de la ville temporaire, en tentant d'éviter les plus grandes flaques. La moitié de ses camarades ne portaient même plus de pantalon, se contentant de bottes et de shorts. Angela n'était pas disposée à les imiter. Elle avait vu ce que certaines spores de St Libra pouvaient faire à l'épiderme si on ne s'en débarrassait pas tout de suite. Ils étaient relativement à l'abri, dans ces terres, proches d'Abellia, entourées principalement de champs et de prairies ; toutefois, on ne pouvait pas savoir ce que charriait le vent qui soufflait des terres sauvages du Nord.

— Les voilà, annonça Marty O'Riley.

Angela souleva ses lunettes de soleil pour regarder trois Daedalus se diriger vers la piste de décollage. Une heure plus tôt, elle avait demandé au réseau défaillant de l'aéroport de lui montrer l'atterrissage du premier appareil à Edzell. L'ADH était pressée d'installer ses bases avancées ; elle souhaitait maintenir le rythme élevé imprimé jusque-là. Un nouvel escadron d'e-Rays décollerait le lendemain pour permettre aux équipes d'observation de trouver le site de la prochaine base, à deux mille kilomètres d'Edzell. Ces territoires, personne ne les avait jamais vus, sauf sur les images floues prises par la première mission d'exploration de Sirius, quatre-vingt-treize ans plus tôt. Une fois ce deuxième camp rendu opérationnel, la véritable phase d'exploration pourrait commencer.

Le premier Daedalus gronda sur la piste. Son nez pointa vers le ciel, et il s'éleva rapidement.

Certains des légionnaires sifflèrent et applaudirent. Angela, elle, avait des sentiments mitigés. L'escouade de Paresh n'avait pas encore la bonne attitude vis-à-vis de cette mission ; ils étaient tous beaucoup trop sûrs d'eux.

— On joue au foot, cet après-midi, annonça DiRito comme ils se remettaient en marche. De nombreuses escouades ont constitué une équipe. On va organiser un championnat.

— Au football ou au football américain ? demanda Angela, provoquant une indignation générale.

— Au foot ! Le seul et l'unique ! protesta Omar Mihambo avec dégoût.

— Vous autres, de la GE…, le contra-t-elle. Vous êtes tellement étroits d'esprit.

— On a généreusement donné le foot aux mondes transstellaires !

— N'hésitez pas à le reprendre, on n'en a plus besoin.

— Au moins, tout le monde comprend notre sport.

— Ouais, parce que ces gens sont trop bêtes pour comprendre le vrai football.

— Tu jouais au foot, en prison ? s'enquit Leora.

— Un peu.

— À quel poste ? T'étais bonne ?

— Je me débrouillais. J'étais rapide, balle au pied.

Cependant, elle ne se voyait pas courir avec ses chaussures militaires.

DiRito et Josh Justic échangèrent un regard.

— Milieu de terrain ! conclurent-ils à l'unisson.

— Est-ce que j'ai le choix ?

— Tu ne vas pas nous laisser tomber ?

— On joue à sept contre sept, précisa Leora. C'est facile et on s'amuse bien.

— Viens au moins à l'entraînement, la supplia DiRito.

— Si j'ai le temps.

La cantine était un chapiteau ouvert aux quatre vents. À une extrémité, on trouvait le comptoir de NECatering Services, dont le personnel fatigué et lassé servait de la nourriture toute la journée aux soldats de la base, mais aussi aux équipages des avions qui ne cessaient de défiler. Angela et ses camarades se joignirent à la longue queue au moment où Passam arrivait pour le déjeuner. Comme il se devait, la commissaire européenne était vêtue d'un tailleur bleu roi de confection européenne, donc très cher, d'un chemisier en soie et de chaussures noires maculées de boue, comme ses collants Malgré la chaleur, sa coiffure rigide n'avait pas bougé, et son maquillage intégral tenait le choc. Plusieurs assistants tournoyaient autour de leur reine en souriant nerveusement, tandis qu'elle passait devant tout le monde.

Normalement, le premier arrivé était le premier servi, règle immuable et bonne pour le moral des troupes, mais Passam était manifestement convaincue d'avoir plus de droits que les autres.

— Merci infiniment, dit-elle à ceux qui s'apprêtaient à prendre leur plat sur le comptoir. J'ai une i-conférence très bientôt. Avec la Commission des finances de la GE. Vous comprenez ? Je ne peux pas me permettre de les mécontenter.

Sans jamais croiser le regard de ceux qui étaient pourtant là avant elle, elle se planta devant le comptoir et se mit à discuter en souriant avec les filles qui distribuaient les packs-repas. Ses assistants l'entourèrent, protecteurs, attrapant leurs propres plateaux.

Angela assista à ce spectacle, les muscles tendus, tant elle était choquée. Elle sentit le rouge lui monter aux joues. Des picotements étranges se propagèrent sur sa peau, tandis que les bruits du chapiteau étaient bizarrement étouffés.

Sans prévenir, ses jambes cédèrent, et elle tomba sur l'herbe piétinée.

—Angela ?

La voix de Paresh semblait résonner à des kilomètres de là. Alors que, quelques secondes plus tôt seulement, elle était accablée de chaleur, elle avait soudain très froid. Ses jambes tremblaient de façon incontrôlée.

—Non, gémit-elle. Non, non.

—Eh ! qu'est-ce qui se passe ?

Paresh et Omar l'allongèrent sur le dos. Elle voyait leurs visages inquiets à travers un voile de larmes.

—Non ! Ce n'est pas possible. Ce n'est pas possible ! Non !

Frisant l'hystérie, sa voix devenait de plus en plus aiguë. Elle avait du mal à respirer. Elle voulut inspirer un peu d'air, mais ses muscles se crispaient de façon erratique, la secouant de spasmes.

—Angela !

—Un médecin ! Appelez un médecin !

—Putain ! mais qu'est-ce qui lui arrive ?

—Angela ! criait un Paresh paniqué. Angela, écoutez-moi : vous devez respirer !

Elle se cambrait, essayant de faire passer de l'air par sa gorge serrée. Elle ne souffrait pas ; son corps réagissait simplement de façon chaotique, comme si quelqu'un lui infligeait des décharges électriques. Cette folle pensée lui donna envie de rire. Mais elle ne pouvait pas. Tout ce qu'elle était capable de faire, c'était agiter ses membres comme si elle était victime d'une attaque.

On écarta Paresh et Omar. Deux types portant des brassards avec une croix rouge s'agenouillèrent brusquement à côté d'elle. Elle avait l'impression de les voir à l'extrémité d'un tunnel long et gris. Il y avait beaucoup de cris, mais étouffés, distants.

On lui mit quelque chose sur le nez et la bouche. Elle inspira un air sec au goût métallique bizarre. Son cœur battait à tout rompre. Elle retomba à plat sur le dos en sanglotant de façon incontrôlée.

* * *

L'hôpital de campagne était constitué de dix Qwik-Kabins reliées entre elles, formant un centre d'urgence généreusement équipé de cinq petits blocs opératoires et d'autant de boxes de diagnostic. En réalité, il servirait avant tout de centre de triage, de dispensaire où l'on prodiguerait des premiers soins de qualité avant de transférer les patients dans un hôpital digne de ce nom. Cependant, quiconque serait transporté là avec des blessures graves mais respirerait encore serait presque certain de survivre. En revanche, l'endroit n'était pas forcément adapté pour accueillir quelqu'un qui venait de craquer psychologiquement.

L'éclairage monochrome des plafonds se reflétait sur des parois beiges et nues. La lumière était crue dans le box de diagnostic où Angela était étendue sur un brancard étroit. Les sédatifs, quels qu'ils aient été, que les infirmiers lui avaient injectés avaient fait leur effet. Ses pensées étaient parfaitement calmes, déconnectées. Son corps était au repos, sa respiration régulière, ses muscles détendus. Elle ne ressentait aucun besoin de bouger comme elle fixait son regard sur le carré immaculé de plafond lumineux. Même le bourdonnement de la climatisation semblait avoir un effet thérapeutique ; elle croyait entendre des harmonies subtiles dans ce bruit désagréable.

Au bout d'un certain temps, cependant, l'éclairage et l'ambiance sonore monotones l'ennuyèrent. Elle n'avait aucune idée du temps qu'elle avait passé allongée là. Au moins deux heures, sans doute. Les médicaments avaient mis un terme à sa crise de panique ultime, lui permettant de réfléchir posément à ce qu'elle avait vu. Cela ne signifiait pas qu'elle était capable de l'admettre, mais, aussi sûr que le diable chiait sur la tête des hommes, ce ne pouvait pas être une coïncidence. Impossible. Cette certitude rendait la chose un peu plus supportable.

Angela examina le box. Au-dessus du brancard, il y avait un panneau de diagnostic monté sur un bras articulé et trois moniteurs affichant des données sur son organisme. Elle avisa des taches luisantes sur ses mains, là où on avait collé des particules intelligentes avec un genre de pâte visqueuse. Des taches comme celles-là, elle devait en avoir d'autres sur la poitrine, le cou, les membres…

— Passe ces données en boucle, ordonna-t-elle à son i-e améliorée. Je ne veux pas qu'ils sachent que je suis réveillée.

— Les particules intelligentes incrustées dans les murs fournissent un visuel du box à l'équipe médicale, la prévint son i-e.

Angela ferma les yeux et feignit de se rendormir.

— Passe ça en boucle aussi.

— Terminé.

— Préviens-moi si quelqu'un vient.

Elle s'assit sur le fin matelas, attrapa ses lunettes sur le chevet et regarda tout autour du rideau du box. Le centre d'urgence comportait cinq boxes identiques, mais aucun autre n'était occupé. Elle vit le cabinet médical à l'autre bout de la pièce.

Des avantages de s'être éduquée en prison : il fallut moins de trente secondes à son i-e améliorée pour se procurer les autorisations, puis la lame étroite du couteau de poche multifonction rangé dans sa ceinture de camping se retrouva dans la serrure. Prendre une boîte dans le fond du placard pour que personne ne remarque sa disparition. Cinq secondes de plus pour le refermer et pour que le système de sécurité numérique se réinitialise automatiquement.

Le docteur Tamika Coniff tira le rideau et découvrit sa patiente redressée sur ses coudes. C'était surprenant vu la quantité de sédatif que les infirmiers lui avaient injectée. Cependant, comme la doctoresse l'avait appris lorsqu'elle était interne, chaque corps humain était bizarrement unique.

— Que s'est-il passé ? demanda Angela d'une voix rauque tandis que le médecin lui braquait sa petite lampe torche dans les yeux.

— Je ne suis pas sûre, admit Tamika Coniff en notant la réaction normale de ses pupilles. Comment vous sentez-vous ?

— Un peu groggy, comme si j'étais défoncée.

— Oui, c'est une bonne description. Physiquement, vous n'avez aucun problème.

— Vraiment ?

— Il semblerait, oui. Les particules intelligentes qui surveillent vos fonctions vitales me disent que tout est redevenu normal dans votre corps. Je vous conseille de vous faire implanter des cellules de contrôle médical. Tous les membres de l'ADH en ont. Elles permettent à votre maillage corporel de vous surveiller en permanence. À la moindre anomalie, votre i-e peut appeler à l'aide. Le monitoring proactif augmente l'espérance de vie.

— D'accord, je vais y penser.

— Nous avons des kits de cellules médicales, ici. Je peux vous les appliquer tout de suite. J'ai simplement besoin de votre certificat pour en prendre un dans les stocks.

— Je préfère réfléchir un peu.

Le docteur Coniff lui lança un regard désapprobateur.

— Je vois. Il s'agit de matériel de qualité, si c'est ce qui vous inquiète. J'en suis moi-même dotée.

— Je n'en doute pas. Laissez-moi seulement un peu de temps pour me faire à l'idée.

— Très bien.

— Merci, doc.

— Dites-moi, y a-t-il des épileptiques, dans votre famille ?

— Non.

— Je lis dans votre dossier que vous avez passé vingt ans en prison.

— Absolument.

— Avez-vous consommé des narcotiques pendant votre incarcération ?

— J'étais en prison, doc. On s'estimait heureuse quand on recevait une barre chocolatée par mois.

— C'est oui, alors ?

— Non, doc, répondit Angela avec un faible sourire. Je ne suis pas devenue toxico en prison. Je suis tordue, mais pas comme ça.

— À en juger par votre apparence, vous êtes une un-sur-dix.

— Je ne vais pas vous mentir.

— Cela peut produire des troubles physiologiques, mais nous les découvrons en même temps que vous. À mon avis, vous avez souffert d'un genre de surcharge neurale, conséquence probable d'un traumatisme. Recouvrer la liberté après une si longue incarcération n'est pas facile. Et puis, votre retour à Abellia a dû réveiller un tas d'émotions profondément enfouies. Psychologiquement parlant, vous êtes passée d'un extrême à l'autre. L'esprit a beaucoup de mal à supporter ce genre de chose, d'où la réaction physique.

Angela fit de son mieux pour ne pas se moquer ouvertement de l'analyse solennelle du médecin. Elle était tellement loin de la réalité, de ce qui s'était vraiment passé, que c'en était risible. Comme elle ne pouvait pas le lui dire, elle hocha la tête et dit avec sagesse :

— Ouais, revenir ici n'est pas exactement mon idéal de bonheur.

— C'est bien. Admettre qu'on a un problème est nécessaire si on veut le surmonter.

— Exact.

Cette doctoresse plaisait à Angela. Elle devait avoir dans les trente-cinq ans et mesurer une tête de moins que l'ancienne prisonnière. Un peu trop épaisse pour être vraiment belle, même si son héritage clairement indien lui conférait une peau cuivrée et saine. Ce qu'Angela appréciait surtout, c'étaient ses manières directes ; quand elle identifiait un problème, elle fonçait pour l'éradiquer à la racine. Dans d'autres circonstances, elles auraient pu bien s'entendre.

— Pour être honnête, je ne peux pas faire grand-chose de plus pour vous, avoua Coniff. L'expédition n'a pas emmené de psychologue dans ses valises. Si cela devait se reproduire, je devrais le signaler pour qu'on vous renvoie sur Terre.

Son air si sérieux fit sourire Angela.

— Ça ne se reproduira pas. Je me suis fait avoir une fois, mais il n'y en aura pas de seconde. Je me suis fait prendre par surprise, c'est tout. En plus, on ne me renverra pas à la maison ; j'ai un rôle trop important à jouer.

La doctoresse fronça les sourcils.

— Vous parlez comme si vous connaissiez la cause de votre malaise.

— Heureusement, ce n'est pas l'odeur de la menthe.

— Ah oui ! c'était dans notre briefing. Le monstre sentait la menthe, c'est cela ?

— Ouais. D'ailleurs, faites attention.

— Vous pouvez me parler en toute confiance, vous savez.

— J'ai hâte qu'on discute de nouveau ensemble.

— Si vous sentez les symptômes revenir, consultez-moi avant qu'ils atteignent le niveau d'aujourd'hui. Je peux vous prescrire des antidépresseurs. Il n'y aurait pas de honte à cela, surtout après les épreuves que vous avez traversées.

— Pourquoi pas, mais je me sens beaucoup mieux.

— Comme vous voudrez. Je termine la paperasse et je vous libère. Et, s'il vous plaît, réfléchissez aux cellules médicales.

— Merci. Je le ferai.

Angela laça ses bottes, puis fixa ses jambières à l'aide de bandes Velcro. Son chapeau, en revanche, semblait avoir disparu, ce qui l'ennuya un peu. Elle ouvrit le rideau.

— Comment vous sentez-vous ?

— Nom de Dieu ! (Elle eut un mouvement de recul en découvrant Elston juste devant elle.) Putain ! mais vous faites de plus en plus peur !

— Je m'inquiétais pour vous.

— Il ne fallait pas. Je vais très bien.

— Vous avez eu une attaque en plein milieu de la cantine. Vous avez fichu la trouille à tout le monde, même à la commissaire Passam. Elle veut savoir comment vous allez.

— Dites-lui comme je suis flattée de sa sollicitude. Je sais que vous en êtes capable ; vous êtes un superbon menteur.

— Que s'est-il passé ? Sérieusement, j'aimerais savoir.

Angela se dirigea vers la sortie.

— Le choc. Sérieusement. On ne vous a pas raconté ? On m'a enfermée dans une cellule pendant vingt ans alors que j'étais innocente. Pour une condamnée à perpétuité, sortir de prison est quelque chose d'énorme. Et puis, vous m'avez trimballée ici où tout s'est produit et où cela se reproduira sans doute. (Angela haussa la voix en passant devant un bureau sur lequel étaient posés trois moniteurs et une console de zone et autour duquel étaient agglutinées la doctoresse et deux infirmières.) Le doc m'a demandé si j'avais pris des drogues illégales pendant mon incarcération. Ne vous en faites pas, je ne vous ai pas balancé. Je ne lui ai pas dit que vous m'aviez torturée pendant des semaines et que vous m'aviez injecté tout un tas de saloperies qui m'ont bousillé le cerveau.

Elle vit la colère monter sur le visage d'Elston. C'était un plaisir modeste, mais il était bon de savoir qu'elle pouvait toujours lui faire cet effet.

— Sortez d'ici.

— Oui, monsieur, acquiesça-t-elle en lui soufflant un baiser.

— Nous sommes du même bord, vous savez, cria-t-il tandis qu'elle s'éloignait. Nous sommes tous les deux humains. Lui, non. Vous feriez bien de vous en souvenir.

Angela ouvrit la porte, lui adressa un doigt d'honneur sans le regarder et sortit dans le soleil et la chaleur.

Paresh, DiRito, Leora, Gillian, Josh, Audrie et Omar attendaient devant l'hôpital de campagne. Quand elle apparut, ils échangerent des regards incrédules. Des sourires illuminèrent leurs visages.

— Putain ! elle s'en est sortie.

— Eh ! t'as plutôt l'air en forme.

— Qu'a dit le doc ?

— Vous allez bien ? demanda Paresh, sincèrement inquiet.

C'était inattendu. Ces gens se souciaient donc d'elle. Stupéfaite, Angela les regarda sans savoir quoi dire. Le temps d'une affreuse seconde, elle craignit qu'une deuxième crise de panique s'empare d'elle. Mais cela n'arriva pas, car elle pouvait se contrôler ; elle savait comment dissimuler la moindre faiblesse. *Me concentrer…*

Elle sourit, ce qui ne mangeait pas de pain.

— J'ai eu une crise de panique. J'ai revu cette bouffe et…

Elle haussa les épaules. Ils rirent et l'entourèrent. On lui donna l'accolade. Leora et Audrie l'embrassèrent. Paresh lui rendit timidement le chapeau qu'elle pensait avoir perdu.

— Merci, dit-elle en le regardant longuement pendant qu'elle enfonçait le chapeau sur ses oreilles.

Une fois de plus, le chiot ravi se roula sur le dos en agitant la queue.

— Nan, sérieux, on t'a fait quoi, là-dedans ? demanda Omar.

— Désolée de vous avoir fichu la trouille. Le doc a dit que j'étais encore toute chamboulée d'avoir recouvré la liberté et tout ça. Revenir directement ici n'était pas le truc le plus malin à faire. J'ai encaissé tout ça d'un coup.

— Ils vont te rapatrier ? demanda DiRito.

— Putain ! non ! Je reste pour vous protéger, les gars. Il faut bien que quelqu'un se dévoue.

— Eh !

Ils firent mine de protester, se moquèrent d'elle parce qu'elle avait manqué le tournoi de football. Ils se plaignirent que l'équipe d'Atyeo se soit bien débrouillée avant de se faire éliminer par l'escouade du caporal Hiron.

Des types bien, admit-elle à contrecœur comme ils retournaient vers le camp principal.

Dans le ciel, le V argenté d'un HyperLear décrivit une courbe serrée et se posa avec un grondement guttural de turbofreins. Ce spectacle provoqua une bouffée de nostalgie plus forte que prévu, mais Angela était consciente d'être devenue vulnérable. Cela faisait bien longtemps qu'elle n'était pas montée à bord d'un jet privé supersonique comme celui-là.

* * *

Le mois d'avril 2121 avait été exceptionnellement froid, même pour une ville de Londres sortant péniblement d'un hiver triste qui avait, une fois de plus, vu la Tamise complètement gelée. Des chutes de neige tardives encombraient encore les rues, ralentissant le trafic, lorsque Angela Tramelo arriva de Nantes, où elle vivait avec sa mère, par le TransEurope Express. Elle s'inscrivit à l'Imperial College en première année de physiothérapie du sport, avec le football comme matière approfondie. Rien ne la distinguait des autres filles de dix-huit ans qui arpentaient les bâtiments de l'université et vivaient loin de leur famille pour la première fois. L'IA de l'établissement accepta tous ses fichiers et certificats de citoyenne de la GE, ainsi que le virement envoyé par un compte de la Première Banque transstellaire de Paris couvrant les frais d'inscription.

Son accréditation confirmée, elle se rendit à l'appartement loué par sa mère : deux pièces au deuxième étage d'une jolie maison à l'écart de Draycott Avenue. Elle partagerait la cuisine commune avec trois autres étudiantes. Des jeunes femmes issues de milieux similaires vivant ensemble dans une partie respectable de la ville, assez près de l'université pour pouvoir s'y rendre à pied. C'était exactement le genre d'endroit que choisirait une mère. Et puis, l'appartement était aussi relativement proche de King's Road, à Chelsea, avec ses merveilleux bars et restaurants.

Ainsi Angela Tramelo commença-t-elle son année universitaire, passant plusieurs heures par semaine à la salle de musculation et beaucoup moins dans l'amphithéâtre à apprendre la mécanique de la structure musculaire de l'homme et la manière dont elle était reliée au squelette. Comme il se devait pour une élève de première année, elle se fit beaucoup d'amis et se rendit à de nombreuses soirées. Avoir les bons amis était essentiel. L'Imperial College était aussi cloisonné que les autres universités, et Angela apprit rapidement à distinguer les gosses de riches de ceux qui étaient issus de la classe moyenne. Elle commença donc à fréquenter les plus fortunés, à accepter les propositions de garçons dont les connexions sociales semblaient plus prometteuses, surtout pour les filles originaires des provinces rurales. De garçons qui, surtout, avaient accès aux clubs les plus branchés de Londres, par exemple le *Gusto*, sur Park Lane.

C'est là que Melyne Aslo vit Angela Tramelo pour la première fois. Il y avait beaucoup de belles jeunes femmes au *Gusto* – accessoire presque obligatoire pour les hommes plus vieux. Mannequins, starlettes de zone, filles de notables : toutes étaient vêtues de robes de couturiers et faisaient la fête jusqu'au petit matin. Angela n'eut aucun mal à sortir du lot. Elle avait cette beauté fraîche, cette simplicité et cette ouverture qui faisaient défaut aux habituées du club, et ses vêtements, tout en restant chics et sexy, ne coûtaient pas une fortune, ce qui ne semblait pas déranger le jeune Libyen en troisième année de management qu'elle accompagnait. Celui-ci était occupé à faire son malin devant elle et son troupeau de copains, payant les boissons et les drogues les plus onéreuses, les consommant à la chaîne. Le pauvre perdrait bientôt connaissance, mais pas avant de s'être totalement ridiculisé.

Aslo observait la fille discrètement. Longs cheveux blond-blanc qui lui tombaient presque jusqu'aux fesses – des extensions, sans doute, mais vu la pâleur de son teint, la couleur devait être authentique. Plutôt grande, et c'était tant mieux, car elle ne les aimait pas trop petites. Athlétique. Grand sourire. Elle semblait cependant s'ennuyer, ce qui était bizarre. Oh ! et elle se donnait du mal pour que son porte-monnaie sur pattes de copain ne le remarque pas. Aslo était suffisamment expérimentée pour voir que ses singeries ridicules l'excédaient ; alors qu'on lui avait promis une belle soirée en ville, elle se retrouvait au milieu d'une stupide fête étudiante. Dans un cadre certes plus luxueux que d'habitude. Toutefois, cela ne suffisait pas ; l'attrait exercé par le *Gusto* et le mode de vie qu'il représentait ne palliait pas son aversion.

Le réseau de l'établissement s'ouvrit en grand pour accueillir l'i-e d'Aslo, qui localisa rapidement Angela Tramelo sur la liste des invités. Cinquante secondes plus tard, elle avait son profil complet. Physio du foot ! Angela était parfaite.

Lorsque Angela se rendit aux toilettes, Aslo la suivit. Elle l'avait fait tant de fois – rencontre fortuite, conversation amicale. La jeune femme fut ravie que quelqu'un s'intéresse à elle. *Quelle surprise*[2] : Nantes était la ville française préférée de Melyne. Elle adorait l'énorme et vieux château dans le centre, les ruelles étroites, l'opéra. Pendant qu'elle parlait, ses lentilles interfaces lui montraient des images de ces lieux qu'elle était censée connaître. Elles échangèrent leurs codes d'i-e, et Aslo rentra chez elle.

L'après-midi suivant, Angela rejoignit sa nouvelle meilleure amie pour le thé dans un café de Thurloe Street, à côté de la station de métro de South Kensington. Angela venait de sortir d'une épuisante séance de gymnastique, le professeur montrant à la classe une série de programmes d'échauffement et expliquant leur application, aussi portait-elle encore sa tenue de sport et ses cheveux étaient-ils simplement attachés. Une ingénue authentique, décida Aslo en l'examinant en plein jour. Angela s'assit et ouvrit la fermeture à glissière de sa veste ; en dessous, son haut d'athlétisme moulant révélait un décolleté avantageux. Apparemment, elle ne remarqua même pas le regard insistant d'Aslo sur sa chair nue.

Melyne Aslo expliqua qu'elle travaillait dans l'événementiel à Fulham, qu'elle organisait des trucs pour les sociétés, le gouvernement, voire des particuliers. Étant divorcée, elle n'avait plus vraiment besoin de travailler, mais rester sur le terrain l'occupait et lui permettait de rencontrer les bonnes personnes. Elle n'avait pas oublié l'époque où elle était étudiante et sans le sou, quinze ans plus tôt, aussi, si

2. En français dans le texte. (*NdT*)

Angela avait besoin d'un coup de pouce, elle pourrait ponctuellement l'engager comme hôtesse ; son salaire irait directement sur un compte secondaire, cela allait sans dire.

Angela la remercia et accepta avec enthousiasme.

Aslo passa un mois à la former. C'était son talent principal, et cela passait par le renforcement de leur amitié, l'instauration d'une relation de confiance. D'abord les bals de débutantes ou de charité – « Tiffany m'a lâchée au dernier moment et j'ai besoin de quelqu'un pour m'accompagner... tu accepterais de... ? » –, les nouveaux vêtements – « je te les offre, c'est normal, tu me sors du pétrin ». Puis rencontrer des gens importants, des célébrités du transnet ou des émissions sur les *peoples* : P.-D.G., commissaires de la GE, financiers, créateurs – qui étaient tous ravis de faire sa connaissance. Il y eut aussi les matchs de football – Angela rendit visite à tous les grands clubs de la capitale, assistant aux rencontres depuis les loges privées situées au sommet des stades, faisant de son enthousiasme pour ce sport un véritable spectacle. Ce dont se satisfit particulièrement Aslo. Ainsi Angela passa-t-elle de moins en moins de temps à l'université et Aslo corrompit-elle systématiquement son mode de vie, remettant en question et rejetant son éducation.

— Tu as reçu une éducation petite-bourgeoise, ma chère, mais ne t'inquiète pas, ce n'est pas honteux. La honte, c'est bon pour ceux qui refoulent tout.

Elle l'encouragea à accepter cadeaux et promesses.

— Dis « oui », libère-toi. De toute façon, il n'y a aucune obligation.

Même quand elle était invitée dans les chalets dignes de palais de ses nouveaux amis.

— Tu vois, il faut savoir vivre sa vie. Alors survient la libération, et c'est très gratifiant.

Aslo était la gardienne d'une vie parallèle différente de celle des étudiants qui passaient leur temps à travailler dur, se nourrissaient de *junk-food* et faisaient la fête en se droguant la nuit. Une vie de luxe, d'insouciance, de rire, où l'on n'avait besoin de rien. Une vie séduisante à laquelle Angela commençait à s'habituer. Personne ne renoncerait à cela.

Aslo lui fit sa grande proposition vers la fin du mois de mai. Après des semaines à lui faire goûter la vie des grands de ce monde, à ajuster subtilement mais définitivement sa vision du monde, Angela ne fut pas longue à accepter. Kabale les rejoignit aussitôt. Presque aussi mignon qu'Angela et incroyablement sexy quand il retirait sa chemise, il appartenait lui aussi à l'écurie d'*escorts* d'Aslo. Pendant une semaine, Aslo supervisa la formation d'Angela dans son appartement de Mayfair. La jeune femme se familiarisa rapidement avec des pratiques sexuelles dont elle ne soupçonnait pas l'existence, et Aslo ne la laissa tranquille que lorsqu'elle les maîtrisa complètement.

À la fin du mois, Aslo dit au revoir à Angela sur un quai de King's Cross. La jeune femme avait dans la main une valise pleine de beaux vêtements et un aller simple en première classe pour Newcastle. Pour tout cela, Melyne Aslo reçut un virement de un million d'eurofrancs sur son compte secondaire. La pauvre était persuadée que c'était elle qui avait choisi Angela…

* * *

Marc-Anthony vint chercher Angela à la gare de Newcastle. Flamboyant, efféminé, la soixantaine, un physique très moyen, mais une personnalité affirmée. Sans aucune ironie, il se présenta comme le rabatteur de petites amies de Bartram North. Son sens de l'humour outrancier plut immédiatement à la jeune femme.

Ils se rendirent d'abord dans l'immeuble de la sécurité de Northumberland Interstellar, une tour de trente étages tout en panneaux de verre fumé dans le quartier de Manors.

— Qu'est-ce qu'on fait là ? demanda Angela comme un homme en uniforme les escortait jusqu'à l'ascenseur.

— *Check-up* final, ma chérie, répondit Marc-Anthony tandis que les portes s'ouvraient.

— Je croyais que Bartram et Augustine avaient séparé leurs activités.

— C'est le cas, mais la séparation s'est faite en bonne intelligence.

Il y avait une clinique au dixième étage. Une infirmière efficace lui préleva du sang, après quoi Angela dut enfiler une blouse et s'allonger, immobile, dans un genre de scanner.

— Pourquoi ? demanda-t-elle nerveusement.

— Tout ira bien, la rassura Marc-Anthony. Des dizaines de filles ont subi ces mêmes tests avant vous. On vous fait une prise de sang pour rechercher des problèmes éventuels.

— Vous voulez dire des maladies ?

— Ma chérie, les gens font des folies de leur corps à notre époque. Il n'y a rien de mal à ça, mais Bartram se doit de faire très attention. Il ne peut pas se permettre de choper une saloperie.

— Et ça ? demanda Angela en désignant le scanner.

— Ne bougez pas, lui ordonna l'infirmière.

— Les North ont beaucoup d'ennemis, expliqua Marc-Anthony. Nous voulons vérifier que vos implants ne servent qu'à vous connecter au réseau.

— Je n'ai encore aucun implant cybernétique, dit Angela. C'est trop cher pour moi. Je me sers d'interfaces externes, ajouta-t-elle en montrant la boucle d'oreille noire qui la reliait au transnet.

— Tant mieux. Le corps est un temple, surtout un corps aussi beau que le vôtre. Ne l'encombrez pas de toutes ces saloperies. Nous ne sommes pas uniquement à la recherche de puces de télécommunication.

— Pourquoi, il y en a d'autres types ?

— Oui, et des vilaines, ma chérie. On en a une liste exhaustive dans ce bâtiment. Les marchands d'armes savent se montrer incroyablement inventifs et diaboliques. Croyez-moi.

Ils attendirent les résultats dans une petite antichambre. Angela était persuadée que tout allait bien se passer ; les fibres nucléiques microscopiques implantées dans ses cubitus étaient de nature organique et, pour le moment, inertes, donc indétectables. Du moins elles auraient dû, vu la somme astronomique que lui avait demandée ce spécialiste de cy-technologie de New Tokyo.

— Il est comment ? s'enquit-elle.

— Qui, Bartram ? C'est un bon gros nounours.

— Ne vous moquez pas de moi !

Marc-Anthony haussa ostensiblement les épaules.

— D'accord. Il a cent neuf ans, et il est multimilliardaire en eurofrancs, mais pas seulement. Il a tout fait et tout vu. Satisfaite ?

— Cent neuf ans, vraiment ?

— Oui.

— Oh !… Je ne suis pas sûre de…

Il gloussa.

— Non mais regardez-la ! Écoutez-moi, ma chérie, il est en train de subir un traitement rajeunissant ; il est à peu près à mi-chemin. Ce n'est pas si laid à voir. (Il regarda à gauche, puis à droite, et fit signe à Angela de se rapprocher.) De vous à moi, il n'est pas encore très en forme, si vous voyez ce que je veux dire. Pour le moment, il se contente de regarder. Vous avez la tâche facile, franchement. S'amuser avec les autres filles, sucer une bite de temps en temps… On fait tous un peu ça dans la vie.

— D'accord. Mais je ne comprends toujours pas. Il est si riche ; pourquoi est-il célibataire ? J'ai vu des tonnes de pétasses dans les clubs de Londres, et les types avec qui elles sortaient étaient loin d'avoir tout ce pognon.

Marc-Anthony s'adossa à sa chaise, l'air soudain très guindé.

— Eh bien, justement.

— C'est-à-dire ?

— Il ne vous paie pas pour le cul, ma belle ; il vous paie pour que vous la fermiez et que vous vous barriez une fois le job terminé. Les hommes sont tous pareils. Surtout les North. L'engagement, les sentiments, la vie des autres : pour eux, c'est une perte de temps et d'énergie. Les femmes, les petites amies : une plaie ! Les North bossent ensemble pour accomplir des choses, c'est la raison d'être de cette famille.

— Mais ils sont… seuls.

— Non, petite, ils ne sont pas seuls puisqu'ils vous ont vous. C'est tout ce dont ils ont besoin. Croyez-moi, ça fait vingt-cinq ans que je les fréquente de très, très près.

— Pourquoi faites-vous cela ?

Marc-Anthony eut un sourire coquin.

— Je serais bien en peine de trouver du travail ailleurs. J'ai été impliqué dans un incident déplorable, dans un passé lointain et brumeux. Une histoire de substances illégales et de légume à la forme suggestive. Et en public !

Angela éclata de rire.

— Je ne vous crois pas.

— Bon, j'ai peut-être un peu exagéré le rôle du légume, mais ce n'est pas si nul comme travail. Je rencontre des gens adorables tels que vous. On vous a dit que vous aviez des yeux verts magnifiques ?

— Merci, lui dit-elle en lui serrant le bras.

— Arrêtez, vous allez me faire pleurer.

L'infirmière réapparut.

— Tout est parfait, annonça-t-elle.

— Très bien, s'enthousiasma Marc-Anthony. Quittons ce climat affreux ! Le soleil nous attend.

Une limousine Mercedes noire les conduisit directement au portail. La douane de la GE se trouvait à l'extrémité du Dernier Mile. Angela fut étonnée de n'avoir qu'à poser la main sur un scanner biométrique. Son i-e confirma son statut de citoyenne à l'IA de la douane, qui l'autorisa à passer sans attendre, lui fournissant au passage une petite puce-visa avec une autorisation de retour.

— Ne la perdez pas, la mit en garde Marc-Anthony tandis que la Mercedes glissait avec fluidité sur la rampe métallique conduisant au portail. Passer dans l'autre sens n'est pas si facile.

La voiture s'engagea sur l'autoroute A et fila vers l'aéroport. Marc-Anthony s'amusa de l'émerveillement de la jeune femme à la vue du système annulaire. Il alla même jusqu'à arrêter la voiture pour lui permettre de descendre et de s'en mettre plein les yeux. Elle inspira profondément l'atmosphère exotique comme tous ceux qui visitaient un monde nouveau pour la première fois, ne se plaignant même pas de l'odeur omniprésente de biocarburant, incapable de contenir son excitation.

Un HyperLear LV-700 les attendait à l'aéroport. Aile delta à la silhouette parfaite, le jet pouvait accueillir quinze passagers et atteindre Mach 3,8 grâce à ses turboréacteurs P&W Excelsior.

— Et les autres passagers ? demanda Angela comme l'hôtesse la délestait de son sac au pied de l'escalier.

— Il n'y en a pas, répondit Marc-Anthony.

Dans la Zone de chute, ils ne volèrent ni lentement ni à basse altitude. C'était une question de probabilités, avait expliqué Marc-Anthony. Un survol à toute vitesse à haute altitude avait autant de chances de mal se terminer qu'un vol commercial se traînant dans la brume épaisse vingt kilomètres plus bas. Cette obsession pour la lenteur et la basse altitude avait tout à voir avec la psychologie des passagers et leur satisfaction.

Il pleuvait lorsqu'ils arrivèrent à Abellia. À cause des épais nuages noirs, la ville côtière demeura invisible durant la descente vers l'aéroport. Une fois au sol, ils montèrent à bord d'un cabriolet Jaguar JX-7 qui prit la rue de Provence[3] et fonça vers la plage de Gironella, où le manoir de Bartram était sis sur une étroite langue de terre entre le sable profond et un plateau inaccessible. Les nuages s'éloignaient vers le nord et la lumière aveuglante de Sirius se reflétait sur la mer turquoise et scintillante comme la Jag émergea d'un tunnel, dévoilant un panorama incroyable à Angela. Même en sachant que Bartram avait choisi de s'installer sur la péninsule d'Abellia parmi tous les endroits de ce monde, rien n'aurait pu la préparer à cela. Les pentes plissées qui dominaient la crique large de trois kilomètres étaient énormes et presque verticales, couvertes d'une végétation jade et bleu-vert qui s'accrochait aux fissures étroites de la roche sur le premier tiers, avant

3. En français dans le texte. (*NdT*)

de céder la place à la mousse et aux fleurs à spores qui se contentaient de la roche nue. À l'extrémité de la longue paroi incurvée, une chute d'eau de deux cents mètres de hauteur produisait un nuage d'embruns permanent enveloppé de vagues de réfraction arc-en-ciel. Autour de la maison, le jardin était parfaitement entretenu, compromis parfait entre le naturel et le formel. La canopée colorée des arbres endogènes luxuriants dispensait une odeur de pin sucrée et musquée dans l'atmosphère humide.

— Waouh..., murmura Angela en avisant le manoir.

— Oui, je sais, acquiesça fièrement Marc-Anthony. Il fait cet effet à tout le monde. Il est voyant et chic à la fois, qu'est-ce que vous en pensez ?

— Ouais...

Elle n'était plus tout à fait aussi certaine d'apprécier l'esthétique de cette demeure. Elle ne semblait pas à sa place au milieu de cette nature, dont elle concurrençait presque la magnificence. L'architecte de Bartram avait opté pour une pyramide au sommet tronqué pareille à une version urbaine et moderniste de temple inca. La façade était constituée de grands losanges de verre de couleurs différentes séparés les uns des autres par des poutrelles de métal noir mat. Tout autour de la structure couraient de larges balcons qui accueillaient de longues jardinières pleines de plantes du désert.

— Attendez de le voir de nuit, ma chérie. La structure s'illumine. On dirait Las Vegas en miniature en bord de mer.

La Jaguar s'enfonça dans un tunnel et déboucha dans un parking souterrain aussi grand qu'un hangar. Autour d'eux, il n'y avait que des Jaguar JX-7 en tout point identiques à la leur, y compris le bleu argenté de la carrosserie. Il devait y en avoir une quinzaine. Marc-Anthony se contenta de hausser les épaules lorsqu'elle lui lança un regard interrogateur.

— Ne cherchez pas à comprendre.

Ils empruntèrent un escalier en colimaçon qui les conduisit à l'atrium principal dallé de marbre blanc et noir. L'atmosphère y était bien plus fraîche et bien plus sèche qu'à l'extérieur. La lumière du soleil s'engouffrait par le sommet tronqué et se reflétait sur les rampes chromées des paliers empilés sur des piliers cannelés. Deux des petites amies de Bartram les attendaient dans de larges et confortables fauteuils qui donnaient aux lieux un air de lobby de grand hôtel. Il y avait Olivia-Jay, avec sa peau sombre et douce, ses lèvres pulpeuses moyen-orientales, son nez plat, ses yeux noisette, ses cheveux bouclés lui tombant sur les épaules, sa jupe blanc perle vaporeuse et son sourire accueillant. Et puis Karah, plus discrète, qui attendit poliment qu'Olivia-Jay les rejoigne en sautillant et embrasse chaleureusement Angela. Sachant qu'elle était complètement nue, l'attitude de Karah était étonnante. Angela étudia du coin de l'œil cette rousse au corps d'athlète, plus grande que la plupart des joueuses de volley-ball professionnelles.

— Bienvenue à Gironella-la-Vicieuse, commença Olivia-Jay. À Overdose-sur-Mer !

Karah l'embrassa sur les deux joues.

— Ne l'écoute pas, ce n'est pas si terrible, dit-elle d'une voix rauque. Tu seras bien, ici.

— Nous, les petites amies, on reste ensemble, poursuivit Olivia-Jay. Surtout quand Brinkelle est dans les parages.

— Faites attention à ce que vous dites, les mit en garde Marc-Anthony d'un ton faussement sévère.

— Qui est Brinkelle ? demanda Angela, car c'était le genre de question que poserait une jeune fille naïve de dix-huit ans.

C'était étrange, mais elle ne s'attendait pas à ce que cette rencontre soit si dure. Jusque-là, elle n'avait pas du tout pensé à ces filles. Malgré leur air enjoué et leur désinvolture, elle les savait tristes. Sa colère montait. Pourquoi étaient-elles là ? En ces temps si avancés, les vieux hommes continuaient de convoiter les jeunes filles comme ils l'avaient toujours fait. Il n'y avait eu aucun progrès social depuis les Romains. La création de ce monde nouveau avait été synonyme de pas en arrière du fait de son isolement, de l'éloignement de la civilisation et de la justice. Comme ils l'avaient toujours fait, les North avaient poussé le concept très loin, uniquement parce qu'ils le pouvaient, parce que l'excès les définissait, parce qu'ils ne reconnaissaient aucune autorité.

Tu savais tout ça avant de venir, se dit-elle sèchement. *C'est même pour ça que tu es venue. Allez, reprends-toi. De toute façon, tu ne peux rien pour elles. Elles sont ici pour l'argent, comme toi.* Elle mit à profit son *self-control* et sourit nerveusement à ses deux nouvelles amies.

— Sa fille, répondit Karah. Elle a à peine plus de vingt ans, mais c'est déjà une garce finie.

— Voyons, voyons, intervint Marc-Anthony en frappant dans ses mains. Qui sont les garces, ici ? Honnêtement ? Bon, Angela a besoin de s'installer. Le voyage a été éprouvant.

— Tu es dans la chambre voisine de la mienne, dit Olivia-Jay. Viens, fit-elle en l'entraînant vers l'ascenseur caché derrière l'escalier.

Sa chambre, située au sixième, était un vaste duplex carré au sol dallé de pierre et aux murs couverts de velours doré. Un intérieur deux étoiles dans un bâtiment cinq étoiles, pensa-t-elle, perplexe. Néanmoins, elle disposait d'une baie vitrée et d'une portion de balcon donnant sur le sud-ouest et cette chute d'eau magnifique.

— Vos vêtements sont dans le placard et indexés sur le réseau de la maison, expliqua Marc-Anthony.

— Mais..., fit Angela en désignant sa valise, posée près du lit circulaire.

— On ne porte pas ses propres vêtements ici, expliqua Olivia-Jay. Quand on en porte. Pauvre Karah. Pour elle, ça faisait partie du contrat.

— J'ai préparé le genre de vêtements que M. Bartram apprécie, poursuivit Marc-Anthony. Ils sont à votre taille.

— Comment connaissez-vous ma taille ?

— Mme Aslo m'a précisé tout cela la semaine dernière.

— Oh !

— M. Bartram ne sera pas de retour avant ce soir ; il passe la journée à l'Institut pour son traitement. Vous pouvez vous reposer jusqu'à son arrivée. Je ne sais où vous en êtes, mais traverser ce portail chamboule toujours mon horloge biologique.

— Oui. Merci.

— Plus tard, je vous choisirai une tenue appropriée pour ce soir.

Angela ouvrit sa valise et en sortit sa boucle d'oreille et ses lentilles interfaces.

— Y a-t-il un code d'accès pour se connecter au réseau de la maison ? J'aimerais prévenir ma mère que je suis bien arrivée.

— Ta mère ? couina Olivia-Jay.

Angela fit une moue résignée en attachant sa boucle d'oreille.

— Elle me croit toujours à la fac. Je ne veux pas qu'elle sache que j'ai laissé tomber. Pas encore.

— Vous pouvez vous connecter librement n'importe où dans le manoir, confirma Marc-Anthony. Il suffit d'inscrire votre i-e.

— Merci.

Angela attendit d'être seule, puis s'assit sur le lit. Elle ne fut nullement étonnée de constater qu'il s'agissait d'un matelas à eau. Son i-e appela l'adresse de l'interface transnet de sa mère. Un icone apparut dans son champ de vision, lui confirmant qu'elle n'était pas joignable. Angela demanda à son i-e de se connecter à la boîte vocale.

— Salut, maman. C'est moi. Juste pour te dire que je vais bien. Je bosse, comme d'habitude, ha ! Avec des copains, on va au *West End*, ce week-end, enfin, s'il me reste des sous. La boîte dont je t'ai parlé a proposé de me faire bosser comme hôtesse plus régulièrement, donc il se peut que je récupère un peu de cash. Rappelle-moi quand tu seras de retour. À bientôt. Bisou.

Elle se laissa tomber en arrière et sentit les vagues lentes du matelas onduler sous elle. Il n'y avait personne derrière cette interface, évidemment, et surtout pas une mère. C'était un relais à sens unique. Le contenu de son message n'avait aucune importance. Il n'était pas question de code complexe à décrypter. Le simple fait qu'elle ait appelé signifiait une chose : *Je suis dans la place.*

Mercredi 6 février 2143

— Je vais me casser de cet endroit, annonça calmement Angela.

De l'autre côté de la table, Paresh se figea, une fourchette entourée de spaghettis suspendue entre son assiette et sa bouche.

— Qu'est-ce que vous faites ? chuchota-t-il. Je suis supposé vous surveiller, faire en sorte que vous n'alliez que dans les endroits autorisés. En plus, vos vêtements sont marqués.

— C'est vrai, j'avais oublié. C'est mort, alors. Euh... vous pourriez me prêter vos ciseaux ?

— Angela !

— Si vous m'accompagnez, personne ne pourra dire que vous m'avez lâchée des yeux.

— Hein ?

Elle eut un sourire coquin et, du bout du doigt, poussa la fourchette jusqu'à sa bouche. Il se laissa faire.

— Allez, poursuivit-elle, les yeux écarquillés et malicieux. Une soirée en ville. Seulement vous et moi. Je connais des clubs sympas. Il n'y a pas que des établissements pour riches. Et puis, vous ne pouvez pas ne pas goûter les milligraines à la sauce chili.

— Vous êtes folle.

— Et maligne. Réfléchissez, on va partir pour Edzell d'un jour à l'autre. C'est à deux mille kilomètres, et ce n'est qu'un premier camp, une étape. Le diable sait où on ira ensuite et quand on rentrera. Vous croyez que cet extraterrestre va se laisser débusquer si facilement ?

— Qui vous a dit qu'on allait être déployés dans la jungle ?

— Personne, mais c'est logique. (De l'autre côté de la cantine, elle désigna un Daedalus qui roulait sur une voie de circulation en direction de la piste de décollage.) Les vols pour Edzell se succèdent jour et nuit. Et quatre e-Rays sont déjà positionnés de l'autre côté.

— Ouais, mais le dernier s'est heurté à une énorme chaîne de montagnes, loin, au nord.

— Le massif de l'Éclipse, tellement gros qu'il éclipse tout.

— Merde, mais vous savez tout, ma parole !

— Cette planète est propice aux rumeurs les plus folles. En plus, la présence d'une chaîne de montagnes n'est pas une information classifiée, même pour l'ADH. Je me connecte souvent au centre d'observation dans ma grille ; on y apprend beaucoup de choses.

— D'accord, mais de là à faire le mur…

Elle croqua un morceau de pastèque.

— On va bientôt nous transporter sur le terrain, et qui sait quand on reviendra ? Autant se relaxer un peu avant. Vous croyez que Passam mange sous cette tente tous les soirs ? Tu parles, elle ne dort même pas à la base.

— Ouais, j'ai entendu dire que sa cour et elle logeaient à l'hôtel Mortant.

— Un cinq étoiles, et aux frais du contribuable. Alors ? Je n'ai pas envie d'y aller seule, ajouta-t-elle avec un regard suppliant.

— Et puis merde !

* * *

Angela emprunta un chemisier blanc à manches courtes à Leora et une jupe turquoise avec un ourlet doré à Audrie. Ses camarades ne faisaient pas la même taille qu'elle, mais le résultat était correct, même si elle devait régulièrement remettre son chemisier dans sa jupe. Les baskets rose et jaune appartenaient aussi à Leora et nécessitaient le port de trois paires de chaussettes.

— Vous avez pensé à changer de sous-vêtements ? demanda Paresh.

— Quels sous-vêtements ?

C'était cruel, mais tellement jouissif.

Paresh connaissait un des intendants du parc automobile. Ils optèrent pour une Land Rover Tropic dans le réseau de laquelle ils chargèrent un programme qui désactiva la fonction enregistrement de l'ordinateur de bord pour la soirée. Dans la rue Turbigo[4], le gros véhicule vert olive ne pouvait pas passer inaperçu au milieu des coupés, limousines et autres luxueuses voitures qui défilaient dans les rues d'Abellia. Toutefois, il y avait de nombreux autres engins de l'ADH en ville.

Angela demanda au pilote automatique récalcitrant de la Land Rover de les conduire à la plage de Velasco. Ils marchèrent sur la promenade tandis que le point aveuglant de Sirius glissait vers la ligne d'horizon. Il n'y avait pas beaucoup de promeneurs à cette heure de la journée, et les boutiques commençaient à fermer. Paresh portait son treillis, car il ne voulait pas être accusé d'abandon de poste. Sa tenue lui valut quelques regards curieux, mais aucune hostilité.

Il y avait une marina à l'extrémité de la promenade, la Rueda. Vingt ans plus tôt, il n'y avait rien à cet endroit. Rien de plus normal, pensa Angela. Le temps passé à Holloway semblait se compresser, se réduire à une discontinuité étrange, mais les souvenirs de sa vie passée étaient plus forts qu'ils ne l'avaient été depuis longtemps.

— Ces boutiques n'étaient pas là avant, dit-elle comme ils marchaient sur la pierre vitrifiée. Et celles-là, là-bas, étaient en construction. Sur cette promenade, il n'y avait que des étals, comme sur un marché. D'ailleurs, la promenade n'était sans doute pas aussi longue.

Ils s'arrêtèrent et s'accoudèrent à la balustrade de métal noir, regardant les derniers traînards quitter la plage.

— C'était comment, à l'époque ? demanda Paresh.

— La ville était plus petite, évidemment, mais je n'ai pas passé trop de temps dans ce quartier. J'étais presque tout le temps dans le manoir.

Elle n'ignorait pas que ce n'était pas ce qu'il voulait savoir, qu'il essayait de la faire parler de son ancienne vie. Elle n'avait eu aucun mal à manipuler le petit chiot obéissant qu'il était, à nourrir ses fantasmes les plus débridés pour cette soirée. Elle se sentait presque coupable de jouer avec lui de la sorte. Sans compter qu'elle n'avait pas… depuis vingt ans…

— Et la vie au manoir ?

— Je n'ai pas envie d'en parler, répondit-elle en écartant quelques mèches de son front et en regardant la mer. Désolée mais je ne suis pas tout à fait prête pour ça. Vous ne voudriez pas que je fasse une autre attaque ? Pas ce soir.

---

4. En français dans le texte. (*NdT*)

La promesse, dans sa voix, était presque indécente.

— Pas de souci. Je ne suis pas pressé.

— Paresh, dites-moi, que fait quelqu'un d'aussi bien que vous dans l'ADH ?

— Eh ! on est les gentils. On défend l'espèce humaine contre le Zanth.

Non. Pas vraiment. Vous ne nous défendez pas. Vous vous contentez de nous organiser quand il déferle. Angela sourit.

— À mon tour d'être désolée.

Elle se mit sur la pointe des pieds, se pressa contre lui et lui déposa un baiser sur les lèvres. Un baiser anodin. Un baiser d'amitié. Pas plus appuyé que cela. Mais un baiser qui signifiait davantage, d'où sa surprise. Il le vit dans ses yeux quand elle recula. Il lut dans son regard comment la soirée allait se terminer et qu'elle s'en réjouissait.

Jeudi 7 février 2143

Avec l'aube arriva de la mer une fine brume qui se faufila entre les dunes qui longeaient la plage de Camilo. Saul la vit se matérialiser, naître de la nuit de St Libra, s'illuminer sous la lumière du système annulaire, puis s'embraser sous les assauts du jour naissant. Il était assis dans le patio, à l'extérieur de la cuisine, vêtu d'un épais pull de cricket qu'il possédait depuis huit ans, d'un ample bermuda bleu ciel aux poches affaissées et de vieilles baskets. Ses yeux étaient cerclés de rouge ; il craignait que quelqu'un le remarque et lui demande pour quelle raison il avait pleuré. Dans deux heures, sa famille se réveillerait, et Emily se rendrait compte qu'il n'avait pas passé la nuit à ses côtés. Deux heures pour se reprendre, pour reprendre le contrôle de ses émotions chaotiques. Pour ravaler l'amertume et la haine qu'il ressentait pour ce cruel destin.

La mer reculait, découvrant la plage déserte avec force pétillements. Il y pensa en se dirigeant vers l'eau grise et ses vaguelettes à la crête blanche. Il pourrait s'allonger sur sa planche et se laisser flotter sur l'eau chaude et rassurante, s'éloignant du rivage. Comme ce serait facile. Il avancerait, naviguerait jusqu'à Ambrose, voire l'île Sèche, dans la Zone de chute. Autant tout abandonner derrière lui, car le choc et la pression finiraient par le tuer, comme il terminerait par se noyer dans son cher océan. Sauf que celui-ci serait plus propre.

Il ferma les paupières pour oblitérer le monde et respira par saccades. Il en était incapable, évidemment. Dans le néant de ses yeux fermés, il ne voyait que les visages adorables des siens, des visages affolés comme la journée toucherait à sa fin et que les recherches seraient abandonnées. Ses enfants seraient perdus sans lui, Emily serait brisée. Ils ne sauraient jamais pourquoi, ne comprendraient pas. Cette triste stupéfaction marquerait leur vie à jamais, effrayante.

En tant que père et mari, il avait des responsabilités. Ce n'était pas comme s'ils ne survivraient pas à ce qui leur tombait dessus. Sauf qu'il n'avait pas envie de traverser cette épreuve. Il refusait que sa famille la subisse. La plage de Camilo, Emily, les enfants, leur vie agréable et douce : ils étaient sa seconde chance. La preuve magnifique qu'il avait fait du chemin, qu'il avait laissé son terrible passé derrière lui.

Sauf qu'on ne pouvait jamais se débarrasser de son passé. Pas vraiment. Pas d'un passé comme celui-là. Le temps était venu de faire un choix. Fuir, tout laisser tomber, ou bien faire face aux événements et essayer de trouver un moyen d'y survivre. Il n'avait pas le choix, en réalité. Il se demandait comment Emily allait réagir. Elle ne méritait pas cela ; il lui avait promis une vie agréable, loin de la souffrance qui menaçait de l'arracher à son bonheur.

Peut-être était-ce la raison qui les avait fait se rencontrer. En ce temps-là, il était paumé et seul, il essayait de se remettre des horreurs de sa vie, des pertes qu'il avait subies, de l'incertitude. Il ne savait pas quoi faire. Il était en pilotage automatique. Et puis, l'océan et ce qu'il représentait l'avaient attiré, segment manquant de son âme.

Saul l'avait trouvée sur un muret du vieux port, après minuit, silhouette courbée, assise, les pieds dans le vide. Il avait entendu ses sanglots avant de la voir. S'était ensuivi un long moment d'indécision : tourner les talons et la laisser seule ou bien se comporter en gentleman. De l'eau avait coulé sous les ponts, et il était de nouveau capable de tendre la main à un autre être humain. Comme il s'agissait d'Abellia, il devina son histoire avant même de s'asseoir à côté d'elle. Il s'installa sur le béton et vit à quel point elle était jeune et belle.

— Il vous a fichue dehors ?

Emily se retourna, les joues maculées de larmes. Elle lui lança un regard perplexe et se remit à pleurer.

C'était l'ancienne histoire de l'humanité, quoique dans une version raffinée par Abellia. Emily était un jeune mannequin à la carrière prometteuse originaire de New Washington. Son amant était un homme plus âgé et riche qui lui avait fait découvrir les merveilles d'un monde nouveau et excitant. Il l'avait amenée avec lui à Abellia pour passer des vacances exaltantes et amusantes dans le manoir familial. Alors elle avait découvert la véritable nature de leur relation : elle était sa propriété, son jouet pour une semaine de plaisir. Ils s'étaient disputés, et il avait décidé qu'il n'avait pas envie de se faire emmerder par quelqu'un comme elle.

— Je n'ai même plus de vêtements, renifla-t-elle. Il a dit qu'ils lui appartenaient parce qu'il les avait payés. Et il refuse que je prenne place dans son jet pour retourner à Highcastle.

— Parce que ça coûte de l'argent, compléta Saul. Le pognon, c'est tout ce qui compte pour ces types-là. Ça coûte moins cher de vous abandonner ici. De toute façon, il n'y a pas de loi contre ça. Il n'est pas le premier et il ne sera sûrement pas le dernier à se comporter de la sorte.

— Qu'est-ce que je peux faire ?

Saul aurait pu être franc, il aurait pu lui expliquer qu'une fille aussi jeune et aussi belle qu'elle pouvait, si elle le souhaitait, ne manquer de rien. Il lui suffirait de s'asseoir dans un bar bien choisi et de sourire aux hommes. Mais elle savait tout cela, et c'était la raison pour laquelle elle était assise seule sur ce muret. Avec une telle quantité de larmes, elle risquait de faire monter le niveau de l'océan.

— J'ai une chambre en trop, lui dit-il. Et vous avez besoin d'un endroit où passer la nuit. Je sais que vous avez l'impression d'être au fond du gouffre, de vivre la fin du monde, mais, croyez-moi, ça ne vous semblera pas si grave demain matin. Rien ne l'est. Surtout quand le soleil apparaît entre la mer et les anneaux de St Libra.

Elle lui lança un regard soupçonneux et boudeur.

— Pourquoi feriez-vous une chose pareille ?

— Je pense à ma fille ; si quelque chose comme ça lui était arrivé, j'aurais aimé qu'il y ait eu quelqu'un comme moi dans les parages.

— C'est vrai ? Où est-elle ?

— Elle est morte très jeune. C'est une longue et très triste histoire. C'est peut-être mieux comme ça. Enfin, c'est ce que je me répète tout le temps.

— Oh ! je suis désolée.

Sur ce, elle accepta de le suivre à son appartement, dans un des entrepôts du port convertis en résidences. Le bâtiment fut démoli trois mois plus tard par un promoteur désireux de construire un luxueux complexe de loisirs sur la côte. Emily était toujours avec lui lorsqu'il dut déménager dans un nouvel appartement de la vallée de Los Geranios. À ce stade-ci de leur relation, elle ne dormait plus dans la chambre d'ami.

Saul ignorait comment cela s'était produit. Il y avait des types bien plus intéressants que lui parmi les employés de la municipalité, sans parler des cadres moyens ; tous étaient plus jeunes, plus malins et plus riches que lui. Il s'était passé quelque chose entre eux, et il se sentait capable de lui faire confiance, ce qu'il n'aurait pas cru possible. D'une certaine façon, son âge était un avantage, car il en avait appris suffisamment au fil des ans pour reconnaître une vraie chance d'éprouver à nouveau le bonheur. Pour la première fois de sa vie, il ne gâcha pas une relation.

Même s'il n'était jamais trop tard pour cela, pensa-t-il, amer. Une fois de plus, son âge était un avantage. Avec les années, il était devenu borné, et il n'y avait aucune raison pour que l'incident de la veille détruise sa vie et sa famille. Il lui suffisait de dominer ses nerfs.

Saul repensa aux dernières heures, passant méticuleusement en revue ce qu'il avait fait, dit et entendu. Rien de tout cela n'était particulièrement incriminant. Pas d'un point de vue légal. Il s'inquiétait surtout pour Emily. *Si elle savait, que penserait-elle ?* Après tout, il s'agissait de sa vie passée. Pendant vingt ans, il n'avait pas cru un seul instant que cela deviendrait un problème.

Peut-être que s'il ne disait rien... Elle remarquerait quelque chose, assurément, mais il pourrait mettre son comportement sur le compte de la réapparition de Duren dans sa vie.

Il hocha lentement la tête, tentant de se convaincre que ce n'était pas aussi grave qu'il l'avait cru. Le choc l'avait retourné, engluant ses pensées. Il suffirait de garder le silence et de cesser de se comporter en épave névrotique. *Je peux y arriver. Je le sais.*

Un icone de communication s'ouvrit dans sa grille. Il l'étudia pendant une seconde d'incrédulité.

— Confirmation de l'identité de l'appelant, demanda-t-il à son i-e.

— Duren.

— Il se fout de ma gueule ! grogna Saul.

Il se retint de se relever pour vérifier si son massif ex-ami n'était pas caché parmi les dunes pour l'espionner. Il prit le temps de se calmer, car fondre sur quelqu'un comme Duren en s'agitant d'un air énervé n'était jamais une bonne idée.

Il tendit la main au-dessus de son interface virtuelle et fit tourner l'icone.

— Il est beaucoup trop tôt, commença-t-il.

Attaquer le premier pour que l'adversaire soit sur la défensive.

— Je sais, je sais, répondit Duren. Je n'appellerais pas si ce n'était pas réellement important, tu t'en doutes.

— Qu'est-ce qui peut être si important à cette heure de la journée ?

— On a besoin de ton bateau.

— Pardon ?

— Ton bateau, mec.

— C'est ridicule.

— Si seulement. Je ne plaisante pas, mec. Il nous le faut tout de suite.

— Pour quoi faire ? demanda-t-il, alors qu'il savait pertinemment que l'autre ne lui répondrait pas ou qu'il lui mentirait.

La seule décision qu'il devait prendre était de leur laisser son bateau ou pas. La raison important peu…

— Il faut qu'on sorte en mer avant tout le monde. Prête-le-nous tout de suite et tu pourras rentrer chez toi comme si de rien n'était.

Connard ! Fumier ! Duren, Zebediah et Zulah seraient toutefois un excellent moyen de détourner l'attention d'Emily. En rentrant de la marina, il se plaindrait de la réapparition inopinée de Duren dans son existence.

* * *

La marina de la Rueda se trouvait au bout opposé de la plage de Velasco par rapport au vieux port. Sirius commençant à peine à briller à travers le système annulaire, la digue incurvée de la marina luisait d'un éclat rosé. Si tôt le matin, le trajet n'avait duré que vingt minutes. Dans le parking du club, il n'y avait qu'une poignée de voitures, dont les propriétaires avaient passé la nuit en mer. Duren et Zulah attendaient devant leur vieux pick-up Renault lorsque la Rohan arriva.

— Content de te voir, dit Duren avec un sourire franc en serrant la main de Saul.

Celui-ci regarda nerveusement Zulah du coin de l'œil. Elle portait des lunettes-bandeau et semblait agitée. *Qu'est-ce qui peut bien la mettre dans cet état ?*

— Ouais, bon, ne perdons pas de temps.

— C'est cool. (Duren désigna d'un geste vague du bras la pelouse du club et son portail verrouillé conduisant aux quais.) On ne plaisante pas avec la sécurité, ici, hein ?

— Il y a des maillages partout, confirma Saul. Les bateaux ne sont pas les plus luxueux d'Abellia, mais ils ne sont pas donnés non plus.

— C’est clair que je n’aimerais pas m’en faire piquer un comme ça, dit Duren en prenant dans le pick-up une housse de planche de surf.

Saul la regarda sans comprendre. La housse noire mesurait dans les deux mètres trente de longueur – la bonne dimension pour la planche d’un type aussi grand que Duren. Cependant, vu son épaisseur, il était clair que la housse ne contenait pas une planche. Alors Saul remarqua la manière dont les muscles de Duren travaillaient et dont ses veines saillaient fièrement de sa peau tannée, et le cauchemar devint total. *Bordel de merde, mais qu’est-ce que c’est que cette connerie ?*

— Allons-y, lança Zulah en portant un sac à dos.

Sans un mot, Saul s’avança jusqu’au portail. Son i-e transmit son code au réseau de la marina, qui vérifia ses données biométriques grâce aux particules intelligentes serties dans la clôture. La serrure cliqueta et s’ouvrit.

Duren et Zulah le suivirent en silence jusqu’à la jetée n° 2 et au poste d’amarrage où mouillait le *Merry Moons*. Le yacht de dix mètres était équipé d’un mât télescopique et de voiles automatiques pouvant également être manipulées manuellement par un équipage. Saul voulait que ses enfants deviennent de vrais marins et il regrettait de ne pas passer plus de week-ends en mer avec eux.

Duren transpirait lorsqu’il déposa la lourde housse sur les planches du ponton. L’objet produisit un bruit mat. Un bruit différent de celui que ferait une planche de surf.

— Merci, mec. J’apprécie vraiment que tu nous prêtes ton bateau. Je me débrouillerai pour qu’on te le ramène ce soir.

— Ça marche.

Duren posa sur le yacht un regard appuyé et injecté de sang.

— Le code du réseau…

— Ah ! oui.

Saul demanda à son i-e de transmettre le code du *Merry Moons* à Duren. *Désolé*, pensa-t-il, même si revoir son bateau n’était pas sa priorité. Par chance, pour le moment, il n’était impliqué dans aucune activité criminelle. *Et la housse !* Non, il ne faisait que prêter son bateau à des amis qui n’habitaient pas en ville. *La housse !* Il n’y avait aucune raison pour qu’il leur demande ce qu’ils comptaient faire du yacht, à ce moment précis, alors qu’ils étaient dans la ligne de mire des maillages de la jetée. *La housse !*

— Faites-y attention.

— Pas de souci, répondit Duren avant d’ouvrir la porte de la cabine principale et de disparaître dedans.

— J'aurais besoin que vous vous procuriez certaines choses pour moi, dit Zulah.

— Hein ?

Il se demanda où était Zebediah. Loin de toute forme de danger, sans doute. Comme tous les leaders.

Elle lui tendit une petite feuille de papier pliée. Lorsqu'il voulut la déplier, la main de la femme se referma sur la sienne.

— Ce n'est pas urgent. Je vous rappellerai dans quelques jours.

Le maillage corporel de Zulah se connecta à son i-e, et une demande de confirmation de virement bancaire apparut dans la grille de Saul.

— Voilà un peu d'argent, poursuivit la jeune femme. Ça suffira à couvrir les frais. Inutile de me montrer la facture. J'ai confiance en vous. Je sais que vous ferez du bon travail. (Elle retira ses lunettes de soleil et le regarda de près, le jugeant encore et toujours.) Vous ne nous laisserez pas tomber, n'est-ce pas ?

— Non, répondit Saul en secouant la tête et en déglutissant pitoyablement.

— Je vous rappelle dans quelques jours. Gardez ma commande au *Hawaiian Moon*. Je ne voudrais pas encombrer votre maison.

Saul ne voyait que l'icone du virement, suspendu dans son champ de vision.

— Prenez-le, dit Zulah.

Instinctivement, il ordonna à son i-e d'ouvrir un de ses anciens comptes secondaires – un compte qu'il n'avait pas utilisé depuis vingt ans. Personne, à Abellia, n'avait de compte secondaire, car on n'y payait pas d'impôt sur le revenu. Il tendit la main, donna une pichenette à l'icone de transfert, envoyant l'argent dans une banque vietnamienne.

Zulah hocha la tête, satisfaite.

— À plus.

Saul tourna les talons et s'éloigna sans regarder derrière lui. Ils pensaient l'avoir piégé avec ce paiement, mais ce n'était pas si simple. Ils étaient loin de tout savoir sur Saul Howard. Il ignorait ce qu'ils comptaient faire, mais une chose était certaine : il n'avait pas l'intention d'être la victime placide et obéissante qu'ils voyaient en lui.

* * *

Le caporal Paresh Evitts reprit conscience progressivement et douloureusement. Pour commencer, il se rendit compte qu'il avait très, très mal à la tête. Chaque battement de son cœur s'accompagnait d'un coup de marteau dans son crâne. Il voyait tout en gris, sauf les explosions d'étincelles rouges synchronisées avec les coups de marteau. Il avait la bouche sèche et un goût de crotte de chameau dans l'arrière-gorge. Sa peau était froide et humide comme s'il avait de la fièvre. Sa jambe droite : morte – rien, pas la moindre sensation. Il tenta de la bouger, car elle était repliée sous lui d'une étrange manière, ce qui lui arracha aussitôt un grognement de douleur. Le sang afflua dans ses muscles privés d'oxygène, y ramenant la vie mais aussi une vague de feu. Ce qui lui fit prendre conscience de l'état de son estomac.

— Fait chier !

Il roula sur le dos. Ses joues étaient enflées. Il ne voulait pas relever la tête, car il craignait que, sous les assauts de la migraine, son front explose et sa cervelle se déverse sur les draps.

Les draps ?

Il ravala ses larmes d'autoapitoiement et s'efforça de se concentrer sur son environnement. Un genre de chambre d'hôtel : murs jaunes, moquette grise, plafond blanc. Des fenêtres avec des stores intérieurs tirés autour desquels s'engouffrait le soleil de St Libra. La porte d'une salle de bains, où se trouvait quelqu'un, semblait-il. Il entendait les sifflements et clapotis d'une douche.

— Quoi ? lâcha Paresh en parvenant enfin à se redresser sur ses coudes, ce qui ne fut pas facile.

Il était donc allongé sur un grand lit. Pas d'oreillers. Ah ! si, éparpillés par terre. Pas de couette. Et il était nu. Comme un ver. Un genre de tache sombre sur les draps. *Merde, c'est du sang ? Non, non.* Plusieurs taches, même. À côté de lui, sur la table de chevet, une bouteille de champagne. Une bouteille de vin rouge sur la moquette et une autre, plus petite, de vodka à la framboise. À côté, des sachets métallisés suspects : ils avaient contenu de la drogue. Et des vêtements. Son uniforme était aux quatre coins de la pièce, de même que… Paresh plissa les yeux. Le chemisier blanc que portait Angela la veille était suspendu au dossier d'une chaise. La jupe bleue gisait par terre à côté de son caleçon.

— Nom de Dieu !

Paresh gémit et se laissa retomber sur le lit. Il ne se souvenait de rien. C'était terrible. Jusque-là, il ne lui était arrivé que deux fois de se réveiller à côté d'une fille dont il ne se rappelait pas le nom. Ce qui était suffisamment humiliant. Mais là…

Ils étaient allés dans plusieurs bars ; de cela, il se souvenait assez bien. Ils avaient discuté en avalant une bière ou deux, comme à un vrai rendez-vous. Puis le restaurant. *Le Rufus* ! Ouais, il se rappelait. Les milligraines, aussi. Impossible d'oublier les milligraines. Angela les lui avait conseillées. Des graines de cochowa aux allures de mille-pattes poilus. Quand elles étaient mûres, elles tombaient et s'éloignaient en rampant lentement et gracieusement pour germer plus loin. Quand on les jetait dans une sauce au chili, elles se tortillaient frénétiquement. On était censé les avaler tout rond. Angela en avait englouti un bol. Il en avait essayé deux avant de s'avouer vaincu, et elle s'était moquée de lui, l'accusant de ne pas être un vrai soldat, un dur.

Puis ils avaient trouvé ce club… Non, ces clubs. Plein de clubs ! Quelques souvenirs remontaient timidement à la surface de sa mémoire.

Elle savait danser, la petite Angela. Oh oui ! Et ses mouvements agiles mettaient en valeur un corps proprement fantastique. Un corps ensorcelant. Malgré la bière et le vin, la température de Paresh n'avait cessé de monter au cours de la soirée. Elle savait s'amuser, aussi. Il avait refusé de se laisser distancer, vidant bouteilles, verres et sachets de drogues au même rythme qu'elle. Il avait fini par désactiver les cellules i-médicales de sa bouche pour qu'elles cessent d'afficher des messages d'alerte. Alors elle l'avait pris par le cou et avait murmuré :

— S'il te plaît, Paresh, ça fait vingt ans. Tu imagines, vingt ans sans faire l'amour ? J'ai terriblement envie de toi.

Ils avaient dû se faire téléporter dans cette chambre d'hôtel, car il ne se souvenait pas du trajet. Elle et lui debout au pied du lit, sa langue dans son cou, ses mains dans son chemisier, agrippant ses seins fantastiques.

— Donne-moi une minute, lui avait-elle dit en sautillant vers la salle de bains. Paresh…

— Ouais ?

— Tu as intérêt à être à poil quand je reviendrai.

C'était tout. Il ne se rappelait rien d'autre. Ce qui était incroyable. On ne pouvait pas baiser toute la nuit et ne se souvenir de rien ! Et pourtant, ils devaient l'avoir fait. Il examina de nouveau la chambre, les bouteilles, les taches. Sans compter les traînées de vodka à la framboise léchée sur ses bras.

Paresh Evitts eut envie de pleurer.

La porte de la salle de bains s'ouvrit, et Angela apparut, les cheveux humides peignés en arrière, enveloppés dans une serviette de l'établissement.

Il fut soulagé de constater qu'il s'agissait bien d'elle et non d'une autre fille, ce qui était pathétique en soi.

Elle lui adressa un sourire coquin.

— Comment tu te sens ?

— Euh… comment dire…

Il n'arrivait pas à détacher son regard d'elle. Elle était tellement belle. Elle était tout ce dont un homme pouvait rêver : intelligente, magnifique, sexy.

Angela se lécha les lèvres, provocante, et déroula sa serviette. Sa peau était encore luisante d'humidité.

— Alors ?

— Hein ? coassa Paresh.

Elle contourna le lit, s'arrêta devant lui et laissa la serviette glisser par terre.

— Tu te rappelles ?

Putain ! non, justement !

— La nuit dernière…, murmura-t-elle en inspirant profondément et en faisant l'étalage de sa ceinture abdominale parfaite.

Paresh aurait voulu mourir à cet instant précis.

— Euh…

— Tu as dit que je devais être encore plus belle en plein jour.

Elle roula des épaules et fit glisser ses mains de façon sensuelle sur ses hanches.

— Alors, qu'en penses-tu ? insista-t-elle.

— Ben, c'est vrai.

Elle sourit encore. Elle semblait si heureuse ; elle rayonnait encore plus que Sirius. Grâce à lui. Soudain, elle se retrouva sur le lit, à quatre pattes, au-dessus de lui. Du bout de la langue, elle lui lécha la joue, l'oreille. Sa main se referma sur son pénis.

— On a rattrapé une journée, la nuit dernière, chuchota-t-elle, affamée. Plus que dix-neuf ans et trois cent soixante-quatre jours.

Jamais il n'avait été humilié de la sorte. Cette femme incroyable au corps sensationnel était au-dessus de lui, son visage vorace à quelques centimètres du sien, sa main autour de sa bite molle, et elle le suppliait de lui faire l'amour. Malheureusement, son corps saturé de drogues et sa gueule de bois le rendaient incapable de quoi que ce soit.

— Désolé, gémit-il en s'échappant de sous elle. Désolé. (Il ne pouvait même pas la regarder. Sa honte était au-delà de toutes les douleurs physiques.) Gueule de bois. Malade. C'est pas toi. Pas du tout. Je t'assure.

Il tituba jusqu'à la salle de bains, tira le verrou, se tourna vers les toilettes qui semblaient l'attendre et vomit.

Vendredi 8 février 2143

Un large ruban de cirrus couvrait uniformément le ciel, inondant la jungle d'une lumière étrange et omnidirectionnelle. Le voile nuageux était là quand Angela s'engagea sur la rampe arrière du Daedalus au fuselage sombre et cylindrique, réduisant les ombres à de petits spectres gris voletant sur le sol. Il n'y avait pas de vent, pas même cette brise marine qui soufflait pourtant tout le temps à Abellia. Évidemment, les nuages ne faisaient rien pour diminuer la chaleur qui, ajoutée à l'humidité de plus en plus importante, rendait difficile le moindre exercice physique. La moitié du temps, elle avait l'impression d'avaler des embruns et non de respirer.

Il avait fallu plus d'une heure à l'escouade pour remballer la tente ce matin-là. À la fin, ils étaient tous transpirants et juraient comme des charretiers. L'ordre de déploiement du lieutenant Pablo Botin était arrivé sans prévenir pendant le petit déjeuner. Ils avaient préparé leurs paquetages dans l'atmosphère humide en se chambrant et en partageant des blagues grossières, enthousiasmés par la perspective de voir enfin du pays. Leurs tentes individuelles étaient soigneusement pliées, paquets noirs et brillants posés sur leurs modules respectifs. Assis dans la boue, entouré de sacs, tout le monde attendait que le camion de la logistique vienne les chercher pour les emmener loin de là.

On s'activait en transpirant, et Paresh n'eut aucun mal à ne pas lui parler, continuant sur la lancée de la veille. Ils montèrent à bord du Daedalus dans sa version cargo ; les passagers, accessoires, y étaient installés comme des quartiers de viande autour des palettes et du matériel, beaucoup plus importants. L'intérieur de l'appareil était un œsophage de baleine tout en métal et matériau composite. Les sièges étaient de simples cadres métalliques dotés d'une assise en Nylon, qui se repliaient contre le fuselage. Même Vance Elston dut se contenter d'un strapontin. Il se fourra de la mousse antibruit dans les oreilles et grimaça ; il y avait la puanteur, les grondements des moteurs, l'éclairage plus que limité, les vibrations et seulement deux cabines de toilettes pour soixante personnes. À dire vrai, Angela le suspectait d'apprécier cet inconfort ; il était assez macho pour cela. Elle ne voyait pas ce que Paresh pensait de l'avion, car il était assis de l'autre côté, derrière les gros biolabs.

Elle se sentait un peu coupable de le faire souffrir, mais ce fameux matin, elle pensait vraiment s'envoyer en l'air avec lui. Comme il ne s'était rien passé, ils étaient rentrés discrètement à l'aéroport d'Abellia en se faisant la tête. Le reste de l'escouade mourait d'envie de savoir s'ils avaient couché ensemble, mais ni l'un ni l'autre n'avait rien dit.

Durant les deux heures et demie que dura le vol, elle poursuivit la lecture de ses fichiers d'histoire et de politique. Non plus seulement pour entretenir sa couverture, mais pour comprendre ce qui s'était passé sur Ramla au cours des vingt dernières années. Dix minutes avant l'atterrissage, comme ils entamaient leur descente vers Edzell, elle ferma les fichiers et utilisa sa grille pour se connecter aux maillages externes de l'avion.

La piste avait été rallongée depuis l'atterrissage du premier Daedalus ; les bulldozers et compacteurs avaient travaillé jour et nuit, même si la différence ne semblait pas flagrante à Angela. De là-haut, la piste ressemblait toujours à un ruban de boue, mais avec des marques circulaires aux deux extrémités, là où les appareils faisaient demi-tour.

Les trains d'atterrissage se déplièrent avec un bruit métallique. Angela sourit en voyant Josh agripper aussi fort qu'il pouvait le cadre métallique de son siège. L'appareil toucha la piste, rebondit violemment et décéléra rapidement. Tout le monde grimaça en voyant les palettes et les biolabs menacer de faire céder les sangles qui les maintenaient en place. Elles tinrent bon, cependant, et bientôt, l'appareil se rangea sur un taxiway.

La rampe s'abaissa, laissant le puissant soleil de St Libra se déverser dans l'avion. Les passagers clignèrent des yeux en cherchant leurs lunettes de soleil. Une bouffée d'air chaud et humide remplaça l'atmosphère conditionnée qu'ils respiraient jusque-là, apportant avec elle une étrange odeur de moisi et d'épices. Les spores de milliards de plantes endogènes, reconnut Angela avec inquiétude ; les sentinelles de la jungle, un rappel de l'étrangeté de ce milieu. Elle aimait les milligraines mais se passait très bien des micro-organismes reproducteurs du reste de la flore zébrée de la planète. Certains d'entre eux se régalaient des tissus humains.

Obéissante, elle descendit la rampe en trottinant derrière Vance Elston. Les cirrus immobiles étaient toujours là, et l'atmosphère très calme. Malgré la luminosité, c'était une arrivée sinistre, comme un mauvais présage de plus, une nouvelle raison de ne pas avoir confiance dans cette base avancée. Elle prit un tube d'écran total dans sa poche et se l'appliqua sur les bras. Son tee-shirt était le modèle standard de l'ADH, donc assez décolleté. Une minute dans la jungle, et elle n'en pouvait déjà plus. Les tee-shirts à manches longues qu'elle avait achetés chez *Birk-Unwin* étaient quelque part dans le fond de son sac ; ils étaient beaucoup trop chauds. Cependant, elle portait toujours ses jambières.

Edzell était une version miniature de la base installée par l'ADH à l'aéroport d'Abellia. Le centre d'observation, les bureaux de la logistique et un hôpital de campagne occupaient un ensemble de Qwik-Kabins montées au milieu du camp. Des rangées de tentes noires étaient alignées derrière, à côté du chapiteau de la cantine. De gros hémisphères en plastique ouverts servaient d'ateliers, où les mécaniciens entretenaient les véhicules terrestres. Edzell était avant tout un avant-poste destiné à accueillir du matériel. Des rangées et des rangées de palettes, ainsi que des hélicoptères et autres véhicules attendaient pour être transportés que les e-Rays aient trouvé un site correct au-delà du massif de l'Éclipse. Et puis, il y avait le biocarburant, stocké en quantités très importantes. D'énormes réservoirs souples étaient alignés de l'autre côté de la piste, épais cubes caoutchouteux remplis par le seul Daedalus citerne de l'expédition chaque fois qu'il se posait. Il ne faisait plus que cela : voler jour et nuit pour alimenter en biocarburant les véhicules terrestres, hélicoptères et autres cellules électrogènes, tous plus gourmands les uns que les autres.

Lorsque les biolabs mobiles eurent terminé de glisser le long de la rampe, un chariot élévateur automatisé roula à bord pour décharger le reste de la cargaison. Le montage des tentes fut confié à l'escouade de Paresh.

— Ouais, c'est pour ça que je suis venue, grommela Gillian Kowalski. J'adore servir ces bouffons de scientifiques.

— Notre boulot, c'est la sécurité, expliqua Paresh comme il suivait le chariot élévateur. Mais pendant qu'on y est, on est aussi supposés filer un coup de main à la logistique. On vous demandera bientôt de faire des trucs bien moins glorieux que de monter des tentes, alors habituez-vous.

Atyeo rattrapa Angela.

— Qu'est-ce que tu lui as fait ? demanda-t-il à voix basse. Il est comme ça depuis votre virée de l'autre soir.

— Rien.

— Ah ! c'est pour ça alors. Il n'a pas eu ce qu'il espérait.

— Il a surtout bu trop de bière.

Atyeo rit.

Angela participa au montage des tentes, grossissant encore l'alignement de triangles noir brillant affamés de chaleur. L'humidité était telle qu'on ne se pressait pas trop. Les gars qui préparaient le lancement du dernier e-Ray s'activaient à proximité, attirant leur attention. L'e-Ray AD-7090-EW50 VAA (véhicule autonome aéroporté) était construit par Neiti Aeronautic. Il s'agissait d'un drone chargé de capteurs destinés, en temps normal, à fournir une couverture décente en cas d'attaque zanth et de destruction des satellites de télécommunication. Delta aplati long de douze mètres et large de dix, la face supérieure de son fuselage était un collecteur photovoltaïque noir capable de fournir 10 kW au trio de moteurs qui faisaient tourner la grande double hélice située à l'arrière, tandis qu'une dizaine de bulles d'hélium incorporées dans la structure en faisaient presque un dirigeable.

Angela et son escouade applaudirent en voyant l'engin décoller, s'élever lentement en vibrant. Quand il fut à cinq mètres du sol, l'hélice se mit à tourner, le stabilisant. Il lui faudrait une dizaine d'heures pour atteindre son poste d'observation, de l'autre côté du massif de l'Éclipse, à deux mille kilomètres. Une fois en position, il décrirait un huit dans le ciel pendant cent jours sans aucune maintenance et, grâce à la chaîne formée avec ses semblables, transmettrait des informations jusqu'à Abellia.

L'escouade eut terminé de monter les tentes en milieu d'après-midi, et le lieutenant ne lui avait confié aucune autre mission. Au-dessus de leurs têtes, la couverture nuageuse commençait à se déchirer, cédant sous les assauts du vent de plus en plus violent.

— On peut aller nager ? demanda Omar. Le lac n'est qu'à un demi-kilomètre.

— Pas question, répondit Ramon. Je n'ai pas envie de me faire bouffer les couilles par un requin de dix mètres.

— Il n'y a pas de poissons, ici, intervint Angela. Ni animaux, ni insectes.

— Et puis Ramon n'a pas de couilles ! gloussa Mohammed.

Paresh se renseigna auprès du lieutenant.

— On peut aller nager, annonça-t-il, mais il y a un briefing à 18 heures. On va commencer à patrouiller dans le périmètre dès ce soir.

— Quoi ! ? Angela a dit qu'il n'y avait rien du tout dans les parages.

— Eh ! protesta-t-elle. J'ai dit qu'il n'y avait pas de poissons, c'est tout.

— On est de corvée de garde, poursuivit Paresh. Le monstre n'est peut-être pas là, mais on doit rester vigilants et apprendre à connaître cette jungle, à évoluer dedans. Tenez-vous prêts. Demain, on escortera les xénobiologistes qui iront prélever des échantillons. Putain ! on n'est pas en vacances, les mecs, réveillez-vous.

Résignés, ils sortirent leurs serviettes et leurs maillots de bain et s'en furent vers le lac. La flore locale semblait y être plus vigoureuse qu'autour de l'aéroport d'Abellia. Les plantes grimpantes déroulaient déjà leurs vrilles avides sur les supports des préfabriqués. La route du lac était abîmée ; les brins d'herbe fraîche, pousses bleu-vert pointant vers le ciel comme une barbe naissante, transperçaient la végétation marron-vert qui avait été piétinée.

— Tu m'évites ? demanda Angela.

Elle s'était approchée furtivement. *Tu parles d'un supersoldat.* Il ne voulait marcher avec personne, et personne ne voulait marcher avec lui.

— Non, bougonna-t-il.

— Alors, qu'est-ce qu'il y a ?

— C'est que… je ne sais pas ce qui m'est arrivé.

— Moi si. On était tous les deux complètement défoncés. Ce n'est pas si grave.

— Je…

Il s'interrompit pour laisser Audrie et Josh les dépasser. Tous les deux souriaient et les regardaient du coin de l'œil, espérant assister à la dispute des amoureux.

— Oh ! lâcha Angela, exaspérée. Arrête…

— Mais je n'ai rien dit.

— Non, arrête de marcher.

Il lui obéit, et Angela s'arrêta à ses côtés comme les autres les dépassaient.

— On vous rejoint dans une minute, dit-elle à DiRito, qui fermait la marche.

Celui-ci sourit et ne fit pas de commentaire.

— Ça ne s'était jamais produit avant, pas vrai ? demanda Angela. Je veux dire, l'épisode du matin ?

Une grimace déforma le visage de Paresh. La tristesse succéda à la colère.

— Je suppose que j'ai dépassé la dose, l'autre soir.

— Mouais. Tu te rends bien compte que je suis beaucoup plus vieille que toi, hein ?

— Oui. Ce n'est pas facile, parce que tu as l'air d'avoir vingt ans, mais je m'en rends compte.

— Même avant la prison, j'avais perdu le compte des mecs à qui *ce n'était jamais arrivé avant*. Soit je vous attire, soit c'est un truc qui vous arrive plus souvent que vous ne voulez l'admettre. De toute façon, ça ne me dérange pas.

— C'est cool, dit-il sans conviction.

Elle soupira. *L'ego masculin…*

— N'est-ce pas un monstre, par là-bas ?

— Quoi ? fit-il, en alerte, en regardant dans toutes les directions.

— J'ai cru voir quelque chose bouger, mon colonel.

— Mais je ne suis pas… Oh !…

— Par là. Dans ces buissons.

Le sourire de Paresh était de retour.

— Ces buissons épais, là ?

— Oui, épais et à l'écart du chemin. Tellement épais que personne ne peut voir au travers.

— Ça pourrait être dangereux.

— Très dangereux. Ils m'ont l'air pleins de piquants.

— J'ai une serviette.

— Moi aussi. Il faudrait voir ça de plus près.

— Assurément.

Ils sortirent du chemin conduisant au lac et se mirent à courir. Lorsqu'ils atteignirent les buissons et les arbres tintiloes, ils riaient tous les deux aux éclats. Angela se faufila entre les branchages denses des cenelliers zébrés, faisant s'ouvrir leurs coques mauves et jaillir comme des ressorts les petites spirales rouges, qui décrivirent des arcs dans les airs.

Les buissons formaient un anneau au centre duquel ils tombèrent à genoux en s'embrassant goulûment. Angela leva les bras pour qu'il lui retire son tee-shirt. Elle glissa la main dans son pantalon de treillis et sentit son sexe durcir.

— Aujourd'hui, c'est moi qui conduis, dit-elle.

— Oui, madame.

— Appelle-moi encore une fois madame et tu es mort.

Elle le plaqua par terre et le chevaucha. Sirius les éclairait, point lumineux pareil à un laser transperçant le vaste empire cobalt qu'était le ciel de St Libra. Il était tellement chaud sur sa peau nue, l'entourant d'un halo. Elle adora ce moment, adora la chaleur vive, adora cette autre chaleur produite par la présence d'un homme en elle, adora les arbres et les buissons autour d'eux. Enfin, elle était dans la nature sauvage. Sa nouvelle vie pouvait commencer. L'heure de la contre-attaque était venue. Revenir à Abellia, avec sa richesse, son faste incroyable, avait ravivé tellement de souvenirs. Dans la jungle, en revanche, elle vivait une expérience véritablement nouvelle, totalement différente de ce qu'elle avait connu jusque-là.

* * *

Cinq petites amies vivaient dans le manoir de Bartram en 2121. Angela s'était efforcée de garder ses distances avec les autres, comme Bartram n'avait investi aucune émotion en elle. Pas question de devenir amies, mais plutôt collègues. Avec Olivia-Jay, cela n'avait pas été facile. Personnalité solaire, celle-ci était constamment de bonne humeur. À tel point qu'Angela la suspectait de vouloir cacher des blessures profondes ou un manque d'estime de soi. Cependant, s'il s'agissait d'un masque, si son métier la répugnait, Olivia-Jay n'en laissait jamais rien paraître. Il était difficile de la repousser constamment, si bien qu'au bout d'un certain temps Angela se laissa faire. Avoir la jeune femme comme amie se révéla d'ailleurs très utile.

Dans la matinée, elles laissèrent le pilote automatique de la Jag les conduire en ville. Il avait plu moins d'une heure auparavant, aussi la capote s'était-elle refermée pour les protéger des éclaboussures. Une demi-heure de plus, et la chaleur brûlante de Sirius aurait fini d'assécher la chaussée d'où s'élevaient des nuages de vapeur.

— J'ai parlé à Meshean, hier soir, dit Olivia-Jay comme elles s'engageaient dans la rue de Montessuy[5], qui traversait la vallée d'Osuan et débouchait presque au cœur de la ville.

---

5. En français dans le texte. (*NdT*)

— Ah ? fit Angela, moyennement intéressée.

Meshean l'avait précédée dans le manoir. Elle était partie deux mois plus tôt.

— Elle a commencé ses cours d'histoire et de sciences politiques à l'université d'Istanbul.

— C'est bien pour elle, cool.

— Et toi, tu crois que tu vas retourner à l'université ?

— Je ne sais pas. Je n'y ai pas encore réfléchi.

— Tu auras assez d'argent pour vivre correctement et payer tes études.

— C'est vrai.

Angela sourit à la jeune femme. La pauvre Olivia-Jay croyait aux fins heureuses. Elle avait tellement de projets à concrétiser avec l'argent qu'elle gagnerait. Elle était issue de la classe moyenne, et cela s'entendait particulièrement lorsqu'elle rêvait à haute voix de son avenir, dans dix ans : s'installer sur un monde nouveau, se marier et avoir cinq enfants. Dans ces moments-là, Angela devait jouer la comédie et se faire violence pour ne pas lui dire ce qu'elle pensait vraiment de ses illusions petites-bourgeoises. Olivia-Jay ne supporterait pas qu'une amie réduise en miettes ses plans idiots. Peut-être le mythe du chevalier blanc auquel elle se cramponnait désespérément l'aidait-il à bien vivre sa situation. Son personnage de fille fleur bleue ne convainquait pas vraiment Angela. Au lit, Olivia-Jay était un peu trop désinhibée pour croire encore au prince charmant.

Bartram, lui, s'accommodait de son attitude. Du moins ne l'avait-il pas encore fichue dehors. Peut-être parce qu'il se moquait de tout cela, parce qu'il ne s'intéressait pas à ses petites amies, qu'il n'y était pas attaché. Marc-Anthony avait vu juste : avec cette demeure de milliardaire, Bartram avait donné corps à un fantasme dans lequel de jolies filles venaient décorer son salon, sa salle à manger, sa piscine ou sa chambre. Elles étaient là pour embellir la maison, telles des œuvres d'art. Et pour baiser quand on le leur demandait.

Bartram abordait certains sujets avec ses petites amies : la politique, la musique, la médecine, l'économie, le marché et le sport, surtout le football anglais. Voilà pourquoi les jeunes femmes étaient recrutées à l'université ; elles devaient être capables de participer à des conversations et même de donner leur opinion. Karah était étudiante en première année de génétique et comptait bien poursuivre ses études de médecine dans une grande université de la côte Est américaine ; son contrat stipulait que sa prime de départ consisterait en une inscription dans une de ces prestigieuses écoles. Lady Evangeline, étudiante en sciences politiques et gauchiste affichée, terminerait commissaire de la GE, à moins qu'elle décide de provoquer l'effondrement de ce système corrompu. Coi, l'analyste financière pertinente dont les lentilles interfaces débordaient de chiffres du matin au soir, était destinée à devenir ministre des Finances ou directrice d'une banque transstellaire. Olivia-Jay, elle, s'était révélée être un prodige de la musique, jouant du vieux Steinway du salon du septième avec une virtuosité qui, la première fois, avait stupéfié Angela. Elle était également excellente guitariste, mais ce n'était rien à côté de sa voix, à la fois douce et rauque comme un très vieux whisky. Restait donc Angela, le garçon manqué de la bande : elle connaissait tous les joueurs de la Premier League, leur club, la position qu'ils occupaient sur le terrain, leur niveau de forme ces dernières années. Elle etait en mesure de discuter des heures durant des schémas tactiques adoptés par chaque entraîneur. Après des mois passés à revoir les matchs historiques, à mémoriser les résultats, les joueurs, les entraîneurs, les ragots divers, elle était devenue une véritable spécialiste. On pouvait être une pute sans se rabaisser totalement, et cela finissait par payer. Apparemment, personne n'avait tenu le rôle de la petite amie amatrice de football depuis un bon bout de temps. Dès que Marc-Anthony la lui avait présentée, Bartram avait demandé à Angela de lui expliquer la règle du hors-jeu.

La Jag trouva une place dans le parking situé tout près de la plage de Velasco. On était en début d'après-midi, et le vent du sud, ajouté à l'apparition des petites lunes, produisait des vagues de taille respectable. Angela et Olivia-Jay s'arrêtèrent sur la nouvelle promenade et regardèrent les surfeurs affronter les rouleaux.

— Tu sais faire ça, toi ? demanda Olivia-Jay en admirant avec convoitise les corps minces des types un peu frimeurs.

— Je n'ai pas essayé depuis longtemps, répondit Angela. Je manque de pratique.

— Tu veux bien m'apprendre ? On pourrait se faire livrer des planches au manoir.

Angela se doutait qu'elles en arriveraient là.

— Oui, sans doute.

— Merci, t'es trop sympa !

Olivia-Jay l'embrassa et la serra dans ses bras. Angela lui rendit son étreinte et sourit devant la joie authentique de la jeune femme.

— Je ne sais pas ce que je ferais sans toi.

— Tu survivrais, répondit Angela en passant un bras autour de ses épaules. Allez, viens. Profitons à fond de notre temps libre.

Elles se promenèrent dans les ruelles étroites de la vieille ville. Les bâtiments les plus proches de la mer étaient principalement d'anciens entrepôts et ateliers à la structure métallique et aux panneaux bon marché que des promoteurs malins avaient découpés en appartements et minuscules boutiques. Le quartier n'était pas fréquenté par les riches, qui avaient leurs propres rues, leurs centres commerciaux luxueux et leurs galeries marchandes. Cette partie de la ville appartenait plutôt aux employés modestes.

Angela jeta son dévolu sur le *Maslen Café*, sur Leseur Street, dont le patron passait à longueur de journée de l'électro balkanique vieille de trente ans. Elle commanda un thé à la menthe, tandis qu'Olivia-Jay demanda un expresso avec un peu de sirop. Les deux jeunes femmes reluquèrent avec gourmandise les rangées de pâtisseries et de petits gâteaux que Maslen préparait dans sa cuisine, mais elles n'étaient pas rebelles au point de se risquer à en goûter. Tous leurs repas étaient soigneusement pensés et préparés au manoir, et elles avaient le choix entre fréquenter quotidiennement la salle de gymnastique ou enregistrer à l'aide d'un brassard de surveillance un footing dans le jardin ou une séance de natation. Marc-Anthony adorait les ragots, la drogue, les blagues et la belle toilette, mais il prenait son travail très au sérieux. Le poids maximal de chaque fille était précisé dans son contrat, ainsi que son niveau de forme physique et son apparence générale. Même le bronzage était détaillé : Olivia-Jay était contrainte de s'allonger nue au soleil quatre-vingt-dix minutes par jour – et de se retourner toutes les dix minutes – pour entretenir son hâle. À cause de son patrimoine génétique celtique, Karah ne pouvait s'exposer sans se badigeonner d'écran total. Lady Evangeline n'était pas autorisée à couper ses longues tresses noir de jais. Quant à Angela, elle devait s'entraîner deux fois plus que les autres. Le vieux Bartram aimait les stéréotypes.

— Les planches de surf sont en route, annonça joyeusement Olivia-Jay comme Angela choisissait une table en plastique blanc près de la vitrine.

Après avoir posé derrière sa chaise son sac de plage orange et noir, Angela prit dans ses mains sa tasse japonaise et souffla dessus.

— En tout cas, je t'aurai prévenue, dit-elle.

Le comportement de sa jeune collègue et ses achats compulsifs ne la dérangeaient plus. Les planches coûteraient sans doute une fortune, puisque tout ce qu'on trouvait à Abellia arrivait par bateau ou par avion, mais cela ne faisait rien, car tout ce que les petites amies voulaient entrait dans le budget de fonctionnement du manoir. Le jour de leur départ, elles pourraient emporter avec elles tout ce qu'elles auraient acheté. Du moins en théorie, car l'achat de bijoux de luxe chez les joailliers d'Abellia était toujours synonyme de convocation dans le bureau de Marc-Anthony, de sermons et de grands discours sur la gratitude.

Des gens s'assirent juste derrière Angela, mais elle ne fit pas attention à eux.

Olivia-Jay se pencha vers elle.

— Lady E part la semaine prochaine, lui confia-t-elle.

— Quoi ? Comment le sais-tu ?

Les contrats standard duraient quatre mois, et Evangeline n'était là que depuis trois mois environ.

— J'ai entendu Marc-Anthony et Loanna en parler hier.

— Je vois.

Loanna s'occupait de la garde-robe des filles. Avant de travailler pour Bartram, elle habillait des célébrités pour le compte d'une société de production hollywoodienne. Alors que cela ne l'intéressait pas du tout et qu'elle se détestait d'avoir à participer à cette mascarade, Angela demanda :

— Pourquoi ?

Olivia-Jay leva les yeux au ciel.

— Elle a encore fait la morale à Brinkelle.

— Je croyais qu'elle était là pour ça, justement, pour servir de contradictrice idéologique à Bartram.

— Ils ne s'attendaient pas à ce qu'elle soit dévouée à ce point à la cause socialiste. Brinkelle craint qu'elle finisse par stresser le cœur de Bartram.

Angela secoua la tête, incrédule. Leur employeur lançait toujours des conversations politiques à l'heure du dîner. C'était son sujet de prédilection ; rien ne le passionnait autant. Plus la discussion était vive, plus longtemps il gardait Evangeline dans son lit après le repas. Angela en avait conclu que le sexe vengeur était son activité favorite. Mais alors, comment expliquer l'attitude de Brinkelle ?

— Elle est jalouse. Elle entretient une relation bizarre avec son père.

Olivia-Jay gloussa comme une folle.

— J'ai toujours pensé que tu étais mieux placée que Lady E pour parler politique avec lui.

— Vraiment ? Et tu imagines Evangeline lui expliquant que Gilmer devrait jouer arrière central et Dewey changer d'aile ?

— Un point pour toi. Décidément, tu es la plus maligne d'entre nous, Angela.

Elle sourit d'un air songeur. *Ne me lance pas là-dessus, s'il te plaît, même si c'est pour rire.*

— Bon, c'est l'heure, fit-elle en attrapant son sac.

— On n'est pas pressées, protesta Olivia-Jay. Il est en traitement, aujourd'hui, et il n'aime pas nous avoir dans les pattes au retour de la clinique.

Angela en était venue à admirer le sérieux avec lequel Bartram se soumettait à son traitement. L'Institut biomédical qu'il avait fondé n'avait qu'un objectif : développer un protocole de rajeunissement humain. Comme toutes les autres sciences, la génétique avait connu un grand ralentissement lorsque les connexions transspatiales avaient permis la colonisation de mondes vierges. Dans cette nouvelle ère, l'argent fit ce qu'il avait toujours fait, aller à l'argent et chercher le profit le plus rapide possible. Avec l'ouverture des portails, on investit donc dans les économies planétaires. Les plans de développement des sociétés n'avaient rien d'original, ni les bons du Trésor rien de différent de ceux émis sur Terre, mais les marchés n'étaient entravés par aucune règle, aucune taxe. Les plus gros profits n'étaient pas générés par les compagnies *high-tech*, mais par la création d'infrastructures, de réseaux de distribution, l'agriculture et bien sûr les champs d'algues. L'argent adorait cela. C'étaient des activités familières et peu risquées ; les marges promises étaient plus importantes que celles garanties à court terme par les *start-up* technologiques. Les compagnies fondées sur la science avaient beaucoup souffert durant les décennies qui avaient suivi la publication de la théorie de Wan Hi Chan. L'argent préférait les certitudes aux « peut-être ».

Voilà pourquoi les frères North avaient fini par se séparer. Ils avaient l'argent et la volonté de briser cette stagnation, chacun nourrissant une vision individuelle de l'avenir. Augustine opta pour la voie industrielle classique, continuant à développer un géant du biocarburant suffisamment musclé sur les plans politique et fiscal pour modeler le destin. Sa plus grande réussite était la création du cartel qui avait mis fin à la spéculation sur les marchés à terme de l'énergie et apporté une stabilité bienvenue dans l'économie transstellaire. Constantine choisit l'isolement et une technologie de réplication autosuffisante, dans l'espoir d'aboutir à une synergie entre l'homme et la machine ; c'était l'objectif de sa vie. On ne savait rien des progrès qu'il avait accomplis, mais aucune déité cyborg ne s'était encore matérialisée dans le ciel de Jupiter. Bartram, quant à lui, était obsédé par le vieux rêve de l'humanité : la vie éternelle.

Des trois, il serait le premier à réussir, semblait-il. Pour commencer, l'Institut lui avait donné une fille, premier rejeton authentique des trois frères. À elle seule, elle représentait l'avenir dont on les avait jusque-là privés, supplantant d'un seul coup tous les North2. Désormais, par un processus progressif et douloureux, son corps recouvrait la jeunesse idéalisée. Mieux encore, ses gènes reconstitués contiendraient la fameuse séquence « 1/10 ».

Le processus était incroyablement onéreux. On cultivait des organes pour lui : un cœur, des poumons, des reins, un foie, une rate, une vessie, des muscles – une longue et utile liste d'organes produits à partir de cellules souches modifiées, pièces détachées viables prêtes à être transplantées. Cependant, cela ne suffisait pas. Restaient la peau, si importante, les os, les vaisseaux sanguins et les nerfs, lesquels devraient être rajeunis *in situ* grâce à une thérapie à base de remplacements génétiques. Et puis il y avait le cerveau, pour lequel l'Institut de Bartram avait développé des techniques de neurogenèse révolutionnaires. Leur coût était élevé, et les procédures combinées prenaient du temps. Beaucoup de temps. Dans le manoir, on racontait que Bartram suivait son traitement depuis douze ans.

La durée du traitement, son prix, Angela s'en moquait. Les résultats étaient évidents. Âgé de cent neuf ans, Bartram ressemblait à un jeune quinquagénaire bizarrement victime d'arthrite. Ses raideurs étaient douloureuses, mais il était déterminé à les vaincre.

— On peut rester en ville encore plus longtemps que d'habitude, dit Angela.

Olivia-Jay lui lança un regard en biais.

— Tu as rendez-vous avec quelqu'un ?

— Ne dis pas n'importe quoi. Si je faisais cette connerie, je perdrais tout ; il y a une clause d'exclusivité dans le contrat. C'est la première et la plus importante, d'ailleurs.

— Je suis sûre que tu vois quelqu'un ! s'enthousiasma Olivia-Jay en sautillant sur sa chaise.

— Non ! Je veux seulement un peu de temps pour moi. Ce n'est pas déraisonnable, non ? Allez, viens.

Elles se rendirent d'abord chez *Birk-Unwin*, au grand dam de sa collègue. Le magasin se prenait pour une boutique de luxe, mais le bâtiment de plain-pied qui l'accueillait, une ancienne usine de conditionnement de nourriture avec de laides poutrelles que des affichages publicitaires colorés ne parvenaient pas à masquer complètement, trahissait son statut. Et puis, l'avenue Marbeuf, où il était situé, se trouvait à plusieurs pâtés de maisons des vrais beaux quartiers d'Abellia, ce qui n'arrangeait rien. Malgré ses aspirations, *Birk-Unwin* restait un magasin accessible où des clients aux revenus moyens achetaient des produits démodés. Olivia-Jay lâcha un soupir théâtral tandis qu'Angela la traînait entre les rayonnages. Elle trouva enfin ce qu'elle cherchait.

—Tu te fiches de moi! protesta Olivia-Jay comme Angela faisait ouvrir à une vendeuse une vitrine de bijoux.

—Non.

Angela admira dans la lumière une paire de boutons de manchettes dorés en forme de bananes. Accessoires voyants et tape-à-l'œil, c'était typiquement le genre d'objets que pourrait porter un jeune manager pour affirmer son indépendance vis-à-vis de la machine qui l'employait. Peut-être un cadeau de sa fiancée.

—Je les prends.

—Angela!

—Je sais ce que je fais, merci.

—Je n'ai pas l'impression. Parce que si tu savais... Allons plutôt chez *Tiffany* ou *Jerrards* ou... n'importe où, ailleurs! Si tu l'aimais vraiment, tu m'obéirais.

—Comme je ne l'aime pas... (Elle demanda à son i-e de payer *Birk-Unwin* avec son propre argent et non celui du manoir.) Vous pourriez me faire un paquet-cadeau?

Il fallut trois minutes supplémentaires pour nouer un ruban violet autour de la boîte. C'était beaucoup, mais le vendeur ne cessait de les regarder toutes les deux furtivement en préparant le paquet.

—Je te rejoins à la Jag un peu plus tard, annonça Angela à une Olivia-Jay un peu boudeuse lorsqu'elles furent dans la rue.

—Mmh... d'accord.

Angela laissa sa collègue prendre le premier taxi. Pas question qu'elle donne à Olivia-Jay la possibilité de la suivre. Lorsque la voiture eut disparu derrière le premier virage, elle ordonna à son i-e d'appeler un autre taxi.

—La plage de Monturiol, dit-elle à la voiture.

Le véhicule s'engagea sur la chaussée en émettant des micro-ondes et des impulsions laser déchiffrées par les câbles de guidage de la route et les autres pilotes automatiques. Les autres voitures ajustèrent leur vitesse et leur position pour permettre au taxi de s'insérer dans le trafic. Angela regarda dans son sac. Elle prit le paquet-cadeau, l'ouvrit délicatement sur ses genoux et en sortit les boutons de manchettes. Puis elle fouilla dans son sac de plage et y trouva une boîte de carton noir de la taille d'une main dissimulée là quand elles étaient au café.

Elle contenait une paire de boutons de manchettes identique à celle qu'elle venait d'acheter, ainsi que des gants confectionnés dans un genre de gaze très fine. Elle prit soigneusement les gants en se souvenant de les tenir par les étiquettes bleues. Ils étaient si fins qu'elle avait l'impression de manipuler de la brume. Lorsqu'elle les leva devant ses yeux, ils ondulèrent dans l'air climatisé avec l'inertie d'une algue dans l'océan. Comme ils bougeaient, les couleurs qui se réfléchissaient sur leur surface peignaient des rubans fantômes dans l'atmosphère, seule preuve de leur existence véritable.

Craignant qu'ils se déchirent, elle enfila le premier. Elle n'aurait pas dû avoir peur, car leur structure moléculaire avait été soigneusement conçue. Lorsqu'il fut bien en place, elle décolla l'étiquette bleue, activant le processus d'adhésion, et le gant se souda à sa peau. Même si elle examinait sa main de très près, il était absolument invisible. Elle se frotta la joue. On aurait dit de la peau. Convaincue que personne ne détecterait ses gants à moins d'utiliser un spectroscope, Angela enfila le second. Quand elle eut terminé, elle ouvrit le paquet de *Birk-Unwin* et échangea les boutons de manchettes.

La plage de Monturiol était une petite crique flanquée de deux promontoires rocheux. Derrière la plage se dressait la résidence Ibañez, structure de béton blanc et de verre sombre s'élevant sur huit étages. Des balcons couraient sur toute la largeur de sa façade, les autres murs étant ornés de jardins verticaux. Les appartements coûtaient un minimum de 8 millions d'eurofrancs et bénéficiaient d'un service de nettoyage complet, ce qui attirait nombre de célibataires, notamment des managers à l'expertise financière indispensable aux grands patrons.

Le taxi s'arrêta devant l'entrée principale, le pilote automatique n'ayant pas l'autorisation de pénétrer dans le périmètre. L'i-e d'Angela envoya son certificat d'identité au portail, et le véhicule se remit en branle. Il s'arrêta trente secondes plus tard, sous un portique en forme d'ailes d'aigle. Angela en descendit après avoir coincé les boutons de manchettes entre les coussins de la banquette, où ils resteraient sans doute plusieurs mois, voire davantage, avant d'être retrouvés. Les étiquettes bleues, elle les avait avalées.

Angela prit l'ascenseur et monta au huitième. Il n'y avait que quatre appartements à cet étage, et tous possédaient une terrasse sur le toit. La porte du numéro trois la reconnut et s'ouvrit.

Barclay North l'attendait dans le coin salon du vaste loft, dont le balcon donnait sur la plage désertée. Angela lui adressa un sourire coquin.

— Salut, commença-t-elle d'une voix rauque.

— Salut. Tu es superbe.

— Merci.

Elle tournoya sur elle-même en faisant voleter le tissu léger de sa jupe. Ce matin-là, elle s'était habillée spécialement pour Barclay, ce qui ne lui avait pas demandé beaucoup de réflexion : jupe courte, tee-shirt blanc moulant, pas de soutien-gorge, simples tennis, cheveux noués en arrière, peau hydratée mais pas maquillée. Une version un peu moins chère des vêtements que lui faisaient porter Marc-Anthony et Loanna au manoir. Ils savaient ce que Bartram aimait ; elle avait été choisie pour sa couleur de peau et sa silhouette athlétique, mises en valeur par sa tenue. Bien sûr, ce qui plaisait à un North plaisait aux autres North. Inutile d'être docteur en physique nucléaire pour le comprendre.

Elle termina de tournoyer juste devant lui. Elle laissa tomber son sac, prit Barclay par le cou et l'embrassa avec gourmandise. Âgé d'à peine trente et un ans, Barclay était contrôleur des finances au sein de l'Administration civile d'Abellia, position que les North préféraient occuper eux-mêmes. Son âge permettait de dire qu'il était un des derniers North2 à avoir vu le jour avant Brinkelle. Il n'y en aurait pas d'autres comme lui – Bartram était censé sortir de son traitement avec des gonades fonctionnelles. Tous ses descendants futurs seraient comme Brinkelle, idée qui faisait frissonner Angela. Et qui rendait un peu jaloux son frère, ce qui avait facilité la tâche de la jeune femme quand elle avait entrepris de le séduire.

Le baiser s'interrompit. Le sourire aux lèvres, Angela retira son tee-shirt et regarda Barclay d'un œil affamé. « Je n'en peux plus », avait l'air de crier son visage rougi.

— J'ai quelque chose pour toi, ronronna-t-elle.

Barclay avait le plus grand mal à détacher les yeux de son torse nu.

— Ah ouais ?

Elle sortit le paquet-cadeau de son sac et le lui tendit. Il en souleva le couvercle avec une certaine curiosité. Son visage trahit son étonnement. Furtivement, car c'était un professionnel.

— Merci, Angela.

Un tic nerveux lui souleva les lèvres. Il était satisfait.

— Je sais que ce n'est pas grand-chose, dit-elle, l'air juvénile et sérieuse, mais je voulais t'offrir quelque chose. Je veux que tu saches que tu comptes beaucoup pour moi.

Il eut un sourire fier. Comme prévu. Il avait l'habitude d'acheter des babioles à ses copines, pas de se les voir offrir. Comme tous les hommes, en particulier ceux qui avaient autant de pouvoir que les North, il rêvait qu'une jeune femme magnifique tombe éperdument amoureuse de lui. C'était en train d'arriver, forcément, puisqu'elle avait tant à perdre si Bartram venait à entendre parler de leur relation. Elle l'aimait pour ce qu'il était et pas pour son argent ni sa position.

— C'est original, j'aime beaucoup. Je vais les mettre tout de suite.

— Non, attends. (Elle fit glisser sa jupe le long de ses jambes et retira son string en se tortillant.) On n'est pas si pressés.

Ils le firent d'abord dans le jacuzzi, comme il l'aimait tant. Puis ils se reposèrent un peu dans le sauna avant de remettre cela sur le grand canapé crème du salon. Elle le laissa également la prendre contre le mur, les jambes et les bras écartés, dans une position de soumission tant appréciée des North. Barclay la plaquait contre le mur, lui donnait de violents coups de reins. Leurs doigts et leurs paumes entrèrent en contact. Angela activa ses gants, dont les récepteurs et les circuits enregistreraient ses données biométriques.

Après l'épisode du mur, il alla chercher une bouteille de champagne dans la cuisine et la rejoignit dans la chambre, où il lécha le breuvage frais et pétillant sur son ventre et ses cuisses – comme le faisait son frère-père.

Lundi 11 février 2143

La modélisation de la ville montrait le taxi se garant devant le *Suffren*, sur Carliol Street, à quelques centaines de mètres seulement du commissariat de Market Street. Un homme sortait du club en marchant à reculons et montait dans la voiture en faisant un bond qui semblait défier la force de gravitation.

— Identifiez-le, demanda Sid à Lorelle Burdett dans la salle de contrôle.

— J'ai déjà lancé le programme de reconnaissance, lui assura-t-elle.

Le taxi s'éloigna du trottoir et s'engagea en marche arrière sur Worswick Street. La modélisation était ralentie deux fois, ce qui était la vitesse de défilement idéale pour suivre des véhicules dans l'écheveau des vieilles rues de Newcastle et dans les zones non couvertes à cause du piratage des maillages et de la destruction physique des particules intelligentes. Ils suivaient donc leur soixante-quatorzième véhicule, et Sid commençait à se demander si un des membres de son équipe n'avait pas commis une erreur. C'était un travail très fastidieux qui, jusque-là, n'avait donné aucun résultat. Les hommes commençaient à perdre patience, et de courtes disputes avaient déjà éclaté. Selon toute probabilité, ils auraient déjà dû trouver le bon taxi et l'endroit où le corps du mystérieux North avait été récupéré.

Vingt minutes plus tard, le véhicule remontait George Street en marche arrière en direction du vaste complexe de Fortin, macrobâtiment anthracite érigé en 2105 qui avait évincé l'université et tous les commerces entre Scotswood Road, au sud, et Elswick Road, au nord. Haut de trente étages, bordé à l'est par George Street et à l'ouest par Maple Terrace, il dominait le quartier et ressemblait à un nid de corail de synthèse qui absorbait la chaleur du soleil pour consommer moins d'énergie. Percé de dix mille fenêtres argentées, l'immeuble abritait une communauté entière, avec ses appartements, ses boutiques, ses bureaux, ses écoles, ses cinémas et sa police privée. Connecté aux réseaux de transports métropolitains, gérés par un conseil qui se débrouillait pour maintenir un faible taux d'imposition, le macrobâtiment était à la fois intégré à la métropole et isolé. À l'époque, ceux qui avaient développé le concept étaient persuadés d'avoir découvert la solution à tous les problèmes des villes terriennes; ces structures occuperaient les zones laissées à l'abandon, les sauvant de la décrépitude et fournissant du travail et des logements à tout le monde. Trois autres macrobâtiments furent construits à Newcastle au début du XXIIe siècle. Grâce à une taxe foncière modeste et à une politique de filtrage destinée à bannir les résidents indésirables, ils devinrent des havres pour les classes moyennes supérieures, communautés fermées ultimes, protégées contre les soucis du monde.

Sid regarda le taxi reculer sur George Street et se rapprocher de plus en plus d'une des rampes d'accès qui plongeaient dans les entrailles de Fortin.

— Allez, vas-y, descends là-dessous, murmura-t-il.

Si la voiture était sortie du macrobâtiment, si elle y avait pris son client, ils pourraient la rayer de la liste. Les systèmes de surveillance du complexe étaient financés par la copropriété, et la moindre panne ou défaillance était immédiatement réparée. L'emploi du temps du passager serait facile à reconstituer.

Une fois de plus, la chance ne fut pas de leur côté. Le taxi dépassa la rampe et s'engagea sur Blandford Street. De là, évidemment, il fonça à reculons vers la brèche du croisement avec St James Boulevard.

— Pourquoi a-t-il pris ce chemin ? demanda Lorelle.

— Qui sait ? répondit Sid avant de lui demander de centrer la modélisation sur le croisement.

Il arrivait que la chance tourne un peu et que le maillage, en amont, leur offre une vue, certes de mauvaise qualité, sur une section non surveillée. Pas cette fois, évidemment. Sid scruta le carrefour très fréquenté pendant plusieurs minutes afin de déterminer lequel des taxis qui en émergeaient était celui qu'il suivait.

Voilà pourquoi cela devenait dangereux. Ils avaient décidé que l'immersion de chaque inspecteur dans le modèle de la ville ne devrait pas dépasser deux heures. La frustration grandissante ajoutée à l'attention nécessaire au moindre détail faisait qu'il était tentant de prendre des raccourcis et de tirer des conclusions hâtives. Sid aurait voulu remonter la piste de tous les taxis lui-même, mais c'était physiquement impossible, aussi était-il obligé de faire confiance à ses collègues. Dans ses pires cauchemars, ils arrivaient au bout de la liste de deux cent sept taxis pour se rendre compte qu'ils avaient commis une erreur quelque part, que quelqu'un avait négligé de vérifier une brèche parce que la route empruntée par la voiture lui semblait évidente, parce qu'il était fatigué ou parce qu'il s'était laissé distraire pendant quelques secondes. Dans le pire des cas, ils n'auraient d'autres choix que de tout recommencer depuis le début.

Ce qui n'arriverait pas. O'Rouke ne le permettrait pas.

Sid suivit le taxi jusqu'au croisement avec l'A186 et passa la main à Eva à 11 heures. Ses deux heures étaient écoulées, et son soulagement était à la hauteur de sa culpabilité lorsqu'il sortit de la salle de projection.

L'état du Bureau n° 3 reflétait le moral de l'équipe. Sid avait toujours à sa disposition un contingent complet d'inspecteurs occupant toutes les consoles. Ils portaient tous un pull, car le chauffage était défaillant. Des emballages de sandwichs et des tasses en carton formaient des piles à l'équilibre précaire dans les corbeilles. La moquette était constellée de taches d'origine indéterminée. Le coussin d'un des accoudoirs du fauteuil d'Abner était maintenu en place par un ruban adhésif noir.

S'arrêtant à côté de la porte en attendant que le sceau bleu soit actif, il trouva l'ambiance morne, apathique et très déprimante. Comme les choses avaient changé depuis le début de l'enquête, un mois plus tôt, quand ils avaient un budget illimité et que les huiles de la ville exerçaient une pression constante pour que l'affaire soit résolue. Les gens venaient travailler tôt le matin et repartaient très tard, s'investissant totalement dans cette tâche immense. Un mois plus tard… Il n'arrivait même plus à motiver ses troupes à l'occasion du briefing matinal. Il avait l'impression d'entraîner un club de cinquième division et d'être menacé de relégation, de sombrer dans l'oubli. Tous ses beaux discours, ses efforts pour maintenir Eva et Ian au top niveau, tout avait été balayé par le vent de la médiocrité. Vu la manière dont Chloe Healy et Jenson San le regardaient du coin de l'œil à la cantine, comme des alligators envisageant de dévorer un caneton, O'Rouke devait affûter son couteau au sixième étage.

Un icone de communication apparut sur la grille de ses iris. Il fronça les sourcils. Il s'agissait du logo du métro de Newcastle, un carré jaune foncé avec un M rouge stylisé au milieu. Il activa l'icone et vit s'afficher un message l'informant que son ticket journalier avait été activé.

Il était tellement démoralisé qu'il mit trente bonnes secondes à comprendre ce que cela voulait dire. Il alla chercher son blouson dans son bureau privatif.

— Je sors déjeuner, dit-il à Ian en passant devant lui.

Une neige légère tombait du ciel gris foncé, chute annonciatrice d'un imminent déluge de flocons. Il remonta Grey Street en direction de Monument, la station de métro la plus proche du commissariat. Il faisait si sombre qu'on se serait cru en début de soirée. La neige fondue s'accrochait à ses bottines comme il descendait les marches de la bouche de métro.

Kaneesha Saeed était là, boule de mohair bleu marine avec une écharpe en tartan vert et un bonnet assorti. D'un pas nonchalant, elle s'approcha du grand plan de métro accroché au mur face aux escaliers mécaniques. Il s'approcha d'elle, et elle fit quelques pas sur le côté, s'arrêtant en face d'un hologramme publicitaire qui vantait les mérites d'un club de vacances Parsec, sur la Méditerranée, avec des filles en bikini jouant au volley-ball au ralenti sur fond d'hôtel en marbre blanc. Un flot constant d'usagers défilait derrière eux, piétinant la neige fondue et les bousculant.

— Pas de maillage sur ce truc, commença-t-elle.

— Et donc pas de programme de lecture labiale.

— Vous commencez à connaître votre boulot, inspecteur.

— Merci. Vous avez un nom pour moi ?

— Non.

— Kaneesha, vous vous fichez de moi ?

— J'ai entendu des trucs. Il se passe quelque chose. Quelque chose de gros.

— Je vous écoute. De quoi s'agit-il ?

— Je n'en sais rien, voyons ! Pour ça, il faudrait que je sois dedans.

Sid fixa un regard noir sur la plage exotique, son soleil brûlant et ses palmiers émeraude.

— Fait chier !

— En tout cas, il se murmure pas mal de trucs. Vous avez un avis sur la question ?

— Deux opérations lancées simultanément par des sociétés concurrentes, très probablement.

— Excellente déduction. Je ne sais pas ce qu'on a voulu étouffer en tuant ce North, mais on approche de la conclusion de l'opération.

— Vous pouvez en apprendre davantage ?

— Non, répondit-elle en secouant sa tête ronde. Je vous ai donné une piste. Vous devez passer par l'antigang. Ce sont des idiots, mais ils ne sont pas totalement inutiles. Les données que vous cherchez sont quelque part dans les infos transmises par leurs indics. Un mode opératoire, un nom. À vous de trouver comment ça se goupille avec votre affaire.

— D'accord.

— Voilà, je n'ai rien d'autre pour vous, inspecteur. Au revoir.

— Prenez soin de vous.

* * *

Sid n'avait jamais aimé le cinquième étage. Pour commencer, il abritait la police des polices, le service qui enquêtait sur les officiers de Newcastle. Il avait passé suffisamment de temps dans leurs bureaux, l'année passée. Mais il accueillait aussi les forces opérationnelles de trois brigades d'élite, disait-on. Sid avait son propre avis sur la question.

L'inspectrice de classe cinq Hayfa Fullerton vint à sa rencontre à la sortie de l'ascenseur ; personne n'était autorisé à se promener dans ces locaux sans escorte. Beaucoup de particules disséminées un peu partout avaient des fonctions de suppression afin de sécuriser les réseaux de l'étage.

Hayfa avait la cinquantaine et le visage fatigué presque pas maquillé. Ses cheveux bruns étaient coupés court, style nécessitant peu d'entretien. Si on ajoutait à cela son tailleur gris de confection moyenne, on obtenait l'image parfaite d'une fonctionnaire morne trop occupée à remplir des bilans pour accueillir quiconque. En bonne professionnelle, elle le salua poliment, sans plus. Elle le guida jusqu'à son bureau. Un box situé dans un coin, nota Sid, juste en dessous de celui d'O'Rouke, mais en plus petit.

— Que puis-je faire pour vous aider ? demanda-t-elle quand il se fut assis devant elle.

— Vous avez entendu parler de l'affaire dont je m'occupe ?

— Le *car-jacking* du North ; il se raconte que vous n'avancez pas des masses.

— Nous sommes en train de faire tourner une simulation qui devrait nous permettre d'identifier notre suspect numéro un.

— Je sais. L'ADH a ordonné à O'Rouke de remonter la piste de tous les taxis de la ville. Il n'est pas très content, Sid, vous en êtes conscient.

— Parce que vous avez déjà vu O'Rouke content, vous ?

Il lui adressa un sourire franc, comme s'il voulait jouer cartes sur table. C'était le summum du « cool ». Hayfa était une fidèle d'O'Rouke, un soutien solide, un bloc inébranlable dans la pyramide hiérarchique. Concrètement, elle était de ceux qui lui permettaient de rester en poste.

— Celui qui a tué mon North a forcément bénéficié de l'aide d'un gang, ajouta-t-il.

— C'est logique. Le taxi était l'un des leurs. Et puis, le sabotage des maillages a nécessité une grande organisation. Toutefois, si je savais quelque chose, je vous en aurais déjà informé. Je me fiche des consignes encourageant à la coopération entre services ; en revanche, j'aimerais bien que le mérite de la réussite de cette enquête me revienne.

— Prenez le mérite, moi, j'ai juste besoin de survivre.

— Qu'êtes-vous venu chercher, exactement ?

— Je sais qu'une grosse affaire se prépare, et j'ai des raisons de croire que les deux pourraient être liées. J'ai besoin de vos lumières sur le sujet.

— Mmh…, fit-elle en lui lançant un regard neutre. Comment en êtes-vous arrivé à cette conclusion ?

— J'ai enquêté. Une de mes sources m'a soufflé un mot à l'oreille.

— Ce n'est pas une info comme les autres.

— Vous confirmez ? Il se prépare un truc ?

Hayfa prit son temps, fit semblant d'hésiter, car il s'agissait également de lui montrer que la personnalité alpha du duo, c'était elle.

— Il est vrai qu'on a noté une recrudescence de l'activité criminelle dans la rue, se contenta-t-elle d'admettre.

— Une activité inhabituelle ?

— Non, c'est seulement une question d'échelle.

— Donc il se trame quelque chose ?

— Peut-être. On ne sait pas encore. De grandes quantités d'argent circulent, arrivent dans les mains de la racaille de base. Il se pourrait que cela soit lié à un arrivage imminent de quelque chose.

— D'accord. Qui distribue ce pognon ?

— Bonne question. C'est ce que mes hommes essaient de découvrir.

— J'ai besoin des données déjà collectées. L'IA pourra faire des corrélations précieuses.

— Nos sources doivent rester secrètes.

— Bien sûr, je n'ai pas l'intention de les révéler au grand public.

— Je vais me renseigner sur votre équipe ; si vos hommes sont habilités à détenir ces informations, nous en reparlerons. C'est un sujet très sensible.

— Je vous en remercie, dit Sid en se levant pour partir.

— En quoi cette affaire concerne-t-elle l'ADH, Sid ? Pourquoi toutes ces pressions ?

— Il s'agit d'un North.

— Foutaises. Qu'est-ce qui se passe ?

— Quand je le saurai, je vous le dirai. Enfin, si vous êtes habilitée…

— Allez vous faire foutre.

— Avec plaisir. Renseignez-vous sur mes hommes et appelez-moi vite. J'aimerais avoir ce tuyau pour demain matin au plus tard. Je préférerais ne pas avoir à m'adresser directement à vos supérieurs. En ce moment, je suis dans la merde jusqu'au cou, et je ne voudrais pas vous y entraîner avec moi.

Le sceau bleu s'éteignit et la porte s'ouvrit. Hayfa fit un bras d'honneur.

Lundi 18 février 2143

— L'inspection du Service municipal d'architecture s'est bien passée, annonça Jacinta pendant le petit déjeuner. Le réseau de l'Administration civile l'a acceptée hier soir.

— Excellente nouvelle !

Cette inspection était le dernier obstacle qui les empêchait encore de vendre la maison de Walkergate ; il s'agissait d'un rapport officiel rédigé par un spécialiste du bâtiment ridiculement cher, qui concluait simplement que ces quatre murs et ce toit existaient, mais ne garantissait rien d'autre. Sid avait déjà réglé la question du crédit en s'adressant à une société installée au Cambodge ; celle-ci avait accepté de leur prêter de l'argent sur la base de leurs deux salaires et fourni un certificat pour le notaire. Ainsi, les fonds seraient transférés légalement au moment de la finalisation de la vente. Pour sa banque locale et le Trésor public de la GE, l'établissement cambodgien recevrait bien des paiements mensuels. En réalité, la société cambodgienne appartenait à Sid et le prêt, bien moins important, car destiné à compléter les économies accumulées sur son compte secondaire et l'argent de la vente de leur maison, avait été contracté auprès d'une banque vietnamienne, et ce à un taux très raisonnable. Concrètement, la moitié de chaque remboursement mensuel retournerait sur son compte secondaire. Non seulement ils emménageraient dans une maison plus grande, mais ils auraient un budget mensuel plus important.

— Quelqu'un veut de notre maison ? demanda Zara en mangeant son porridge à la petite cuillère.

— Nous avons eu quinze visites virtuelles pour l'instant, annonça fièrement Jacinta. L'agent m'a dit que trois personnes voudraient la visiter pour de vrai dès que la paperasse serait prête.

Sid et elle se prirent par les mains et échangèrent un regard.

Il n'avait pas le cœur à lui dire que son enquête se déroulait mal. Pas de taxi, pas de corrélations avec les données fournies par Hayfa, qu'il suspectait d'ailleurs de ne pas lui avoir dit tout ce qu'elle savait. Et O'Rouke qui voulait cinq membres de son équipe...

— Ça veut dire que vous allez tous les deux devoir ranger votre chambre tous les jours, menaça-t-il les enfants.

— La mienne est toujours rangée, protesta aussitôt Zara.

Pour la première fois, Will détacha son regard de l'écran sur lequel défilaient des nouvelles de St Libra. Les e-Rays avaient survolé avec succès l'énorme massif de l'Éclipse et relayaient des images stupéfiantes de gigantesques pics enneigés et de vallées inconnues.

— La mienne aussi !

Sid avisa un morceau de porridge collé sur le devant de la chemise blanche toute propre de Will et prit un air sceptique.

— Ouais, eh bien, faites en sorte qu'elles le restent.

— Je les emmène à l'école et tu passes les chercher ce soir ? proposa Jacinta. Ils ont tous les deux leurs activités après la classe, donc ce sera à 18 heures.

— Ça marche.

— Je sais que tu aimes retourner au boulot plus tôt après le week-end, poursuivit-elle en le reprenant par les mains.

— Merci.

Il sourit.

— Beurk ! s'exclama Will, le nez plissé, en fixant son regard sur leurs doigts entremêlés. Qu'est-ce qui vous arrive à tous les deux ?

— Mais rien, le rassura Sid. Tout fonctionne parfaitement, ajouta-t-il en adressant un sourire suffisant à Jacinta, qui se mit à glousser.

Will regarda sa sœur d'un air perplexe, secoua la tête, incrédule, et réattaqua son porridge.

Sid et Jacinta se regardèrent une dernière fois. Bientôt, ils ne pourraient plus se permettre ce genre de comportement devant les enfants. Les gamins qui grandissaient, le déménagement, l'enquête – quelle que soit son issue... C'était définitivement la fin d'une époque. Le monde entier lui donnait cette impression ces derniers temps. Le compte à rebours avait commencé. Cette sensation, il la mettait sur le compte du temps infini qu'il passait jour après jour dans la salle de projection. *Courage, plus que cent neuf bagnoles à vérifier.* Ils étaient arrivés au sommet du col, mais il n'était pas certain de réussir à convaincre ses hommes que la descente se ferait en roue libre.

* * *

Sid laissa le pilote automatique de la Toyota le conduire au commissariat. Il n'avait pas neigé depuis cinq jours, et les rues étaient raisonnablement dégagées. Le trafic était assez fluide, comme chaque fois que la majorité des véhicules roulait en auto. Un soleil bas et froid brillait dans le ciel clair, faisant scintiller la glace qui s'accrochait aux immeubles.

Il fit défiler les rapports rédigés par ses collègues ces deux derniers jours afin de prendre la température de la ville. Ce week-end n'avait pas été meilleur que les autres, semblait-il. Agressions, bagarres d'ivrognes, cambriolages, deux incendies criminels, trois meurtres, un coup de filet antidrogue dans une boîte de nuit, et toute une liste d'accidents de la route causés par des pilotes automatiques défaillants, par des conducteurs qui persistaient à vouloir conduire en manuel quand ils étaient bourrés et par un manque de sel sur la chaussée.

Comme la Toyota s'enfonçait dans le parking souterrain du commissariat, Sid fronça les sourcils et demanda à son i-e de lui sortir le dossier d'un des meurtres. Le nom de la victime lui était vaguement familier. Lorsque la fenêtre s'ouvrit, il regretta de ne pouvoir la refermer et faire comme si de rien n'était. Jolwel Kavane avait été trouvé dans la ZSSP de Heaton. Une patrouille l'avait repéré à 4 heures du matin. Cela n'avait pas été difficile, car quelqu'un l'avait aspergé de biocarburant avant de lui mettre le feu.

Une fois installé dans un Bureau n° 3 isolé de l'extérieur, Sid utilisa le réseau sécurisé pour faire une vérification. Le nom de Jolwel Kavane figurait dans les infos que leur avait transmises Hayfa Fullerton. Kavane était un indic ; il collaborait depuis longtemps avec la police. Le service de Fullerton était censé entrer très bientôt en contact avec lui.

Hayfa ne fut pas du tout contente de le voir sortir de la cabine d'ascenseur au cinquième étage. Elle ne prononça pas un mot dans le couloir qui conduisait à son bureau. Sid supposa qu'elle n'était pas encore montée voir O'Rouke. L'assassinat d'un informateur de la police affecterait tout le monde et serait forcément suivi d'une enquête en bonne et due forme.

— Que s'est-il passé ? demanda-t-il.

— À vous de me le dire. Tout se passait comme sur des roulettes avant qu'on vous transmette nos infos.

— N'essayez pas de me faire ce coup-là. J'ai étudié le dossier. Kavane était actif, à ce moment. C'est vous qui l'avez foutu dans la merde.

— Peut-être, mais on ne le saura jamais, pas vrai ?

— Vous allez enquêter sur sa mort ou bien… ?

— L'enquête sera pour les gens des étages inférieurs ; je n'ai pas de temps à perdre avec ce genre de conneries.

— Ce genre de conneries ? répéta Sid. Il a été brûlé vif. On peut difficilement faire pire.

— Ce n'est pas le problème. C'est comme ça que les gangs s'occupent des cafteurs. C'est aussi pour ça qu'ils font ça en public au lieu d'emmener le mec dans une cave où personne ne le retrouverait jamais. C'est une mise en garde qu'on ne peut ignorer. Tous nos contacts vont se terrer chez eux, maintenant. Quoi qu'il se prépare, on ne le saura qu'après coup, et encore. C'est fini, vous comprenez ? On a tout foutu en l'air.

— Fait chier !

— Toujours pas de taxi, hein ?

— Toujours pas.

— Bon, écoutez, on va tous les deux se faire botter le cul, aujourd'hui. Si vous trouvez ce taxi, faites-le-moi savoir.

— Pourquoi ? demanda Sid, soupçonneux.

— Vous l'avez dit vous-même : les deux affaires sont liées. Trouvez le taxi, ceux qui sont montés à son bord et se sont débarrassés du cadavre, et nous les passerons au crible de notre IA. Nous savons tous les deux qu'ils appartiennent à un gang, et nous avons des centaines de noms de membres avérés ou supposés dans notre base de données. Si quelqu'un peut les identifier pour vous, c'est bien nous.

Il ne réfléchit pas très longtemps à sa proposition.

— OK, je vous mettrai au parfum.

* * *

Envoyé par le bureau d'O'Rouke, le message arriva à 11 heures. On l'attendait dans la salle de briefing principale du sixième dans dix minutes. Sid pensa d'abord qu'on le convoquait pour lui remonter les bretelles, puis il se rendit compte qu'il n'était pas le seul destinataire du message. Tous les officiers de classe quatre et au-dessus étaient attendus.

Il prit l'ascenseur avec trois d'entre eux ; les quatre hommes échangèrent des regards incrédules. Ils entrèrent tous dans la salle de briefing et attendirent O'Rouke. Il arriva flanqué de Jenson San et d'un homme que Sid ne reconnut pas mais qui, à en juger par sa raideur et par la noirceur de son costume, devait être un bureaucrate de haut rang – un manipulateur, donc, négatif et servant ses propres intérêts.

— Il s'agit d'une alerte interagences s'appliquant à toute la GE, commença O'Rouke. La classification est globale.

Sid se redressa, intéressé. *Encore une restriction globale ? Merde…*

— M. Scrupsis travaille pour le Bureau des affaires extraterrestres de la GE. Il va vous expliquer ce qui se passe.

Le bureaucrate fit un pas en avant.

— Merci, commissaire. Pour résumer, il s'agit d'une disparition, mais cette affaire sort de l'ordinaire, et je vais vous expliquer pourquoi. Toutes les agences de maintien de l'ordre locales et nationales de la GE sont prévenues, de même que tous nos collègues sur la surface de cette planète. Le professeur Sebastian Umbreit et sa famille – son épouse et leurs deux filles – ont disparu depuis vendredi. Ils vivent en Suisse, tout près de Genève. Des collègues de travail du professeur ont donné l'alerte vendredi soir. La police locale a enquêté et n'a trouvé aucune trace de lutte. Pour ce que nous en savons, Mme Umbreit a récupéré ses filles à l'école jeudi à 16 heures, c'est-à-dire à l'heure normale, avant de les ramener à la maison. La gestion du trafic le confirme. Le professeur a quitté l'institut où il travaille à 18 h 16 ce même jour et est rentré chez lui sans incident. Les deux voitures étaient dans le garage quand la police est arrivée. Nous n'avons pas encore déterminé l'heure exacte ni la méthode de l'enlèvement, mais il s'agit clairement d'une opération très professionnelle.

Sid jeta un coup d'œil circonspect à la salle pour essayer de voir comment Hayfa Fullerton réagissait à cette nouvelle. Il ne pouvait tout de même pas s'agir de l'opération que préparaient les gangs ?

— Quant au niveau de l'alerte…, poursuivit Scrupsis. Tout ce que je puis vous dire, c'est que le professeur Umbreit travaille pour l'Agence suisse de recherche nucléaire. Son savoir, s'il tombait entre de mauvaises mains, pourrait être très dangereux. Nous avons chargé son profil dans toutes les IA publiques, qui scannent les systèmes de surveillance pour nous. Vous allez recevoir un topo sur le professeur, que vous transmettrez à vos équipes respectives. En revanche, son domaine d'expertise ne devra être révélé en aucun cas. Vous n'en parlerez ni à vos hommes ni à votre famille ni à vos amis. J'espère que je me suis bien fait comprendre. (Pour appuyer son propos, il croisa autant de regards que possible.) Bien. Merci de votre compréhension.

—Attendez une minute, on veut vous parler, chuchota Jenson San à Sid comme tout le monde quittait la salle.

Sid resta où il était pendant que la salle se vidait. Même Jenson s'empressa de déguerpir, clairement content de ne pas avoir à assister à cette réunion en comité restreint. Le sceau bleu s'alluma et les vitres devinrent argentées et opaques. O'Rouke se tenait sur la petite estrade et fixait sur Sid un regard indéchiffrable. Pour une fois, son visage avait perdu son teint rougeaud et il ne semblait pas du tout nerveux.

—Alors, il y a un lien ? commença Sid.

—Avec votre affaire ? demanda Scrupsis. On n'en sait rien, évidemment. Mais il s'agit du second incident criminel majeur d'échelle transstellaire en cinq semaines. En vingt ans, même. Je ne crois pas trop aux coïncidences.

—Quelle était la spécialité d'Umbreit ?

—Il dirige l'équipe qui bosse sur la bombe D. Vous savez ce qu'est une bombe D, n'est-ce pas ?

—Merde, lâcha Sid, incrédule. Ouais, je sais, c'est la saloperie qu'on balance sur le Zanth.

—Pour être plus précis, c'est la saloperie qu'on balance dans les brèches spatio-temporelles utilisées par le Zanth. La bombe déforme la brèche à un niveau quantique et la rend inutilisable. Enfin, pour quelque temps. Le Zanth s'adapte à tout ce qu'on lui jette, ce qui signifie que nos bombes doivent constamment évoluer. Ce qui a fonctionné une fois ne fonctionnera plus jamais : c'est une règle de base.

—Ouais. Bon, écoutez, je me rends bien compte de la gravité de cette affaire, mais je ne vois pas bien le rapport avec mon enquête.

—Sur quoi enquêtez-vous donc, officier ?

—On m'a demandé de trouver l'extraterrestre qui a buté deux North.

—Cette hypothèse vous convainc ?

Sid n'avait aucune intention de répondre à cette question.

—C'est une affaire très inhabituelle, ce qui explique la débauche de moyens mis en œuvre.

— Bonne réponse. S'il y a des extraterrestres en liberté sur Terre, il est fort possible qu'ils fassent tout pour mettre la main sur nos technologies offensives les plus avancées. Pour ma part – et je parle au nom de mon service tout entier –, je pense que ce sont des conneries. À mon avis, nous avons là des manœuvres souterraines d'origine tout à fait terrienne. Des magouilles bien classiques, voilà de quoi il s'agit, et nous avons bien l'intention de le prouver.

Sid se tourna vers O'Rouke comme s'il demandait conseil à un prêtre.

— Qu'attendez-vous de moi ?

— Continuez sur cette voie, répondit Scrupsis. Confondez le gang qui a tué le North. Quand nous les aurons, nous remonterons jusqu'aux payeurs en cravate. Alors on pourra boucler définitivement cette vilaine opération.

— Ça marche.

— On est d'accord.

— Tenez-moi au courant dès que vous avez du nouveau, intervint O'Rouke. Je transmettrai à M. Scrupsis.

— Et Ralph Stevens ? demanda Sid d'un ton neutre.

— Tenez-le au courant aussi, mais après être venu me voir.

— D'accord. (Sid se tourna vers Scrupsis.) Stevens et vous ne travaillez pas pour le même service, n'est-ce pas ?

— Effectivement.

— J'ai compris.

Sid tourna les talons et se dirigea vers la porte.

— Comment se passe votre chasse au taxi ? demanda O'Rouke.

Sid demanda à son i-e de déverrouiller la porte. Le cadre de lumière bleue se désactiva.

— Mal. Très mal, même.

Vendredi 22 février 2143

À 20 heures, ce qui restait de la fine couche nuageuse avait filé au-dessus de la mer du Nord, révélant un ciel dégagé constellé d'étoiles à l'éclat vif. Depuis plusieurs heures, la température n'avait cessé de chuter en ville. La nuit serait froide, même selon les standards de Newcastle.

Après avoir garé sa voiture à l'extrémité de Falconar Street, Sid remonta la glissière de son blouson et coiffa son bonnet de laine. L'air qu'il expirait formait des plumets dans l'éclairage public pâle tandis qu'il marchait vers l'appartement de Ian. Il aurait été tentant d'oublier tout cela et de rentrer chez lui. De s'immerger dans le bruit et le chaos joyeux des enfants, de dîner avec Jacinta, de passer un peu de temps avec elle lorsque les enfants seraient couchés. Une bonne manière de clore une semaine infernale marquée par le meurtre atroce de Kavane et le kidnapping d'Umbreit. La tournure politique prise par cette affaire l'écœurait ; Ralph contre Scrupsis – il ne pouvait contrôler ni l'un ni l'autre –, et l'implication d'O'Rouke, qui l'inquiétait encore davantage. Et puis, il avait rencontré Aldred. Ils s'étaient retrouvés au *Jamaica Blue*, sur John Dobson Street, comme la toute première fois. Après une longue et délicate enquête, Sid avait fini par découvrir pourquoi Aldred n'avait pas rechigné à le rencontrer en public : Northumberland Interstellar possédait la franchise, et toutes les particules intelligentes avaient été désactivées autour d'eux. Sans enregistrement de la rencontre, pas de fuite possible. Sid se doutait que la famille North avait une influence considérable, et l'organisation de cette rencontre n'en était que la confirmation.

Cette rencontre s'était déroulée le mercredi matin. Ils s'étaient installés dans leur coin habituel, loin de la porte.

— Si j'ai bien compris, vous voulez parler d'Umbreit ? avait commencé Aldred.

— Et de Scrupsis.

— Ah ! le type des Affaires extraterrestres. C'est nul comme nom. On dirait qu'ils veulent coucher avec des extraterrestres et pas enquêter dessus.

— Ils pensent que le meurtre de votre frère et l'enlèvement sont liés. Scrupsis est persuadé que les deux sont les conséquences d'une magouille industrielle.

— Le spécialiste de la bombe D aurait trempé dans une magouille industrielle ? s'était étonné Aldred en haussant les sourcils. A-t-il dit de quelle manière ? Nos rivaux comptent-ils nous écraser sous un tapis de bombes ?

— Eh ! ne vous fichez pas de moi, s'il vous plaît.

— Désolé, s'était excusé Aldred en soufflant doucement sur la mousse parsemée de chocolat en poudre de son cappuccino. C'est amusant. Deux agences gouvernementales se disputent le bout de gras et accusent toutes les deux des sociétés privées de s'armer pour avoir un prétexte de se mettre sur la gueule.

— Qui peut avoir besoin d'un spécialiste de la bombe D ?

— Les mondes lointains, sans doute.

— Les quoi ?

— Les lointains. Des planètes comme la Nouvelle Perse, Kofon, la Vraie Jérusalem ou la Géorgie. Des mondes qui ne sont pas reliés à la Terre par un portail, des sociétés nationalistes qui veulent créer des colonies peuplées uniquement d'adeptes, des cultures pures. Ils ont besoin de protection contre le Zanth, et comme, du fait de leur isolement, l'ADH ne peut rien pour eux…

— Je croyais que la Vraie Jérusalem n'existait pas, que c'était une rumeur. Quant aux autres… jamais entendu parler. Ils existent vraiment ?

— Qui sait ? Ni vous ni moi ne sommes juifs, aussi ne recevrons-nous jamais d'invitation secrète. Et comme je ne suis ni chinois ni musulman… On raconte aussi qu'il existe d'autres États-Unis d'Amérique, que ces nouvelles terres seraient prêtes dans le cas où la Terre serait attaquée par le Zanth.

— Merde, je n'ai pas besoin de ça, vous savez ? Pas du tout, même.

— Écoutez, vous êtes venu me demander conseil, n'est-ce pas ?

— Ouais.

— Nous ne voulons pas savoir ce qui se passe en haut de l'échelle, d'accord ? Les guéguerres territoriales ne nous intéressent pas. Ce que nous voulons, c'est que vous découvriez qui a tué notre frère. Et que vous le fassiez dans les règles. C'est tout ce qui compte. Alors, léchez le cul de la personne qui mettra le plus la pression à O'Rouke, fouettez vos hommes, faites vos rapports dans les règles de l'art, mais surtout, ne traînez pas. Nous comptons sur vous, Sid.

Et ils étaient bien les seuls, se dit Sid en repensant à cette conversation. Les autres attendaient tous qu'il merde pour amorcer la seconde phase de leur conflit. Comme il ouvrait le portail de la petite maison mitoyenne, il se demanda ce qu'il devait révéler à Ian et Eva. Le moment était peut-être venu de les libérer, de s'assurer que leurs carrières ne souffriraient pas trop de leur participation à cette enquête. Il se rendit compte qu'il n'attendait plus grand-chose de la simulation et de la traque du taxi.

— Bonsoir, officier.

Sid sursauta et avisa une boule noire dans un coin d'ombre du jardinet, visible uniquement parce qu'elle se déplaçait.

— Kaneesha ! Eh ! qu'est-ce que vous fichez là ?

Impossible de distinguer son visage, autre nuance de gris entre son manteau et le bonnet enfoncé sur ses oreilles. Même la buée qui s'échappait de sa bouche était presque invisible.

— Jolwel Kavane était mon informateur, commença-t-elle avec une pointe de colère dans la voix. Je l'avais recruté personnellement il y a bien longtemps. On a bossé ensemble pendant sept ans. C'était un superfouineur. Il ne savait rien de ce qui se passait dans les hautes sphères, mais pour le reste, c'était une mine d'or. Je lui dois au moins deux promotions.

— Je suis désolé. Je l'ignorais.

— Il était très fiable, Sid. Il disait tout ce qu'il savait à son flic de tutelle. Les gars comme Jolwel, on n'a pas besoin de les faire parler, de leur mettre la pression. Ce n'est pas comme ça que ça marche. On écoute ce qu'ils ont à dire et on note les noms des types qu'il faudra cuisiner. Ceux-là ne sont personne, on les jette après utilisation. Ce n'était pas le cas de Jolwel. Cette salope de Fullerton et son équipe le savaient, mais ils n'en avaient rien à foutre. Ils voulaient tout et tout de suite. Ce n'est pas comme ça qu'on fait du renseignement. Il faut savoir prendre son temps. Parfois, on amasse les indices pendant des années. Le meurtre du North a fait perdre la tête à tout le monde. Ils pensent tous à la récompense finale. Alors ils lui ont mis la pression. Ils l'ont forcé à poser des questions alors que c'était à eux de le faire. Vous comprenez, tout le monde savait que Jolwel ne posait jamais de questions sur les coups dans lesquels il n'était pas impliqué. Il n'était pas du genre curieux, c'était un gangster de base, sérieux. Un type fiable qui ne posait jamais de putains de questions ! Le jour où ça a changé, les autres ont compris.

— Je ne voudrais pas remuer le couteau dans la plaie, mais Hayfa ne m'a rien transmis du tout. Je n'ai pas progressé d'un millimètre dans mon enquête.

— Ouais, et maintenant, tout le monde fait profil bas et cherche à se planquer. Putain ! mais quelle pétasse stupide ! Elle serait incapable d'organiser une partouse dans un bordel. Comment diable a-t-elle fait pour atteindre ce niveau de responsabilité ?

La présence de Kaneesha intriguait de plus en plus Sid. Elle n'était pas venue uniquement pour le sermonner. Il décida de ne pas la contrarier ; peut-être allait-elle enfin lui donner ce qu'il attendait depuis le début.

— O'Rouke, évidemment, répondit-il.

— Quelle merde ! s'exclama-t-elle. Vivement qu'il se tire, que cette ville revoie un peu le soleil.

— Ouais, vivement.

Kaneesha laissa échapper un long soupir.

— Marcus Sherman.

— Qui ?

— Marcus Sherman. C'est lui que vous devrez avoir à l'œil. Il est l'organisateur, celui qui a les contacts, les hommes et l'argent. Il est derrière tout ça. Enfin, ce n'est pas son opération ; il n'est pas si haut sur l'échelle.

— Jamais entendu parler de lui. En tout cas, il n'était mentionné dans aucune des infos qu'on m'a transmises.

— Bien sûr, de même que vous ne le trouverez dans aucune de vos bases de données. Il n'est pas aussi con que Fullerton. Il bossait pour la sécurité de Northumberland Interstellar avant de se mettre à son compte. Le contact, le type qu'on va voir quand on a besoin de quelque chose, c'est lui. Les huiles des grosses sociétés aiment louer ses services parce qu'elles savent qu'elles peuvent le désavouer aussi vite que la merde glisse dans les égouts. Aucune chance qu'il se retourne contre elles. Il serait prévenu de l'émission d'un mandat d'arrêt avant le flic chargé de l'arrêter, et il s'évanouirait aussitôt dans la nature.

D'ailleurs, il aurait déjà pu disparaître, il a le pognon pour ça. S'il reste, c'est uniquement parce qu'il a ça dans le sang.

— Personne n'émettra de mandat, Kaneesha. Pas dans cette affaire.

— Parfait. (Elle lui tendit une enveloppe.) Une photo de lui.

— Merci. C'est un peu primitif, comme support, non ?

— C'est surtout plus prudent, officier. Si vous commettiez l'erreur grotesque de le mettre en examen, son avocat aurait accès à votre journal de bord. Ces types-là remonteraient la piste du diable lui-même. Pas question qu'il voie mon nom quelque part, Sid.

Voilà pourquoi elle m'attendait ici ; elle savait que cette soirée n'apparaîtrait pas dans mon journal de bord. Putain ! elle est parano, mais maligne.

— D'accord, je comprends.

— Je l'espère. Vous allez devoir vous montrer superprudent, Sid. Marcus, lui, n'a pas besoin de preuves. S'il entendait parler de vous, ce serait les grosses emmerdes assurées.

— Je ne divulguerai rien de ce que vous m'avez dit à mes collègues du commissariat. Ce n'est pas comme ça que je bosse sur cette affaire.

— Bien. Juste un détail : il a plein de maisons dans toute la ville et ne passe jamais plus de deux nuits d'affilée au même endroit. Il possède aussi un bateau appelé le *Maybury Moon* amarré à la marina de Dunston. Il en est presque amoureux de son rafiot. Notez aussi qu'il est à la page question particules intelligentes et logiciels de surveillance. Pour pirater ses systèmes, vous aurez besoin d'un type bien plus compétent que ceux qu'on trouve à Market Street.

— Merci, Kaneesha.

Elle ouvrit le portail et sortit dans la ruelle sombre et gelée.

— Ça craint, mec. Merde, je n'appréciais pas spécialement Jolwel. Personne ne l'appréciait, d'ailleurs, mais il ne méritait pas de crever comme ça.

* * *

— Ça roule ? demanda Ian comme Sid entrait chez lui.

Eva était assise contre le mur, à sa place habituelle, un petit verre à la main.

— Brennivin, dit-elle. Un genre de schnaps islandais. Pas mauvais du tout. J'ai pensé qu'il convenait de fêter dignement la mort de notre enquête. Son agonie a traîné en longueur.

Ian ne parvenait pas à détacher son regard de Sid.

— Qu'est-ce qu'il y a ? Il s'est passé quelque chose ?

— Rangez cette bouteille. On a une nouvelle piste.

Le temps de tout expliquer, il avait vidé deux bouteilles de bière : Umbreit, Kavane et Scrupsis, la rivalité entre bureaucrates, la théorie d'Aldred sur les mondes lointains.

Il ouvrit sa troisième bouteille.

— On a donc un lien complètement fou qui se révélera sans doute faux, mais on a un lien quand même. Comme je l'ai dit, la raison profonde ne m'intéresse pas ; ce que je veux, c'est le fumier qui a buté notre North.

— Et Marcus Sherman peut nous aider ? demanda Ian, dubitatif.

— Si ma source ne se trompe pas, il a organisé la dissimulation des preuves après coup.

— Ça expliquerait pourquoi il s'est écoulé tant de temps entre le meurtre et le moment où le corps a été balancé dans le fleuve, intervint Eva. Si le meurtrier n'avait pas prévu de tuer le North…

— Il n'avait pas non plus de plan pour se débarrasser de son cadavre, poursuivit Sid. Tout organiser lui a pris du temps. Samedi et dimanche, pour être plus précis.

— Comment doit-on aborder ce Sherman ? s'enquit Ian.

— Comme du plutonium rance.

Sid ouvrit l'enveloppe avec l'index et en sortit la photo. Ils découvrirent un homme d'environ quarante-cinq ans, à la peau foncée, aux cheveux noirs, au bouc fin et à la barbe de trois jours à la mode. Sid eut beau essayer, il n'arriva pas à l'imaginer avec un sourire.

— On commence par de l'observation de base pour le localiser. Apparemment, il est fou de son bateau amarré à Dunston ; on va donc commencer par là. Une fois qu'on l'aura repéré, on le suivra à distance. Ian, vous pourriez établir un lien avec le réseau de la police ? Un lien clandestin, je veux dire ?

— Pas de problème. J'ai un code d'accès intraçable.

Sid se demanda pourquoi, ou plutôt, non, il ne se le demanda pas.

— Parfait. Je m'occupe de rassembler du matériel essentiel. On le repère, on le file, on étudie ses mouvements et on établit une liste des endroits de la ville où il se rend et des gens qu'il rencontre. Avec un peu de chance, une nouvelle piste s'imposera d'elle-même. À ce moment-là, il sera temps de réorienter l'enquête officielle.

Samedi 23 février 2143

Elle s'appelait Jen. Son nom était affiché dans la section mémo de sa grille quand Ian se réveilla. Il l'avait chargé dans sa mémoire cache juste avant de sortir, la veille, après le départ de Sid et Eva. Il mit beaucoup de temps à chasser Jen de son appartement. Beaucoup plus que d'habitude. Normalement, il baisait dès le réveil, après quoi il préparait le thé et les toasts pendant que la fille prenait sa douche, il lui promettait de la revoir bientôt, il lui appelait un taxi et la raccompagnait à la porte. C'était le programme standard du samedi matin. Peut-être Jen commençait-elle à regretter sa nuit, peut-être était-elle en manque d'affection ou avait-elle des problèmes, peut-être son appart était-il un dépotoir ou n'avait-elle pas les moyens de le chauffer… En tout cas, elle ne semblait pas pressée. Elle traîna au lit, bavarda d'un ton enjoué et lui proposa même de la rejoindre en attendant que le thé soit prêt. Ian avait pour principe de ne jamais décevoir une charmante demoiselle. Ils faisaient l'amour sur le sol du salon lorsque les toasts sautèrent, ce qui les fit rire. Un moment de partage – ce n'était pas bon signe. Il lui fallut une heure supplémentaire pour partir, une heure durant laquelle elle lui posa des questions sur sa vie et lui révéla des choses qu'il ne voulait pas savoir sur elle. Des choses qu'il savait certes déjà, puisqu'il avait décortiqué son profil complet plusieurs jours auparavant.

Il était donc en retard pour sa séance de gym, une autre de ses habitudes du samedi matin. Ian était membre de cinq clubs et salles de remise en forme stratégiquement choisis dans toute la ville, car il appréciait tout particulièrement les filles qui prenaient soin de leur corps. À cause de ce pot de colle de Jen, il était 10 heures passées lorsqu'il arriva chez *Harley's Fitness Machine*, sur St George's Terrace, dans le quartier de Jesmond. La salle principale était assez bien pourvue en équipement moderne et en packs de particules intelligentes qui aidaient le maillage corporel standard à surveiller le rythme cardiaque, la consommation d'oxygène et les performances musculaires. Ian n'avait pas besoin de ces packs, puisqu'il disposait déjà d'une panoplie complète de cellules intelligentes qui veillaient en permanence à toutes les fonctions de son corps.

Il opta pour un programme complet de quatre-vingt-dix minutes, durant lesquelles son maillage corporel resta connecté aux machines afin de s'assurer que ses muscles utilisent leurs capacités à cent pour cent, sans pour autant prendre le risque de se rompre un tendon ou un ligament. Hydratation, glycémie, toxines et endorphines – toutes ces données s'affichaient en temps réel sous la forme d'un graphique coloré, dont les ondulations créaient des danses élaborées dans sa grille. Il avait tellement l'habitude de les déchiffrer que c'était devenu une seconde nature ; ainsi, il adaptait ses efforts sans même y réfléchir. À la fin de la séance, il demanda une analyse physiologique complète pour vérifier que son corps ne comportait pas plus de graisse que nécessaire. Sid et Eva étaient restés plus longtemps que prévu, la veille, aussi avait-il bu quelques bières de trop. Une fois rassuré sur l'aspect de ses abdominaux, il alla prendre une douche.

Comme il sortait des vestiaires, deux filles arrivèrent dans la salle. Joyce, grande et fine comme une marathonienne, se renseignait auprès du réceptionniste au sujet du cours d'aérobic du milieu de journée.

—Zut ! j'ai raté ça, se plaignit Ian, faussement incrédule.

Joyce lui sourit, et ils se mirent à discuter de leurs exercices préférés et des meilleurs parcours pour courir en ville. Elle était danseuse dans la troupe du Sage, apprit-il. Son amie Sammi prit un air maussade quand Ian leur révéla qu'il était policier. Un vrai policier, promit-il, pas un agent travaillant pour une agence privée. Pour la jeune femme, c'était la même chose, ce qui motiva davantage Ian, car il aimait les défis. Il leur souhaita à toutes les deux de bien s'amuser et prit le métro jusqu'à la station Monument.

Sa journée de travail commençait à midi. Il se rendit dans le vestiaire pour enfiler un costume. Sid était là aussi, qui se changeait. Ils avaient le même sac à dos vert foncé, et lorsque leurs placards, voisins l'un de l'autre, furent ouverts, ils procédèrent à un échange comme deux dealers dans un club plein de célébrités.

Pénétrer dans le Bureau n° 3 était devenu un calvaire. Sid et lui avaient pas mal discuté de la stratégie à adopter pour remonter le moral des troupes, mais ils se sentaient impuissants. La traque du taxi n'ayant strictement rien donné, ils commençaient à croire qu'ils avaient perdu un temps précieux. On était bien loin de l'enthousiasme des débuts. Désormais, le décorticage de la simulation était une corvée qu'on acceptait d'accomplir le soir et le week-end pour être payé en heures supplémentaires, et uniquement pour cela.

Ian s'assit à son bureau et attendit que le moniteur de zone s'incurve autour de lui. Les faisceaux laser scintillants se synchronisèrent, produisant une image en 3D. Une fois de plus, il ouvrit le dossier de Kenny Ansetal. Son i-e chargea un petit fichier sur le réseau du bureau. Officiellement, il compléterait le dossier, confirmerait que toutes les pistes avaient été suivies jusqu'au bout et qu'elles n'avaient rien donné. Il déclara donc le dossier clos, mais ne le ferma pas, se contentant de le réduire. Les données retournèrent sur le réseau, tout en restant actives. Ian ouvrit le cas North et constata qu'il n'y avait rien de neuf. *Évidemment.* Il désactiva sa console et descendit dans la salle de projection, au deuxième, où Abner, Lorelle et Reannha gâchaient leur samedi après-midi. Il se joignit donc à eux dans la traque du taxi n° 116.

Il termina sa journée à six heures et demie, confiant le cent dix-septième taxi à l'équipe du soir avec l'enthousiasme d'un concierge découvrant une salle de bains inondée. Dix minutes plus tard, il était de retour dans son appartement.

Le sac à dos vert contenait une console Apple toute neuve dotée d'une énorme mémoire et d'une capacité de traitement très élevée. Un achat intraçable, lui avait assuré Sid. Ian admira le rectangle blanc et lisse, avec ses minuscules LED violettes et bleues, et se demanda quels contacts Sid avait pour pouvoir se permettre d'acheter un appareil de ce genre grâce à un compte secondaire. Il prit une bouteille d'eau à la canneberge dans le réfrigérateur, brancha le gadget et s'assit sur son lit. Le démarrage et l'installation de l'interface utilisateur prirent deux minutes et furent supervisés par son i-e. Il n'avait ni écran ni console de zone chez lui – il n'en avait pas besoin. Il chaussa donc une paire de lunettes interfaces, un modèle récent avec une excellente résolution. Ian eut une moue approbatrice ; l'image était aussi nette que celle des consoles les plus avancées.

Son i-e le connecta au réseau du commissariat de Market Street en passant par un chemin volontairement alambiqué, où chaque cellule pouvait faire office de coupe-circuit. Une fois la liaison établie, il se servit du code de Vance Elston pour se connecter au réseau sécurisé du Bureau n° 3. Ian se l'était procuré le matin où Elston était arrivé pour jouer au petit chef, et ce grâce à un simple masque de *phishing* superposé à l'interface lorsque l'agent de renseignement s'était enregistré sur le réseau du commissariat. Les réseaux étaient conçus pour empêcher tout assaut venant de l'extérieur, pas pour se protéger des programmes pirates installés à l'intérieur du périmètre de leur pare-feu. En tout cas, pas dans un système aussi peu perfectionné que celui de Market Street.

Avec l'autorité d'Elston, il installa un programme de reconnaissance visuelle et une IA traqueuse dans une nouvelle section du réseau, puis il programma la zone à surveiller. Aussitôt, le réseau de la police accéda aux maillages de surveillance de la marina de Dunston et des environs. Ian n'eut d'autres choix que de scanner la photo de Sherman, procédé terriblement vieillot, mais qui permettrait au logiciel de repérer la cible de l'équipe dès qu'elle mettrait les pieds dans la marina. C'était tout ce dont il avait besoin pour lancer l'opération. Lorsque le programme aurait marqué Sherman, il récupérerait le code transnet de son maillage corporel et le prendrait en filature de façon tout à fait classique. Cette phase risquait toutefois de poser un problème, car Ian avait entré de nombreuses restrictions dans son logiciel, Sherman étant supposé bénéficier d'une protection électronique très avancée. Il conviendrait d'être prudent, d'accepter que, dans un premier temps, le logiciel le perde assez rapidement hors de la marina. Cependant, il s'améliorerait rapidement et ne tarderait pas à fournir aux enquêteurs une description des mouvements de l'homme ainsi qu'une liste de ses fréquentations. Dès qu'ils auraient quelque chose de concret, ils fileraient Sherman eux-mêmes, comme lors d'une opération classique.

Il était 19 heures lorsqu'il eut terminé de charger paramètres et garde-fous, s'assurant qu'aucun petit génie de l'informatique ne puisse remonter jusqu'à lui au cas où l'opération échouerait. Satisfait de sa journée, il décida de prendre une douche. Il avait prévu de sortir dîner avec quelques copains du commissariat. Avec un peu de chance, cette soirée lui réserverait une bonne surprise.

Dimanche 24 février 2143

Angela avait passé quelques soirées à la cantine d'Edzell à écouter un pilote appelé Ravi Hendrik se plaindre et se vanter à la fois d'avoir été le premier à se poser sur le site du futur camp de Sarvar. Il avait raconté la moindre minute de son périlleux vol en hélicoptère au-dessus du massif de l'Éclipse : les arêtes effilées comme des rasoirs et les pics imposants évités de justesse, les violentes microrafales, la visibilité réduite à presque rien par l'épaisse couche nuageuse… Cela l'avait distraite, car, à écouter le vieux pilote au talent de conteur certain, il s'était agi du vol le plus difficile de toute l'histoire de l'exploration transstellaire. Après quoi Paresh et elle s'étaient glissés furtivement dans les buissons éclairés par le système annulaire, en dehors du périmètre du camp.

Le souvenir du récit de Hendrik se révéla beaucoup moins amusant quand vint le moment pour son escouade de survoler le massif de l'Éclipse. Angela passa la quasi-totalité des deux heures trente de vol reliée au maillage du fuselage du Daedalus à regarder la colossale chaîne de montagnes. Impossible de la rater, elle dominait le paysage. Après quoi l'avion l'avait survolée. De justesse. Leur Daedalus volait à une altitude de quatorze kilomètres, soir un peu trop près des pics scintillants les plus élevés. Les e-Rays envoyés en éclaireurs avaient repéré une bonne dizaine de pics s'élevant à plus de dix mille mètres. En s'amusant à les identifier, les machos de l'appareil, surtout les légionnaires, s'étaient lancés dans une véritable surenchère de fanfaronnades. C'était à celui qui grimperait là-haut le premier pour y planter le drapeau de l'ADH. La commissaire Passam demanda au général Khurram Shaikh ce qu'il pensait de ce projet, mais sa réponse ne fut guère surprenante : il serait toujours temps de faire de l'alpinisme plus tard.

Les sommets les plus élevés n'étaient pas forcément les plus problématiques. En effet, des centaines de pics dépassaient les cinq mille mètres. Les hélicoptères Berlin ne pouvant voler au-dessus de quatre mille trois cents mètres – altitude réduite encore lorsqu'ils transportaient une charge externe –, leur plan de vol devait être établi avec une extrême prudence. Ravi avait ouvert la route, volant en zigzag afin de confirmer le tracé décidé sur la base des observations visuelles et radar des e-Rays, virevoltant dans des canyons longs de quinze kilomètres, à peine plus larges qu'une avenue new-yorkaise et plongés dans une pénombre inhabituelle pour St Libra, avant de survoler des crêtes monstrueuses en luttant contre des courants ascendants qui surgissaient de façon totalement inopinée de crevasses profondes, profitant des zones normalement plus calmes pour se ravitailler en carburant.

Edzell et Sarvar se trouvaient de part et d'autre de la section la plus large du massif, à l'endroit de la fourche. En effet, le massif de l'Éclipse formait un Y qui s'étirait d'est en ouest sur deux mille cinq cents kilomètres, la fourche se trouvant à mi-parcours. La branche nord était la plus importante, qui s'allongeait vers l'est, tandis que la branche inférieure, légèrement plus courte et baptisée massif d'Umbra, était courbée vers le sud.

Au-dessus des montagnes, le maillage transmit à Angela des images monochromes – de la neige blanche et de la roche noire. La végétation zébrée et omniprésente de St Libra était bannie de ce paysage. Le massif était aussi nu que le Long Désert mort d'Ambrose. À la vue des glaciers bleu foncé larges de deux kilomètres qui entouraient les éperons imposants, les rêves d'ascensions prestigieuses des légionnaires lui parurent bien ridicules. Ils avaient de la chance que leur avion soit capable de les transporter de l'autre côté de cette chaîne. Les xénobiologistes pensaient que le massif séparait deux lignées de l'évolution planétaire, ce qui était fort possible. Après tout, le monstre venait forcément de quelque part. Cependant, elle avait beau avoir une imagination débordante, elle ne le voyait pas franchir ces montagnes par ses propres moyens. Les contourner, éventuellement, si c'était possible.

Personne ne savait ce qu'il y avait à l'est. Même les e-Rays, pourtant en position à dix-huit mille mètres d'altitude, ne pouvaient voir au-delà des sentinelles lointaines du massif. Lorsque les très hautes montagnes eurent enfin cédé la place à des vallées accidentées et à des plateaux ondulés couverts d'une jungle épaisse, Angela repéra les affluents nombreux du fleuve Dolce. L'eau glacée sous pression qui jaillissait des glaciers, celle provenant des avalanches, les rus et ruisseaux, les lacs dont l'eau s'écoulait de crevasse en fissure, tout cela combiné alimentait des torrents irrésistibles qui dévalaient les contreforts rocheux et se réchauffaient en se déroulant vers le nord. Chaque pli de terrain était traversé par une rivière qui se jetait dans une autre, puis dans une autre, jusqu'à former le fleuve Dolce lui-même, qui serpentait et grossissait jusqu'à la côte, jusqu'à l'estuaire de la rivière Jaslin, visible sur les premiers clichés d'observation de la planète.

L'humidité, dans le bassin strié par les affluents du Dolce, était incroyable. Recouvert d'un linceul de vapeur permanent, on ne l'apercevait que très occasionnellement par des brèches dans la couverture blanche et bouillonnante. Après le massif de l'Éclipse, c'était un nouvel obstacle de taille.

Une fois les montagnes loin derrière, Angela se lassa de regarder. La vue de la brume épaisse en perpétuel mouvement et éclairée par le soleil vif était ennuyeuse et déprimante. Si elle continuait à regarder, elle ne pourrait s'empêcher de trop analyser, trop réfléchir ; force lui serait alors d'admettre qu'elle était bien loin de la civilisation et qu'elle dépendait entièrement de l'ADH et de gens comme Ravi pour rentrer. Cela la mettrait de mauvaise humeur. Mieux valait ne penser à rien, se comporter en simple touriste et profiter du voyage.

Après deux heures et demie à contenir son énervement et ses pensées, les trains d'atterrissage touchèrent le sol en les secouant d'une façon alarmante.

— Putain ! c'est pas trop tôt, murmura Paresh, assis à côte d'elle.

— Ça va ? lui demanda-t-elle doucement.

Le vol avait eu raison de la verve et de la bonne humeur de l'escouade. Personne ne semblait vraiment soulagé d'être arrivé, personne n'avait envie de voir à quoi ressemblait la nouvelle base avancée.

— Ces montagnes étaient sacrément balèzes, dit-il.

Pour un homme qui ne parlait pas beaucoup, qui se contentait la plupart du temps d'exprimer des idées simples, c'était un commentaire inattendu.

Ce n'étaient pas les montagnes, elle le savait, mais plutôt la distance accumulée et l'idée que, avant longtemps, ils repartiraient vers le nord, vers un nouveau camp afin d'entamer une nouvelle phase de leur mission. Une troisième volée d'e-Rays avait déjà été déployée pour trouver un nouveau site. Paresh était victime des sentiments qu'elle s'était évertuée à réprimer, de cette prise de conscience de la fragilité du lien qui les reliait à la civilisation. S'ils trouvaient le monstre de St Libra, il n'y aurait personne pour leur venir en aide.

— Oui, mais on est de l'autre côté, maintenant, répondit-elle, rassurante.

Une fois de plus, le Daedalus s'était posé sur une piste de terre compactée qui semblait bien trop courte pour que soit tentée une manœuvre si téméraire. Une fois de plus, Angela avait remercié intérieurement le pilote. La rampe arrière s'ouvrit, et les passagers débarquèrent, précédant les biolabs. Angela regarda autour d'elle ; exception faite de l'horizon, différent à cause des montagnes qui les entouraient, il n'y avait pratiquement aucune différence entre Sarvar et Edzell le jour de leur arrivée. Même le plan de la base était identique.

— Les tentes, marmonna-t-elle.

— Hein ?

Paresh la regarda sans comprendre tandis qu'elle souriait d'un air supérieur.

Le lieutenant Botin les rejoignit et se planta devant Paresh.

— Caporal, votre escouade est chargée de monter les tentes. Je veux que tout soit terminé pour 17 heures. Voyez avec l'intendance pour l'emplacement.

— Oui, mon lieutenant. (Paresh salua furtivement le lieutenant, se tourna vers Angela et eut un sourire contrit.) Les tentes, confirma-t-il.

Lundi 25 février 2143

L'alarme déclenchée par son i-e, chargée de filtrer pour lui les informations qui lui parvenaient la nuit, était à la fois auditive et visuelle. Ses cellules intelligentes bourdonnèrent dans ses oreilles et lui envoyèrent des éclairs bleu intense dans les rétines. Vance Elston se redressa sur son lit de camp, le cerveau tournant à plein régime. Son corps, en revanche, réagit avec un peu de retard, manquant de coordination.

— Qu'y a-t-il ? demanda-t-il à son i-e.

— L'hôpital de campagne a enregistré la mort de Chet Mullain à 6 h 11.

— Merde.

Il eut un mal fou à ouvrir la fermeture à glissière de son sac de couchage, fine chaussette de matériau ultraléger, et à s'en extraire. Tandis qu'il s'extirpait du duvet, son i-e lui transmit le dossier de Mullain : Chet Mullain était un soldat de l'ADH de rang subalterne travaillant pour l'administration du camp. Un maillon de la chaîne sans importance particulière, un garçon issu d'une famille tout à fait ordinaire. Un fantassin originaire de Dublin bien décidé à sauver l'espèce humaine et, surtout, à échapper à son quartier sans avenir.

L'équipe des VAA était en train de remplir d'hélium un nouvel e-Ray dans l'atmosphère calme de l'aube quand Vance traversa le camp humide de rosée en se dirigeant vers les trois préfabriqués qui constituaient l'hôpital de campagne. Une forte odeur d'agrumes flottait dans l'air – celle des spores qui arrivaient de la jungle chaque fois qu'il pleuvait. *Au moins, ça ne sent pas la menthe*, pensa-t-il. Il entra dans le bâtiment climatisé et essuya la sueur de son front.

Comme il faisait frais à l'intérieur, il eut la chair de poule. Le soleil se levait à peine, mais la température n'avait presque pas baissé durant la nuit.

Le corps étendu sur le brancard des urgences était recouvert d'un épais drap bleu. Deux infirmiers étaient adossés à la paroi, leurs combinaisons en plastique jetables maculées de sang. Ils avaient perdu cette bataille contre la mort. Le docteur Tamika Coniff se tenait devant le brancard et vérifiait méthodiquement son matériel. Elle semblait en pilotage automatique, accomplissant des tâches inutiles pour oublier son échec.

— Que s'est-il passé ?

Malgré son autodiscipline, Vance ne put s'empêcher de se signer, mais Coniff ne sembla pas le remarquer.

— Je n'ai pas réussi à le sauver, répondit-elle. La moitié de son torse était écrabouillée quand on me l'a amené. Sans le réanimateur, il serait mort bien plus tôt.

— D'où vous l'a-t-on ramené ? (Vance se tourna vers les infirmiers, tandis que son i-e se connectait aux leurs, examinant leurs antécédents.) Où l'avez-vous trouvé ?

— Dans la zone de stockage, répondit Mark Chitty, l'infirmier en chef. Sous un monceau de palettes. On a dû demander aux gars de la logistique de les déplacer pour nous.

— C'est arrivé quand ?

— Il y a environ une demi-heure. Son maillage corporel a déclenché des alarmes médicales à la seconde où ça s'est passé.

— Bien…

Un accident, donc. Il y en avait eu plusieurs depuis le début de la mission : des membres cassés, de vilaines entailles, des brûlures, un pied écrasé. Rien d'étonnant, car tout le monde était pressé et fatigué, en particulier les types de la logistique. Que personne n'ait été tué plus tôt était miraculeux.

La mine sinistre, le commandant Ni entra dans l'hôpital. Qu'un homme ait perdu la vie dans un camp dont il avait la responsabilité ne serait pas bon pour son dossier.

— J'aimerais vérifier tout ça, lui dit Vance.

Le visage de Ni trahit sa surprise, puis son agacement. Furtivement, il regarda le docteur d'un air coupable.

— Vous croyez que sa mort est suspecte ? lui demanda-t-il.

— Non, répondit la femme. Il a subi un traumatisme très important. Il n'aurait pas pu survivre.

— Le traumatisme est évident, intervint Vance, mais il faut enquêter sur les circonstances.

— D'accord, acquiesça Ni. Mais discrètement.

— Compris.

Pendant que le commandant parlait au docteur Coniff, Vance se rapprocha du brancard et, la main suspendue au-dessus de la tête de la victime, demanda à son i-e de récupérer la mémoire visuelle de Mullain. Ses cellules intelligentes réagirent difficilement, les données visuelles se résumant à une série de taches colorées qui ne révélaient rien.

— Docteur ?

Coniff se retourna, les sourcils haussés, impatiente.

— Oui ?

— Ses cellules intelligentes sont endommagées. Il semblerait que son maillage corporel ait été corrompu.

— Rien de plus normal. On a essayé le défibrillateur cinq ou six fois. Les décharges brouillent les cellules intelligentes.

— Elles devraient être capables de supporter ce traitement. Ne sont-elles pas censées transmettre des données médicales en cas d'urgence ?

— Elles complètent nos capteurs, c'est vrai. D'ailleurs, les cellules sont sans doute fonctionnelles ; il suffit de les redémarrer. Le courant électrique n'endommage que le logiciel.

— Si je les redémarre, je perds toutes les données existantes.

Ne se sentant pas du tout concernée, elle haussa les épaules et retourna à sa conversation avec le commandant Ni.

Vance se dirigea vers les préfabriqués qui accueillaient le quartier général du camp. On y trouvait de minuscules boxes, dont le sien, équipé d'un plan de travail faisant office de bureau du fait de son grade élevé. Il avait même une seconde chaise. Les murs étaient en matériau composite fin, les boxes n'ayant de privatif que le nom. Dès qu'il se fut faufilé derrière sa table de travail, le moniteur de la console s'incurva autour de son visage, générant une image panoramique d'une netteté parfaite. Son i-e établit une connexion sécurisée avec le réseau primitif du camp.

— Je veux jeter un coup d'œil à l'emploi du temps de Tramelo, commença-t-il.

À l'image de son réseau, les capteurs du camp étaient minimalistes, quoique suffisants pour suivre les mouvements d'une femme. À Edzell, il avait remarqué ses virées nocturnes régulières.

Presque tous les soirs, elle était sortie du périmètre de la base, s'éloignant d'un demi-kilomètre, avant de rentrer une heure plus tard. La troisième fois, il avait utilisé un minicoptère, deux fois plus petit que la paume de sa main, pour la suivre dans la nuit. Il ne fut guère surpris par ce que lui révélèrent les excellents capteurs du gadget espion ; après tout, Bartram ne l'avait pas embauchée pour rien. La voir s'ébattre avec le caporal Evitts ne l'étonna pas non plus. Cela le déçut, en revanche. Alors qu'il avait mis le légionnaire en garde contre Tramelo et le danger qu'elle représentait pour la discipline, celui-ci s'était laissé guider par son instinct animal. La mission était trop avancée pour une réprimande formelle ou une rétrogradation, car cela ne serait pas bon pour l'efficacité de l'escouade, Evitts étant un chef populaire, mais dès qu'ils seraient de retour sur Terre, le caporal aurait droit à un blâme sur son dossier.

Apparemment, Tramelo n'était pas sortie du périmètre de la base depuis leur arrivée ici, la veille. Plus important encore, elle était sous sa tente quand l'accident était survenu – ou plutôt, ses sous-vêtements y étaient. Il appela le caporal Evitts.

— Oui, mon colonel, répondit celui-ci.

— Tramelo se trouve-t-elle sous la tente avec vous ?

— Oui, mon colonel. Nous nous préparons à aller petit-déjeuner.

— Y a-t-elle passé toute la nuit ?

Il y eut un instant d'hésitation, montrant qu'Evitts était inquiet de la direction prise par la conversation.

— Oui, mon colonel.

— Vous êtes resté éveillé toute la nuit pour la surveiller ?

— Non, mon colonel. J'ai dormi.

— Donc vous ne pouvez rien affirmer. S'il vous plaît, interrogez vos hommes et voyez si quelqu'un l'a vue sous la tente cette nuit.

— Oui, mon colonel.

Vance se demanda s'il ne devenait pas paranoïaque. Il y avait trop d'inconnues dans cette équation. Le dernier rapport de Ralph Stevens l'avait mis dans tous ses états ; Scrupsis était en train de saboter l'enquête de la police de Newcastle, de la détourner à ses propres fins. Vermekia aurait dû mettre un terme à cette subversion sans attendre. Peut-être était-il en train de diriger sa colère vers Evitts, mais le caporal méritait qu'on lui remonte les bretelles. Vance avait besoin d'une équipe fiable, surtout au moment où la mission commencerait vraiment, lors de la prochaine étape.

— Mon colonel, dit Evitts.

— Oui.

— Tous ceux qui se sont réveillés dans la nuit confirment que Tramelo était sous la tente. Je parle de cinq ou six confirmations entre 23 heures et 6 heures ce matin.

— Merci, caporal.

Il coupa la communication. Selon toute probabilité, Tramelo n'était pas impliquée, mais Vance voulait en être sûr. Cet accident l'ennuyait. Il ne pouvait s'empêcher de mettre en doute l'enchaînement des événements. Pourquoi ici et maintenant ? Tout le monde semblait ignorer la véritable raison d'être de cette expédition. Oublier que l'existence d'une espèce hostile était plus que probable. Une espèce dont on ne connaissait ni les capacités ni l'intention.

Vance chercha le journal de Chet Mullain sur le réseau de l'administration afin d'examiner le listing des tâches qu'il avait accomplies, les dossiers sur lesquels l'homme avait travaillé la veille, à cinq mètres seulement du box de Vance. Le journal était vierge. Ses bras se couvrirent de chair de poule. Une vérification rapide lui confirma que seul manquait l'enregistrement de cette journée. Il appela deux hommes de l'administration pour leur demander si Mullain avait travaillé normalement la veille de sa mort. Oui, apparemment ; ils étaient ses amis, leurs boxes étaient voisins, et ils mangeaient ensemble à la cantine. La journée d'hier s'était deroulée normalement.

Et à la fin, Mullain est mort.

Vance se rendit dans le box de Mullain et commença à fouiller. Le minuscule espace ne contenait aucun objet personnel ; sans le numéro écrit sur la porte d'entrée, il aurait été impossible de dire à qui ce bureau avait été assigné. L'examen du travail effectué par la victime dans les journées du vendredi et du samedi ne lui apprit rien de plus. Tableaux de service à remplir, demandes des officiers et sous-officiers à satisfaire, notes à distribuer en se fondant sur le mérite réel des hommes et non sur leur dossier.

Vance appela Antrinell et lui donna rendez-vous là où Mullain avait eu son accident. Selon le protocole de l'ADH, le site d'un accident devait rester intact jusqu'à ce que l'officier chargé de l'enquête ait terminé son travail. À l'arrivée de Vance, une escouade de la logistique attendait à côté de deux chariots élévateurs robots et regardait les palettes écroulées. Vance reconnut le caporal : Corfes Sandresh, un petit Égyptien nerveux qui ne cautionnait pas l'expédition et appréciait fort peu la merveilleuse jungle qui les entourait. Le caporal Sandresh aimait son boulot : charger, décharger, déplacer, entasser, recharger des boîtes quand on le lui demandait. D'où sa mine complètement défaite.

— Faites-moi un rapport, lui ordonna Vance.

Il y avait deux rangées de piles de quatre palettes 350DL sur cent vingt mètres de long. Des palettes de ce genre, il y en aurait bientôt un champ tout entier, avec des allées et des numéros. La pile située à l'extrémité de la rangée s'était écroulée sur Mullain. C'était là que son maillage corporel avait appelé à l'aide.

Chaque pile de palettes était arrimée au sol à l'aide de câbles, car, comme le lui fit remarquer Sandresh, le terrain n'était pas parfaitement plat. Certaines piles penchaient un peu vers l'avant ; sans que cela soit flagrant, elles n'étaient pas tout à fait verticales. Normalement, elles étaient conçues pour pouvoir être inclinées à quinze degrés, après quoi les câbles n'étaient plus une précaution mais une nécessité. À Sarvar, cependant, l'inclinaison ne dépassait pas quatre degrés.

— Qu'est-il arrivé aux câbles ? demanda Vance.

Le caporal Sandresh paraissait désespérément mécontent.

— Ils n'étaient pas correctement ancrés dans le sol, mon colonel.

Vance examina les câbles, de fines cordelettes de carbone à l'énorme tension de rupture, recouvertes de plastique rouge et jaune très voyant. On les passait dans un trou situé à l'extrémité de piquets longs de cinquante centimètres avant de les attacher. Quelqu'un avait oublié de vérifier si cette dernière opération avait été correctement effectuée.

— Qui est responsable de cette pile ? s'enquit Vance.

— Moi, mon colonel. C'est moi le responsable. Je suis désolé, j'étais persuadé qu'ils étaient correctement clippés.

Vance savait qu'un homme comme Sandresh ne pouvait pas commettre ce genre d'erreur, même s'il était pris par le temps.

— De quelles autres piles êtes-vous responsable ?

— De la plupart d'entre elles, mon colonel. Le caporal Wertheimer est également autorisé à gérer les cargaisons. Cela dépend de l'heure d'arrivée des avions.

— Montrez-moi. Je veux voir cinq de vos piles.

— Mon colonel ?

— Vous m'avez bien compris.

Ils suivirent donc Sandresh, s'arrêtant pour examiner les fixations des piles que le caporal avait personnellement vérifiées et certifiées. Vance ne fut aucunement surpris de constater que tous les câbles étaient correctement passés dans les piquets et clippés.

Lorsqu'ils eurent remonté la moitié de la rangée, Vance se retourna. Les véhicules terrestres du camp étaient garés à quinze mètres du début de la rangée – trois chariots élévateurs, les bulldozers et compacteurs qui avaient tracé la piste d'atterrissage, ainsi que les biolabs mobiles et deux JMT (Jeep multiterrain). Les engins n'étaient pas rangés avec le même soin que les palettes. Vance regarda successivement les chariots élévateurs automatisés que les gars de la logistique avaient utilisés pour dégager le corps meurtri de Mullain et les autres véhicules.

— Quelle est votre théorie, caporal ? Comment cette pile a-t-elle pu se renverser ?

— Il a dû se prendre le pied dans un câble, mon colonel. Le soleil se levait à peine, et ils ne sont pas très visibles à la lumière des anneaux.

— Il se serait pris les pieds dedans en faisant basculer toute la pile ?

Le caporal haussa les épaules.

— Je ne vois pas d'autre explication, mon colonel. La pile ne se serait pas écroulée toute seule.

— Un homme peut-il tirer assez fort sur ces câbles pour les arracher ?

— À mon avis, il devait courir. Mullain faisait du sport pour se maintenir en forme.

— Oui, il devait courir… Je comprends mieux. Vous pouvez dire à vos hommes de nettoyer le site.

— Oui, mon colonel.

— Alors ? demanda Antrinell. Qu'en pensez-vous ?

— Je ne crois pas une seconde qu'il soit possible de renverser des palettes comme celles-ci en se prenant les pieds dans un câble.

— J'imagine qu'il aurait été tout aussi difficile de les pousser, rétorqua Antrinell. Ces 350DL peuvent peser jusqu'à deux tonnes. Un éléphant pourrait en faire basculer une, mais un homme…

— Oui, oui, acquiesça Vance. Ils se sont servis d'un chariot élévateur. Ils sont garés juste à côté et fonctionnent avec des cellules électriques ; en d'autres termes, ils sont silencieux. Mullain n'a rien entendu, et comme l'engin était derrière la rangée, il n'a rien vu non plus. Quand il est arrivé devant la bonne pile, il a suffi au meurtrier de pousser une manette pour renverser les palettes sur la tête de sa victime. Dix secondes plus tard, le chariot était garé avec les autres, ni vu ni connu.

— Un meurtrier ? répéta Antrinell.

Vance était satisfait de son adjoint ; il n'y avait aucune trace de scepticisme dans sa voix.

— Mullain a découvert quelque chose dans les fichiers. Tout son travail d'hier a été effacé.

— Et il en est mort ?

— Je ne crois pas aux coïncidences, répliqua Vance. Mullain s'occupait du personnel. Il a dû découvrir quelque chose dans les informations compilées par l'ADH concernant nos hommes. Peut-être même comptait-il parler à la personne en question.

— Un chantage qui aurait mal tourné... Au lieu de nous faire part de sa découverte, il a préféré donner rendez-vous à cette personne pour lui soutirer de l'argent et alimenter son compte secondaire.

— Mais il ne savait pas à qui il avait affaire.

Vance jeta un coup d'œil circulaire sur le camp tandis que Sirius s'élevait dans le ciel. Les hommes commençaient à se diriger vers la cantine. Nombreux étaient ceux à fixer un regard étonné sur la rangée de palettes. Le réseau local était saturé de microliens. Tout le monde savait.

— Et on est coincés ici avec eux, ajouta-t-il.

— Vous croyez que ça a un rapport avec les extraterrestres ? demanda Antrinell.

— Je ne vois pas comment. La seule personne qui soit vaguement liée à nos extraterrestres est Tramelo, et elle était sous une tente pleine de légionnaires à ce moment-là. À faire je ne sais quoi, d'ailleurs...

— Vous avez pris une décision ?

Vance considéra longuement les biolabs mobiles.

— Je veux que vous vérifiiez le matériel récemment arrivé. Voyez si quelqu'un a essayé de le trafiquer. Voyez aussi comment nous pourrions améliorer la sécurité des biolabs. Un peu plus de particules intelligentes, peut-être... N'en parlez à personne en dehors de votre équipe. Nous ne savons pas à qui nous pouvons faire confiance dans ce camp.

— Oui, mon colonel.

— Je vais convoquer les gars qui sont intervenus les premiers. Nous les interrogerons ensemble. Je veux reconstituer la chaîne des événements.

* * *

Vance dut emprunter le bureau du commandant Ni, car c'était le seul à pouvoir accueillir plus de deux personnes à la fois. Il occupait le fauteuil du commandant, tandis qu'Antrinell et l'homme à interroger se partageraient tant bien que mal l'espace restant.

Le premier à se glisser dans le box étouffant fut Mark Chitty. D'après son dossier, il avait vingt-huit ans, mais sa barbe le vieillissait. Il portait une blouse bleu-vert informe aux manches courtes, l'uniforme classique du personnel médical, qui lui donnait de l'assurance. Le genre de type qu'on serait heureux de voir arriver en cas d'urgence. Lorsque Vance l'avait vu près du cadavre de Mullain, un peu plus tôt, l'homme lui avait semblé défait ; désormais, il paraissait surtout amer.

— Vous êtes arrivé le premier sur place ? demanda Vance.

— Oui, monsieur.

Vance fronça les sourcils. Chitty était sur la défensive, ce qui, en plus d'être une erreur stratégique, était étonnant. Vu le poste qu'il occupait, il avait dû répondre à ce genre de question nombre de fois.

— Avez-vous vu quelqu'un d'autre à proximité du corps ? Je ne parle pas d'un criminel en train de s'enfuir, simplement d'une personne ordinaire, réveillée malgré l'heure matinale. Ou bien avez-vous vu une ombre ou un mouvement que vous n'avez pas eu le temps d'identifier ?

— Non, monsieur, il n'y avait personne.

— Bien. Donc vous et Juanitar Sakur êtes arrivés les premiers ?

— Nous travaillons en équipe. Juanitar n'a pas encore terminé sa formation d'infirmier.

— D'accord. Et qu'avez-vous vu ?

— Mullain. Enfin, la moitié supérieure de son buste. Le reste était écrasé sous une palette.

— Aviez-vous l'espoir qu'il survive ?

— Non, mais ça ne change rien. On fait toujours notre possible. Et puis, je ne pouvais pas connaître l'étendue des dégâts avant de retirer cette palette.

— Vous avez donc appelé de l'aide.

— Oui, j'ai appelé le caporal Sandresh. Je le connais, et c'est lui qui s'occupe du stockage.

— En effet, c'était un choix logique. Combien de temps a-t-il mis à arriver ?

— Cinq ou six minutes.

— Mullain a-t-il dit quelque chose pendant ce temps ?

— Non, monsieur. Nous l'avons tout de suite branché au réanimateur afin d'oxygéner son cerveau, ce qui est primordial. Comme son cou était dégagé, on a pu lui envoyer du sang artificiel vers le cerveau en passant par la carotide.

— Très bien. Qui a fini par arriver ?

— Sandresh et deux de ses hommes. Euh… Kaysing et Piszkiewicz, je crois. Ils ont fait vite.

— Ils sont venus avec des chariots élévateurs ?

— Oui.

— Qui d'autre est arrivé ?

— Lori, Bernstein et le North qui nous accompagne. Ils ont entendu du bruit et sont venus nous aider à dégager la victime. Piszkiewicz et Lori nous ont aidés, Juanitar et moi, à le porter jusqu'à l'hôpital.

Vance se tourna vers Antrinell.

— Bastian North était là ?

* * *

— Oui, c'était bien moi, répondit Bastian North2 en s'asseyant. J'ai fait ce que j'ai pu pour essayer de sauver ce pauvre homme. Ça pose un problème ?

— Et que faisiez-vous là-bas de bon matin ?

— J'ai entendu des voix, des cris. Le genre de cris qui signifient qu'il est arrivé un truc grave.

— Oui, mais revenons encore en arrière. Que faisiez-vous à proximité de la zone de stockage à cette heure de la matinée ?

— Je marchais. Il fait tellement chaud, ici, que je n'arrive pas à dormir.

— Et vous êtes allé chercher de l'aide ?

— Bien sûr. Je n'aurais pas dû ?

— Si, si, bien sûr. Nous vous en remercions, d'ailleurs. Qu'avez-vous vu, sur place ?

— Votre homme, Mullain, était coincé sous des palettes. Ce n'était pas beau à voir ; il y avait beaucoup de sang par terre. Des infirmiers s'occupaient de lui pendant que deux soldats essayaient de soulever les palettes avec des chariots élévateurs. Tout le monde s'activait. Ils ont fini par le sortir de là. Peut-être qu'ils n'auraient pas dû, je n'en sais rien. Si ç'avait été moi, là-dessous, avec ce genre de blessures… La douleur devait être insoutenable.

— Mullain était conscient ?

— Non, non, excusez-moi, je me suis mal fait comprendre. Je voulais seulement dire qu'ils ne lui ont pas vraiment rendu service.

— Oui. J'ai vu le corps à l'hôpital. Avez-vous remarqué autre chose ?

— C'est-à-dire ?

— Quelqu'un s'éloignant du site, par exemple.

— Non, répondit lentement Bastian en fixant sur Vance un regard dur. Pourquoi quelqu'un aurait-il fait une chose pareille ?

— Renverser accidentellement ces palettes n'est pas une chose aisée.

— Bon, je reformule ma question : Pourquoi quelqu'un aurait-il voulu écrabouiller Mullain sous des palettes ? Je ne le connaissais pas personnellement, mais c'était juste un type de l'administration, n'est-ce pas ?

— Oui. Il gérait le personnel. Il était bien placé pour démasquer un éventuel imposteur.

Bastian North se passa un doigt sur le front en réfléchissant à cette affirmation.

— Vous connaissez la raison de ma présence ici ? demanda-t-il.

— Officiellement, vous êtes l'observateur de Brinkelle. Votre rôle est politique.

— Vous dites ça comme si c'était une mauvaise chose.

— Je n'ai jamais rencontré de politicien honnête.

— Ah ! l'attitude cynique standard. Les temps changent, vous savez. Et puis, il y a une différence entre un gouvernement constitué de fanatiques incompétents et corrompus et le système d'Abellia, avec ses interactions, sa recherche permanente de compromis, sa canalisation des dynamiques humaines. Brinkelle m'a envoyé avec vous parce que cette expédition nous concerne. Bien plus que quiconque, d'ailleurs.

— D'autant que Brinkelle contrôle la production de biocarburant de Brogal.

— C'est de la politique. Mais vous comprenez que nous soyons inquiets ?

— Oui, je comprends que cette expédition vous intéresse.

— Pour le moment, colonel Elston, j'ai seulement besoin de savoir si l'extraterrestre qui a tué mon père et mes frères est impliqué de quelque manière que ce soit dans la mort de l'infortuné Mullain.

— Sans oublier la maisonnée de votre père…

Vance ne savait pas pourquoi il insistait, mais quelque chose dans l'attitude de ce North l'agaçait. S'il le laissait faire, Bastian parlerait et parlerait, monopoliserait la parole et prendrait le contrôle de la conversation. C'était une façon de faire commune à tous les politiciens, même si, à en croire son dossier, il était cadre dans l'ingénierie civile à Abellia.

— Oui, des membres de la maisonnée de mon père, concéda-t-il. Qui n'étaient rien pour moi, évidemment. En revanche, l'instrument de leur destruction m'intéresse. Je vous repose la question : L'extraterrestre est-il impliqué dans la tragédie de ce matin ?

— Je ne vois pas comment, répondit Vance. À supposer que la mort de Mullain ne soit pas accidentelle, dans l'état actuel de l'enquête, on ne peut conclure qu'à un mobile tristement humain.

— Le sexe ?

— L'argent.

— Oui, ç'aurait été mon deuxième choix. Merci, colonel. J'aimerais être tenu informé de tout nouveau développement.

— Bien sûr.

— Je vois qu'Angela Tramelo est ici, à Sarvar.

— En effet. Elle est ici en tant que conseillère technique et sous ma responsabilité. Est-ce problématique ?

Bastian réfléchit de longues secondes avant de répondre.

— Non. J'imagine que non, après ce qui est arrivé à mon cousin de Newcastle. On devrait lui accorder le bénéfice du doute, malgré ce que peut penser Brinkelle. J'ai toujours eu du mal à croire qu'une jeune femme ait pu massacrer tous ces gens.

Une fois de plus, les pensées de Vance le ramenèrent à l'image irréelle que le scanner cérébral avait extraite de la tête d'Angela. Cette image, il y avait beaucoup pensé ces derniers temps.

— Ce doute est à l'origine de l'organisation de cette expédition.

— Certes. Il semblerait qu'Angela soit une un-sur-dix. Nous l'ignorions à l'époque.

— Tout le monde l'ignorait.

— L'avez-vous interrogée à ce sujet ? Je trouve étrange qu'une personne comme elle ait été recrutée pour servir de petite amie à mon défunt père. Je trouve cela hautement improbable, pour tout dire. Incroyable, même.

— Et pourtant…

— Vous avez une théorie, à ce sujet ?

— Non. Ce n'était manifestement pas pour l'argent.

— Des informations, alors ? C'était un genre d'espionne, peut-être ? Non, cela ne tient pas debout ; les techniques développées par notre clinique d'Abellia ont toujours été accessibles à tous. Et mon père n'avait pas d'autre centre d'intérêt.

Vance voyait que la présence d'Angela troublait énormément Bastian.

— Je préférerais que vous n'essayiez pas de lui parler. Elle n'est pas encore très… stable. Elle vient de passer vingt années en prison pour un crime qu'elle n'avait pas commis. Il y a de quoi devenir un peu bizarre.

— Vous la croyez innocente ? Vous croyez que l'extraterrestre existe ?

— Je crois que c'est possible.

— C'est une réponse de politicien, ça, colonel, remarqua Bastian en souriant. D'accord, j'éviterai de croiser la route de Mlle Tramelo.

Antrinell attendit que Bastian North2 ait quitté l'agrégat de cabines pour parler.

— Merde, ils sont vraiment étranges.

— Les clones North ? C'est inévitable.

— J'avoue que sa présence me dérange.

— Inévitable, elle aussi. Ils ont le droit d'être ici. Bartram et les autres ont bel et bien été assassinés. Par Tramelo ou bien une créature sortie de cette jungle.

— Marvin et moi n'avons décelé aucune variance à Edzell.

— Edzell est proche d'Abellia, à l'échelle de cette planète. Nous sommes de l'autre côté du massif de l'Éclipse à présent. Si variance il y a, nous allons peut-être la déceler maintenant. Les biolabs doivent commencer à prélever des échantillons dans quelques jours, dès que le Daedalus citerne aura terminé de remplir nos stocks de carburant.

— Qui souhaitez-vous interroger, maintenant ?

— Envoyez-moi Omar Mihambo. Je serais curieux de savoir ce qu'il faisait si près de la zone de stockage si tôt ce matin.

* * *

— Je n'arrivais pas à dormir, commença Omar Mihambo. C'est tout.

Vance considéra le jeune homme massif installé de manière peu confortable en face de lui et se détendit. Le pauvre soldat était clairement mécontent d'avoir été convoqué. Il se demandait ce qu'il faisait là. Il ne suspectait rien. Il était donc innocent. Les particules intelligentes que Vance avait éparpillées sur les accoudoirs du fauteuil confirmèrent que son rythme cardiaque et sa sudation étaient ceux d'une personne proche de la panique. Il n'avait aucun contrôle sur ses réflexes, et son visage juvénile était ouvert, véritable théâtre d'émotions.

À moins bien sûr qu'il soit un 1/10, comme Angela, un agent entraîné se jouant du détecteur de mensonges improvisé de Vance. Un espion infiltré exécutant les basses œuvres de ceux-là mêmes qui avaient fait tuer le North de Newcastle. Si Sid avait vu juste.

Vance secoua la tête, agacé, et se reconcentra.

— Donc vous avez entendu du bruit ?

— Oui, mon colonel.

— Qui avez-vous vu quand vous êtes arrivé ?

Omar Mihambo s'abîma dans la contemplation du plafond, le front plissé, soucieux de se rappeler, de satisfaire la demande de l'officier.

— Les infirmiers. Des gars de la logistique, aussi. Ils allaient chercher des chariots élévateurs pour déplacer les palettes.

— Où étaient les chariots ?

— Tout près. Les gars sont revenus très vite. Après, il a fallu soulever les palettes sans blesser davantage Mullain. (Il pinça les lèvres.) Sa cage thoracique était écrasée. Une fois les palettes écartées, il était évident qu'il ne survivrait pas ; du sternum jusqu'en bas, on aurait dit de la viande hachée.

— Qui est arrivé ensuite ?

— Je n'en suis pas sûr. Le North était là, ça, je m'en souviens. Et Dorchev. Des gars de la cantine dont j'ignore le nom. À ce stade-là, il y avait pas mal de monde.

— Mais avant cela ? Quand vous êtes arrivé, il y avait quelqu'un d'autre dans les parages ?

— Mmh… non. Quelques-uns d'entre nous sont partis chercher de l'aide. En fait, on est arrivés presque tous en même temps.

— Vous n'avez rien vu de bizarre ?

— Le monstre ? Non. Il n'était pas là.

Vance enviait presque la version simpliste de l'univers du soldat Mihambo.

— Parlez-moi d'Angela Tramelo.

— Pardon ? Elle n'était pas là.

— Vous voulez dire que vous ne l'avez pas vue ?

—Non, mon colonel, répondit Mihambo, sur la défensive. Je n'ai pas vu Mlle Tramelo sur place.

—Très bien, soldat, calmez-vous. Le caporal Evitts a demandé à ses hommes de confirmer la présence d'Angela sous la tente, cette nuit. Et vous, vous l'avez vue ?

—Oui, mon colonel. Je vous l'ai déjà dit, je n'arrivais pas à dormir. Je somnolais, c'est tout. C'est à cause de la chaleur. On n'aurait jamais dû nous donner ces tentes noires, c'est complètement stupide. Angela était sur son lit de camp chaque fois que j'ai regardé dans sa direction.

—Très bien. Et le reste du temps ? Comment vous entendez-vous avec elle ?

—Bien, mon colonel. Elle est du bon côté de la barrière. Ce qu'elle a subi en prison est dégueulasse.

—Vous savez de quoi elle était accusée, n'est-ce pas ?

—Oui, mon colonel, c'est la première chose qu'elle nous ait dite. Mais elle est innocente. C'est pour ça qu'on est ici, non ? Pour trouver l'extraterrestre qui a fait le coup.

—Ouais, c'est pour ça qu'on est ici.

* * *

—Je me demandais quand vous alliez me convoquer, dit Angela en s'asseyant. (Elle fronça les sourcils et examina les accoudoirs.) C'est un endroit bizarre pour un maillage. À moins bien sûr que vous vouliez surveiller les fonctions corporelles des personnes assises en face de vous. Mais pourquoi feriez-vous une chose pareille, Elston ?

Vance contint un grognement. Pour quelqu'un qui était sorti de prison sans cellules intelligentes ni i-e, elle avait formidablement bien réussi sa mise à jour.

—Il arrive aux gens de mentir. Sur de nombreux sujets. Leur âge, notamment.

—On ne demande jamais son âge à une dame, voyons. Ce serait choquant.

—Où étiez-vous quand Mullain a été tué ?

—Tué ? répéta-t-elle en lui lançant un regard accusateur. Ce n'était donc pas un accident ?

—On met beaucoup de choses sur le compte des accidents. De toute façon, je ne peux rien prouver. Alors, vous étiez sur place oui ou non ?

— J'étais sous la douche en train de baiser avec Paresh. Il adore le genre de choses qu'on peut faire avec un peu de savon et de l'eau.

— Vous êtes maligne. Un *gang bang* est toujours un bon alibi. Surtout pour la vedette du show.

— Non, non, je suis la femme d'un seul homme à la fois, Elston. Si je suis dans le coup, lui aussi. (Elle étouffa un gloussement.) Mon Dieu, vous y avez songé un instant, n'est-ce pas ?

— Pas vraiment.

— Heureusement pour vous, il n'y a pas de particules sur vos accoudoirs.

— Connaissiez-vous Mullain ? Lui avez-vous déjà parlé ?

— Seigneur, non. Un simple bidasse de l'ADH – pourquoi diable aurais-je voulu lui parler ?

— Certes.

— Pourquoi m'avez-vous convoquée ? Vous ne pensez pas réellement que je sois impliquée dans cette histoire ?

— Non. J'ai besoin d'un autre angle d'attaque, de sortir de la structure de commandement. On dirait que vous vous êtes bien intégrée à votre escouade.

— Vous vous posez des questions compliquées, Elston !

— Il se passe des choses dont je devrais être au courant ? Trafic de matériel ? de drogues ?

— Non, répondit Angela en secouant lentement la tête. Il n'y a rien de tout cela. Pas encore. On vient d'arriver, mais ça viendra.

— Je le sais. Je voulais savoir si ç'avait déjà commencé.

— Non, désolée, je ne peux pas vous fournir de mobile tout prêt.

— Une rumeur, peut-être ? Une dispute au sujet d'une femme ? un homme ?

— Merde, vous êtes vraiment désespéré. Non, pas de rumeur.

— D'accord. Merci.

Il lui fit signe de sortir d'un geste vague de la main, mais elle resta assise.

— Omar dit qu'il était dans un sale état quand ils l'ont trouvé.

— C'est vrai.

— Qu'a dit le *post mortem* ?

— Il n'y en aura pas, expliqua Vance. Pas ici. Le corps partira avec le prochain Daedalus. Il retourne sur Terre. J'imagine qu'il y aura une enquête criminelle à Newcastle.

— Vous vous fichez de moi ?

— Pardon ?

Elle lâcha un soupir exaspéré.

— Je suis… non, oubliez ça. Imaginez : vous êtes un monstre extraterrestre avec des lames à la place des doigts, et vous venez de fourrer votre paluche dans le ventre de Mullain, de l'éviscérer. Comment couvrir votre forfait ? En pulvérisant le corps, évidemment !

— Merde !

Vance leva les yeux pour voir si Antrinell était aussi choqué que lui.

Angela se leva.

— Ce n'est pas si grave. Tout le monde ne peut pas exceller dans son travail.

Jeudi 28 février 2143

Comme la lumière douce du système annulaire cédait la place à celle, beaucoup plus vive, de Sirius en train de se lever, les collines couvertes de venichi grimpant commencèrent à changer de couleur, l'atmosphère devenait lourde, enveloppant d'une brume orangée les pentes tapissées de feuilles vert olive luisantes. Tandis que les rayons puissants frappaient la végétation, le dessous des feuilles libéra de minuscules spores. Le venichi éparpillait toujours ses spores à l'aube, afin que les courants d'air chaud de la journée les transportent aussi loin que possible avant que l'atmosphère nocturne plus calme les fasse redescendre.

La brume enflait rapidement, dévalait les collines, recouvrait les plaines, s'affinant, se dispersant. Arrivée sur le camp, elle était moins dense que de la fumée, quoique suffisamment épaisse pour filtrer la lumière de Sirius.

La vision de la tache orange aux contours irréguliers qui traversait le ciel avait quelque chose d'hypnotique, même si Angela détestait les crises d'éternuements provoquées par les minuscules particules. Debout en bordure de la plate-forme d'atterrissage pour hélicoptère, qui n'était qu'un carré d'herbe écrasée, elle se prépara à affronter ces désagréments. À cinquante mètres de là, les turbines du Berlin se mirent en route ; la soufflante anticouple située à l'extrémité de la queue cracha un air brûlant. Pendant un instant, elle se demanda si les spores affecteraient les turbines, réduisant leur efficacité et entraînant l'annulation du décollage. Toutefois, cela ne dura pas ; Ravi Hendrik envoya les gaz dans les énormes pales coaxiales, qui se mirent à tourner, devenant invisibles.

Elle distinguait à peine, derrière la verrière bombée, la tête d'Elston couverte d'un casque massif à la visière large et noire. Elle leva la main dans une parodie de salut tandis que le Berlin s'élevait et se dirigeait lentement vers l'extrémité de la zone de stockage, où attendait un bulldozer. Les hommes de la logistique mirent plusieurs minutes à fixer et vérifier les câbles autour de l'engin. L'hélicoptère prit de l'altitude. Il y eut une brève pause comme les câbles se tendaient, alors la machine jaune fut emportée dans le ciel, se balançant dans le puissant courant d'air descendant. Les cinq membres de l'escouade autour d'elle qui assistaient à la scène applaudirent avec un enthousiasme mesuré.

— Quatre jours sans lui, dit Paresh d'un air satisfait.

Angela ne partageait pas leur soulagement. Parfois, elle se disait qu'Elston et elle étaient les seules personnes de l'expédition à prendre l'extraterrestre au sérieux. Elston volait vers Wukang, la première de trois futures bases avancées d'exploration – base située à deux mille kilomètres au nord-ouest et dont il prendrait le commandement. S'ils maintenaient le rythme imposé jusqu'ici, les bulldozers et compacteurs auraient terminé la piste de décollage dans trois jours. Alors, Angela et ses camarades monteraient à bord d'un Daedalus, car, comme le lui avait fait comprendre Elston, une simple conseillère technique civile ne pouvait espérer faire le voyage en hélicoptère. En attendant, avait-il précisé, Antrinell serait son référent.

Elle avait vu la petite épinglette sur le revers d'Antrinell. Encore un Guerrier de l'Évangile. Encore un fanatique pour qui les faits et la réalité passeraient toujours après le dogme. Il ne s'était pas fait prier pour ordonner l'autopsie du corps de Mullain. Ils avaient tous été soulagés lorsque le docteur Coniff avait confirmé l'absence de cinq blessures caractéristiques dans l'abdomen écrabouillé de la victime.

Malgré cela, Elston avait incité le commandant Ni à renforcer la sécurité du camp. On répandit des maillages de particules intelligentes partout afin de surveiller les moindres recoins du périmètre. Des légionnaires y patrouillaient continuellement. Les soldats goûtaient moyennement ces changements. Non seulement on leur confiait tout un tas de tâches ingrates, mais en plus, ils devaient prendre des tours de garde. Paresh, notamment, était très remonté, car les occasions de passer un peu de temps avec elle étaient devenues rares. Deux nuits d'affilée, elle s'était retrouvée presque seule sous la tente surchauffée. Oubliées, les douches prises ensemble, terminé, les petites virées discrètes à l'extérieur du camp. Le bon côté des choses, c'était que Paresh appréciait d'autant mieux les moments passés avec elle.

— Quand partez-vous en patrouille ? demanda-t-elle.

— Dans quarante minutes. Ça va durer six heures. Le capitaine Chomik veut qu'on se familiarise avec le coin, qu'on identifie des voies d'infiltration possibles, qu'on élabore des contre-tactiques, qu'on trouve des points d'observation. Bref, il veut qu'on se sente ici chez nous.

— Au moins, il commence à prendre sa mission au sérieux. Dommage que ce ne soit pas ton cas.

— Eh ! je sais que l'ennemi est là, quelque part.

— Tu dis ça pour me sauter, c'est tout.

— Non. Je te connais suffisamment bien maintenant pour savoir que tu n'as tué personne. Ce qui signifie que l'extraterrestre existe.

— Bien, tu as gagné le droit de me sauter aujourd'hui. À quelle heure se termine ta patrouille, déjà ?

Paresh ne parvint pas tout à fait à dissimuler son enthousiasme.

— On sera de retour vers 17 heures, mais après, il y a le débriefing avec le lieutenant.

— Mettons à 18 heures, alors. Ça me laissera le temps de trouver un endroit bien tranquille.

Elle embrassa du regard Sarvar, enveloppé dans son nuage orangé et pâle, la zone de stockage qui s'agrandissait avec l'arrivée de chaque Daedalus, les citernes de carburant, les alignements de véhicules et le village de tentes.

— Ce camp commence à être vraiment grand, ajouta-t-elle.

— Je regrette qu'on soit obligés de se planquer comme ça ; on est des adultes, merde !

— Je sais, mais l'ADH a ses règles. Je ne voudrais surtout pas mettre ta carrière en péril. On se contentera de ça. Et puis, quand cette mission sera terminée, on parlera de l'avenir.

Cette dernière phrase était destinée à le dissuader de faire quelque chose de stupide, par exemple lui déclarer sa flamme ou lui proposer de rester ensemble une fois la mission terminée. Elle ne lui donnerait pas l'occasion de la mettre à ce point dans l'embarras. Sa vision du monde était tellement simpliste. S'il s'attachait ridiculement à elle, elle serait contrainte de jouer le jeu et, en dernière instance, de lui faire du mal quand il se rendrait compte qu'elle l'avait manipulé, qu'il n'était qu'une marchandise à échanger.

Vingt ans passés en prison lui avaient donné une conscience, semblait-il. Ou bien était-elle devenue faible ? Jusque-là, elle ne s'était jamais posé ce genre de question, et surtout pas avec Barclay qui, en la laissant entrer dans sa vie, lui avait permis de glaner tous les codes dont elle avait besoin.

* * *

Il faisait bon, cette fameuse et lointaine nuit, comme toutes les nuits de St Libra. L'atmosphère embaumait l'océan tandis qu'Angela longeait la galerie qui entourait le septième étage du manoir. En dehors d'un tour de cou en velours noir et dentelle et d'une serviette prise dans la chambre de Bartram rejetée sur les épaules, elle était complètement nue. À cette heure-là, tout le monde dormait, mais elle craignait de laisser des traces d'huile sur le marbre du sol. Plus tôt dans la soirée, les autres petites amies l'avaient massée à tour de rôle, pendant que Bartram regardait en voyeur leur performance saphique. Chacune des filles lui avait appliqué plus d'huile que la précédente, si bien qu'elle en était couverte de la tête aux pieds. Elle devait cependant prendre le risque ; il n'y aurait pas de meilleure occasion.

Il n'y avait pas de capteurs de sécurité au septième. Bartram était jaloux de son intimité et ne voulait pas qu'un pirate entre dans le réseau du manoir et l'espionne grâce à ses propres capteurs. La sécurité de la maison était surtout périphérique ; il s'agissait avant tout d'empêcher quiconque de s'introduire dans le périmètre et de monter au septième, où vivait Bartram.

Comme le personnel de la maison, Angela et les filles logeaient au sixième. La plupart des soirs, on leur demandait de quitter la chambre de Bartram après l'avoir satisfait et de redescendre dans leurs quartiers. Souvent, après s'être douchées et changées, elles se retrouvaient toutes dans une chambre – loin de Marc-Anthony qui avait tendance à tourner autour d'elles à longueur de journée, tous les jours – pour boire une bouteille de vin interdite et discuter comme des sœurs. Au début, Angela avait rechigné à se joindre à ses collègues, se contentant de l'amitié d'Olivia-Jay, mais après deux mois dans le manoir, la routine quotidienne devint si ennuyeuse qu'elle céda et accepta de devenir membre à part entière du groupe.

Pas ce soir-là, cependant. Ce soir-là, Karah, Coi et Mariangela – la remplaçante de Lady Evangeline – avaient été renvoyées au sixième après s'être caressées et enduites d'huile, laissant Angela, Olivia-Jay et Bartram continuer à s'amuser seuls. Quarante minutes plus tard, le maître de maison ronflait doucement à côté d'Olivia-Jay, elle aussi endormie et blottie contre lui – rien d'étonnant vu le champagne et les drogues qu'elle avait avalés. Le contrat de la jeune femme expirait dans une dizaine de jours, et elle se donnait beaucoup de mal pour masquer sa déception de ne pas l'avoir vu prolongé. Angela glissa hors du lit et se rendit dans la salle de bains pour s'essuyer les jambes et les pieds du mieux qu'elle pouvait.

Les grandes fenêtres situées aux extrémités de la galerie étaient ouvertes. Les lumières étaient éteintes, et seule la faible lueur argentée du système annulaire éclairait sa route. À un moment donné, elle crut entendre quelqu'un se déplacer, mais à cette heure de la nuit, personne n'aurait dû se trouver au septième. Les implants offensifs de ses mains s'activèrent et restèrent en attente. Elle ne pouvait tout simplement pas se permettre d'être découverte. Pas maintenant. Mais non, il s'agissait seulement de rideaux légers qui ondulaient lentement dans la brise marine.

Le bureau de Bartram se trouvait au centre de la galerie. Angela s'arrêta devant la grande porte en bois sombre et sculpté et regarda à gauche, puis à droite. Rien ne bougeait, aucune alarme ne sonnait. Elle ouvrit la porte et se glissa à l'intérieur. Le bureau était décoré dans le même style vaguement rétroégyptien que le reste de la maison. Bartram avait un goût prononcé pour le mode de vie des anciennes monarchies et pensait que la décoration à la fois austère et luxueuse des pharaons contenait une élégance et un impact qui faisaient défaut aux palais tape-à-l'œil des monarchies européennes. Il n'y avait pas beaucoup d'éléments de décoration dans la pièce, mais ceux qui trônaient sur des socles ou dans des alcôves avaient été achetés aux enchères pour des dizaines de millions d'eurofrancs. Angela les contempla avec un sourire maussade, n'étant pas du tout sensible à leur beauté ni à leur charge historique.

La table de travail de Bartram était une grande planche d'ébène dans laquelle étaient sertis trois moniteurs pareils à des fenêtres ouvertes sur la nuit interstellaire. Angela retira son tour de cou et fit glisser l'ongle de son pouce le long de l'incision pratiquée sur sa face interne. Le velours s'écarta pour révéler les minuscules intercepteurs semblables à d'épaisses aiguilles argentées cachés à l'intérieur. Elle posa la serviette par terre et s'allongea dessus, se tortillant sous le bureau. Le dessous des consoles était exposé ; elle appliqua les aiguilles intelligentes en des endroits précis de celle du milieu. Des données affluèrent sur ses lentilles, lui montrant comment procéder, les progrès qu'elle faisait. Elle avait mis des mois à peaufiner la procédure – plus de temps encore que pour retenir toutes ces conneries sur le football. Elle murmura des instructions aux minuscules systèmes qui se faufilaient dans les circuits et les fibres optiques de la console, se jouant des systèmes de sécurité internes.

La subversion nécessita dix très longues minutes. Angela s'extirpa de sous le bureau tandis que la console centrale s'allumait, affichant l'architecture d'exploitation de la machine : un hologramme représentant un tunnel contenant des icones qui se succédaient jusqu'au fond de l'univers. Un clavier de commande virtuel apparut au-dessus et sur un côté du moniteur. Angela sourit et enfonça ses mains au milieu des symboles rouge vif. La console lut les données biométriques de ses mains et en conclut qu'elles appartenaient à Barclay. Une nouvelle couche d'icones se matérialisa sur la console, et elle laissa échapper un long soupir de soulagement. Les gants de duplication qu'elle avait enfilés en s'habillant plus tôt dans la soirée avaient non seulement survécu à l'huile de massage, mais aussi parfaitement reproduit les données enregistrées la semaine précédente.

Elle commença à manipuler les commandes. Les codes de Barclay lui permirent de pénétrer dans le système du service financier de l'Administration civile d'Abellia – des codes récupérés par les processeurs dissimulés dans les boutons de manchettes en forme de bananes grâce à l'enregistrement et à l'analyse du moindre des mouvements de ses mains et de ses doigts lorsqu'ils voletaient dans l'interface de commande.

Une fois à l'intérieur, elle ouvrit une liste de projets d'ingénierie civile. Au premier coup d'œil, elle en repéra plusieurs, mais finit par jeter son dévolu sur celui de la vallée de Delgado, à cause du timing, excellent. Le projet était censé entrer en phase un cinq mois plus tard. Dès qu'un tunnel aurait été percé à la base de la montagne qui terminait la rue de Grenelle[6], huit kilomètres de vallée seraient ouverts au développement. Plus d'une cinquantaine d'entreprises avaient offert leurs services pour la réalisation des infrastructures de base, à commencer par le tunnel.

Angela établit un lien avec le cabinet juridique vietnamien qu'elle avait créé avant d'arriver à l'université et utilisa les autorisations de Barclay pour confirmer la légitimité d'une dernière

6. En français dans le texte. (*NdT*)

société : GiulioTransstellar, entreprise bien implantée spécialisée dans la construction, dont les garanties financières étaient déposées à la banque HKFD. GiulioTransstellar était une des vingt-sept fausses compagnies qu'ils avaient créées et dont les spécialités couvraient tous les biens et services dont Abellia pouvait avoir besoin.

S'extraire du système du service financier lui prit aussi longtemps que d'y entrer. Elle prit son temps, s'arrêtant à chaque étape pour s'assurer qu'elle n'avait laissé aucune trace, qu'aucun programme de surveillance ne l'avait repérée. Une fois son travail terminé, elle se glissa de nouveau sous le bureau et retira avec circonspection les intercepteurs des systèmes physiques de la console, ne laissant aucun indice de sa subversion.

Après avoir nettoyé une dernière fois le sol, après avoir remis le tour de cou, elle retourna dans la galerie, aussi silencieuse que les ombres projetées par les voilages portés par la brise. Le contrat pour la vallée de Delgado ne serait signé qu'un mois plus tard, soit au moment où le sien se terminerait. L'argent destiné à la société élue serait viré sur le compte principal de la ville quatre jours avant l'officialisation du choix. Alors viendrait le moment d'agir. Le timing serait serré, mais ils avaient choisi de créer une illusion de légitimité. C'était un plan sophistiqué, cela prendrait du temps, mais leurs chances de succès n'en seraient que plus grandes. Le réseau du service financier et la sécurité des North étaient à l'affût des actions brutales. Il ne lui resterait plus qu'à s'introduire encore une fois dans le système pour confirmer le choix de GiulioTransstellar à l'aide des certificats de Barclay. L'argent serait transféré en quelques microsecondes et alors plus rien n'aurait d'importance. Si elle se faisait attraper, ils lui feraient payer très cher. Un interrogatoire brutal, peut-être même une exécution ; les North n'étaient pas du genre à pardonner ni à passer l'éponge. Le temps que les autorités de la ville se réveillent, que, dans la panique, elles essaient de découvrir où était passé l'argent, elle aurait le loisir de quitter la maison et de rentrer sur Terre. Bien sûr, ils ne retrouveraient jamais l'argent ; celui-ci aurait transité par trop de croisements à usage unique, trop de comptes anonymes créés uniquement pour l'acheminer vers une dizaine de banques et quatre planètes, soit là où on en avait désespérément besoin. Et puis, il y aurait une précaution ultime : elle ne saurait pas elle-même où il serait, aussi ce qu'ils lui feraient n'aurait-il aucune importance. Seraient-ils surpris de la voir prête à consentir le sacrifice ultime pour assurer le succès de sa mission ? Oui. Ils étaient habitués aux gangs, aux criminels, aux artistes de l'escroquerie, aux pirates informatiques sournois. Pas aux gens comme elle.

Bartram et Olivia-Jay étaient étendus sur le grand lit là où Angela les avait laissés, l'un contre l'autre, tel un couple ordinaire. Elle jeta la serviette dans la salle de bains et se glissa doucement à côté de sa collègue sur le matelas empli de gel. Olivia-Jay laissa échapper un soupir proche d'un gémissement et agita son épaisse tignasse noir corbeau.

— Chut, murmura Angela. Je suis là, je suis là.

Elle embrassa tendrement Olivia-Jay dans le cou et l'entoura de ses bras. Sa jeune collègue se laissa faire et se détendit, sombrant dans une phase de sommeil profond.

Angela sourit en pensant à tout ce qu'elle avait accompli. Les battements de son cœur ralentissaient enfin. *Plus qu'un mois. Un mois et c'est tout.*

Vendredi 1er mars 2143

Ian rentra chez lui pendant la pause-déjeuner. C'était devenu une routine. Il ne parla à personne sur le chemin du parking souterrain du commissariat, mais il maudit à haute voix le pilote automatique trop précautionneux qui se traîna dans les rues détrempées en roulant vers Falconar Street. Il maudit aussi Sid et Eva de l'avoir inclus dans leur plan complètement fou et voué à l'échec. Il n'y avait aucune raison valable pour qu'il fasse ce qu'il était en train de faire. C'était seulement un meurtre parmi d'autres, un dossier de plus pour la police. En réalité, sorti de ses heures de travail, il n'en avait rien à foutre. Sauf que ce crime, le massacre du North, avait réveillé le démon de la curiosité qui torturait chaque inspecteur, lui murmurait à l'oreille. Force lui était de l'admettre : la complexité de l'affaire et son versant politique l'intriguaient au plus haut point.

Il rentra chez lui pour voir où en était leur opération de surveillance. Sid et Eva pensaient tous les deux qu'on ne pouvait pas se passer d'une supervision humaine, qu'ils ne pouvaient pas se permettre de laisser les programmes tourner tout seuls. Ian avait de l'expérience, mais il était surtout entraîné à traquer les voyous, les prostituées, les voleurs à l'arraché œuvrant dans les grands magasins de la ville, la lie de la société ; suivre un criminel en costard formé à la sécurité des grandes sociétés et à l'affût de la moindre activité des forces de l'ordre serait plus problématique.

Et puis, ils n'avaient pas le temps pour cela. Et même s'ils le prenaient, leurs absences du commissariat ne tarderaient pas à faire jaser tout Market Street. Les colporteurs de ragots et les petits curieux s'en donneraient à cœur joie. Non, personne ne devait se rendre compte de rien.

À l'époque de son écriture, le code était très avancé. Les versions plus récentes avaient subi de nombreux changements et améliorations, jusqu'à devenir inaccessibles pour les forces de police moyennes. Elles n'étaient plus utilisées que par les agences sous contrat. Néanmoins, les fonctionnalités de base restaient les mêmes.

Lentement, heure par heure, douloureusement, le logiciel créa le profil de Marcus Sherman, suspect principal officieux du meurtre du North. Ian avait lancé l'opération le samedi. La surveillance tranquille des maillages de la marina de Dunston ne permit de repérer Sherman que mardi soir. Depuis, le programme avait montré que, chaque matin, une Mercedes noire venait chercher le suspect. Usant de l'autorisation de l'ADH d'Elston, le logiciel s'était glissé dans le macromaillage du trafic, examinant les enregistrements des cellules du transnet à la recherche des points d'accès de son i-e, compilant codes et contacts.

Marcus Sherman fréquentait des gens intéressants. Il y avait Jede, qui semblait être son lieutenant et le suivait comme une ombre ; il était celui à qui on devait s'adresser quand on voulait parler au patron. Il y avait aussi Boz, tout en muscles et obsédé par sa tâche. Les stéroïdes et les séances de musculation trop nombreuses avaient produit une caricature de corps « bodybuildé ». Ian désapprouvait totalement sa façon de faire. Selon lui, pour avoir un physique d'athlète affûté, il fallait trouver le bon équilibre entre musculation, régime alimentaire sain et conscience de son corps. Boz n'était qu'un *loser* grotesque. Pas question, en revanche, de se retrouver en tête à tête avec lui.

Ruckby était le second garde du corps de Sherman. Un homme à l'approche tout à fait différente, un type qui entretenait sa présence intimidante en engloutissant de la nourriture malsaine et en cultivant son mauvais caractère.

Et puis, il y avait Valentina, une jeune beauté canadienne de dix-sept ans que l'on conduisait chez Sherman tous les soirs et qui prenait le taxi pour rentrer chez elle dans la matinée, juste derrière Quayside.

Jusque-là, Ian avait déterminé que Sherman dormait au *Maybury Moon*, dans un appartement de Heaton et une maison de Benwell. En revanche, suivre ses mouvements durant la journée était très difficile. Par deux fois, il avait changé de voiture après s'être arrêté dans un café. Néanmoins, le profil s'étoffait.

Ian mit ses lentilles interfaces pour examiner les informations de la matinée. Sherman avait quitté sa maison de Benwell pour se rendre en voiture dans un immeuble de bureaux du centre, pas très loin du centre commercial, The Gate. Il n'y était resté qu'une demi-heure.

C'était très peu, mais cela n'avait pas d'importance ; cela ferait un nouvel endroit à surveiller. L'i-e de Ian supervisait le travail de l'armée de bots qui œuvraient depuis la nouvelle console Apple, cherchant à identifier le propriétaire du bureau, surveillant les communications dans les deux sens, capturant des images de toutes les personnes qui visitaient le bureau, moissonnant autant de profils de base.

Après avoir quitté l'immeuble, Sherman avait pris le périphérique en direction du nord et de l'A1. Il en était sorti juste avant Alnwick, interrompant la surveillance. Ian connaissait assez bien cette région, labyrinthe de petites routes de campagne que la direction de l'équipement semblait avoir oubliées. Celles qui étaient équipées d'un macromaillage devaient être couvertes de neige et ne voyaient sans doute pas plus d'un chasse-neige par mois. Suivre la Merco de Sherman à distance n'était pas envisageable. Ian lança une recherche sur le réseau de la gestion du trafic ; il recevrait une notification dès que la voiture noire s'aventurerait sur une route au maillage actif.

Même s'il appréciait le sentiment de supériorité conféré par cette opération secrète, Ian devait admettre que leurs recherches ne leur avaient rien appris de plus sur le meurtre du North. Il savait ce que Sid lui répondrait s'il lui faisait part de ses doutes : « Faut laisser le temps au temps, mec. »

Ian commençait à se demander combien de temps ils avaient devant eux. Il ne pouvait s'empêcher de se passionner pour cet insaisissable Sherman. L'homme était un vrai joueur ; il volait bien au-dessus des types à qui Ian avait affaire habituellement.

Convaincu que le programme de surveillance et ses bots de recherches contribueraient à enrichir le profil qu'ils étaient en train de construire, il quitta l'appartement et retourna à Market Street.

Mardi 5 mars 2143

Le vol de Sarvar à Wukang ne dérangea pas Angela autant que le premier, d'Edzell à Sarvar. Peut-être devenait-elle de plus en plus fataliste, conséquence de la monotonie induite par l'omniprésence de la végétation zébrée de St Libra. Ou, plus simplement, parce que ce voyage-ci manquait d'intérêt, puisqu'il n'y avait aucun massif à survoler. Leur vol les conduisit à deux mille kilomètres au nord-ouest de Sarvar jusqu'à une nouvelle et désormais familière piste de terre compactée flanquée d'un village de tentes, de préfabriqués et, à une extrémité, d'un parc de véhicules. Wukang était le premier des trois camps prévus au nord de Sarvar et positionné comme sur une boussole : au nord-ouest, au nord et au nord-est. Sarvar ne serait plus qu'une base arrière. Varese, la base nord, aurait très bientôt sa piste d'atterrissage, tandis qu'Oamaru, celle située au nord-est, avait été inaugurée la veille par l'atterrissage d'un premier hélicoptère Berlin. Il n'y aurait pas d'autres bases avancées ; l'expédition n'irait pas plus loin, car le budget ne le permettrait pas.

C'était raisonnable, pensa Angela comme la rampe de chargement arrière du Daedalus s'abaissait dans un concert de couinements émis par les actuateurs hydrauliques. Si les xénobiologistes ne trouvaient aucun signe de vie animale si loin d'Abellia, continuer à chercher serait inutile.

Elle s'attendait à ce qu'Elston soit au pied de la rampe, mais non. Antrinell l'avait surveillée aussi discrètement qu'efficacement à Sarvar.

Elle descendit sur la piste compactée mais boueuse et s'empressa de visser son chapeau sur son crâne. Après l'averse matinale, l'atmosphère était lourde et humide. Un nuage de brume s'élevait de la jungle située à deux kilomètres du terrain plat qui accueillait la base. Au nord, là où le paysage s'élevait brusquement, des nuages stationnaires s'accrochaient aux collines abruptes.

— Terminus, dit-elle.

— Tu dis ça d'un ton sinistre, remarqua DiRito.

— Non, pas spécialement. On ne peut pas aller plus loin, de toute façon. La prochaine fois qu'on montera à bord d'un Daedalus, ce sera pour rentrer à la maison.

— Tu penses qu'on n'ira pas plus loin ?

Angela montra les biolabs mobiles au centre de la soute et dont l'équipage de l'appareil était en train de défaire les fixations au sol.

— Ils vont se déployer, s'enfoncer dans la jungle sur quarante, peut-être cinquante kilomètres, mais c'est tout.

— Les Chouettes n'ont rien vu dans le coin, remarqua Omar.

— Savent-elles quoi chercher ? le contra Angela. La saloperie que j'ai croisée était intelligente. Ces créatures ont eu quatre-vingt-douze ans, depuis l'arrivée de l'homme sur St Libra, pour se préparer à nous rencontrer. Pour une fois, je dirais que l'ADH a raison : il faut observer les variances génétiques.

Elle regarda Antrinell monter dans l'habitacle du premier biolab. Son attitude, vis-à-vis de la machine, était presque protectrice. Les cellules de l'engin démarrèrent en crachant un peu de vapeur blanche par les échappements situés sur les côtés.

— Oh ! oh !..., murmura Paresh. Les tentes.

Angela suivit son regard. Le lieutenant Pablo Botin arrivait à grands pas.

— Les tentes, acquiesça-t-elle.

Haut dans le ciel, un autre Daedalus décrivait une courbe pour se positionner dans l'alignement de la piste. Encore du matériel et du personnel. Chaque appareil faisait trois rotations par jour. Passam et son équipe mettaient le paquet pour que les bases avancées soient prêtes le plus tôt possible.

Wukang et ses deux cousines étaient les preuves matérielles de la détermination de l'ADH à accomplir sa mission sur St Libra. Elles semblaient provoquer la jungle éternelle, crier haut et fort que l'Homme était décidé à découvrir ses secrets à tout prix.

Angela ne pouvait s'empêcher de se demander ce qui arriverait si l'ADH réussissait. Pour une raison mystérieuse, personne n'avait encore évoqué ce scénario lors des nombreux briefings des officiers de l'ADH. Ce scénario devait exister, elle en était sûre ; elle espérait seulement qu'il serait assez bon. Pour sa part, elle avait une stratégie très simple : *Foutre le camp aussi vite que possible.*

* * *

Un short blanc et moulant. Très sexy sur une blonde au corps parfait. Un tissu de qualité collant, brillant et scintillant, un modèle de créateur un peu provocant, mais taillé pour mettre en valeur des fesses fermes. Marc-Anthony et Loanna étaient restés à l'écart, admirant leur choix. D'autant que le short allait de pair avec un haut noir ébène très ajouré et décolleté.

Angela avait retiré le haut avant de retourner dans le bureau de Bartram, au septième étage. Et à présent, le short était ruiné. À cause du sang, surtout, qui imbibait le tissu absorbant et si onéreux. Le sang de Mariangela, le sang de Coi, le sang de Bartram, le sang de Benson North2, le sang de Blake North2… Du sang jailli de leur chair mutilée, de leurs cœurs déchiquetés. Il y en avait assez pour former un lac glissant sur les dalles de marbre du manoir.

Angela n'avait cessé de glisser, de déraper et de tomber. Sa chair dénudée était maculée de sang, ses cheveux détrempés. Son si beau short n'était plus qu'une ceinture écarlate, collante et de plus en plus gênante à mesure que la température augmentait. Et sa peau était brûlante, désormais.

Elle avait fui, évidemment. Mais avec méthode. Il lui restait assez de présence d'esprit pour attraper un petit sac dans sa chambre du sixième. Un sac qu'elle tenait toujours prêt au cas où elle aurait besoin de partir très rapidement, avec des objets réellement indispensables en cas de coup dur et de débâcle. Ils n'auraient certes jamais pu prévoir une horreur pareille.

Elle agrippait ce sac avec ses phalanges blanchies comme elle finissait de dévaler l'escalier, prisonnière de la pénombre silencieuse du manoir. Ce silence l'effrayait plus que les traîtres éclats de lumière annulaire qui se déversaient sur les marches, les déformant, allongeant les ombres profondes pour la tromper. Elle était tombée de nouveau, s'était effondrée sur le marbre si dur, déroulant des rubans de sang dans son sillage. Ses grognements et cris étouffés furent absorbés et tués par le silence.

Elle était la seule à faire du bruit. Des alarmes auraient dû se mettre à hurler dans la nuit, réveillant tout le monde, envoyant les gardes chercher leurs armes. Des alarmes qui auraient banni le silence.

Rassurantes. Au lieu de quoi le silence l'enveloppait, la suivait comme elle se ruait, terrorisée, à travers l'énorme atrium du rez-de-chaussée. Le silence, encore, lorsqu'elle s'engagea dans une nouvelle cage d'escalier en direction du parking souterrain. Pas de lumière annulaire, en dessous ; les ténèbres absolues. Dans cette absence sensorielle, elle écarta les bras, tâtant les parois pour constituer une image mentale de l'endroit où elle se trouvait. Elle était aveugle, en danger de mort, et elle espérait, priait pour être tout à fait seule dans cette obscurité.

Droit devant, en bas : un filet de lumière. Quatre, même. Un rectangle. Une porte !

Angela l'ouvrit à la volée et se retrouva dans le parking. Là, au moins, il y avait de la lumière. Des bandes plafonnières dispensant une lumière verdâtre universelle. La luminosité étant trop forte, elle cligna des yeux. Elle hyperventilait. Complètement affolée, terrifiée et amorphe, elle se regarda. Le sang qui la recouvrait de la tête aux pieds coagulait, s'assombrissait, s'écaillait, se décollait de sa peau telle une mue obscène.

Son gémissement désolé résonna dans tout le parking.

De part et d'autre d'elle, elle avisa deux longues rangées de coupés Jaguar JX-7. Elle crut entendre un bruit dans la cage d'escalier, derrière elle, et sursauta en pleurnichant.

— Ressaisis-toi ! se cria Angela.

Elle courut jusqu'à la première Jag et sauta par-dessus la portière, s'asseyant derrière les manettes. Elle claqua sa main sur le tableau de bord et grimaça de douleur comme les implants offensifs dissimulés au bout de ses doigts rencontrèrent la marqueterie en noyer. Les pointes avaient jailli de sa chair, juste derrière ses ongles, lui arrachant la peau. Les entailles étaient encore à vif. En dépit de ces implants étrangers, la Jag reconnut les données biométriques de Barclay North2. Le *joystick* sortit du tableau de bord, et les harnais se déplièrent pour lui enserrer confortablement les épaules. Elle bascula en mode manuel et poussa violemment le *joystick*, accélérant au maximum. Les roues patinèrent dans un nuage de fumée noire, et l'engin fut propulsé en avant. L'assistance à la conduite se mit en route, l'aidant à braquer brusquement pour éviter l'autre rangée de Jaguar et les bornes en béton. Elle prit la direction de la rampe et fonça vers la nuit. Les phares s'allumèrent, transpercèrent la bruine. Le toit du coupé se referma doucement.

Angela roulait à cent soixante-dix kilomètres par heure lorsqu'elle atteignit le court tunnel qui reliait la plage de Gironella à la rue de Provence, de l'autre côté des collines. Le véhicule dérapa plusieurs fois tandis que l'ordinateur de bord essayait de palier les pertes d'adhérence sur la chaussée humide, mais la jeune femme refusa de ralentir.

Dans le tunnel, l'onde de choc de ce qu'elle avait vécu l'atteignit enfin, et elle fut prise de violents tremblements. Comme elle sortait de l'état second dans lequel l'avait plongée son instinct de survie, ses larmes se mirent à couler. Elle respirait par saccades convulsives. Ils étaient morts, tous, assassinés. Tous les gens qu'elle connaissait dans ce manoir. Massacrés.

La Jaguar émergea du tunnel, et Angela lâcha le *joystick*, laissant les commandes au pilote automatique. Elle ne se sentait plus capable de conduire. Malgré son état de choc et sa peur, son esprit tentait désespérément de comprendre ce qui s'était passé, de rester rationnel. C'était difficile. Elle n'avait jamais envisagé la mort sur une telle échelle et avec une férocité si viscérale. Et pourtant, c'était arrivé, et elle devait bien s'y faire. Il le fallait.

En tout cas, elle avait rempli sa part du contrat, elle avait réussi le casse. Le virement avait été effectué. Les finances de l'administration civile d'Abellia avaient versé à GiulioTransstellar un acompte de 108 millions d'eurofrancs pour démarrer les travaux. Tout cet argent numérique, binaire, empruntait le chemin qu'ils avaient soigneusement élaboré, changeant de destination à chaque embranchement, à chaque transit. L'identité du bénéficiaire et la devise changeraient une bonne dizaine de fois avant de disparaître définitivement, avalés par l'horizon des événements de ce parcours dont elle-même ignorait le point d'arrivée.

Le processus complet prendrait environ deux heures. Un coup impliquant tant de changements de direction et de bénéficiaire était par nature complexe. Elle ne pouvait pas se permettre de se faire attraper – pas avant que le transfert soit terminé. Cette certitude, cet objectif réussit à calmer son esprit, l'aida à réfléchir froidement. Plus rien d'autre ne comptait. Sa mission n'était pas terminée, même si elle avait connu un rebondissement pour le moins imprévu.

La lumière du système annulaire faiblit, étouffée par l'épaisse couverture de nuages qui écumait dans le ciel. La bruine céda la place à un véritable déluge qui martelait la chaussée, obligeant le pilote automatique à ralentir.

Angela freina des deux pieds. Les pneus perdirent momentanément toute adhérence, et la voiture fit un tête-à-queue. Elle ouvrit la portière et sortit sous la pluie battante. La tête penchée en arrière, elle laissa l'averse la nettoyer, grattant frénétiquement les croûtes dégoûtantes sur sa peau. Des rus rouges dégoulinèrent le long de ses jambes. Elle retira son short et le jeta sur l'accotement. Elle voulait à tout prix se débarrasser de cette substance contaminante ; cette obsession la consumait. Elle gratta et gratta, allant jusqu'à s'écorcher. Complètement nue, trempée de pluie, elle tremblait de nouveau, mais de froid cette fois. Elle se tourna vers la voiture dont l'habitacle était éclairé par des lampes orangées et avisa le siège du conducteur maculé de sang. Elle ouvrit le coffre et prit une couverture. Lorsqu'elle se fut assise dessus, elle ordonna au pilote automatique de la conduire en ville jusqu'à la plage de Velasco.

Le déluge s'était calmé lorsque la voiture se gara dans le parking, derrière la plage. Il était trois heures et demie du matin. Il n'y aurait personne dans les parages ; elle le savait et ne se donna même pas la peine de vérifier.

Sur la plage, à quinze pas des marches de la promenade et un pas du mur. Creuser. Surtout ne pas réfléchir à ce que penserait un observateur éventuel en la voyant ainsi, nue sous la pluie, creusant désespérément, faisant son possible pour ne pas pleurer. Cela lui prit une minute. Une minute à creuser tel un chien fou dans le sable avant que ses doigts rencontrent son sac de secours.

Le sortir de son trou la soulagea énormément, un peu comme si elle émergeait enfin d'un mauvais trip. Elle retourna dans la Jag, mais côté passager, cette fois. Elle essuya le sable de ses jambes et de ses bras à l'aide de la couverture, puis ouvrit le sachet en plastique. Tout le nécessaire pour fuir rapidement se trouvait dedans.

D'abord la dose, injectée dans la jugulaire pour que l'antidote circule plus vite. Elle leva les mains et contempla les petites plaies encore suppurantes sous ses ongles, où les pointes s'étaient rétractées dans sa chair. Les armes implantées dans son corps mettraient quelques jours à se dissoudre, à redevenir de simples fils dans ses noyaux cellulaires. En attendant, à en croire le type de New Tokyo, elle risquait de ne pas se sentir très bien, mais elle s'en fichait.

Il y avait trois kits interfaces d'urgence, avec des identités préprogrammées. Elle prit le premier et inspira profondément pour se calmer avant de contacter l'adresse transnet d'urgence.

— C'est moi, dit-elle au répondeur. Le transfert a réussi. Je répète, il a vraiment réussi. Il y avait assez d'argent. Plus qu'assez. Cent huit millions. Mon Dieu, chéri, ç'a été tellement facile. Tout ce qu'on avait prévu, tout ce qu'on voulait. On l'a fait. On a réussi. Mais, putain ! après… j'ai découvert… Putain ! ils sont tous morts. Morts. Bartram, les filles, les autres… Morts. Massacrés comme des animaux. Déchiquetés. C'était monstrueux… Oui, c'était ça, un monstre. Un monstre est en liberté. Je sais que ça paraît… fou, mais c'est la vérité. Je n'ai rien pu faire. Vraiment rien. Je le jure : rien du tout. Quand la nouvelle va exploser sur le transnet, quand tu verras ce qui s'est passé… Je t'en prie, crois-moi, je n'y suis pour rien. Hein, chéri, tu me crois ? Je sais que personne d'autre ne me croira. Je vais me tirer, maintenant, essayer de rallier Newcastle. Ils vont me pourchasser, c'est sûr. La dernière partie de la mission va être difficile, mais je vais me débrouiller. Si je me fais attraper, eh bien, tant pis, ce sera le prix à payer et je le paierai volontiers. Ça en vaut la peine. L'argent est en lieu sûr, hors de portée, hors d'atteinte de ces fumiers de North, de la police, des juges, des avocats et des agents de sécurité. À toi de faire en sorte que ça ne change pas. Et pour ça, tu dois rester en sécurité, caché. Ne gâche pas ta couverture, ne tente rien pour moi, jamais. Si tu m'aimes, promets-moi que tu n'essaieras rien. Promets-moi, s'il te plaît, je t'en supplie. J'aurais tellement de choses à te dire. Je sais que tout est ma faute, que je t'ai forcé à faire le coup, que j'ai fichu ta vie en l'air. Mais… je sais que ça va sonner complètement faux, mais si c'était à refaire, je le referais sans hésiter. On n'a pas eu assez de temps, toi et moi, pas autant que je l'aurais voulu en tout cas, alors oui, je le referais pour pouvoir passer encore quelques moments avec toi. J'ai une dernière chose à te dire : je t'aime.

Angela pleura de nouveau. Là, dans la Jag, nue et trempée, à 4 heures du matin, seule sous le toit martelé par la pluie fine. Elle savait qu'elle ne reverrait plus jamais ceux qu'elle aimait, qu'il était trop tard. Elle pleura pendant quelques minutes avant de se reprendre et de comprendre que traîner de la sorte ne ferait qu'aggraver sa situation. Elle devait se mettre en route et affronter l'univers, ainsi que toute la merde qu'il lui avait lâchée dessus.

Donc…

Prends les deux kits interfaces propres. Jette celui que tu viens d'utiliser dans les égouts avec le sachet d'antidote. Les vêtements… Il y a un *pashmina* dans le sac : noue-le autour de ton torse, cache comme tu le peux tes seins et ton cul. Pas de problème pour l'argent : une des interfaces pourra se connecter à un compte codé. La voiture ? Ils ne mettront pas longtemps à repérer la Jag, alors gare-toi derrière un hangar et désactive tous les systèmes. Après, tu arracheras le câble d'alimentation principal. Un peu de spray sur les mains, et les molécules des gants se décomposeront. Tu n'auras qu'à essuyer les résidus sur l'herbe humide. Sors dans la rue et utilise l'interface pour appeler un taxi. Il arrive quatre-vingt-dix secondes plus tard.

—À l'aéroport, dit-elle au pilote automatique.

* * *

Angela n'aurait jamais dû arriver si loin. N'importe où ailleurs, cela ne se serait pas passé comme cela. Le chaos l'aida. Le chaos plus une détresse intense. Les corps furent trouvés lorsque les survivants du manoir finirent par se réveiller. Le personnel qui logeait au cinquième ne montait jamais au sixième ou au septième à moins d'y être invité ou d'avoir des choses particulières à y faire. Il était sept heures et demie lorsqu'un des assistants de Bartram monta enfin et vomit à la vue de la mare de sang coagulé qui couvrait le sol du salon. La sécurité afflua quelques minutes plus tard. Le spectacle qu'elle découvrit dans le salon, la chambre à coucher de Bartram et les quartiers du personnel encadrant au sixième étage arrêta net les agents. Leur entraînement ne les avait pas préparés à cela.

Angela réserva son billet d'avion pendant que le taxi remontait la rue Turbigo en direction de l'aéroport. Il s'agirait d'un vol commercial standard d'AirBrogal, dont le décollage était prévu pour 8 heures. Le taxi s'arrêta devant l'unique terminal juste après 5 heures. Vêtue de son seul *pashmina*, son petit sac à la main, Angela s'engagea dans le hall en regardant droit devant elle, bien décidée à ne pas faire attention aux éventuels regards étonnés qu'elle attirerait. Cela ne lui poserait aucun problème – l'indifférence aristocratique et hautaine aux opinions d'autrui, elle maîtrisait. Elle avait le droit d'aller où elle voulait et de faire ce que bon lui semblait. Les gens qui la regarderaient effectivement ne verraient qu'une jeune femme trop sûre d'elle-même rentrant d'une nuit trop arrosée, comme il y en avait en pagaille en ville.

Elle s'arrêta brièvement devant une cyberboutique de vêtements et dans une pharmacie avant de se diriger vers les toilettes pour dames.

Angela Tramelo ne ressortit jamais des toilettes. À sa place émergea une certaine Helin Anisio. Elle avait les cheveux courts couleur rouille et non plus longs et blonds, et elle portait un jean, un tee-shirt noir et des baskets rouges.

Au manoir de Bartram, les North2 étaient arrivés. Devant le carnage, face à cette perte, les frères étaient désespérés. Pourtant, tout le monde attendait qu'ils prennent la situation en main. Les ordres arrivaient lentement. Le fait qu'Abellia ne dispose pas de forces de l'ordre dignes de ce nom n'arrangea pas les choses. La sécurité de la société se chargea de la plupart des problèmes, sa priorité consistant à contacter tous les North pour confirmer qu'ils étaient bien en vie et pour les prévenir qu'un maniaque était dans la nature. À 8 h 45, on fit l'appel. Brinkelle arriva à 9 heures, inquiète et furieuse, criant à ses frères que c'était elle la patronne. À ce stade-là, la sécurité s'était ressaisie. Elle avait donc déterminé qu'Angela Tramelo avait disparu. On montra à Brinkelle la vidéo de piètre qualité d'une Jag quittant le parking.

— Trouvez-la ! hurla-t-elle.

À 10 heures, deux hélicoptères noirs se posèrent sur le sable de Velasco. Des agents de sécurité se déployèrent et mirent une dizaine de minutes à retrouver la Jag inerte. Les autorités civiles d'Abellia annoncèrent qu'Angela Tramelo était une fugitive et prévinrent à la fois l'aéroport et les docks. Deux avions de ligne et cinq jets privés avaient déjà décollé ce matin-là. La sécurité de l'aéroport examina des images de tous les passagers, mais aucun ne correspondait à Angela. Tous les vols suivants furent annulés. Des hélicoptères des gardes-côtes survolèrent la mer à la recherche de bateaux susceptibles d'abriter Angela.

Au manoir, ceux des agents de sécurité qui avaient été policiers conclurent que le meurtrier était bizarre, un esprit pour le moins dérangé. Selon eux, le tueur devait porter un genre de combinaison à amplification de force musculaire et des gants équipés de lames. Ce qui signifiait que le crime avait été prémédité. Vu que le seul véhicule à avoir quitté le manoir cette nuit-là était la Jag d'Angela, la combinaison devait être encore dans les parages. Débuta alors une fouille méthodique du jardin.

Vers midi, on amena la voiture à l'Institut, seul laboratoire familial en mesure de passer le véhicule au peigne fin. On préleva des échantillons de sang sur le siège du conducteur et la couverture et, une heure plus tard, on eut la confirmation qu'Angela avait bien été dans la Jaguar.

Poussés par Brinkelle, les gars de la sécurité se demandèrent alors comment une combinaison avait pu être introduite dans le périmètre de la maison – et comment elle en était sortie. Les protocoles de protection de la plage de Gironella avaient été conçus pour empêcher toute personne ou tout objet dangereux de s'approcher. Les capteurs n'avaient rien vu passer, et les scanners si sophistiqués disposés sur les fonds marins en face de la plage non plus. Ils notèrent quelques anomalies, cependant : la Jaguar était partie sur les chapeaux de roue et n'avait pas demandé la permission de démarrer parce qu'elle était conduite par...

— Impossible ! rétorqua un Barclay stupéfait à Brinkelle et trois autres North2. Je dormais au sixième étage. J'ai eu de la chance de ne pas me faire massacrer, moi aussi !

Puis il craqua et fondit en larmes.

— Comment s'est-elle procuré tes données biométriques ? demanda Benjamin. (Aîné des North2, il était le seul à être parvenu à garder les idées claires et la tête froide.) Il faut un contact physique prolongé pour espérer les collecter.

Alors ils comprirent, et les reproches et les accusations fusèrent. Cette relation avait commencé quelques semaines seulement après l'arrivée d'Angela au manoir en tant que nouvelle petite amie de Bartram.

— Elle s'est servie de toi ! aboya Brinkelle. Tu as planté un couteau dans le dos de papa, et elle s'est servie de ta faiblesse.

— Comme si j'étais le seul à l'avoir fait ! cria en retour Barclay.

— Tu as laissé entrer une psychopathe dans la maison ! hurla Brinkelle, impitoyable, furieuse et méprisante.

— Je n'ai laissé entrer personne. Et ce n'est pas une psychopathe. C'est impossible. Je la connais, je sais comment elle est. Elle n'a pas pu faire une chose pareille. Je ne savais pas qu'elle voulait mes données biométriques... Pourquoi aurait-elle voulu faire une chose pareille ?

— Si elle n'est pas coupable, ce que j'ai bien du mal à croire, elle est au moins complice, intervint Benjamin.

— Mon Dieu !...

Barclay se prit la tête à deux mains et se mit à gémir. Ses frères comprirent plus tard que ce moment avait été le début d'une dépression monumentale. Aucun d'entre eux ne le revit jamais après cela. Il les laissa pour s'enfermer dans ses appartements du sixième pendant deux jours, refusant d'ouvrir et de parler à qui que ce soit. Puis il prit une Jag et disparut au milieu de la nuit, filant vers la ville. Trois mois plus tard, il réapparut dans les Territoires indépendants. Il ne s'appelait plus Barclay, mais Zebediah, et dénonçait l'ensemble de sa famille.

L'avion d'Angela se posa à l'aéroport de Highcastle à 17 heures. Depuis trois heures déjà, elle transpirait et tremblait sur son siège, emmitouflée dans une couverture. La fièvre était causée par ses implants offensifs qui, en se décomposant, infectaient son sang. Comme on le lui avait dit, le processus était très désagréable, mais elle parvint néanmoins à descendre de l'appareil sans aide.

Alors qu'elle s'attendait à être cueillie par tout un régiment de gardes armés jusqu'aux dents, il n'y avait personne au pied de l'avion.

Elle comptait bien profiter de sa chance. À peine sortie du terminal, elle monta à bord d'un taxi et fila vers l'autoroute A. Le trajet se déroula sans encombre. Elle n'arrêta le véhicule qu'une fois, au croisement de l'autoroute B.

Elle fixa son regard sur le ruban de goudron qui se déroulait vers le sud-est. Se réfugier dans les Territoires indépendants signifierait demeurer sur St Libra pour le restant de sa vie, ce qui risquait de faire un peu long étant donné les traitements génétiques très onéreux qu'elle avait subis avant sa naissance. Aucun des micro-États ne la livrerait aux North, même si sa présence était avérée en leur sein. Dans la plupart d'entre eux, il n'était pas nécessaire de déclarer ni son arrivée ni son identité. Toutefois, cela impliquerait de rester sur St Libra, de vivre loin de tout. Elle avait encore une chance de traverser le portail et de rentrer sur Terre. Si ce n'était pas déjà le cas, dès le lendemain, les North voudraient lui mettre le grappin dessus pour l'interroger. Les agents de surveillance du portail seraient à l'affût.

Dès que l'avion avait été à portée du transnet de Highcastle, Angela s'était connectée pour regarder les infos. Évidemment, tout le monde ne parlait que du massacre du manoir. Jusque-là, son nom n'avait pas été mentionné. Soit ils ne voulaient pas qu'elle sache qu'elle était traquée, soit ils ignoraient qu'elle manquait à l'appel. S'ils avaient été à ses basques, ils l'auraient arrêtée à la sortie de l'avion – à moins que son rustique changement d'identité les ait bernés. En tout cas, cela ne durerait pas très longtemps.

Elle avait opté pour l'autoroute A.

Dix minutes plus tard, elle se trouvait dans le terminal de transit du portail. D'après le certificat émis par son i-e, Helin Anisio était une citoyenne italo-libyenne. Le scanner sur lequel elle posa la main confirma que ses données biométriques correspondaient à son certificat d'identité de la GE. Aux employés du terminal qui s'ennuyaient à mourir, elle raconta qu'elle rentrait chez elle après deux semaines de vacances à Abellia. Lorsqu'ils lui demandèrent si elle se sentait bien, elle leur expliqua qu'elle avait pris la pluie la veille et qu'elle s'était enrhumée.

Angela traversa le portail et se retrouva dans le hall de réception de la douane de la GE. La seule chose que Helin Anisio ne possédait pas – puisqu'elle n'existait pas –, c'était une puce-visa. Elle avait bien essayé, mais elle n'était pas parvenue à s'en procurer une. Cependant, Angela s'en moquait, car, étant sur la bonne planète, il lui restait simplement à recouvrer sa véritable identité. Elle glissa la puce-visa d'Angela Tramelo dans le lecteur – et l'enfer se déchaîna.

* * *

— Pourquoi avez-vous fui ?

C'était la question qu'on lui avait posée inlassablement durant les trois mois suivants. Plus d'une fois, Angela s'était réveillée en sursaut en hurlant : « Si vous êtes innocente, pourquoi vous êtes-vous enfuie ? »

— Parce que j'avais peur…

Mais cette explication ne leur suffisait pas. Bien sûr, elle ne pouvait pas leur dire pourquoi elle avait pris ses jambes à son cou ni la véritable raison de sa présence chez Bartram. Son histoire de monstre extraterrestre fut tournée en ridicule – une vulgaire et pathétique technique de défense.

Durant trois mois, le Directoire de la justice de la GE reçut des demandes répétées d'extradition, voire des menaces, car on voulait juger Angela Tramelo à Abellia. Toutefois, le statut national d'Abellia n'était pas encore légalement défini, et aucun traité n'avait été signé avec la GE. Et puis, la Constitution de cette dernière proclamait le « droit à la vie ». Aucun prisonnier ni aucun suspect ne pouvait être remis à un État pratiquant la peine de mort.

L'équipe d'avocats d'Abellia rétorqua que la peine de mort n'était jamais appliquée sur leur territoire, à quoi la GE répondit que le fief des North ne s'était jamais officiellement prononcé contre cette pratique.

Angela avait encore une fois eu de la chance, mais ce fut la dernière fois. Elle fut jugée à Old Bailey, à Londres. Elle bénéficia d'une défense de qualité payée par l'État, qui voulait désespérément apparaître comme impartial. Du côté de l'accusation, il y avait sept avocats, dont six payés par Northumberland Interstellar.

Contrairement à ce qu'on aurait pu croire, la rage et la détermination d'Angela enflèrent pendant son incarcération dans l'attente de son jugement. Habituellement, c'était la période durant laquelle l'accusé craquait et avouait tout. Mais pas elle. Elle était encore sous le choc et terrorisée. Et comme elle était seule dans sa cellule, son état psychologique ne s'arrangea pas. Plus le temps passait, plus elle était persuadée que personne ne l'écouterait, que personne ne croirait qu'elle avait vu un monstre. Même ses avocats lui avaient conseillé de ne pas avancer cet alibi. Sauf qu'elle n'était plus mue que par sa colère ; alors elle le cria bien fort, d'un air de défi, à la grande satisfaction de l'accusation. Les tueurs en série étaient souvent des personnalités instables de ce genre.

Étant de cet avis, le jury ne fut pas long à décider de la manière dont elle passerait le restant de ses jours.

Jeudi 7 mars 2143

L'averse avait commencé une heure avant l'aube, oblitérant la lumière des anneaux, martelant les tentes au point que personne ne put dormir, transformant le sol déjà humide en bourbier. À 11 heures, heure locale, il pleuvait toujours. Le-Ray le plus proche de Wukang, qui orbitait à six cents kilomètres de là, révéla la présence d'une vaste masse nuageuse qui, arrivant de la mer polaire, se dirigeait lentement vers le sud. À l'abri de sa Qwik-Kabin en périphérie du camp, l'équipe responsable des VAA examinait les échos radar. Selon ses estimations, l'orage cesserait en milieu d'après-midi.

Sarvar annula bien sûr tous les vols de Daedalus de la matinée. Il tombait tellement d'eau que la reprise des vols pour la fin de la journée n'était pas assurée. Avec sa surface de terre compactée, la piste de Wukang ressemblait à un long lac qui mettrait longtemps à s'assécher.

À midi, Vance Elston ordonna que deux des trois Land Rover Tropic du camp commencent à explorer les alentours à la recherche de passages dans la jungle pour les biolabs, dont le travail débuterait quelques jours plus tard, lorsque le camp serait opérationnel et que tout le personnel, le matériel et le carburant seraient arrivés.

La moitié du camp était à l'abri sous le chapiteau de la cantine et assistait au départ des véhicules gris-vert sur le sol détrempé. Très vite, ils disparurent complètement, absorbés par le déluge gris argenté, avant même d'avoir atteint la jungle.

— Lieutenant Botin, commença Vance.

— Mon colonel, répondit aussitôt le soldat.

— Il est temps de voir si vos hommes sont efficaces par mauvais temps. Je veux que le périmètre soit sécurisé et surveillé. Allez, bougez-vous !

— Oui, mon colonel. Bon, les gars, vous avez entendu le commandant. On s'y met ! J'attends tout le monde devant le parking dans dix minutes !

Assise derrière une longue table montée sur tréteaux au centre de la cantine, Angela assista à cette pièce de théâtre autoritaire avec un sourire. Les soldats enfilèrent leurs ponchos étanches et sortirent d'un pas lourd sous la pluie battante. La jeune femme termina son *cheese-cake* et se rapprocha de la table où Elston était installé avec Jay Chomik et Forster Wardele, un de ses officiers administratifs.

— Vous avez des ordres pour moi ? lui demanda-t-elle.

— Pourquoi, vous avez l'intention d'y obéir ?

— Je me disais que, puisque je ne peux pas patrouiller avec les autres, je pourrais vous aider un peu.

— Comment ? demanda Elston d'un ton soupçonneux.

Elle haussa les épaules.

— Je me débrouille bien en gestion de données, et comme vous avez perdu Mullain... Je sais qu'on ne vous a pas envoyé de remplaçant.

— Vous voudriez que je vous permette d'accéder au réseau de l'administration ?

— Pour organiser les plannings et gérer les inventaires, oui. Vous avez peur que je profite de ma magnifique position pour voler du brut et pour faire produire les pièces d'un vaisseau spatial par une imprimante 3D ?

Elston lui adressa un sourire retenu et se tourna vers Jay.

— Qu'est-ce que vous en pensez ?

— C'est vrai que Mullain nous rendait service en retirant pas mal de merde du système, concéda Jay à contrecœur.

Angela saisit sa chance.

— Super, montrez-moi ce que je dois faire. Limitez mon accès au maximum. Je ne vous décevrai pas.

— Pourquoi faites-vous cela ? s'enquit Elston.

— Pour vous dire la vérité, je m'emmerde comme ce n'est pas permis. Vous et moi, nous savons que la méchante ce n'est pas moi. Le méchant est là, dehors, qui nous attend.

— D'accord. Je vous laisse votre chance.

— Merci.

— Forster, confiez-lui des corvées.

* * *

L'administration du camp était concentrée dans un préfabriqué. Angela eut du mal à le croire, mais les boxes individuels étaient encore plus petits que ceux de Sarvar. Forster se glissa à côté d'elle pour lui montrer les procédures d'usage et comment se servir des systèmes du réseau. Malgré les logiciels semi-intelligents, on ne pouvait pas se passer de la main de l'homme, car, dans le contexte de cette base, les problèmes rencontrés étaient variés et nécessitaient un jugement humain.

— En théorie, dans une semaine, la machine aura appris et pourra se débrouiller seule, expliqua Forster. Alors on pourra se détendre un peu.

— Et en pratique ?

— En pratique, je ne verrai sans doute pas la lumière du soleil jusqu'au jour de notre départ.

Son pragmatisme la fit sourire. Forster la draguait un peu tout le temps ; pour le moment, elle ne faisait rien ni pour l'encourager ni pour l'éconduire. Il ne serait pas aussi utile que Paresh, mais elle n'avait aucune raison de ne pas le garder sous la main.

Le logiciel était ridiculement simple, et le travail très banal. Elle commença à préparer le planning des hommes pour la semaine suivante, à créer des équipes pour les missions d'exploration décidées par Elston et Antrinell, à leur allouer matériel et vivres, prévoyant le réapprovisionnement de la base.

— C'est bien, admit Forster comme elle estimait la consommation quotidienne de carburant.

— Bah ! ce n'est pas la physique des portails.

Il la laissa une heure et demie plus tard en lui disant de ne pas hésiter à l'appeler si elle rencontrait le moindre problème. Il travaillait juste à côté, derrière une fine paroi en composite, précisa-t-il avec un sourire plein d'espoir.

Angela savait qu'il serait inutile de charger un programme subversif sur le réseau du camp à partir de sa console ; Elston devait avoir fait installer des systèmes de surveillance pour l'épier. Heureusement, elle n'aurait pas besoin d'un tel programme puisque étudier les dossiers personnels faisait partie de son boulot. Après avoir terminé le planning du vendredi en tenant compte du retard pris par les avions, après avoir organisé la maintenance des Land Rover et réglé des dizaines de menus problèmes, elle ouvrit le dossier du personnel de la base et commença à lire les résumés. Son i-e lui servant d'interface avec le réseau et orchestrant pour elle le défilement des données sur le moniteur de sa console, il était facile de copier les fichiers dans la mémoire cache solide discrètement dissimulée dans son ceinturon. Elston aurait besoin d'excellents logiciels pour détecter sa manœuvre, mais s'il y parvenait, il saurait pourquoi elle avait agi ainsi. Du moins le penserait-il.

Elle aurait copié ces fichiers pour pouvoir les étudier plus tard. Elston verrait Angela jouer au détective parce que Mullain avait trouvé quelque chose dans ces données, quelque chose d'assez important pour que cela lui coûte la vie. Logiquement, il devait s'agir d'une anomalie suffisamment grosse pour remettre en question l'identité de quelqu'un. Quelqu'un, à Wukang, n'était pas qui il prétendait être.

Angela savait qui, évidemment. En revanche, elle ne savait pas pourquoi, et cela durait depuis un long mois, depuis ce funeste dimanche au début du mois de février. Elle espérait que le fichier l'aiderait à comprendre. Elle le lirait attentivement plus tard, tout comme les autres, car Elston ne devait pas savoir lequel l'intéressait en particulier.

* * *

Une heure plus tard, Angela était toujours dans son box quand Elston entra dans le préfabriqué. Les sourcils froncés, il ouvrit sa porte.

— Qu'y a-t-il ? demanda-t-elle.

— Vous avez modifié le planning de la journée ?

— Non. Je ne vais pouvoir m'amuser avec vos vies qu'à partir de samedi seulement. J'espère que tout le monde sera content d'avoir sa journée quand le camp s'arrêtera net juste après le petit déjeuner.

— Y a-t-il déjà un planning de prévu ?

— Euh... attendez... (Elle était plutôt satisfaite par la manière dont elle pouvait extraire des données du réseau, ses doigts manipulant les icones dans son interface virtuelle, son i-e explorant des pans plus importants de réseaux.) Non, je ne trouve rien. Pourquoi ?

Elston plissa le front. Ses muscles étaient crispés par l'inquiétude et non par la colère.

— Nous ne savons pas où est Iyel, répondit-il à voix basse.

— Iyel ? (Elle n'eut pas besoin d'ouvrir son dossier personnel une nouvelle fois.) Il travaille avec les xénobiologistes ?

— Ouais. Personne ne sait où il est.

Ses doigts se fermèrent sur un icone bleu et jaune et le retournèrent, désignant un fichier sur le côté. La journée d'Iyel apparut dans son champ de vision.

— Il était censé vérifier les moteurs du biolab-2 pour que les xénobiologistes fassent une petite virée autour de la base. Ils devraient être rentrés à l'heure qu'il est.

— Le biolab n'a pas bougé ; Marvin attend toujours Iyel.

— Son code d'accès n'est pas actif ?

— Impossible d'établir un microlien avec son maillage corporel.

— Ça veut dire qu'il est hors de portée du réseau du camp. Oh ! il est peut-être parti avec les Land Rover ?

— Je me suis servi d'un e-Ray comme relais pour les appeler, et non, il n'est pas avec eux.

— Merde. S'il était blessé ou quelque chose comme ça, son maillage corporel aurait appelé à l'aide.

— Seulement s'il est à portée du réseau, rétorqua Elston en la regardant fixement.

— Bien sûr. Mais le réseau de Wukang couvre un cercle de cinq kilomètres de rayon, non ?

Ils se regardèrent pendant un long moment. Angela fut la première à craquer. Ses épaules s'affaissèrent.

— C'est impossible, dit-elle, incrédule.

— Je vais déclarer sa disparition.

— Peut-être qu'il est occupé, c'est tout.

— Ne soyez pas ridicule.

— Je ne suis pas ridicule. Il a pu partir avec une copine ou un copain pour partager un moment d'intimité.

— J'ai déjà essayé les codes de son transpondeur d'urgence. La moitié de ses cellules intelligentes proviennent de l'ADH, et il n'a aucun moyen de les désactiver. Si elles ne répondent pas, c'est qu'il n'est plus parmi nous.

— Ça ne colle pas, rétorqua Angela. Même s'il est mort, les cellules doivent répondre. Il n'y a qu'une explication : il est hors de portée du réseau.

— C'est une information classée, mais le North qui a été tué à Newcastle n'avait plus ses cellules intelligentes quand on l'a retrouvé.

— Vous vous fichez de moi ? s'étonna Angela en écarquillant les yeux.

— Si seulement.

— Merde. Ça veut dire qu'il y en a plusieurs et qu'ils maîtrisent la technologie des cellules intelligentes.

— Ouais. Écoutez, je sais que vous n'y êtes pour rien. J'ai vérifié votre parcours de ce matin, et ça ne peut pas être vous.

— C'est cool de m'espionner ainsi, merci beaucoup…

— Je sais aussi que vous entretenez une relation avec Paresh. J'ai besoin de savoir : avez-vous trouvé un moyen de sortir du périmètre sans être vus ? ou connaissez-vous quelqu'un qui le fasse ? J'imagine que vous avez cherché un endroit tranquille pour vous ébattre…

— Non, le périmètre est sûr.

— Fait chier.

— Elston, l'escouade est en train de patrouiller. Les avez-vous prévenus qu'ils risquaient de *le* rencontrer ?

— Pas encore, non.

— Appelez-les tout de suite.

— J'en ai l'intention, mais j'ai besoin d'être sûr.

— Quand a-t-on vu Iyel pour la dernière fois ?

— Très tôt ce matin. Il sortait de sa tente pour aller se laver.

— C'était il y a longtemps. Il pleuvait sacrément à cette heure-là. Peut-être que l'averse a détraqué les capteurs.

— Peut-être.

Elle suivit le fil de ses pensées, et ce qu'elle découvrit ne lui plut pas.

— Si Iyel a été attrapé et emporté, ça veut dire que la chose est entrée dans le camp.

— Je sais, murmura-t-il.

— Elston, écoutez-moi. Le monstre l'a déjà fait dans le passé. Il est entré dans le manoir de Bartram, bordel ! Et il n'y a pas plus parano ni mieux protégé qu'un milliardaire. Il a traversé les barrières de sécurité, est monté au septième comme un fantôme. Rien ne l'a repéré, aucune alarme n'a sonné. Les radars, les caméras à infrarouge, les rideaux de pression, les capteurs de bruit, de résonance… Rien ne l'a repéré !

— Vous si. Vous l'avez vu.

— Ouais, acquiesça-t-elle d'une voix rauque. Je l'ai vu.

— Bon, ne dites rien à personne, compris ? Rien, pas même à Paresh. Je vais envoyer des hommes à la recherche d'Iyel, et le camp va être sens dessus dessous. Le moral des troupes va en prendre un coup, et je ne veux pas que des rumeurs folles se propagent. Est-ce clair ?

— Parfaitement clair, répondit Angela en hochant la tête.

Dimanche 10 mars 2143

— On peut le récupérer.

— Tout ?

— Je crois, ouais.

— Croire ne suffit pas. Il me faut des certitudes.

— D'accord. Je vais m'en assurer.

* * *

Dans la GE, tout le monde avait un compte secondaire. C'était devenu un phénomène culturel courant. Socialement acceptable, en tout cas. Le Parlement de Bruxelles avait tenté de nombreuses fois de légiférer sur le sujet, et le fisc avait fait son possible pour enrayer cette pratique. Évidemment, si on avait trouvé une méthode pour assainir les finances de la population et interdire toute forme d'évasion, elle aurait fonctionné pour tout le monde, y compris les politiciens et les fonctionnaires du Trésor. Voilà pourquoi on avait abandonné cette bataille cinquante ans plus tôt. Toutefois, la technologie et les logiciels qui permettaient aux gens d'ouvrir et de gérer leurs comptes secondaires étaient des armes pour les policiers qui traitaient les affaires de fraude au cas par cas. Comme le disait l'adage populaire : tout le monde était potentiellement condamnable ; aux flics de choisir ce qu'ils voulaient vous mettre sur le dos.

La mise en évidence d'un compte secondaire était extrêmement facile pour un officier de police moderne, surtout pour un expert de la surveillance comme Ian Lanagin.

La première fois que Jede avait utilisé le code i-e d'un compte secondaire pour appeler quelqu'un, il était en train de marcher dans Percy Street. Grâce au certificat d'Elston, Ian réquisitionna les données des trois cellules transnet qui couvraient Percy Street. C'était une procédure standard, et Ian, avec son niveau d'autorité, aurait pu l'accomplir sous son propre nom, mais comme toujours dans cette enquête, il ne voulait pas qu'on puisse remonter jusqu'à lui.

* * *

— Ça y est, on l'a.

— Heureux de l'apprendre. Ruckby appellera pour organiser la livraison.

— Ç'a coûté très cher.

— Je sais.

— On a dû payer plus que prévu.

— Et alors ?

— Alors je vais vous facturer plus que ce qui était convenu. Afin de couvrir nos dépenses.

— J'espère que ce n'est pas une vulgaire tentative d'extorsion. Vous savez pour qui je travaille, n'est-ce pas ?

— Je vous l'ai dit : ç'a coûté beaucoup plus cher que prévu.

— Eh bien, nous trouverons un autre fournisseur.

— Vous n'en trouverez pas. C'est de la marchandise de spécialiste.

— Je trouverai. Alors vous aurez la marchandise sur les bras et nous à vos basques. Nous apprécions assez peu les escrocs de votre espèce.

— Dix pour cent. Dix pour cent de plus. C'est tout. Et je ne fais aucun bénéfice.

— Nous paierons le prix convenu à l'avance, ou on vous retrouvera noyé dans votre propre merde.

— Le prix convenu… Mais vous voulez me tuer, ma parole !

— Loin de moi cette idée.

— Alors discutons. Je vous fais une offre très raisonnable. Allez, disons huit pour cent.

— Loin de moi l'idée de vous tuer, car mort, vous ne souffririez pas.

— Allez vous faire foutre.

— Le prix convenu et rien d'autre. Nous vous contacterons pour organiser la livraison. Je vous conseille vivement de suivre nos instructions.

* * *

Jede utilisa de nouveau son i-e secondaire dans un pub de Granger Street. Ian obtint les enregistrements de la cellule locale et lança une comparaison avec ceux de Percy Street. Un seul code d'accès apparaissait dans les deux cas. Ils avaient le compte secondaire de Jede – ou en tout cas l'un d'entre eux. L'ordre d'interception fut chargé dans l'IA de gestion du transnet en utilisant les autorisations d'Elston. Tous les appels de Jede furent directement dirigés vers le réseau de Market Street, d'où ils furent aiguillés vers la sous-section de l'enquête secrète – et donc directement vers la console Apple de Ian. En plus du compte secondaire de Jede, l'IA intercepta les appels des adresses transnet de ses interlocuteurs.

* * *

— Dimanche soir. À l'endroit habituel.

— Vous n'aurez rien tant que l'argent ne sera pas transféré sur mon secondaire.

— N'oubliez pas qui vous avez en face de vous. Vous ne toucherez rien du tout tant qu'on n'aura pas vérifié la marchandise. Et nous avons des experts en la matière, petit.

— Y aura pas de souci. Je ne vous vends pas de la camelote.

— Je suis sûr qu'il n'y aura pas de souci. Demain, 23 heures. Ne nous obligez pas à venir vous chercher.

* * *

Dimanche, 22 h 55 : une pluie glaciale arrivant de la mer du Nord tombait dru. Deux jours que cela durait. Le déluge nettoyait lentement la glace et la neige accumulées dans les rues et sur les bâtiments de Newcastle pendant l'hiver. Les gouttières débordaient, déversant des cascades d'eau glacée sur les trottoirs. L'eau qui ruisselait sur la glace rendait difficile tout déplacement en voiture ou à pied. Pour se faire soigner, on attendait jusqu'à cinq heures dans les services d'urgences de la ville, où les victimes de fractures étaient extrêmement nombreuses, tandis que, de solide, les rues familières devenaient liquides. Sid était coincé dans ce paysage subarctique désolé au volant d'une voiture empruntée au parc de la police sur son compte privé pour que personne ne se doute de la présence d'un membre des forces de l'ordre dans le quartier, pas même le voyou qui aurait l'idée de vérifier discrètement son immatriculation. Il était garé à l'angle de Beechwood Gardens, tout près du Dernier Mile, et il attendait que l'échange ait lieu. Quelle que soit sa nature. Jede et son mystérieux interlocuteur n'avaient jamais dit clairement de quoi il s'agissait ; ils étaient, semblait-il, amateurs de phrases toutes faites piochées dans des séries Z. Ian et Eva étaient dans une autre voiture de patrouille de l'autre côté du Dernier Mile, sur Hertford Road.

— Patron, je crois que ça commence, annonça Eva. La voiture de Ruckby vient de tourner sur Kingsway.

Le pare-brise de Sid affichait la grille erratique des rues du Dernier Mile, avec plein de taches sombres figurant les zones où le macromaillage était défectueux. Un symbole violet apparut à l'extrémité sud de Kingsway, qui constituait l'axe central du Dernier Mile.

— Je l'ai, annonça Sid. Il y a quelqu'un avec lui ?

Ruckby conduisait une grosse berline Ford Turusse censée appartenir à une société nord-coréenne – la carrosserie était noir mat, mais assez facile à suivre dans le trafic.

— Je n'arrive pas à voir, mais il ne sera sans doute pas seul. On arrive.

Sid démarra et s'inséra dans le trafic. Il s'engagea dans le Dernier Mile au niveau du portail et avança vers les néons aveuglants et les hologrammes flous et scintillants qui dominaient le paysage sur toute la longueur de Kingsway. Avec les publicités qui se reflétaient sur la chaussée trempée, il avait l'impression de conduire dans un tunnel de lumières mouvantes. Même à cette heure de la nuit, le trafic était assez dense. De gros camions de l'ADH, certes moins nombreux désormais, roulaient lentement vers le portail, continuant de transporter du matériel et du ravitaillement pour l'expédition. Des camions de livraison ornés de logos divers étaient agglutinés dans l'aire de déchargement. Des camionnettes vieilles de dix ans à la carrosserie tout éraflée et cabossée venaient ravitailler les boutiques et étals indépendants. Il y avait aussi des scooters avec des coffres assez gros pour transporter des cadavres. Même les bicyclettes tractaient des remorques. Une grosse et rutilante Toyota J-Cruise à six roues tourna vers le portail ; elle débordait de matériel de survie destiné à St Libra. Sid était un peu surpris de constater que les migrants n'avaient pas abandonné leur rêve malgré l'expédition ; cela lui rappelait qu'en dehors de Newcastle et de son enquête, la grande communauté des mondes transstellaires et des nations continuait à vivre normalement. Il regarda passer un groupe de pauvres hères qui poussaient des

Caddie de supermarché contenant tous leurs biens, le dos courbé sous la pluie battante, les vêtements imbibés tandis qu'ils se rapprochaient du portail et des Territoires indépendants si prometteurs. Sur son pare-brise, il vit que le symbole violet était tout proche. Il releva la tête et vit la Turusse noire de Ruckby bifurquer juste devant lui.

— Contact visuel établi. Il vient de tourner dans la Sixième Avenue.

— D'accord, patron, répondit Ian. Le macromaillage l'a aussi. Nous tournons dans la Huitième. Si on se gare au croisement de Dukesway, on le verra ressortir.

— Je vais faire demi-tour au bout de Queensway et attendre.

Au moment où il terminait sa phrase, une Kovoshu Valta rouge foncé le dépassa. Sur ses flancs, des bandes holographiques prismatiques scintillaient et ondulaient. Boz conduisait l'énorme voiture de rock star, son profil massif mis en valeur par la façade lumineuse et les puissants projecteurs d'un magasin de matériel agricole. Et il regardait droit vers la voiture de Sid.

— Merde, merde.

— Qu'est-ce qui se passe ? demanda Eva.

— Je crois que je viens de me faire repérer par Boz.

— Putain ! merde ! s'exclama Ian. Le macromaillage vient de perdre Ruckby.

En effet, le symbole violet avait disparu de son pare-brise.

— Fait chier. Boz l'a prévenu, ajouta-t-il.

— On ne peut pas en être certains ; le macromaillage est foireux dans le coin. On va couper par Dukesway pour essayer de rétablir un contact visuel.

— D'accord. J'arrive, dit Ian.

Il ordonna à son i-e de surveiller les segments encore fonctionnels du macromaillage de la Sixième Avenue pour vérifier si Ruckby avait changé la licence de la Turusse afin de les semer. L'i-e ne repéra aucun véhicule.

— Ruckby doit avoir désactivé tous ses systèmes.

— Ouais, c'est ce qu'on pense aussi, acquiesça Eva.

— Bon, Boz va m'avoir à l'œil. Allez donc faire un tour sur la Sixième Avenue.

— On y arrive justement, annonça Ian.

Sid étudia la grille des rues du Dernier Mile en se demandant quoi faire. La moindre mission de surveillance légitime aurait impliqué des voitures de soutien, une équipe d'une quinzaine de policiers, une couverture intégrale par des particules intelligentes, voire des microdrones pour filer le suspect. L'opération foireuse qu'ils avaient montée commençait à ressembler à une farce. Il tourna brusquement dans la Huitième Avenue, terme un peu pompeux pour un vulgaire passage entre les parois de carbone de deux immeubles commerciaux modifiés. Le déluge de photons des enseignes publicitaires y était contenu, limité à quelques panneaux clignotant derrières des vitrines protégées par des grilles métalliques. Au-dessus de sa tête, l'éclairage public dispensait une lumière verdâtre et terne qui teintait la pluie monotone. Les égouts bouchés avaient débordé, et l'eau sale menaçait de recouvrir toute la largeur de la chaussée craquelée. Dans le sillage de la voiture, des morceaux de glace flottaient comme des icebergs dans les vagues crasseuses.

— Pas étonnant que le macromaillage soit hors service ici, murmura-t-il.

Dans de telles conditions climatiques, les particules intelligentes ne pouvaient pas tenir très longtemps. Il tourna dans Princesway South.

— Putain !

Il freina des deux pieds. D'après la grille affichée sur son pare-brise et tirée directement du département de l'équipement de Newcastle, Princesway South reliait la Huitième et la Sixième Avenue. Mais pas dans le monde réel. Soixante-dix mètres devant lui se dressait un mur en composite gris qui bloquait toute la largeur de la chaussée. Sa structure en résine alvéolée montrait qu'il avait été fabriqué par des automates, qu'il était constitué d'hexagones recouverts d'un genre de peau. Serti dans la paroi, un large volet roulant s'enfonçait dans la route abîmée.

Sid tourna son *joystick*, fit demi-tour et retourna dans la Huitième Avenue.

— Je ne peux pas passer.

— On est dans la Sixième, annonça Ian. Aucun signe de lui.

— Il a très bien pu bifurquer dans Western Avenue, dit Eva. Ou se planquer dans un entrepôt. Presque toutes les boutiques du coin en possèdent un.

Sid s'engagea dans Dukesway. Deux camionnettes le croisèrent, leurs pneus épais couvrant la chaussée de vagues noires. Des ombres impénétrables dissimulaient d'innombrables passages et allées des deux côtés de la route. Seuls quelques panneaux éclairants fonctionnaient encore. C'était une rue sombre et sinistre dans laquelle, se rendit compte Sid, il ne faisait pas bon se retrouver seul.

— C'est complètement débile, lâcha-t-il. Si on tourne au hasard dans le quartier, ils nous repéreront. Retournons au commissariat, c'est fini.

— D'accord, patron, sage décision, dit Ian.

Sid accéléra aussi fort qu'il l'osa, provoquant un raz-de-marée qui inonda le trottoir. Il voulait sortir du Dernier Mile tout de suite. Le quartier, avec son labyrinthe chaotique, sa décrépitude et son avidité, avait eu raison d'eux.

* * *

Ils ne trouvèrent jamais Iyel. Vance Elston fit durer les recherches deux jours. Des escouades de légionnaires passèrent au peigne fin toute la zone, jusqu'aux franges de la jungle. Ceux qui restèrent dans le camp fouillèrent chaque tente, chaque palette et chaque véhicule. Les trois Land Rover et les deux JMT explorèrent la jungle environnante, écrasant les buissons et arrachant les plantes grimpantes tendues entre les arbres. Les trois Sikorsky CV-47 Swallow de Wukang, des petits hélicoptères éclaireurs, décrivirent des spirales au-dessus de la canopée impénétrable et foisonnante, envoyant à intervalles réguliers des signaux haute puissance pour essayer de faire réagir le maillage corporel d'Iyel. Ils activèrent également leurs scanners à infrarouge afin de détecter une éventuelle source de chaleur corporelle. Elston ne le dit pas aux pilotes, mais il aurait largement préféré débusquer des monstres extraterrestres plutôt que de retrouver un cadavre humain encore chaud. Mais les Swallow ne trouvèrent rien du tout. Les hommes qui s'occupaient des VAA envoyèrent deux Chouettes Raytheon 6-EB longer le cours d'eau le plus proche au cas où il aurait été emporté par les rapides.

Après avoir fouillé le camp de fond en comble pour la seconde fois, ceux qui ne volaient pas et ne patrouillaient pas en dehors du périmètre retournèrent à leurs tâches habituelles. Les vols des Daedalus et l'approvisionnement du camp reprirent. Iyel avait officiellement « disparu en mission ». Comme on n'avait pas retrouvé son corps, il n'était pas « mort ».

Les rumeurs les plus folles et les théories les plus improbables circulaient dans le camp sur la manière dont il avait été éliminé.

La nuit était tombée quand Vance admit enfin sa défaite et changea le statut d'Iyel. Le climatiseur du préfabriqué s'efforçait tant bien que mal de rafraîchir l'atmosphère étouffante. À l'extérieur, le personnel se rassemblait pour le déjà traditionnel barbecue du dimanche soir. Il ordonna à son i-e d'établir une liaison sécurisée avec Vermekia. « Sécurisée » était un bien grand mot pour une communication transmise par des e-Rays au-dessus de six mille kilomètres de jungle, puis par un câble sous-marin et enfin quatre mille kilomètres de ligne terrestre coupée par des dizaines de relais et de cellules civiles ; toutefois, il s'agissait d'un simple appel audio, et le cryptage de l'ARE restait ce qui se faisait de mieux.

— Deux morts ? demanda Vermekia.

— Un mort et un disparu, le contra Vance, sur la défensive, en le regrettant aussitôt.

— Que se passe-t-il ?

— Mullain est mort parce qu'il a mis le nez dans une activité illégale quelconque. Le cas d'Iyel est plus problématique.

— Vous pensez qu'il a été enlevé par des extraterrestres ?

— Je ne sais pas, admit Vance à contrecœur. Nous n'avons trouvé aucun indice.

— Vous avez bien une idée.

— Tout ce que je peux dire, c'est que je suis à peu près certain qu'il ne s'agit pas d'un coup d'Angela Tramelo. Même si je suis bien obligé de constater qu'aucun incident de ce type ne s'est produit dans les autres camps. Pour l'instant, en tout cas.

— Il ne peut pas s'agir d'autre chose. Je n'arrive pas à accepter l'idée d'une telle coïncidence.

— Je vous ferais juste remarquer que Wukang joue le rôle principal dans notre dispositif de défense. Si les extraterrestres ont découvert le pot aux roses, ils risquent de tenter une incursion. Et Iyel appartenait à l'équipe de xénobiologie.

— Mais il ne participait pas à la mission de défense.

— Je sais.

— Les extraterrestres ne peuvent pas être au courant.

— Nous ignorons tout de leurs capacités. Nous savons seulement que l'un d'entre eux a pu se rendre à Newcastle.

— Donc vous croyez qu'ils existent ? demanda Vermekia.

— Je commence à y croire, oui. Nous n'avons aucune preuve, juste des indices. Comme d'habitude, nous avons besoin de quelque chose de concret. Où en est l'inspecteur Hurst ?

— Il en est encore à remonter la piste de ces taxis stupides.

— Vraiment ?

— Oui. Statistiquement parlant, il aurait déjà dû le trouver. Si vous voulez mon avis, c'est une énorme perte de temps.

Vance se surprit à plaindre le pauvre policier plongé dans une enquête cauchemardesque et soumis à des pressions diverses.

— Il accomplit le travail qu'on lui a confié.

— Peu importe. Désormais, nous attendons que vous nous apportiez des réponses.

— Je comprends.

— Quand allez-vous commencer à prélever des échantillons ?

— Wukang est complètement opérationnel, et j'ai l'intention d'envoyer un premier convoi demain.

— Heureux de l'entendre. Il nous faut des résultats.

Vance coupa la liaison et passa une longue minute dans son box privatif à regarder par l'étroite fenêtre, presque une meurtrière, que son statut lui avait permis d'obtenir. Celle-ci encadrait un morceau du système annulaire, qui, la rotation de St Libra aidant, commençait à briller tandis que la nuit tombait sur Brogal.

Deux morts – car il était convaincu qu'Iyel avait été tué –, cela ne pouvait pas être une coïncidence. Il y avait quelque chose dans cette jungle, forcément. Cela le mettait mal à l'aise, car il ne comprenait pas pourquoi les créatures ne se montraient pas. Et il commençait tout juste à se rendre compte à quel point Wukang était isolé. L'univers créé par le Seigneur était trop grand au goût de l'âme humaine.

Soudain, il y eut de la musique. Un morceau de rock, avec de la guitare, qui résonnait faiblement, avec des accents métalliques, dans le préfabriqué. Il devait résonner de la même manière dans la jungle, bruit étranger, absorbé, destructuré par l'énorme masse végétale. Complètement insignifiant.

Vance soupira et essaya de ne plus penser à ses soucis. Ce soir, il y aurait des burgers et des saucisses, de la salade qui aurait passé trop de temps au réfrigérateur et des petits pains grillés – pas assez de *ketchup* dessus, toutefois. Un barbecue dans les règles de l'art, une célébration de l'humanité. Il éteignit sa console et sortit rejoindre les autres.

* * *

Angela adorait les barbecues du dimanche soir. Tout le monde se détendait un peu et pouvait s'amuser en oubliant la raison de sa présence dans cette jungle. La nourriture n'était pas mauvaise, même si les burgers n'étaient pas souvent cuits à cœur. Mais ce n'était pas grave, car, pendant quelques heures précieuses, l'odeur du charbon de bois couvrait les parfums de la jungle, la musique chassait le silence caractéristique et oppressant de cette planète, et les gens enfilaient des vêtements civils au lieu de leur uniforme de l'ADH.

Ils ne mangeaient pas sous le chapiteau de la cantine. Les barbecues avaient été installés juste derrière, où le charbon rougeoyant contrastait avec la lumière argentée des anneaux. La fumée s'élevait vers le ciel tandis que la viande juteuse grésillait. La première fournée était prête lorsqu'elle arriva avec ses camarades. Ils firent la queue, assiette à la main, se servirent de la salade et attendirent que les employés de la cantine distribuent parcimonieusement la viande.

— Ces saucisses sont toujours trop épicées, se plaignit Mohammed Anwar.

— T'es vraiment chochotte, toi, lui lança Gillian Kowalski.

— Ben ouais, quoi, ils pourraient prévoir deux types de saucisses, merde.

— C'est ça, tu n'as qu'à passer ta commande, se moqua Dave Guzman.

Angela riait avec les autres. Elle chercha Paresh du regard et constata qu'il souriait.

— Je dis ça comme ça…, se défendit Mohammed, digne malgré tout.

Angela tendit son assiette et remercia une Lulu MacNamara aux joues roses pour les saucisses et le burger.

— Ça se passe toujours là où tu es, lança une voix claire et puissante. Mullain à Sarvar, et maintenant Iyel.

Angela se retourna. Un peu plus loin, dans la queue, Davinia Beirne fixait sur elle un regard noir. Technicienne responsable des Chouettes, elle appartenait à l'équipe des VAA.

— C'est à moi que tu parles ?

— Faut dire qu'on est le seul camp à accueillir une tueuse en série. Personne ne s'est fait tuer ailleurs.

— Eh ! lança DiRito en faisant un pas vers la femme, le visage déformé par la colère et l'indignation.

Angela tendit le bras pour l'empêcher d'aller plus loin.

— Ce n'est pas grave, dit-elle en sentant ses camarades se regrouper autour d'elle. Tu as un problème ? demanda-t-elle à Davinia.

— Il y aura combien d'autres disparitions ?

— Je ne souhaite la mort de personne. Et je n'ai jamais tué qui que ce soit. Ni ici et maintenant, ni il y a vingt ans. Je suis venue dans ce trou à rats pour vous aider, pour empêcher les extraterrestres de faire de nouvelles victimes. Je n'étais pas obligée de vous suivre, n'oublie pas. Je pourrais être bien peinarde sur Terre, si je le voulais, mais je suis une abrutie de volontaire. Quand ils sortiront de la jungle pour venir te chercher, tu seras bien contente de m'avoir.

Chris Fiadeiro et Mackay se joignirent à une Davinia ricanante. Angela la regarda fixement, à l'affût du moindre tressaillement musculaire annonciateur d'une charge. Elle était certaine que les membres de son escouade et les gars des VAA retiendraient Davinia. Toutefois, elle avait vécu trop de bagarres en prison pour compter sur les autres.

Bastian North2 arriva à cet instant, tandis que de la *country* guillerette résonnait dans le silence pesant. Le visage impassible, il pencha la tête sur le côté et dévisagea Angela. Comme elle était fière, elle refusait de baisser les yeux. La scène s'étira douloureusement. Soudain, Madeleine Hoque claqua un burger dans l'assiette de Davinia, qui sembla lui en vouloir d'avoir brisé sa concentration agressive. Mackay lui donna une tape dans le dos, et Davinia tourna les talons en grognant son mépris. C'était fini, terminé. Bastian se remit en mouvement et se joignit à la queue.

Une main ferme se posa sur l'avant-bras d'Angela.

— Barrons-nous d'ici, dit Leora Fawkes.

Angela faillit trébucher comme ses amis l'entouraient et l'entraînaient plus loin ; cependant, elle ne protesta pas et se laissa faire.

— Ça va ? demanda Paresh tandis que l'escouade s'installait dans l'herbe.

— Je n'aime pas être la rabat-joie de service, celle qui fiche en l'air l'ambiance d'une soirée.

— Mais non, ce n'est pas ta faute, rétorqua Marty O'Riley. Nous savons que tu étais avec nous dans les deux cas.

— Davinia a l'habitude de foutre la merde, expliqua Josh Justic à voix basse. Cette nana a un problème.

— Tu dis ça parce que tu t'es pris un râteau avec elle, rétorqua Atyeo en mâchouillant une saucisse, un sourire aux lèvres.

— Eh ! je ne me suis pas pris de râteau.

Ses camarades éclatèrent de rire. Ils étaient retombés dans leur routine habituelle. Camaraderie confortable. Angela se mit à manger, mais remarqua que Paresh la considérait avec inquiétude.

— Je vais bien, articula-t-elle en silence.

Alors il se détendit, soulagé.

Il était rare d'avoir un pareil groupe d'amis, des gens sur qui on pouvait compter, parfaitement à l'aise et égaux. Angela avait connu cela une fois. D'une étrange façon, cette première expérience était à l'opposé de ce barbecue. Néanmoins, elle ne pouvait s'empêcher d'associer les deux situations. Le fait d'être assise ainsi avec des gens si différents, sous des étoiles si distinctes, lui fit se dresser les poils des avant-bras. Cette époque lointaine était tellement vivace dans son esprit. Mais il s'agissait d'une autre vie, d'une autre personne, morte depuis bien longtemps.

* * *

La dernière d'une longue, très longue série de fêtes exubérantes auxquelles la jeune Angela DeVoyal avait participé s'était déroulée dans la demeure du prince Matiff le 17 janvier 2111, date que tout le monde, dans le milieu de la finance transstellaire, se rappellerait à jamais. Elle s'y était rendue avec Shasta Nolif, bien sûr. Toutes les deux étaient virtuellement inséparables sur la scène sociale de New Monaco. Les meilleures amies du monde depuis toujours.

La famille DeVoyal avait bâti sa fortune à Wall Street et sur le marché financier mondial, avant de profiter tranquillement de l'expansion transstellaire. Les DeVoyal étaient originaires de la côte Est, leur argent était ancien, pouvait-on dire, leur comportement aristocratique et leur façon d'appréhender les gens arithmétique.

Jeune héritière, Angela DeVoyal était d'une beauté surnaturelle, génétiquement modifiée. Elle avait beaucoup d'autres qualités, choisies avant sa naissance par son père Raymond : elle était grande, en bonne santé, forte, rapide, intelligente et dotée d'une mémoire infaillible, digne d'un microprocesseur. Luci Tramelo, qui avait donné naissance à Angela, était une simple mère porteuse. Une semaine après l'accouchement, soit après que la clinique familiale eut confirmé la qualité du patrimoine génétique de la petite, Luci avait été remerciée. Les traits de caractère qu'on ne pouvait séquencer dans l'ADN – l'absence de pitié, la ruse et une ambition quasi mégalomaniaque ancestrales – furent inculqués à Angela par une éducation et des enseignements destinés à garantir l'avenir du business familial et son niveau de revenus.

L'argent de Shasta provenait d'un empire industriel indien, empire dont son arrière-grand-père avait astucieusement et impitoyablement fait un géant mondial au début du XXIe siècle, employant plus d'un quart de million de personnes dans trente-sept pays. Son grand-père avait déployé la même énergie pour diversifier les activités de la société, se lançant dans la production du brut afin d'accompagner la révolution des micro-usines sur les nouveaux mondes transstellaires.

Pour la soirée du prince Matiff, Angela avait choisi une robe blanche trompeusement simple dotée une traîne de sirène. Deux couturières envoyées par la maison italienne dont elle était cliente l'accompagnaient afin d'apporter des retouches à la création. La robe était tellement ajustée, et la soie d'araignée de Jajescal aux microdiamants scintillants tellement délicate, qu'elles durent littéralement la coudre dans sa tenue juste avant l'atterrissage. Pour compléter la robe, plus d'une centaine d'épingles à tête de rubis ou d'émeraudes ornaient son épaisse chevelure blonde. Et son ancienne parure de bijoux Roicoutte coûtait un peu plus de huit millions de dollars.

Angela était un peu déçue que son père ne l'ait pas accompagnée, mais l'IA de la famille avait repéré un afflux inhabituel de biocarburant dans le vaste réseau de pipelines européens allant de Newcastle aux Balkans. Son père soupçonnait que le biocarburant provenait du monde français baptisé Orléans, mais il n'en connaissait pas l'acheteur. Et pourtant, vu les quantités concernées, il aurait dû être au courant. Il préférait rester à la maison pour surveiller le marché. La société de courtage DeVoyal contrôlait près de quarante pour cent du marché du biocarburant de la GE, et il ne voulait pas se faire doubler par des petits malins.

Angela et Shasta avaient planifié leurs départs de manière que leurs jets hypersoniques ADAV respectifs se posent sur la piste du manoir en même temps, en milieu d'après-midi, le premier jour. Ainsi, elles prirent la même calèche dorée à l'or fin pour remonter l'allée verdoyante jusqu'à la splendide demeure blanc et argenté, avec ses spires jumelles culminant à cent cinquante mètres dans le ciel violet clair de New Monaco.

Le prince était là pour les accueillir. Il était accompagné de ses huit épouses, choisies dans de bonnes familles arabes de Riyadh et la Nouvelle Perse. Toutes connaissaient leur place et jouaient leur rôle à la perfection.

— J'espère que tu accepteras de me rejoindre dans mon lit avant la fin de la fête, murmura-t-il à l'oreille d'Angela, tandis qu'un officier en uniforme rouge annonçait la jeune femme dans la grande salle de bal dallée de marbre et coiffée d'une voûte dorée.

En tant que descendant d'une famille royale arabe, Matiff avait un goût prononcé pour les rituels officiels et l'apparat, comme s'il était à la tête d'un royaume, sur Terre.

— Nous verrons, répondit Angela avec un sourire réservé qui ne laissa rien transparaître.

Dans d'autres occasions, il leur était arrivé de se retirer dans une suite privée pour donner libre cours à leur sexualité débridée. Seuls ou non. Parfois Shasta ou une autre petite amie se joignait à eux ; parfois, Matiff confiait Angela à quelques-uns de ses cousins. Dans tous les cas, le résultat était délicieusement vicieux et agréable.

— S'il te plaît, insista Matiff. Nous aurons largement le temps. Et tu sais à quel point tu me plais.

— Je sais, mon chou.

Elle plaisait à la plupart des hommes. Les modifications de son ADN qui faisaient d'elle une 1/10 étaient devenues actives lorsqu'elle avait cessé de grandir et que le bouillonnement d'hormones de sa puberté s'était calmé. Elle avait donc le physique d'une gamine de dix-sept ans un peu en avance sur son âge, et son adolescence de pacotille faisait beaucoup d'effet aux mâles.

— Housden sera là aussi, dit Angela. Il doit arriver ce soir.

— C'est sérieux, entre vous ?

— Peut-être bien, répondit-elle, énigmatique.

— Il a vraiment de la chance. Je te le demande une dernière fois : épouse-moi.

— Peut-être un jour, Matiff, mais pas pour l'instant.

— Je saurai attendre.

Il s'inclina en lui tenant un peu trop fermement les doigts et lui fit un baisemain.

Sur le balcon de la salle de bal, un orchestre jouait une musique un peu ampoulée. Une dizaine de couples étaient déjà sur la piste, qui tournoyaient avec élégance. Des serveurs en queue-de-pie blanche portaient des plateaux en argent chargés de flûtes de champagne. Les filles longèrent la piste pour se rendre dans la Salle du verger, où jouait un groupe de rock. Sans rien dire, elles examinèrent les robes des convives, fabuleux étalage de haute couture provenant de tous les mondes transstellaires, le but de tous les créateurs étant d'attirer l'attention de la faune richissime de New Monaco. Angela fut surprise par le nombre de prothèses, surtout des ailes et des queues de paon ; cette mode n'était-elle pas déjà passée ? En retour, leurs rivales les détaillèrent, les scannèrent avec l'efficacité d'un radar, jugeant les coupes, évaluant les prix. Le tout sans jamais se départir de leurs sourires et en soufflant des baisers aux quatre coins de la salle.

— Housden ? demanda Shasta. Vraiment ?

— Mignon, grosse queue, sens de l'humour, le bon âge. Toutes ces qualités dans un seul homme, c'est rare, tu ne crois pas ?

— Et c'est un des nôtres.

— En effet.

D'origine chinoise, Housden était l'héritier d'un conglomérat minier extrêmement important en Afrique avant la création de la technologie transspatiale ; avant que les lanthanides – des métaux rarissimes sur la Terre – deviennent relativement courants. Comme c'était le cas de la plupart des sociétés de ce genre, la sienne avait réussi à changer l'essentiel de ses activités, se spécialisant dans le raffinage du brut pour continuer à prospérer.

— Sinon, il y a toujours le prince, ajouta Shasta.

— Mmh… non, répondit Angela en fronçant les sourcils.

Malgré son charme indéniable, le prince Matiff était un peu trop traditionaliste pour elle ; il attendait de ses femmes qu'elles soient obéissantes. Et puis, leurs sociétés respectives étaient rivales.

Lorsque le pétrole du Golfe avait commencé à se faire rare, les monarchies arabes avaient investi des dizaines de milliards de dollars dans des raffineries de biocarburant et de vastes champs d'algues situés sur les mondes nouveaux. Grâce à ces investissements, les vieilles familles du Golfe étaient parvenues à garder leurs places de leaders de la production énergétique. Elles appréciaient assez peu la manière dont DeVoyal manipulait le marché à terme du biocarburant, et compliquaient toujours la tâche des traders comme lui en refusant de révéler l'ampleur de leur production, leur part du marché ou la nature de leurs projets d'expansion pour l'avenir.

Coucher avec l'ennemi, dans le sens premier du terme, était un plaisir malsain pour Angela – et pour le prince aussi, pensait-elle –, mais aller plus loin serait une erreur.

Angela et Shasta commencèrent à danser au milieu des cascades de fumée et des lasers ondulants. Elles se séparèrent lorsque Shasta se mit à bouger de manière suggestive au milieu d'un groupe de gens qu'elle connaissait vaguement. Angela se rendit alors dans la salle à manger, où les tables croulaient sous des mets incroyablement variés. Des baies vitrées offraient une vue panoramique sur le parc. Devant la demeure, en contrebas, elle avisa le bassin large d'un kilomètre et demi. D'énormes geysers crachaient de l'eau dans le ciel sombre. L'eau jaillissait en colonnes verticales, en plumets larges, en vagues horizontales, décrivait des arcs vrillés. Tous les jets étaient illuminés par en dessous et changeaient constamment de couleur.

Comme elle s'apprêtait à sortir dans le crépuscule, Angela croisa un groupe d'adeptes du sadomasochisme en costume de cuir orné de chaînes en or et de pointes terminées par des diamants. Ils se dirigeaient vers le Donjon romain, où les attendaient une bonne dizaine de stars du porno californiennes payées par Matiff pour menotter tout ce beau monde. Le petit groupe était tout excité d'avoir un prisonnier. En effet, il avait capturé un ange, un magnifique et jeune garçon au torse musclé et aux ailes immaculées greffées dans le dos. L'ange était conduit par un nain bardé de cartouchières emplies de sachets de drogue. Angela ne put s'empêcher de sourire à la vue de ce monstrueux convoi.

Il y avait des courses de chameaux dans une arène creusée dans un des jardins, hommage amusant à la culture du propriétaire des lieux. Grand, musclé, le crâne rasé orné de tatouages argentés, très fringant dans son costume Nanru, Housden arriva à temps pour assister à la deuxième course. Ils se joignirent à un groupe d'amis dans une loge pour encourager leurs favoris. Misant un quart de million à chaque course, Angela perdit deux millions et demi de dollars au total ; Housden se débrouilla beaucoup mieux, générant un profit de cinq cent mille dollars.

Un buggy avec chauffeur les conduisit à un pavillon niché dans une clairière entourée d'arbres en fleurs en bordure de l'énorme bassin. Angela dut recourir à ses couturières italiennes pour se déshabiller. La masseuse érotique qui les attendait dans le pavillon était une véritable géante ; à tel point qu'Angela se laissa dévêtir devant elle avec une certaine appréhension. Sous les yeux d'un Housden ravi, elle s'allongea sur une table matelassée et se fit enduire le corps d'huile. Les couleurs ondulantes des jets d'eau se reflétaient sur sa peau. Sous une douce averse de pétales roses, la masseuse, experte en shiatsu, entreprit de lui pétrir la chair d'une façon diabolique. Bientôt, les cuisses d'Angela se mirent à trembler de façon incontrôlée. Quelque temps plus tard, Housden se joignit à elles, baisant Angela pendant que la masseuse la manipulait. À la fin, la jeune femme craignit que la propriété tout entière entende ses cris.

Sa deuxième tenue était une robe de soie rouge et luisante. Sa coiffeuse arrangea sa masse de cheveux en une vague trompeusement simple et rustique, qui lui tombait dans le dos. Lorsque son entourage eut terminé de l'apprêter, Angela et Housden se joignirent aux autres convives sur la pelouse pour un banquet pré-petit déjeuner.

L'aube arriva, accompagnée d'une brise fraîche. Housden l'escorta à l'intérieur, et ils se mirent d'accord pour se séparer un peu. Elle savait ce qu'il comptait faire ; elle l'avait vu reluquer les invitées à plusieurs reprises. C'était de bonne guerre ; sa propre i-e ne cessait de recevoir des messages de Matiff depuis deux heures.

Un des valets de la maison l'attendait. Amusée et presque fataliste, elle se laissa guider jusqu'à la chambre où l'attendaient le prince et cinq de ses épouses.

La fatigue commençait à se faire sentir, mais Matiff était prêt à toutes les éventualités ; pas question que sa matinée soit gâchée par la lassitude d'Angela. L'une de ses femmes plaqua un sachet de drogue sur la peau de son invitée, dont la tête se mit aussitôt à tourner, l'obligeant à prendre appui sur un meuble pour ne pas tomber. Soudain, elle se sentit incroyablement bien, parfaitement éveillée, fraîche et dispose. Plein de désir, un sourire froid aux lèvres, Matiff regarda ses femmes la déshabiller. Puis la mettre à genoux devant lui.

* * *

Angela se réveilla seule dans une suite d'ami. Elle n'aima pas cela ; il s'agissait d'une fête, et elle n'aurait jamais dû être seule. Son autoapitoiement et sa gêne la mirent en colère. Toutefois, pour être tout à fait honnête, il ne s'agissait pas uniquement de cela : le comportement du prince l'avait un peu déstabilisée. Il était allé beaucoup plus loin qu'à l'accoutumée, jouissant de sa réaction et de son incrédulité.

Son entourage l'attendait dans le salon de la suite. Quand le prince et ses épouses avaient eu fini de jouir d'elle, on avait fait venir ses gens pour la ramasser, se rappelait-elle vaguement. Leur présence et leur prévenance lui étaient nécessaires et agréables. On appliqua sur sa peau une drogue qui eut rapidement raison de sa gueule de bois. On lui fit couler un bain parfumé avec des onguents que son thérapeute et une bonne firent pénétrer dans sa peau pour la réveiller. Son hématologue scanna rapidement son sang pour s'assurer que les stimulants de Matiff ne lui avaient fait aucun mal. Le foie et les reins améliorés d'Angela pouvaient tolérer une grande quantité de polluants, ce qui expliquait qu'elle soit toujours obligée de boire deux fois plus que les autres pour être éméchée, mais qui pouvait savoir ce que le prince avait utilisé ? Comme d'habitude, sa coiffeuse accomplit des miracles, domptant sa chevelure emmêlée, l'ornant de fleurs fraîchement cueillies et de mèches de platine.

— Quelle heure est-il ? demanda Angela.

Elle ne fut pas véritablement surprise quand on lui répondit qu'il était 13 heures. Matiff avait pris son temps, profitant au maximum de sa vulnérabilité. En profitant assez longtemps pour ne plus laisser place au doute : il ne la traitait pas du tout en égale, ce qu'elle trouva pour le moins offensant.

Tandis que son entourage l'aidait à enfiler une nouvelle robe, elle activa son interface transnet. Son i-e lui annonça que son père avait essayé de la joindre à trois reprises. Ce n'était pas son genre de l'appeler quand elle était à une fête. Elle demanda à son i-e de le rappeler, mais il n'était pas joignable.

— Préviens-moi quand il sera connecté.

Déterminée à ne pas laisser Matiff lui gâcher la fête, à ne pas lui concéder cette victoire, elle décida de s'amuser.

Dans la Salle du verger, un groupe composé de sept musiciens appelés Pink Isn't Well jouait sans conviction son *emo* progressif. Angela n'était pas fan du genre, et dans l'état qui était le sien, cette musique ne lui fit ni chaud ni froid. Elle sortit dans le parc et monta à bord d'un buggy qui la conduisit à l'arène où avait lieu un tournoi de combat libre, dont le vainqueur – le combattant qui resterait debout – gagnerait cinq millions de dollars. Les yeux écarquillés, fascinée, Angela assista à ce spectacle illicite à base de membres brisés, de visages réduits en bouillie, de coups en dessous de la ceinture. Elle imagina le prince se faisant massacrer sur le ring, et cela lui fit beaucoup de bien.

* * *

Elle se changea une nouvelle fois avant les courses du soir. Avant de s'habiller, toutefois, elle se fit masser, drainer, gommer la peau, et son hématologue lui prépara un mélange à appliquer localement destiné à diminuer son taux d'alcool dans le sang. Lorsqu'elle fut propre, fraîche et prête, son dermatologue vaporisa sur sa peau des flocons de platine, lui donnant une teinte argentée et polie. Avec un art consommé, il réussit à accentuer ses courbes et sa musculature. Alors ses couturières apportèrent une robe de bal principalement constituée de larges rubans et qui, ajoutée à sa peau métallisée, mettrait en valeur sa féminité et sa force.

Lorsque ses employés eurent terminé de l'apprêter avec cérémonie, Housden les rejoignit, Shasta et elle, pour aller manger de la viande grillée.

— Waouh ! fit-il avec un sourire avide. Waouh, waouh et re-waouh ! Je peux t'embrasser ? Je ne voudrais pas abîmer ton maquillage. Tu es magnifique.

— Tu peux m'embrasser, le platine ne risque rien.

Angela eut un gloussement forcé. Elle hésitait à parler du comportement de Matiff à ses amis. À quoi bon, en effet ? Housden était sensible, et il risquerait d'en souffrir. Elle choisit de ne rien dire, tandis qu'ils montaient tous les trois à bord d'un buggy pour descendre jusqu'au bassin. Des torches produisant de hautes et scintillantes flammes vert et bleu illuminaient l'allée qui serpentait entre des centaines de tables dressées dans des alcôves formées par des rosiers grimpants et des clématites. Cinq feux rougeoyants brillaient dans la partie occupée par les cuisiniers ; au-dessus de chacun d'entre eux rôtissaient cinq animaux différents : un bœuf, un cochon, un renne, un bison et…

— Ce n'est pas un panda, n'est-ce pas ? demanda Housden en fronçant les sourcils.

— Je n'en mettrais pas ma main à couper, répondit Angela. C'est exactement le genre d'outrance dont est capable Matiff.

Ils s'installèrent autour d'une table en fer forgé, sous un bouquet de parasols japonais peints à la main suspendus à des glycines, et passèrent leur commande. Angela n'eut pas le courage de demander du panda, Housden si.

— Je vais lui prouver que je suis capable de répondre à sa provocation !

— Ah ! les hommes, s'exclamèrent Angela et Shasta en faisant tinter leurs verres.

De là où ils se trouvaient, ils pouvaient admirer les deux grosses montgolfières rouges, lunes captives, qui flottaient à cinq cents mètres du sol et à un kilomètre et demi l'une de l'autre. Cinq Cessna à moteur fusée étonnamment petits passèrent dans un bruit de tonnerre entre les deux tours de la maison et décrivirent un virage serré en fonçant vers le premier ballon. Angela applaudit d'admiration comme les deltas effilés se tournaient autour, déroulant des rubans de fumée qui dessinaient une natte ou une hélice d'ADN dans l'atmosphère douce. Les aéronefs s'enroulèrent autour du ballon, virant de manière acrobatique, ce qui leur valut une nouvelle salve d'applaudissements.

Angela retint son souffle lorsque deux appareils se frôlèrent, leurs ailes se touchant presque, en manœuvrant autour du ballon. L'excitation venait du risque d'une collision en plein vol – éclosion d'une fleur enflammée, carcasses fumantes tournoyant vers le sol. De la perte possible de vies humaines.

Quelque part, très loin, presque dans son subconscient, elle se demanda si elle ne commençait pas à se lasser des expériences de la vie. Elle avait goûté tant de plaisirs différents lors des fêtes qui se succédaient à New Monaco que seuls les extrêmes l'excitaient encore. Elle enviait presque Shasta, ses voyages d'affaires et sa lente ascension vers le sommet de l'empire industriel familial et mondial. Son héritage était tangible, alors que celui des DeVoyal se résumait à des chiffres.

Ils étaient au milieu de la seconde course d'avions-fusées – Angela avait misé deux cent cinquante mille dollars sur le vert piloté par Duke Douglas parce que le nom lui plaisait – lorsque Housden adressa un petit hochement de tête à Shasta.

— Il faut que j'aille dire bonjour à quelqu'un, annonça celle-ci en s'éloignant.

— Ce n'était pas très subtil de ta part, le gronda Angela.

— Je sais, chérie, excuse-moi.

L'i-e d'Angela lui transmit un message prioritaire : « Alerte ambre de niveau 1 ». Les importations de biocarburant en provenance de St Libra augmentaient à un rythme régulier. Satisfaite d'avoir deviné l'origine de l'alerte, elle oublia aussitôt cette information. Oui, elle était une digne habitante de New Monaco, une femme à la vie foisonnante, expérimentée, blasée par son métier ; néanmoins, certaines choses continuaient à l'exciter naturellement…

Housden se racla la gorge.

— Angela, je suis content de ce que nous avons construit tous les deux et j'aimerais que ça devienne permanent.

Ses yeux pleins d'espoir au milieu de son large visage la firent sourire. Elle le connaissait bien, désormais, et elle avait compris.

— Bien sûr que je veux bien pérenniser notre relation.

Il se pencha vers elle et l'embrassa tendrement.

— Merci.

Le regard d'Angela se posa sur la petite boîte qu'il lui tendait. Ravie, elle l'ouvrit et découvrit un anneau de cristal clair. Très clair, même, et scintillant. Sincèrement surprise, elle porta les mains à ses joues.

— Oh ! Housden, est-ce que c'est… ?

— Ouais, c'est une bague de fiançailles en diamant. Je suis dans le genre classique, comme gars.

Elle gloussa et prit l'anneau pour l'essayer et l'admirer. Il lui allait à merveille.

— Par tous les mondes transspatiaux, comment font-ils ça ? C'est très spectaculaire. J'adore.

Une petite part diabolique d'elle-même avait hâte de montrer la bague à Shasta, qui serait tellement jalouse.

— On en a trouvé un énorme morceau dans une de nos mines de Mosselbaai. Je l'ai porté à une société d'Amsterdam qui a développé une nouvelle technique de taille. Une histoire de faisceaux de neutrons ultraprécis. Bref, ils en ont fait un anneau. C'est le premier et, à ma connaissance, le seul.

— Merci. (Encore un baiser, plus appuyé, cette fois.) Merci beaucoup.

Angela lui mit dans la bouche une crevette trempée dans de la sauce à l'ail, tandis qu'il lui faisait boire un cocktail de champagne et de vodka à la framboise JK. Ils s'embrassèrent de nouveau.

— Et merci de m'avoir demandée en fiançailles, lui dit-elle. Tu es un superbon et superbeau parti.

— Je pourrais en dire autant.

— Tu veux des enfants ?

— Oui, j'aimerais bien. Je suis sûr que nos avocats nous concocteront un contrat aux petits oignons.

— On les paie pour ça, acquiesça-t-elle.

Il n'y aurait pas d'annonce officielle tant que les deux équipes d'avocats n'auraient pas jeté les bases du contrat – une habitude à New Monaco. Les négociations et les réflexions prendraient certainement un ou deux mois, le temps de déterminer combien d'enfants ils auraient et quel pourcentage de leurs patrimoines respectifs ceux-ci recevraient. Pas question que ses enfants se retrouvent avec un patrimoine inférieur à cinquante milliards et se voient refuser la citoyenneté de New Monaco.

— Tu sais, reprit-elle, si on a des enfants, j'aimerais qu'ils dirigent des sociétés mixtes, qu'ils ne se spécialisent ni dans la spéculation ni dans la production du brut.

— La diversification, c'est bien, mais il faut quand même une stratégie.

— Je sais. Je réfléchissais à voix haute, c'est tout.

Elle se posait de plus en plus de questions sur le métier qu'elle avait commencé à exercer avec son père – manipuler, jouer avec l'argent et les actions. Pour les DeVoyal, il ne s'agissait même plus d'argent, plus vraiment, pas tel que le comprenaient les milliards de citoyens transstellaires ordinaires qui avaient des comptes en banque primaires et secondaires. Il n'était plus question de monnaie métal, ni de crédits. Sous la houlette de son père, leur IA manipulait de simples flux binaires, faisant s'accoupler des nombres avec d'autres nombres. Les marchés sur lesquels ils œuvraient étaient magnifiques par leur complexité, mais le fruit de leur labeur se résumait à une simple série de chiffres. Les liens de cause à effet devenaient de plus en plus difficiles à comprendre, ce qui faisait perdre de son intérêt au travail.

—C'est mignon, dit Housden. Tu feras une bonne mère protectrice.

—Ha! je suis seulement pragmatique; je n'en suis pas encore là. À ce propos, je t'informe tout de suite que nous aurons recours à des mères porteuses. Ranietha pense peut-être que c'est romantique et rétrochic de trimballer un bébé pendant neuf mois, mais moi, je me donne trop de mal et je dépense trop d'argent pour entretenir ce corps de rêve pour tout foutre en l'air d'un seul coup.

—Corps de rêve dont je profite bien, d'ailleurs. Quand tu es dans les parages, les ventes d'excitants chutent dramatiquement.

Angela se blottit plus près de lui et lui fit boire encore un peu de champagne.

—Housden, tu n'es pas obligé de me répondre, mais serais-tu un un-sur-dix?

—Non, chérie, répondit-il en secouant la tête. Je suis né avant que la technique soit accessible. Cinq ans trop tôt, d'après mon père. Pourquoi, ça t'embête?

—Non, pas vraiment. En plus, tu devrais pouvoir subir un rajeunissement bientôt. On dit que Bartram va bientôt rendre publique la procédure.

Housden leva son verre.

—Qu'il en soit ainsi!

Ils mangèrent leur viande grillée tandis que les avions-fusées tournoyaient encore et encore au-dessus de leurs têtes. La finale des champions terminée, Angela avait 750 000 dollars de plus dans les poches. Housden, lui, avait perdu 1 500 000.

—Allez, ne boude pas, le taquina-t-elle. À nous deux, on reste bénéficiaires sur l'ensemble des courses.

—Ouais, mais on n'est pas encore mariés.

Dans le bassin, les jets d'eau se firent moins puissants, dégageant la vue, permettant aux invités de voir pour la première fois l'autre rive. Un véritable tonnerre d'applaudissements enthousiastes retentit lorsqu'ils avisèrent le clou du spectacle.

— C'est une plaisanterie ! murmura Angela.

Une fusée argentée incroyablement démodée et quadrillée par une dizaine de puissants faisceaux de lumière trônait sur une grande plate-forme en béton. De la vapeur blanche glissait, sensuelle, sur ses flancs couverts de givre. Une minuscule capsule bleu-gris était visible à son sommet, surmontée par une minifusée de sauvetage écarlate, ajout à l'apparence primitive. À côté de l'engin se dressait une tour de lancement rustique, tout en câbles et en conduits, reliée à la capsule par un bras épais.

— Je ne crois pas, répondit Housden. J'en ai entendu parler. C'est une Mercury Atlas.

— Une quoi ?

— Un lanceur spatial doté d'une capsule individuelle. C'est une réplique de la première fusée utilisée par les Américains pour envoyer un homme en orbite. Les vieux systèmes électroniques ont été remplacés par un réseau moderne, et la capsule est plus sûre que l'originale, mais à part ça, c'est une mission astronautique des années 1960.

— Et elle vole ?

— Parfaitement. C'est Nanjit, le cousin de Matiff, qui va la piloter.

— Nanjit va mettre ce truc en orbite ? s'indigna Angela. Ce toxico ?

— Il n'aura rien à faire. Deux petits tours, et il redescendra. Il va amerrir dans l'océan Tanyique, à cent vingt kilomètres d'ici. Matiff a importé des bateaux et des hélicoptères spécialement pour le récupérer.

— Ben merde… Et ça va lui coûter combien ?

— Soixante, peut-être soixante-dix millions. Pour le lanceur, il a passé une commande spéciale à Boeing-Zian. Ça n'a pas été facile ; les plans d'origine avaient disparu depuis longtemps. Il a fallu rétroconcevoir la capsule et le lanceur à partir des modèles exposés dans des musées. Apparemment, il a dû promettre de financer deux expositions à la Smithsonian Institution rien que pour obtenir le droit d'examiner les pièces qui l'intéressaient.

Angela gloussa comme une folle.

— Je souhaite bonne chance à celui qui organisera la prochaine fête.

Elle se retourna et regarda par-dessus son épaule. Debout devant sa grande tente de style bédouin, au sommet de la colline, le prince saluait de la tête ses invités qui le félicitaient. Elle remarqua alors deux North2 qui se tenaient un peu à l'écart ; ils avaient l'air satisfaits, détendus. C'était étrange. Northumberland Interstellar et le conglomérat biopétrolier de la famille du prince n'étaient pas vraiment rivaux, mais ce n'était pas l'amour fou.

Des projecteurs géants installés au pied de la colline s'allumèrent, éclairant un Nanjit qui descendait d'un camion, à la base de la tour de lancement. Il était engoncé dans une combinaison spatiale argentée et portait une bulle de verre orange terne sur la tête. L'ensemble semblait effectivement authentique, y compris les tuyaux côtelés le reliant au boîtier métallique qui lui permettait de respirer et que portait derrière lui un technicien.

Une nouvelle salve d'applaudissements.

Angela demanda à son i-e de contacter son père en donnant la priorité absolue à l'appel. Il ne répondit pas, ce qui était encore plus bizarre. Elle se connecta à l'IA de leur propriété et ferma les paupières pour que l'affichage de ses lentilles interfaces ne soit pas pollué par le spectacle de la reconstitution de cet épisode de la course à l'espace.

— Mon père est-il à la maison ? demanda-t-elle au logiciel.

— Oui, madame.

— Où, exactement ?

— Dans son bureau.

— Transmets-moi les images en temps réel des capteurs du bureau.

— C'est impossible.

— Pourquoi ?

— Les capteurs de cette pièce ont été désactivés.

La chaleur si agréable qui l'enveloppait – celle du champagne, de l'atmosphère nocturne, de la fête, de ses fiançailles – se dissipa d'un seul coup.

— Qui les a désactivés ?

— Probablement votre père ; il est la dernière personne à être entrée dans son bureau.

— Merde ! lâcha-t-elle brusquement. Préviens l'équipage, dit-elle à son i-e. Je pars tout de suite.

— Qu'est-ce qui se passe ? s'inquiéta Housden.

— C'est mon père. Il est injoignable. Il s'est isolé.

— Pourquoi ferait-il une chose pareille ?

Angela haussa les épaules avec exaspération.

— D'accord, d'accord, excuse-moi. C'était débile de ma part.

— Ce n'est pas grave.

— Qu'est-ce que tu comptes faire ?

— Il faut que je lui parle, qu'il m'explique.

Comme elle terminait sa phrase, elle remarqua que le niveau d'alerte avait encore monté. L'excédent de carburant entrant dans la GE était encore plus fort qu'en 2095, époque où la création de l'Alliance pour la défense de l'humanité avait plombé les budgets nationaux et plongé les mondes transstellaires dans une récession dont ils ne s'étaient toujours pas remis.

— Je t'accompagne.

Angela hésita.

— C'est très galant de ta part, mais je peux me débrouiller seule. Reste et profite bien du spectacle de l'explosion en plein vol de Nanjit.

— Comme tu veux. (Il l'embrassa.) J'avais d'autres plans pour cette nuit.

Un buggy conduit par un chauffeur s'arrêta à côté de leur table.

— Moi aussi. Je suis navrée. Je te rejoins plus tard. Je n'ai toujours pas eu l'occasion de porter ma tenue en cuir, et je n'ai pas envie qu'elle finisse à la poubelle.

— Je prends cela comme une promesse, dit-il d'un ton posé.

Elle monta à bord du buggy, qui fonça aussitôt vers le sommet de la colline. Son i-e l'informa que le prince Matiff l'appelait. Elle se retourna vers la tente luxueuse et tape-à-l'œil et vit qu'il suivait le buggy du regard, penché sur l'accoudoir de son fauteuil géant.

Près du bassin, les projecteurs suivaient l'ascenseur de Nanjit, qui gravissait la tour de lancement.

— Tu pars déjà ? s'étonna le prince.

— Désolée, Matiff. Un imprévu.

— Quand on s'adresse à une personne de mon rang, on respecte le protocole et on dit « Votre Altesse ».

Hein ? Matiff commençait vraiment à mal tourner.

— Je m'excuse, je dois y aller.

— Je comprends.

Un instinct primitif éveilla soudain son inquiétude. Lorsqu'elle se tourna de nouveau vers la tente royale, elle vit les deux North2 glousser d'un air ravi à côté de Matiff. Le sourire qu'ils arboraient n'avait rien d'agréable.

— Plus vite, ordonna-t-elle au chauffeur.

Ils arrivèrent devant son avion quelques minutes plus tard. Il s'agissait d'un HyperLear LV-505z, d'un delta lisse capable d'atteindre Mach 3,8. À cette vitesse, la propriété des DeVoyal n'était qu'à vingt-cinq minutes de vol. Elle demanda au pilote de se dépêcher.

Ils avaient à peine franchi le mur du son lorsque son i-e l'informa, via ses lentilles, que le marché du biocarburant avait atteint le seuil d'alerte rouge. Les investisseurs avaient pris note de la surabondance de carburant en GE. Et ce n'était pas terminé, car les sept grandes compagnies travaillant sur St Libra proposaient à la vente une année entière de consommation, qui s'ajoutait aux stocks existants. Ce qui était surprenant, ce n'était pas la quantité disponible, il est vrai étonnante, mais le prix : les prix pratiqués par les sept producteurs principaux étaient identiques.

— Un cartel, marmonna-t-elle.

Les producteurs de St Libra – Northumberland Interstellar et les G8 – s'étaient mis d'accord pour inonder le marché.

Angela agrippa ses accoudoirs. Ses muscles se nouèrent, laissant des empreintes platine sur le cuir souple. Des moniteurs se déployèrent devant elle, lui montrant des graphiques plus détaillés. Incrédule, elle assista à la baisse régulière et irrémédiable des prix du biocarburant.

— Les fils de pute ! grogna-t-elle. Sommes-nous très exposés ? demanda-t-elle à l'IA de la famille.

— Au cours actuel : trente-sept pour cent.

— Bordel !

Et son père qui ne faisait rien, qui ne réagissait pas en achetant pour stabiliser le marché, qui ne vendait pas pour limiter leurs pertes, déjà effrayantes. *Une année entière de biocarburant pour la GE ?* Planifier cette manœuvre avait dû prendre des mois, voire une année !

Elle pouvait donner des directives à leurs traders, mais elle n'avait pas de stratégie. Northumberland Interstellar, Matiff et les autres – qui n'avaient jamais caché à quel point ils haïssaient les spéculateurs – essayaient de chasser les DeVoyal et tous les autres traders de biocarburant de l'espace transstellaire. Leur surproduction continuerait d'affluer par le portail de Newcastle, d'inonder la GE, et tout son argent n'y pourrait rien. Elle devrait contacter les autres traders pour coordonner une réponse. Fallait-il acheter ou bien tout vendre, quitte à ce que le marché s'effondre ? Et, dans ce cas, cela menacerait-il les producteurs ? Cela les forcerait-il à arrêter ? Le cartel avait sûrement tenu compte de ces hypothèses dans ses préparatifs.

D'autres mises en garde apparurent. Les banques suspendaient leurs crédits à la société DeVoyal.

— Non ! Vous ne pouvez pas nous faire ça !

Tout ce qu'elle pouvait faire, désormais, c'était vendre leurs actifs pour rembourser leurs dettes, et elle savait exactement ce qui se passerait si elle commençait à vendre leurs réserves de matières premières pour compenser la perte de valeur de leur biocarburant : les banques exigeraient d'être remboursées sans attendre.

— Papa, qu'est-ce que je dois faire ? Papa, putain !

Le temps que le HyperLear se pose devant la demeure familiale, les surplus mis en vente par le cartel avaient fait baisser le cours du biocarburant de quarante-cinq pour cent. Angela avait peur, désormais, sentiment qu'elle connaissait à peine. Vu les quantités en jeu, un simple rachat massif ne fonctionnerait pas. Même en combinant les ressources de tous les grossistes qu'elle connaissait, cela ne serait pas assez, sans compter que l'afflux ne semblait pas sur le point de tarir. Le marché était noyé méthodiquement, impitoyablement ; l'opération avait été soigneusement planifiée.

Le prix du biocarburant baissant, le reste du marché montait. L'économie transstellaire avait justement besoin d'une source d'énergie à bas prix pour déployer ses ailes et sortir de quinze années de récession. La valeur des actions montait, les devises se renforçaient. Elle sentait l'espoir, les espérances de milliards de gens : elle les connaissait, leur optimisme débordant, leur enthousiasme alimenté par la perspective du changement. Des labyrinthes de taudis des villes terriennes aux colonies en kit des mondes transstellaires, ils se réjouiraient pendant des jours, applaudiraient Augustine North et les autres conspirateurs. Aucun d'entre eux ne remarquerait ni ne se soucierait de la modification du marché financier, de sa contraction due à la baisse vertigineuse du prix du biocarburant. Et ce serait normal. Que la GE soit inondée arrangeait tout le monde. L'état de grâce durerait quelques années, autant que les réserves, après quoi les producteurs de biocarburant deviendraient les maîtres du marché et manipuleraient les prix à leur guise. Tout le monde se moquerait de la souffrance endurée par quelques riches personnes. Cette souffrance-là, personne ne s'en était jamais soucié, ni ne s'en soucierait jamais.

Comme tous les résidents de New Monaco, Raymond DeVoyal s'était fait bâtir une énorme demeure au centre de sa propriété de vingt-cinq mille kilomètres carrés. La structure en double H possédait quatre cours principales, une grande façade à frontons et des ailes symétriques ornées de colonnades qui s'incurvaient pour former une vaste *cour d'honneur*[7]. Des tourelles gothiques s'élevaient à chaque coin, cerclées par des fenêtres à claire-voie en verre fumé. Au centre

7. En français dans le texte. (*NdT*)

trônait un dôme hexagonal surmontant une grande piscine et une jungle tropicale miniature, qui émettait une vive lumière émeraude dans la nuit.

Le HyperLear se posa sur une pelouse parfaitement plane à l'extrémité de l'aile ouest. Angela se précipita vers un petit buggy conduit par un des assistants personnels de son père. Ils passèrent sous l'arche située à gauche de l'entrée principale et pénétrèrent dans la cour. Toutes les fenêtres étaient illuminées, éclairant la cour carrée et ses jardinets parfaitement entretenus comme si les murs avaient emprisonné les rayons du soleil. Ils passèrent sous une seconde arche, traversèrent une cour plus modeste et s'arrêtèrent devant une porte située à la base de la tour hexagonale.

Angela pénétra dans le vaste vestibule. Il s'agissait de l'aile privée, du cœur de la demeure, de l'endroit le plus extravagant de la maison, à côté duquel les palais du Roi-Soleil étaient ridicules. Elle s'arrêta dans le couloir, hésitante. Près d'une quarantaine d'employés de son père faisaient les cent pas sur le parquet de chêne poli orné de grandes roses de frêne et d'ébène. Dans d'autres circonstances, ils ne l'auraient même pas regardée, et encore moins si fixement. Ils se retournèrent vers elle de conserve, et elle remarqua leurs mines inquiètes et désespérées. Sentiments qu'elle partageait.

Deux assistants en chef et Marlak, leur responsable juridique, entrèrent avec elle dans l'ascenseur, qui monta au cinquième. Le bureau de son père était une grande pièce circulaire, une hernie sur la façade, un disque semblable à une soucoupe volante fichée dans la demeure. Ses parois étaient entièrement transparentes, lui conférant une vision panoramique sur les jardins et, au-delà, sur les pics enneigés.

Deux aides l'attendaient nerveusement devant la porte. Ils ne pouvaient pas entrer, car celle-ci refusait de s'ouvrir pour eux. Pourtant, le système de sécurité était parfaitement fonctionnel. Angela posa la main sur le scanner tandis que son i-e transmettait son code personnel au réseau. Les portes s'ouvrirent avec fluidité.

Raymond DeVoyal savait. Il savait parce qu'il avait passé les soixante-trois années de sa vie d'adulte à acheter et vendre des marchandises, notamment du biocarburant. Il savait parce qu'il était infiniment mieux renseigné que tout le monde dans ce domaine d'activité. Il savait parce que l'IA de la famille, avec ses algorithmes génétiques exclusifs, était reliée au réseau de pipelines transstellaire, surveillant la circulation des capitaux entre les banques et les producteurs de biocarburant. Ses informateurs collectaient une multitude de murmures émis par des milliers de contacts dans l'industrie. Les tendances étaient repérées des semaines, voire des mois avant d'être remarquées par les autres. DeVoyal était un modèle d'excellence dans son domaine. Il faisait toujours des profits et investissait comme personne. Il dépassait ses concurrents de plusieurs têtes.

Grâce à ses connaissances et à ses aptitudes, Raymond avait noté une augmentation des importations deux jours plus tôt. Une augmentation inexplicable et ne répondant à aucune demande. Il avait décliné l'invitation du prince Matiff afin d'identifier l'origine du phénomène et l'acheteur. Après une heure de recherches, il savait déjà que l'argent ne venait pas d'Orléans. Le portail de Newcastle était la cause. Plus il cherchait, plus il découvrait que les volumes étaient importants, qu'il y avait une stratégie derrière tout cela. Puis il constata une absence de variations sur le marché spot, tous les producteurs du biocarburant de St Libra pratiquant le même tarif et répondant aux commandes prudentes qui commençaient à affluer. Ainsi, il comprit avant tout le monde. Il essaya bien d'appeler Augustine North personnellement, mais son appel fut rejeté. Sa compréhension sans rivale du marché lui permit de conclure qu'un cartel avait été créé à l'occasion de réunions discrètes, dont il ne resterait aucune trace sur des supports numériques et dont le terrible objectif était clair. Une opération de cette ampleur nécessitait forcément un appui politique considérable.

Une fois pleinement informé, il désactiva soigneusement les caméras et les capteurs de son bureau. Il s'assit dans son fauteuil préféré pour regarder le soleil se coucher derrière les splendides montagnes en sirotant un brandy vieux d'un siècle. Puis il s'appliqua un sachet de drogue sur la peau, puis un autre, puis un autre. . .

Angela lui posa la main sur la joue, refusant de croire ce qu'elle voyait, même si sa peau était froide. Il ne bougeait plus. Ses yeux grands ouverts. Sa peau pâle, sa chair rigide. Elle refusa de croire parce que son esprit avait le pouvoir de modifier les faits. Son déni rendrait la vie à son père.

Insistante, impitoyable, la réalité eut raison de son refus obstiné d'accepter la réalité. Angela DeVoyal tomba à genoux près de son père mort et, pour la première fois depuis une décennie, se mit à pleurer.

Lundi 11 mars 2143

Sid ne sortit du commissariat de Market Street que bien après 21 heures. Il avait l'impression de fuir. Ses camarades officiers parlaient dans son dos. Oh ! ils hochaient la tête lorsqu'il les croisait dans le couloir, puis ils le regardaient par-dessus leur épaule, marmonnant des choses, secouant la tête. Sid n'avait pas besoin de voir pour savoir.

— C'est fini.

— Eh ! vous avez entendu ? Il a tout foiré.

— O'Rouke va le crucifier.

— À cause de ce con, on va nous priver d'heures supplémentaires jusqu'à la fin de l'année. Vous avez vu la somme qu'il a dépensée ? On va morfler par sa faute.

— Putain, ils l'ont bien piégé, ce con-là.

Ce lundi, il abattit le travail de deux journées entières, vérifiant tout, supervisant, révisant. Cinq heures passées dans la salle de projection, à remonter soigneusement la piste des taxis en prenant de plus en plus de temps, comme s'il essayait de retarder l'inévitable, disaient les gens autour de lui. Mais c'était faux ; il souhaitait simplement s'assurer qu'il n'y aurait pas d'erreur. Puis il passa encore quelques heures dans le Bureau n° 3 à supporter le silence pesant de ce qui restait de son équipe.

Leur tentative de retracer la course du taxi cette nuit-là n'avait toujours rien donné, et tout dépendait d'elle. Ils avaient remonté toutes les autres pistes – les marchandises importées, les conclusions de la police scientifique –, mais cela n'avait rien donné. Il ne restait plus que trois taxis à vérifier lorsqu'il décida d'arrêter, de confier son travail à l'équipe de nuit. Dès qu'elle verrait une de ces voitures embarquer le cadavre du North, ses collègues pourraient l'appeler. À n'importe quelle heure de la nuit.

Il était statistiquement peu plausible, voire impossible, que le taxi coupable figure parmi les trois derniers véhicules ; toutefois, il n'avait pas l'intention d'abandonner à ce stade. Il préférerait encore se jeter dans la Tyne.

Même s'il avait promis à Jacinta de rentrer tôt pour l'aider à emballer leurs affaires, il roula jusqu'à Falconar Street et se gara à son extrémité nord. À l'approche de Sid, la serrure de la porte de Ian émit une lumière violette. Il fronça les sourcils en fixant son regard sur le panneau et appela Ian directement.

— Ah ! donnez-moi cinq minutes, répondit celui-ci.

Sid attendit donc dans le vent froid et sous une pluie fine qui éclaboussait son blouson en cuir. La lumière finit par virer au vert. Il poussa la porte.

Il aurait dû s'en douter. Ian était avec une fille – une grande maigrichonne d'à peine plus de vingt ans. Elle enfilait ses baskets dans le salon lorsqu'il fit son apparition. Alors qu'il s'apprêtait à râler, il se retrouva sans voix, embarrassé.

— Désolé, je ne savais pas, marmonna-t-il à Ian, qui se tenait à côté de la fille vêtue d'un peignoir.

Sid détestait l'impression qu'il donnait à la jeune femme. Au lieu de considérer Ian en égal, il avait réagi comme s'il était son père.

— Pas grave, répondit son collègue. Je vous présente Joyce.

— Salut, toi ! dit celle-ci avec un grand sourire.

Une autre fille sortit de la chambre plongée dans l'obscurité en boutonnant sa chemise à carreau.

— Et elle, c'est Sammi, ajouta Ian.

Sid se sentit vraiment comme un papa de l'ancien temps. Il était stupéfait et, oui, un tout petit peu jaloux. Il risqua un regard vers Ian et vit une lueur de fierté dans les yeux de son partenaire. Celui-ci jouissait de l'instant, heureux d'alimenter encore sa réputation de superétalon du commissariat.

— Euh… salut, dit Sid comme un vrai *nerd*.

Sammi n'était pas du tout aussi gaie que Joyce. Elle lança à Ian un regard maussade de derrière ses mèches de cheveux chaotiques et se baissa pour ramasser son manteau sur le plancher. Son instinct de flic disait à Sid qu'elle ne boudait pas parce qu'il les avait interrompus, mais plutôt parce qu'il ne l'avait pas fait plus tôt.

Ian embrassa Joyce, qui lui rendit volontiers son baiser.

— Je te rappelle, dit-il à Sammi.

La jeune femme retroussa la lèvre pour signifier son animosité et sortit du salon. Joyce donna à Ian un dernier baiser comme les bottes de Sammi martelaient les marches, à l'extérieur.

— Je lui parlerai, promit-elle en se hâtant de sortir.

— Tout va bien ? demanda Sid.

— Ben ouais, carrément, répondit Ian avec un sourire lubrique. Pourquoi ?

— Je ne sais pas. Sammi n'avait pas l'air très contente.

Il n'avait pas envie d'avoir cette conversation. Surtout pas maintenant.

— C'était sa première fois. Vous savez comment elles sont.

— Sa première…, bredouilla Sid.

— À trois, mec, à trois.

— Ah ! d'accord…

Non, je ne sais pas comment elles sont…

— Une bière ?

Boire et conduire, ce n'était pas très indiqué, surtout pour un flic. Heureusement, le pilote automatique le ramènerait facilement à la maison, lentement, en évitant avec soin les véhicules qui roulaient en manuel.

— Ouais.

Ian ouvrit le réfrigérateur et prit deux cannettes. Sid attrapa la sienne et s'affala à sa place habituelle.

— Je n'arrive pas à croire qu'on ait merdé à ce point hier soir, commença Sid.

— Le Dernier Mile est un labyrinthe de l'âge de pierre. C'est comme ça que l'aiment les marchands du coin. Dès que la municipalité applique de nouvelles particules intelligentes, ils crament et arrachent tout. Ce sera toujours un coin louche.

— Ouais, je sais, soupira-t-il. On méritait quand même d'avoir un peu plus de chance. Je ne demandais pas beaucoup. Jusque-là, on a eu que des emmerdes.

— Rien de neuf dans la salle de projection ?

— Non. Demain, je vais me retrouver face à O'Rouke.

— Il ne peut pas tout vous mettre sur le dos. C'est lui qui vous a confié les rênes de l'enquête.

Sid savait ce que pensait Ian, que l'enquête continuerait – politiquement, c'était une nécessité –, qu'O'Rouke choisirait un de ses amis pour le remplacer, pour reprendre les choses en main et prouver à tout le monde qu'il faisait son possible, que Sid avait merdé.

Tu parles ! La vérité, c'était que personne d'autre ne voulait du bébé.

Il commençait d'ailleurs à se demander si les autres n'avaient pas été prévenus de quelque chose.

— Ils n'enterreront pas le dossier. Un North a été tué, et puis, il y a cette histoire d'extraterrestres.

— Vous avez peut-être raison, lui concéda Sid avant d'avaler une longue gorgée de bière. Des nouvelles de la surveillance de M. Sherman et de ses acolytes ?

Ian grimaça, mal à l'aise.

— Ah !... Il se pourrait effectivement que Boz vous ait repéré, car aucun d'entre eux n'a utilisé son code d'accès i-e originel depuis hier soir.

— Merde.

— Enfin, sauf Jede. Il était à Monument vers 14 heures et a appelé trois personnes. Trois petits malfrats connus de nos services. Il n'a pas été question d'activités criminelles dans leurs conversations, mais il s'est servi d'un nouveau code d'accès.

— Depuis un endroit bien central et bien pourvu en cellules transnet facilement accessibles.

— Ouais.

— Ils savent qu'on est à leurs basques et ils veulent savoir qui nous sommes.

— On dirait effectivement qu'il a lancé un hameçon pour nous ferrer, patron.

— Fait chier.

— S'ils se méfient de nous, on va avoir besoin d'autre chose que des simples programmes de surveillance qu'on leur a collés aux fesses.

— Je sais, acquiesça Sid en prenant une nouvelle gorgée de bière.

— Que voulez-vous faire ?

— Comme nous l'ont prouvé ses chaussettes, c'est un B North que nous avons repêché dans la Tyne. Et c'est un gang de Newcastle qui l'a fichu à l'eau, ce qui, à mon sens, confirme l'hypothèse d'une affaire industrielle. Mon vieux contact m'a dit que quelque chose de très gros était en préparation, et cette opération n'a pas du tout été compromise.

— J'ai l'impression que ce truc-là nous dépasse, dit doucement Ian. Je suis désolé, mais parfois, il faut savoir renoncer.

— Oui, sans doute.

Toutefois, il ne pouvait pas oublier les A North. Aldred et Augustine eux-mêmes l'avaient regardé dans les yeux et lui avaient dit qu'ils voulaient le tueur. Pourquoi lui auraient-ils fait ce numéro s'ils étaient responsables ? Dommage qu'il n'en sache pas plus sur leur famille et sur leurs relations. Assassiner son propre frère-clone était la transgression ultime, non ? Sauf que Sid était dans la police depuis assez longtemps pour savoir que tout était possible, et pas seulement dans les ZSSP.

— On ne peut pas prendre de décision ce soir, dit Ian. On n'en a pas tout à fait terminé avec les taxis. On ne sait jamais…

— Ça m'emmerde vraiment de l'admettre, mais moi je sais… (Sid termina sa bière.) À demain matin.

Mardi 12 mars 2143

Cela se termina à Rothbury Terrace, dans le quartier de Heaton. Sid se tenait au centre de la salle de projection, les jambes enfoncées dans la végétation vert clair de Heaton Park. De là, la vue était parfaite sur le taxi qui progressait à reculons dans les rues, remontant le temps. Là, le macromaillage était intact, et le code de la licence du véhicule était resté le même depuis le début de l'observation – aucune erreur à déplorer, aucune zone grise et incertaine. Sid dominait la rue bien entretenue et, les mains sur les hanches, regarda le conducteur sortir de la voiture et reculer d'une façon amusante jusqu'à une maison située à l'extrémité ouest de Rothbury Terrace.

— Stoppez la lecture.

— Il habite là, dit Dedra Foyster.

Sid leva les yeux vers la cabine de contrôle et avisa Ian, qui regardait la simulation avec une expression indéchiffrable et professionnelle sur le visage. Chloe Healy et Jenson San se tenaient dans le fond de la salle. Ils étaient tous les deux vêtus d'un élégant costume sombre, se taisaient et canalisaient efficacement la colère de leur patron.

Aldred North2 était absent, ce qui était révélateur. Sans son soutien…

— Sait-on combien de temps ce taxi est resté garé ici ? demanda Sid en désignant du doigt le véhicule incriminé.

Dedra et Lorelle se penchèrent sur leurs consoles, leurs doigts voletant dans le vide.

— Sept heures, patron, annonça Dedra en haussant les épaules, l'air de s'excuser.

— D'accord.

Sid avait donc remonté la piste d'un vrai chauffeur de taxi venant de prendre son service et conduisant un véhicule légal et immatriculé. Un vrai taxi qu'ils avaient regardé prendre et déposer des clients pendant cinq heures. Un taxi qui n'avait récupéré aucun cadavre ni n'en avait livré à Elswick Wharf. Le dernier des deux cent sept taxis. Leur dernière chance de découvrir une piste digne de ce nom.

— Le ciel lui-même a décidé de nous emmerder jusqu'au bout, marmonna Sid.

— Inspecteur Hurst, nous aimerions vous parler, lança Jenson San.

Sid eut envie de répondre « non » – un « non » infantile, agressif et pathétique. Car il savait exactement en quoi consisterait cette conversation, alors à quoi bon ?

— Faites une pause, dit-il à son équipe. On se réunit après le déjeuner.

La simulation s'éteignit, le laissant au beau milieu d'une salle de projection vierge. La cabine de contrôle se vida. Plusieurs personnes le regardèrent d'un air défait. Ian hésita, mais Sid lui fit signe de partir. Son collègue s'exécuta.

Chloe Healy et Jenson San le rejoignirent dans la salle de projection.

— Vous avez tout foiré, lâcha Jenson San.

— Parlez-moi encore une fois sur ce ton, et je vous envoie à l'hôpital, sale lèche-cul de merde !

— On se calme, on se calme, intervint Chloe en écartant les bras pour les séparer. Votre chasse au taxi n'a rien donné, Sid. Pourquoi ?

— Je ne sais pas. Nous savons que le corps a été transporté par un taxi. Merde, le cadavre est encore dans le labo des légistes. Il a bien fallu qu'il arrive à Elswick Wharf d'une manière ou d'une autre.

— Votre équipe est composée de bras cassés, c'est tout, assena Jenson San. Vos hommes ont laissé passer la bonne voiture. Vous l'avez ratée !

— Vous reconnaissez que la méthode de la simulation était la bonne ? demanda Sid, sarcastique.

Il était furieux, frustré, et avait besoin de relâcher un peu de pression. Ce serait une agression mineure de toute façon.

— Avec quelqu'un d'autre à la tête des opérations, sans doute.

— Donnez-moi le personnel dont j'ai besoin et je recommence tout depuis le début.

— Parce que vous accusez votre équipe, maintenant ? le contra Jenson San d'un air suffisant.

Comme mû par une volonté propre, le poing de Sid se serra.

— On ne recommencera pas, affirma Chloe. Cette enquête a besoin d'un nouvel angle d'approche. Sid, allez préparer votre rapport. O'Rouke le veut aujourd'hui. Nous devons décider de la suite de cette enquête.

Sid voulait dire quelque chose, les forcer à leur donner raison, à son équipe et à lui-même. La vérité était simple : si c'était à refaire, il referait exactement la même chose. Il avait respecté les procédures à la lettre. Il n'y avait pas d'autre angle, sauf peut-être le cas Sherman – qu'ils avaient fortement compromis la veille dans le labyrinthe boueux du Dernier Mile.

— D'accord, dit-il. Comme vous voudrez.

Parce qu'il n'y avait rien d'autre à faire. Le meurtrier avait gagné, s'était montré plus malin que son équipe et lui.

Il sortit de la salle, s'engagea dans le couloir et se dirigea vers l'ascenseur. Personne ne croisa son regard. Ian et Eva ne l'attendaient pas. Les portes de la cabine se refermèrent. La main de Sid resta suspendue face aux boutons, le doigt pointé vers le troisième étage.

— Et merde !

Il appuya sur le bouton du deuxième sous-sol. Pas question qu'il fasse ce plaisir à ce petit con de Jenson San. Et puis, ils se gouraient complètement : son équipe n'avait commis aucune erreur. C'étaient de bons gars, qui avaient passé des semaines à travailler sur cette enquête avec enthousiasme, convaincus qu'ils étaient que le décorticage de la simulation finirait par livrer les informations dont ils avaient désespérément besoin. Il en était convaincu lui aussi ; voilà pourquoi il avait tant insisté auprès d'Elston pour obtenir cette simulation. Quitte à se fâcher avec O'Rouke. *J'ai raison, putain ! J'ai raison !*

* * *

Sid gara sa voiture sur Water Street, tout près du pont de chemin de fer, relique d'une époque depuis longtemps révolue. Aucun train n'avait emprunté l'ouvrage depuis au moins un siècle. Et pourtant, la ville persistait à le conserver, précieux héritage de fer et de rivets rouillés couverts d'une vingtaine de couches de peinture. La dernière, d'un bleu pastel blanchi par le soleil, était couverte de cloques qui s'effritaient, saupoudrant les poutres maculées de graffitis de confettis de métal. De part et d'autre de la chaussée, les épais supports de pierre étaient toujours debout en dépit de leurs nombreuses fissures et du mortier parti en poussière. Hauts d'à peine trois mètres, ils soutenaient également des passerelles destinées aux piétons, passerelles empestant l'urine et les excréments canins.

Sid sortit de la voiture et remonta le col de son blouson pour se protéger du vent. Le ciel dégagé de Newcastle était brillant et turquoise, l'horizon enveloppé dans une brume pâle comme l'hiver s'apprêtait à céder la place à un printemps court et humide. L'eau de pluie s'écoulait dans le caniveau, dévalait la pente abrupte de Water Street vers le fleuve. Il tourna le dos au pont et étudia le chantier qui surplombait Elswick Wharf. Cela faisait deux mois qu'ils avaient repêché le cadavre du North et qu'ils avaient identifié la ruelle d'où la victime avait été jetée à l'eau. À présent que la neige et la glace qui enserraient les échafaudages et les poutres des grues avaient fondu, les automates avaient repris la construction de la luxueuse résidence. Deux camions à toupie attendaient à l'extérieur du chantier, tandis qu'un troisième était garé dans l'allée utilisée par le taxi, les épais tuyaux de la pompe à béton déversant le matériau encore liquide sur ce qui deviendrait le cinquième étage.

Après deux mois passés dans la salle de projection, Sid connaissait le coin par cœur, chaque boutique, chaque étal, les rues, les quais et les rives. Dans la simulation, le décor était un peu plus propret. En réalité, les bâtiments étaient plus miteux, les couleurs ternes, les carrés de pelouse jaunasses et écrasés par la neige qui venait de fondre après quatre mois. Néanmoins, la simulation avait été parfaite, et ils l'avaient passée au peigne fin.

— Comment as-tu fait, alors ? demanda Sid en fixant son regard sur ce quartier à moitié oublié.

Il se mit en marche, longeant Railway Terrace avec, d'un côté, le talus en pierre colonisé par un fouillis de buissons et d'arbres, et, de l'autre, les rampes délabrées des hangars réservés aux trains de marchandises. Il passa sous un autre pont de chemin de fer inusité, sur Dunn Street, un pont tout aussi décrépit que le premier et contourné à une extrémité par des marches incurvées conduisant à Cuttings Garden. Puis il remonta Railway Street, qui donnait sur les portes de derrière d'une autre rangée de petites sociétés tout en panneaux de composite croulants, un refuge pour des machines, des systèmes électroniques et des métiers d'un autre âge. Derrière eux, plus bas, il distinguait le toit de la City Arts Arena entièrement recouvert d'échafaudages et d'automates occupés à le réhabiliter afin de moderniser entièrement la salle de spectacle. Il longea Railway Street, la tête baissée dans l'atmosphère humide, atteignit Plummer Street, puis prit la direction opposée et s'engagea sur Scotswood Road, une voie express aussi appelée A695. Le trafic était un flot monotone de véhicules bourdonnants qui traçaient des sillons brumeux dans la bruine. Les gouttelettes s'accrochaient à son blouson de cuir comme il avançait à pas lourds sur le trottoir constellé de trous. Le complexe de Fortin s'élevait à sa droite, falaise de carbone morne adornée de vitres argentées qui ne laissaient passer aucune lumière. De son côté de la chaussée se succédaient concessionnaires et magasins de produits semi-industriels, d'unités de réfrigération, de cellules électrogènes, d'automates, d'outils et d'éléments de plomberie qui se vendaient en grandes quantités dans une ville telle que Newcastle. Une zone prospère qui masquait aux yeux des automobilistes les vieilles usines décrépites des coteaux.

À part aller à la rencontre de son ennemi, Sid n'avait pas la moindre idée de ce qu'il était en train de faire. Ce lieu était celui de sa défaite, là, au milieu de ces pistes d'asphalte décrépites et de ces bâtiments obsolètes. Il ne savait comment, ce décor avait été mis à profit pour le tourner en ridicule. Tunnels secrets. Microportails. Quelque chose ! Il était forcément passé à côté d'un détail révélateur. Sa filature ridicule et vouée à l'échec du dimanche avait fait naître une certitude en lui : les cartes ne montraient pas tout.

Il arriva devant la boutique de scooters *Peperelli*. Une allée étroite le séparait de la concession *Kiano* ; elle débouchait sur Water Street. Il regarda de l'autre côté et distingua le pont bleu délavé. Pas assez large pour laisser passer un taxi. Il arriva devant les vitrines d'une concession spécialisée dans les voitures bon marché produites sur Taiyuan, un des Mondes chinois unifiés. Entre la boutique et un magasin de bricolage *U-Fix* se déroulait une ruelle qui formait un angle droit avec l'A695 et menait à la résidence située derrière la concession *Kiano* et l'aire de chargement du magasin. Sid hésita et marcha lentement vers la clôture grillagée couverte de plantes grimpantes qui isolait la résidence de Cuttings Garden. Son i-e envoya une demande de connexion, mais la chaussée humide était dépourvue de particules intelligentes et ne participait donc pas au macromaillage de la ville. Sid pressa son visage contre le grillage et regarda à travers les plantes grimpantes et les ronces.

Ils n'avaient pas vérifié en janvier. Ils n'avaient pas remarqué que, sous l'épaisse couche de neige, il y avait un terrain vague. Ils n'avaient pas vu que cette partie de Cuttings Garden, depuis le pont de Water Street jusqu'à la station-service *Regal*, avait été nettoyée de ses usines, de ses bancs, de ses allées, de ses bassins et de son centre d'information. Ils ignoraient que la zone avait été aplanie par des bulldozers en vue d'y bâtir de nouveaux immeubles.

Ils ne l'avaient jamais visitée durant leur traque, car, sur la simulation fournie par les services d'urbanisme, Cuttings Garden était comme dans ses souvenirs, un joli petit jardin d'agrément. Et la simulation ne pouvait pas se tromper…

Sid agrippa le grillage et tira de toutes ses forces. La clôture tout entière bascula, et un de ses piquets fut arraché. Il était pourri, brisé au niveau du sol. Seul l'écheveau de plantes grimpantes épaisses et noueuses maintenait encore le grillage en place.

— Mais oui ! gronda Sid. (Il secoua de nouveau la clôture, et son cœur battit furieusement dans sa poitrine tandis que l'ensemble menaçait de s'écrouler.) Vous êtes des petits malins. Oh ! oui, des petits malins. Tellement malins…

Mercredi 13 mars 2143

Sid n'eut pas besoin de son alarme pour se réveiller. Il avait les yeux grands ouverts depuis au moins 6 heures, et il ne cessait de se retourner en essayant de ne pas trop tirer sur la couette. Il n'avait pas beaucoup dormi, en vérité. Son esprit était trop occupé, trop excité. Il n'était rentré chez lui qu'après minuit, et alors, il s'était glissé discrètement dans le lit conjugal en diffusant pour la énième fois le fichier vidéo sur les implants de ses iris. Simplement pour vérifier. Il avait mis des heures à retrouver les données dont il aurait besoin lors de sa confrontation avec O'Rouke, car il ne laisserait personne d'autre faire ce job à sa place. Abner ou Dedra auraient sans doute pu trouver les images et y appliquer le bon filtre en moins d'une heure, mais Sid ne voulait pas les impliquer. C'était lui qu'O'Rouke avait mis à la tête de cette enquête. Mission qu'il avait bien failli rater. Mais Sid avait renversé la situation, et cela lui faisait un bien fou.

Les chiffres de l'horloge numérique défilaient lentement. Bientôt 7 heures. Il se prépara à éteindre l'alarme mais, ce faisant, il dérangea Jacinta, qui s'agita. Son regard vert enchanteur se braqua sur lui comme si elle était étonnée de le voir.

— Tu es rentré quand ?

— Tard, désolé.

— Du nouveau ? Tu m'as l'air heureux… Tu as trouvé le taxi ?

— Du nouveau, oui : j'ai résolu l'affaire.

— La simulation a porté ses fruits, alors, dit-elle en se redressant sur ses coudes.

— Pas tout à fait.

— Mais…

— Eh ! fais-moi confiance.

Il se pencha vers elle et l'embrassa.

— Sid !

Ce n'était pas vraiment une protestation. Ils s'embrassèrent de nouveau, se rapprochèrent tandis que le désir les gagnait. Des mains impatientes repoussèrent la couette, la poussèrent vers le pied du lit. Il entreprit de déboutonner son pyjama, mais lentement, enivré par la perspective de ce qui s'annonçait. Jacinta gloussa d'une façon à la fois enthousiaste et incroyablement excitante.

Des pieds nus martelèrent le palier, et la porte de la salle de bains claqua.

— J'étais là la première ! geignit Zara comme si c'était la fin du monde en donnant des coups de poing dans la porte. Laisse-moi entrer, espèce d'abruti !

— Va te faire cuire un œuf ! répondit joyeusement Will.

Sid éclata de rire et s'écarta de son épouse, qui roula les yeux et lâcha un soupir.

— Tant pis. Ça m'a permis de me rappeler ce que ça faisait, dit-elle.

Sid sortit du lit et avisa avec étonnement les caisses et cartons qui occupaient presque tout le plancher. Ses vêtements de la veille étaient posés sur des boîtes en plastique affublées du logo de la société de déménagement.

— Euh… où ?

— Les chemises propres, dans la boîte bleue, désigna Jacinta en se mettant des barrettes dans les cheveux.

— Merci. Et les chaussettes ?

Elle lui lança un regard exaspéré.

— Si tu avais participé, comme tu n'arrêtes pas de promettre de le faire…

— Je sais. Je suis un porc, mais, chérie, on est vraiment près du but.

— Tu as l'air très sûr de toi.

— Ouais !

— Maman ! cria Zara. Will a terminé, mais il ne veut pas sortir. Il fait exprès !

— Ce n'est pas vrai ! répondit la voix étouffée et indignée de Will.

— J'y vais, lança Sid d'un ton allègre, ce qui lui valut un nouveau regard étonné de la part de Jacinta.

Son petit déjeuner se résuma à un verre de jus d'orange et à des toasts à la pâte Marmite sortis du réfrigérateur et réchauffés au four à micro-ondes. Il remarqua d'ailleurs que le frigo était presque vide.

— Tu devrais manger mieux que ça, protesta son épouse en versant des céréales dans les bols des enfants en train de se disputer.

— Je prendrai le temps de déjeuner correctement, mentit Sid.

Cette journée serait une version revisitée de la veille. Améliorée. Il n'avait pas été si optimiste depuis des lustres.

— Je dois arriver tôt au commissariat, ajouta-t-il.

Will et Zara avaient tous les deux commencé à manger leurs céréales. Jacinta posa sur eux un regard attentionné, puis se tourna vers Sid.

— Dis-moi, tu n'as pas oublié qu'on déménage samedi, n'est-ce pas ? lança-t-elle d'un ton presque menaçant.

— Bien sûr que non. Pour qui tu me prends ? Quand même...

— Bien. Donc tu seras là vendredi pour m'aider à finir les cartons. Après quoi il faudra nettoyer cette maison de la cave au grenier.

— On n'a qu'à engager quelqu'un pour faire le boulot à notre place. On n'est pas fauchés, et tu as mérité un peu de repos.

— Sid...

Elle commençait à douter vraiment à présent.

Il se rapprocha d'elle et l'embrassa.

— Ne t'inquiète pas. Bon, j'y vais. Je rentrerai sans doute tard ce soir. J'appellerai pour te tenir au courant.

— Tout va bien, hein, chéri ? Ton enquête...

— Tout va bien. Ce soir je prendrai le temps de tout t'expliquer.

* * *

Sid fut un peu étonné lorsque l'ascenseur monta jusqu'au sixième étage. Pour s'y rendre, il fallait appuyer sur le bouton et transmettre son code d'i-e. Il n'aurait pas été surpris qu'O'Rouke lui en interdise l'accès, surtout après sa balade de la veille. Et puis, il s'était isolé au deuxième – en refusant de répondre aux appels de ses collègues – pour fouiller dans les bases de données jusqu'à une heure tardive.

L'assistant personnel d'O'Rouke protesta lorsqu'il entra dans l'antichambre du bureau, mais Sid n'écouta pas son discours sur la nécessité de prendre un rendez-vous, l'agenda plein du patron ou le protocole qu'il fallait respecter.

— J'attendrai, dit-il en se dirigeant vers la fenêtre pour regarder la bruine tomber sur les piétons qui défilaient dans Pilgrim Street.

O'Rouke arriva à huit heures et quart, comme tous les matins. Vêtu d'un uniforme impeccable taillé pour masquer son embonpoint et orné de gallons dorés sur les épaules. Tête baissée, le front plissé, il traversa l'antichambre et fonça vers la sécurité de son bureau. Alors qu'on l'avait manifestement prévenu que Sid voulait lui parler, il refusa de croiser son regard ou de le saluer. Jenson San était avec lui, tel un ailier prêt à intercepter quiconque tenterait de retarder son chef.

— Bonjour, monsieur, il faut que je vous parle, commença Sid d'un ton un peu trop agressif.

La clé était de se montrer diplomate, mais il n'avait pas envie de prendre des gants.

O'Rouke continua à avancer vers son sanctuaire. Il n'hésita pas vraiment, mais presque, car il savait que Sid n'avait pas le droit d'afficher une telle confiance.

— Je sais qui a fait le coup, assena Sid.

O'Rouke n'avait pas tout à fait atteint la porte de son bureau. Cette fois, il hésita. Ce qui lui fut fatal.

— Vous ne savez rien du tout, dit Jenson San. Vous n'avez même pas écrit votre rapport comme vous étiez censé le faire. Ça mériterait une mesure disciplinaire. Une de plus à ajouter à votre dossier consternant.

— Mon rapport sera transmis directement à Ralph Stevens, rétorqua Sid. J'ai son code d'interface direct et personnel. Vous voulez vraiment que l'ADH soit informée du fait que vous m'avez empêché de boucler cette affaire ?

— Je ne vous ai jamais empêché de faire votre boulot, espèce de merde inutile ! aboya O'Rouke.

— Bien. Dans ce cas, j'ai besoin de mettre en route la simulation une dernière fois.

O'Rouke fit un pas vers Sid, son visage rougeaud s'assombrissant, accentuant la couperose de son nez et de ses joues.

— Vous croyez peut-être que je ne sais pas qui a baratiné Elston pour qu'il réactive cette salle de projection ? Vous avez trouvé ça amusant, pas vrai ?

— Ce n'était pas amusant. J'avais besoin de cette salle, et j'ai eu ce dont j'avais besoin. C'est tout ce qui compte. Et c'est pareil aujourd'hui.

O'Rouke prit le temps de réfléchir pendant quelques secondes.

— Qu'est-ce que vous avez découvert ?

Du regard, Sid désigna l'assistant personnel d'O'Rouke, puis Jenson San.

— Je vous rappelle que cette affaire est classée *top secret.*

Les lèvres pincées d'O'Rouke disparurent complètement. Sid s'attendait presque à entendre ses dents grincer.

— Entrez, lâcha-t-il en le précédant dans son bureau.

Sid adressa un sourire en coin à Jenson San et suivit son patron. La porte se ferma et le sceau bleu s'activa. Les fenêtres s'opacifièrent.

— Vous avez des couilles, lui concéda O'Rouke à contrecœur en s'affaissant dans son fauteuil.

— C'est parce que je suis sûr de moi. Tous les deux, nous savions dès le début que cette affaire serait une vraie plaie à résoudre.

— Je ne vous le fais pas dire. Le maire ne répond même plus à mes appels. Et Scrupsis qui n'arrête pas de me harceler… Ces connards de l'ADH ne nous ont toujours pas versé le moindre eurofranc, et vous, vous claquez un pognon qu'on n'a pas comme un vulgaire parasite de New Monaco.

— Les parasites ne produisent rien d'utile.

— Bon, trêve de bavardage. Qu'avez-vous découvert hier après avoir abandonné vos hommes ? J'espère pour vous que c'est intéressant.

— Nous cherchions au mauvais endroit.

— Quoi ?

— Ils ont été plus malins que moi, voilà l'explication. Ils connaissent nos procédures. Les gangs les ont toujours connues, d'ailleurs. Ils étaient prêts à nous recevoir. Imaginez : vous venez de tuer un North – un North, pour l'amour du ciel ! – et vous savez qu'une pluie d'emmerdements va s'abattre sur vous parce que la police va déployer des moyens énormes pour trouver le coupable. Mais vous nous bernez en nous faisant croire que vous vous êtes débarrassé du corps de façon classique, tout comme l'enquête va se dérouler de façon classique. Mais ce n'est qu'un leurre. Les maillages endommagés, la voiture calcinée dans la ZSSP. Tout était destiné à nous faire croire qu'ils jouaient la partition que nous connaissions. Un taxi fonce jusqu'à Elswick Drive, son conducteur balance le cadavre dans la Tyne et disparaît dans une ZSSP pour foutre le feu à sa bagnole. On sait que ça s'est passé comme ça, alors on utilise tous les moyens disponibles pour trouver le taxi en question. Et quand je dis tous les moyens disponibles, ça veut dire tous les moyens disponibles ! L'argent, les appuis politiques, les hommes, les IA. Une simulation de cette ampleur, ça ne s'était jamais vu ; il n'y a pas plus impressionnant. Ils savent ce que nous cherchons, et ils nous ont incités à croire qu'ils avaient piraté les réseaux de surveillance à travers toute la ville afin de permettre à leur taxi de la traverser en toute discrétion. Et nous – enfin, *je* suis tombé dans le panneau.

— D'accord, d'accord, vous êtes un malin. Alors, que s'est-il passé ?

Sid demanda à son i-e d'activer les moniteurs muraux d'O'Rouke et d'afficher un plan de Water Street.

— Nous avons filé tous les taxis qui sont entrés dans cette zone durant les deux heures qui ont précédé le moment où le corps a été balancé à l'eau, ce fameux dimanche soir. Deux cent sept taxis en tout. En revanche, on ne les a pas tous suivis quand ils en sont ressortis. Pourquoi l'aurait-on fait ? Après tout, nous avions retrouvé la voiture calcinée dans la ZSSP. Si nous les avions tous recomptés, nous aurions noté une anomalie. Ils se sont bien foutus de nous.

Il désigna la partie ouest de Cuttings Garden, juste au-dessus de la zone industrielle Armstrong.

— Ce n'est plus un jardin public. Le terrain a été vendu à un promoteur en août dernier. Comme d'habitude, la municipalité a dû brader le bien commun, et nul doute que certaines pattes ont été graissées, alimentant des comptes secondaires. Ce terrain apparaît toujours sur la base de données sous la forme du parc d'antan, Cuttings Garden, parce que le plan des travaux futurs n'a pas encore été déposé au bureau de l'urbanisme. Dans notre simulation, le parc est toujours là. Pour l'instant, le promoteur n'a fait que nettoyer le site, comme il est en droit de le faire. Et il a fait ça en septembre, en commençant par tracer une route à travers les arbres derrière la zone industrielle et en y envoyant ses bulldozers. Une route temporaire qui n'apparaît sur aucun plan. En d'autres mots, on pouvait aller de la rive à Elswick Wharf sans rencontrer le moindre début de maillage. Quant à cette clôture grillagée, là, au bout de l'allée qui contourne la concession *Kiano*, on peut la déplacer encore plus facilement qu'un portail. J'y suis allé en personne pour vérifier. J'aurais pu la coucher à mains nues, alors avec un taxi… Et maintenant, regardez ça.

Il ordonna à son i-e d'ouvrir un autre fichier. Une image granuleuse gris-bleu apparut, montrant une voie express sous une averse de neige. Le long de la route, les bâtiments étaient des ombres indistinctes. L'éclairage public était limité. Les véhicules étaient des bulles projetant des faisceaux de lumière.

— Ils ont arraché, cramé le macromaillage au croisement de l'A695 et de Park Road, soit quasiment au niveau de l'allée que je viens de vous montrer. Les maillages qui filment cette portion de route ont été détruits aussi. Toutefois, j'ai trouvé ça hier soir, après avoir passé deux heures à chercher dans des enregistrements que nous n'avions pas disséqués ; il s'agit de l'enregistrement vidéo d'un entrepôt de bois situé sur Georges Road, à cinq cents mètres de là. Ils ne se sont pas donné la peine de détruire ces particules ; il faut dire que l'angle de vue est mauvais, et que la définition est encore pire parce que les particules ne sont pas tournées vers l'A695. Néanmoins, malgré ces désavantages, on peut voir une portion de l'allée. Il s'agit d'un agrandissement, et nous sommes dimanche soir à 10 h 03.

L'i-e afficha des crochets violets autour d'une paire de phares venant de Park Road.

— Notre analyse préliminaire montre que ce taxi a emprunté Park Road avant de prendre à droite pour entrer sur l'A695 en direction de l'ouest. Le macromaillage a été endommagé autour de cette jonction, mais ce n'est pas grave, car la licence du véhicule est restée la même entre le moment où il est entré dans la zone non surveillée et celui, trente-deux secondes plus tard, où il en est sorti. Les données de la simulation nous montrent un taxi roulant normalement, aussi n'y avait-il rien à vérifier. Il ne figurait pas dans notre liste des deux cent sept.

Sid demanda à son i-e de lancer la lecture. O'Rouke se pencha en avant. Les faisceaux jumeaux des phares de la voiture tournèrent à droite, sur l'A695, avant de prendre aussitôt à gauche, s'engageant dans l'allée, où ils disparurent. Un autre véhicule entra sur la voie express au même moment.

— Un autre taxi, mais le même code de licence, annonça Sid. La substitution était parfaitement synchronisée. Ils ont dû garer le second taxi, le second leurre, samedi ; ils ont passé la journée à nous tendre ce piège.

O'Rouke hocha la tête sans jamais lâcher des yeux les faisceaux lumineux des phares.

— Remettez en route cette putain de simulation, lâcha-t-il dans un murmure furieux. Et ramenez-moi ce fils de pute.

* * *

Cette fois-ci, la cabine de contrôle de la salle de projection était pleine à craquer. Les gens voulaient être là, ils voulaient participer à l'événement. En quelques secondes seulement, la nouvelle de la visite que Sid avait rendue à O'Rouke avait fait le tour du commissariat. Puis cette réunion privée s'était terminée et la simulation avait été réactivée.

L'équipe originelle était présente, avec Dedra et Eva aux consoles. Ian se tenait d'un côté, en compagnie d'Abner et Ari. Lorelle était là aussi, qui faisait semblant de ne pas voir Chloe Healy et Jenson San, pourtant juste à côté d'elle. Tout devant, sa respiration formant de la buée sur la vitre, se tenait O'Rouke. En contrebas, Sid était enfoncé jusqu'aux genoux dans un paysage urbain ; il remontait la piste du taxi dans l'écheveau des rues enneigées de ce fameux dimanche soir. Aldred North2 était arrivé dès qu'il avait pu. Concentré, il s'était posté derrière O'Rouke.

La simulation faisait des bonds de cinq secondes, permettant à Sid, Dedra et Eva de vérifier l'enregistrement des données au fur et à mesure ; il s'agissait de s'assurer qu'il n'y avait pas eu d'autres substitutions, que la licence était la même.

— Vous avez fait ça pour les deux cent sept taxis ? demanda O'Rouke. Avancer par bonds, arrêter, vérifier ?

— Oui, monsieur, répondit Ian.

— Nom de Dieu. C'est… du bon travail.

— Merci, monsieur.

Sid entendit l'échange mais préféra tenir sa langue. O'Rouke l'avait mis à l'épreuve… en attendant que la simulation porte ses fruits. Sid était confiant, mais il n'avait pas envie de se mettre son patron à dos. Le chemin était encore long avant de pouvoir prétendre à une pension d'inspecteur de classe cinq et de considérer l'offre d'emploi d'Aldred. Le poste d'O'Rouke serait certes libéré d'ici à deux ans environ. *Non ! Jamais de la vie.* La politique, les coups dans le dos, les marchandages…

Après quarante-cinq minutes passées à traquer le taxi, Sid vit la voiture s'engager sur Stanhope Street et descendre dans un parking souterrain situé sous l'énorme macrobâtiment de St James. D'après l'horloge, il était 21 h 51. Il figea l'image au moment où le taxi s'apprêtait à disparaître sous la masse de béton et contempla le capot avec un sourire entendu.

— On y est, dit-il doucement.

Le taxi ne s'était arrêté nulle part, n'avait pris ni déposé aucun client.

— C'est là qu'il a ramassé le corps.

— Vous êtes sûr ? demanda O'Rouke, dubitatif.

— De là, il est allé directement à Cuttings Garden. Ça s'est forcément passé là-dessous. Et si ce n'est pas le cas, on pourra toujours continuer à remonter sa piste. Pour le moment, cependant, je veux qu'on collecte le moindre enregistrement de la moindre particule intelligente de St James entre le jeudi qui a précédé le meurtre et lundi matin.

— Pas de souci, je m'en chargerai personnellement, annonça Ian. Un contact direct avec la sécurité facilite toujours les choses, d'autant qu'on va leur demander un paquet de données.

— Ouais, excellente idée, acquiesça Sid. (Il se tourna vers O'Rouke.) Je crois qu'on a besoin de définir notre stratégie, monsieur.

* * *

— On aurait dit un phénix, commença Aldred dans l'ascenseur comme ils montaient au sixième étage.

Avec Aldred à ses côtés, Sid se sentait bien plus en sécurité.

— Un phénix ?

— Oui, qui renaît de ses cendres.

— Je vous avais bien dit qu'il était l'homme de la situation, intervint O'Rouke. Et ce dès le début. J'étais sûr que notre Sid trouverait la solution.

— Oui, je me rappelle, confirma Aldred. Toutefois, ça reste impressionnant.

— On ne peut pas se dispenser d'aller sur le terrain, expliqua Sid.

— C'est ce que je dis à tous mes officiers quand ils arrivent, poursuivit O'Rouke. Il convient de les mettre sur le droit chemin dès le départ, de leur faire prendre le bon pli.

— On se repose trop sur l'analyse de données, dit Sid en s'efforçant de ne pas écouter son patron. On ne se salit plus les mains. C'est ce qui a permis au gang de prendre un avantage décisif.

Aldred hocha la tête, approbateur.

— Mais c'est terminé, maintenant.

Cette fois, Sid se vit offrir une place en face d'O'Rouke, tandis que les fenêtres s'opacifiaient. Aldred étant installé à côté de lui, il savait que toutes ses demandes seraient acceptées.

— Au stade où nous en sommes, nous avons besoin de certitudes absolues, commença-t-il. Je veux qu'on crée une simulation sur la base des données que Ian recueillera dans le macrobâtiment de

St James. Je vais avoir besoin de l'aide d'agences pour formater les mémoires et de beaucoup de temps d'IA.

—Je vous arrange ça, répondit O'Rouke.

—Merci. J'ai également besoin de savoir comment nous allons gérer nos deux observateurs : Stevens et Scrupsis. Je suis censé les prévenir tous les deux en cas de progrès notable. Nous devons leur apprendre la nouvelle, mais je n'ai pas envie qu'ils interfèrent dans notre travail.

—Informez-les tous les deux, intervint Aldred. Qu'ils poursuivent leur guéguerre de juridictions. Je vais contacter Augustine ; lui saura qui appeler. Nous devons nous assurer qu'ils ne gâcheront pas tout en attirant l'attention de Bruxelles. Nous n'avons pas encore retrouvé le chauffeur de taxi, et nous ne pouvons pas nous permettre de le voir nous filer entre les doigts. Cette situation doit rester totalement secrète.

—Créer une autre simulation devrait nous aider, dit O'Rouke. Ça refroidira les attentes dans le commissariat.

—Il faut que vous sachiez quelque chose..., reprit Aldred.

Surpris, Sid regarda le North du coin de l'œil. Son ton ne lui avait pas plu. L'homme semblait presque gêné, ce qui n'était pas courant chez un North et encore moins chez Aldred. O'Rouke, dont la conscience politique était infiniment plus affûtée que celle de Sid, se raidit également.

—Si vous avez des infos, nous sommes évidemment preneurs, l'encouragea le chef de la police d'une voix neutre.

—J'habite dans ce macrobâtiment. J'ai un appartement au dernier étage de l'aile sud.

—Je vois, dit Sid en pensant aussitôt aux implications d'une telle révélation.

Légalement parlant, Aldred ne pourrait pas continuer son travail de liaison avec la famille ; l'avocat de la défense serait en droit de pointer du doigt une collaboration avec la police préjudiciable et potentiellement corruptrice pour les preuves. À condition bien sûr de réussir à porter cette affaire devant les tribunaux.

—À vrai dire, plusieurs de mes frères habitent St James, poursuivit Aldred. Ce n'est pas étonnant. C'est un endroit assez luxueux et situé en plein cœur de la ville. Parfait pour nous.

—Il se pourrait que cela ait des conséquences sur notre enquête, lui fit remarquer O'Rouke avec circonspection. Je veux dire d'un point de vue strictement légal. Inspecteur ?

Merci, mon pote...

— Avez-vous un alibi pour le vendredi du meurtre ? demanda Sid d'un ton neutre.

— Un alibi ? répéta Aldred en haussant les sourcils.

— Oui, monsieur. Quand nous aurons confirmé votre innocence, nous pourrons expliquer au futur avocat de la défense, qui ne manquera pas d'éplucher notre enquête, que vous n'avez pas influencé celle-ci.

— Oui, je comprends. J'étais à Londres, ce jour-là. J'avais des réunions. Voyons… (Il marmonna quelque chose à son i-e.) J'ai quitté St James à 9 h 45, et je suis allé directement au quartier général de mon département. Mon hélicoptère m'attendait sur la plate-forme du toit, et nous avons immédiatement décollé. Mon i-e peut vous transmettre le programme de mes réunions, de même que les noms et codes de contact de toutes les personnes présentes. Je suis reparti à 22 heures, et j'étais de retour à St James à 1 heure du matin.

Sid hocha la tête avec un soulagement non feint.

— Ce sera très facile à vérifier. Transmettez-moi les fichiers et le code de licence de la voiture que vous avez utilisée, et Eva se chargera de tout confirmer. Ça ne devrait pas lui prendre plus d'une heure.

— Excellent.

— Finissons-en rapidement, inspecteur, ordonna O'Rouke.

— Oui, monsieur.

— Se peut-il que la victime soit un des résidents de St James ? s'enquit le chef.

— Non, répondit Sid. Tous les A North ont répondu « présent » à l'appel.

— Le fait que le meurtre ait été commis dans un macrobâtiment où habitaient plusieurs frères de la victime peut-il être significatif ?

— Nous en saurons davantage quand nous aurons arrêté le chauffeur de taxi et que nous connaîtrons le lieu exact où le crime a été commis.

Sid détestait donner des non-réponses telles que celle-ci, mais après une si longue carrière dans la police, elles semblaient sortir toutes seules de sa bouche.

— D'accord. Je veux être tenu au courant en temps réel de toutes vos découvertes.

— Bien sûr. J'aimerais juste vous demander une chose…

Les regards des deux hommes se tournèrent vers Sid, qui réussit à contenir son sourire de satisfaction. Ses interlocuteurs étaient habitués aux marchandages politiques de ce genre.

— Je vous écoute, inspecteur.

— Quand nous aurons identifié le chauffeur de taxi, je voudrais que mon équipe se charge de son arrestation. Elle le mérite. Ils bossent tous très dur depuis deux mois.

Aldred et O'Rouke échangèrent un regard.

— Pourquoi pas, acquiesça le chef. Une fois votre mission accomplie, j'annoncerai l'arrestation d'un suspect lors d'une conférence de presse et je ne manquerai pas d'évoquer le rôle décisif que vous aurez joué dans cette enquête.

Sid se retint à grand-peine d'éclater de rire. O'Rouke connaissait toutes les ficelles du métier et savait parfaitement en jouer.

— Merci, monsieur.

Jeudi 14 mars 2143

Sid aurait dû se douter que cela ne serait pas si facile. Dès qu'il était arrivé à St James, Ian l'avait appelé pour l'informer que le macrobâtiment avait subi un piratage massif le samedi du crime. La société de maintenance électronique qui se chargeait de l'entretien du réseau avait travaillé sans relâche jusqu'au lundi midi pour restaurer le maillage.

Toutefois, la découverte de Sid avait inspiré son équipe, qui se montra plus créative que jamais.

Sid se tenait dans la cabine de projection du Bureau n° 3 et examinait l'image à la piètre résolution qui emplissait l'atmosphère autour de lui. Elle lui montrait un vaste lobby orné de plantes vertes, des murs en marbre bleu et noir, ainsi que d'épais piliers soutenant une voûte nervurée.

— De quoi s'agit-il ? demanda-t-il.

— L'enregistrement personnel de Vicky Thellwell, la fille qui travaille à la réception principale, répondit Eva. Pour des raisons de sécurité, la copropriété fait équiper tous les employés du macrobâtiment d'implants vidéo. Les enregistrements de ce qu'ils voient sur leur lieu de travail sont ensuite stockés pendant cinq ans pour les occasions comme celle-ci.

— OK. Lancez la lecture.

À 21 h 27 dimanche 13 janvier, Vicky Thellwell s'occupait d'un jeune couple qui avait réservé une chambre dans un des trois hôtels de luxe du macrobâtiment. Les enregistrements visuels personnels avaient toujours donné le vertige à Sid, et celui-ci ne fit pas exception à la règle. Les globes oculaires de Vicky virevoltaient dans tous les sens comme des colibris. Elle souriait au couple, pianotait sur son clavier virtuel, regardait son moniteur, scrutait le lobby à la recherche d'un portier, parlait à la femme, jetait un coup d'œil aux bagages, dévisageait l'homme avec insistance – force lui était d'avouer qu'il était plutôt mignon –, avant de détailler ses vêtements – pour en évaluer la qualité et le prix.

— Maintenant, lança Eva.

Derrière le couple, une porte d'ascenseur s'ouvrit. À l'intérieur, il y avait un homme avec un très gros sac à roulettes. Trois personnes entrèrent dans la cabine, et la porte se referma. L'image se figea, tableau de taches lumineuses, comme Vicky regardait ailleurs.

— Peut-être, lui concéda Sid. Son sac pourrait être assez grand.

— On a calculé la taille et le volume, précisa Eva. Il est assez grand.

— D'accord. L'heure correspond aussi. On sait si l'ascenseur montait ou descendait ?

— On n'a pas pu vérifier, intervint Ari, mais il montait à coup sûr. Il allait récupérer le corps.

— Vous m'avez l'air bien sûr de vous, s'étonna Sid.

— On n'a pas passé la nuit ici pour rien, rétorqua Eva.

— Continuez, dans ce cas. C'est votre heure de gloire.

— En fait, c'est Ari qui a eu l'idée.

— C'est simple, poursuivit celui-ci. Le gang a endommagé le réseau du macrobâtiment, mais d'autres personnes sont descendues dans le parking ce jour-là.

— En effet, confirma Sid d'un ton qui se voulait plus approbateur qu'agréablement surpris.

Peut-être qu'Aldred avait raison : il n'attendait pas grand-chose des 3 parce qu'il avait des préjugés sur eux.

— Qui, par exemple ?

— Un autre taxi est venu chercher un client pendant que notre cible était garée. Le véhicule appartient à un chauffeur indépendant appelé Matt Jorden, un gars très précautionneux, très à cheval sur la sécurité et la responsabilité. Sa voiture est entourée d'un ruban de particules intelligentes dont il stocke les données.

L'image qui entourait Sid changea. Il contemplait désormais un parking souterrain typique, avec des murs et un plafond de béton non peint et des piliers entre lesquels étaient garées des voitures. Le taxi de Matt Jorden attendait devant des portes en verre automatiques donnant sur les ascenseurs.

Leur suspect sortit de l'un d'entre eux en traînant derrière lui son énorme sac. Il peinait manifestement, tandis que les roulettes sautillaient sur le béton irrégulier. Soudain, il tourna le dos au taxi de Jorden, s'éloigna et s'arrêta derrière son taxi, trois voitures plus loin. Une minute plus tard, il quittait le parking. Dans un coin de l'affichage, l'horloge indiquait 21 h 50.

La projection disparut. Sid sortit de la cabine pour faire face à son équipe. Ralph Stevens était également présent, car il voulait s'assurer qu'ils faisaient des progrès. En agent de renseignement digne de ce nom, il était déjà là quand Sid était arrivé à Market Street très tôt ce matin-là. Aucun signe de Scrupsis, en revanche, ce qui devait signifier que Ralph et l'ADH avaient gagné.

— Excellent travail d'enquête, dit Sid à Ari.

— Merci, patron.

— La seule image de son visage qu'on ait est celle de l'enregistrement rétinien de la réceptionniste, alors ?

— Je suis en train de bosser dessus, annonça Abner. On a beaucoup retravaillé l'image avec l'IA, mais ça devrait suffire, d'autant qu'on a son poids et sa taille.

Le visage du suspect s'afficha sur le moniteur mural de la salle. Sid l'examina. Environ quarante-cinq ans, un nez bulbeux, le front haut, les cheveux bruns, de petites oreilles et une grande bouche. Le résultat ressemblait trop à une représentation numérique au goût de Sid, mais il savait qu'Abner s'était donné beaucoup de mal pour parvenir à ce résultat à partir de l'image furtive que leur avait fournie Vicky Thellwell.

Tout le monde le regardait, attendait ses instructions.

— D'accord, lançons une recherche.

Abner pianota ostensiblement sur son clavier virtuel.

Sid n'espérait pas obtenir une confirmation d'identité si vite, et pourtant, dix-huit secondes plus tard, le résultat de la recherche apparut sur le moniteur. L'IA n'eut pas besoin de fouiller dans le fichier des citoyens de la GE ; leur suspect figurait dans la base de données de la brigade antigang.

Ernie Reinert, quarante et un ans, était un membre de niveau intermédiaire des Red Shields. Avant de passer du mauvais côté de la barrière, il travaillait pour Securitar, une agence paramilitaire autorisée par la GE. Il avait été licencié en 2134 après une mission en Grèce, où Securitar avait été chargé d'« enquêter » sur le milieu de la dissidence politique. Reinert s'était fait mettre à la porte à cause de son « comportement inapproprié ». Il avait notamment subtilisé du matériel appartenant à la compagnie et envoyé deux détenus à l'hôpital pendant trois mois – la facture avait été envoyée à Securitar. D'après la fiche de l'antigang, il habitait dans la ville de South Shields. Il était censé posséder un garage auto à Jarrow et vendait également des voitures d'occasion, ce qui, avait noté l'antigang, était une activité idéale pour couvrir des activités illicites. Et puis il y avait son casier judiciaire, ses comparutions au tribunal pour des délits mineurs, son passé d'adolescent à problèmes, les affaires dans lesquelles il avait trempé mais qui n'avaient pas encore été jugées.

Sid étudiait le moniteur sur lequel défilait la vie erratique d'Ernie.

— Salut, Ernie. Moi, c'est Sid, et je vais bientôt te rendre une petite visite.

* * *

Sid envoya immédiatement Eva et Ian jeter un coup d'œil au garage de Western Road. Il s'agirait d'une mission de confirmation. Ils joueraient le rôle d'un couple à la recherche d'une voiture d'occasion, prendraient le temps de détailler les lieux et identifieraient le patron afin que Sid organise son arrestation. Abner se chargea de la partie électronique de l'opération, plaçant des limiteurs dans les cellules transnet de Western Road. Sid appela NorthernMetroServices et demanda une équipe de cinquante agents en armure qui participeraient à l'arrestation du suspect et sécuriseraient le périmètre.

Le convoi s'ébranla. Constitué de voitures de service suivies par huit BMW GroundKing, il traversa le fleuve avant de filer vers l'est et Jarrow, par l'A184. Deux hélicoptères équipés de capteurs de poursuite au sol les suivaient depuis le ciel. L'IA de la gestion du trafic leur facilita la tâche, s'arrangeant pour que le convoi n'ait aucun feu rouge sur sa route. À un kilomètre et demi du garage, les véhicules se séparèrent en trois groupes pour approcher le site de trois directions différentes.

Sid était assis à la place du passager de la voiture de tête, conduite par Ari. Les yeux fermés, il recevait les images transmises en temps réel par les cellules intelligentes des iris de Ian. Le jeune couple se tenait devant une Volvo âgée de deux ans, tandis que Reinert lui-même vantait l'efficacité de la voiture, sa faible consommation et le coût modeste de son entretien.

— On sera là dans une minute, annonça Sid à Ian. Tenez-vous prêts.

À travers les yeux de Ian, Sid vit Ernie hésiter au milieu d'une phrase, alors qu'il était en train de chanter les louanges des pneus neige de la Volvo. Il fronça les sourcils et se tourna vers Western Road.

— Patron, appela Abner. Il y a beaucoup de trafic en direction de l'i-e de notre cible. Je ne pourrai pas tout bloquer sans l'isoler complètement.

Ari bifurqua dans Weston Street, à trois cents mètres du garage.

— On fonce ! ordonna Sid.

La sirène retentit et l'accélération le plaqua contre sa banquette.

— Aux hélicos : on descend sur la cible ! Aux équipes au sol : on y va !

Ernie s'éloigna de la Volvo tandis que la sirène résonnait dans son garage. Il se retourna et…

— Ne faites pas ça ! le mit en garde Ian.

Il dégaina son arme, dont le laser de visée dansa sur le sweat-shirt d'Ernie. Eva avait dégainé aussi afin de tenir en respect les mécanos attirés par le boucan.

La cavale d'Ernie n'eut pas le temps de débuter. Il était à genoux, les mains derrière la tête, lorsque la voiture de Sid s'arrêta dans un crissement de pneus dans la cour du garage. Un hélico avait pris position juste au-dessus du toit, obligeant tout le monde à baisser la tête dans les courants d'air tourbillonnants. Les GroundKing bloquèrent la route de tous les côtés, tandis que des agents en armure légère se déployaient pour maintenir les civils à distance. Deux équipes armées se précipitèrent dans le garage.

— Allez-y, ordonna Sid à un panier à salade blindé.

Ils firent monter Ernie à l'arrière en l'informant de ses droits. Ses droits, Sid s'en moquait ; tout ce qu'il voulait, c'était mettre le suspect à l'abri pour éviter qu'il se fasse descendre par un sniper. La camionnette était équipée d'un système de brouillage puissant. Ian et Eva entreprirent de procéder à une palpation et à un scan.

L'hélicoptère prit de l'altitude. Les agents de sécurité arrêtèrent quatre employés, qu'ils firent mettre à genoux dans la cour. Ari leur mit des menottes.

Ralph se rapprocha de l'arrière du panier à salade et regarda un Ernie silencieux et furieux de l'autre côté du grillage.

— Excellent travail, Sid.

— Merci.

— Nous apprécions vraiment ce que vous avez fait pour nous, mais… Enfin, je suis désolé.

— Quoi ? lâcha Sid en fronçant les sourcils.

Trois énormes hélicoptères militaires apparurent au-dessus de la zone industrielle, juste derrière le garage. L'un d'entre eux se posa rapidement sur Western Road, entre les GroundKing, le rotor frôlant le coin du bâtiment. Trois hommes en costume en sortirent et coururent vers la camionnette. Les deux autres appareils restèrent dans les airs à balayer la scène avec des armes menaçantes jaillies de trappes situées à l'avant.

— Sauf votre respect, notre interrogatoire sera beaucoup plus efficace, cria Ralph pour se faire entendre par-dessus le grondement des turbines. Nous n'avons rien à craindre des avocats ni de la loi.

— Vous ne pouvez pas faire ça ! hurla Sid.

— Nous sommes l'ADH ; c'est notre juridiction. Remettez-nous le prisonnier, Sid.

Les trois hommes en costume se tenaient derrière Ralph. La mort dans l'âme, Sid dut reconnaître qu'il ne servirait à rien de protester. Il se tourna vers un Ian au visage de marbre.

— Faites-le descendre.

L'attitude rebelle d'Ernie s'était volatilisée. Il semblait très inquiet lorsque les hommes de l'ADH l'attrapèrent par les bras et l'emmenèrent vers l'hélicoptère.

— Et maintenant ? demanda Sid.

— Continuez votre enquête. Tâchez de découvrir ce qui s'est passé dans le macrobâtiment. Je vous transmettrai les informations que nous serons parvenus à extraire.

Cette dernière phrase dissuada Sid de poursuivre la conversation. Flanqué d'Eva et Ian, entouré du reste de l'équipe éparpillée dans la cour, il resta figé au milieu des voitures d'occasion décrépites d'Ernie, tandis que leur triomphe disparaissait dans l'hélicoptère. Les rotors accélérèrent, et l'appareil décolla.

— Les fumiers ! beugla Ian dans la tempête artificielle.

Sid regarda autour de lui, désespéré. Alors il se rappela qu'il était censé appeler O'Rouke pour lui confirmer le succès de la mission. Car son patron était attendu à sa conférence de presse.

— Et merde ! grogna-t-il.

Samedi 16 mars 2143

— Où êtes-vous ? demanda le caporal Paresh Evitts d'une voix triste et désespérée.

— J'arrive, le rassura Ravi Hendrik.

Extraire des données des graphiques de navigation était une seconde nature pour lui ; pas besoin des capacités d'analyse d'une i-e.

— Je serai là dans cinq minutes, ajouta-t-il.

Une pluie chaude et dense martelait la verrière du Berlin. Ravi pilotait la lourde machine à basse altitude au-dessus de la jungle, répondant à l'appel à l'aide frénétique du convoi de recherche. Les essuie-glaces ne servaient à rien. L'eau qui dégoulinait sur la bulle de verre brouillait la vue sur la canopée dense et ondulée située cinquante mètres plus bas. Ravi devait se contenter des images travaillées par les implants de ses iris, des données recueillies par les capteurs optiques spéciaux situés dans le nez de l'appareil et des maillages de particules intelligentes du fuselage et du radar. Dans ces conditions, la vision naturelle était presque une distraction. Sauf que Ravi volait depuis assez longtemps pour savoir qu'on ne devait jamais se fier entièrement aux images produites par un logiciel d'analyse visuelle, que ses yeux étaient le meilleur atout du pilote.

Les longs rubans de brume qui dévalaient les versants des collines étaient presque invisibles pour les systèmes électroniques. Ils n'étaient pas assez épais pour être considérés comme des nuages, tout en étant suffisamment opaques pour dissimuler des mauvaises surprises. Ravi se méfiait en particulier des grands arbres de St Libra tels que les fouettards, les métacoyas ou les vampspires, qui transperçaient souvent la canopée pour surprendre les moins prudents. Quelques semaines plus tôt, il avait vu un vampspire dépassant allégrement les cent mètres de hauteur.

À cinquante kilomètres de Wukang, au-dessus d'un paysage chiffonné constitué de collines abruptes et de ravines profondes, il était spécialement vigilant. Il faisait sombre, ce matin-là, Sirius étant masqué par des nuages qui plongeaient les vallées et les rivières dans un crépuscule prématuré. L'humidité ambiante diminuait l'efficacité de la turbine. C'était vraiment une mauvaise météo pour voler, mais c'était sans doute pire pour ceux qui étaient au sol. Son i-e était connectée au lien tendu entre le convoi et la base ; pris de panique, tout le monde criait. Dans ses oreilles, c'était un brouhaha indescriptible. Doc Coniff essayait d'expliquer à Angela Tramelo et Leora Fawkes comment sceller une blessure profonde avec le matériel de leurs packs d'urgence. D'après ce qu'il avait compris, le pauvre Marty O'Riley avait une branche dentelée enfoncée dans la cuisse. Entre les cris aigus de panique, il entendait les hurlements de douleur de la victime. Juanitar Sakur demanda également l'assistance du doc ; il essayait de stabiliser la colonne vertébrale de Dave Guzman. Ravi trouva cela révélateur : l'infirmier du convoi se concentrait sur le dos brisé de Dave plutôt que sur Marty qui, semblait-il, était en train de se vider de son sang. Ces éclats de voix et ces cris ne firent pas regretter à Ravi de ne pas recevoir les images transmises par Angela au doc.

— On vous entend, annonça Paresh Evitts.

— Tant mieux pour vous, marmonna Ravi tandis qu'un éclair zébrait le rideau de pluie et les nuages.

Le Berlin survola une longue arête et se retrouva dans une vallée aux versants couverts d'un tapis ininterrompu de végétation. Ses capteurs se braquèrent immédiatement sur les véhicules du convoi. À peine visibles dans un paysage où se succédaient affleurements rocheux et pentes boueuses colonisées par des buissons épais et des arbres sauvages, le biolab et deux Land Rover Tropic étaient perchés au sommet d'un ravin escarpé. Le radar lui signala la présence de la JMT plus bas, sur la paroi du ravin. Ravi grimaça. La voiture devait avoir fait plusieurs tonneaux avant de heurter des rochers au milieu des frondes gris-vert ondulées d'un ti-saule. Ils n'auraient jamais dû rouler si près du bord – au colonel Elston de tirer cela au clair plus tard.

Ravi examina la zone à la recherche d'un endroit dégagé où se poser. Il n'espérait pas en trouver, mais St Libra réservait toujours plein de surprises. Une dizaine de personnes étaient alignées au bord du ravin, leurs ponchos luisants de pluie. De fines cordes d'escalade rouges et violettes étaient tendues entre elles et la JMT cabossée. D'autres personnes trempées et maculées de boue rampaient autour de la carcasse.

— Vous pouvez vous poser ? demanda Paresh.

Ravi contourna le site de l'accident en étudiant le terrain vallonné et les arbres denses. Entre les troncs, il y avait assez de place pour les véhicules du convoi, pas pour le Berlin.

— Aucune chance, répondit-il. Pas ici, en tout cas. Pas dans ce coin.

— J'ai des blessés !

— Je sais, je sais. Je vais me positionner au-dessus de vous et on va les hélitreuiller.

— Merde. D'accord.

Ravi refit un tour au-dessus du ravin tandis que, dans la cabine, derrière lui, Tork Ericson demandait à Leif Davdia, Mohammed Anwar et Mark Chitty d'enfiler leurs harnais. Mark se chargerait du triage médical, pendant que les deux légionnaires, familiers de l'hélitreuillage, sangleraient les blessés sur le brancard d'évacuation du Berlin.

L'appareil transperça le déluge en envoyant les gouttes fouetter la végétation. Ravi était en position au-dessus des véhicules garés au sommet du ravin. Il descendait lentement en gérant les rafales imprévisibles et la pluie battante. Droit devant lui, il distinguait Antrinell Viana et Marvin Trambi ; tous les deux avaient une tête d'enterrement. Il y eut un nouvel éclair quelque part derrière l'hélicoptère. Les images produites par le maillage du fuselage lui confirmèrent qu'il se trouvait juste au-dessus de la JMT. Tork ouvrit la portière. Ravi braqua ses capteurs vers le bas, soucieux de la stabilité de son appareil.

— OK pour l'hélitreuillage, annonça-t-il à Tork.

Les deux premiers hommes descendirent au bout d'un solide câble de carbone avec l'agilité d'une araignée. En les regardant, Ravi comprit qu'hélitreuiller les cinq légionnaires grièvement blessés prendrait une bonne heure. Une heure à maintenir sa position sous la pluie et dans les vents tournoyants. Il en était capable. Une heure à piloter dans ces conditions, ce n'était rien pour un ex-pilote de Thunderthorn, pour un vétéran de la guerre contre le Zanth.

* * *

En 2119, Ravi était stationné dans le sud du Nevada, à Groom Lake, une des deux bases de la Force aérospatiale tactique américaine chargées de la défense exosphérique. À l'époque, il n'était autorisé à voler sur les nouveaux Lockheed SF-100 Thunderthorn que depuis treize mois. Ces appareils étaient la contribution majeure des Américains à l'ADH.

Lorsque l'alerte fut donnée, il était en permission à Las Vegas, occupé à perdre au jeu la majeure partie de ses six mois de bonus. La réaction de la commandante de la base fut immédiate et impressionnante ; elle envoya une flotte d'hélicoptères récupérer ses hommes dans ce temple du mauvais goût perdu au milieu du désert. Deux heures plus tard, tout le monde était sobre et de retour à la base, tandis que les techniciens du portail de guerre établissaient une connexion transspatiale avec New Florida.

Ravi et son copilote, l'aviateur de première classe Dunham Walsh, étaient dans la salle de réunion avec les autres membres de l'escadron Wild Valkyries, où on les briefait sur la géographie physique de New Florida. Le monde américain comportait neuf continents principaux, dont seulement trois – Oakland, Tampa et Longdade – étaient suffisamment développés pour avoir le statut d'État et donc des sénateurs à Washington. Le commandement de l'ADH avait confié à l'escadron la défense du nord de l'Oakland, soit une zone mesurant huit cent mille kilomètres carrés. La commandante de la base leur souhaita bonne chance et donna l'ordre de passer en niveau d'alerte rouge.

Ravi et Dunham montèrent dans une voiture et roulèrent dans le désert jusqu'à leur Thunderthorn, le *Bad Niobe*, par une nuit froide et sous des étoiles qui scintillaient – moqueuses, selon le copilote – au-dessus de leurs têtes. Ravi adorait l'allure agressive des trois cent dix-sept tonnes de son Thunderthorn. On aurait presque dit un missile. Il aimait tout dans cet engin spatial, y compris son coût : 1,8 milliard de dollars. Du nez à la queue, le SF-100 mesurait cinquante-huit mètres. Quand elles étaient déployées, ses ailes lui donnaient une envergure de cinquante-trois mètres, qui retombait à trente et un mètres quand elles étaient repliées vers l'arrière. En mode aérodynamique – trappes fermées et armes rétractées –, il était aussi élégant que ses concepteurs l'avaient rêvé, avec des courbes prononcées et des ailes qui ne brisaient pas la fluidité de l'ensemble. Les nacelles, situées à la base des ailes, accueillaient des turboréacteurs et des fusées surmontées de deux ailerons de requin. Une légère bosse sur le dessus du fuselage marquait l'emplacement du cockpit ovale doté d'un pare-brise panoramique opaque et argenté. Le fuselage était constitué de métallocéramique noire et scintillante capable de résister aux chaleurs extrêmes et aux fortes radiations auxquelles il serait exposé lors des combats.

Ravi prit place sur le siège du pilote et brancha les câbles de sa combinaison dans les prises idoines. Le réseau tactique de l'appareil commença à charger les données de l'arène exosphérique de New Florida. La Force aérospatiale tactique américaine lui envoya les codes de l'armement embarqué. Le chef de l'équipe au sol confirma que les réservoirs étaient pleins et les tuyaux débranchés. Ravi desserra les freins et le Thunderthorn roula lentement, prenant la dix-neuvième place dans la queue constituée par les quatre-vingt-cinq engins de l'escadron Wild Valkyries.

Ils émergèrent dans le désert un à un et s'avancèrent en grondant sur la voie de circulation en direction de la piste de déploiement transspatial. À l'extrémité de celle-ci, l'ovale gris argenté du portail attendait, tel un éclat de lune.

Ravi regarda la commandante de l'escadron activer les turboréacteurs de son Thunderthorn, et le gros appareil accéléra violemment sur la piste longue de sept cents mètres. Le SF-100 avait atteint sa vitesse maximale au sol de trois cent vingt kilomètres par heure lorsqu'il traversa le portail. Un deuxième Thunderthorn l'imita aussitôt.

Cinq irritantes minutes plus tard, Ravi engageait son appareil sur la piste de déploiement. Les yeux rivés sur les gaz d'échappement rose saumon du *Kickass Iole* qui le précédait, il accéléra au maximum, et le *Bad Niobe* fonça dans un grondement de turbines. L'accélération le plaqua contre son siège. Le *Kickass Iole* disparut dans le portail, juste devant eux.

— La trouille ? beugla Ravi avec enthousiasme.

— Carrément, répondit Dunham.

Ravi éclata de rire. Et le *Bad Niobe* transperça le portail…

* * *

… pour réapparaître sept cent cinquante kilomètres au-dessus de New Florida. Un plumet de vapeur provenant de l'atmosphère de la Terre se dispersa dans une décharge d'énergie, et le vide les enveloppa, absorbant tous les bruits. Les turboréacteurs crachèrent avant de s'éteindre, cessant de produire quelque poussée que ce soit. Autour du *joystick*, les doigts de Ravi se desserrèrent un peu. Les environs semblaient dégagés. Les prises d'air des moteurs se fermèrent. Le portail avait déjà disparu, changeant de position comme toutes les connexions transspatiales non ancrées. Pour une fois, le phénomène joua en la faveur de l'ADH, permettant à Groom Lake d'éparpiller les Thunderthorn en un parapluie de protection au-dessus du continent désigné.

Durant les cinq premières secondes, Ravi s'efforça de s'orienter, de déterminer sa position par rapport aux autres.

La planète s'incurvait en dessous d'eux. L'horizon coupait en deux la verrière juste devant Dunham. Les épais rubans de nuages de New Florida brillaient d'un éclat doré dans le soleil. Le continent était constitué de montagnes brunes et de végétation bleu-vert parcourues par des rivières et parsemées de marais étincelants. Durant le peu de temps qu'il eut à consacrer à l'observation du paysage, Ravi ne vit aucune trace de civilisation humaine sous les nuages paresseux. Et pourtant, douze millions de citoyens américains vivaient en dessous, et tous tentaient désespérément de rallier le portail afin de rentrer en un seul morceau à Miami. Son boulot consisterait à gagner du temps pour leur permettre de prendre la poudre d'escampette.

Des fleurs de lumière apparurent non loin de là à l'échelle astronomique, étoiles de plasma incandescent en train de grossir – les premiers missiles nucléaires Mk-7009 qui explosaient au milieu de l'ennemi. Pour Ravi, à l'abri derrière les filtres de sa verrière, les explosions ressemblaient à de simples feux d'artifice. Le *Bad Niobe* ne permettrait pas que son équipage souffre des radiations et des particules à haute énergie qui commençaient à emplir l'espace au-dessus de l'ionosphère de New Florida.

Des trappes s'ouvrirent tels des iris le long de la colonne vertébrale de l'appareil, et des capteurs se déplièrent pour scanner les environs. Un cercle de panneaux dissipateurs de chaleur se déploya vers le haut, sur la partie arrière du fuselage, pour évacuer le surplus des calories générées par les innombrables systèmes du Thunderthorn.

— Mode combat, annonça Dunham.

Projeté par le système de visée de son casque, le graphique du radar 3D émergea du néant et occupa le champ de vision de Ravi. L'image ne cessait de sautiller, les contours du graphique devenant flous, tremblotants.

— Il y a de fortes impulsions électromagnétiques là-dehors, grogna-t-il.

Vingt secondes à peine s'étaient écoulées, et ils étaient déjà dans la merde jusqu'au cou. Les systèmes électroniques du *Bad Niobe* étaient doublement protégés contre les interférences, et pourtant, le réseau tactique était affecté, n'opérant qu'à un très faible niveau.

— Ouais. L'environnement quantique est déformé aussi. Impossible de me connecter aux géosats. Nous n'avons pas de réseau de télécommunications.

— Et les stations au sol ?

— Nan. Les missiles nucléaires et les distorsions bousillent complètement le spectre.

— D'accord. Allons faire notre boulot.

Le *Bad Niobe* commençait à tomber. Ils avaient émergé en dessous de la vitesse orbitale et, le vecteur du portail étant fixe par rapport à la surface planétaire, la gravitation se faisait sentir. Ravi attrapa de nouveau le *joystick* et actionna les rétropropulseurs. De minuscules tuyères positionnées derrière les turboréacteurs crachèrent des jets de gaz brûlant. Le Thunderthorn se cabra à la verticale et…

— Bordel de merde, murmura Ravi tandis que leur terrifiant, invincible et impassible ennemi apparaissait devant lui.

Deux cents kilomètres au-dessus d'eux, le Zanth déchirait de vastes portions d'espace-temps pour s'engouffrer dans le système solaire de New Florida. Des nébuleuses irrégulières rouges et héliotropes tournoyaient et enflaient en fluctuations apparemment erratiques tout autour de la planète habitable, créant un voile pâle qui oblitérait presque les étoiles. Du néant infini des déchirures sortaient des morceaux de Zanth ressemblant à des larmes anguleuses larges de deux cents mètres à la base. Comme celle des Thunderthorn, leur vitesse relative par rapport à la planète était égale à zéro. Cependant, la gravitation les captura rapidement, entraînant chaque morceau dans une longue chute, lui faisant atteindre sa vitesse terminale avant même son entrée dans l'atmosphère. Les faces internes des icebergs volants réfractaient la lumière du soleil et celle des étoiles, enveloppant d'un halo iridescent les objets qui plongeaient dans le néant.

— On se fait chier dessus par un ange déchu, ma parole, grogna Dunham.

— Non, gronda Ravi, en colère contre lui-même d'être stupéfait devant le spectacle de ces milliards de tonnes de flocons de Zanth prismatiques qui lui tombaient dessus. Ces saloperies n'ont vraiment rien d'angélique.

Il alluma les six fusées principales du *Bad Niobe*. Le carburant hypergolique se mélangea et brûla dans les tuyères en forme de cloches situées à l'arrière des nacelles. Bruits et vibrations firent leur retour dans le cockpit. L'accélération de trois *g* le plaqua contre son siège, et le Thunderthorn s'éleva dans la cataracte de flammes tel un demi-dieu vengeur en direction de l'envahisseur scintillant.

Les trappes des armes s'ouvrirent. Des bombes D glissèrent sur leurs rails de lancement. Leurs systèmes électroniques étaient simples et renforcés contre les instabilités quantiques créées par les ouvertures zéro-dimensionnelles. Les têtes nucléaires sphériques émettaient des radiations de Tcherenkov violettes, tandis que leurs bandes de matière exotique restaient dans un état comprimé, apparaissant à peine dans l'espace-temps.

Ravi coupa les fusées, et le *Bad Niobe* continua son ascension en silence. Droit devant lui se trouvait une brèche miroitante aux contours de barbe à papa écrasée constituée de milliers de minuscules fissures rouges s'emmêlant en un cyclone diabolique. Des fragments de Zanth glissèrent hors de la brume brûlante, se déplaçant avec une grâce lente dans les rayons dorés du soleil. Leurs facettes scintillaient, innombrables, comme ils entamaient leur plongeon vers la planète.

—Voilà notre cible, annonça Ravi.

Les capteurs quantiques placés autour du nez de l'appareil l'informèrent que la brèche se trouvait à quatre-vingts kilomètres.

—J'en arme quatre, annonça Dunham. Guidage inertiel verrouillé. Prêt à tirer dans quinze secondes.

—Confirmation. (Ravi entra son code dans sa console.) Systèmes actifs. Liberté de tir totale.

Le radar détecta les premiers bancs de l'essaim qui fondait sur New Florida. En s'écrasant au sol, un seul fragment causerait des dommages colossaux. L'onde de choc tuerait quiconque se trouverait dans un rayon de deux kilomètres autour du point d'impact. Ravi avait envie de tirer tous les Mk-7009 qu'il avait à sa disposition, de réduire le Zanth à l'état de fragments radioactifs.

—Ça ne changera rien du tout, murmura-t-il.

Le déluge scintillant emplissait son champ de vision, tombant de tous les points de l'espace. Il y en avait des milliers, des dizaines de milliers. Et l'invasion n'en était qu'à ses débuts.

—Quoi ? demanda Dunham.

— On ne sauvera rien ni personne. Personne ne survivra à ce truc.

— Ravi, pour l'amour du ciel !

« L'impact de la réalité » : c'était le nom que les psys de Groom Lake donnaient à ce phénomène. La prise de conscience soudaine de l'immensité du Zanth. Face à un ennemi d'une telle dimension, l'âme humaine se recroquevillait en position fœtale et gémissait piteusement.

— Fait chier ! aboya Dunham. (Il souleva la protection des boutons de lancement et les enclencha tous.) Je tire !

Le *Bad Niobe* trembla. Les missiles s'éloignèrent à dix *g*, les plumets de fumée qui s'échappaient de leurs moteurs enveloppant le Thunderthorn de particules tourbillonnantes et pétillantes qui se dissipèrent en quelques secondes.

Ravi regarda les projectiles rapetisser sur la toile de fond mouvante de la brèche écarlate. La monstrueuse constellation de blocs de Zanth scintillait de plus en plus intensément à mesure que la gravitation les attirait.

— Putain ! mais qu'est-ce qui vous prend ? s'étonna Dunham.

— Vous voyez ce que je vois ?

— Putain ! ouais. Plus que dix secondes avant impact.

Ravi essaya de ricaner devant cet excès d'optimisme. Les distorsions quantiques provoquées par les brèches jouaient des tours à leurs systèmes électroniques. Ils pourraient s'estimer heureux si un seul de leurs missiles atteignait l'abomination rouge qui les surplombait. Et pourtant, il se surprit à égrainer mentalement les secondes.

Deux bombes D explosèrent, étoiles magenta de discontinuité spatiale générées par des explosions de plusieurs centaines de mégatonnes, dévastant les effervescences rouges et délicates qui s'étiraient entre l'espace-temps et la chose qui était à l'origine du Zanth. Les bombes D meurtrirent la brèche. Ravi vit la tache brune de tissu pseudo-dimensionnel fracturé trembloter, se rétracter comme de la matière vivante frappée par la foudre. La tache se propagea rapidement, déchirant les frondes écarlates conductrices. Les tordant. La brèche frissonna, cracha des jets d'énergie, comme si elle pleurait. Soudain, l'édifice tout entier fana, céda la place à un carré d'espace normal. Bientôt empli par l'essaim qui continuait de déferler, de tomber.

Ravi eut un sourire féroce. Les bombes D avaient fonctionné contre la brèche ; elles l'avaient scellée. *On sert quand même à quelque chose. Notre travail est utile.*

Il jeta un coup d'œil à l'écran radar. À présent que la brèche n'était plus là, les systèmes numériques de son vaisseau fonctionnaient normalement. Le réseau tactique calculait les vecteurs des blocs de Zanth. Les Mk-7009 glissèrent sur leurs rails de lancement.

— Faisons-lui mal, dit Ravi.

* * *

Quatre heures de chute libre au-dessus de New Florida. De trop nombreuses manœuvres pour éviter l'ennemi. Plus que vingt pour cent de carburant hypergolique. Un deuxième groupe de brèches était en train d'apparaître à cinq cents kilomètres du premier. Vu l'altitude à laquelle volait le *Bad Niobe*, leurs missiles pourraient atteindre ces nouvelles cibles. Il leur restait sept Mk-7009. Lorsqu'ils les auraient tous tirés, ils n'auraient plus qu'à se laisser attirer par la planète, qu'à planer jusqu'à la surface, où l'appareil traverserait un portail pour aller faire le plein de carburant et de missiles à Groom Lake.

Quatre bombes D s'élevèrent vers la fissure vermillon pleine de piquants qui les surplombait.

— Des débris arrivent sur nous, le prévint Dunham.

Ravi avait déjà repéré la nuée de rochers. Les moteurs du *Bad Niobe* brûlèrent férocement, les éloignant de cette zone dangereuse. Rester dans ce secteur était devenu de plus en plus périlleux à mesure qu'il se remplissait de blocs volant dans toutes les directions. Il agrippa le *joystick* et vira. Les systèmes commençaient à le lâcher. Quelque part au sud, à plus basse altitude, explosèrent une dizaine de bombes. L'écran radar ne montrait presque rien.

— Qu'est-ce que… ?

L'impact lui fit l'effet d'un coup de poing au visage. Il ignorait s'il avait ou non perdu connaissance ; en tout cas, il fut incapable de réagir pendant un temps indéterminé. Lorsqu'il voulut se concentrer, il se rendit compte qu'il n'entendait plus rien, pas même les battements de son cœur. Sa combinaison s'était rigidifiée. *Décompression dans l'habitacle !* Inutile de regarder ce qui subsistait de l'affichage pour comprendre que le *Bad Niobe* tombait comme une pierre. Quelque chose obstruait la moitié de son champ de vision ; les graphiques se tortillaient sur une tache sombre. Instinctivement, il essuya sa visière et constata que son gant était maculé de rouge.

— Dunham. (Ravi nettoya le sang et se retourna.) Dunham… Putain !

Sous le choc, ses muscles se figèrent. Le fragment de Zanth qui avait transpercé à la fois le fuselage en métallocéramique et le blindage du cockpit avait décapité Dunham, lui arrachant également un morceau d'épaule. Son casque cabossé se baladait dans tout l'habitacle, tournoyait dans le vaisseau en chute libre.

Ravi se retint à grand-peine de vomir. D'une main, il ouvrit une poche sur sa cuisse et s'injecta un suppresseur de nausée. Chaud, le médicament se propagea en bourdonnant dans son système sanguin.

Priorité : reprendre le contrôle de l'appareil. Il appuya sur le *joystick*, testant délicatement toutes les directions pour déterminer si ses moteurs fonctionnaient correctement. La nacelle bâbord semblait avoir le plus souffert. Lentement, il sortit de sa vrille en donnant de petites accélérations et réussit à stabiliser l'appareil blessé. Son nez pointait vers l'horizon sud-est et formait un angle de quarante degrés avec le sol. La console endommagée se réinitialisa, et le réseau tactique mit à profit ce qui restait de moniteurs pour afficher des informations essentielles. Le *Bad Niobe* perdait du fluide par un réservoir percé. Le nez se remit à vaciller.

Ravi trouva l'origine de la fuite – à tribord, dans un réservoir de tétroxide d'azote – et ouvrit les valves pour transférer le liquide dans un réservoir non percé. Plusieurs cellules de carburant avaient rendu l'âme, et l'enveloppe du fuselage présentait un nombre alarmant de fissures.

— Et mon copilote est mort, grogna-t-il.

Le radar était toujours opérationnel, qui lui montrait un grand nombre de particules tombant à très grande vitesse tout autour de lui. Sa protection principale, à savoir les dimensions infinies de l'espace, semblait de plus en plus compromise. L'escadron avait bien travaillé, réduisant en morceaux des centaines d'ennemis, mais c'était un succès difficile à assumer, car ces éclats pouvaient le tuer. Les blocs de Zanth aussi souffraient énormément de la pluie de fragments.

Un léger coup de *joystick* pour pointer le nez du Thunderthorn vers le monde assiégé, et il ralluma les moteurs principaux. Il n'y en avait plus que trois de fonctionnels, ce qui nécessitait de modifier constamment leur vecteur. Mettre les gaz pendant vingt secondes, donner un coup de pouce à la gravitation, foncer vers le sol.

L'attraction de la planète se fit sentir dans le cockpit à mesure que le *Bad Niobe* se rapprochait de New Florida. Ravi modifia l'alignement de son gros vaisseau une dernière fois, le redressant afin que son ventre soit parallèle à l'atmosphère. Le casque de Dunham tomba mollement sur le plancher de l'habitacle, roula contre le pied de Ravi. Son corps s'affaissa, ses bras pendillant vers l'avant. Les taches rouges qui bouillaient dans le vide du cockpit se mirent à dégouliner paresseusement sur les parois, la console et la verrière, traçant des lignes rouges un peu partout.

Ravi fit son possible pour ne pas regarder le sang. Les capteurs retournèrent dans leurs trappes, qui se refermèrent comme des iris. Les ailerons et actuateurs de cambrure des ailes furent testés un à un. Le fonctionnement général de l'appareil n'était pas très bon, conclut le réseau tactique. Ravi lâcha un bon vieux gloussement fataliste.

L'ionosphère brûlait d'une phosphorescence moirée si intense qu'elle l'empêchait de voir le sol. Les centaines de missiles nucléaires lancés par les Wild Valkyries et leurs collègues au-dessus de Tampa et Longdade avaient saturé l'atmosphère de New Florida de particules à haute énergie et de radiations dures. Même si le Zanth rappelait immédiatement son essaim, la biosphère de la planète mettrait des siècles à se remettre de ce blitz radioactif.

Le *Bad Niobe* plongea dans le maelström brûlant. Ravi sentit le cockpit vibrer comme les surfaces aérodynamiques fendaient la brume énergisée de plus en plus épaisse. De nouveaux icones d'alerte clignotèrent, rouges, sur ses moniteurs. En dehors du barrage constant d'éclairs et de boules de feu spectaculaires produits par la désintégration des débris de Zanth, il ne voyait rien dans l'ionosphère contaminée.

— On va te ramener chez toi, promit-il au corps de Dunham. Promis.

Ils tombaient à vive allure à travers l'atmosphère. Ravi pointa le nez de l'appareil vers le sol, utilisant ses surfaces portantes pour transformer sa descente en véritable plongeon. Des rayons de soleil bizarrement déformés emplirent le cockpit comme le vaisseau traversait la base enflée de l'ionosphère, s'engouffrant dans un énorme orage électrique. Des éclairs zébraient l'atmosphère de tous côtés, courant sur les ailes du Thunderthorn avant de générer des boules de plasma incandescent qui formaient une traînée segmentée derrière l'appareil.

Plus bas, dans les nuages, la pluie vint s'ajouter au barrage hostile que l'atmosphère de New Florida avait réservé à ses défenseurs. Ravi déplia les ailes de son appareil au maximum en écoutant leur structure craquer. L'angle de son plongeon se radoucit. Il ne volait qu'avec son système de navigation inertielle, décrivant un arc qui devrait se terminer à l'aéroport de Yantwich où se trouvait le portail d'évacuation de l'ADH.

Plus que soixante-dix kilomètres à parcourir sous la couche nuageuse. Il volait à Mach 2,8 lorsque le radar sonna l'alerte. Virant à bâbord, il vit un bloc de Zanth intact transpercer la couche nuageuse à une dizaine de kilomètres, au nord. Les facettes de l'objet scintillèrent faiblement dans la grisaille et la pluie battante. L'impact souleva un nuage dense et crasseux qui le masqua complètement. Ravi retint son souffle. Avec un peu de chance, la petite brute extraterrestre serait réduite en morceaux, comme si elle avait été frappée par un 7009. Mais lorsque le nuage fut nettoyé par la pluie, il vit le bloc intact former un angle aigu avec le fond d'un énorme cratère.

Il ne s'agissait certes pas de sauver ce monde, seulement de gagner un peu de temps pour permettre son évacuation. Un jour peut-être l'ADH trouverait-elle un moyen de repousser les assauts du Zanth, de l'empêcher de s'approcher des mondes transstellaires habités par les êtres humains. Pas avant que ses petits-enfants aient eux-mêmes des petits-enfants, malheureusement.

Ravi fut un peu surpris lorsque les trois trains d'atterrissage se déplièrent sans encombre et se bloquèrent en position, affichant trois icones verts sur ses moniteurs. À dix kilomètres de la piste d'atterrissage, trois des turboréacteurs du Thunderthorn s'allumèrent. Le radar de l'aéroport le repéra. Il échangea des informations de base avec les contrôleurs aériens. Le réseau tactique transféra le statut du *Bad Niobe* à Groom Lake.

Malgré les dommages qu'il avait subis, Ravi réussit à poser son vaisseau au centre de la piste. Des véhicules d'urgence le suivirent jusqu'à l'extrémité de celle-ci, où se dressait le portail. Au moment où il l'atteignait, un autre Thunderthorn de son escadron se posait derrière lui.

Le passage de l'autre côté fut violent, au sens physique du terme. Ravi fut presque pris de vertige. En un instant, il était passé d'un monde où il luttait pour survivre à une invasion extraterrestre à son si tranquille Nevada, où il reconnut les bâtiments familiers de Groom Lake et leurs toitures transformées en plaques chauffantes par le soleil. Les véhicules d'entretien convergèrent vers son vaisseau. Ravi coupa les turboréacteurs tandis que les camions de décontamination inondaient le *Bad Niobe* d'une bouillie turquoise. Des techniciens entreprirent de raccorder des câbles et des tuyaux au ventre de l'appareil. Le tracteur de remorquage l'agrippa par la roue avant et le conduisit au hangar de maintenance.

Comme il entrait dans le vaste bâtiment, Ravi vit une dizaine de vaisseaux entre les bras articulés des robots mécaniciens. Deux engins semblaient en plus mauvais état encore que le *Bad Niobe*. Des techniciens en combinaison antiradiation s'activaient sur toutes les surfaces, avec l'aide des IA des ponts de réparation et d'outils commandés à distance. Des bras cybernétiques soulevaient les sections de fuselage déchirées avant de les remplacer aussitôt. Les nacelles qui avaient souffert étaient déposées, cédant la place à du matériel neuf. Les systèmes embarqués étaient tous modulaires et donc très faciles à démonter.

Deux heures et vingt minutes plus tard, le *Bad Niobe* était de nouveau opérationnel.

— Renvoyez-moi là-bas, supplia-t-il sa commandante.

Il avait vu Toho et Janinne en train d'attendre sous le cockpit rafistolé de son appareil, et cela l'avait rendu fou.

— Vous avez perdu Dunham, rétorqua sa supérieure.

— C'est faux ! Il s'est pris un putain de shrapnel de Zanth. À cinquante centimètres près, c'est à lui que vous seriez en train de parler et pas à moi. C'est la faute à pas de chance. Ça n'a rien à voir avec mes aptitudes. Allez ! Dunham et moi, on a dégommé une bonne cinquantaine de ces saloperies !

— Et ça n'a pas été facile, Ravi. Je ne suis pas sûre que vous soyez capable d'y retourner.

— Ç'a été génial, mon commandant. Génial ! Commandant, j'ai descendu cinquante ennemis et j'ai ramené *Bad Niobe* à la maison. Ce n'est pas comme si vous aviez cloné une tripotée de pilotes ! Nous ne sommes pas les North. Laissez-moi y aller, s'il vous plaît. Donnez-moi un peu de HiMod pour me maintenir éveillé, et j'en descendrai cinquante de plus. Vous ne pensez pas sérieusement que Toho est meilleur pilote que moi ?

— Toho est un excellent...

— Foutaises !

— Je n'ai pas assez de pilotes, comme vous venez de me le faire remarquer. Reposez-vous un peu, et quand le *Bad Niobe* sera de retour, vous repartirez.

Ravi remplit un total de six missions dans le ciel de New Florida. Il avait miraculeusement survécu à la quatrième, s'éjectant juste avant que son vaisseau, ayant perdu son train d'atterrissage tribord, se transforme en une boule de feu irrécupérable, même pour les robots mécaniciens. Seule une pénurie de pilotes lui avait permis d'assurer deux dernières missions dans un appareil différent. Au-dessus de New Florida, l'espace commençait à être saturé de radiations, mais les Thunderthorn continuaient à voler, tirant de moins en moins de missiles dans les brèches qui se trouvaient désormais à plus de trois mille kilomètres de la planète, détruisant de moins en moins de blocs de Zanth. Ils continuaient parce que personne d'autre n'aiderait la population assiégée.

À la fin, quatre jours après le début de l'invasion, à la grande colère et à la stupéfaction des pilotes qui avaient survécu jusque-là, le commandement de l'ADH mit un terme aux missions de défense exosphérique. Des brèches s'ouvraient désormais à cinq mille kilomètres de New Florida. Entre elles et l'atmosphère, l'espace était un blizzard d'esquilles de Zanth capables de pulvériser n'importe quel vaisseau. Les radiations illuminaient l'ionosphère, donnant à l'astre des airs de soleil froid.

Il ne restait plus rien à sauver.

* * *

Vance Elston épongeait la transpiration de son front tandis que le Berlin retournait sur les lieux de l'accident après avoir déposé les blessés à Wukang. Il faisait trop chaud dans la cabine de l'hélicoptère. Personne ne se souciait plus d'allumer la climatisation. Tork Ericson était penché contre l'encadrement de la vitre latérale ouverte et mâchouillait un chewing-gum en regardant la canopée luxuriante et luisante d'humidité. L'après-midi touchait à sa fin et l'atmosphère brûlante de St Libra était irrespirable. Étrangement, la portière ouverte et les pales contrarotatives qui miroitaient un mètre au-dessus d'eux ne rafraîchissaient pas du tout la cabine. Il était vrai, pensa Vance, qu'il n'y avait pas d'air frais sur cette planète.

— Plus que deux minutes, annonça Ravi Hendrik.

Vance vérifia son harnais de sécurité et vint se positionner derrière le siège baquet de Tork pour regarder le paysage ondulé. Le terrain était vallonné mais pas infranchissable. La véritable difficulté venait de la jungle, de la densité de ses arbres et de ses épais sous-bois qui rendaient pénible la circulation des véhicules. Cependant, le convoi avait parcouru un peu plus de cinquante kilomètres pour arriver jusque-là, écrasant la broussaille, usant de la scie robot située à l'avant de la JMT pour découper troncs et branches et tailler dans les rideaux de plantes grimpantes. Voilà pourquoi ils étaient venus avec ces engins robustes. Ils étaient capables de pousser, couper, tailler leur route dans n'importe quel milieu, sauf dans la roche.

Tork sortit un bras dehors et désigna quelque chose du doigt.

— Là ! cria-t-il par-dessus le vrombissement des rotors.

Vance examina le site de l'accident. Des volutes de vapeur s'élevaient de la végétation, la pluie du matin s'évaporant rapidement dans la chaleur de Sirius. La brume fine et agitée s'enroulait autour du biolab et des deux Land Rover Tropic stationnés au bord du ravin. Les véhicules étaient entourés de divers paquets et caisses, des tentes et de l'équipement nécessaires pour passer la nuit sur place. Du regard, il suivit les pentes boueuses du ravin. Il y avait des traces de dérapage dans la terre rouge-brun, des plantes écrasées et une JMT couchée sur le flanc contre un affleurement rocheux. Les caisses qu'elle transportait avaient été éventrées, festonnant un large ruban de végétation, de débris, de tentes et de vêtements qui voletaient dans la brise constante. Deux légionnaires étaient accroupis à côté de la voiture cabossée, des cordes d'alpinisme colorées attachées à la ceinture.

— Merde, grogna Vance en se signant par réflexe.

DiRito n'aurait jamais dû conduire si près du bord, mais c'était facile à dire avec le recul. Qu'aurait-il fait, à sa place, obligé de négocier cette jungle difficile ?

Le Berlin vira vers les véhicules garés et s'immobilisa vingt mètres au-dessus d'eux. Arbres et buissons se courbaient sous le puissant courant d'air.

— Si vous voulez bien descendre, mon colonel, commença Tork.

Vance hocha la tête, sinistre, en tâchant de contenir son inquiétude. Cela faisait bien longtemps qu'il ne s'était pas exercé à ce genre de chose.

— Oui.

Tork déroula un mètre de câble et accrocha le mousqueton au harnais de Vance. Le bras du treuil pivota vers l'extérieur. Vance eut envie de se signer, mais se retint. Tork lui donna deux tapes sur le casque, et il se pencha à l'extérieur, laissant le câble se tendre sous son poids, puis se dérouler lentement.

Paresh Evitts le prit par les jambes et le stabilisa comme il atteignait le sol. On défit le mousqueton, et le Berlin s'éloigna en direction de la JMT accidentée.

— Mon colonel, le salua le caporal Evitts.

Vance lui rendit son salut.

Paresh était maculé d'une boue qui séchait rapidement sous le soleil blanc-bleu. Son visage jeune était un masque d'inquiétude, de colère et de lassitude.

— Comment vont-ils, mon colonel ? demanda-t-il.

Vance ne put s'empêcher de se tourner vers les trois cadavres alignés dans des sacs en plastique noir près du biolab. Le caporal Hiron, assis à la place du mort à côté de DiRito, ainsi que les soldats Peace-Davis et Ramon Beaken.

— Le doc pense qu'O'Riley gardera sa jambe. Tramelo et Fawkes ont fait du bon boulot en extrayant la branche. Sleath et DiRito s'en sortiront ; ils ont juste quelques membres cassés. Le doc est plus réservé pour ce qui concerne Guzman. Ils pourront s'occuper bien mieux de sa colonne vertébrale à Abellia. On en saura plus quand il sera là-bas. Ils seront tous les quatre évacués par le prochain Daedalus, qui est attendu dans environ une heure.

— Tant mieux.

Vance eut l'impression que le jeune caporal retenait ses larmes.

— Votre opération de sauvetage s'est parfaitement déroulée, caporal. Vos hommes peuvent être fiers d'eux et de vous.

— Merci, mon colonel.

Antrinell Viana les rejoignit et les salua.

— Et maintenant ?

Vance jeta un coup d'œil circulaire au site. Darwin Sworowski, le responsable des véhicules terrestres du camp, était en train de descendre en rappel vers l'épave de la JMT.

— Vous allez ramener le convoi à Wukang. Vous transporterez les corps avec vous. Le Berlin se chargera de la JMT. Les ingénieurs pensent qu'elle est récupérable.

— Je serais curieux de voir ça, grogna Antrinell.

— Caporal, faites porter les corps dans le biolab, je vous prie. Et tenez-vous prêts ; vous partirez dès que le Berlin aura terminé son travail.

— Mon colonel.

Paresh le gratifia d'un salut dénué de conviction et se dirigea vers ses hommes, assis autour des deux Tropic. Vance aperçut Angela, affalée contre une roue, crasseuse et apathique. Sa veste kaki était maculée de sang et de boue.

— Alors ? demanda-t-il lorsque Paresh se fut éloigné.

Antrinell laissa échapper un long soupir.

— Par le feu de l'enfer, je ne sais pas. Hiron était notre éclaireur. J'étais dans le biolab, et nous suivions la JMT. C'était un accident. DiRito roulait dans la boue ; il s'est trop rapproché du bord. C'était un pari dangereux, mais nous avons tous pris ce genre de risques sur cette planète. J'aurais sans doute agi comme lui si j'avais été amené à prendre des initiatives.

—Vous avez assisté à la chute ?

—Non, répondit Antrinell en désignant la voie ouverte par le véhicule au milieu de buissons poussant sous des arbres, à une vingtaine de mètres. Nous étions à ce niveau. Nous maintenons une distance de quarante mètres au minimum entre deux engins. On a appris à respecter cette règle dès le premier jour. Si la JMT rencontre un obstacle infranchissable, on est obligés de revenir sur nos pas pour essayer un autre chemin, ce qui n'est pas facile quand on est trop près les uns des autres. (Il siffla entre ses dents serrées.) Nous communiquions par réseau local. Les cris...

—Je veux voir où la voiture a basculé dans le vide.

—Bien sûr.

Vance s'avança jusqu'au bord du ravin. La boue séchait rapidement. Le sol était un fouillis d'empreintes de pas, de traces de dérapage et de végétation piétinée. Smara Jacka, de l'équipe de xénobiologie, et Gillian Kowalski, assise sur des rochers, assuraient Josh Justic et Omar Mihambo qui aidaient Sworowski à fixer les câbles du Berlin autour de la JMT endommagée. Les deux hommes étaient attachés à un gros fouettard qui poussait près du ravin. Vance se tourna vers l'arbre, avec ses branches en spirales horizontales et son écorce brun clair lisse couverte de courts poils soyeux et blancs. La manière dont les branches poussaient parallèlement au sol lui rappela le cèdre terrien.

En dépit des nombreuses traces de pas, il était facile de suivre le chemin pris par la JMT. Les roues avaient glissé sur la boue molle, arrachant les plantes les moins robustes. Vance longea la piste au bord du ravin, puis ferma les yeux et demanda à son i-e de lui passer l'enregistrement. Le visuel de DiRito se mit à défiler, et Vance se retrouva soudain à bord de la JMT qui sautillait sur le sol irrégulier. Les bras tendus devant lui, sur le volant, difficile à manier. Même avec la direction assistée et le contrôle de traction, conduire sur ce genre de terrain était un enfer. DiRito roulait trop vite – sans doute pour faire le malin. Les moteurs individuels des quatre roues lui permettaient de tout écraser sur son passage, sauf les obstacles les plus gros. Qu'un tronc d'arbre se dresse en travers de la route de l'engin, et ses scies pareilles à des mandibules le débitaient en morceaux.

DiRito émergea de la jungle dans une zone relativement dégagée et se mit à longer le précipice. Il y avait des rochers un peu partout...

… Vance ouvrit les yeux pour comparer les pierres qu'il avait sous les yeux et qui lui arrivaient au genou avec celles de la vidéo de DiRito…

… DiRito tourna à droite. Ce n'était pas illogique. Tourner à gauche aurait signifié retourner vers la jungle. À droite, le chemin était plus dégagé, quoique dangereusement proche du ravin. La JMT contourna les rochers sans problème et poursuivit sa route sur la colline.

Alors que tout semblait normal, il y eut une secousse, et le pare-brise se retrouva face au ciel qui surplombait la gorge. DiRito luttait avec le volant, mais les roues arrière perdirent toute adhérence dans la boue. En regardant ces images, Vance sentit presque l'arrière du véhicule glisser, chasser. L'image trembla dans tous les sens tandis que les bras de DiRito tournaient frénétiquement le volant. La JMT commençait tout juste à réagir lorsque l'horizon bascula.

— Stop, ordonna Vance à son i-e.

Il avait revu cet enregistrement huit fois depuis que DiRito était arrivé à la clinique de Wukang. Pour tenter de comprendre ce qui était arrivé.

— Alors ? s'enquit Antrinell.

Vance se tenait à l'endroit précis où la JMT avait basculé. Il examina le sol. Des buissons mielleux et des genres de vignes écrasés. De la boue en train de sécher. Comme dans le reste de cette jungle. Il pivota sur ses talons, décrivant un tour complet. Les hommes qui se reposaient près des Tropic l'observaient. Le Berlin tournait lentement dans le ciel.

— DiRito n'arrête pas de répéter que quelque chose a heurté la voiture, dit Vance.

— Rien de plus normal, il veut se dédouaner.

— Mmh…

Vance se rappela le visage du légionnaire effondré dans son lit de la clinique de Wukang. Il souffrait énormément et racontait la même histoire à tous ceux qui passaient à sa portée. « On a été touchés. Quelque chose nous a poussés. Ce n'était pas moi ! Ce n'était pas ma faute ! Je le jure ! » Son ton était suppliant, insistant. Désespéré. Vance avait assisté à de nombreux interrogatoires, il avait vu de nombreuses personnes choquées, dans le déni, hostiles, désireuses de paraître innocentes. DiRito ne mentait pas, il en était sûr. Toutefois, la vérité était subjective. Quelque chose s'était effectivement produit, qui avait provoqué la chute de la JMT dans ce ravin.

Plusieurs heures s'étaient écoulées depuis, et Vance aurait été bien incapable de dire ce qui avait pu causer ce tragique incident. Et pourtant, il se tenait à l'endroit précis où celui-ci était survenu. Il enfonça la pointe de sa botte dans le sol meuble. Même la boue était tout à fait ordinaire ; pas de trous profonds et traîtres ni de crevasses. Un court-circuit dans un des moteurs ? Le contrôle de traction dépendait de logiciels, après tout. De logiciels incroyablement fiables. Une panne au plus mauvais moment ?

Vance s'éloigna un peu des survivants.

— Ç'aurait pu être le biolab. Vous imaginez ?

— Je ne préfère pas, répondit Antrinell. Les sièges sont équipés de protections antichocs, mais une chute comme celle-ci les aurait mis à rude épreuve.

— Oui. Je pensais plutôt à ce que vous transportiez.

— Ah !… De ce côté-là, vous n'avez pas à vous en faire. Les têtes nucléaires peuvent heurter de la roche à pleine vitesse et s'en tirer sans la moindre éraflure. Elles doivent être armées pour entamer leur séquence de lancement.

— Et les missiles ?

— Quelques tonneaux ne les feraient pas exploser. Leurs systèmes sont extrêmement sûrs.

— Tant mieux. Ce ne sera pas du luxe.

— Je vous demande pardon ?

— Je ne suis pas persuadé qu'il s'agisse d'un accident.

— Je n'imagine pas qu'il puisse s'agir d'un sabotage.

— Moi non plus, mais cet accident est tout de même troublant. Nous avons besoin d'être sûrs que notre chargement soit en sécurité.

— Vous n'êtes pas sérieux ! Même s'ils existent, les habitants de St Libra ne peuvent pas savoir ce que nous transportons. Seules vingt-huit personnes dans toute l'ADH sont au courant des précautions que nous avons prises.

Vance hocha lentement la tête ; il voulait croire qu'Antrinell avait raison, qu'il se faisait du souci pour rien.

— Répétez-moi où se trouvait Angela Tramelo au moment de l'accident, dit-il à voix basse.

Antrinell ne put contenir sa stupéfaction.

— Vous plaisantez ?

Vance se contenta de le regarder fixement sans rien dire.

— Mon Dieu ! non, vous ne plaisantez pas. D'accord, elle était dans la Tropic, juste derrière moi. Le caporal Evitts était au volant.

En plus de Tramelo, il y avait Kowalski et Justic. Dean Creshaun conduisait la dernière Tropic. Bastian North2, Melia et Dorchev étaient ses passagers. Tout le monde vous confirmera qu'elle était bien là. Nous ne l'avons pas lâchée d'une semelle, Vance. Elle ne peut en aucun cas être responsable de ce qui s'est passé.

— D'accord, d'accord, je me contenterai de vos certitudes pour le moment.

— Vous croyez vraiment qu'elle est impliquée dans l'accident ?

— Le problème, c'est que je n'ai pas la moindre idée de ce qui se trame ici. Il nous arrive trop de tuiles pour qu'on puisse mettre ça sur le compte de la malchance ou du hasard. À propos d'Angela, je suis arrivé à une conclusion que j'aimerais partager avec vous. Au cas où.

— Au cas où ? Vraiment ?

— Nous accumulons les pertes à un rythme effrayant, vous ne trouvez pas ?

Antrinell ne put qu'opiner du chef.

— Oui. Même mes hommes commencent à se poser des questions.

— Elle est toujours dans les parages.

— Comme nous tous, pour être tout à fait honnête.

— Sauf qu'aucun d'entre nous n'était là quand Bartram North et ses copines se sont fait massacrer.

— Je croyais que son interrogatoire avait presque démontré l'existence d'un monstre.

— Plus le temps passe, plus l'enquête de la police de Newcastle tend à démontrer que l'assassinat du North était lié à une magouille industrielle.

— Nous avons arrêté Ernie Reinert, heureusement. L'équipe de Frontline saura le faire parler.

— Ralph Stevens découvrira qui est son employeur, oui. À condition que Reinert le sache.

— Je rêve ou vous commencez à avoir des doutes sur la légitimité de notre expédition ? demanda Antrinell.

— Je ne sais pas. L'existence d'une espèce extraterrestre expliquerait tout ce qui s'est passé depuis notre arrivée, mais que doit-on penser d'Angela ?

— Que voulez-vous dire ?

— C'est une un-sur-dix.

Ce détail le turlupinait depuis que Vermekia le lui avait révélé au mois de janvier. La revoir en prison vingt ans après lui avait fait un drôle d'effet. D'autant qu'elle n'avait pas du tout changé. Il n'était pas jaloux, non, même si depuis, il se regardait beaucoup plus attentivement dans le miroir de sa salle de bains chaque matin. Il ne comprenait tout simplement pas d'où elle était sortie, et cela le déstabilisait énormément. L'ARE était censée apporter des réponses.

— Elle a été arrêtée il y a vingt ans. Je ne suis pas fortiche pour donner un âge aux gens, mais à l'époque, elle faisait dix-neuf ans. J'ai fait quelques recherches sur le traitement que subissent les un-sur-dix. Il produit ses effets à la fin de l'adolescence, quand le sujet a presque atteint sa maturité physique. Ce qui signifie qu'elle avait entre dix-huit et trente ans, à l'époque.

— Oui, et alors ?

— Ce traitement coûte une fortune aujourd'hui. En supposant qu'elle ait environ quarante-cinq ans – ce que je crois –, ça signifie qu'elle a été conçue autour de 2098.

— Oui, ça collerait, en effet.

— En effet... Mais qui est-elle ? Ce traitement est extrêmement cher aujourd'hui, mais il l'était beaucoup, beaucoup plus à l'époque, il y a quarante-cinq ans, au tout début.

— Oui.

— Qui, à cette époque, pouvait être assez riche pour investir tant d'argent dans sa fille ? Nous parlons de dizaines de millions d'eurofrancs, même s'il est difficile de trouver des estimations fiables. Sans compter que la plupart des États américains ont mis en place une législation très sévère concernant les traitements génétiques.

— Un milliardaire, manifestement. Ce n'est pas ça qui manque, sur les mondes transstellaires. Et il y en avait tout autant à l'époque.

— Certes. J'ai demandé à Vermekia de faire quelques recherches sur le sujet. C'est très intéressant. Nous avons trouvé une possible correspondance génétique avec une certaine Luci Tramelo trouvée dans le fichier des citoyens de la GE, une Française qui a émigré sur Orléans il y a quarante-sept ans à l'âge de trente-cinq ans. Elle s'est installée à Pantin, où elle a acheté un grand vignoble à l'extérieur de la ville. Elle s'est mariée un an plus tard. Officiellement, elle a eu trois enfants, qui dirigent toujours l'exploitation. Luci, en revanche, est décédée il y a deux ans. Pour ce que nous en savons, sa famille n'était pas assez riche pour lui permettre d'acheter ce vignoble, et nous ne connaissons pas du tout son parcours professionnel avant son émigration. J'en conclus qu'elle a gagné de l'argent en portant des enfants. D'après la comparaison des ADN, il y a deux générations d'écart entre les deux. Génétiquement parlant, Angela serait la petite-fille de Luci. Ce n'est pas illogique, vu les altérations que subit l'ADN d'un un-sur-dix. Ce qui est intéressant, c'est que nous n'avons aucune correspondance pour ses autres traits familiaux, ce qui signifie que nous n'avons pas la moindre idée de l'identité de son père.

— J'ai du mal à le croire. L'ARE peut accéder à toutes les bases de données gouvernementales.

— En fait, non. Pour commencer, il y a les planètes distantes, expliqua Vance. Comme elles n'existent pas, du point de vue des mondes transspatiaux, nous n'avons aucun accès à leurs réseaux. Et puis, il y a New Monaco.

— Ah ! oui, j'adore : un monde de multimilliardaires que nous n'avons même pas le droit de visiter. Oui, ça collerait.

— En effet. Ça expliquerait beaucoup de choses. À part un détail.

— Lequel ?

— Que faisait une héritière de New Monaco dans le harem de Bartram North ?

— Je n'y avais pas pensé, lui concéda Antrinell, que tout cela n'amusait plus du tout. Oui, c'est tout à fait vrai.

— À moins qu'elle ait infiltré le manoir à la façon d'un agent. D'ailleurs, je ne vois pas d'autre explication. Et encore, je ne suis pas vraiment convaincu, car quelle aurait été sa motivation ? Quand on a cet argent et cette éducation, on ne fait pas ce genre de chose. Mais enfin, si c'était vrai, on pourrait se poser beaucoup de questions sur les opérations secrètes des riches.

— Vous êtes en train de me dire que le meurtre de Newcastle est la dernière phase d'une guerre industrielle qui dure depuis vingt ans ? et qu'il n'y a pas de monstre ?

— Non. J'étais là quand on a interrogé Angela. J'étais assis et j'ai vu le scanner cérébral sortir cette image de son cerveau. Elle se rappelle avoir vu quelque chose de pas naturel dans le manoir de Bartram. Et vu la manière dont s'est déroulé son interrogatoire, il m'est difficile de fermer les yeux.

En revanche, il n'était pas prêt à parler à Antrinell de la résistance d'Angela. Il avait vu des durs craquer complètement dans ces pièces maudites, chialer par terre, rendus fous par les drogues, suppliant qu'on leur pose des questions afin de pouvoir y répondre et de satisfaire leurs tortionnaires. Pathétiques dans leur empressement confus.

Vance et son équipe avaient obtenu tout ce qu'ils voulaient d'Angela, mais elle n'avait pas craqué. Ils l'avaient réduite à l'état de créature misérable et désespérée. Toutefois, la colère qui l'animait ne s'était pas éteinte. Cela avait coûté un œil à un technicien, qui ne l'avait pas oubliée. Elle ne s'était jamais soumise. Seule une personne très spéciale et convaincue de son fait pouvait supporter tout ce que Frontline lui avait jeté à la figure sans perdre totalement la raison. Une personne qui possédait l'arrogance et l'assurance de ceux qui naissaient à New Monaco.

— Merde.

— Oui, j'allais le dire, acquiesça Vance. Nous sommes revenus à notre point de départ avec toutes ces morts inexpliquées sur St Libra. Pour résoudre ce mystère, nous aurons besoin de preuves scientifiques solides. Alors, qu'est-ce que vous avez pour moi ?

— Pas grand-chose, admit Antrinell. Nous avons prélevé plus de huit mille échantillons depuis que nous avons quitté Wukang. Les hommes commencent à maîtriser nos collecteurs. On en a déjà étudié soixante-dix pour cent. Il y a un nombre phénoménal d'espèces végétales, ici, mais aucune variance par rapport à la séquence principale de St Libra.

— D'accord.

— Et je ne parle pas uniquement de cette jungle. Nous avons prélevé des échantillons à Abellia, Edzell et Sarvar. Il n'y a de variance nulle part.

— Oui, mais les échantillons ont été prélevés dans des zones réduites.

— Réduites, mais dispersées sur plus de six mille kilomètres. Une stabilité totale sur une distance si importante est tout de même significative. Et je ne parle même pas de la flore des Territoires indépendants, elle aussi identique.

— Vous êtes en train de me dire que nous perdons notre temps ?

— Si vous voulez mon avis, répondit Antrinell en haussant les épaules, oui. Je serais pour que nous remballions tout et que nous rentrions à la maison. Ce monde est étrange, assurément, et plus je le visite, plus je suis convaincu qu'il est le fruit d'une bioformation.

— Vraiment ?

Pour Antrinell, l'origine de la vie dans le cosmos n'était pas un mystère ; ou plutôt, si, c'en était un, mais de nature divine exclusivement. Dieu avait béni de nombreuses planètes en leur apportant la vie. Cependant, après des décennies d'exploration, l'homme n'avait rencontré aucune espèce intelligente. Ce qui tendait à conforter dans leur idée ceux qui pensaient que Dieu avait créé l'homme à son image. Jusque-là, il n'y avait que l'Homme et le Zanth. Et tous les

Guerriers de l'Évangile savaient que ce dernier était l'incarnation du Mal.

— Oui. J'ai du mal à croire que la flore de St Libra ait évolué de façon complètement naturelle. La symétrie qui la caractérise ne se rencontre jamais dans la nature. Mais j'avoue qu'elle est élégante et que nous avons vu des choses plus étranges sur les planètes habitables que nous avons visitées sans les coloniser. Chaque jour, je regarde les bandes des autoradiographies obtenues à partir des échantillons, et je découvre un génome extrêmement sophistiqué. Le résultat de milliards d'années d'évolution. Ce que nous avons sous les yeux, c'est le bout du chemin, le pinacle de l'évolution. L'harmonie de ce monde et son équilibre sont parfaits. Je n'ai jamais rien rencontré de pareil. Et pourtant, il n'y a pas de couche fossile…

— Disons que nous n'en avons pas encore trouvé. Northumberland Interstellar n'a pas dû chercher très fort, vous le savez pertinemment.

— Pas une seule ammonite sur une planète de cette taille ! Voyons ! (Il désigna les collines d'un geste du bras.) Par ailleurs, Sirius n'existe pas depuis des milliards d'années ; au mieux, on peut tabler sur quatre cents millions d'années. Non. Tout ceci a été planté. Récemment, à l'échelle géologique. Ces plantes ont été importées.

— Pourquoi ?

— Pourquoi le Zanth existe-t-il ? Les voies du Seigneur sont impénétrables. Peut-être un de Ses aînés a-t-il choisi de faire de ce monde son jardin ? Nous pouvons toujours demander pourquoi, nous n'obtiendrons aucune réponse. Dans cette vie, tout du moins.

— Et toutes ces morts inexpliquées ? DiRito a raison : quelque chose a heurté la JMT et l'a poussée vers le ravin.

— Notre camp est le seul à déplorer des incidents de ce genre, ajouta Antrinell en désignant les Tropic de la tête. Et une personne était présente chaque fois.

— Pas à Newcastle.

— C'est vrai, lui concéda Antrinell en grimaçant.

— Ralph devrait avoir terminé d'interroger Ernie Reinert dans deux jours. S'il nous confirme que le meurtre du North est en rapport avec une magouille industrielle, nous déciderons de la manière dont nous procéderons ici.

— Entendu. Je penche effectivement pour une guerre industrielle. Maudits usuriers. Ils sont prêts à tout pour gagner un peu plus d'argent.

* * *

Adossée au pneu chaud et noir de la Tropic, Angela observait Elston et Antrinell, en pleine conversation près du bord du ravin. Ils faisaient tous les deux de grands gestes avec les bras. La discussion était passionnée, les mots pesés et lourds de sens, et ils parlaient à voix basse pour ne pas être entendus.

Pour le moment, le sujet de leur conversation ne l'intéressait pas – même si elle savait qu'ils parlaient d'elle. Par deux fois, Antrinell avait indiqué la direction des Tropic d'un mouvement de la tête, et ce en prenant soin de ne pas regarder dans sa direction.

L'accident l'avait choquée et vidée de toute énergie, comme les autres membres du convoi. L'expérience avait été difficile à vivre. Antrinell et Paresh avaient donné leur accord pour qu'elle descende en rappel jusqu'à la JMT. À cause de son poids. Tout le monde craignait que la voiture glisse et reprenne sa chute jusqu'au fond du ravin. Leora et elle étaient donc descendues en premier afin de fixer à des rochers les roues tournées vers le ciel à l'aide de solides câbles en carbone. Ce quart d'heure avait été particulièrement difficile, puisqu'il lui avait fallu faire abstraction des cris de ses amis blessés pendant qu'elle sécurisait le véhicule. Le tout en craignant de percevoir une traîtresse odeur de menthe dans le mélange diffusé par la jungle. Une fois la JMT solidement ancrée, elles avaient pu entrer à l'intérieur avec leurs kits de premiers secours pour faire leur possible.

Après cela, après avoir rampé par la vitre brisée et reculé, incrédule, devant la vision de tout ce sang et de cette souffrance, elle avait basculé en pilotage automatique. Voir ce qu'il y avait à faire, se renseigner sur la manière de procéder, appliquer les consignes. Arracher la vicieuse branche de la cuisse d'O'Riley sans écouter ses hurlements de douleur, réparer l'artère sectionnée avec les gadgets trouvés dans son pack. Sans ressentir la moindre émotion. Angela était forte pour cela, forte pour s'isoler et ne pas écouter ses sentiments. Tout le monde l'avait remerciée et félicitée pour ce qu'elle avait accompli, surtout après avoir découvert la nature de la blessure qu'elle avait soignée. Elle eut un petit sourire en repensant à leurs mines étonnées. Paresh avait craint le pire en avisant ses vêtements lorsqu'elle s'était hissée au sommet du ravin.

On pouvait sortir une fille de New Monaco, mais jamais New Monaco d'une fille.

La dernière fois qu'elle avait subi un choc qui aurait laissé sur le carreau la plupart des gens, elle était parvenue à laisser de côté la partie animale de son cerveau afin d'adopter un comportement logique. Par pur instinct de survie. Et cela n'avait pas été du luxe…

* * *

Angela gardait ses bijoux dans un dressing attenant à ses appartements de la maison familiale de New Monaco. Debout au milieu de la pièce, elle embrassa du regard les centaines de petits tiroirs. Il aurait pu s'agir de la chambre forte d'une banque, à la différence près que les casiers n'étaient pas fermés à clé. Il n'y avait même plus de personnel de sécurité. Le risque de voir celui-ci voler des bijoux étant réel, la surveillance de la collection avait été confiée à l'IA. Seuls Angela et Raymond avaient l'autorité pour la désactiver, ce qu'elle avait fait.

Elle s'approcha de la console qui abritait l'inventaire de sa collection, ainsi qu'un programme de conseil stylistique très utile pour associer vêtements et parures. Elle glissa les mains dans l'espace de contrôle virtuel et y chargea son code. Ce qui l'intéressait, ce n'étaient pas les gros objets, les plus onéreux. Parmi toutes les pièces exquises qu'elle avait amassées, il y avait beaucoup de fins bracelets, de bagues, de tiares et de colliers. Des centaines, sans doute. Enfin, peut-être – Angela n'en savait rien.

Les tiroirs s'ouvrirent en silence. Des taches de lumière apparurent tout autour de la pièce comme si elle avait abaissé une boule à facettes. De facettes il était effectivement question, mais de celles de diamants finement taillés éclairés par des panneaux lumineux monochromes. Comme elle faisait le tour des présentoirs, son i-e s'enfonça dans les profondeurs du menu de l'IA, effaçant certaines données sur son passage.

Un icone vert et violet apparut dans son champ de vision. Marlak l'appelait.

— Je prends l'appel, dit-elle à son i-e.

— Je suis désolé, Angela, commença Marlak. Les agents du Conseil arrivent.

— Évidemment… Je suis à vous dans quelques minutes. Je me change. Je ne vais quand même pas les recevoir en robe de soirée.

— Bien sûr. Je vais les en informer.

Sa bonne Daniellia l'attendait dans sa chambre. Angela remarqua immédiatement un changement chez la jeune femme, mais elle choisit de ne pas prêter attention à sa politesse défaillante et entreprit de défaire les rubans de sa robe mauve.

— Je suis désolée pour votre père, dit Daniellia.

— Merci. Où est Lizzine ?

Sa dermatologue aurait dû être là, prête à la débarrasser de ses écailles en platine. Accueillir les agents du Conseil couverte de dizaines de milliers de dollars de métal précieux ne serait pas une bonne idée.

— Elle est restée chez le prince Matiff, madame.

— Ah ! évidemment. Dans ce cas, je vais avoir besoin de votre aide. (Angela s'extirpa de sa robe.) Trouvez-moi l'éluant dermique, je vous prie.

Daniellia ne bougea pas. Angela haussa un sourcil. Normalement, cela suffisait à transformer sa bonne en petite souris apeurée. Plus maintenant.

— Je suis désolée d'aborder ce sujet dans de pareilles circonstances, mais nous nous demandions si nous allions être payés.

— Je vois… (Angela fit glisser de son doigt un anneau orné d'un diamant d'un peu moins de trois carats.) Votre paie plus les primes. Maintenant, trouvez-moi cet éluant. S'il vous plaît.

Daniellia considéra la bague pendant un long moment avant de la mettre dans la poche de son chemisier.

— Oui, madame.

Lorsqu'elle descendit l'escalier incurvé de l'aile privée, Angela portait un pantalon, un top Rivanne noir et une veste Moffont. Ses lentilles interfaces n'affichaient rien. Rien à part un nombre brillant dans un coin de son champ de vision. Un nombre très long, synonyme, pour elle, de fin du monde.

Marlak l'attendait sur le palier du premier étage.

— Ils sont là, dit-il d'un ton désapprobateur.

L'avocat avait plus de soixante ans. Il travaillait pour la famille DeVoyal depuis quatre décennies et était dévoué à Raymond. Avec tout l'argent qu'il avait gagné, il aurait pu prendre sa retraite depuis longtemps, il aurait pu vivre une vie bien tranquille sur Sao Jeroni, où s'étaient installés ses petits-enfants. Au lieu de quoi il avait préféré rester dans le coup et relever les défis du droit financier moderne. Il ne savait faire que cela, et cela lui permettait de continuer à faire fonctionner son cerveau.

— Merci.

— Venir vous ennuyer si vite n'est vraiment pas très gentil de leur part. Je porterai réclamation auprès du Conseil.

— Le Conseil se fiche pas mal de ce que je peux penser, si vous voulez mon avis. Inutile de m'humilier davantage.

— Je comprends. Néanmoins, n'oubliez pas qu'ils sont tenus de respecter la loi. Je signalerai tout abus.

— Vous êtes un amour.

Ils étaient trois à l'attendre sur le parquet poli de l'entrée. Deux hommes et une femme vêtus de costumes noirs. Des costumes de créateurs, comme il se devait, remarqua Angela. Et pourtant, groupés comme ils l'étaient, ils avaient l'air de porter des uniformes.

— Mademoiselle DeVoyal, commença Matthews, leur porte-parole. Toutes nos condoléances.

— Merci. Pourrais-je connaître les raisons de votre visite ?

— Le Conseil de gouvernance de New Monaco a été prévenu de la situation financière de votre famille. Un groupe de trente-deux banques et institutions financières, vos créanciers, exige d'être remboursé après l'effondrement du marché du biocarburant. Votre comptabilité semble indiquer que vous ne disposez plus des capitaux nécessaires pour les satisfaire. Est-ce exact ?

— Vous voulez savoir si je plaide coupable, en somme ?

— Oui, confirma-t-il, implacable.

— C'est un grand jour pour vous. Ça n'arrive pas si souvent.

— Je fais seulement mon métier, mademoiselle DeVoyal. Écoutez, j'ai besoin d'une réponse tout de suite, s'il vous plaît.

Angela inspira profondément.

— Non. Ma famille n'est pas en mesure de rembourser ses dettes pour le moment. Je suis certaine que si vous me laissiez négocier avec…

— Je suis navré. Les échelonnements éventuels que vous pourriez négocier avec vos créanciers ne me regardent pas. Tout ce qui m'intéresse, ce sont les lois régissant la citoyenneté de New Monaco. J'aimerais m'assurer que nous nous comprenons bien : votre comptabilité n'affiche plus un bilan positif de cinquante milliards de dollars américains ?

— En effet.

Tu sais pertinemment que mon bilan affiche un déficit de deux milliards et demi.

— Dans ce cas, je suis au regret de vous informer que la Constitution du Conseil de gouvernance ne vous autorise pas à résider à New Monaco.

— Je suis née ici. C'est ma planète.

— Non, mademoiselle DeVoyal. C'était votre planète. La loi est formelle : vous avez vingt-quatre heures pour régler vos affaires, après quoi je devrai vous escorter jusqu'au portail. Néanmoins, le Conseil est disposé à vous donner quarante-huit heures supplémentaires afin de vous permettre d'organiser les funérailles de votre père.

— C'est très gentil de sa part. Marlak ?

— Je vais m'en occuper.

— Le Conseil aimerait ajouter que, dans l'hypothèse où votre situation financière s'améliorerait, vous seriez autorisée à redemander votre citoyenneté.

— Bien sûr, acquiesça-t-elle doucement. Je m'en souviendrai.

Matthews se racla la gorge, clairement soulagé d'avoir évité une scène.

— Merci, mademoiselle DeVoyal. Je resterai auprès de vous jusqu'à ce que ce soit terminé.

Elle eut un sourire moqueur.

— Vous craignez que je tente de m'enfuir ? Vous croyez que je vais retourner à l'état sauvage, me cacher dans les collines et me repaître de pauvres promeneurs ?

— Non, mademoiselle.

— Excusez-moi, ce n'était pas très poli de ma part. Vous faites votre travail, c'est tout. La journée a été très mauvaise, vous savez.

— Vous tenez très bien le choc. (Matthews fit un signe de tête à la femme agent.) Vous pouvez leur dire d'entrer.

— À qui ? demanda sèchement Angela.

Mal à l'aise, Matthews regarda furtivement Marlak.

— Euh…

— Angela, commença Marlak avec précaution. Les banques sont entrées en contact avec le Conseil de régulation financière. Une équipe a été désignée pour administrer ce qui reste des biens de votre famille. Elle va récupérer tout ce qui pourra l'être dans vos diverses holdings et sociétés.

— Je vois. Maintenant ?

— Le Conseil craint que vous tentiez de cacher des choses.

— Vraiment ?

Elle vit tout un groupe de gens entrer dans le hall grandiose. Leurs vêtements n'étaient pas aussi bien coupés que ceux des agents. De simples employés de bureau. Le genre de personnes qu'elle ne remarquait même pas d'habitude. Elles allaient déchiqueter la carcasse de sa vie pour gagner, sans doute, un bonus substantiel.

Angela leva la main.

— Vous voyez cet anneau ? C'est ma bague de fiançailles. On me l'a donnée il y a quelques heures. À qui appartient-elle ?

Matthews commençait à comprendre que cela ne se passerait pas aussi facilement que prévu.

— Techniquement, les officiers du Conseil ont le pouvoir de saisir tout ce qui vous appartient. En pratique, ils vous laisseront quelques vêtements, ainsi que quelques objets peu onéreux à la forte valeur sentimentale. Cette bague sera saisie, bien entendu. Euh… est-ce du diamant ?

— Absolument. Voyons ce que mon fiancé, un citoyen de New Monaco, a à dire à ce sujet.

— Comme vous voudrez, acquiesça Matthews en s'inclinant.

Les agents et lui se joignirent à l'équipe du Conseil de régulation financière, les laissant seuls, Marlak et elle.

— Ils ne vont rien laisser, lui dit doucement Marlak. Votre père et moi n'avons jamais eu l'idée de cacher quoi que ce soit. New Monaco est supposé être l'endroit le plus sûr pour le patrimoine des ploutocrates.

— Je sais. Et vous ? demanda-t-elle en plissant les yeux. Ils ne peuvent rien vous prendre, n'est-ce pas ?

— Rien de ce qui m'a déjà été payé, non. Je n'ai pas reçu mon salaire, ce mois-ci, donc, théoriquement, je suis un de vos créanciers.

— Désolée.

— Ne le soyez pas. Je suis riche – enfin, à mon échelle. À ce propos, vous pouvez venir habiter chez moi, sur New Washington, aussi longtemps que vous le voudrez. Il y a une petite dépendance à côté de ma maison. Cela fait huit ans que je n'y ai pas mis les pieds.

— Non, merci, mais c'est vraiment très gentil à vous, Marlak. Je ne veux pas de votre charité. On dirait que vous allez devoir prendre votre retraite et passer un peu plus de temps avec vos petits-enfants.

L'avocat fit la grimace.

— Quelle horreur. Et vous, que comptez-vous faire ?

Il y avait aussi les questions non dites, celles qui la faisaient frissonner. *Que savez-vous faire ? À quoi servez-vous ?*

— Je n'en sais rien, mais je vais devoir apprendre. J'ai des diplômes en finance théorique. Je pourrais…

Trouver un travail ! Plus elle y pensait, plus cette idée lui semblait amusante, mais d'une façon lugubre. *Qui, dans cet univers, accepterait de m'embaucher ? Merde, même moi, je ne m'engagerais pas.* Elle adressa à Marlak un sourire contrit.

— Vingt milliards de personnes le font, alors pourquoi pas moi.

— En effet. J'ignorais que vous étiez fiancée. Il s'agit de Housden, n'est-ce pas ?

—Oui.

—C'est un bon garçon. Appelez-le. Il mérite de l'apprendre de votre bouche.

—Oui.

Elle inspira profondément et ordonna à son i-e d'appeler la personne à qui elle craignait le plus de parler. Le programme de gestion de l'adresse transnet du prince Matiff lui répondit :

—Le prince ne répondra plus à vos appels.

—Je comprends. Puis-je laisser un message ?

—Oui.

—Début du message : Prie pour ne plus jamais croiser ma route. Prie très fort. Fin du message.

Elle se lécha les lèvres, satisfaite. Cela lui avait fait plaisir. Une menace creuse – ou pas. Elle vivrait longtemps. *Merci, papa.* Angela ravala ses larmes avant qu'elles se forment.

Housden répondit tout de suite à son appel. Il agissait toujours avec classe.

—Je suis au courant, dit-il. Le cartel est devenu le seul sujet de conversation à cette fête. Je suis vraiment désolé pour ton père.

—C'est très gentil, merci. Il n'a pas souffert. Au contraire.

—Tant mieux.

Le silence s'étira longuement.

—Housden, vu ma situation, je ne t'obligerai pas à tenir ta promesse.

—Je... Je ne sais pas quoi dire. Si ça ne tenait qu'à moi, nous resterions ensemble, mais la famille...

—Oui, toujours la famille, acquiesça-t-elle avec un sourire triste. Je sais.

—Si tu veux bien être ma maîtresse...

Angela rit, ce qui lui valut quelques regards étonnés.

—Housden, c'est vraiment toi le meilleur. Non, je t'en prie, laisse-moi et trouve-toi quelqu'un de formidable. Pour moi. S'il te plaît.

—Je t'aime, Angela.

—Moi aussi, j'aime bien faire l'amour avec toi.

—Il ne s'agit pas uniquement de ça, et tu le sais très bien.

Elle leva une nouvelle fois la main pour admirer sa bague de fiançailles. Le diamant brut dans lequel elle avait été taillée devait avoir été de la taille d'un œuf de canard. *Incroyable !*

—Je porte ton anneau. Je suis en train de l'admirer. Il est vraiment magnifique, Housden.

— Il est à toi. Je l'ai fait tailler pour toi.

— Tu es vraiment le meilleur. Malheureusement, je ne peux pas le garder. Les huissiers vont me le prendre pour le vendre. Cette idée me rend malade. Ce sera le geste le plus romantique de notre génération : récupère-le et offre-le à ta prochaine fiancée. La fille qui te méritera méritera aussi cette bague.

— Je vais parler à ma famille. Il est peut-être encore possible d'arranger les choses pour nous.

— Non, mon amour. Ne fais pas ça. On s'est aimés, ça s'est terminé, et ce n'est pas plus mal. Continue de vivre cette existence pour moi, tu veux bien ?

— Et toi, que vas-tu faire ?

Encore cette question. À quoi peut bien servir une ex-citoyenne de New Monaco dans le monde réel ?

— Ne t'inquiète pas pour moi. N'oublie pas que je suis une un-sur-dix. Toi et moi, on finira par se retrouver un jour. Avant que mes mille ans soient arrivés à leur terme.

— J'ai hâte.

— En attendant, j'aimerais que tu appelles un certain agent Matthews. Dis-lui que tu as rompu nos fiançailles et que tu veux récupérer ta bague. Il arrangera ça pour toi, d'accord ?

— D'accord. Angela, je t'aimais vraiment.

— Je ne t'oublierai jamais, je te le promets. Au revoir, mon chéri. (Elle se retourna pour faire face aux agents.) Eh ! Matthews.

Le temps qu'il se retourne, elle avait retiré sa bague.

— Attrapez ça !

Sa mine paniquée, lorsqu'il plongea pour rattraper le bijou tournoyant, fut presque comique.

— Mon ex-fiancé ne devrait pas tarder à vous appeler. Faites en sorte qu'il récupère ce qui lui appartient.

L'agent lui lança un regard noir.

À présent, l'appel le plus important.

— Je n'arrive pas à croire que tu m'appelles, répondit Shasta. Nous savons tous ce qui s'est passé, le cartel et tout. Le prince a prolongé sa fête d'une journée. Ça va être fantastique.

— Ah ouais ? Il va lancer une fusée Apollo pour célébrer ma chute ?

— Tu ne devrais plus m'appeler, tu sais.

— Si tu es au courant pour le cartel, tu sais aussi que j'ai besoin d'aide en ce moment.

— Je donne à de nombreuses œuvres de charité sur tous les mondes connus. Mon i-e t'en enverra une liste.

— Non, Shasta. J'ai besoin d'un coup de main. J'ai besoin que tu m'aides à quitter cette maudite planète. Aujourd'hui.

— Cette planète est un paradis. Ne me rappelle plus jamais. Mon i-e ne te répondra plus. Au revoir, Angela.

— Salope ! cracha Angela dans le vide, car Shasta s'était déjà déconnectée.

Elle ne s'attendait pas du tout à cela. Elle était persuadée de pouvoir compter sur son amie. Si les rôles avaient été inversés, elle lui aurait tendu une main secourable sans hésiter. *Enfin, je crois…*

— Vous vous sentez bien ? demanda Marlak.

— Je ne sais pas. Agent Matthews ?

Celui-ci laissa ses collègues pour la rejoindre.

— Oui ?

— On est au milieu de la nuit, mon père s'est suicidé et je suis ruinée. Ça ne vous dérange pas si je dors un peu ?

— Pas du tout.

* * *

Angela se réveilla seule. C'était une habitude qu'elle espérait perdre rapidement. Au moins était-elle dans sa chambre, même si, malgré la décoration absolument parfaite signée par le meilleur architecte d'intérieur de tous les mondes transspatiaux, elle ne s'y sentait plus chez elle.

Parce que ce n'est plus chez moi. C'est fini. Cette maison appartient aux banques, désormais.

Elle prit une douche et entra dans un de ses dressings. Un jean simple et un tee-shirt ; c'était la tenue la plus appropriée, décida-t-elle. Elle s'apprêtait à demander à son i-e d'appeler sa bonne et sa coiffeuse, mais elle s'interrompit.

— C'est idiot, marmonna-t-elle.

À plus d'un titre, d'ailleurs.

Elle fit l'effort de se concentrer.

— La surveillance est-elle toujours suspendue dans mes appartements ? demanda-t-elle à son i-e.

— Oui.

— Je veux le visuel de toutes les personnes présentes dans le manoir.

Elle étudia le diagramme affiché par ses lentilles. Matthews attendait dans le couloir, devant la porte de sa suite. Marlak était dans le bureau de son père avec plusieurs officiers du Conseil occupés à connecter leurs systèmes à l'IA familiale.

Elle retourna dans la salle de bains et récupéra les bijoux qu'elle avait laissés dans les poches de sa robe de chambre avant de se coucher. Elles les avaient pris dans sa collection et en avaient effacé toute trace dans les listings de l'IA. Elle avait choisi cinq bagues et deux paires de boucles d'oreilles. Pas des pièces très importantes, comparées à d'autres, mais les pierres étaient toutes grosses et sans défaut. Le tout devait bien valoir un million et demi de dollars américains en boutique. Elle n'aurait aucune chance de les revendre à ce prix, bien sûr, mais ce serait un bon début.

Les dissimuler serait problématique. Elle jeta un regard circulaire sur la salle de bains et avisa un savon à la rose. Elle y creusa un puits à l'aide d'une lime à ongles et y enfonça tous les bijoux avant de le sceller. Elle rangea le tout dans sa trousse de toilette avec sa brosse à dents sonique, des bouteilles d'huile entamées et un peu de maquillage. Les agents la laisseraient prendre tout cela sans discuter ; resterait à traverser le portail. On la fouillerait, on la scannerait. Comme tous les non-résidents qui voyageaient seuls. Toujours. Elle savait qu'ils feraient leur travail très consciencieusement. Quelques heures plus tôt encore, elle pensait que Shasta accepterait de voyager avec elle. Les employés accompagnant leur patron passaient toujours sans aucun problème. Elle allait devoir trouver une solution, et vite. Peut-être Daniellia serait-elle ouverte à la discussion.

Angela s'assit dans son dressing et entreprit de coiffer ses cheveux humides. Cela lui prit beaucoup plus de temps que lorsque sa coiffeuse s'en chargeait. Elle n'imaginait pas que quelque chose de si basique puisse être si difficile ; sa brosse s'accrochait constamment dans des nœuds, apparemment plus nombreux que d'habitude.

L'agent était prêt lorsqu'elle le rejoignit dans le couloir principal.

— Il semblerait que le réseau fonctionne de façon anormale dans vos quartiers.

— Bonjour, agent Matthews. Avez-vous pris votre petit déjeuner ?

— Nous avons besoin de vos codes d'accès à l'IA.

— Moi non plus. Vous n'avez pas renvoyé chez eux tous les cuisiniers, j'espère ? Enfin, je suppose que je suis capable de préparer des toasts et des œufs durs. Ça ne doit pas être si compliqué. Et puis, je trouverai sans doute un coach virtuel sur le transnet.

— Les codes, je vous prie.

Elle leva les yeux au ciel et ordonna à son i-e de transmettre les codes à l'agent.

— Merci, dit-il d'un ton poli et monotone. Je sais préparer des œufs durs. Vous ne mourrez pas de faim aujourd'hui.

— Vous êtes très gentil. À mon avis, vous n'avez pas choisi le bon métier.

— Ça paie très bien.

— Vraiment ? Il y a de l'embauche, en ce moment ? Je suis experte dans les marchés financiers de New Monaco.

Il secoua la tête, incrédule.

— Je ne comprendrai jamais les gens comme vous.

— Je confirme, vous en êtes incapable.

Matthews savait en effet cuisiner. Elle s'installa dans la cuisine de l'aile ouest, cuisine où elle n'avait mis les pieds que trois fois dans sa vie, et se fit servir des œufs brouillés et du saumon fumé sur d'épaisses tranches de pain toastées. Il lui montra comment se servir du presse-agrumes délicieusement antique. Extraire le jus de fruits coupés en deux en actionnant le levier situé sur le côté de l'appareil chromé lui donna un sentiment de satisfaction ridicule. La cafetière, en revanche, avait plus de boutons et de voyants clignotants qu'une salle de contrôle de portail transspatial. Encore une fois, Matthews savait comment s'en servir.

— J'ai énormément de choses à apprendre, n'est-ce pas ? remarqua-t-elle, pensive, en examinant sa tasse au contenu parfait.

— Quelques-unes, en effet.

— Des conseils, peut-être ?

— Prenez votre temps avant de décider ce que vous voulez faire de votre vie.

— Et je le paie comment, ce temps ?

— Votre père est né en Amérique. Cela vous donne le droit à une carte de résidente. Ils ont un semblant de sécurité sociale. Si vous êtes jeune et capable, on vous envoie sur un nouveau monde où on vous donne quelques arpents de terrain pour cultiver votre propre nourriture. Pareil pour la Grande Europe.

— On nous envoie…, répéta-t-elle. Peut-être que je devrais me faire tatouer « *loser* » sur le front.

— Aucun de vos amis ne va vous venir en aide ?

— Certains le feraient probablement. Et puis, il y a mon ex-fiancé. Mais je ne veux pas de la charité des gens, agent Matthews.

— Les médias du transnet seraient sans doute intéressés par votre histoire.

— Oui, très certainement.

Matthews fronça les sourcils et leva les yeux.

— Excusez-moi, dit-il en la laissant.

Quand Angela demanda à son i-e de lui expliquer ce qui se passait, celle-ci lui répondit qu'elle n'avait plus accès au réseau de la maison.

— Trop tard, murmura-t-elle entre ses dents.

Matthews réapparut deux minutes plus tard, accompagné d'un personnage familier. Il s'agissait de Bantri, le père de Shasta. Il était plus grand que Matthews et presque deux fois plus large. Il avait le visage rond et une barbe épaisse et grisonnante qui, Angela s'en souvenait, avait été noir de jais. Son regard noisette était aussi joyeux que celui d'un tueur en série. Il était vêtu d'un costume violet foncé de style plus chinois qu'indien. Le diamant accroché à son turban traditionnel aurait pu, lui aussi, être taillé en bague de fiançailles, décida Angela. Bantri se prenait pour un genre de maharaja des temps modernes.

— Ma chère petite, tonna-t-il d'une voix de basse en écartant les bras comme l'aurait fait un oncle bienveillant.

Angela alla à sa rencontre et disparut dans son étreinte.

— Bonjour, Bantri.

De tous les gens qu'elle connaissait, il était le premier et le seul à être venu lui offrir son réconfort et sa compassion. C'était surprenant, sa vie n'étant pas marquée par ses actes de bonté. Angela se demanda quels avantages il comptait tirer de sa venue au manoir.

— Je suis tellement désolé, commença-t-il.

— Vous n'y êtes pour rien, Bantri. Nous aurions dû prendre des précautions, nous montrer plus prudents. Le marché du biocarburant a toujours été très profitable. Mais bon, c'est terminé, maintenant.

Il prit ses mains dans les siennes et les serra.

— Votre père était un grand homme. Il me manquera terriblement.

— Merci beaucoup.

— Et vous ? Qu'allez-vous devenir ? Je vois que les parasites n'ont pas perdu de temps.

— Nous sommes à New Monaco. Tout est une question d'argent, ici.

— Bien sûr, bien sûr.

Il fit un pas en arrière et l'admira avec appétit, comportement qui lui allait beaucoup mieux que ses accès de gentillesse feinte.

— Donc vous n'avez plus d'argent ?

— Non, Bantri, je n'en ai plus, répondit-elle d'un ton calme. Mais vous le savez déjà.

— Je le sais. Oui. Je le sais. Être pauvre dans les mondes transstellaires est une chose terrible. Peut-être pourrais-je vous aider ?

Angela avait compris la raison de sa venue avant qu'il lui fasse sa proposition, menu motif de satisfaction. Cela signifiait qu'il ne lirait aucune surprise sur son visage lorsqu'il…

— Vous feriez la plus superbe des acquisitions, poursuivit-il, plein d'espoir. Je serais très honoré si vous acceptiez.

— Un contrat de six mois à partir d'aujourd'hui, et vous m'obtenez la citoyenneté indienne. Je vais avoir besoin d'habiter quelque part, après.

Il cligna des yeux, surpris par sa réaction immédiate.

— Dix-huit mois.

— Douze, plus un bonus net d'impôts. Et je garde les vêtements que je veux.

— Quatorze. Le bonus. Et une douzaine de tenues, mais pas de robes haute couture. Je sais combien Shasta et vous êtes capables de dépenser pour vous habiller.

Elle hocha la tête.

D'un gros doigt orné de plusieurs bagues, il fit signe à quelqu'un d'approcher.

Angela reconnut l'homme qui entra d'un pas vif dans la cuisine. Il s'agissait de Tariq, l'avocat principal de la famille, l'équivalent de Marlak.

— Tariq rédigera le contrat, expliqua Bantri. Je vais jeter un coup d'œil aux œuvres qui décorent la bibliothèque. Il se pourrait que je fasse une offre pour quelques-uns de vos Monet.

— Excellent choix.

— Oui, en effet, acquiesça-t-il avec un sourire triomphant des plus désagréables.

— Vous n'êtes pas obligée de faire ça, lança Matthews lorsque Bantri eut quitté la cuisine. Vous n'êtes pas forcée de vous vendre.

— Je n'ai pas grand-chose d'autre à proposer. Les officiers du Conseil et vous m'avez tout pris, agent Matthews.

— Mais… vous n'avez même pas cherché à comprendre, à étudier d'autres possibilités.

— Je vous en prie ! Vous ne croyez tout de même pas que je vais presser moi-même mes oranges pendant le restant de ma vie ?

Il secoua la tête, plus incrédule que furieux.

— Vous êtes vraiment…

Angela demanda à son i-e de vérifier le contrat rédigé par Tariq. Les points principaux étaient tous là, même s'ils ne l'intéressaient pas vraiment, le but étant de faire partie du personnel de Bantri. Certes, elle devrait coucher avec un homme plus vieux qu'elle et gros… La belle affaire ! Ce ne serait pas la première fois.

Elle ajouta son certificat au fichier et monta à l'étage pour faire ses bagages. Un des officiers du Conseil l'accompagna pour s'assurer qu'elle ne mettrait aucune robe haute couture ni aucune paire de chaussures de créateur ridiculement chère dans la valise qu'on l'avait autorisée à emporter. Il ne remarqua même pas sa trousse de toilette.

* * *

Ils partirent dans l'après-midi après avoir inhumé son père dans une chênaie fraîchement plantée. Le chêne terrien était l'arbre préféré de son père. Dans l'avion en partance pour la propriété de Bantri, elle commit une première erreur en voulant prendre place à l'avant, avec lui.

— Non, non, ma chère, dit-il. Ta place n'est pas ici. Pas maintenant.

Il la congédia d'un geste dédaigneux de la main. Angela se leva et se dirigea vers la cabine du personnel, à l'arrière de l'appareil. Personne ne lui adressa la parole pendant toute la durée du vol.

* * *

Shasta eut donc l'occasion de revoir Angela. Comme elle l'avait promis, en revanche, elle refusa de parler à son ancienne amie. Elle rentra chez elle après une journée supplémentaire de festivités chez le prince Matiff et trouva son père à l'heure du petit déjeuner dans une des salles à manger du palais. Il était seul et mangeait lentement, savourant chaque bouchée comme si c'était la dernière.

Deux pas derrière la lourde chaise en bois sculpté, Angela attendait, placide et vêtue de ce qui serait sa tenue réglementaire pendant la durée de son contrat : un dos-nu et un pantalon bouffant coupé dans un tissu transparent. Les bonnes firent comme si elles ne la voyaient pas lorsqu'elles vinrent servir de nouvelles assiettes à Bantri et lui verser du café d'une cafetière en argent. Dans le palais, tout le monde se comportait ainsi avec elle, ce qu'elle trouvait préférable.

Shasta entra dans la pièce et embrassa son père comme il se devait, alors qu'elle était clairement en colère contre lui. Ils échangèrent quelques plaisanteries, et elle annonça qu'elle allait passer la prochaine semaine au lit pour récupérer.

— Il me faudra bien ça !

Comme elle prenait congé de son père, elle s'arrêta quelques instants devant Angela, approchant son visage à quelques centimètres seulement de celui de son ex-amie, lui lançant un regard assassin. Puis elle s'en fut dans son aile de la demeure. Aussi ridicule et aussi pathétique qu'une gamine boudeuse et capricieuse. Ni elle ni son père ne remarquèrent le sourire mi-amusé mi-méprisant qui souleva furtivement les lèvres d'Angela.

Trois semaines plus tard, Bantri entama une nouvelle série de voyages d'affaires par un séjour en Inde. Il passait la moitié de l'année loin de New Monaco à inspecter son empire, à rencontrer managers et financiers, à divertir politiciens et bureaucrates. Angela connaissait bien sa routine ; son enfance durant, Shasta s'était plainte des absences répétées de son papa.

Comme d'habitude, les employés du portail de New Monaco firent poliment signe à l'entourage de Bantri de passer. Angela attendit patiemment d'être dans leur hôtel cinq étoiles de Mumbai. Lorsque Bantri fut endormi, elle prit sa trousse de toilette dans la salle de bains et sortit de l'établissement.

Il fallut dix heures à l'entourage de son employeur pour remarquer sa disparition. Après tout, elle n'était l'amie de personne.

Dès qu'il eut pris note de sa désertion, Tariq appela son adresse transnet de façon répétée. Et ce durant les quarante-huit premières heures. D'abord pour l'interroger, puis pour la menacer. La dernière fois, il l'informa de l'annulation de son contrat, de la révocation de sa citoyenneté indienne, du gel de son nouveau compte en banque et du fait qu'ils allaient porter plainte contre elle pour l'obliger à rembourser tout l'argent qu'elle avait reçu jusque-là.

Mais ce n'était pas grave. Grâce à ses trois premières semaines de paie, Angela s'était acheté un aller simple pour New York – en classe économique, grands dieux ! Au moment du premier appel de Tariq, elle était à Central Park à l'aube d'une nouvelle journée, et elle souriait en admirant les bâtiments anciens qui l'entouraient.